DATE DUE

7/11/11			
AG 11 '11			
NO 30 '13			
DE 12 '14			

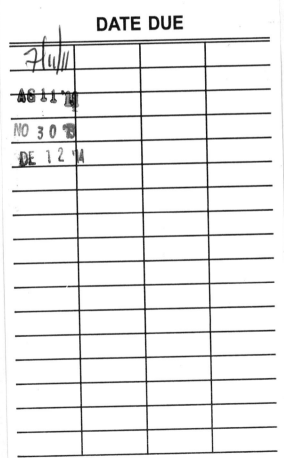

Cuerpo de muerte

Cuerpo de muerte

Elizabeth George

Traducción de Lucía Lijtmaer

Rocaeditorial

Título original: *This Body of Death*

Ésta es una obra de ficción. Los personajes, situaciones y diálogos son producto de la imaginación del autor y no están basados en la realidad. Cualquier parecido con personas actuales, vivas o muertas, es una coincidencia.

Primera edición: septiembre de 2010

© de la traducción: Lucía Lijtmaer
© de esta edición: Roca Editorial de Libros, S. L.
Marquès de l'Argentera, 17, Pral.
08003 Barcelona
info@rocaeditorial.com
www.rocaeditorial.com

Impreso por Brosmac, S.L.
Carretera de Villaviciosa - Móstoles, km 1
Villaviciosa de Odón (Madrid)

ISBN: 978-84-9918-176-9
Depósito legal: M. 36.073-2010

Para Gaylinnie

¡Qué desdichado soy!
¿Quién me rescatará de este cuerpo de muerte?

Rom, 7:24

El principio

Los informes de los investigadores de la Policía que interrogaron a Michael Spargo y a su madre, antes de que se presentaran cargos contra ambos, sugieren que la mañana del décimo cumpleaños del chico comenzó muy mal. Si bien dichos informes podrían ser considerados sospechosos, teniendo en cuenta la naturaleza del crimen cometido por Michael y la fuerte animosidad que sentían hacia él tanto la Policía como los miembros de su comunidad, no se puede ignorar el hecho de que el extenso documento redactado por el asistente social que le acompañó durante los interrogatorios y el juicio posterior revela la misma información. Siempre habrá detalles que no estén disponibles para el estudioso de abusos infantiles, disfunción familiar y la psicopatología que esos abusos y esa disfuncionalidad acaban por provocar, pero los hechos relevantes no se pueden ocultar, porque serán necesariamente presenciados o experimentados de manera directa por aquellas personas que entren en contacto con estos individuos cuando manifiesten —ya sea de manera consciente o inconsciente— sus perturbaciones mentales, psicológicas y emocionales. Ése era precisamente el caso de Michael Spargo y su familia.

Michael era el sexto de los nueve hijos varones de la familia. Contra dos de estos chicos (Richard y Pete, que entonces tenían dieciocho y quince años), y también contra su madre, Sue, se había dictado una

ASBO[1] como consecuencia de los permanentes altercados con sus vecinos, hostigamiento a los pensionistas que ocupaban las viviendas sociales, ebriedad en público y destrucción de propiedad pública y privada. En la casa de los Spargo no había un padre presente. Cuatro años antes de que Michael celebrase su décimo cumpleaños, Donovan Spargo había abandonado a su esposa e hijos para instalarse en Portugal con una viuda quince años mayor que él. Dejó una nota de despedida y cinco libras en monedas sobre la mesa de la cocina. Desde entonces no se le había visto ni se había sabido nada de él. Tampoco asistió al juicio de Michael.

Sue Spargo, cuyas habilidades para conseguir un empleo eran mínimas y cuya educación se limitaba al fracaso en aprobar todos sus GCSE,[2] reconoce sencillamente que «se entregó a la bebida» como resultado del abandono de su esposo y, en consecuencia, no pudo hacerse cargo de sus hijos a partir de ese momento. Antes de que se produjera la deserción de Donovan Spargo, la familia mantenía un aparente grado de estabilidad (como indicaban tanto los informes escolares como las pruebas testimoniales proporcionadas por los vecinos y la Policía local), pero una vez que el cabeza de familia abandonó el hogar, no pasó mucho tiempo antes de que se revelase cualquier disfunción que hubiese permanecido oculta hasta entonces a los ojos de la comunidad.

La familia vivía en Buchanan Estate, un lúgubre y sombrío conjunto de bloques grises de apartamentos

1. Anti-Social Behaviour Orders: es un instrumento judicial y social empleado en Gran Bretaña para controlar el comportamiento antisocial menos grave. Hacer caso omiso de esta orden del juez puede ser causa de prisión. *(Todas las notas son de la traductora.)*

2. General Certificate of Secondary Education, certificado académico que se concede para cada una de las asignaturas de la Educación Secundaria Obligatoria.

de hormigón y acero y casas adosadas sin ningún atractivo en una zona de la ciudad llamada acertadamente Gallows, conocida por las peleas callejeras, los atracos, los robos violentos en los coches y los allanamientos en las casas del vecindario. El asesinato no era un hecho frecuente en esta parte de la ciudad, pero la violencia era una actividad cotidiana. Los Spargo se encontraban dentro del grupo de habitantes más afortunados. Debido al extenso número de sus miembros vivían en una de las casas adosadas, y no en uno de los altos edificios de apartamentos. En la parte posterior de la casa había un jardín y un espacio razonable de tierra en la parte delantera, aunque nadie se ocupara de plantar nada en ellos. La casa constaba de sala de estar y cocina, cuatro habitaciones y un baño. Michael compartía habitación con sus hermanos pequeños. Eran cinco en total, distribuidos en dos literas. Tres de los hermanos mayores compartían otra habitación contigua, mientras que sólo Richard, el primogénito, disponía de habitación propia. Este privilegio parecía estar relacionado con la propensión de Richard a cometer actos violentos contra sus hermanos pequeños. Sue Spargo también tenía una habitación sólo para ella. Curiosamente, durante los interrogatorios repitió en varias ocasiones que cuando alguno de los chicos caía enfermo se lo llevaba a dormir con ella y «no con ese gamberro de Richard».

El día del décimo cumpleaños de Michael, la Policía local recibió una llamada poco antes de las siete de la mañana. La violencia de una disputa familiar había aumentado hasta el extremo de preocupar a los vecinos cuando los ocupantes de la casa contigua a la vivienda de los Spargo intentaron intervenir para apaciguar los ánimos. Más tarde declararon que su intención sólo era restablecer la paz y la tranquilidad. Esta declaración contradecía la afirmación de Sue Spargo de que los vecinos atacaron a sus hijos. Sin embargo, una cuidadosa lectura de la posterior entrevista con la Policía indica que se había iniciado una pelea entre Richard y Pete Spargo en el pasillo de la planta superior de la casa cuya causa había sido la lentitud de este último en dejar libre el cuarto de baño. El posterior ataque de Richard a Pete fue brutal, ya que era más grande y fuerte que su hermano de quince años. Esta situación provocó que Doug, de dieciséis, acudiera en ayuda de Pete, una intervención que aparentemente hizo que Richard y Pete se aliaran para atacar a Doug. Para cuando Sue Spargo intervino en la refriega, los tres hermanos ya bajaban las escaleras. Cuando todo parecía indicar que ella también sufriría el ataque de Richard y Pete, su hijo de doce años, David, intentó protegerla con un cuchillo de carnicero que había cogido de la cocina, donde presuntamente se hallaba para prepararse el desayuno.

Fue en este punto cuando los vecinos decidieron intervenir, despertados por el ruido que traspasaba las paredes mal aisladas de las casas contiguas. Por desgracia, los vecinos —tres en total— acudieron a la casa de los Spargo armados con un palo de críquet, una barra de hierro para desmontar neumáticos y un martillo y, según el relato de Richard Spargo, fue la visión de estos objetos lo que le enardeció. «Iban a por la familia», fue su declaración expresa, las palabras de un muchacho que se consideraba a sí mismo como el hombre de la casa y cuya obligación era proteger a su madre y a sus hermanos pequeños.

Michael Spargo se despertó con aquel caos. «Richard y Pete estaban peleando con mamá», refiere en su declaración. «Podíamos oírlos, los pequeños y yo, pero preferimos no meternos.» Michael señala que no estaba asustado, pero cuando se le interrogó quedó claro que hizo todo lo posible por dejar a sus hermanos mayores el camino libre a fin de evitar «que me golpeasen si los miraba mal». Que no siempre fuese capaz de evitar los golpes es un hecho confirmado por sus maestras, tres de las cuales informaron a los asistentes sociales de magulladuras, arañazos, quemaduras y, al menos, un ojo a la funerala. Más allá de una única visita a la casa de los Spargo, sin embargo, en los informes no se incluye ninguna otra información. El sistema, aparentemente, estaba desbordado.

Algunos indicios sugieren que Michael perpetuó este abuso con sus hermanos más pequeños. De hecho, a partir de la información recogida, en una ocasión en la que cuatro de los chicos fueron puestos bajo la custodia del estado, a Michael se le asignó la responsabilidad de procurar que su hermano Stevie no «mojara la cama». Al carecer de recursos para saber cómo llevar a cabo esta tarea, Michael al parecer propinaba palizas de forma regular al crío de siete años, quien, a su vez, descargaba su ira en sus hermanos más pequeños.

No se sabe si Michael maltrató a alguno de sus hermanos más pequeños aquella mañana. Él sólo dice que, una vez que la Policía llegó a la casa, salió de la cama, se vistió con el uniforme del colegio y bajó a la cocina con la intención de desayunar. Sabía que era su cumpleaños, pero no esperaba que nadie se acordase de ello. «No me importaba, ¿de acuerdo?»; explicó a la Policía.

El desayuno consistía en cereales azucarados y bollos rellenos de mermelada. No había leche para añadir a los cereales —Michael señaló esta circunstancia en dos ocasiones durante las primeras entrevistas—, de modo que los comió solos, sin nada, y dejó la mayor parte de los bollos para sus hermanos pequeños. Guardó uno en el bolsillo de su anorak color mostaza (tanto el bollo relleno como el anorak se convirtieron en elementos cruciales a medida que avanzaba la investigación) y se marchó de la casa a través del jardín trasero.

Michael dijo que su intención era dirigirse directamente al colegio y, en el curso de su primera entrevista con la Policía, afirma que así fue. Esta versión no cambió hasta que no hubo leído la declaración hecha de su maestra, en la que se confirmaba su ausencia en clase; entonces Michael cambió la versión de su historia para confesar que se adentró en los huertos de cultivo, un paisaje típico en Buchanan Estate, situados detrás de la casa de los Spargo. Una vez allí, «podría haberle dicho cuatro cosas al viejo cabrón que estaba trabajando en un huerto de hortalizas» y «podría haber echado abajo a patadas la puerta de un cobertizo o algo así», donde «podría haber cogido unas tijeras de podar, sólo que no me las quedé, nunca me las quedo». El «viejo cabrón» en cuestión confirma la presencia de Michael en ese lugar a las ocho de la mañana, aunque resulta dudoso que esos pequeños cercados de cultivos despertasen algún interés en el chico, quien al parecer se dedicó unos quince minutos a «pisotearlos», según la declaración del pensionista, hasta que «le leí la cartilla. Me insultó como un pequeño gamberro y se largó de allí».

Luego, supuestamente, Michael se marchó en dirección al colegio, situado aproximadamente a un kilómetro de Buchanan Estate. Fue en algún punto de este trayecto, cuando se encontró con Reggie Arnold.

Reggie Arnold y Michael Spargo no se parecían en nada. Mientras que Michael era alto para su edad y flaco como un palillo, Reggie era bajo y grueso y mantenía la gordura propia de los bebés. Llevaba la cabeza completamente rasurada, lo que era objeto de un número considerable de bromas en el colegio (generalmente se referían a él como «ese jodido calvo»), pero, a diferencia de Michael, su ropa solía estar limpia y en buen estado. Sus profesores coinciden en que Reggie era «un buen chico pero con mal genio» y, cuando se les insistió sobre este punto, tendieron a identificar la causa de su carácter irritable con «los problemas entre su padre y su madre, y también el problema con su hermana y su hermano». A partir de estas declaraciones, probablemente sea correcto suponer que la inusual naturaleza del matrimonio Arnold, además de la minusvalía de su hermano mayor y la incapacidad mental de la hermana pequeña, hayan colocado a Reggie en una posición delicada para hacer frente a los desafíos de la vida cotidiana.

Rudy y Laura Arnold, todo sea dicho, habían tenido que afrontar una situación muy difícil. Su hijo mayor estaba confinado a una silla de ruedas a causa de una grave parálisis cerebral y su hija había sido declarada no apta para recibir la educación escolar normal. Estos dos condicionantes de la vida de los Arnold tuvieron el efecto simultáneo de concentrar prácticamente toda la atención de los padres en los dos hijos problemáticos y cargar con lo que ya era un matrimonio bastante frágil en el que Rudy y Laura se habían separado una y otra vez. Finalmente, Laura tuvo que hacerse cargo de la familia sola.

Era poco probable que Reggie, atrapado en medio de tales penosas circunstancias familiares, recibiese mucha atención de sus padres. Laura confiesa sin esfuerzo que «no hizo lo correcto con el chico», pero su padre afirma que «lo recibió en su piso cinco o seis veces», en aparente referencia al hecho de cumplir con sus obligaciones paternas durante esos periodos en los que su esposa y él vivían separados. Como es fácil imaginar, la necesidad no satisfecha de Reggie de recibir una educación normal se transformó en intentos frecuentes de obtener la atención de los adultos. En las calles mostraba esta necesidad a través de pequeños hurtos y abusando de vez en cuando de los chicos más pequeños; en clase su conducta era mala. Este comportamiento, lamentablemente, era atribuido por sus profesores al antes mencionado «mal genio» y no al grito de ayuda que realmente era. Cuando se sentía frustrado, Reggie era propenso a lanzar su pupitre, golpearse la cabeza contra él y contra las paredes, para luego caer al suelo preso de un ataque de cólera.

El día del crimen, los informes dicen —y las imágenes de las cámaras de videovigilancia así lo confirman— que Michael Spargo y Reggie Arnold se encontraron en la tienda de la esquina próxima a la casa de los Arnold y en la ruta que seguía Michael para ir al colegio. Los dos chicos se conocían y obviamente habían jugado juntos en el pasado, si bien hasta ese momento eran desconocidos para los padres respectivos. Laura Arnold declara que había enviado a Reggie a la tienda en busca de leche y el dueño confirma que Reggie compró medio litro de leche semidesnatada. Al parecer, Reggie también robó dos barras de Mars «por diversión», según Michael.

Michael se unió a Reggie. En el camino de regreso a la casa de los Arnold, los dos chicos decidieron prolongar la diversión abriendo el cartón de leche y vertiendo su contenido en el depósito de gasolina de una Harley-Davidson, una travesura malvada presenciada por el dueño de la moto, quien les persiguió sin éxito. El hombre recordaría más tarde el anorak color mostaza que llevaba Michael Spargo y, si bien no fue capaz de identificar a ninguno de los dos chicos por su nombre, reconoció una fotografía de Reggie Arnold entre otras cuando se la enseñó la Policía.

Al llegar a su casa sin la leche que le habían enviado a comprar, Reggie le dijo a su madre —con Michael Spargo en calidad de testigo putativo— que había sido intimidado por dos chicos que le robaron el dinero con el que debía comprar la leche. «Se echó a llorar y empezó a darle uno de sus ataques —informa Laura Arnold—. Y yo le creí. ¿Qué otra cosa podía hacer?» Ésta es, sin duda, una pregunta pertinente, ya que, con su esposo ausente y considerando que intentaba cuidar sin ayuda de dos hijos discapacitados, la pérdida de un cartón de leche, no importa cuán necesario fuera aquella mañana, habría sido una cuestión de escasa importancia. Ella, no obstante, quiso saber quién era Michael Spargo, y le hizo esa pregunta a su hijo. Reggie le identificó como un «compañero del colegio» y se llevó a Michael para cumplir con la siguiente orden de su madre, que era evidentemente sacar a su hermana de la cama. Para entonces ya eran casi las ocho cuarenta y cinco y, si los chicos planeaban ir al colegio, iban a llegar tarde. Ellos sin duda lo sabían, ya que en la entrevista de Michael se detalla la discusión que Reggie mantuvo con su madre después de que ella le diera instrucciones: «Reggie comenzó a lloriquear diciendo que llegaría tarde al colegio, pero a ella no parecía importarle. Le dijo que moviera su culo hasta el piso de arriba y despertara a su hermana. También le dijo que debía rezar a Dios y agradecerle que no fuese como los otros dos», con lo que probablemente se refería a las discapacidades de sus hermanos. Este último comentario de Laura Arnold parece una frase trillada.

A pesar de la orden de su madre, Reggie no fue a buscar a su hermana. En lugar de eso, le contestó que «se fuera a tomar por aquello» (éstas son palabras de Michael, ya que Reggie parece haber sido más directo) y los dos chicos abandonaron la casa. Al llegar a la calle, vieron a Rudy Arnold, quien, durante el tiempo que ambos habían pasado en la cocina con Laura, había llegado en coche y estaba «holgazaneando como si tuviese miedo de entrar». Reggie y Rudy intercambiaron unas pocas palabras, posiblemente muy desagradables, al menos por parte de Reggie. Michael afirma que le preguntó quién era ese hombre, asumiendo que se trataba del «novio de su madre o algo así», y Reggie le dijo que ese «estúpido cabrón» era su padre y acompañó esta declaración con un pequeño acto de vandalismo: cogió una cesta para la leche del portal de un vecino, la lanzó a la calle y luego saltó sobre ella hasta destrozarla.

Según Michael, él no tomó parte en el destrozo. Su declaración sostiene que en ese momento tenía toda la intención de ir al colegio, pero que Reggie anunció que estaba «haciendo novillos» y que «se lo estaba pasando de puta madre por una vez». Fue Reggie, dice Michael, quien tuvo la idea de incluir a Ian Barker en lo que habría de suceder más tarde.

Con apenas once años, Ian Barker ya había sido calificado como «tarado, difícil, problemático, peligroso, *borderline*, irascible y psicópata», dependiendo del informe que uno leyera. En aquel momento, Ian era el hijo único de una madre de veinticuatro años (la identidad de su padre es desconocida hasta el día de hoy), pero se le había hecho creer que esa mujer joven era su hermana mayor. Al parecer había estado muy unido a su abuela, de quien naturalmente suponía que era su madre, pero aparentemente odiaba a la chica que creía era su hermana. Cuando tenía nueve años consideraron que ya era lo bastante mayor como para conocer la verdad. Sin embargo, Ian no se tomó muy bien aquella verdad, sobre todo porque la supo inmediatamente después de que a Tricia Barker le dijesen que abandonase la casa de su madre y se llevara a su hijo con ella. La abuela de Ian dice ahora que estaba haciendo todo lo posible «para aplicar por fin mano dura. Yo quería que ambos se quedaran —el niño y Tricia también— siempre que la chica trabajase, pero ella no quería atarse a ningún empleo y sólo quería ir de fiesta, estar con sus amigos, siempre fuera de casa. Pensé que si tenía que criar a su hijo sola, cambiaría de actitud».

Pero no lo hizo. Por cortesía del Gobierno, Tricia obtuvo un lugar donde vivir, si bien el piso era muy pequeño y se vio obligada a compartir una habitación diminuta con su hijo. No cabe duda de que fue en esa habitación donde Ian fué testigo de los encuentros sexuales de su madre con diferentes hombres y, al menos en cuatro ocasiones, con más de un hombre. Es importante señalar que Ian no se refiere habitualmente a ella como su madre y tampoco como Tricia, sino usando términos peyorativos tales como «escoria, cabrona, basura, puta y miserable». En cuanto a su abuela, jamás habla de ella.

Michael y Reggie no parece que hubieran tenido ningún problema en localizar a Ian Barker aquella mañana. No fueron a su casa —según Reggie «su madre estaba borracha la mayor parte del tiempo e insultaba a la gente que se acercaba a su puerta»—, sino que se toparon con él cuando estaba sacudiendo a un chico más pequeño de camino al colegio. Ian «había tirado la mochila del chico sobre la calzada» y estaba revolviendo su contenido para encontrar algo de valor, pero sobre todo dinero. Al no encontrar nada que quitarle al chico, «Ian le empujó violentamente contra una casa —en palabras de Michael—, y fue a por él».

Ni Reggie ni Michael intentaron detener el ataque. Reggie dice que «no era más que un poco de diversión. Vi que Ian no iba a hacerle daño», mientras que Michael sostiene que «no pude ver exactamente lo que Ian pensaba hacer», una afirmación bastante dudosa, ya que los cuatro chicos estaban a plena luz del día. No obstante, cualesquiera que hayan sido las intenciones de Ian, no pasaron de allí. Un motorista se detuvo junto a ellos y les preguntó qué estaban haciendo, y los chicos se alejaron corriendo.

Se ha sugerido que el deseo de Ian de lastimar a alguien aquel día y su frustración al no conseguirlo fueron la causa de lo que ocurrió después. De hecho, al ser interrogado en este sentido, Reggie Arnold se mostró más que dispuesto a echarle la culpa a Ian. Pero mientras que, en el pasado, la ira de Ian le había llevado a cometer actos cuya censurable naturaleza hizo que se le odiase más que a los dos otros dos chicos, cuando finalmente se supo la verdad, la evidencia muestra en última instancia que fue un «participante igualitario» (el entrecomillado enfático es mío) en lo que sucedió a continuación.

Junio
New Forest, Hampshire

Sólo el azar la atrajo hacia su órbita. Más tarde pensaría que si no hubiese mirado hacia abajo desde el andamio en aquel preciso momento, si hubiera llevado a *Tess* directamente a casa y no al bosque aquella tarde, ella tal vez no habría entrado en su vida. Pero esa idea incluía la propia sustancia de lo que se suponía que debía pensar, que era una conclusión a la que sólo llegaría una vez que ya fuese demasiado tarde.

Era media tarde y el día estaba siendo muy caluroso. Junio generalmente descargaba torrentes de lluvia, y se burlaba así de las esperanzas de verano que cualquiera pudiese alentar. Pero este año el tiempo parecía anticipar algo diferente. Los días soleados en un cielo sin nubes prometían un julio y un agosto durante los cuales la tierra se cocería, y los extensos prados en el interior del Perambulation se tornarían marrones, lo que obligaría a los ponis del New Forest a adentrarse en los bosques en busca de forraje.

Estaba en lo alto del andamio y se preparaba para subir a la parte superior del tejado donde había comenzado a colocar la paja. La paja, al ser mucho más flexible y manejable que los carrizos que formaban parte del resto de los materiales, podía doblarse para crear el reborde. Algunos consideraban aquel dibujo festoneado y entrecruzado con palos de una manera decorativa el «detalle bonito» en una techumbre de paja. Para él era exactamente lo que era: el elemento que protegía la capa superior de carrizos de las inclemencias del tiempo y el daño de las aves.

Había llegado casi al final. Se estaba impacientando. Llevaban trabajando tres meses en ese enorme proyecto y había prometido empezar otro al cabo de dos semanas. Aún había que completar el acabado y no podía dejar esa parte del trabajo en manos de su aprendiz. Cliff Coward aún no estaba preparado para usar las herramientas adecuadas en el tejado de paja. Ese trabajo era fundamental para el aspecto general del techo y exigía habilidad y un ojo correctamente entrenado. Pero no se podía confiar en Cliff para que realizara un trabajo de este nivel cuando, hasta el momento, no había conseguido concentrarse en las tareas más sencillas, como la que se suponía que debía estar cumpliendo ahora, que era llevar otros dos fardos de paja hasta allí arriba, como le había indicado. ¿Y por qué no había llevado a cabo todavía esta tarea tan sencilla?

Buscar una respuesta a esa pregunta era lo que alteraba la vida de Gordon Jossie. Se volvió desde lo alto del tejado al tiempo que gritaba: «¡Cliff! ¿Qué coño pasa contigo?», y vio debajo de él que su aprendiz ya no estaba junto a los fardos de paja, donde se suponía que debía estar, anticipándose a las necesidades del experto instalado en las alturas. En vez de eso, Cliff había ido hasta la polvorienta camioneta de Gordon, que se encontraba a unos metros de distancia. Allí estaba *Tess*, sentada en posición de firmes y agitando alegremente su frondosa cola mientras una mujer —una desconocida que parecía una visitante de los jardines, teniendo en cuenta el mapa que sostenía en la mano y la ropa que vestía— le acariciaba la cabeza dorada.

—¡Eh! ¡Cliff! —gritó Gordon Jossie.

El aprendiz y la mujer alzaron la vista.

Gordon no alcanzaba a ver su rostro con claridad a causa del sombrero que llevaba la mujer, de ala ancha, hecho de paja y que exhibía un pañuelo fucsia sujeto alrededor como si fuese una banda. El mismo color se repetía en el vestido, un vestido veraniego que dejaba al descubierto los brazos bronceados y las piernas largas igualmente bronceadas. Una pulsera de oro rodeaba su muñeca. Llevaba sandalias, sujetaba un bolso de paja debajo del brazo y la correa de cuero le colgaba del hombro.

Cliff contestó:

—Lo siento, estaba ayudando a esta señora.

—Lo siento, pero estoy completamente perdida —dijo la mujer, que se echó a reír. Luego añadió—: Lo siento mucho.

—Hizo un gesto con el mapa que sostenía en la mano, como si intentara explicar lo que era obvio: se había alejado de los jardines públicos hasta llegar al edificio administrativo cuyo techo él estaba reparando—. Nunca había visto a alguien cubriendo un techo con paja —concluyó, quizás con la intención de mostrarse amable.

Gordon, sin embargo, no estaba de humor para mostrarse amable. Estaba irritado y necesitaba paz y tranquilidad. No tenía tiempo para turistas.

—Intenta llegar a Monet's Pond —gritó Cliff desde abajo.

—Y yo intento colocar un puto reborde en este techo —respondió Gordon, aunque su voz apenas era audible. Hizo un gesto hacia el noroeste—. Hay un sendero junto a la fuente. La fuente con ninfas y faunos. Al llegar allí debe girar a la izquierda. Usted cogió la derecha.

—¿Sí? —contestó la mujer—. Bueno, eso es típico..., supongo.

Permaneció allí un momento, como si pensara que la conversación no había terminado. Llevaba gafas de sol y a Gordon se le ocurrió que el efecto general que producía la mujer era el de alguien famoso, tipo Marilyn Monroe, ya que sus curvas recordaban a esa actriz; no era como esas chicas delgadas como alfileres que uno solía ver. De hecho, al principio pensó que realmente podía tratarse de alguien famoso. Vestía como tal y se comportaba del modo apropiado: su expectativa de que cualquier hombre se mostraría más que dispuesto a dejar lo que estaba haciendo para conversar ansiosamente con ella lo demostraba.

—Ahora debería encontrar el camino sin problemas —le respondió brevemente.

—Ojalá eso fuese cierto —dijo ella. Luego añadió, en lo que a él le pareció un cometario un tanto ridículo—. No habrá ningún..., bueno, no habrá caballos allí, ¿verdad?

«¿Qué demonios...?», pensó Gordon. Entonces la mujer añadió:

—Es sólo que... les tengo bastante miedo a los caballos.

—Los ponis no le harán daño —contestó él—. Se mantendrán a distancia, a menos que intente darles algo de comer.

—Oh, yo nunca haría eso. —Aguardó un momento, como si esperase que Gordon dijese algo más, algo que él no tenía ninguna intención de hacer. Finalmente, añadió—: Gracias, de todos modos.

Y eso fue todo por su parte.

La mujer se alejó en la dirección que Gordon le había indicado y, mientras caminaba, se quitó el sombrero y lo hizo balancear sosteniéndolo con las puntas de los dedos. Tenía el pelo rubio, cortado como un gorro alrededor de la cabeza y, cuando lo agitó, volvió a acomodarse en su sitio con un tenue brillo, como si tuviera vida propia y supiese que eso era lo que debía hacer. Gordon no era inmune a las mujeres, de modo que pudo comprobar que su andar era elegante. Pero no sintió ninguna conmoción en la entrepierna y tampoco en el corazón, y eso le alegró. Imperturbable ante las mujeres, así era como le gustaba sentirse.

Cliff se reunió con él en el andamio, tras llevar en la espalda dos fardos de paja.

—A *Tess* le ha gustado esa mujer —dijo, como si fuese una explicación de algo o, quizás, en defensa de la desconocida—. Podría ser el momento de volver a intentarlo, tío.

Gordon observaba cómo la mujer se alejaba cada vez más.

Sin embargo, no eran la atracción o la fascinación por esa mujer el motivo de que Gordon la siguiera con la mirada. La observaba para comprobar si tomaba la dirección correcta una vez llegase a la fuente de las ninfas y los faunos. No fue así. Gordon meneó la cabeza. «Es inútil», pensó. Antes de que se diese cuenta estaría en el prado donde pastoreaban las vacas, pero quizá fuese capaz de encontrar a alguien que la ayudase al llegar allí.

Cliff quería ir a tomar unas copas cuando acabara el día. Gordon no. Él no bebía. Por otra parte, nunca le había gustado la idea de intimar con sus aprendices. Además, el hecho de que Cliff tuviese sólo dieciocho años convertía a Gordon en alguien trece años mayor y, la mayor parte del tiempo, se sentía como si fuese su padre. O se sentía como «debería» sentirse un padre, supuso, ya que no tenía hijos y tampoco el deseo ni la expectativa de tenerlos algún día.

—Voy a llevar a *Tess* a dar un paseo —le dijo a Cliff—. Esta noche no se quedará quieta si no descarga un poco de energía.

—¿Estás seguro, tío? —preguntó Cliff.

—Creo que conozco bien a mi perra —dijo Gordon. Sabía que no se refería a *Tess*, pero le convenció la forma en que su comentario sirvió para cortar de raíz la conversación. A Cliff le gustaba demasiado hablar.

Gordon le dejó en la puerta de un pub en Minstead, una aldea escondida en un pliegue del terreno que estaba formado por una iglesia, un cementerio, una tienda, el pub y un grupo de viejas cabañas hechas de arcilla y paja situadas alrededor de un pequeño prado. Éste recibía la sombra de un viejo roble; cerca de él, pastaba un poni moteado. La cola recortada del animal había crecido desde el pasado otoño, cuando lo habían marcado. El poni no levantó la cabeza cuando la camioneta se detuvo ruidosamente no muy lejos de sus patas traseras. El animal, vivía desde hacía tiempo en el New Forest, y probablemente sabía que su derecho a pastar allí donde le apeteciera era anterior al derecho de la camioneta a recorrer los caminos de Hampshire.

—Hasta mañana entonces —dijo Cliff, que se marchó para reunirse con sus colegas en el pub.

Gordon le observó cuando se alejaba y, por ninguna razón especial, esperó hasta que la puerta se cerró tras él. Luego puso nuevamente en marcha la camioneta.

Se dirigió, como siempre, a Longslade Bottom. Con el tiempo había aprendido que los hábitos fijos dotaban de seguridad. Durante el fin de semana podía escoger otro lugar para adiestrar a *Tess*, pero al acabar el trabajo de cada día prefería elegir uno cercano a donde vivía. También le gustaba el gran espacio abierto de Longslade Bottom. Y en los momentos en que sentía la necesidad de estar solo, le agradaba el hecho de que Hinchelsea Wood ascendiera por la ladera de la colina que se alzaba justo por encima de él.

El prado se extendía desde un aparcamiento irregular. Gordon avanzó por él entre las sacudidas de la camioneta. *Tess*, en la parte de atrás, ladraba con excitación al anticipar las carreras que le esperaban.

En un día agradable como aquél, el suyo no era el único vehículo asomado al borde del prado: media docena de coches se alineaban como si se tratara de gatitos amamantando, frente a la extensión de terreno abierto donde, a la distancia, podía verse pastando un rebaño de ponis, cinco potrillos entre ellos. Los ponis, acostumbrados tanto a la gente como a la presencia de otros animales, permanecían tranquilos ante los ladridos de los perros que ya correteaban por el prado. Pero en cuanto Gordon los vio a unos cien metros de distancia, supo que una carrera libre por la hierba cortada al ras no era aconsejable para su perra. *Tess* tenía una debilidad por los ponis salvajes del Forest. A pesar de que uno de ellos la había pateado, de que otro la había mordido, y de que Gordon la había regañado duramente una y otra vez, la perra se negaba a entender que su misión en la vida no era la de perseguir a esos pequeños caballos.

Tess ya estaba ansiosa. Gemía y se relamía por anticipado ante el desafío próximo. Gordon casi podía leer su mente canina: «¡Y también hay potrillos! ¡Malvados! ¡Qué divertido!».

—Ni se te ocurra —dijo Gordon y buscó la correa dentro de la camioneta. La sujetó al collar y luego soltó a *Tess*.

La perra se lanzó hacia delante plena de optimismo. Cuando Gordon tiró de la correa se produjo un intenso drama mientras *Tess* tosía y respiraba con dificultad. Gordon pensó, no sin resignación, que era un típico atardecer de paseo con su perra.

—No tienes el cerebro que Dios te dio, ¿verdad? —le preguntó. *Tess* lo miró, meneó la cola y sonrió como sonríen los perros—. Eso que haces puede que haya funcionado una vez —siguió—, pero ahora no te dará resultado.

Llevó a la golden retriever hacia el noreste, decididamente lejos de los ponis y sus potrillos. *Tess* fue con él, pero dispuesta a cualquier forma de manipulación que pudiese intentar. Miraba repetidamente por encima del hombro y gemía, obviamente con la esperanza de que su dueño cambiara de opinión. No lo consiguió.

Longslade Bottom comprendía tres áreas: el prado donde pastaban los ponis; una zona de arbustos hacia el noroeste, donde florecían brezos negros y morados; y un cenagal central, donde unos cojines amorfos de musgo absorbían el agua en movimiento mientras las flores de los tréboles de agua crecían en estallidos blancos y rosados de rizomas que emergían de las charcas poco profundas. Un sendero que nacía en el aparcamiento llevaba a los caminantes por la ruta más segura a través del cenagal y, a lo largo de este camino, las cabezas plumosas de los juncos lanudos formaban grandes matas de hierba en la tierra turbosa.

Gordon se dirigió en esta última dirección, donde el sendero que atravesaba el cenagal los llevaría colina arriba, hasta alcanzar Hinchelsea Wood. Cuando llegasen al bosque podría soltar a la perra. Los ponis estarían fuera de su vista y, para *Tess*, fuera de vista significaba fuera de su mente. Poseía esa admirable cualidad: podía vivir totalmente en el presente.

El solsticio de verano no estaba lejos, de modo que el sol aún estaba alto en un cielo sin nubes, a pesar de la hora del día. Su luz destellaba contra los cuerpos iridiscentes de las libélulas y sobre el brillante plumaje de los frailecillos que levantaban el vuelo cuando Gordon y la perra pasaban junto a ellos. Una ligera brisa trasladaba la rica fragancia de la turba y la vegetación descompuesta que la había creado. Toda la atmósfera estaba viva, desde la llamada áspera de los zarapitos hasta los gritos de los dueños de los perros en el prado.

Gordon mantuvo a *Tess* cerca de él. Comenzaron a ascender hacia Hinchelsea Wood y dejaron atrás el prado y el cenagal. Cuando pensó en ello, Gordon decidió que, de todos modos, el bosque era la mejor opción para un paseo vespertino. En los senderos que discurrían debajo de los árboles el aire sería fresco, con las hayas y los robles que exhibían todo su follaje veraniego, y los castaños dulces, que proporcionaban un resguardo adicional. Después de un día soportando el calor, cargando carrizos y fardos de paja hasta el tejado, Gordon estaba deseando tomarse un respiro del sol.

Soltó a la perra cuando llegaron a los dos cipreses que señalaban la entrada oficial al bosque y la observó hasta que desapareció entre los árboles. Sabía que acabaría regresando. Faltaba poco para la hora de la cena y *Tess* no era una perra que se perdiera sus comidas.

Él también continuó andando, con la mente ocupada. Aquí, en el bosque, nombraba los árboles. Había sido un estudioso del New Forest desde que llegó por primera vez a Hampshire y, después de una década, conocía el Perambulation, su carácter y su legado mejor que la mayoría de los lugareños.

Después de haber andado un trecho decidió sentarse en el tronco de un aliso caído, no muy lejos de un bosquecillo de acebo. Aquí los rayos del sol se filtraban a través de las ramas de los árboles, moteando un terreno de consistencia esponjosa después de años de abono natural. Gordon continuó con su costumbre de nombrar los árboles a medida que los veía y luego siguió con las plantas. Pero había muy pocas, porque el bosque formaba parte de la tierra de pastoreo y era visitado por ponis, asnos y gamos. En abril y mayo los animales disfrutarían de un auténtico banquete con los tiernos brotes de los helechos, moviéndose alegremente entre éstos y las flores silvestres, los alisos jóvenes y los brotes de las nuevas zarzas. Los animales, por lo tanto, convertían en un desafío la actividad mental de Gordon. Esculpían el paisaje de manera que caminar por el bosque, a través de los árboles, era una tarea muy simple y no el reto que implicaba recorrer un sendero sorteando la maleza.

Oyó los ladridos de la perra y prestó atención. No estaba preocupado, ya que reconocía los diferentes ladridos de *Tess*. Éste era uno alegre, el que emitía para saludar a un amigo o a un palo lanzado en Hatcher Pond. Se levantó y miró en la dirección de la que provenían los ladridos. El sonido se acercó y, mientras lo hacía, alcanzó a oír una voz que lo acompañaba, la voz de una mujer. Poco después la vio aparecer entre los árboles.

Al principio no la reconoció, ya que se había cambiado de ropa. Había sustituido el vestido de verano, el sombrero de sol y las sandalias por unos pantalones caqui y una camisa de manga corta. Aún llevaba puestas las gafas de sol —él también, ya que el día seguía siendo soleado y luminoso— pero su calzado aún era completamente inadecuado para lo que estaba haciendo. Aunque había prescindido de las sandalias, las había reemplazado por unas botas de goma de caña alta, una elección muy extraña para un paseo en pleno verano, a menos que su intención fuese caminar a través del cenagal.

—Ya me parecía que se trataba del mismo perro. Es la cosa más dulce del mundo —dijo ella.

Podría haber pensado que le había seguido a Longsdale Bottom y Hinchelsea Wood, salvo por el hecho evidente de que había llegado allí antes que él. La mujer salía del bosque; él estaba entrando. Desconfiaba de la gente, pero se negaba a mostrarse paranoico.

—Usted estaba buscando Monet's Pond.

—Lo encontré —contestó ella—. Aunque no sin acabar primero en una zona de pastoreo de vacas.

—Sí —dijo él.

La mujer ladeó la cabeza. Su pelo volvió a reflejar la luz, como lo había hecho en Boldre Gardens. Él se preguntó, estúpidamente, si se habría hecho mechas. Nunca había visto un pelo con ese brillo.

—¿Sí? —repitió ella.

Él balbuceó al responder.

—Lo sé. Quiero decir, sí, lo sé. Pude adivinarlo. Por el camino que tomó.

—Oh, de modo que me estaba observando desde ese tejado, ¿verdad? Espero que no se haya echado a reír. Habría sido muy cruel.

—No.

—Bueno, soy un desastre leyendo mapas y no mucho mejor con las indicaciones, de modo que no es ninguna sorpresa que volviese a perderme. Al menos no me topé con ningún caballo.

Él miró a su alrededor

—Éste no es un buen lugar para pasear, ¿no cree? Sobre todo si no se le dan bien los mapas y las indicaciones.

—¿En el bosque, quiere decir? Pero no me ha faltado ayuda. —Hizo un gesto hacia el sur y él pudo ver que estaba señalando hacia la cima de una colina distante donde se alzaba un enorme roble, más allá del bosque—. Cuando entré en el bosque mantuve ese árbol siempre a la vista y a mi derecha, y ahora que se encuentra a mi izquierda estoy bastante segura de que me dirijo hacia el aparcamiento. De modo que, como puede ver, a pesar de tropezarme con ese sitio donde colocan paja en los tejados y meterme en un campo donde pastan las vacas, no estoy completamente perdida.

—Ese árbol es de Nelson —dijo él.

—¿Qué? ¿Quiere decir que alguien es el dueño de ese árbol? ¿Se encuentra en una propiedad privada?

—No. Es tierra de la Corona. Se llama el «roble de Nelson». Se supone que lo plantó él. Lord Nelson, quiero decir.

—Ah. Entiendo.

La observó más detenidamente. Acababa de hacer una mueca con los labios, y a él se le pasó por la cabeza que quizá no supiera realmente quién era Lord Nelson. Hoy había gente de esa edad que no lo sabía. Para ayudarla sin colocarla en una situación incómoda, dijo:

—El almirante Nelson hizo construir sus barcos en los astilleros de Buckler's Hard. Más allá de Beaulieu. ¿Conoce ese lugar? ¿En el estuario? Empleaban una enorme cantidad de madera, de modo que tuvieron que comenzar a reforestar el bosque. Es probable que Nelson no plantase ningún roble con sus propias manos, pero, de todos modos, el árbol está asociado a su nombre.

—No soy de aquí —dijo ella—. Aunque me imagino que ya se ha dado cuenta de eso. —Extendió la mano—. Gina Dickens. Ninguna relación. Sé que ella es *Tess* —añadió con una leve inclinación de la cabeza mirando a la perra, que se había instalado alegremente junto a Gina—, pero no cómo se llama usted.

—Gordon Jossie —dijo él, y le estrechó la mano. La suavidad del tacto le recordó cuán ásperas estaban sus manos por el trabajo. Y qué sucias, considerando que se había pasado todo el día en ese tejado—. Lo había supuesto.

—¿Qué?

—Que no era de por aquí.

—Sí. Bueno, supongo que los lugareños no se pierden tan fácilmente como yo, ¿verdad?

—No es eso. Sus pies.

Ella bajó la vista.

—¿Qué pasa con ellos?

—Las sandalias que llevaba puestas en Boldre Gardens y ahora eso —dijo él—. ¿Por qué se ha puesto esas botas de goma? ¿Piensa meterse en la zona del pantano o algo así?

Ella volvió a hacer ese gesto con la boca. Él se preguntó si eso significaba que estaba tratando de contener la risa.

—Usted es una persona de campo, ¿verdad?, de modo que pensará que soy tonta. Es por las víboras —dijo—. He leído que hay víboras en el New Forest y no quería toparme con uno de esos bichos. Ahora se reirá de mí, ¿no es cierto?

Él no tuvo más remedio que sonreír.

—Entonces, ¿espera encontrar serpientes en el bosque? —No aguardó a que le respondiera—. Están entre los matorrales. Se quedarán allí donde haya más sol. Podría ocurrir que se topase con una de ellas en el sendero que atraviesa el cenagal, aunque es poco probable.

—Veo que tendría que haberle consultado antes de cambiarme de ropa. ¿Ha vivido siempre aquí?

—Desde hace diez años. Vine desde Winchester.

—¡Yo también! —Ella desvió la mirada en la dirección de donde había llegado y dijo—: ¿Puedo acompañarle durante un trecho, Gordon Jossie? No conozco a nadie en este lugar y me encantaría hablar con alguien, y puesto que parece inofensivo y está acompañado de la más dulce de las perras...

Él se encogió de hombros.

—Como guste. Pero yo sólo sigo a *Tess*. No necesitamos seguir andando. Ella entrará en el bosque y regresará cuando esté lista..., quiero decir, si prefiere sentarse en lugar de caminar.

—Oh, sí, mejor nos sentamos. A decir verdad, ya he caminado demasiado.

Él señaló el tronco donde había estado sentado cuando ella apareció entre los árboles. Se sentaron separados por una prudente distancia, pero *Tess* no se alejó, como Gordon pensó que haría. En lugar de eso, la perra se acomodó junto a Gina. Suspiró y apoyó la cabeza sobre las patas.

—Usted le gusta —dijo él—. Los lugares vacíos necesitan llenarse.

—Una gran verdad.

Parecía apesadumbrada, de modo que Gordon le hizo la pregunta obvia. No era habitual que alguien de su edad se mudase al campo. Los jóvenes acostumbraban a emigrar en la dirección opuesta.

—Bueno, sí. Fue por una relación que acabó «muy» mal. —Pero lo dijo con una sonrisa—. De modo que aquí estoy. Espero poder trabajar con adolescentes embarazadas. Eso es lo que hacía en Winchester.

—¿De verdad?

—Parece sorprendido. ¿Por qué?

—No parece mucho mayor que una adolescente.

Ella deslizó las gafas de sol por el puente de la nariz y le miró por encima de los cristales.

—¿Está coqueteando conmigo, señor Jossie? —preguntó.

Él sintió una ráfaga de calor en el rostro.

—Lo siento. No era mi intención…

—Oh. Lástima. Pensé que quizás sí lo era. —Se colocó las gafas en la parte superior de la cabeza y le miró abiertamente. Pudo comprobar que sus ojos no eran azules ni verdes, sino de un color intermedio, indefinible e interesante—. Se está sonrojando. Nunca había hecho sonrojar antes a un hombre. Es muy dulce. ¿Se ruboriza a menudo?

Gordon sintió que la sensación de calor aumentaba. Él no «tenía» esta clase de conversaciones con las mujeres. No sabía qué hacer con ellas: las mujeres o las conversaciones.

—Le estoy incomodando. Lo siento. No era mi intención. A veces gasto bromas. Es una mala costumbre. Tal vez pueda ayudarme a romperla.

—Gastar bromas no es malo —dijo él—. Estoy más…, estoy un poco confundido. Yo, principalmente…, cubro con paja los tejados.

—¿Todos los días?

—Más o menos.

—¿Y para divertirse? ¿Para relajarse? ¿Para distraerse?

Él hizo un gesto con la cabeza señalando a *Tess*.

—Hmmm. Entiendo. —Se inclinó hacia la perra y la acarició donde más le gustaba, justo en la parte exterior de las orejas. Si la retriever hubiese sido capaz de ronronear, lo habría hecho. Gina pareció haber tomado una decisión, ya que, cuando alzó la vista, su expresión era pensativa—. ¿Le gustaría ir a tomar algo conmigo? Como ya he dicho antes, no conozco a nadie en este lugar y usted «sigue» pareciéndome alguien inofensivo, y como «yo» soy inofensiva y como tiene una perra encantadora… ¿Le gustaría?

—En realidad, no bebo.

Ella enarcó las cejas.

—¿No ingiere ninguna clase de líquidos? Eso no es posible.

Él sonrió, a pesar de sí mismo, pero no contestó.

—Pensaba tomar una limonada —dijo ella—. Yo tampoco bebo. Mi padre… Él bebía mucho, de modo que me mantengo alejada del alcohol. Eso me convirtió en una inadaptada en el colegio, aunque en el buen sentido, creo. Siempre me gustó ser diferente de los demás.

Luego se levantó y se sacudió el polvo de los pantalones. *Tess* también se levantó y agitó la cola. Era evidente que la perra había aceptado la impulsiva invitación de Gina Dickens. A Gordon no le quedó más alternativa que hacer lo mismo.

No obstante, dudó un momento. Prefería mantenerse a distancia de las mujeres, pero ella no le estaba proponiendo una relación, ¿verdad? Y, por el amor de Dios, parecía bastante inofensiva. Su mirada era franca y amistosa.

—Hay un hotel en Sway —dijo él.

Gina pareció sorprendida y él se dio cuenta de cómo había sonado ese comentario. Con las orejas encendidas, dijo.

—Quiero decir que Sway está muy cerca de aquí y en el pueblo no hay ningún pub. Todo el mundo utiliza el bar del hotel. Puede acompañarme hasta allí y tomar algo conmigo.

La expresión de ella se suavizó.

—Creo que es usted un hombre realmente encantador.

—Oh, no creo que eso sea verdad.

—Lo es, de veras.

Echaron a andar. *Tess* caminaba delante de ellos y entonces, en un acto prodigioso que Gordon no olvidaría fácilmente, la perra esperó en el límite del bosque donde el sendero comenzaba a descender por la ladera de la colina en dirección al cenagal. Vio que *Tess* estaba esperando a que le sujetara la correa al collar. Ése fue el primer indicio. No era un hombre que buscase señales, pero ésta parecía indicarle lo que debía hacer a continuación.

Cuando llegaron a donde estaba *Tess*, él ajustó la correa en el collar y se la dio a Gina al tiempo que le preguntaba:

—¿Qué quiso decir con ninguna relación? —Ella juntó las cejas. Gordon continuó—: Ninguna relación. Eso fue lo que añadió cuando me dijo su nombre.

Otra vez esa expresión. Era suavidad y algo más, y hacía que se mostrase cauteloso, aunque deseaba acercarse a ella.

—Charles Dickens —dijo Gina—. El escritor. No tengo ningún parentesco con él.

—Oh —dijo él—. Yo no… No leo mucho.

—¿No? —preguntó ella mientras descendían por la ladera de la colina. Enlazó la mano a través del brazo de Gordon mientras *Tess* los guiaba—. Me temo que tendremos que hacer algo al respecto.

Julio

1

Cuando Meredith Powell se despertó y vio la fecha en el despertador digital, tomó conciencia de cuatro hechos en cuestión de segundos: ese día cumplía veintiséis años; era su día libre; era el día para el que su madre había sugerido un programa de abuela-arruina-la-aventura-de-su-única-nieta; y era la oportunidad perfecta para disculparse con su mejor y más antigua amiga por una pelea que les había impedido ser las mejores y más viejas amigas durante casi un año. Lo último se le ocurrió porque Meredith siempre compartía su cumpleaños con esta mejor y más vieja amiga. Ella y Jemima Hastings habían sido inseparables desde que tenían seis años y habían celebrado sus cumpleaños juntas desde el octavo en adelante. Meredith sabía que si hoy no arreglaba las cosas con Jemima, probablemente no lo haría nunca, y si tal cosa sucedía, una tradición que ella valoraba profundamente quedaría destruida. No quería eso. No era fácil conseguir buenos amigos.

El cómo se disculparía le llevó un poco más de tiempo. Meredith pensó en ello mientras se duchaba. Se decidió por un pastel de cumpleaños. Lo prepararía ella, lo llevaría a Ringwood y se lo entregaría a Jemima junto con su sincera disculpa y el reconocimiento de que había obrado mal. No insistiría en la disculpa y en la admisión de culpa; sin embargo, no haría mención alguna a la pareja de Jemima, que había sido la causa de la discusión. Porque sabía que sería inútil. Simplemente se tenía que enfrentar a que Jemima siempre había sido una romántica cuando se trataba de tíos, mientras que ella —Meredith— tenía la completa y absolutamente innegable experiencia de saber que los hombres eran sólo animales vestidos de humanos, que quieren a las mujeres para el sexo, la maternidad y como amas de casa. Si sólo fuesen capaces de «decirlo», en lugar de fingir que están desesperados por encontrar otra cosa, las mujeres con las que se liaban podrían elegir con mayor conocimiento acerca de cómo querían vivir sus vidas, en lugar de creer que están «enamoradas».

Meredith desdeñaba toda idea del amor. Había estado allí, había hecho eso, y el resultado era Cammie Powell: cinco años, la luz de los ojos de su madre, sin padre y con todas las probabilidades de que siguiera siendo así.

En ese momento, Cammie estaba aporreando la puerta del baño y gritando:

—¡Mami! ¡*Mammmmmmmmmmmiiiiiii*! La abuela dice que hoy iremos a ver las nutrias y comeremos polos y hamburguesas. ¿Tú también vendrás? Porque también hay búhos. Dice que un día iremos al hospital de los erizos, pero que es un viaje muy largo y que para eso tengo que ser mayor. La abuela cree que te echaré de menos, eso es lo que ella dice, pero tú podrías venir con nosotras, ¿verdad? ¿Podrías hacerlo, mami? ¿*Mammmmmmmmmmiiiiiii*?

Meredith sonrió. Cammie se despertaba cada mañana en la modalidad de monólogo total y, generalmente, no paraba de hablar hasta que llegaba la hora de irse otra vez a la cama. Mientras se secaba con la toalla, Meredith le preguntó:

—¿Ya has desayunado, cariño?

—Me he olvidado —le informó Cammie. Meredith oyó un sonido áspero y supo que su hija estaba arrastrando las pantuflas—. Pero, de todos modos, la abuela dice que tienen bebés. Nutrias bebés. Dice que cuando sus mamás se mueren, o cuando se las comen, necesitan que alguien los cuide, y eso es lo que hacen en el parque. El parque de las nutrias. ¿Qué comen las nutrias, mami?

—No lo sé, Cam.

—Algo tienen que comer. Todas las cosas comen todo. O algo. ¿Mami? ¿*Mammmmmmmmmmmiiiiiii*?

Meredith se encogió de hombros dentro del albornoz y abrió la puerta. Cammie estaba allí, su viva imagen cuando tenía cinco años. Era demasiado alta para su edad y, como Meredith, excesivamente delgada. Era un auténtico regalo, pensó, que Cammie no se pareciera en lo más mínimo al inútil de su padre. Su padre había jurado que jamás la vería si Meredith era «una terca y sigues adelante con este embarazo, porque, por el amor de Dios, tengo una esposa, pequeña estúpida. Y dos hijos. Y tú lo sabías jodidamente bien, Meredith».

—Ahora nos daremos el abrazo de la mañana, Cammie —le dijo Meredith a su hija—. Después quiero que me esperes en la cocina. Tengo que preparar un pastel. ¿Querrás ayudarme?

—La abuela está haciendo el desayuno en la cocina.

—Espero que haya espacio para dos cocineras.

Y así fue. Mientras la madre de Meredith trabajaba en las hornallas, revolviendo los huevos y controlando el beicon, Meredith comenzó a preparar el pastel. Era un procedimiento bastante sencillo, ya que utilizó una mezcla envasada que su madre desdeñó haciendo chasquear la lengua cuando Meredith volcó el contenido dentro de un cuenco.

—Es para Jemima —le dijo Meredith.

—Es como si llevaras agua a un río —observó Janet Powell.

Bueno, por supuesto que sí, pero no podía evitarlo. Además, la intención era lo importante, no el pastel en sí. Aparte de eso, incluso trabajando desde cero con ingredientes suministrados por alguna diosa de la despensa, Meredith nunca habría podido igualar lo que Jemima era capaz de conseguir con harina, huevos y todo lo demás. De modo que, ¿para qué intentarlo? Después de todo no se trataba de un concurso. Era una amistad que necesitaba ser rescatada.

Abuela y nieta habían partido hacia su aventura con las nutrias, y el abuelo ya se había marchado a trabajar cuando Meredith acabó finalmente de cocinar el pastel. Había elegido hacerlo de chocolate con un baño también de chocolate. Le había quedado ligeramente inclinado hacia un lado y un poco hundido en el medio..., bueno, para eso estaba precisamente el baño que se le aplicaba al pastel, ¿verdad? Utilizado generosamente y con muchos toques decorativos servía para ocultar un montón de errores.

El calor que emitía el horno había elevado la temperatura en la cocina, de modo que Meredith decidió que debía ducharse otra vez antes de salir hacia Ringwood. Luego, como era su costumbre, se cubrió de los hombros a los pies con un caftán para disimular la naturaleza excesivamente delgada de su cuerpo, y llevó el pastel de chocolate al coche, donde lo depositó con mucho cuidado en el asiento del pasajero.

«Dios mío, qué calor», pensó. Aún no eran las diez y el día hervía. Había pensado que el calor se debía a que el horno había estado encendido mucho tiempo en la cocina, pero no era así. Bajó los cristales de las ventanillas, se instaló en el asiento que parecía crepitar y se puso en marcha. Tenía que sacar el pastel del coche lo antes posible, o sólo le quedaría un charco de chocolate.

El viaje a Ringwood no era demasiado largo, apenas un paseo por la A31 con el viento soplando a través de las ventanillas y su cinta de afirmación personal sonando a todo volumen. Una voz recitaba: «Yo soy y yo puedo, yo soy y yo puedo», y Meredith se concentró en este mantra. En verdad no creía que este tipo de cosas realmente funcionara, pero estaba decidida a remover cielo y tierra en pos de su carrera.

Un atasco de tráfico en la salida de Ringwood le recordó que era día de mercado. El centro de la ciudad estaría rebosante de gente, con los compradores avanzando en oleadas hacia la plaza del mercado, donde una vez por semana los pintorescos puestos se instalaban debajo de la torre neonormanda de la iglesia parroquial de San Pedro y San Pablo. Además de la gente que acudía a comprar habría turistas, ya que en esta época del año el New Forest estaba plagado de ellos, como cuervos alrededor de un animal muerto en la carretera: excursionistas, caminantes, ciclistas, fotógrafos aficionados y demás formas de entusiastas del aire libre.

Meredith echó un vistazo a su pastel de chocolate. Había sido un error colocarlo sobre el asiento y no en el suelo. El sol le daba de lleno y el baño de chocolate no estaba saliendo airoso de la experiencia.

Meredith tuvo que reconocer que su madre tenía razón: ¿en qué demonios estaba pensando, llevándole un pastel a Jemima? Bueno, ahora ya era demasiado tarde para cambiar de planes. Tal vez las dos se echarían a reír juntas cuando finalmente consiguiera llegar con el pastel a la tienda de su amiga. Era el Cupcake Queen, en Hightown Road. La propia Meredith había ayudado a que Jemima encontrase ese local desocupado.

Hightown Road era una zona variopinta, perfecta para el Cupcake Queen. A un lado de la calle, las residencias de ladrillo rojo asumían la forma de verandas que se curvaban en un agradable arco de porches abovedados, miradores y ventanas abuhardilladas con carpintería blanca que formaba sus delicados picos. El Railway Hotel, un antiguo hostal, se alzaba un poco más lejos en ese mismo lado de la calle, con plantas que se inclinaban desde tiestos de hierro forjado que colgaban encima de las ventanas y derramaban su color hacia la acera. En el otro lado de la calle, había tiendas de automóviles que ofrecían servicios desde reparación de coches hasta ventas de todoterrenos. Un salón de peluquería ocupaba unos bajos junto a una lavandería industrial. Cuando Meredith vio por primera vez, contiguo a esta última, un establecimiento vacío con un polvoriento cartel de «SE ALQUILA» en el escaparate, había pensado de inmediato en el negocio de pasteles de Jemima, que había empezado con mucho éxito en su casa cerca de Sway, pero que por aquel entonces necesitaba expandirse.

—Jem, será genial —le había dicho entonces—. Yo puedo acercarme a la hora del almuerzo y podemos comer un bocadillo o cualquier cosa.

Por otra parte, ya era hora de hacerlo. ¿Acaso quería llevar para siempre su incipiente negocio desde la cocina de su casa? ¿No quería dar el gran salto?

—Tú puedes hacerlo, Jem. Tengo fe en ti.

Fe en lo que a los negocios se refiere, en realidad. Cuando se trataba de cuestiones personales, no tenía ninguna fe en Jemima.

No le había llevado mucho tiempo convencerla, y el hermano de Jemima había aportado parte del dinero, como Meredith sabía que haría. Pero poco después de que Jemima firmase el contrato de alquiler, Meredith y ella se habían distanciado a causa de una acalorada y francamente estúpida discusión acerca de lo que Meredith consideraba la eterna necesidad de Jemima de tener un hombre a su lado.

—Tú amarás a cualquiera que te ame. —Con esas palabras, Meredith había dado por concluida su apasionada crítica sobre la pareja más reciente de Jemima, uno más en la larga lista de hombres que habían entrado y salido de su vida—. Venga, Jem.

Cualquiera que tenga ojos y medio cerebro puede ver que hay algo raro en ese tío.

No era la mejor manera de calificar a un hombre con la que tu mejor amiga afirma que está decidida a casarse. Vivir con él ya era bastante malo, en lo que a Meredith concernía. Pero atarse a él para siempre…

De modo que el insulto había sido doble, a Jemima y al hombre al que su amiga, al parecer, amaba. Por lo tanto, Meredith nunca había visto los frutos del trabajo de Jemima en cuanto al lanzamiento del Cupcake Queen.

Ahora, lamentablemente, tampoco pudo ver los frutos de ese trabajo. Cuando Meredith aparcó, cogió el pastel de chocolate —ahora más que nunca parecía como si el chocolate estuviese transpirando, y eso no podía ser una buena señal— y llevó el regalo hasta la puerta del Cupcake Queen, descubrió que la tienda estaba cerrada a cal y canto, los alféizares de las ventanas estaban cubiertos de tierra y el interior explicaba la historia de un negocio que había fracasado. Meredith alcanzó a ver un exhibidor vacío, junto con un mostrador polvoriento y una antigua estantería de pastelero que no contenía utensilios ni tampoco productos horneados. ¿Y esto era…, qué? ¿Diez meses después de haber abierto la tienda? ¿Seis meses después? ¿Ocho? Meredith no lo recordaba con exactitud, pero no le gustó nada lo que veía, y le costaba creer que el negocio de Jemima pudiera haberse hundido tan deprisa. Cuando trabajaba desde su casa contaba con un número de clientes más que razonable y, seguramente, la habrían seguido a Ringwood. ¿Qué había ocurrido?

Decidió que buscaría a la única persona que probablemente pudiese darle una explicación al respecto. Ella ya tenía su propia teoría sobre el asunto, pero quería estar preparada para cuando finalmente se encontrase con Jemima.

Meredith encontró por fin a Lexie Streener en el salón de peluquería de Jean Michel, en la calle principal. Primero fue a la casa de la adolescente, donde la madre de la chica interrumpió lo que estaba haciendo —tecleando un extenso folleto sobre la tercera bienaventuranza del Sermón de la Montaña— para exponer con aburridos detalles lo que significaba realmente estar entre los humildes. Cuando Meredith insistió, en busca de más información, la mujer reveló que Lexie estaba lavando el pelo en la peluquería de Jean Michel («No hay *ningún* Jean Michel —señaló con aspereza—. Eso es una mentira, algo que está en contra de la ley de Dios»).

En la peluquería de Jean Michel, Meredith tuvo que esperar a que Lexie Streener acabase de frotar enérgicamente el cuero cabelludo de una mujer corpulenta que ya había tomado cantidades más que suficientes de sol y que exhibía suficiente carne como para ilustrarlo. Meredith se preguntó si Lexie estaba planeando hacer carrera como peluquera. Esperaba que no, ya que si la propia cabeza de la chica representaba algún indicio de sus talentos en este terreno, nadie que tuviese sentido común permitiría que ella se le acercase con unas tijeras o un bote de tinte en las manos. Sus mechones eran azules, rosados y rubios. Se los había cortado hasta un largo realmente punitivo —uno pensaba de inmediato en la presencia de piojos—, o bien se habían caído, incapaces de hacer nada más después de repetidas exposiciones al teñido y la decoloración.

—Sólo me llamó un día por teléfono —dijo Lexie cuando Meredith finalmente pudo hablar con la chica. Había tenido que esperar al descanso de Lexie y le había costado una Coca-Cola, pero estaba bien si ese mínimo gasto le reportaba información—. Pensaba que estaba haciendo un buen trabajo en la tienda, pero de pronto me llama y me dice que no vaya a trabajar al día siguiente. Le pregunté si era por algo que yo había hecho, como fumarme un cigarrillo demasiado cerca de la puerta, ya sabes, o algo así, pero todo lo que me dice es: «No, no se trata de ti». De modo que creo que se trata de mi madre o de mi padre, con todo ese rollo de la Biblia, y pienso que han estado echándole un sermón o dejándole, ya sabes, esas cosas que escribe mi madre. ¿Debajo del limpiaparabrisas? Pero ella me dice: «Soy yo. No eres tú. No son ellos». Entonces me dice que lo siente y que no le pregunte nada más.

—¿El negocio iba mal? —preguntó Meredith.

—No lo creo. Allí siempre había gente comprando cosas. Si quieres saber mi opinión, es muy raro que ella quisiera cerrar la tienda, y yo lo sabía. De modo que la llamé por teléfono una semana después de que hablara conmigo. Tal vez un poco más. No lo sé exactamente. La llamé al móvil para averiguar qué había pasado, pero sólo conseguí contactar con su buzón de voz. Le dejé un mensaje. Eso lo hice dos veces, al menos. Pero nunca me devolvió las llamadas, y cuando intenté comunicarme otra vez con ella…, el teléfono estaba… Nada. Era como si lo hubiese perdido o algo así.

—¿La llamaste a su casa?

Lexie meneó la cabeza y se tocó un corte que estaba cicatrizando en el brazo. Era lo que hacía: autolesionarse. Meredith lo sabía porque la tía de Lexie era la dueña de la agencia de diseño gráfico donde ella trabajaba mientras esperaba para dedicarse a lo que realmente quería hacer, que era el diseño textil, y como Meredith sentía una gran admiración por la tía de Lexie y como la tía de Meredith se preocupaba por la chica y se preguntaba si no habría algo que pudiese sacarla de su casa y alejarla unas horas al día de sus padres medio chiflados…, Meredith le había sugerido a Jemima que contratase a Lexie como su primera empleada. El plan había sido que, al principio, la ayudase a instalar la tienda y luego trabajase detrás del mostrador. Jemima no podía hacerse cargo de todo y Lexie necesitaba el trabajo, y además Meredith quería ganar puntos con su jefa. Todo parecía haber salido a pedir de boca.

Pero era evidente que algo no había funcionado.

—Entonces ¿no hablaste con…, bueno, con él? ¿Ella no dijo nada acerca de lo que podría haber estado ocurriendo en su casa? ¿No la llamaste allí?

Lexie meneó la cabeza.

—Supongo que, simplemente, no me quería —contestó la chica—. En general, nadie lo hace.

De modo que no tenía más alternativa que ir a casa de Jemima. Era lo único que podía hacer. No le gustaba nada esa idea, porque sentía que le proporcionaba a su amiga una especie de ventaja sobre ella en la conversación. Pero sabía que si realmente su intención era reconciliarse, entonces tendría que hacer todo lo que hiciera falta para conseguir su propósito.

Jemima vivía con su novio entre Sway y Mount Pleasant. Allí, ella y Gordon Jossie, de alguna manera, habían conseguido lo que en Inglaterra se denomina «acceder a los derechos de un plebeyo», de modo que había tierra unida a la propiedad. En verdad no era mucha tierra, pero, aun así, media docena de hectáreas no eran una cantidad nada despreciable. En la propiedad había también algunas construcciones: una vieja cabaña de arcilla y paja, un granero y un cobertizo. Una parte de las tierras incluía antiguos prados para atender a las necesidades de los ponis de la finca durante los meses de invierno. El resto eran tierras desocupadas, llenas en su mayor parte de matorrales que, a lo lejos, dejaban paso a una zona boscosa que no formaba parte de la finca.

Las construcciones en la propiedad estaban a la sombra de un grupo de castaños dulces, todos ellos desmochados hacía tiempo, de modo que ahora sus ramas crecían por encima de la altura de la cabeza desde los restos bulbosos de aquellas primeras amputaciones que, cuando eran jóvenes, habían contribuido a salvar a los árboles de las bocas hambrientas de los animales. Eran unos castaños realmente enormes. En los meses de verano moderaban la temperatura alrededor de la casa y perfumaban el aire con una fragancia que resultaba embriagadora.

Cuando atravesó el alto seto de espino silvestre y accedió al camino particular que dibujaba una línea empedrada de guijarros entre la casa y el prado que se extendía hacia el oeste, Meredith vio que, debajo de uno de los castaños que se alzaban delante de la casa había una mesa de hierro oxidada, cuatro sillas y una mesilla rodante para el té que formaban una pintoresca zona para comer, completada con tiestos de helechos, velas sobre la mesa, cojines coloridos en las sillas y tres candelabros ornamentados. Todo ello daba al lugar el aspecto de una fotografía sacada de una revista de decoración para la casa. Aquello no era propio de Jemima en absoluto, pensó Meredith. Se preguntó en qué otras cosas habría cambiado su amiga en los meses que habían transcurrido desde la última vez que se vieron.

Un coche se detuvo cerca de la casa, justo detrás de la segunda señal de cambio. Era un Mini Cooper último modelo, rojo brillante con rayas blancas, recién lustrado, con los cromados relucientes y la capota bajada. Meredith se revolvió ligeramente en su asiento al ver el vehículo. Hizo que tomase conciencia del coche en el que había llegado, un viejo Polo que se mantenía unido de milagro con cinta para embalar, y cuyo asiento de copiloto estaba empezando a verse inundado por una especie de fango de chocolate derretido del pastel que había preparado.

En aquel momento, el pastel le pareció un regalo realmente ridículo. Tendría que haber escuchado a su madre, algo que no solía hacer. Entonces recordó que, cuando Meredith se quejaba de esa buena mujer, Jemima siempre le decía: «Al menos tú tienes una madre». Sintió, como una punzada en el corazón, la echaba de menos, de modo que reunió valor, cogió el pastel ladeado y se dirigió hacia la puerta de la casa. No hacia la puerta principal, que nunca había utilizado, sino a la puerta de atrás, la que comunicaba el cuarto de lavado con un espacio abierto entre la casa, el granero, un pequeño sendero y el prado del este.

Golpeó la puerta, pero nadie respondió. Tampoco logró respuesta alguna cuando dijo: «¿Jem? ¿Hola? ¿Dónde estás, cumpleañera?». Estaba pensando en entrar en la casa —nadie cerraba las puertas con llave en esta parte del mundo— y dejar el pastel acompañado de una nota cuando oyó que alguien decía:

—¿Hola? ¿Puedo ayudarla? Estoy aquí.

No era Jemima. Meredith lo supo al instante por la voz sin necesidad de darse la vuelta. Pero lo hizo y fue para ver a una joven rubia que llegaba desde el granero, sacudiendo un sombrero de paja que luego se colocó en la cabeza mientras se acercaba.

—Lo siento —dijo—. Tenía problemas con los caballos. Es algo muy extraño: por alguna razón, este sombrero parece asustarlos, de modo que me lo quito cuando me acerco al prado.

Meredith pensó que tal vez esa mujer era alguien a quien Gordon y Jemima habían contratado. Por ley se les permitía tener ponis salvajes, y también debían cuidar de ellos si, por alguna razón, los animales no podían pastar libremente en el Forest. El trabajo de Gordon y el de Jemima los mantenía ocupados, así que no estaba completamente fuera de lugar que tuvieran que contratar a alguien en el caso de que se viesen obligados a mantener a los ponis dentro de la finca. Aunque... aquella mujer no parecía una moza de cuadra. Cierto, llevaba vaqueros, pero era el tipo de prenda de diseño que usan los famosos, algo que se ceñía a sus curvas. Calzaba botas, pero eran de cuero brillante y muy elegantes, no eran como las que se empleaban para meterse en el barro. Llevaba puesta una camisa de trabajo, pero con las mangas enrolladas mostrando los brazos bronceados y el cuello levantado que mostraba el rostro. Era como la «imagen» de una mujer de campo, no una auténtica mujer de campo.

—Hola —Meredith se sintió torpe y desgarbada. Las dos mujeres eran de la misma altura, pero allí se terminaban todas las semejanzas. Meredith no estaba vestida como esta visión de la-vida-en-Hampshire que se acercaba hacia ella. Con el caftán que cubría su cuerpo como una mortaja, se sentía como una jirafa—. Lo siento, creo que le he bloqueado la salida —dijo, señalando el coche con la cabeza.

—No hay problema —contestó la mujer—. No pienso ir a ninguna parte.

—¿No…? —Meredith no había pensado que Jemima y Gordon pudieran haberse mudado de casa, pero ése parecía ser el caso—. ¿Gordon y Jemima ya no viven aquí? —preguntó.

—Gordon desde luego que sí —dijo la mujer—. Pero ¿quién es Jemima?

Al analizar todo lo que le ocurrió a John Dresser se debe comenzar por el canal. En el siglo XIX, como parte del medio de transporte de mercancías de una zona a otra del Reino Unido, se construyó la sección específica del Midlands Tran-Country Canal que separaba la ciudad en dos, de modo tal que creaba una clara división entre áreas socioeconómicas. Un poco más de un kilómetro de su extensión discurre a lo largo del límite septentrional de la zona de Gallows. Como sucede con la mayoría de los canales en Gran Bretaña, un camino de sirga permite que ciclistas y peatones accedan al canal, y diferentes clases de viviendas lindan con esa vía navegable.

Uno podría albergar imágenes románticas evocadas por la palabra «canal» o por la vida en el canal, pero hay muy pocas cosas románticas en el tramo del Midlands Tran-Country Canal que fluye justo al norte de Gallows. Es una cinta de agua grasienta despoblada de patos, cisnes o cualquier otra clase de vida acuática, y tampoco hay carrizos, sauces, flores silvestres o hierbas que crezcan junto al camino de sirga. Lo que se balancea habitualmente en las orillas del canal es basura, y sus aguas desprenden un olor fétido que sugiere que hay conductos de desagüe en mal estado.

El canal ha sido utilizado durante años por los residentes de la zona de Gallows como el lugar ideal para arrojar objetos demasiado voluminosos para que se los llevasen los camiones de basura. Cuando Michael Spargo, Reggie Arnold e Ian Barker llegaron allí, a las nueve y media de la mañana aproximadamente, encontraron un carrito de la compra en el agua y comenzaron a utilizarlo como blanco al que lanzaron piedras, botellas y ladrillos encontrados en el camino de sirga. La idea de ir al canal parece haber sido de Reggie, rechazada al principio por Ian, quien acusó a los otros dos chicos de querer ir a ese lugar «para masturbarse mutuamente o hacerlo como los perros», un comentario que puede ser considerado como una aparente referencia a actos que él mismo había presenciado en el dormitorio que se veía obligado a compartir con su madre. Ian también parece haber molestado repetidamente a Michael con respecto a su ojo derecho, según la declaración de Reggie. (Los nervios de la mejilla de Michael habían resultado dañados como consecuencia del empleo de fórceps durante el parto y tenía el ojo derecho caído, y no parpadeaba de forma coordinada con su ojo izquierdo.) Pero Reggie señala que él se encargó de «poner en su sitio a Ian» y los tres chicos siguieron con sus cosas.

Como los jardines traseros de las casas están separados del camino de sirga sólo por unas cercas de madera, los chicos pudieron acceder sin problemas a las propiedades donde estas cercas estaban en mal estado. Una vez que agotaron las posibilidades que representaba el lanzamiento de diversos objetos contra el carrito de la compra, los tres decidieron vagabundear por el camino y hacer gamberradas allí donde se les presentase la ocasión: quitaron la colada recién colgada en una cuerda tendida detrás de una casa y la lanzaron al canal; en otra casa encontraron una cortadora de césped («Pero estaba oxidada», explica Michael) y también la lanzaron al agua.

Tal vez el carrito de bebé les dio la última idea. Lo encontraron junto a la puerta trasera de otra de las casas. A diferencia de la cortadora de césped, el cochecito no sólo era nuevo, sino que llevaba sujeto un globo de helio azul metalizado. En el globo podía leerse «¡Es un niño!», y los chicos se dieron cuenta de que esas palabras se referían a un recién nacido.

El carrito del bebé resultaba más difícil de transportar porque en ese lugar en concreto la cerca de madera no estaba rota. De modo que sugiere una especie de agravamiento el hecho de que dos de los chicos (Ian y Reggie, según Michael; Ian y Michael, según Reggie; Reggie y Michael, según Ian) saltaran la cerca, robaran el carrito, lo pasaran por encima de la cerca y se alejaran con él por el camino de sirga. Allí, los chicos fueron dándose empellones a lo largo de un centenar de metros antes de cansarse de este juego y lanzar el carrito al canal.

La entrevista con Michael Spargo indica que, en este punto, Ian Barker dijo: «Es una lástima que no hubiera un bebé dentro. Eso habría provocado una salpicadura genial, ¿verdad?». Ian Barker niega haber dicho tal cosa y, cuando se le preguntó, Reggie Arnold se puso histérico y comenzó a chillar: «¡No había ningún bebé! ¡Mamá, no había ningún bebé!».

Según Michael, Ian continuó hablando acerca de «qué malo sería conseguir un bebé en alguna parte». Ellos podrían, sugirió Ian, llevarlo «a ese puente que hay en West Town Road y podríamos lanzarlo de cabeza y ver cómo revienta. Habría sangre y cerebro saliendo por todas partes. Eso fue lo que dijo», informa Michael. Michael continúa insistiendo en que él se opuso totalmente a esa idea, como si supiera adónde conduce su entrevista con la Policía cuando llegan a este tema. Los chicos, finalmente, se cansan de jugar en los alrededores del canal, informa Michael. Ian Barker, dice la Policía, fue quien sugiere que «se largaran de allí» y fueran a Barriers.

Debería señalarse que ninguno de los chicos niega haber estado en Barriers aquel día, si bien los tres cambian repetidamente sus historias cuando se trata de explicar qué hicieron cuando llegaron allí.

West Town Arcade ha sido conocida como Barriers desde hace tanto tiempo que la mayoría de la gente no tiene idea de que esa galería comercial tiene en realidad otro nombre. En los primeros tiempos de su vida comercial tuvo este apelativo porque se extiende limpiamente entre el mundo desolado de Gallows y una ordenada cuadrícula de viviendas independientes y semiindependientes ocupadas por familias trabajadoras de clase media. Estas construcciones comprenden los edificios de apartamentos de Windsor, Mountbatten y Lyon.

Aunque hay cuatro entradas diferentes para acceder a la zona de Barriers, las dos que se utilizan más comúnmente son las que permiten el acceso de los residentes de Gallows y de Windsor. En estas entradas, las tiendas son indicativas de modo bastante deprimente de la clase de clientes que esperan. Por ejemplo, en la entrada de Gallows encontramos una casa de apuestas deportivas de la cadena William Hill, dos tiendas con licencia para la venta de bebidas alcohólicas, un estanco, un «todo a cien» y varios establecimientos de comida para llevar que ofrecen patatas fritas y pescado, patatas asadas y pizza. En la entrada de Windsor, por otra parte, uno puede comprar en Marks & Spencer, Boots, Russell & Bromley, Accesorize, Ryman's y en tiendas independientes que ofrecen artículos de lencería, chocolates, té y prendas de vestir. Si bien es verdad que nada impide que alguien entre por la puerta de Gallows y recorra la galería comercial para hacer sus compras donde le apetezca, la implicación es clara: si eres pobre, recibes una prestación social o perteneces a la clase trabajadora, es probable que estés interesado en gastarte los cuartos en comida con alto contenido de colesterol, tabaco, alcohol o apuestas.

Los tres chicos coinciden en que cuando llegaron a Barriers se dirigieron a la galería de vídeos que allí hay. No tenían dinero, pero eso no les impidió «conducir» el *jeep* en el videojuego *Let's go jungle* o «pilotar» el *Ocean Hunter* en la caza de tiburones. Cabe señalar que los videojuegos participativos sólo permitían la intervención de dos jugadores por vez. Aunque, como se ha señalado previamente, los chicos no tenían dinero, cuando simulaban jugar eran Michael y Reggie quienes manejaban los controles; dejaban a Ian fuera. Éste sostiene que no le molestó tal exclusión, y los tres chicos declararon que no les preocupaba el hecho de no tener dinero para gastar en el salón de videojuegos, pero no se puede dejar de especular que quizás el día se hubiera desarrollado de un modo diferente si los chicos hubiesen sido capaces de sublimar sus tendencias patológicas a través de la participación en algunas de las actividades violentas suministradas por los videojuegos que encontraron, pero no pudieron usar. (No es mi intención insinuar en este punto que los videojuegos pueden o debieran ocupar el lugar de la educación de los hijos; pero, como una salida para chicos con recursos limitados e incluso una deficiente percepción de su disfunción individual, podrían haber sido útiles.)

Sin embargo, lamentablemente, su permanencia en el salón de videojuegos se acabó abruptamente cuando un guardia de seguridad advirtió su presencia y les obligó a marcharse de allí. Aún estaban en horario escolar (las cámaras de videovigilancia muestran que eran las diez y media) y el guardia les dijo que llamaría a la Policía, al colegio o al encargado de buscar a los alumnos que hacen novillos si volvía a verlos en el centro comercial. Durante su entrevista con la Policía, el guardia declaró que «nunca volvió a ver a los pequeños gamberros», pero esta afirmación parece más un esfuerzo por aliviar su culpa y responsabilidad que la verdad. Los chicos no hicieron nada para ocultarse de él una vez que abandonaron el salón de videojuegos, y si él hubiese cumplido su amenaza los chicos nunca se hubiesen encontrado con el pequeño John Dresser.

John Dresser —o Johnny, como le llamó la prensa sensacionalista— tenía veintinueve meses. Era el único hijo de Alan y Donna Dresser, y los días laborables quedaba normalmente al cuidado de su abuela de cincuenta y ocho años. Caminaba perfectamente bien, pero como sucede con muchos niños pequeños era lento en el desarrollo del lenguaje. Su vocabulario consistía en «mami», «pa» y «Lolly» (el perro de la familia). No podía decir su propio nombre.

Aquel día, su abuela había viajado a Liverpool a visitar a un especialista para consultarle acerca de sus problemas de visión. Como no podía conducir, su esposo se encargó de llevarla en coche. Esta circunstancia hizo que Alan y Donna Dresser se encontrasen sin nadie que cuidase del niño, y cuando eso ocurría (como sucedía de vez en cuando) su costumbre era turnarse para cuidar de John, ya que a ninguno de los dos les resultaba fácil tomarse tiempo libre en el trabajo para ocuparse de su hijo. (En aquel momento, Donna Dresser era profesora de Química en un instituto de enseñanza secundaria, y su esposo era abogado especializado en la venta de propiedades). Según la opinión general eran unos padres excelentes, y la llegada de John a sus vidas había sido un acontecimiento muy deseado. A Donna Dresser no le había resultado fácil quedarse embarazada y, durante todo el embarazo, había tomado las máximas precauciones para asegurar el nacimiento de un niño sano. Aunque fue criticada por ser una madre trabajadora que permitió que su esposo cuidase de su hijo ese día en particular, no debería presumirse que no fuera una madre devota.

Alan Dresser llevó a su hijo a la galería comercial de Barriers al mediodía. Utilizó la sillita de paseo del niño y recorrió a pie el kilómetro que separaba su casa del lugar. Los Dresser vivían en los edificios de Mountbatten, el vecindario más acomodado de los tres que rodeaban Barriers y el que se encontraba más alejado de la galería comercial. Antes de que John naciera, sus padres habían comprado allí un piso de tres habitaciones, y el día de la desaparición de John aún estaban renovando uno de los dos cuartos de baño. En su declaración a la Policía, John Dresser explica que fue a Barriers porque su esposa le había pedido que consiguiera muestras de pintura en Stanley Wallinford's, una tienda de bricolaje que estaba no muy lejos del centro comercial. También dice que quería «un poco de aire libre para el niño y para mí», un deseo razonable si se tienen en cuenta los trece días de mal tiempo que habían precedido a esta salida.

Está claro que, en algún momento mientras estaban en Stanley Wallinford's, Alan Dresser le prometió a John un festín en McDonald's. Éste parece haber sido, al menos en parte, un intento de calmar al niño, un hecho que más tarde el empleado de la tienda verificó ante la Policía, ya que John estaba inquieto, molesto en su sillita de paseo, y resultaba difícil mantenerle ocupado mientras su padre elegía las muestras de pintura y hacía algunas compras relacionadas con la renovación del baño. Para cuando Dresser llevó al pequeño John al McDonald's, el niño estaba irritable y hambriento, y el propio Dresser tenía los nervios a flor de piel. Guiar a su hijo no era algo que le resultase natural y no se abstenía de «calentarle el trasero» cuando John no se comportaba bien en público. El hecho de que, efectivamente, fuese visto fuera del McDonald's propinándole a su hijo un fuerte golpe en las nalgas provocó a la postre un retraso en la investigación una vez que John desapareció, si bien es poco probable que incluso una búsqueda inmediata del niño hubiese alterado el resultado final del día.

Aun cuando durante su interrogatorio Ian Barker afirma que no le importó quedar excluido de la participación imaginaria en los videojuegos, Michael Spargo evidentemente dio por sentado que esta exclusión del juego impulsó a Ian a «ir con el soplo al guardia de seguridad de lo que Reg y yo estábamos haciendo», una acusación que Ian negó con vehemencia. Sin embargo, aunque llamaron la atención del guardia, escaparon a su vigilancia cuando entraron en la tienda de «todo a cien».

Incluso a día de hoy, este establecimiento está lleno de artículos y ofrece de todo, desde ropa hasta té. Sus pasillos son estrechos, las estanterías son altas, los cajones metálicos son una mezcolanza de calcetines, pañuelos de cuello, guantes y bragas. Allí venden artículos con tara, falsificados, de segunda mano y mal etiquetados, y productos importados de China. Resulta imposible saber cómo se gestiona el control de las existencias, aunque el propietario parece haber perfeccionado un sistema mental que tiene en cuenta todos los artículos expuestos.

Michael, Ian y Reggie entraron en la tienda con la intención de robar, quizá como una forma de compensar el disgusto que sentían por haber sido obligados a abandonar el salón de videojuegos. Aunque la tienda contaba con dos cámaras de seguridad, ese día no estaban operativas y llevaban así al menos dos años. Este hecho era ampliamente conocido por los chicos del vecindario, quienes hacían frecuentes vvitas a la tienda. Ian Barker se encontraba entre los visitantes más regulares, ya que su dueño fue capaz de nombrarlo, aunque no conocía su apellido.

Mientras estaban en la tienda, los chicos consiguieron robar un cepillo para el pelo, una bolsa de galletas de Navidad y un paquete de rotuladores, pero la facilidad con la que habían desarrollado esta actividad no satisfizo su necesidad de comportamiento antisocial, o bien el momento careció de la adecuada excitación, de modo que al marcharse de la tienda fueron a un puesto de bocadillos en el centro de la galería comercial; su propietario, un sij de cincuenta y siete años llamado Wallace Gupta, conocía bien a Reggie Arnold. La entrevista al señor Gupta —que tuvo lugar dos días después de los hechos y, en consecuencia, resulta un tanto sospechosa— indica que les dijo a los chicos que se largasen de allí inmediatamente, amenazándolos con el guardia de seguridad y siendo calificado a su vez de «paki», «cabrón», «maricón», «gilipollas» y «cabeza de toalla». Cuando los chicos se negaron a abandonar el lugar con la rapidez que deseaba, el señor Gupta cogió de debajo de la caja registradora una botella con rociador en la que guardaba lejía, la única arma que tenía para defenderse o para estimular la cooperación de los chicos. La reacción de éstos, según declaró Ian Barker con un considerable grado de orgullo, fue echarse a reír. A continuación se apropiaron de cinco bolsas de patatas fritas (una de las cuales fue encontrada más tarde en una obra en construcción de Dawkins); tal acción obligó al señor Gupta a cumplir con su amenaza. Roció a los chicos con la lejía: alcanzó a Ian Barker en la mejilla y el ojo; a Reggie Arnold, en los pantalones; y a Michael Spargo, en los pantalones y el anorak.

Aunque tanto Michael como Reggie comprendieron de inmediato que sus pantalones del colegio estaban arruinados, su reacción ante el ataque del señor Gupta contra ellos no fue, aparentemente, tan feroz como la de Ian. «Quería coger a ese paki», declaró Reggie Arnold al ser interrogado por la Policía. «Se puso como loco. Quería destrozar el quiosco, pero yo le detuve, sí señor», una afirmación no ratificada por ninguno de los actos posteriores.

Es probable, no obstante, que Ian estuviese dolorido por la lejía, y, como carecía de cualquier respuesta al dolor que fuese socialmente aceptable (no parece probable que los chicos buscasen unos lavabos públicos donde poder lavar la lejía del rostro de Ian), reaccionara culpando a Reggie y Michael de su situación.

Quizá como una forma de desviar la ira de Ian y evitar al mismo tiempo una paliza, Reggie señaló hacia Jones-Carver, la tienda de animales y de artículos para mascotas, en cuyo escaparate tres gatitos persas jugaban sobre unas plataformas cubiertas de moqueta. El relato de Reggie se vuelve confuso en este punto, cuando la Policía le preguntó qué fue lo que le atrajo hacia los gatitos. Algo más tarde acusó a Ian de sugerir el robo de uno de los pequeños felinos «para divertirse un poco». Ian negó este extremo durante el interrogatorio, pero Michael Spargo declaró que el otro chico dijo que podrían cortarle la cola al gato o «clavarlo a una madera, como a Jesús» y «él pensó que eso sería muy cruel». Naturalmente, es difícil saber a ciencia cierta quién sugirió qué en este punto, ya que a medida que las historias de los chicos les acercan a John Dresser se vuelven progresivamente menos claras.

Lo que se sabe es esto: los gatitos en cuestión no estaban fácilmente al alcance de nadie, puesto que se encontraban encerrados dentro del escaparate, debido a su valor. Pero delante del escaparate estaba Tenille Cooper, de cuatro años, que contemplaba los gatitos mientras su madre compraba comida para perros a unos metros de distancia. Tanto Reggie como Michael —que fueron entrevistados por separado y en presencia de uno de sus padres y un asistente social— coinciden en señalar que Ian Barker cogió a la pequeña Tenille de la mano y anunció: «Esto es mejor que un gato, ¿no?», con la evidente intención de marcharse con la niña. Pero su intento fue frustrado por la madre de la pequeña, Adrienne, que detuvo a los chicos y, con visible irritación, comenzó a interrogarles, preguntándoles por qué no estaban en clase, y los amenazó con llamar no sólo al guardia de seguridad, sino también al encargado de buscar a los alumnos que hacen novillos y a la Policía. Ella, por supuesto, fue fundamental en la identificación posterior de los chicos, pues seleccionó fotografías de los tres de entre sesenta fotos que le mostraron en la comisaría.

Debe añadirse que si Adrienne Cooper hubiese acudido de inmediato al guardia de seguridad es probable que John Dresser jamás hubiese llamado la atención de los chicos. Pero su fallo —si es que puede siquiera llamarse fallo, pues ¿cómo podía imaginar ella el horror que se produciría más tarde?— es insignificante comparado con el de aquellas personas que luego vieron a un John Dresser cada vez más angustiado en compañía de los tres chicos y, sin embargo, no emprendieron ninguna acción, ya fuese para alertar a la Policía o bien para quitarles al niño.

2

—Supongo que está enterada de lo que le ocurrió al inspector Lynley, ¿no es así? —preguntó Hillier.

Isabelle Ardery evaluó al hombre además de la pregunta antes de darle una respuesta. Estaban en el despacho de Hillier en New Scotland Yard, donde las filas de ventanas daban a los tejados de Westminster y algunas de las propiedades inmobiliarias más caras del país. Sir David Hillier estaba de pie detrás de su inmenso escritorio con aspecto pulcro y en notable buena forma para un hombre de su edad. Calculó que debía tener poco más de sesenta años.

Ante la insistencia de Hillier, ella estaba sentada, un hecho que consideró muy inteligente de su parte. Quería que sintiese su autoridad ante la eventualidad de que ella pudiese considerarse superior. Se refería a algo físico, por supuesto. Era poco probable que ella pudiese inferir que tenía alguna otra clase de ascendiente sobre el subinspector jefe de la Policía Metropolitana. Era casi siete centímetros más alta que él —incluso más si llevaba tacones—, pero allí terminaba toda su ventaja.

—¿Se refiere a la esposa del inspector Lynley? Sí. Sé lo que le ocurrió. Yo diría que todos en el cuerpo saben lo que pasó. ¿Cómo está él? ¿Dónde está?

—Según mis informaciones, aún se encuentra en Cornualles. Pero el equipo quiere que regrese, y usted se dará cuenta de inmediato. Havers, Nkata, Hale... Todos ellos. Incluso John Stewart. Desde los detectives hasta los empleados del archivo. Todos. Los conserjes también, no tengo ninguna duda. Lynley es muy popular.

—Lo sé. Le conozco. Es todo un señor. Ésa sería la palabra, ¿no cree? «Señor».

Hillier la miró de un modo que no le gustó mucho, sugiriendo que tenía algunas ideas respecto adónde y cómo había conocido al detective inspector Thomas Lynley. Ella consideró la posibilidad de darle una explicación sobre ese asunto, pero rechazó la idea. Que el hombre pensara lo que quisiera. Ella tenía la oportunidad de conseguir el trabajo que deseaba y lo único que importaba era demostrarle que merecía ser nombrada superintendente «permanente» y no sólo «interina».

—Son profesionales, todos ellos. No convertirán su vida en una pesadilla —dijo Hillier—. Aun así, hay fuertes lazos de lealtad entre ellos. Algunas cosas tardan en morir.

Y algunas nunca mueren, pensó ella. Se preguntó si Hillier tenía intención de sentarse o si esta entrevista se llevaría a cabo en la modalidad director/alumno recalcitrante que la presente posición parecía indicar. Se preguntó asimismo si habría dado un paso en falso al aceptar sentarse, pero tenía la impresión de que Hillier había hecho un gesto inconfundible señalando una de las dos sillas colocadas delante de su escritorio, ¿o no era así?

—... no le causará ningún problema. Es un buen hombre —continuó diciendo Hillier—. Pero John Stewart es otra historia. Él sigue queriendo ocupar el puesto de superintendente, y no se lo tomó muy bien cuando no fue nombrado comisario permanente al acabar su periodo de prueba.

Isabelle volvió a concentrarse en la conversación con un respingo mental. La mención del nombre del inspector John Stewart le confirmó que Hillier había estado hablando de los otros policías que habían trabajado temporalmente en el puesto de inspector. Llegó a la conclusión de que había estado hablando de los oficiales internos. Hacer mención a aquellos que, como ella, se habían presentado a una audición —no había otra palabra para ello— de manera externa a la Policía Metropolitana no habría tenido ningún sentido, ya que era muy poco probable que se topase con alguno de ellos en uno u otro de los interminables pasillos con piso de linóleo de Tower Block o Victoria Block. El inspector John Stewart, por otra parte, sería uno de los integrantes de su equipo. Tendría que limar asperezas con él. Éste no era uno de sus puntos fuertes, pero haría todo lo posible.

—Entiendo —le dijo a Hillier—. Iré con cuidado con el inspector Stewart. Iré con cuidado con todos ellos.

—Muy bien. ¿Ya se ha instalado? ¿Cómo están los niños? ¿Mellizos, verdad?

Ella hizo una mueca como uno haría normalmente cuando se menciona a «los hijos» y se obligó a pensar en ellos exactamente de ese modo, entre comillas. Las comillas los mantenían a distancia de sus emociones, en el lugar donde los necesitaba.

—Hemos decidido —dijo—, su padre y yo, que por ahora estarán mejor con él, ya que estoy aquí en periodo de prueba. Bon no está lejos de Maidstone, tiene una encantadora propiedad en el campo y, como son las vacaciones de verano, nos pareció que lo más razonable era que viviesen con su padre durante un tiempo.

—Imagino que no es fácil para usted —observó Hillier—. Los echará de menos.

—Estaré ocupada —dijo ella—. Y ya sabe cómo son los chicos. ¿A los ocho años? Necesitan supervisión y mucha. Considerando que Bob y su esposa están en casa, podrán controlarlos mucho mejor que yo, me temo. Todo irá bien.

Hizo que la situación pareciera ideal: ella trabajando duramente en Londres, mientras Bob y Sandra respiraban generosas cantidades de aire puro en el campo, todo el tiempo mimando a los chicos y alimentándolos con pasteles de pollo caseros rellenos con productos orgánicos y servidos con leche helada. Y, la verdad sea dicha, ese cuadro no estaba demasiado alejado de cómo sería probablemente la vida en la casa. Sandra era una mujer encantadora a su manera, si bien un poco demasiado relamida para el gusto de Isabelle. Ella tenía dos hijos de su anterior matrimonio, pero eso no significaba que no dispusiera de espacio en su hogar y en su corazón para los hijos de Isabelle. Porque los hijos de ésta eran también los hijos de Bob, y él era un buen padre y siempre lo había sido. Robert Ardery siempre estaba atento a todo lo que ocurría a su alrededor. Hacía las preguntas adecuadas en el momento oportuno y jamás profería una amenaza que no sonara como algo inspirado que se le acababa de ocurrir.

Hillier parecía estar leyéndole el pensamiento, o al menos lo intentaba, pero Isabelle sabía que ella era un duro rival para los esfuerzos de cualquiera que quisiera atisbar más allá del papel que representaba. Había elevado a la categoría de arte virtual el hecho de parecer tranquila, controlada y absolutamente competente, y esta fachada le había servido tan bien durante tantos años que ahora ya era una costumbre arraigada utilizar su personaje profesional como si fuese una cota de malla. Ése era el resultado de tener ambición en un mundo dominado por los hombres.

—Sí —Hillier prolongó la palabra, haciendo de ella menos una confirmación que una conjetura—. Tiene razón, por supuesto. Es bueno también que mantenga con su ex esposo una relación civilizada. Diez puntos por ello. No debe de ser fácil.

—Los dos hemos intentado conservar la cordialidad a lo largo de los años —le explicó Isabelle, nuevamente con esa, mueca en los labios—. Parecía lo mejor para los chicos. ¿Padres enfrentados? Esa situación nunca es buena para nadie.

—Me alegra oírlo, me alegra oírlo. —Hillier desvió la mirada hacia la puerta del despacho como si esperase que entrara alguien. Nadie lo hizo. Parecía intranquilo. Isabelle no consideró que fuese una mala señal. La intranquilidad podía jugar a su favor. Esa actitud sugería que Hillier no era un hombre tan dominante como él pensaba—. Supongo —dijo con el tono de voz de un hombre que da por terminada una entrevista— que le gustaría conocer a los miembros de su equipo. Ser presentada formalmente. Manos a la obra.

—Sí —afirmó ella—. Mi intención es hablar individualmente con cada uno de ellos.

—Nunca mejor que ahora —respondió Hillier con una sonrisa—. ¿Quiere que la acompañe abajo?

—Encantada. —Isabelle le sonrió a su vez y sostuvo la mirada el tiempo suficiente para ver que se sonrojaba. Hillier ya era un hombre de tez rojiza, de modo que se sonrojaba con facilidad. Ella se preguntó cómo sería cuando estaba furioso—. ¿Me permite ir un segundo al lavabo, señor...?

—Por supuesto —dijo él—. Tómese su tiempo.

En realidad era lo último que quería que hiciera. Isabelle se preguntó si lo hacía a menudo, usar frases vacías de significado. No era que importase, ya que no tenía ninguna intención de pasar mucho tiempo con ese hombre. Pero siempre resultaba útil saber cómo funcionaba la gente.

La secretaria de Hillier —una mujer de aspecto serio con cinco desafortunadas verrugas faciales que necesitaban una exploración dermatológica— le indicó a Isabelle dónde estaba el lavabo de señoras. Una vez dentro se aseguró de que no hubiera nadie más allí. Entró en el compartimiento más alejado de la puerta y se sentó en el retrete. Pero era sólo para cubrir las apariencias. Su verdadero propósito estaba dentro de su bolso.

Encontró la pequeña botella que había cogido en el avión donde la había guardado, la abrió y bebió su contenido en dos rápidos tragos. Vodka. Sí. Era justo lo que necesitaba. Esperó unos minutos hasta sentir que el alcohol surtía efecto.

Luego salió del compartimiento y fue al lavamanos, donde buscó en el bolso el cepillo y la pasta de dientes. Se cepilló a fondo, los dientes y la lengua.

Cuando acabó, ya estaba preparada para enfrentarse al mundo.

El equipo de detectives a los que supervisaría trabajaban en un espacio reducido, de modo que Isabelle se reunió primero con todos ellos. Se mostraron cautelosos y ella también. Era algo natural y no se sintió molesta por la situación. Hillier se encargó de hacer las presentaciones y luego enumeró sus antecedentes de forma cronológica: oficial de enlace con la comunidad, Robos, Antivicio, Investigación de Incendios Provocados y, en fecha más reciente, el MCIT.[3] Hillier no incluyó el tiempo que había pasado en cada uno de esos puestos. Ella avanzaba por el carril rápido y el equipo lo averiguaría calculando su edad, treinta y ocho años, aunque le gustaba pensar que parecía más joven, el resultado de haber permanecido prudentemente alejada del tabaco y el sol durante la mayor parte de su vida.

3. Major Crime Investigation Team. Equipo de investigación de grandes crímenes.

La única persona que pareció impresionada con su currículo fue la secretaria del departamento, una chica que parecía una aspirante a princesa llamada Dorothea Harriman. Isabelle se preguntó cómo una mujer joven podía tener ese aspecto con lo que debía ganar a final de mes. Pensó que Dorothea encontraba esas prendas en tiendas de beneficencia en las que se pueden descubrir tesoros atemporales si uno persevera, que tenía ojo para detectar los artículos de calidad y buscaba con suficiente dedicación.

Les dijo a los miembros del equipo que le gustaría hablar personalmente con cada uno de ellos. En su despacho, añadió. Hoy. Le gustaría saber en qué estaban trabajando actualmente, dijo, de modo que traed vuestras notas.

Fue exactamente como había esperado. El inspector Philip Hale se mostró cooperativo y profesional, con una actitud tranquila que Isabelle no podía reprocharle, con las notas preparadas: actualmente trabajaba con el CPS[4] en la preparación de un caso relacionado con el asesinato en serie de varones adolescentes. No tendría ningún problema con él. No había solicitado el puesto de comisario y parecía sentirse muy satisfecho con el lugar que ocupaba en el equipo.

El inspector John Stewart era otra cosa. Era un hombre muy nervioso, o eso parecían indicar sus uñas, mordidas, y la atención centrada sobre sus pechos quizá señalaran una forma de misoginia que Isabelle detestaba especialmente. Pero podía manejarle. Él la llamó «señora». Ella le dijo que «jefa» era suficiente. Él dejó pasar un momento antes de hacer el cambio. Isabelle dijo: «no pienso tener problemas con usted, John. ¿Usted piensa tener problemas conmigo?». Él contestó: «No, no, en absoluto, jefa». Pero ella sabía que no lo decía en serio.

Luego conoció al sargento Winston Nkata. El hombre despertó su curiosidad. Muy alto, muy negro, con una cicatriz en la cara a raíz de una pelea callejera de adolescencia, era puro Antillas pasado por el sur de Londres. Un exterior duro, pero había

4. Crown Prosecution Service. Organismo encargado de encausar los casos criminales investigados por la policía en Inglaterra y Gales.

algo en sus ojos que sugería que el interior de ese hombre albergaba un corazón tierno que esperaba ser tocado. No le preguntó la edad, pero calculó que tendría unos veintipocos. Era uno de dos hermanos que eran las dos caras de una moneda: su hermano mayor estaba en prisión por asesinato. Eso, decidió Isabelle, convertía al sargento en un policía motivado, con algo que demostrar. Lo que le gustó.

No fue, sin embargo, el caso de la sargento Barbara Havers, la última integrante del equipo. Havers entró en el despacho con aire indolente —Isabelle decidió que no había absolutamente ninguna otra palabra para describir la forma en que se presentó la mujer—, apestando a humo de cigarrillo. Al hombro llevaba colgado un bolso del tamaño de un camión. Isabelle sabía que Havers había sido la compañera de Lynley durante varios años antes de la muerte de la esposa del inspector. Ella ya conocía a la sargento y se preguntó si Havers se acordaría.

Efectivamente.

—El asesinato Fleming —dijo Havers en cuanto estuvieron solas—. En Kent. Usted se encargó de la investigación del incendio provocado.

—Buena memoria, sargento —le dijo Isabelle—. ¿Puedo preguntarle qué les pasó a sus dientes? No los recuerdo así.

Havers se encogió de hombros.

—¿Puedo sentarme o qué? —preguntó la sargento.

—Por favor —dijo Isabelle.

Había estado dirigiendo estas entrevistas del mismo modo que el subinspector jefe Hillier —aunque estaba sentada, no de pie, detrás de su escritorio—, pero en este caso se levantó y se acercó a una pequeña mesa de conferencias indicándole a la sargento Havers que se acercara. No quería establecer ningún vínculo con ella, pero sabía la importancia de mantener con aquella mujer una relación diferente de la que tenía con los demás miembros del equipo. Esta decisión tenía más que ver con que la sargento había sido compañera de Lynley que con el hecho de que ambas fuesen mujeres.

—¿Sus dientes? —volvió a preguntar Isabelle.

—Me metí en una especie de conflicto —dijo Havers.

—¿De verdad? No parece usted la clase de persona que se mete en una pelea —observó Isabelle y, aunque esto era cierto, también era verdad que Havers parecía exactamente la clase de persona que se defiende si le propinan un puñetazo, lo que aparentemente era la causa de que sus dientes delanteros presentaran ese estado, o sea, que estaban rotos de mala manera.

—Al tío no le gustó la idea de que le echara a perder el secuestro de un crío —dijo Havers—. Y dimos, él y yo. Un poco con los puños, un poco con los pies, y mi cara chocó contra el suelo. Era de piedra.

—¿Fue el año pasado? ¿Mientras estaba de servicio? ¿Por qué no ha hecho que le arreglasen la dentadura? No ha habido problemas con la paga en la Metropolitana, ¿verdad?

—He estado pensando que los dientes rotos le dan carácter a mi rostro.

—Ah. ¿Con eso debo suponer que se opone a la odontología moderna? ¿O es que acaso tiene miedo a los dentistas, sargento?

Havers meneó la cabeza.

—Tengo miedo de convertirme en una belleza, y no me acaba de gustar la idea de rechazar a multitud de admiradores. Además, el mundo está lleno de gente con dentaduras perfectas. Me gusta ser diferente.

—¿De verdad? —Isabelle decidió ser más directa con Havers—. Entonces eso debe explicar su forma de vestir. ¿Nadie le ha hecho nunca alguna observación sobre su ropa, sargento?

Havers cambió de posición en su asiento. Cruzó una pierna sobre la rodilla de la otra, exhibiendo —que Dios nos ayude, pensó Isabelle— una zapatilla deportiva rojo brillante de caña alta y unos centímetros de calcetín morado. A pesar del horrible calor del verano había combinado este elegante uso del color con pantalones de pana verdes y un suéter marrón. Esta última prenda estaba decorada con hilachas. La sargento tenía el aspecto de alguien que participaba en una investigación que abordara los horrores de la vida como refugiado.

—Con el debido respecto, jefa —dijo Havers aunque su tono sugería cierto resentimiento unido a sus palabras—, aparte del hecho de que el reglamento no le permite criticar mi forma de vestir, no creo que mi aspecto tenga mucho que ver con la forma en que yo...

—De acuerdo. Pero su aspecto tiene que ver con parecer una profesional —le interrumpió Isabelle—, algo que no parece en absoluto en este momento. Permítame que sea franca con usted: reglamento o no, profesional es como espero que sea el aspecto de mi equipo. Le aconsejo que se haga arreglar los dientes.

—¿Qué, hoy? —preguntó Havers.

¿Había sonado lejanamente insolente? Isabelle entornó los ojos.

—Por favor, no se tome este asunto a la ligera, sargento —contestó—. También le aconsejo que cambie su forma de vestir por algo que sea más apropiado.

—Con el debido respeto otra vez, pero no puede pedirme...

—Es verdad. Tiene razón. Pero no se lo estoy pidiendo. Estoy aconsejando. Estoy sugiriendo. Estoy instruyendo. Todo lo cual, imagino, ya lo ha oído antes.

—No con tantas palabras.

—¿No? Bueno, pues ahora las está escuchando. ¿Y puede decirme honestamente que el inspector Lynley nunca reparó en su aspecto general?

Havers se quedó en silencio. Isabelle podía asegurar que la mención de Lynley había dado en el clavo. Se preguntó vagamente si Havers había estado —o estaba— enamorada de ese hombre. Parecía algo descabelladamente improbable; ridículo, en realidad. Por otra parte, si los opuestos realmente se atraen, no podía haber dos personas más diferentes que Barbara Havers y Thomas Lynley, a quien Isabelle recordaba como un hombre afable, educado, de voz melosa y extremadamente bien vestido.

—¿Sargento? ¿Acaso soy la única que...?

—Mire. No soy una persona a la que le gusta ir de compras —dijo Havers.

—Ah. Entonces permítame darle algunos consejos prácticos —dijo Isabelle—. En primer lugar, necesita una falda o unos pantalones que sean adecuados, que estén planchados y que tengan el largo apropiado. Luego una chaqueta que se pueda abotonar por delante. Después, una blusa sin arrugas, medias y un par de zapatos de charol con tacón o zapatos masculinos con cordones y bien lustrados. Esto que le digo no es precisamente neurocirugía, Barbara.

Havers se había estado contemplando el tobillo —oculto, sin embargo, por la parte superior de la zapatilla deportiva—, pero alzó la vista al oír su nombre de pila.

—¿Dónde? —preguntó.

—¿Dónde qué?

—¿Dónde se supone que debo hacer esas compras?

Hizo que la palabra final sonara como si Isabelle le hubiera aconsejado que lamiera la acera.

—Selfridges —contestó Isabelle—. Debenhams. Y si para usted es un plan demasiado inquietante, puede pedirle a alguien que la acompañe. Seguro que tiene una o dos amigas que saben cómo combinar algo que resulte adecuado para llevar en el trabajo. Si no hay nadie disponible puede echarle un vistazo a alguna revista en busca de inspiración. *Vogue*. *Elle*.

Havers no parecía satisfecha, aliviada ni nada parecido a una expresión de aceptación. En cambio, su actitud era de abatimiento. Bueno, no había nada que ella pudiera hacer, pensó Isabelle. Toda la conversación podía interpretarse como sexista pero, ¡por Dios!, estaba tratando de ayudar a esa mujer. Con esa idea *in mente* decidió llegar hasta el fondo de la cuestión.

—Y mientras lo hace, ¿puedo sugerirle que también haga algo con su pelo?

Havers se irritó visiblemente, pero consiguió responder con voz tranquila:

—Nunca he sido capaz de hacer mucho con él.

—Entonces quizás alguien sí pueda. ¿Tiene usted alguna peluquería a la que acuda habitualmente, sargento?

Havers se llevó la mano a los mechones recortados. Su color era bastante decente. Pino sería una manera aproximada de definirlo, pensó Isabelle. Pero no parecían tener estilo alguno. Era obvio que la sargento se había encargado ella misma de cortarse el pelo. Sólo Dios sabía cómo, aunque Isabelle dedujo que la operación incluía el uso de tijeras de podar.

—Bien, ¿la tiene?

—No exactamente —dijo Havers.

—Entonces necesita encontrar una.

Havers movió los dedos de un modo que sugería que quería fumar, haciendo girar entre ellos un cigarrillo invisible.

—¿Cuándo, entonces? —preguntó.

—¿Cuándo qué?

—¿Cuándo se supone que debo llevar a cabo todas sus... sugerencias?

—Ayer, por decirlo suavemente.

—¿Ahora mismo, quiere decir?

Isabelle sonrió.

—Sargento, veo que será muy buena captando mis matices. Ahora bien —y aquí estaba el quid de la cuestión, la razón por la que Isabelle había hecho que se trasladaran a la mesa de conferencias— cuénteme: ¿qué sabe del inspector Lynley?

—No mucho. —Havers pareció y sonó inmediatamente cautelosa—. Hablé con él un par de veces, eso es todo.

—¿Dónde está?

—No lo sé —dijo Havers—. Supongo que aún se encuentra en Cornualles. Lo último que supe de él fue que estaba caminando por la costa. Por toda la costa.

—Una buena excursión. ¿Cómo le pareció que se encontraba cuando habló con él?

Havers enarcó sus cejas sin depilar, preguntándose sin duda por la línea de interrogatorio que ahora había iniciado Isabelle.

—Como esperaría encontrar a alguien que tuvo que desconectar a su esposa de la máquina que la mantenía viva. No diría que estaba de buen humor. Creo que lo estaba llevando como podía, jefa. Eso es casi todo.

—¿Regresará con nosotros?

—¿Aquí? ¿A Londres? ¿A la Metropolitana? —Havers pareció considerar la situación, y también a Isabelle, mientras su mente evaluaba todas las posibilidades que pudiesen explicar por qué la nueva superintendente interina quería saber cosas del comisario interino anterior—. No quería el trabajo —dijo—. Era sólo algo temporal. No le interesan los ascensos y esas cosas. Él no es así.

A Isabelle no le gustaba que le leyeran el pensamiento. Y mucho menos que lo hiciera otra mujer. Thomas Lynley era efectivamente una de sus preocupaciones. No era reacia a que se reincorporase al equipo, pero si eso ocurría, quería que fuese con su conocimiento previo y con sus condiciones. Lo último que deseaba era que apareciera de pronto y todos le diesen la bienvenida con fervor religioso.

—Estoy preocupada por el bienestar del inspector Lynley, sargento. Si tiene noticias de él, me gustaría saberlo. Sólo saber cómo está. No lo que dice. ¿Puedo confiar en usted?

—Supongo que sí —dijo Havers—. Pero no tendré noticias de él, jefa.

Isabelle pensó que estaba mintiendo en ambas cosas.

La música hacía el viaje soportable. El calor era intenso porque si bien las ventanillas eran casi del tamaño de pantallas de cine alineadas a ambos lados del vehículo, no podían abrirse. Cada una de ellas tenía un estrecho panel de vidrio en la parte superior y todos estaban abiertos, pero no alcanzaba para mitigar lo que el sol, el clima y los cuerpos humanos inquietos provocaban dentro de ese tubo de acero rodante.

Al menos era un autobús articulado y no uno de esos de dos pisos. Cuando se detenía, se abrían las puertas delantera y trasera, y una bocanada de aire —caliente y sucio pero, aun así, aire renovado— le permitía respirar profundamente y creer que conseguiría sobrevivir al viaje. Las voces dentro de su cabeza continuaban asegurando exactamente lo contrario, diciéndole que necesitaba salir de allí y pronto, porque había trabajo que hacer, y era la poderosa obra de Dios. Pero no podía bajar del autobús, de modo que había echado mano de la música. Cuando logró que llegara a un volumen considerable a través de los auriculares, la música ahogó todos los demás sonidos, incluidas las voces.

Habría cerrado los ojos para perderse en ella: el vuelo del violonchelo y su tono plañidero. Pero tenía que vigilarla y debía estar preparado. Cuando ella hiciera un movimiento para bajar del autobús, él haría lo propio.

Llevaban viajando más de una hora. Ninguno de ellos tendría que haber estado allí. Él tenía su trabajo, igual que ella, y cuando la gente no quería hacer aquello que debía, el mundo se resentía y él tenía que curarlo. De hecho, le habían dicho que tenía que curarlo. De modo que la había seguido, con mucho cuidado, para no ser visto.

Ella había cogido un autobús y luego otro, y ahora estaba utilizando una guía de la ciudad para seguir la ruta. Aquello le confirmó que no estaba familiarizada con la zona que estaban atravesando, una parte de la ciudad que a él le resultaba muy parecida al resto de Londres. Casas de planta baja, tiendas con carteles de plástico mugrientos encima de los escaparates, *grafitis* que enlazaban las letras y las convertían en palabras absurdas como «chicos pollamuerta», «chaquetrinos» o «porténdulos».

Mientras recorrían la ciudad, en las aceras los turistas se transformaban en estudiantes con mochilas que se convertían en mujeres cubiertas de negro de la cabeza a los pies, con pequeñas aberturas para los ojos, en compañía de hombres cómodamente vestidos con tejanos y camisetas blancas. Y éstos se convertían en chicos africanos que jugaban corriendo en círculos debajo de los árboles en el parque. Y luego, durante un rato, bloques de pisos transformados en una escuela, y ésta, a su vez, disuelta en una colección de edificios de aspecto institucional de los que apartó la vista. Por último, la calle se estrechó; luego describió una curva para entrar en lo que parecía ser un pueblo, aunque él sabía que no era un pueblo en absoluto, sino un lugar que en otro tiempo había sido un pueblo. Era una más de la multitud de comunidades que habían sido engullidas con el paso del tiempo por la masa reptante de Londres.

La calle ascendió una pequeña colina y luego se encontraron entre las tiendas. Aquí las mujeres empujaban carritos de niño y la gente se mezclaba. Los africanos hablaban con los blancos. Los asiáticos compraban carnes *halal* cuyo consumo estaba permitido por el credo islámico. Pensionistas de la tercera edad bebían café turco en un establecimiento que anunciaba pasteles llegados de Francia. Era un lugar agradable. Hizo que se relajara y casi consiguió que olvidara la música.

Unos asientos por delante de él vio que ella comenzaba a moverse. Cerró el callejero después de haber doblado con cuidado la esquina de una página. No llevaba otra cosa que su bolso, y guardó la guía en su interior mientras se dirigía hacia una de las puertas. Él comprobó que estaban llegando al final de la calle principal y a las tiendas. Una verja de hierro forjado encima de un pequeño muro de ladrillo indicaba que habían llegado a un parque.

Le resultó extraño que ella hubiese hecho todo este viaje en autobús para visitar un parque, cuando había un parque —o, quizá, más exactamente un jardín— a menos de doscientos metros de su lugar de trabajo. Cierto, el día era terriblemente caluroso y debajo de los árboles estaría fresco, e incluso él buscó ese frescor después del viaje en ese horno ambulante. Pero si su objetivo había sido buscar un lugar fresco podría haber entrado en la iglesia de San Pablo, algo que acostumbraba a hacer durante la hora del almuerzo, donde leía las tablillas en las paredes o se sentaba cerca del reclinatorio de comunión para contemplar el altar y la pintura que había sobre éste. *La Virgen y el Niño*, ésa era la pintura. Él lo sabía y, aun así —a pesar de las voces en su cabeza—, no se consideraba un hombre religioso.

Esperó hasta el último momento para bajar del autobús. Había colocado su instrumento en el suelo, entre sus pies, y como la había estado vigilando tan estrechamente mientras ella se dirigía hacia el parque, casi olvidó recogerlo. Ése hubiera sido un error catastrófico. Como había estado tan cerca de cometer aquel fallo, se quitó los auriculares para silenciar la música. *La llama viene, la llama viene, está aquí.* Aquello comenzó a sonar dentro de su cabeza en el instante en que cesó la música. *Invoco a las aves para que se deleiten con los caídos.*

Al cabo de cuatro escalones que conducían al parque había un portón de hierro forjado abierto de par en par. Antes de subir los escalones, ella se acercó a un tablón acristalado. Detrás del cristal habían colocado un plano del lugar. Ella lo estudió, aunque sólo brevemente, como si verificase algo que ya sabía. Luego atravesó el portón y, un instante después, fue engullida por los árboles frondosos.

Apuró el paso para no perderla de vista. Echó un vistazo al tablón —senderos que discurrían de un lugar a otro, indicaciones hacia un edificio, palabras, un monumento—, pero no vio el nombre del parque, de modo que hasta que echó a andar por el camino que llevaba hacia sus profundidades no comprendió que se encontraba en un cementerio. No se parecía a ninguno que hubiera visto antes, porque hiedras y plantas trepadoras asfixiaban las lápidas y cubrían los monumentos en cuyas bases de zarzas y líquenes ofrecían flores y frutos. Hacía mucho tiempo que la gente enterrada en aquel lugar había sido olvidada, igual que el propio cementerio. Si alguna vez los nombres de los muertos habían estado grabados en las lápidas, ya esos relieves habían sido borrados por el tiempo. La invasión de la naturaleza reclamaba lo que había estado en aquel lugar mucho antes, antes de que cualquier hombre contemplase cómo enterraban a sus muertos en ese lugar.

El sitio no le gustaba, pero eso era algo que no podía evitar. Él era su guardián —*¡sí, sí, comienzas a entenderlo!*—, y su misión era protegerla, y eso significaba que tenía un deber que cumplir. Pero podía oír cómo se levantaba un viento que aullaba dentro de su cabeza y las palabras *yo estoy a cargo de Tartaro* surgieron de ese vendaval. Luego: *Escucha, sólo escucha* y *Somos siete* y *Estamos a sus pies*. Fue entonces cuando comenzó a andar a tientas, se colocó los auriculares y elevó el volumen al máximo hasta que sólo pudo oír el sonido del violonchelo y luego los violines.

El sendero por el que avanzaba estaba salpicado de piedras, era desparejo y polvoriento, y a lo largo de sus bordes aún reposaba la costra de hojarasca del año anterior, menos gruesa aquí que en el terreno que había debajo de los árboles que se alzaban por encima de su cabeza. Los árboles aportaban una atmósfera fresca al cementerio y perfumaban el ambiente, y pensó que si conseguía concentrarse en eso —la sensación del aire y el perfume de los brotes verdes—, las voces ya no importarían demasiado. De modo que respiró profundamente y se aflojó el cuello de la camisa. El sendero se curvaba y la vio delante de él; se había detenido para mirar un monumento.

Éste era diferente. La piedra estaba veteada por el paso del tiempo, pero, aparte de eso, estaba intacto y limpio de maleza; se alzaba orgulloso y no se habían olvidado de él. El conjunto estaba formado por un león dormido sobre un pedestal de mármol. El león era de tamaño natural, de modo que el pedestal era muy grande. Incluía inscripciones y nombres de familias, y tampoco habían permitido que el tiempo los borrase.

Vio que la mujer alzaba una mano para acariciar al animal de piedra, primero sus anchas patas y luego debajo de los ojos cerrados. Le pareció un gesto como de buena suerte, de modo que cuando ella se alejó y él pasó junto al monumento, el hombre extendió la mano para tocar el león con las puntas de los dedos.

Ella se alejó por un segundo sendero, más estrecho, que giraba hacia la derecha. Un ciclista apareció en la dirección contraria, y ella se hizo a un lado, entrando en un manto de hiedra y acedera, donde un perro se alzaba entre las alas de un ángel en actitud de oración. Un poco más adelante cedió paso a una pareja que caminaba cogida del brazo detrás de un carrito para bebés que cada uno de ellos guiaba con una mano. Dentro del carrito no había ningún niño, sino una cesta de picnic y botellas que brillaban tenuemente. Ella llegó hasta un banco alrededor del cual estaba reunidos varios hombres. Fumaban y escuchaban la música que salía de un radiocasete. La música era asiática, igual que ellos, y sonaba tan fuerte que podía oírla incluso por encima del violonchelo y los violines.

De pronto se dio cuenta de que ella era la única mujer que paseaba sola por aquel lugar. Y pensó que eso significaba peligro, y éste se intensificó cuando las cabezas de los asiáticos se volvieron para mirarla. No hicieron ningún movimiento para seguirla, pero él sabía que deseaban hacerlo. Una mujer sola significaba, o bien un ofrecimiento para un hombre, o bien una mujer que necesitaba disciplina.

Pensó que era muy imprudente acudir sola a aquel lugar. Los ángeles de piedra y los leones dormidos no la protegerían de aquello que podía rondar por el cementerio. Era pleno día en mitad del verano, pero los árboles acechaban por todas partes, la maleza era espesa, y no sería mayor problema sorprenderla, arrastrarla fuera del sendero y hacerle lo peor que pudiera hacerse.

Ella necesitaba protección en un mundo donde no la había. Se preguntó por qué parecía ignorarlo.

Un poco más adelante, el sendero se abría hacia un claro donde la hierba sin cortar —dorada por la falta de lluvia estival— había sido aplastada por los paseantes que buscaban una manera de llegar a una capilla. Era de ladrillo, con un campanario que se elevaba hacia el cielo y rosetones que marcaban ambos brazos de la cruz que formaba el edificio. Pero no se podía acceder a la capilla. Eran ruinas. Sólo al acercarse se podía apreciar que unas barras de hierro se cruzaban frente a lo que en otro tiempo había sido la puerta, que unas láminas de metal cubrían las ventanas y que allí donde debía haber vitrales entre la tracería de las ventanas circulares en cada extremo de ala cruciforme, la hiedra muerta colgaba como un triste recordatorio de lo que esperaba al final de cada vida.

Le sorprendió comprobar que la capilla no era lo que le había parecido desde una distancia tan próxima como la que marcaba el sendero; sin embargo, ella no pareció sorprendida. Se acercó a las ruinas, pero en lugar de detenerse a mirarlas, continuó su camino hasta un banco de piedra sin respaldo a través de la hierba sin cortar. Él se dio cuenta de que probablemente se volvería para sentarse allí un momento, una acción que le haría inmediatamente visible ante ella, de modo que se ocultó rápidamente en un lado del claro, donde un serafín que estaba verde por el liquen abrazaba con un solo brazo una imponente cruz. Aquello le proporcionó el escondite que buscaba, así que se agachó detrás del monumento mientras ella se sentaba en el banco de piedra. Luego abrió el bolso y sacó un libro, no la guía seguramente, ya que, a estas alturas, debía saber dónde estaba. De modo que, tal vez, debía tratarse de una novela, o de un libro de poesía, o el *Libro de oración común*. Comenzó a leer.

Pocos minutos más tarde, el hombre se dio cuenta de que estaba abstraída en el contenido de sus páginas. Imprudente. *Ella llama a Remiel,* decían las voces, por encima del sonido del violonchelo y de los violines. ¿Cómo habían llegado a ser tan poderosas?

Ella necesita un guardián, se dijo en respuesta a las voces. Ella necesitaba estar en guardia.

Puesto que era evidente que no lo estaba, él permanecería en guardia por ella. Aquél sería el deber que asumiría.

3

Su nombre era Gina Dickens, según descubrió Meredith, y aparentemente era la nueva pareja de Gordon Jossie, aunque en realidad no se refería a sí misma como tal. Ella no utilizó el término «nueva», pues resultó que no tenía idea de que hubiese una antigua pareja o una ex pareja, o comoquiera que uno quisiera llamar a Jemima Hastings. Tampoco utilizó la palabra «pareja» como tal, ya que no vivía exactamente en la casa, si bien «tenía esperanzas», añadió con una sonrisa. Pasaba más tiempo allí que en su propia casa, le confió, que no era más que una habitación amueblada con derecho a usar el baño y la cocina, situada en los altos del salón de té Mad Hatter. Estaba en Lyndhurst High Street, donde, francamente, el ruido de la mañana hasta la noche era realmente abrumador. Aunque, pensándolo bien, el ruido se prolongaba hasta después del anochecer, porque era verano y había numerosos hoteles, un pub, restaurantes..., y con todos los turistas que llegan en esta época del año... Se consideraba afortunada si conseguía conciliar cuatro horas de sueño cuando estaba allí. Algo que, a decir verdad, intentaba evitar.

Entraron en la casa. Meredith no tardó en comprobar que todas las cosas de Jemima habían desaparecido, al menos de la cocina, que fue hasta donde Meredith llegó, y también tan lejos como deseaba ir. Las alarmas se habían disparado dentro de su cabeza, tenía las palmas de las manos húmedas y las axilas le goteaban a ambos lados del cuerpo. Parte de esta reacción era fruto del creciente calor, pero el resto se debía a que todo estaba absolutamente mal.

Cuando habían permanecido en el exterior de la casa, la garganta de Meredith se había secado al instante hasta convertirse en un desierto.

Como si hubiese percibido esta situación, Gina Dickens la había acompañado dentro, le dijo que se sentara a la vieja mesa de roble y trajo agua de la nevera de diseño en una botella helada, exactamente la clase de cosa de la que Jemima se hubiese burlado. Gina sirvió agua para las dos en sendos vasos y dijo:

—Parece como si hubiera… No sé cómo llamarlo.

—Es nuestro cumpleaños —dijo Meredith estúpidamente.

—¿El de Jemima y el suyo? ¿Quién es ella?

Al principio, Meredith no podía creer que Gina Dickens no supiese nada acerca de Jemima. ¿Cómo podía alguien vivir con una mujer todo el tiempo que Gordon había vivido con Jemima y, de alguna manera, ingeniárselas para ocultarle su existencia a su…? ¿Era Gina su siguiente amante? ¿O acaso era una más en la cola de sus amantes? ¿Y dónde estaba el resto de ellas? ¿Dónde estaba Jemima? Oh, Meredith había «sabido» desde el principio que Gordon Jossie no era trigo limpio.

—… en Boldre Gardens —estaba diciendo Gina—. ¿Cerca de Minstead? ¿Lo conoce? Él estaba cubriendo de paja una azotea de allí, y yo me había perdido. Tenía un mapa, pero soy una completa inútil incluso con un mapa. Espacialmente inservible. Norte, oeste, lo que sea. Ninguno de ellos significa nada para mí.

Meredith se animó. Gina le estaba contando cómo se habían conocido Gordon Jossie y ella, pero eso no le importaba. A ella le importaba Jemima Hastings.

—¿Él nunca ha mencionado a Jemima? —preguntó—. ¿O el Cupcake Queen? ¿La tienda que ella abrió en Ringwood?

—¿Pastelitos?

—A eso se dedica. Tenía un negocio que llevaba desde esta casa, pero creció demasiado… Pastelerías, hoteles y *catering* para fiestas, como cumpleaños infantiles y… ¿Nunca mencionó…?

—Me temo que no. No lo hizo.

—¿Y qué hay de su hermano? ¿Robbie Hastings? Es un

agister.[5] Todo esto... —Meredith hizo un gesto con el brazo que abarcaba toda la propiedad—. Esto forma parte de su terreno. Era parte del terreno de su padre. Y de su abuelo. Y de su bisabuelo. En su familia ha habido *agisters* desde hace tanto tiempo que toda esta parte del New Forest se llama en realidad los Hastings. ¿No lo sabía?

Gina meneó la cabeza. Parecía desconcertada y, ahora, un poco asustada. Apartó la silla unos centímetros de la mesa y desvió la mirada de Meredith al pastel que había traído con ella y que, ridículamente, había llevado a la casa. Al ver esto, a Meredith se le ocurrió que Gina no tenía miedo de Gordon Jossie —como tendría que haber sido—, sino de Meredith, quien estaba hablando como si estuviese loca.

—Debe de pensar que desvarío —dijo Meredith.

—No, no. Nada de eso. Es sólo que... —Las palabras de Gina eran rápidas y jadeantes, y pareció obligarse a no continuar hablando.

Ambas se quedaron en silencio. Desde fuera llegó un relincho.

—¡Los ponis! —exclamó Meredith—. Si tienen ponis aquí, es probable que haya sido Robbie Hastings quien los trajo desde el Forest. O que lo haya arreglado con Gordon para ir a buscarlos. Pero, en cualquier caso, él habría venido en algún momento para echarles un vistazo. ¿Por qué hay ponis aquí?

Gina pareció más preocupada que antes ante el interrogatorio en el que se había convertido la conversación con Meredith. Aferró el vaso de agua con ambas manos y habló dirigiéndose a él más que a Meredith.

—Hay algo acerca de ellos... No lo sé exactamente.

—¿Están heridos? ¿Cojos? ¿Desnutridos?

—Sí. Eso es. Gordon dijo que estaban cojos. Él los trajo del bosque... ¿hace tres semanas? Algo así. En realidad, no estoy segura. No me gustan los caballos.

5. En el Reino Unido, los *agisters* eran, en otras épocas, los guardias del bosque autorizados para recolectar el dinero derivado del derecho de pastoreo. En el New Forest han vuelto a establecerse para llevar a cabo las tareas diarias de administración del parque natural.

—Ponis —la corrigió Meredith—. Son ponis.

—Oh, sí. Supongo. Nunca he podido ver la diferencia. —Dudó un momento, como si estuviese pensando en algo—. Él dijo…

Bebió un poco de agua, levantando el vaso con ambas manos, como si no hubiese sido capaz de llevárselo a los labios de otro modo.

—¿Qué? ¿Qué fue lo que dijo? ¿Le dijo que…?

—Una, por supuesto, acaba «preguntando», ¿verdad? —dijo Gina—. Quiero decir, aquí tenemos a un hombre adorable que vive solo, de buen corazón, amable, apasionado cuando la pasión lo exige, ya sabe a lo que me refiero.

Meredith parpadeó. No quería saberlo.

—De modo que le pregunté cómo era que estaba solo, sin novia, ni pareja, ni esposa. «¿Nadie te echó el guante?» Esa clase de cosas. Durante la cena.

Sí, pensó Meredith. Fuera, en el jardín, sentados a la mesa de hierro forjado con las velas encendidas y los candelabros relucientes.

—¿Y qué dijo él? —preguntó secamente.

—Que una vez había estado comprometido y que le habían herido profundamente, y que no quería hablar de ese tema. Así pues, no quise entrometerme en su vida privada. Pensé que me lo contaría cuando estuviese preparado.

—Es Jemima —dijo Meredith—. Jemima Hastings. Y ella es…

No quería ponerlo en palabras. Eso podría convertir en verdad lo que Gordon había dicho y, por lo que ella sabía, no era verdad en absoluto. Evaluó los hechos que conocía, que eran muy pocos. El Cupcake Queen estaba cerrado. Lexie Streener había hecho llamadas que nadie había devuelto. Esta casa en la campiña estaba medio ocupada por otra mujer.

—¿Cuánto tiempo hace que se conocen Gordon y usted? —preguntó—. ¿Están liados? ¿Lo que sea?

—Nos conocimos a principios del mes pasado. En Boldre…

—Sí. En Boldre Gardens. ¿Qué hacía usted allí?

Gina pareció sorprendida. Era evidente que no esperaba esa pregunta, y aún más evidente era que no le había gustado nada.

—Estaba dando un paseo. Hace muy poco que vivo en New Forest, y me gusta explorar. —Sonrió como si quisiera quitarle hierro a lo que dijo a continuación—. ¿Sabe?, no estoy segura de por qué me hace todas estas preguntas. ¿Cree que a Jemima Hastings le ocurrió algo? ¿Que Gordon le hizo algo a ella? ¿O que yo le hice algo? ¿O que Gordon y yo hicimos algo juntos? Porque quiero que sepa que cuando llegué aquí, a esta casa en el campo, no había ningún indicio de que alguien...

Se interrumpió de pronto. Meredith vio que los ojos de Gina aún estaban fijos en ella, pero la mirada estaba desenfocada, como si estuviese viendo algo completamente distinto.

—¿Qué? ¿Qué ocurre?

Gina bajó la mirada. Pasaron unos segundos. Los ponis volvieron a relinchar en algún lugar fuera de la casa y el gorjeo excitado de los doradillos invadió el aire, como si se advirtiesen mutuamente de la proximidad de un depredador.

—Tal vez —dijo Gina finalmente— debería venir conmigo.

Cuando Meredith finalmente encontró a Robbie Hastings, estaba en el aparcamiento en la parte trasera del Queen's Head, en Burley. Era un pequeño pueblo en el cruce de tres carreteras, dispuesto en una fila de edificios indecisos entre arcilla y paja, madera y ladrillo, todos los cuales exhibían tejados que se mostraban igualmente indecisos entre paja y pizarra. Como era verano, había vehículos por todas partes, incluidos seis autocares turísticos que habían traído visitantes, en la que probablemente sería su única experiencia en New Forest, aparte de viajar por los caminos rurales y contemplarlos cómodamente instalados en asientos mullidos y disfrutando del aire acondicionado. La experiencia consistiría en hacer fotografías de los ponis que vagaban libremente por los campos o en disfrutar de una comida cara en el pub o en uno de los pintorescos cafés, y hacer compras en las tiendas para turistas. Las tiendas eran el rasgo que definía al pueblo e incluían desde el Coven of Witches —orgullosamente el antiguo hogar de una auténtica bruja que había tenido que abandonar la región cuando su fama superó con creces su buena disposición a que invadieran su intimidad— hasta el Burley Fudge Shop, y todos los demás negocios instalados entre ambos. El Queen's Head dominaba todo este paisaje, al ser el edificio más grande del pueblo y, fuera de temporada, el lugar de reunión para todos los que vivían en la zona y que, con meridiana sensatez, evitaban acercarse tanto a él como a Burley en los meses de verano.

Meredith había telefoneado a Robbie a su casa en primer lugar, aunque sabía que probablemente no estuviese allí a esa hora del día. Como *agister* en activo, Robbie era el responsable del bienestar de todos los animales que vagaban libremente por la zona que tenía asignada —el área que como le había dicho a Gina Dickens se denominaba los Hastings—, y estaría en el Forest en su vehículo, o bien a caballo, asegurándose de que nadie molestase a los asnos, a los ponis, a las vacas y a alguna ocasional oveja. Porque éste era el mayor desafío al que debía enfrentarse quien trabajase en el Forest, especialmente durante los meses de verano. Era conmovedor ver a todos esos animales que no estaban restringidos por cercas, muros y setos. La gente tenía buenas intenciones, pero era congénitamente estúpida. Las personas que acudían al Forest no entendían que alimentar a un dulce y pequeño poni en verano condicionaba al animal para que pensara que alguien estaría allí, en el aparcamiento del Queen's Head, dispuesto a alimentarle también en pleno invierno.

Robbie Hastings parecía estar explicándole todo eso a un numeroso grupo de pensionistas con bermudas, zapatos acordonados y cámaras colgadas del cuello. Les había reunido junto a su Land Rover, en cuya parte trasera llevaba enganchado un remolque para caballos. A Meredith le pareció que Robbie había venido en busca de uno de los ponis del New Forest, algo que era inusual en esta época del año. Pudo ver al animal, inquieto, dentro del remolque. El hombre señalaba al animal mientras hablaba.

Meredith echó un vistazo a su pastel de chocolate cuando bajaba del coche. El baño que lo cubría se había derretido en la parte superior y comenzaba a formar un pequeño charco viscoso en la base. Varias moscas habían conseguido dar con él, pero el pastel era como una de esas plantas que comen insectos: cualquier cosa que aterrizaba sobre su superficie quedaba enlodado en esa mezcla de azúcar y cacao. Muerte por placer. El pastel estaba arruinado.

Ya no importaba. La situación estaba completamente descontrolada, y Robbie Hastings debía ser informado. Porque había sido el único padre para su hermana desde que ella tenía diez años, una posición a la que le había llevado un accidente de coche cuando tenía veinticinco años. El mismo accidente de coche que le había catapultado a la profesión que jamás pensó que conseguiría: uno de los, sólo, cinco *agisters* que trabajaban en el New Forest sustituyendo a su propio padre.

—... ésa es la razón por la que no debemos permitir que los ponis permanezcan en un solo lugar.

Robbie parecía estar completando sus observaciones ante un público con aspecto culpable por lo que aparentemente habían almacenado para la ocasión: manzanas, zanahorias, terrones de azúcar y cualquier cosa que pudiese atraer a un poni y que no formase parte de su alimentación natural. Cuando Robbie acabó con sus observaciones —expresadas con paciencia mientras los visitantes no dejaban de tomarle fotografías, aunque no llevaba su atuendo formal, sino que iba vestido con tejanos, camiseta y una gorra de béisbol—, saludó brevemente con la cabeza y abrió la puerta del Land Rover, dispuesto a marcharse de allí. Los turistas se alejaron hacia el pueblo y el pub, y Meredith se abrió paso entre ellos mientras llamaba a Robbie.

El hombre se volvió. Meredith se sintió como siempre en cuanto lo veía: llena de afecto, pero a la vez terriblemente apenada por el aspecto que le daban esos enormes dientes. Hacían que la boca fuese lo único que se percibía de él, y era realmente una lástima. Tenía buena planta, era fuerte y masculino, y sus ojos eran únicos: uno marrón y el otro verde, igual que los de Jemima.

Su rostro se iluminó.

—Merry Contrary.[6]

—Han pasado muchos años, niña. ¿Qué estás haciendo en esta parte del mundo?

6. Merry Contrary es parte de una canción de cuna muy popular en Inglaterra y, en este caso, es un juego de palabras con el diminutivo de Meredith.

Llevaba guantes, pero se los quitó y extendió los brazos espontáneamente hacia ella, como siempre había hecho.

Meredith le abrazó. Ambos estaban acalorados y transpirados, y Robbie desprendía un olor ácido, mezcla de hombre y caballo.

—Qué día, ¿eh?

Robbie se quitó la gorra de béisbol revelando un cabello que hubiese sido grueso y ondulado si no lo llevara tan corto y pegado al cráneo. Era castaño y ya moteado de gris, algo que a Meredith le recordó su distanciamiento con Jemima. Tuvo la sensación de que la última vez que había visto el pelo de Robbie era aún completamente castaño.

—Llamé a la oficina de los guardas mayores, y me dijeron que estarías aquí —contestó ella.

Robbie se secó la frente con el antebrazo, volvió a ponerse la gorra y se la caló con fuerza.

—¿Sí? ¿Qué hay? —Miró por encima del hombro mientras el poni se paseaba ruidosamente dentro del remolque y golpeaba contra los costados. El remolque se sacudió—. Eh, para ya —dijo al tiempo que hacía chasquear la lengua—. Sabes que no puedes quedarte aquí, en el Queen's Head, amigo. Tranquilo. Tranquilo.

—Jemima —dijo Meredith—. Es su cumpleaños.

—Así es. Y también es el tuyo. Lo que significa que tienes veintiséis años, y eso significa que yo... Dios mío, tengo cuarenta y uno. A estas alturas pensarías que habría encontrado una muchacha dispuesta a casarse con este pedazo de tío, ¿verdad?

—¿Nadie te ha echado el lazo? —dijo Meredith—. Las mujeres de Hampshire están medio locas, Rob.

Él sonrió.

—¿Qué me dices de ti?

—Oh, yo estoy completamente loca. Ya he tenido a mi único hombre, muchas gracias. No pienso repetir la experiencia.

Robbie volvió a sonreír.

—Maldita sea, Merry. No sabes cuántas veces he oído decir eso. ¿Para qué me has buscado, si no es para ofrecerme tu mano en matrimonio?

—Se trata de Jemima, Robbie, fui al Cupcake Queen y vi

que estaba cerrado. Luego hablé con Lexie Streener y más tarde fui a su casa (la de Gordon y Jemima), y allí me encontré a una mujer, Gina Dickens. Ella no está viviendo allí ni nada por el estilo, pero está…, supongo que podríamos decir que está instalada. Y no sabe absolutamente nada acerca de Jemima.

—Entonces, ¿no has tenido noticias de ella?

—¿De Jemima? No. —Meredith titubeó. Se sentía muy incómoda. Miró a Robbie tratando de leer su expresión—. Bueno, supongo que ella debe haberte explicado…

—¿Lo que pasó entre vosotras dos? —preguntó—. Oh, sí. Me contó que os enfadasteis hace algún tiempo. No pensé que fuese algo permanente.

—Bueno, yo tenía que decirle que tenía mis dudas con respecto a Gordon. ¿No están los amigos para eso?

—Yo diría que sí.

—Pero todo lo que ella me respondió fue: «Robbie no tiene ninguna duda acerca de él, ¿por qué las tienes tú?».

—¿Eso fue lo que te dijo?

—¿Tenías dudas? ¿Igual que yo? ¿Las tenías?

—Oh, así es. Había algo en ese tío. No era exactamente que no me cayera bien, pero si Jemima iba a formar una pareja, me hubiera gustado que fuese con alguien que yo conociera bien. Y no conocía muy bien a Gordon Jossie. Pero considerando cómo se desarrollaron los acontecimientos, no tenía que haberme preocupado (lo mismo se aplica a ti), porque Jemima descubrió lo que fuera que debía descubrir cuando se lio con él, y fue lo bastante inteligente para dar por terminada la relación cuando pensó que debía hacerlo.

—¿Qué significa eso exactamente? —Meredith cambió de posición. Se estaba cociendo bajo el sol. En este punto empezó a sentir como si todo su cuerpo se estuviese derritiendo, igual que su pobre pastel de chocolate en el coche—. Escucha, ¿podemos salir del sol? —preguntó—. ¿Podemos beber algo? ¿Tienes tiempo? Es necesario que hablemos. Creo que… Hay algo que no está bien.

Robbie miró hacia donde estaba el poni y luego a Meredith. Asintió al tiempo que decía: «Pero no en el pub». Cruzaron el aparcamiento hasta una pequeña arcada donde había puestos que vendían bebidas y bocadillos. Llevaron los suyos a la sombra de un castaño que extendía sus frondosas ramas sobre el borde del aparcamiento, donde un banco miraba hacia un prado que se abría en forma de abanico.

Un nutrido grupo de turistas estaba haciendo fotos a los ponis que pastaban con sus potrillos cerca de allí. Los animales eran especialmente llamativos, pero también muy asustadizos, lo que hacía que acercarse a ellos y a sus madres fuese más peligroso de lo habitual. Robbie observó el cuadro.

—Uno se pregunta qué diablos pretenden —dijo—. ¿Ese tío de allí? Es probable que reciba un mordisco. Y luego querrá que sacrifiquemos al poni o demandar a Dios sabe quién. No es que su pretensión le lleve a ninguna parte. Pero, aun así, hay algunas especies que necesitan ser apartadas para siempre del árbol genético.

—¿Eso crees?

Robbie se sonrojó ligeramente ante la pregunta y luego la miró.

—Supongo que no —dijo. Luego añadió—: Se ha marchado a Londres, Merry. Un día me llamó por teléfono, hacia finales de octubre, y me dijo que se iba a Londres. Pensé que se refería a pasar el día, a comprar material o algo para la tienda. Pero me dijo: «No, no es por la tienda. Necesito tiempo para pensar. Gordon está hablando de matrimonio, y yo no estoy segura». Y allí sigue.

—¿Estás seguro de eso? ¿Qué él le habló de matrimonio?

—Sí. ¿Por qué?

—Pero ¿qué hay del Cupcake Queen? ¿Por qué iba Jemima a abandonar su negocio?

—Sí. Es un poco extraño, ¿verdad? Intenté hablar con ella sobre eso, pero no quería saber nada. Todo lo que dijo fue que necesitaba tiempo para pensar.

—Londres. —Meredith se concentró en la palabra—. ¿Pensar en qué? ¿Boda? ¿Por qué?

—No lo dijo, Merry. Y sigue sin abrir la boca en cuanto a eso.

—¿Hablas con ella?

—Oh, sí. Por supuesto que sí. Una vez por semana o más. Siempre me llama. Bueno, no podía ser de otro modo. Ya conoces a Jemima. Se preocupa por cómo me las arreglo sin aparecer por aquí como acostumbraba a hacerlo. De modo que se mantiene en contacto.

—Lexie me dijo que intentó llamar a Jemima. Primero le dejó mensajes y luego ya no pudo comunicarse con ella. De modo que tú hablas con ella una vez…

—Tiene un móvil nuevo —dijo Robbie—. No quería que Gordon tuviese el número. Él no dejaba de llamarla. Jemima no quiere que sepa dónde está.

—¿Qué diablos pasó entre ellos?

—No lo sé, y ella tampoco me lo dijo. Fui allí una vez que Jemima se hubo marchado, porque ella había estado viviendo en una propiedad de la Corona… Pensé que debía hablar con Gordon.

—¿Y…?

Robbie meneó la cabeza.

—Nada. Gordon dijo: «Tú sabes lo mismo que yo, amigo. Siento lo mismo que siempre. Son sus sentimientos los que han cambiado».

—¿Hay alguien más?

—¿Por parte de Jemima? —Robbie se llevó la lata de Coca-Cola a los labios y se bebió casi todo su contenido—. No había nadie cuando se marchó. Se lo pregunté. Ya conoces a Jemima. Es difícil pensar que abandonase a Gordon sin tener a alguien dispuesto a ser su novio.

—Sí, lo sé. Ese asunto de «estar sola». No puede resolverlo, ¿verdad?

—¿Y quién la culpa? Después de lo que les pasó a nuestros padres…

Ambos se quedaron en silencio, pensando en ello, qué miedos se habían forjado en Jemima a raíz de haber perdido a sus padres cuando era una niña y cómo se habían manifestado esos miedos en su vida.

Al otro lado del prado, frente a ellos, un hombre mayor ayudado de un andador se estaba acercando demasiado a uno de los potrillos. La cabeza de su madre se alzó como un resorte, pero no había nada de lo que preocuparse. El potrillo se alejó rápidamente y la pequeña manada hizo lo propio.

Robbie suspiró.

—Tendría que haberme ahorrado las gachas de avena, para

el caso que me hacen. Creo que algunas personas tienen algodón en lugar de cerebro. Mírale, Merry.

—Necesitas un megáfono.

—Necesito mi escopeta.

Robbie se levantó. Encararía a ese hombre, como era su obligación. Pero había algo más que Meredith quería que él supiera. Tal vez las cosas habían quedado explicadas en relación con Jemima, pero no todo estaba claro.

—Rob, ¿cómo llegó Jemima a Londres?

—En su coche, supongo.

Y éste era el meollo de todo el asunto. Era la respuesta que ella temía oír. Constituía un elemento accesorio y se convirtió en una alarma. Meredith la sintió como un cosquilleo en los brazos y un escalofrío —a pesar del intenso calor— que subió por su columna vertebral.

—No —dijo—. No fue así.

—¿Qué? —Robbie se volvió para mirarla.

—Jemima no fue en su coche a Londres. —Meredith también se levantó—. Por eso he venido a verte. Su coche está en el granero de la casa de Gordon, Robbie. Gina Dickens me lo mostró. Estaba debajo de una lona, como si quisiera ocultarlo.

—Estás de broma.

—¿Por qué iba a gastar bromas con este asunto? Ella, Gina Dickens, le preguntó a Gordon por el coche. Le dijo que era de él. Pero Gordon ni siquiera lo había conducido, y eso llevó a Gina a pensar que…

Meredith volvía a tener la garganta seca, desértica, como la había sentido durante su conversación con Gina.

Robbie tenía el ceño fruncido.

—¿A pensar qué? ¿Qué está pasando, Merry?

—Eso es lo que quiero saber. —Rodeó con la mano el brazo musculoso de Robbie—. Porque eso no es todo, Rob.

Robbie Hastings intentó no mostrarse preocupado. Tenía obligaciones que cumplir —en este momento la más importante era el transporte del poni en el remolque—, y tenía que centrarse en su trabajo. Pero Jemima era una parte importante de sus obligaciones, a pesar de que ahora ya fuese una mujer adulta. Porque el hecho de que su hermana se hubiese convertido en adulta no había cambiado las cosas entre ellos. Él seguía siendo un referente paterno para ella, mientras que para Robbie su hermana sería siempre su hermana-hija, la niña abandonada que había perdido a sus padres después de una cena durante unas vacaciones en España: demasiado alcohol, demasiada confusión con respecto al lado de la carretera por el que debían conducir, y eso había sido todo, muertos en un instante, embestidos por un camión. Jemima no estaba con ellos, gracias a Dios. Porque si hubiese sido así, todas las personas que eran su familia habrían quedado borradas de la faz de la Tierra. Jemima, en cambio, se había quedado con él en la casa familiar y, de ese modo, su estadía allí se había convertido en permanente.

En consecuencia, incluso mientras Robbie le entregaba el poni a su dueño y mantenía una breve conversación con el hombre acerca de la enfermedad que padecía el animal —Robbie pensaba que se trataba «de cáncer, señor, y el poni tendrá que ser sacrificado, aunque quizá quiera llamar al veterinario para contar con una segunda opinión»— seguía pensando en Jemima. La había llamado por teléfono esa misma mañana al despertarse porque era su cumpleaños, y había vuelto a llamarla cuando se dirigía de regreso a Burley después de haber dejado al poni con su dueño. Pero esta segunda vez consiguió la misma respuesta que en la primera ocasión que telefoneó a Jemima: la alegre voz de su hermana en su buzón de voz.

No le había dado demasiada importancia al asunto cuando llamó la primera vez porque era temprano y supuso que Jemima habría desconectado el móvil la noche anterior, si deseaba remolonear en la cama el día de su cumpleaños. Pero, generalmente, ella le llamaba de inmediato cuando recibía un mensaje suyo, de modo que cuando dejó un segundo mensaje comenzó a preocuparse. Después de eso llamó a su lugar de trabajo, pero le dijeron que Jemima se había tomado medio jornada libre el día anterior y que hoy no tenía que ir a trabajar. ¿Quería dejar algún mensaje? No quería.

Cortó la comunicación y sacudió la gastada cubierta de cuero del volante. Muy bien, se dijo, preocupaciones de Meredith aparte, era el cumpleaños de Jemima y era probable que simplemente se estuviese divirtiendo, ¿no? Recordó que hacía poco se había entusiasmado con el patinaje sobre hielo. Lecciones o algo así. De modo que podía estar fuera haciendo eso. Era muy propio de Jemima.

La verdad era que Robbie no le había contado todo a Meredith, allí, bajo el frondoso castaño en Burley. Pensó que no tenía sentido hacerlo, sobre todo porque Jemima tenía una larga historia de relaciones con hombres, y Meredith —bendita sea— no la tenía. No le había querido restregar este hecho en la cara de Meredith, ya que como resultado de la única y desastrosa relación que había logrado tener se había convertido en madre soltera. Por otra parte, Robbie respetaba a Meredith Powell por cómo se había enfrentado a la maternidad: estaba haciéndolo muy bien. Y, en cualquier caso, Jemima no había dejado a Gordon Jossie por otro hombre, de modo que esa parte de lo que Robbie le había contado a Meredith era verdad. Pero, como era previsible tratándose de Jemima, había encontrado a otro hombre muy pronto. Robbie le había ocultado esa parte. Más tarde se preguntaría si debía haberlo hecho. «Es muy especial, Rob —le había dicho con esa forma de hablar atropellada que tenía—. Oh, estoy "locamente" enamorada de él.»

Así era como se sentía siempre: locamente enamorada. No había razón para el interés, la curiosidad o la amistad cuando una podía estar locamente enamorada. Porque «locamente enamorada» equivalía a mantener alejada la soledad. Ella se había marchado a Londres para pensar, pero pensar era algo que conducía a Jemima hacia el miedo, y Dios sabía que ella prefería echar a correr antes que enfrentarse al miedo. Bueno, ¿no es lo que haría todo el mundo? ¿Acaso no lo haría él si pudiese?

Robbie ascendió el sinuoso camino de la colina que era Honey Lane, a escasa distancia de Burley. En verano era un túnel verde y exuberante, con acebo a los costados y robles y hayas que arqueaban sus copas en lo alto. El camino era de tierra apisonada —en la zona no se pavimentaba— y pasó sobre él con cuidado, haciendo todo lo posible por evitar los ocasionales baches que provocaban que la marcha fuese accidentada. Estaba a poco más de un kilómetro del pueblo, pero en esta zona uno retrocedía en el tiempo. Los árboles cobijaban los prados y, más allá de éstos, las construcciones antiguas indicaban la presencia de granjas y de pequeñas propiedades compartidas. Éstas tenían como fondo un abigarrado bosque de pinos silvestres aromáticos, avellanos y hayas que proporcionaban un hábitat para ciervos y lirones, comadrejas y musarañas. La distancia que separaba este lugar se podía cubrir caminando, pero la gente raramente lo hacía. Había rutas más fáciles y, según la experiencia de Robbie, a la gente le gustaba esa facilidad.

Al llegar a lo alto de la colina giró a la izquierda, hacia lo que hacía mucho tiempo que eran las tierras de Hastings. Éstas comprendían veinticinco hectáreas de prados y bosque, con el tejado de Burley Hill House apenas visible hacia el noreste y el pico de Castle Hill Lane detrás de él. En uno de los prados pastaban apaciblemente dos de sus caballos, encantados de no tener que soportar su peso por los caminos del New Forest en aquel caluroso día de verano.

Robbie aparcó junto al ruinoso granero y el cobertizo auxiliar tratando de no mirarlos para no tener que pensar en cuánto trabajo necesitaba su reparación. Bajó del Land Rover y cerró la puerta con fuerza. El ruido atrajo a su perro desde un costado de la casa, donde sin duda había estado durmiendo a la sombra; el animal se acercó meneando la cola y con la lengua colgando, algo completamente inususal. Ese weimaraner era normalmente un perro elegante. Pero odiaba el calor y se revolcaba en la pila de estiércol como si ello pudiese ayudarlo a escapar de él. Llevaba encima una hedionda capa en descomposición. Robbie se detuvo para sacudirse el polvo.

—Crees que eso es divertido, ¿verdad, *Frank*? —le preguntó al perro—. Eres todo un espectáculo. Lo sabes, ¿verdad? No debería permitir que te acercaras a la casa.

Pero allí no vivía ninguna mujer que pudiese reprenderlo o encargarse de llevar a *Frank* lejos de la casa. De modo que entró y el perro le siguió, Robbie no se lo impidió y agradeció su compañía. Le alcanzó al weimaraner un cazo lleno de agua fresca. *Frank* se tendió con evidente alegría en el suelo de la cocina.

Robbie dejó que lo hiciera y subió las escaleras. Estaba sudado y olía a caballo, después de haber transportado al poni enfermo; sin embargo, en lugar de meterse en la ducha —no tenía sentido preocuparse por eso a esta hora del día, ya que enseguida volvería a sudar y a oler mal otra vez— entró en la habitación de Jemima.

Se dijo que debía mantener la calma. No podía pensar si se ponía nervioso, y necesitaba pensar. Según su experiencia, todo tenía una explicación, y seguro que la habría para lo que Meredith Powell le había contado.

—Toda su ropa está allí, Rob. Pero no en el dormitorio. Gordon la ha guardado en cajas, y las ha llevado al desván. Gina las encontró porque, dijo, había algo que le resultó un tanto extraño (eso fue lo que me dijo) cuando él estaba hablando acerca del coche de Jemima.

—¿Qué hizo entonces? ¿Te llevó a ver las cajas con la ropa? ¿En el desván?

—Al principio sólo me habló de ellas —dijo Meredith—. Le dije que quería verlas. Pensé que podrían llevar allí algún tiempo (desde antes de que Gordon y Jemima ocuparan la casa), de modo que las cajas podían pertenecer a otra persona. Pero no era sí. Las cajas no eran viejas y había algo que reconocí al instante. Bueno, en realidad era algo mío, Jemima me lo pidió prestado un día y nunca me lo devolvió. Así pues, ¿entiendes...?

Él entendía y no entendía. Si no hubiese tenido noticias de su hermana al menos una vez por semana desde que se marchó, habría ido a Sway de inmediato decidido a encararse con Gordon Jossie. Pero había tenido noticias de Jemima, y en cada llamada le había dicho que estaba bien. «No debes preocuparte, Rob. Todo saldrá bien».

Al principio le había preguntado: «¿Qué es todo lo que saldrá bien?», y ella había esquivado la pregunta. Esa actitud le había obligado a preguntarle en más de una ocasión: «¿Gordon te ha hecho algo, pequeña?», a lo que ella siempre contestaba: «Por supuesto que no, Rob».

Robbie sabía que habría supuesto lo peor si Jemima no se hubiese mantenido en contacto con él: que Gordon la había matado y que luego la había enterrado en algún lugar de la extensa propiedad. En el Forest, en las profundidades del bosque, de modo que, si alguna vez alguien encontraba el cadáver, sería dentro de cincuenta años, cuando ya fuese demasiado tarde para que importase. De alguna manera, una profecía tácita —una creencia o un miedo— se habría cumplido con su desaparición, porque lo cierto era que a él no le gustaba Gordon

Jossie. Se lo había dicho a su hermana más de una vez, «Hay algo en ese tío, Jemima». Entonces, ella se echaba a reír y le contestaba: «Quieres decir que no es como tú».

Finalmente se había visto obligado a estar de acuerdo con Jemima. Era muy fácil aceptar y que te gustara la gente que era como tú. Con la gente que era diferente, ya era otra historia.

Cuando estuvo en el dormitorio de Jemima volvió a llamarla. Nadie respondió, igual que las dos veces anteriores. Sólo la voz grabada. Dejó un mensaje cuando le pidió que lo hiciera. Decidió conservar el tono distendido para que coincidiera con el de ella.

—Eh, cumnpleañera, llámame, ¿quieres? No es que esté preocupado porque no tengo noticias tuyas. Merry Contrary ha venido a verme. Tenía un pastel para ti, querida. Se había derretido por completo por el jodido calor, pero la intención es lo que cuenta, ¿verdad? Llámame, cariño. Quiero hablarte de los potrillos.

Sintió que quería seguir un poco más, pero le estaba hablando al vacío. No quería dejarle un mensaje a su hermana. Quería hablar con su hermana.

Se acercó a la ventana del dormitorio: su alféizar, otro depositario más de aquellas cosas de las que Jemima no podía soportar desprenderse, que era prácticamente todo lo que había poseído alguna vez. Ahí estaban los ponis de plástico, apiñados unos contra otros y cubiertos de polvo. Más allá pudo ver los de carne y hueso: sus caballos pastando en el prado, con la luz del sol que arrancaba reflejos de sus pelajes bien cuidados.

El hecho de que Jemima no hubiese regresado para el nacimiento de los potrillos fue la señal que debía haberle indicado que algo no iba bien, pensó Robbie. Había sido siempre su momento favorito del año. Al igual que él, Jemima «era de New Forest». La había enviado a Winchester, al mismo colegio donde él había estudiado, pero Jemima regresó a casa cuando completó sus estudios. No quiso saber nada de la tecnología informática y se decantó por la repostería. «Éste es mi lugar», dijo. Y así era.

Tal vez se había marchado a Londres no para tener tiempo para pensar, sino simplemente para tener tiempo. Quizás había decidido acabar su relación con Gordon Jossie, pero no supo cómo hacerlo. Tal vez pensó que si se marchaba durante el tiempo suficiente, Gordon encontraría a otra mujer, y ella entonces podría regresar. Pero nada de todo eso era propio de su hermana, ¿no?

«No debes preocuparte», había dicho Jemima. «No debes preocuparte, Rob».

Qué broma tan espantosa.

4

David Emery se consideraba a sí mismo uno de los pocos «Expertos en Cementerios de Stoke Newington», algo en lo que siempre pensaba en mayúsculas, ya que era un tío de mayúsculas. Había hecho del conocimiento del cementerio de Abney Park la Obra de su Vida (una definición en la que para él, se imponían las mayúsculas) y había tenido que pasar años vagando por el cementerio y perderse en él y negarse a que le intimidase el ambiente tétrico del lugar antes de que estuviese dispuesto a llamarse a sí mismo su «Amo». Había permanecido encerrado allí más veces de las que podía contar, pero jamás había permitido que el cierre nocturno del cementerio afectase en modo alguno a sus planes mientras estaba dentro. Si llegaba a uno de los portones y lo encontraba cerrado con cadenas contra sus deseos, no se molestaba en llamar a la Policía de Hackney para que acudiese al rescate, como le recomendaba que hiciera el cartel que había en el portón. Para él no suponía ningún problema encaramarse a los barrotes, pasar por encima del portón y dejarse caer en la calle principal de Stoke Newington o, preferiblemente, en el jardín trasero de una de las casas adosadas que bordeaban el límite noreste del cementerio.

El hecho de haberse nombrado «Amo del Parque» le permitía utilizar sus senderos y recovecos de muchas maneras, pero, sobre todo, para prácticas amatorias. Lo hacía varias veces al mes. Era bueno con las mujeres —ellas le decían a menudo que tenía ojos entrañables, fuera lo que fuera que eso significara— y puesto que Una Cosa generalmente llevaba a la Otra con las mujeres en la vida de David, la sugerencia de que diesen un paseo por el parque raramente era rechazada, especialmente teniendo en cuenta que «parque» era una palabra..., bueno, una palabra tan inofensiva comparada con «cementerio»...

Su intención era siempre echar un polvo. En realidad, «dar un paseo», «caminar» o «vagar un rato» no eran más que eufemismos para «follar», y las mujeres lo sabían, aunque fingiesen ignorarlo. Ellas siempre decían cosas como: «Oooh, Dave, este lugar me pone nerviosa, de verdad», o cosas así, pero se mostraban totalmente dispuestas a acompañarle allí una vez que les rodeaba los hombros con el brazo —tratando de alcanzar un porción de pecho con los dedos si podía— y les decía que con él estarían seguras.

De modo que entraban en el parque, directamente a través del portón principal, que era su ruta preferida, ya que allí el camino era ancho y menos inquietante que si entraban por la carretera de la iglesia de Stoke Newington. Allí uno se encontraba debajo de los árboles y en las garras de las lápidas antes de haber recorrido unas decenas de metros. En el camino principal tenía al menos la ilusión de seguridad hasta que se desviaba a derecha o izquierda por uno de los senderos más estrechos que desaparecían entre los imponentes plátanos.

Aquel día en concreto, Dave había persuadido a Josette Hendricks para que le acompañase. Con sólo quince años, Josette era un poco más joven que las chicas a las que Dave estaba acostumbrado, por no mencionar el hecho de que tenía una risita nerviosa, un rasgo del que él no se había percatado hasta que la condujo a través del primero de los estrechos senderos, pero era una chica guapa con una piel adorable, y esos deliciosos pechos nada desdeñables, en más de un sentido. De modo que cuando él preguntó: «¿Qué me dices de un paseo por el parque?», ella le contestó, con los ojos brillantes y los labios húmedos: «Oh, sí, Dave», Y allá fueron.

Él tenía en mente un pequeño recoveco, un lugar creado por un sicomoro caído detrás de una tumba y entre dos lápidas. Allí podían producirse Acontecimientos Interesantes. Pero era demasiado calculador como para dirigirse directamente a ese rincón. Comenzó con un poco de contemplación de las estatuas cogidos de mano —«Oh, ese pequeño ángel parece muy triste,

¿verdad?»—, y de allí pasó a una mano detrás del cuello, una caricia —«Dave, ¡me haces cosquillas!»—, y la clase de beso que sugería pero nada más.

Josette era un poco más lenta que la mayoría de las chicas, probablemente como resultado de su educación. A diferencia de muchas chicas de quince años, era inocente y nunca había salido con un chico —«Mamá y papá dicen que todavía no»—, y, por lo tanto, no captaba las señales tan bien como podría haber hecho. Pero él era paciente. Cuando, finalmente, ella presionó su cuerpo contra el suyo por voluntad propia, demostrando que quería más besos y más largos, él sugirió que se apartasen del sendero para «ver si hay algún lugar…, ya sabes a qué me refiero». Lo dijo acompañado de un guiño.

¿Quién coño hubiese pensado que el recoveco, su Lugar de Seducción Particular, estaría ocupado? Era un atropello, eso era, pero allí estaba. Dave escuchó los gemidos cuando Josette y él se acercaron al lugar, y esos brazos y piernas entrelazados en los matorrales eran una visión inconfundible, sobre todo porque había cuatro de cada y ninguno de ellos llevaba ropa encima. También se podía ver el culo desnudo del tío que se movía arriba y abajo frenéticamente, la cabeza vuelta hacia ellos con una mueca dibujada en el rostro… «Joder, ¿todos tenemos esa expresión?», se preguntó Dave.

Josette lanzó una de sus risitas nerviosas al verlos: era una buena señal. Cualquier otra cosa habría sugerido miedo o alguna cosa parecida. Dave suponía que la chica no era una especie de puritana estrecha, pero nunca se sabía. Retrocedió con Josette cogida de la mano y pensó adónde podía llevarla. En el cementerio había sin duda muchos recovecos y rincones ocultos, pero él quería un lugar que estuviese cerca de éste, ya que Josette estaba hirviendo.

Y entonces lo vio claro. No estaban lejos de la capilla en el centro del cementerio. No podían entrar en el edificio, pero justo a su lado —de hecho, construido dentro de él— había un refugio que podían utilizar sin problemas. Y, pensándolo bien, ofrecía paredes y un techo, y eso era mejor que el recoveco bajo el árbol.

Inclinó la cabeza hacia la pareja que estaba copulando entre los matorrales y le guiñó un ojo a Josette.

—Hmmm, no está mal, ¿eh? —dijo.

—¡Dave! —Ella dio un pequeño respingo de falso horror—. ¡Cómo puedes decir algo así!

—¿Y bien? —dijo él—. ¿Estás diciendo que tú no...?

—No he dicho eso —respondió la chica.

Era como una invitación. Y entonces se dirigieron hacia la capilla. Cogidos de la mano y con cierta prisa. Josette, concluyó Dave, era decididamente una flor lista para ser arrancada.

Llegaron al claro cubierto de hierba donde se alzaba la capilla.

—Por aquí, amor —musitó Dave.

La llevó detrás de la entrada de la capilla y hacia el rincón más alejado. Y, una vez allí, todos sus planes se vieron frenados en seco.

Un adolescente con un barril por trasero estaba saliendo a trompicones del nido de amor de Dave. En el rostro tenía una expresión tal que casi pasaba desapercibido que se estaba sosteniendo los pantalones, con la cremallera abierta. Atravesó el claro a la carrera y desapareció.

Al principio, David pensó que el chico se había aliviado dentro de aquel lugar. Y ese pensamiento le irritó, ya que ahora no podía esperar que Josette quisiera revolcarse en un lugar que apestaba a meados. Pero como él estaba preparado y como ella estaba preparada, y como existía la diminuta posibilidad de que ese chico no hubiera utilizado el refugio como un retrete público, Dave se encogió de hombros y apremió a Josette para que siguiera avanzando: «Es allí, amor».

Estaba tan concentrado pensando en Una Sola Cosa que casi se muere del susto cuando Josette entró en el refugio y comenzó a chillar.

—No, no, no, Barbara —dijo Hadiyyah—. No podemos ir de compras sin más. No sin un plan. Eso sería demasiado abrumadorx. Primero debemos confeccionar una lista, pero antes tenemos que pensar qué es lo que queremos comprar. Y para hacer eso debemos averiguar el tipo de cuerpo que tienes. Así es como se hacen estas cosas. Lo puedes ver en la tele constantemente.

Barbara Havers miró a su compañera con expresión dubitativa. Se preguntó si debería buscar consejo para comprar ropa en una cría de nueve años. Pero, aparte de Hadiyyah, sólo podía recurrir a Dorothea Harriman si pensaba tomarse seriamente el «consejo» de Isabelle Ardery, y Barbara no estaba dispuesta a depositar toda su confianza en la compasión del máximo icono del estilo de Scotland Yard. Con Dorothea al timón, el barco de las compras probablemente navegaría directamente hacia King's Road o, peor aún, Knightsbridge, donde en una tienda de moda atendida por empleadas delgadas como alfileres, con el pelo esculpido y unas uñas del mismo estilo, se vería obligada a dejar una semana de paga por un par de bragas. Al menos con Hadiyyah existía la ligera posibilidad de que lo que había que hacer pudiera hacerse en Marks & Spencer.

Pero Hadiyyah no estaba por la labor.

—Topshop —dijo—. Tenemos que ir a Topshop, Barbara. O a Jigsaw. O tal vez a H&M, pero sólo tal vez.

—No quiero parecer una pija que viste a la moda —dijo Barbara—. Tiene que ser profesional. Nada con volantes fruncidos. O lleno de púas. Nada que lleve cadenas.

Hadiyyah puso los ojos en blanco.

—Barbara —dijo—, de verdad, ¿crees que yo usaría púas y cadenas?

Su padre seguramente tendría algo que decir al respecto, pensó Barbara. Taymullah Azhar mantenía atada a su hija, con lo que no había otra alternativa que llevar una correa muy corta. Incluso ahora, en sus vacaciones de verano, no tenía permiso para corretear con los chicos de su edad. Hadiyyah estaba estudiando urdu y cocina y, cuando no estaba estudiando, la cuidaba Sheila Silver, una jubilada mayor cuyo breve periodo de gloria —contado una y otra vez— se había producido cuando había actuado como telonera para un aspirante a Cliff Richard en la Isla de Wight. La señora Silver vivía en un piso en la Casa Grande, como la llamaban, una elaborada estructura amarilla de estilo eduardiano situada en Eton Villas; Barbara vivía detrás de este edificio en la misma propiedad y en un bungaló tamaño *hobbit*. Hadiyyah y su padre eran vecinos, residían en la planta baja de la Casa Grande y disponían de una zona en el frente que les servía como terraza. Aquí era donde estaban Hadiyyah y Barbara en ese momento, cada una con un zumo de frutas ante sí y ambas inclinadas sobre una sección arrugada del *Daily Mail* que Hadiyyah, aparentemente, había estado reservando para una ocasión como ésta.

Había ido a buscar el periódico a su habitación cuando Barbara le explicó sus problemas de guardarropa. «Tengo justo lo que necesitas», había anunciado alegremente y, agitando sus largas trenzas, había desaparecido dentro del piso, para regresar poco después con el artículo en cuestión. Extendió la hoja del periódico sobre la mesa de mimbre para mostrarle una historia acerca de la ropa y los tipos de cuerpo. En una doble página aparecían varias modelos que supuestamente exhibían todas las posibilidades de complexión corporal, exceptuando la anorexia y la obesidad, por supuesto, ya que el *Daily Mail* no quería promover tales extremos.

Hadiyyah había informado a Barbara de que debía comenzar con el tipo de cuerpo y no podían definir exactamente el tipo de cuerpo de Barbara si ella no se cambiaba de ropa y se ponía algo que..., bueno, ¿algo que les permitiese ver con qué estaban trabajando? Le dijo a Barbara que fuese a su casa a cambiarse de ropa —«De todos modos hace un calor horrible para llevar pantalones de pana y suéter de lana», añadió servicialmente— y luego volvió a inclinarse sobre el periódico para estudiar a las modelos. Barbara obedeció y regresó, aunque Hadiyyah soltó un respingo cuando vio la camiseta y los pantalones ajustados con una cinta.

—¿Qué? —dijo Barbara.

—Oh, está bien. No importa —le dijo Hadiyyah—. Haremos lo que podamos.

«Lo que podamos», consistió en Bárbara de pie sobre una silla —sintiéndose como una perfecta idiota— mientras Hadiyyah se alejaba unos pasos en la hierba «para tener un poco de distancia y así poder compararte con las mujeres de las fotos». Lo hizo mientras sostenía el periódico y fruncía la nariz, y alternaba la mirada entre la página y Barbara antes de anunciar: «Tipo pera, creo. De talle bajo también. ¿Puedes levantarte un poco los pantalones? ¡Barbara, tienes unos tobillos preciosos! ¿Por qué nunca los enseñas? Las chicas siempre deberían realzar sus mejores atributos».

—¿Y cómo iba yo a…?

Hadiyyah pensó un momento.

—Tacones altos. Tienes que usar zapatos de tacones altos. ¿Tienes zapatos de tacón alto, Barbara?

—Oh, sí —dijo Barbara—. Parecen perfectos para mi trabajo. De no llevarlos, las escenas del crimen serían muy tristes.

—Te estás burlando de mí. No puedes tomártelo a broma si queremos hacer esto como corresponde. —Hadiyyah se acercó nuevamente hacia ella a través del pequeño prado llevando consigo el artículo del *Daily Mail*. Lo extendió otra vez sobre la mesa de mimbre y luego anunció—: Una falda acampanada. La prenda básica de todo guardarropa. La chaqueta debe tener un largo que no llame la atención sobre tus caderas, y como tu cara es redonda…

—Aún sigo trabajando para eliminar la grasa infantil —dijo Barbara.

—… el escote de la blusa debería ser moderado, no pronunciado. Verás, los escotes de las blusas deben «reflejar» el rostro. Bueno, la barbilla, en realidad. Quiero decir: toda la línea que va desde las orejas hasta la barbilla, que incluye la mandíbula.

—Ah. Entiendo.

—Queremos la falda a media rodilla y los zapatos con tirillas. Y eso es por tus preciosos tobillos.

—¿Tirillas?

—Hmmm. Es lo que dice aquí. Y debemos contar con complementos. El error que cometen muchas mujeres consiste en que no se ponen los complementos adecuados o —lo que es peor aún— no usan ningún accesorio.

—Joder. Claro que no —dijo Barbara con entusiasmo—. ¿Qué significa eso exactamente?

Hadiyyah dobló con cuidado el periódico, pasando los dedos amorosamente sobre cada pliegue.

—Oh, pañuelos y sombreros, y cinturones y alfileres de solapa y collares, y pulseras y pendientes y bolsos de mano. Guantes también, pero eso sólo en invierno.

—Dios —dijo Barbara—. ¿No crees que se me verá un tanto exagerada con todo eso?

—No se trata de llevarlo todo a la vez. —La voz de Hadiyyah era la paciencia personificada—. De verdad, Barbara, no es algo tan difícil. Bueno, quizá sea un «poco» difícil, pero yo ayudaré. Será muy divertido.

Barbara tenía sus dudas, pero se pusieron en marcha. Primero llamaron al padre de Hadiyyah a la universidad, donde consiguieron localizarle entre una conferencia y una reunión con un estudiante de posgrado. Al principio de su relación con Taymullah Azhar y su hija, Barbara había aprendido que una no salía con Hadiyyah sin haber informado antes a su padre de todo el programa. Odiaba tener que admitir que quería llevarse a Hadiyyah con ella en una excursión para comprar ropa, de modo que se las apañó con: «Tengo que comprar algunas cosas para el trabajo, y pensé que a Hadiyyah le gustaría acompañarme. Para que le dé un poco el aire y eso. Pensaba que podíamos tomar un helado una vez que acabase con las compras».

—¿Ha terminado sus deberes para hoy? —preguntó Azhar.

—¿Sus deberes? —Barbara miró a Hadiyyah.

La niña asintió vigorosamente, aunque Barbara tenía sus dudas en cuanto a lo que a la cocina se refería. Hadiyyah no se había mostrado demasiado entusiasmada ante la perspectiva de estar en la cocina de alguien con el calor del verano.

—Todo correcto —respondió.

—Muy bien —dijo Azhar—. Pero no vayáis a Camden Market, Barbara.

—Ni aunque fuera el último lugar sobre la tierra, se lo aseguro —repuso.

La tienda de la cadena Topshop más cercana estaba en Oxford Street, algo que entusiasmó a Hadiyyah y horrorizó a Barbara. La meca de las compras en Londres era siempre una ondulante e ingente masa de gente cualquier día, excepto en Navidad. En pleno verano, con los colegios de vacaciones y la ciudad abarrotada de visitantes llegados de todo el mundo, era una masa ondulante de humanidad al cuadrado. Al cubo. A la décima potencia. Lo que sea. Cuando llegaron allí tardaron cuarenta minutos en encontrar un aparcamiento con espacio para el Mini de Barbara. Otros treinta se les fueron en abrirse paso hasta Topshop, apartando a la gente con los codos en la acera, como salmones que regresan a casa. Cuando finalmente llegaron a la tienda, Barbara echó un vistazo al interior y quiso salir corriendo de inmediato. El lugar estaba lleno de chicas adolescentes, sus madres, sus tías, sus abuelas, sus vecinas... Estaban hombro con hombro, formaban colas ante las cajas, se empujaban de un lado a otro, de los colgadores a los mostradores, a los expositores; gritaban a sus teléfonos móviles por encima de la música ensordecedora; se probaban joyas: pendientes en las orejas, collares en los cuellos, pulseras en las muñecas. Era la peor pesadilla de Barbara hecha realidad.

—¿No es maravilloso? —dijo Hadiyyah, excitada—. Siempre quiero que papá me traiga aquí, pero dice que Oxford Street es una locura. Dice que nada podrá arrastrarle a Oxford Street. Dice que ni unos caballos salvajes podrían traerle aquí. Dice que Oxford Street es la versión londinense de..., no lo recuerdo, pero no es nada bueno.

El Infierno de Dante, sin duda, pensó Barbara. Algún círculo infernal donde las mujeres como ella —que odiaba las tendencias de la moda, que se mostraba indiferente ante la ropa en general y cuyo aspecto horrible dejaba en un segundo plano lo que se pusiera encima— eran arrojadas por los pecados cometidos con la moda.

—Pero me encanta —dijo Hadiyyah—. Sabía que me encantaría. Oh, lo sabía.

Entró en la tienda y Barbara no tuvo más remedio que seguirla.

Ambas pasaron noventa agotadores minutos en Topshop, donde la falta de aire acondicionado —esto era Londres, después de todo, donde la gente aún creía que sólo había «cuatro o cinco días de calor en todo el año»— y lo que parecían ser un millar de adolescentes en busca de gangas hicieron que Barbara se sintiera como si hubiese pagado definitivamente por cada pecado terrenal que hubiera cometido, más allá de los que había llevado a cabo contra la *haute couture*. Cuando salieron de Topshop fueron a Jigsaw, y de Jigsaw a H&M, donde repitieron la experiencia vivida en Topshop, con el añadido de niños pequeños que chillaban a sus madres pidiendo helados, caramelos, cachorros de perro, empanadillas de salchicha, patatas con pescado frito y cualquier otra cosa que les pasara por sus mentes febriles. Ante la insistencia de Hadiyyah —«¡Barbara, sólo mira el nombre de la tienda, por favor!»—

continuaron hacia Accesorize y, por último, se encontraron frente a un Marks & Spencer, aunque no sin un suspiro de desaprobación por parte de Hadiyyah.

—Aquí es donde la señora Silver compra sus bragas, Barbara— dijo Hadiyyah, como si esa información pudiese conseguir que su acompañante se parase en seco allí mismo—. ¿Quieres parecerte a la señora Silver?

—En este momento me conformaría con parecerme a Dame Edna.[7] —Barbara entró en los grandes almacenes y Hadiyyah la siguió—. Gracias Dios por apiadarte de nosotras —dijo Barbara por encima del hombro—. No sólo bragas, sino también aire acondicionado.

Hasta ahora todo lo que habían conseguido era un collar en Accessorize con el que Barbara pensó que no se sentiría completamente estúpida y un montón de artículos de maquillaje comprados en Boots. El maquillaje consistía en lo que Hadiyyah le dijo que debía comprar, si bien Barbara dudaba sinceramente de que fuese a usarlo alguna vez. Había aceptado la idea del maquillaje sólo porque la niña se había mostrado absolutamente irreductible ante la sistemática negativa de Barbara a comprar cualquier cosa. Hadiyyah había revisado todos los colgadores de ropa que habían visto hasta ahora. Por lo tanto, parecía justo que ella cediera en algo y pensó que el maquillaje podía ser esa opción. De modo que llenó su canasta con base, colorete, sombra de ojos, delineador de ojos, rímel, varios colores inquietantes de lápiz de labios, cuatro clases diferentes de cepillos y un bote de polvos sueltos que se suponía «fijarían todo en su lugar», tal y como le dijo Hadiyyah. Al parecer, las compras que Hadiyyah sugería que Barbara hiciera dependían en gran medida de la observación que hacía la niña de los rituales de su madre cada mañana, que a su vez dependían en gran medida de «potes de esto y aquello... Ella siempre tiene un aspecto radiante, Barbara, espera a verla». Ver a la madre de Hadiyyah era algo que no había sucedido en los catorce meses

7. Dame Edna es el alter ego del actor australiano Barry Humphries, que lleva medio siglo triunfando en todo el mundo anglosajón con ese personaje, de aspecto claramente travestido.

que habían pasado desde que conoció a la pequeña y a su padre, y el eufemismo «se marchó a Canadá de vacaciones» comenzaba a adquirir un significado que le resultaba difícil seguir ignorando.

—¿No puedo apañármelas sólo con colorete?

Hadiyyah le respondió mofándose de ella abiertamente.

—Venga ya, Barbara —se rio la cría.

En Marks & Spencer, Hadiyyah no quiso ni oír hablar de que Barbara fuese a la sección de cualquier cosa que la niña considerase «apropiada para la señora Silver... Sabes lo que quiero decir». Ella tenía en mente esa prenda básica de todo guardarropa —la antes mencionada falda acampanada— y se declaró satisfecha con el hecho de que al menos era pleno verano y las prendas de otoño acababan de llegar. Por lo tanto, los artículos en oferta aún no habían sido manoseados por innumerables «madres trabajadoras que usan esta clase de cosas, Barbara. Ahora estarán de vacaciones con sus críos, de modo que no tenemos que preocuparnos por tener que conformarnos sólo con las sobras».

—Gracias a Dios —dijo Barbara.

Se dirigió hacia unos conjuntos en verde y ciruela cuando Hadiyyah la cogió con fuerza del brazo y la llevó en otra dirección. La niña se mostró satisfecha cuando encontraron «prendas separadas, Barbara, que podemos juntar para hacer conjuntos. Oh, y mira, tienen blusas con corbata de lazo. Son muy monas, ¿no crees?».

Cogió una de las blusas para que Barbara la examinara.

La mujer no podía imaginarse llevando una blusa, y mucho menos con un voluminoso lazo en el cuello.

—No creerás que eso favorece la línea de mi barbilla, ¿verdad? ¿Qué me dices de esto? —Cogió un vestido sin mangas de una pila perfectamente doblada.

—Nada de vestidos sin mangas —dijo Hadiyyah. Volvió a dejar la blusa en el colgador—. Oh, de acuerdo. Supongo que el lazo es demasiado.

Barbara alabó al Todopoderoso por esa declaración. Comenzó a revisar las faldas. Hadiyyah hizo lo mismo. Finalmente, seleccionaron cinco sobre las que tuvieron que ponerse de acuerdo, si bien iban haciendo concesiones mutuas a cada paso del camino: Hadiyyah devolvía al colgador, sin dudarlo, cualquier falda que considerase propia de la señora Silver; mientras que Barbara temblaba ante cualquier cosa que pudiese llamar la atención.

Luego se dirigieron a los probadores, donde Hadiyyah insistió en hacer el papel de vestidor de Barbara, lo que la expuso a su ropa interior.

—Horroroso, Barbara —dijo—. Tienes que usar bragas tipo tanga.

La policía no tenía intención de pasar siquiera por el territorio de las bragas, de modo que insistió para que se concentrasen en las faldas que habían elegido. La niña se limitó a agitar la mano en un gesto que rechazaba cualquier cosa «inadecuada, Barbara». Iba poniendo diversas objeciones: que si ésta formaba arrugas alrededor de las caderas, que si aquélla se ajustaba demasiado en el trasero, que si otra tenía un aspecto un tanto desagradable, y de una cuarta dijo que era algo que ni siquiera una abuela llevaría.

Barbara estaba considerando qué castigo podría infligirle a Isabelle Ardery por la «sugerencia» que le había hecho cuando, desde las profundidades de su bolso, comenzó a sonar su teléfono móvil, las cuatro primeras notas de *Peggy Sue*, un tono que se había bajado alegremente de Internet.

—Buddy Holly —dijo Hadiyyah.

—Me congratula haberte enseñado algo. —Barbara sacó el móvil y comprobó el número de la persona que llamaba. Salvada por la campana, aunque puede que estuvieran siguiendo sus movimientos. Abrió el teléfono—. Jefa —dijo.

—¿Dónde está, sargento? —preguntó Isabelle Ardery.

—De compras —contestó Barbara—. Ropa. Como usted me aconsejó.

—Dígame que no se encuentra en una tienda de beneficencia y me hará una mujer feliz —dijo Ardery.

—Sea feliz entonces.

—¿Deseo saber adónde...?

—Probablemente no.

—¿Y ha logrado comprar...?

—Un collar..., hasta ahora —y por temor a que la jefa protestara por la excentricidad de esa compra, añadió—: y también maquillaje. Montones de maquillaje. Me pareceré a... —torturó su cerebro en busca de una imagen apropiada— Elle Macpherson la próxima vez que nos veamos. Y en este momento estoy en un probador, donde una niña de nueve años no aprueba las bragas que llevo puestas.

—¿Su acompañante es una niña de nueve años? —preguntó Ardery—. Sargento...

—Créame, tiene las ideas muy claras acerca de lo que debería usar, jefa, y ésa es la razón por la que hasta ahora sólo me haya comprado un collar. Creo, sin embargo, que llegaremos a un acuerdo con respecto a una falda. Llevamos horas con este asunto y creo que he logrado agotarla.

—Bien, llegue a ese acuerdo con la niña y póngase en marcha. Ha surgido algo.

—¿Algo...?

—Tenemos un cadáver en un cementerio, sargento, y es un cadáver que no debería estar allí.

Isabelle Ardery no quería pensar en sus hijos, pero su primera visión del cementerio de Abney Park hizo que le resultase prácticamente imposible pensar en cualquier otra cosa. Estaban en esa edad en la que vivir aventuras superaba a todo lo demás, excepto a la mañana de Navidad, y el cementerio era decididamente un lugar para la aventura. La hierba crecida en exceso, con sombrías estatuas funerarias victorianas cubiertas de hiedra, con árboles caídos que proporcionaban lugares imaginarios para fuertes y escondites, con lápidas desplomadas y monumentos ruinosos... Era un lugar sacado de una novela de misterio, completado con el ocasional árbol nudoso que había sido tallado a la altura del hombro para exhibir enormes camafeos en forma de lunas, estrellas y rostros lascivos. Y se encontraba a pocos pasos de la calle principal, detrás de una verja de hierro forjado y accesible para cualquiera a través de varios portones.

El sargento Nkata había aparcado su coche en la entrada principal, donde ya estaba esperando una ambulancia. Esta entrada se encontraba en el cruce de Northwold Road y la calle principal, una zona pavimentada delante de dos edificios color crema cuyo estucado se estaba descascarillando. Éstos se alzaban a ambos lados de unos enormes portones de hierro forjado que, según supo Isabelle más tarde, permanecían abiertos normalmente durante el día, pero que ahora estaban cerrados y custodiados por un policía de la comisaría local. El agente se acercó a su coche.

Isabelle salió al calor del verano, que se desprendía en oleadas desde el pavimento. No contribuía en absoluto a aliviar el martilleo que sentía en la cabeza, un dolor en el cráneo exacerbado de inmediato por el ruido de un helicóptero de la televisión que giraba por encima de sus cabezas como un ave de rapiña.

Una multitud se había reunido frente a la puerta principal, contenida por la cinta que señalaba la escena del crimen y que se tensaba desde una farola hasta la verja del cementerio a ambos lados de la entrada. Isabelle vio entre los curiosos a varios miembros de la prensa, reconocibles por sus libretas de notas, sus grabadoras y por el hecho de que estaban siendo aleccionados por un tío que debía ser el jefe de prensa de la comisaría de Stoke Newington. El hombre había mirado por encima del hombro cuando Isabelle y Nkata bajaron del coche. Asintió ligeramente con la cabeza, igual que el agente de la Policía local. No estaban contentos. La intrusión de la Metropolitana en su parcela no es que les hiciera mucha ilusión.

«Culpad a los políticos —quería decirles Isabelle—. Culpad a la Unidad de Protección de Menores, la SO5, y al permanente fracaso del Departamento de Personas Desaparecidas. No sólo no las encuentran, sino que son incapaces de quitar de su lista a aquellas personas que ya no están desaparecidas. Culpad también a otra tediosa declaración de prensa y la consiguiente lucha de poder entre el personal civil que dirigía el SO5 y los frustrados oficiales que exigen un jefe policial para la división, como si eso fuese a resolver sus problemas». Pero, sobre todo, debían culpar al subinspector jefe sir David Hillier y a la manera en que había decidido cubrir el puesto vacante al que ahora optaba Isabelle. Hillier no lo había dicho, pero Isabelle no era tonta: ésta era su prueba y todo el mundo lo sabía.

Le había dicho al sargento Nkata que la llevase hasta la escena del crimen. Al igual que los policías en el cementerio, él tampoco parecía contento. Era evidente que no esperaba que a un sargento detective le pidiesen que actuase como chófer, pero era lo bastante profesional para mantener sus sentimientos bajo control. Ella no había tenido muchas alternativas. Se trataba de, o bien elegir a un conductor entre los miembros del equipo, o bien tratar de encontrar el cementerio de Abney Park sin ayuda y valiéndose de una guía de la ciudad. Si la asignaban de forma permanente a su nuevo puesto, Isabelle sabía que probablemente le llevaría años familiarizarse con esa compleja masa de calles y pueblos que, a lo largo de los siglos, se habían incorporado en la monstruosa expansión de Londres.

—¿Patólogo? —preguntó al agente una vez que hubo hecho las presentaciones y firmado la hoja donde constaban todos los que entraban en el cementerio—. ¿Fotógrafo? ¿CSI?

—Dentro. Están esperando para meterla en la bolsa. Como ordenaron.

El policía era cortés..., nada más. La radio que llevaba fijada al hombro lanzó un graznido y el agente bajó el volumen. Isabelle desvió la mirada hacia los curiosos reunidos en la acera y de ellos a los edificios que se alzaban al otro lado de la calle. Éstos incluían los omnipresentes establecimientos comerciales de todas las calles principales del país, desde un local de Pizza Hut hasta un kiosco de periódicos. Todos ellos tenían viviendas en los altos y, encima de uno de los locales —una charcutería polaca— se había construido un bloque de apartamentos. En esos lugares habría que llevar a cabo incontables interrogatorios. Los policías de Stoke Newington, decidió Isabelle, deberían estar agradeciendo al Señor que la Metropolitana se hiciera cargo del caso.

Una vez que estuvieron dentro del cementerio y los guiaron a través de su laberíntico abrazo, Isabelle preguntó por las tallas que se veían en los troncos de los árboles. Su guía era un voluntario del cementerio, un jubilado de unos ochenta años que les explicó que allí no había cuidadores ni encargados de mantenimiento, sino comités formados por personas como él, miembros no asalariados de la comunidad dedicados a rescatar Abney Park de la invasión de la naturaleza. Por supuesto, el lugar nunca volvería a ser lo que había sido, explicó el hombre, pero ésa no era la cuestión. Nadie quería eso. En cambio, estaba destinado a ser una reserva natural. Podrían verse pájaros y zorros y ardillas y cosas parecidas. «El objetivo es mantener los senderos transitables y asegurarnos de que el lugar no representa ningún peligro para las personas que desean pasar un tiempo en compañía de la naturaleza. Hay que tener esa clase de cosas en una ciudad, ¿no está de acuerdo? Una evasión, ya sabe. En cuanto a esas tallas en los árboles, las hace un chico. Todos le conocemos, pero no podemos cogerle mientras lo hace. Si le cogemos, uno de nosotros se encargará de que no vuelva a hacerlo», prometió.

Isabelle lo dudó. El hombre era tan frágil como las bocas de dragón silvestre que crecían a lo largo del sendero que seguían.

El guía los llevó por senderos cada vez más estrechos en su camino hacia el corazón del cementerio. Allí donde eran más anchos, los senderos eran pedregosos, empedrados de modos tan variados que parecían representaciones de todas las eras geológicas. Donde eran estrechos, los senderos estaban cubiertos de hojas putrefactas, y el terreno era esponjoso y aromático, y desprendía el intenso olor del abono vegetal. Finalmente apareció la torre de una capilla y luego la propia capilla, una triste ruina de hierro, ladrillo y acero corrugado, su interior invadido de malezas e inaccesible por las barras de hierro de la entrada.

—Es allí—, les indicó el jubilado de forma retórica. El hombre señaló un grupo de oficiales del cuerpo forense con batas blancas que se encontraban al otro lado de un prado de hierba seca. Isabelle le agradeció su ayuda y luego le dijo a Nkata:

—Busque a la persona que encontró el cadáver. Me gustaría hablar con ella.

Nkata miró hacia la capilla. Isabelle sabía que quería inspeccionar la escena del crimen. Esperaba que el sargento protestara o discutiese. No hizo ninguna de las dos cosas.

—Muy bien —repuso Nkata, y ella dejó que fuera a lo suyo. A Isabelle le agradó la respuesta del sargento. Le caía bien.

Luego se acercó a una pequeña construcción auxiliar que se alzaba contigua a la capilla, junto a la cual una bolsa para cadáveres esperaba al lado de una camilla de ambulancia volcada. El cadáver tendría que ser transportado a pulso sobre la camilla, ya que los accidentados senderos del cementerio hacían imposible que el transporte llegara hasta allí.

Los oficiales del Departamento Forense estaban dedicados a una intensa labor que incluía desde medir con cinta métrica hasta señalizar las pisadas, por inútil que resultara, teniendo en cuenta que había docenas de ellas repartidas por el lugar. Sólo una estrecha vía de acceso consistente en tablas colocadas de un extremo a otro permitía llegar al lugar donde se encontraba el cadáver de la víctima, e Isabelle se puso unos guantes de látex mientras se dirigía hacia allí.

La patóloga forense salió del edificio auxiliar. Era una mujer de mediana edad, con los dientes, la piel y la tos de una fumadora empedernida. Isabelle se presentó al tiempo que preguntaba:

—¿Qué es eso? —preguntó mientras señalaba el pequeño edificio con la cabeza.

—No tengo ni idea —contestó la patóloga. No le dijo su nombre, e Isabelle tampoco quiso saberlo—. No hay ninguna puerta que comunique con la capilla, de modo que no puede haber sido una sacristía. ¿Quizás un cobertizo para el jardinero? —La mujer se encogió de hombros—. En realidad, no tiene importancia, ¿verdad?

Por supuesto que no tenía importancia. Lo que importaba era el cadáver, que resultó ser el de una mujer joven. Estaba medio sentada, medio tumbada, dentro del pequeño anexo, en una posición que sugería que había caído hacia atrás después de ser atacada, y que luego se había deslizado por la pared hasta el suelo. La pared estaba moteada por el paso del tiempo y, encima del cadáver, un grafito de un ojo dentro de un triángulo proclamaba: DIOS ES INALÁMBRICO. El suelo era de piedra y estaba cubierto de basura. La muerte había venido a mezclarse con bolsas de patatas fritas, envolturas de bocadillos, papeles de chocolatinas y latas de Coca-Cola vacías. Había también una revista pornográfica, una muestra de basura mucho más reciente que el resto de los desperdicios, ya que era nueva y no estaba arrugada. También estaba abierta por la página donde resaltaba una brillante fotografía de la entrepierna de una mujer que fruncía los labios pintados de rojo, calzaba botas de charol, lucía una chistera y nada más.

Un lugar espantoso para encontrar la muerte, pensó Isabelle. Se agachó para examinar el cadáver. El estómago le dio un vuelco al percibir el olor que desprendía el cuerpo sin vida: un olor a carne que se pudría por efectos del calor, denso como una niebla amarilla. Gusanos recién incubados se retorcían en las fosas nasales y la boca, el rostro y el cuello —al menos en las partes donde podían verse— se habían vuelto de un rojo verdoso.

La cabeza de la joven reposaba sobre el pecho, donde se había coagulado una gran cantidad de sangre. Allí, las moscas también estaban haciendo su trabajo, y el zumbido que producían era como cables de alta tensión en ese espacio cerrado. Cuando Isabelle movió con mucho cuidado la cabeza de la mujer para dejar expuesto el cuello, una nube de moscas se alzó de una horrible herida. La carne estaba serrada y rasgada, lo que sugería el uso de un arma empuñada por un asesino inexperto.

—La arteria carótida —dijo la patóloga. Señaló las manos hinchadas del cadáver—. Parece que trató de parar la hemorragia, pero no pudo hacer mucho. Debió de desangrarse deprisa.

—¿Cuánto cree que lleva muerta?

—Es difícil precisarlo, a causa del calor. El cuerpo está lívido y la rigidez cadavérica ha desaparecido. ¿Veinticuatro horas, quizá?

—¿Sabemos quién es?

—No llevaba nada encima. Y tampoco hemos encontrado un bolso. Nada que sugiera quién es. Pero los ojos… le servirán de ayuda.

—¿Los ojos? ¿Por qué? ¿Qué pasa con ellos?

—Compruébelo usted misma —dijo la patóloga—. Están nebulosos, como cabía esperar, pero aún es posible ver una parte del iris. Muy interesante, me parece a mí. Ojos así no se ven muy a menudo.

Según la declaración de Alan Dresser, confirmada más tarde por los empleados del local de comida para llevar, McDonald's estaba inusualmente lleno de gente aquel día. Puede ser que otros padres de niños pequeños también estuviesen aprovechando ese intervalo de buen tiempo para salir a dar un paseo por la mañana, pero, en cualquier caso, la mayoría de ellos parece haber coincidido en McDonald's al mismo tiempo. Dresser tenía a su hijo pequeño que no dejaba de quejarse, y él estaba, lo reconoce, ansioso por calmarle, alimentarle y ponerse en marcha para regresar a casa y acostarle a dormir la siesta. Dejó el carrito con el niño en una de las tres mesas disponibles —la segunda desde la puerta de entrada— y fue al mostrador a hacer el pedido. Aunque un análisis retrospectivo demanda un castigo para Dresser por haber dejado a su hijo desatendido durante treinta segundos, en ese momento en McDonald's había al menos diez madres y, en compañía de ellas, al menos veintidós niños. En un establecimiento público de esas características y en pleno día, ¿cómo iba a imaginar que un peligro inconcebible estaba al acecho? Efectivamente, si uno piensa en algún peligro en un lugar así, le vienen a la mente pedófilos que merodean por los alrededores en busca de oportunidades para actuar, no en tres chicos menores de doce años. Nadie de los presentes parecía peligroso. De hecho, Dresser era el único hombre adulto del lugar.

Las cintas de videovigilancia muestran a tres chicos, identificados más tarde como Michael Spargo, Ian Barker y Reggie Arnold, acercándose al local de McDonald's a las 12.51. Llevaban más de dos horas en el centro comercial. Sin duda estaban hambrientos y, si bien podrían haber mitigado el hambre con las bolsas de patatas que habían cogido del kiosco del señor Gupta, su intención parece haber sido quitarle la comida a algún cliente de McDonald's y darse a la fuga. Tanto el relato de Michael como el de Ian coinciden en este punto. En todas las entrevistas, Reggie Arnold, sin embargo, se niega a hablar de McDonald's. Ello se debe, probablemente, al hecho de que, no importa de quién fuese la idea de llevarse a John Dresser de aquel lugar, fue Reggie Arnold quien cogió al niño de la mano cuando los chicos se dirigieron hacia la salida de Barriers.

Al mirar a John Dresser, Ian, Michael y Reggie debieron ver la antítesis de ellos mismos en el pasado. En el momento de su secuestro, el niño iba vestido con un flamante peto de invierno azul oscuro, con patitos amarillos en la parte delantera. El pelo rubio estaba recién lavado y aún no se lo habían cortado, de modo que le caía alrededor de su redonda cara hasta formar la clase de rizos angelicales que se asocian con los querubines del Renacimiento. Calzaba brillantes zapatillas deportivas blancas y llevaba su juguete favorito: un pequeño perro marrón y negro con las orejas colgantes y una lengua rosa parcialmente descosida fuera de la boca, un animal relleno que más tarde fue hallado en el camino que tomaron los chicos una vez que se llevaron a John de McDonald's.

Este secuestro se llevó a cabo sin ninguna dificultad. Fue cosa de un momento y la cinta de videovigilancia que documenta la abducción de John Dresser presenta una visión escalofriante. En ella se puede ver claramente a los tres chicos entrando en McDonald's (que, en esa época, no disponía de un circuito cerrado de cámaras de vigilancia propio). Menos de un minuto después, todos salen del local. Reggie Arnold aparece primero llevando a John Dresser cogido de la mano. Cinco segundos después le siguen Ian Barker y Michael Spargo. Michael come algo de un envase en forma de cono. Parece tratarse de patatas fritas de McDonald's.

Una de las preguntas formuladas una y otra vez después de los hechos fue: ¿cómo pudo Alan Dresser no darse cuenta de que se estaban llevando a su hijo? Existen dos explicaciones para ello. Una de ellas es el ruido y la cantidad de gente que había en el local en ese momento, que ahogaba cualquier sonido que John Dresser pudo haber hecho cuando se acercaron a él los tres chicos que se lo llevaron de allí. La otra es una llamada al teléfono móvil, llamada que Dresser recibió de su oficina cuando llegó a la caja para hacer su pedido. El desafortunado tiempo que duró la conversación le mantuvo de espaldas a su hijo más de lo normal en otras circunstancias y, como hace mucha gente, Dresser bajó la cabeza y la mantuvo en esa posición mientras escuchaba y respondía a su interlocutor, probablemente para evitar distracciones que habrían dificultado aún más su concentración en un ambiente tan ruidoso. Para cuando hubo acabado su llamada telefónica, hubo pagado por la comida y hubo regresado con ella a la mesa, John no sólo había desaparecido, sino que probablemente lo había hecho hacía casi cinco minutos, tiempo más que suficiente para que le llevasen fuera de Barriers.

Al principio, Dresser no pensó que alguien había cogido a su hijo. De hecho, con el local abarrotado de gente, eso fue lo último que pasó por su cabeza. En cambio pensó que el niño —inquieto como había estado en la tienda Stanley Wallinford— había bajado del carrito, atraído quizá por alguna cosa dentro de McDonald's o por algo fuera del local de comidas, pero todavía en el interior de la galería comercial. Esos minutos fueron vitales, pero Dresser no lo consideró así. Primero, compresiblemente, buscó dentro de Mc-

Donald's antes de comenzar a preguntar a los adultos allí presentes si habían visto a John.

Uno se pregunta cómo fue posible. Es mediodía. Es un lugar público. Hay otras personas, tanto niños como adultos. Y, sin embargo, tres chicos son capaces de acercarse a un niño pequeño, cogerle de la mano y marcharse con él sin que nadie aparentemente repare en ello. ¿Cómo pudo ocurrir algo así? ¿Por qué ocurrió?

El cómo de este hecho, en mi opinión, hay que buscarlo en la edad de quienes perpetraron este crimen. El hecho de que ellos mismos fuesen niños les volvió prácticamente invisibles, porque la acción que cometieron estaba más allá de la imaginación de la gente presente en McDonald's. La gente simplemente no esperaba que la maldad llegase en el envoltorio en el que se presentó aquel día. La gente tiende a tener retratos mentales predeterminados de los secuestradores de niños, y esos retratos no incluyen a escolares.

Una vez que se hizo evidente que John no estaba en McDonald's y que nadie le había visto, Dresser amplió el campo de su búsqueda. Fue sólo después de haber inspeccionado las cuatro tiendas más próximas a McDonald's cuando Dresser buscó a los agentes de seguridad de la galería comercial y se transmitió un aviso a través del sistema de megafonía, alertando a los clientes habituales de Barriers de que estuviesen atentos a la presencia de un niño pequeño vestido con un mono azul. Dresser pasó la hora siguiente buscando a su hijo en compañía del gerente del centro comercial y el jefe del equipo de seguridad. Ninguno de ellos consideró necesario examinar las cintas de videovigilancia porque, en aquel momento, ninguno de ellos quería pensar lo impensable.

5

Barbara Havers tuvo que utilizar su identificación para convencer al agente de que era una policía. El hombre le había gritado: «¡Eh! El cementerio está *cerrado*, señora», cuando se acercó a la entrada principal, después de haber encontrado finalmente un lugar donde aparcar su decrépito Mini justo detrás de un contenedor, donde estaban rehabilitando un edificio en Church Street.

Barbara lo atribuyó a su atuendo. Hadiyyah y ella habían acordado la compra de esa prenda básica de todo guardarropa —la falda acampanada—, pero eso era todo. Después de haber devuelto a Hadiyyah a la señora Silver, Barbara se puso la falda deprisa; comprobó que era unos centímetros demasiado larga, pero decidió usarla de todos modos. Sin embargo, no hizo nada más con su aspecto, aparte de ponerse el collar que había comprado en Accessorize.

Cuando le dijo quién era, el agente de la Policía local se quedó atónito antes de recobrar la compostura y balbucear que estaban dentro. Después le ofreció la hoja de registro para que firmase.

«Qué jodidamente servicial», pensó Barbara. Volvió a guardar su identificación dentro del bolso, sacó un paquete de cigarrillos y encendió uno. Estaba a punto de solicitar amablemente un poco más de información acerca de la ubicación precisa de la escena del crimen cuando una procesión que se movía lentamente emergió de debajo de los plátanos que se alzaban a corta distancia de la verja del cementerio. Estaba formada por el equipo de la ambulancia, una patóloga con una bolsa profesional en la mano y un policía uniformado. Los hombres de la ambulancia llevaban una bolsa para cadáveres sobre una camilla metálica, que habían estado cargando como si fuese una camilla sin ruedas. Se detuvieron un momento para bajar las patas y luego continuaron hacia el portón.

Barbara se encontró con ellos justo detrás de la verja.

—¿La superintendente Ardery? —preguntó, a lo que la patóloga señaló vagamente con la cabeza hacia el norte.

—Hay agentes uniformados en el camino.

Aquélla fue la máxima información que le dio, aunque añadió: «Ya los verá. Búsqueda de huellas». Parecía indicarle que habría suficientes policías que podrían orientarla si lo necesitaba.

Tal y como se desarrollaron los acontecimientos, no fue necesario aunque le sorprendió ser capaz de encontrar la escena del crimen, considerando que el cementerio era un auténtico laberinto. No obstante, al cabo de unos minutos, el capitel de una capilla apareció ante ella y muy pronto vio a Isabelle Ardery en compañía de un fotógrafo de la Policía. Ambos estaban inclinados sobre la pantalla de su cámara digital. Cuando Barbara se acercó a ellos, oyó que alguien la llamaba. Winston Nkata salió de un camino secundario junto a un banco de piedra cubierto de liquen; agitaba una libreta de notas de cuero en la que, Barbara lo sabía, habría apuntado observaciones bellamente legibles con su letra rabiosamente elegante.

—¿Qué ha pasado? —preguntó.

La puso al corriente. Mientras el sargento Nkata la informaba de la situación, la voz de Isabelle Ardery los interrumpió con un «Sargento Havers», que pronunció con un tono que no indicaba bienvenida ni agrado, a pesar de sus órdenes de que Barbara debía presentarse en el cementerio a toda prisa. Nkata y la agente se volvieron y comprobaron que la superintendente se acercaba a ellos. Ardery se movía amenazadoramente, no caminaba ni paseaba. Su rostro era una máscara pétrea.

—¿Está tratando de ser graciosa? —preguntó.

Barbara sabía que su expresión era una página en blanco.

—¿Eh? —dijo.

Miró a Nkata. El sargento parecía estar igualmente desconcertado.

—¿Es ésta su idea de profesionalidad? —preguntó Ardery.

—Oh. —Barbara echó un vistazo a lo que podía ver de su atuendo. Zapatillas deportivas rojas de caña alta, falda azul oscuro que colgaba unos diez centímetros por debajo de las rodillas, camiseta con la leyenda HABLA CON MIS NUDILLOS PORQUE MIS OÍDOS NO TE ESCUCHAN y un collar de cadena, cuentas y un pendiente adornado con filigranas. Comprendió al instante cómo podía tomarse Ardery su vestimenta: como una venganza—. Lo siento, jefa. Es todo lo que pude conseguir. —Vio que, junto a ella Nkata, se llevaba la mano a la boca. Sabía que el muy cabrón estaba tratando de ocultar una sonrisa—. Es la verdad —añadió—. Usted dijo que viniese pitando, y eso fue lo que hice. No tuve tiempo de…

—Es suficiente. —Ardery la miró de arriba abajo con los ojos entornados—. Quítese el collar. Créame, sargento, no mejora en nada su aspecto.

Barbara obedeció. Nkata se apartó unos pasos. Sus hombros se agitaban ligeramente. Tosió un par de veces. Ardery le preguntó casi gritando:

—¿Qué ha conseguido?

Nkata se volvió hacia ella.

—Los chicos que encontraron el cuerpo ya se han ido. Los policías locales los llevaron a la comisaría para que hicieran una declaración completa. Pero conseguí algo de información antes de que se marcharan. Son un chico y una chica.

Nkata recitó el resto de lo que había podido averiguar: dos adolescentes habían visto a un chico que salía del lugar del crimen; la descripción se limitaba por ahora a que «tenía un culo enorme y los pantalones bajados», pero el adolescente dijo que probablemente podría ayudar con el retrato del sospechoso. Eso era todo lo que pudieron aportar, porque, evidentemente, se dirigían al anexo de la capilla para tener relaciones sexuales y «probablemente no habrían reparado en la crucifixión aunque se hubiese producido delante de sus narices».

—Queremos tener acceso a cualquier declaración que esos chicos hagan ante la Policía local —dijo Ardery. Puso a Barbara al corriente de los detalles del crimen y llamó al fotógrafo para que les enseñase las imágenes digitales. Mientras Nkata y Barbara miraban las fotografías, Ardery añadió—: Una herida arterial. Quienquiera que lo hiciera, estaría, literalmente, cubierto de sangre.

—A menos que la sorprendieran por la espalda —señaló Barbara—. La cabeza cogida, echada hacia el agresor, el arma clavada por detrás. De ese modo tendría sangre en el brazo y en las manos, pero muy poca en el cuerpo. ¿Correcto?

—Es posible —dijo Ardery—. Pero a uno no pueden cogerle por sorpresa en el lugar donde estaba el cadáver, sargento.

Barbara podía ver el edificio auxiliar desde donde estaban.

—¿Pudieron sorprenderla y luego arrastrarla hasta allí? —preguntó.

—No hay señales de que haya sido arrastrada.

—¿Sabemos quién es la mujer?

Barbara alzó la vista de la pequeña pantalla con las imágenes.

—No hay ninguna identificación. Estamos realizando una búsqueda en todo el perímetro, pero si no conseguimos encontrar el arma o algo que pueda decirnos quién es la mujer, convertiremos todo el lugar en una cuadrícula y examinaremos el terreno por secciones. Quiero que usted esté al frente de esa operación…, coordinada con la Policía local. Quiero que se encargue también de una inspección casa por casa. Concéntrese primero en las terrazas que bordean el cementerio. Encárguese de eso y volveremos a reunirnos en la central.

Barbara asintió mientras Nkata decía:

—¿Quiere que me quede a esperar el retrato del sospechoso, jefa?

—Haga eso también —le dijo Ardery a Barbara—. Quiero que se asegure de que la declaración de esos chicos llegue a Victoria Street. Y quiero ver si puede conseguir algo más de ellos.

—Yo puedo… —dijo Nkata.

—Usted me llevará en coche —le cortó Ardery.

Miró hacia el perímetro del claro donde se alzaba la capilla. Los agentes de la Policía local dirigían la búsqueda en esa zona. Avanzarían en círculos hasta que encontrasen —o no— el arma, el bolso de la víctima o cualquier otra cosa que pudiese constituir una prueba. Era un lugar de pesadilla que podía producir mucho o absolutamente nada.

Nkata estaba en silencio. Barbara vio que tensaba un músculo de la mandíbula. Finalmente, el sargento dijo:

—Con el debido respeto, jefa, ¿no quiere que un agente la lleve en el coche? ¿O incluso un voluntario?

—Si quisiera un agente o un voluntario, habría pedido uno —dijo Ardery—. ¿Tiene algún problema con el trabajo que le he asignado, sargento?

—Me parece que yo podría ser más útil...

—Como yo decida —le interrumpió Ardery—. ¿Ha quedado claro?

Nkata permaneció callado un momento. Luego dijo: —Sí, jefa—, educadamente, asintiendo.

Bella McHaggis estaba completamente empapada en sudor, pero en excelente forma. Acababa de terminar su clase de yoga con sauna —aunque «cualquier» clase de yoga se habría convertido en yoga con sauna con semejante tiempo— y se sentía poderosa y a la vez relajada. Todo gracias al señor McHaggis. Si el pobre hombre no hubiese muerto sentado en el retrete, con el miembro en la mano y la chica de la página tres[8] extendida con sus grandes pechos en el suelo delante de él, probablemente ella estaría en la misma forma física que aquella mañana cuando descubrió que él se había marchado en busca de su recompensa eterna. Pero el hecho de ver al pobre McHaggis de esa manera había sido como una llamada a filas. Mientras que antes de la muerte de su esposo, Bella no era capaz de subir un tramo de escaleras sin perder el aliento, ahora podía hacer eso y más. Estaba particularmente orgullosa de su flexible cuerpo. Era capaz de doblarse desde la cintura y apoyar las palmas de las manos en el suelo. Podía levantar la pierna a la altura de la repisa de la chimenea. No estaba mal para una mujer de sesenta y cinco años.

Estaba en Putney High Street y se dirigía a su casa. Aún llevaba puesto su atuendo de yoga y la esterilla debajo del brazo. Pensaba en gusanos, específicamente en los gusanos del

8. Tradicionalmente, la página 3 de los tabloides británicos está reservada para fotografías de chicas desnudas, de ahí la expresión «*Page Three girl*».

abono que vivían en una pequeña planta de compostaje de su jardín trasero. Eran una criaturas realmente asombrosas —benditas sean, comían cualquier cosa que les diese—, pero necesitaban algo de cuidado. No les gustaban los extremos: ni demasiado calor ni demasiado frío; si no, se marchaban a la gran pila de abono en el cielo. De modo que estaba calculando cuánto era demasiado calor cuando pasó junto al estanco que exhibía un anuncio de la última edición del *Evening Standard*.

Bella estaba acostumbrada a ver algún acontecimiento dramático reducido a tres o cuatro palabras adecuadas para que la gente entrase en el kiosco a comprar un periódico. Habitualmente, sin embargo, continuaba su camino hacia su casa en Oxford Road porque, en su opinión, en Londres había demasiados periódicos —tanto tabloides como diarios serios— y, más allá del reciclaje, estaban acabando con todos los bosques del planeta, de modo que no pensaba en contribuir a la deforestación. Pero este titular en particular hizo que se detuviese: MUJER MUERTA EN ABNEY PARK.

Bella no tenía idea de dónde estaba Abney Park, pero se quedó allí, parada en medio de la acera, mientras los peatones pasaban junto a ella, y se preguntó si era posible... No quería pensarlo... Odiaba la idea de que fuera posible. Pero puesto que podía serlo, entró en el kiosco y compró un ejemplar del periódico, diciéndose que al menos podría desmenuzarlo para alimentar a los gusanos, si resultaba que en esa historia no había nada interesante.

No leyó la noticia allí mismo. De hecho, como no quería parecer la clase de persona a la que se podía seducir para que comprase un periódico gracias a una táctica publicitaria, también compró unas pastillas de menta y una caja de ambientador de hierbabuena. Rechazó la bolsa de plástico que le ofrecieron para guardar estos artículos —en algún momento había que decir basta, y Bella se negaba a participar en el aumento de la suciedad y destrucción del planeta a través de las bolsas de plástico que se veían volando por las calles todos los días— y continuó su camino a casa.

Oxford Road no estaba lejos del kiosco; era una estrecha calle que discurría en forma perpendicular a Putney Road y al río. Se tardaba menos de un cuarto de hora andando desde el estudio de yoga, de modo que muy pronto Bella atravesó la puerta de entrada y sorteó los ocho cubos de basura de plástico que utilizaba para reciclar que había en su pequeño jardín delantero.

Una vez dentro de la casa se dirigió a la cocina, donde preparó una de las dos tazas de té verde que bebía cada día. Odiaba esa mezcla —imaginaba a lo que debía de saber el pis de caballo—, pero había leído numerosos artículos acerca del valor de aquella infusión. Como siempre, se tapaba la nariz y dejaba que el brebaje descendiese por su garganta. No fue hasta que hubo bebido la espantosa infusión que desplegó el periódico sobre la encimera y echó un vistazo a la primera página.

La fotografía no decía mucho. En ella se veía la entrada de un parque custodiada por un policía. Había una segunda foto, más pequeña, dentro de ésta, una toma aérea que mostraba un claro en medio de lo que parecía ser una zona boscosa. En el centro del claro, una iglesia con personas que llevaban batas blancas dispersas a su alrededor.

Bella leyó la historia que acompañaba las fotos buscando los datos relevantes: mujer joven, asesinada, aparentemente apuñalada, bien vestida, ninguna identificación...

Pasó directamente a la tercera página, donde vio un retrato, acompañado del epígrafe «persona sospechosa en busca y captura». Los retratos confeccionados por la Policía, pensó, nunca se parecían a la persona que estaban describiendo, y en este caso su aspecto era tan universal que prácticamente cualquier chico adolescente podría haber sido detenido en la calle e interrogado como consecuencia de ese dibujo: pelo oscuro cayendo sobre los ojos, cara regordeta, con una sudadera con capucha —al menos la capucha estaba bajada— a pesar del calor... Totalmente inútil en lo que a una descripción facial se refería. Ella acababa de ver a una docena de chicos con esa pinta en Putney High Street.

El artículo indicaba además que aquel individuo en particular había sido visto cuando abandonaba la escena del crimen en Abney Park. Bella buscó una vieja guía en la estantería del comedor. Localizó el lugar en Stoke Newington. Hizo una pausa. Entonces oyó que alguien abría la puerta principal y que unos pasos se dirigían hacia ella por el pasillo.

—¿Frazer, cariño? —dijo, aunque no esperaba que le respondieran. Había decidido conocer las entradas y salidas de sus huéspedes: aquélla era la hora en que Frazer Chaplin regresaba de su trabajo matutino para refrescarse un poco y cambiarse de ropa antes de marcharse a su empleo vespertino. Le gustaba que aquel joven tuviera dos trabajos. Era esa clase de gente trabajadora a la que le gustaba alquilarle habitaciones en su casa—. ¿Tienes un momento?

Frazer llegó a la puerta del comedor cuando ella levantaba la vista de la guía. El joven enarcó una ceja —negra como su pelo, que era grueso y rizado y recordaba los árabes de España en el siglo XV, aunque el chico era irlandés— y dijo:

—Un calor sofocante, ¿eh? Todos los críos en Bayswater estaban en la pista de patinaje sobre hielo, señora McH.

—Sin duda —dijo Bella—. Echa un vistazo a esto, cariño.

Bella le llevó a la cocina y le mostró el periódico. Frazer leyó el artículo y luego la miró.

—¿Y?

Parecía desconcertado.

—¿Qué quieres decir con «y»? Una mujer joven, bien vestida, muerta...

Entonces Frazer pareció entenderlo y su expresión cambió.

—Oh, no, no lo creo —dijo, aunque sonaba ligeramente dubitativo—. De verdad, no puede ser, señora McH.

—¿Por qué no?

—Porque ¿qué iba a estar haciendo ella en Stoke Newington? ¿Y en un cementerio, por el amor de Dios? —Volvió a mirar las fotografías. Miró también el retrato que había hecho la policía. Meneó la cabeza lentamente—. No. No. De verdad. Es probable que se haya marchado a alguna parte para tomarse un descanso y escapar del calor. Al mar o algo así, ¿no cree? ¿Quién podría culparla por eso?

—Lo hubiese dicho. No habría querido que nadie se preocupase. Ya lo sabes.

Frazer dejó de examinar las fotos del periódico y levantó la cabeza con una expresión de alarma en los ojos, un detalle que Bella advirtió con satisfacción. Había muy pocas cosas en la vida que aborreciera más que a alguien lento, y le adjudicó a Frazer una puntuación alta en relación con su habilidad para leer entre líneas.

—No he vuelto a romper las reglas. Quizá no sea el tío más listo del mundo, pero no soy…

—Lo sé, cariño —dijo Bella rápidamente. Dios sabía que en el fondo era un buen chico. Fácil de manejar, tal vez. Quizá se entusiasmaba demasiado cuando veía una falda. Pero, aun así, un buen chico en todo aquello que era importante—. Lo sé, lo sé. Pero, a veces, las chicas pueden ser auténticas barracudas, como has podido ver con tus propios ojos.

—No esta vez. Y no esta chica.

—Pero eras afectuoso con ella, ¿verdad?

—Como soy afectuoso con Paolo. Como soy afectuoso con usted.

—Cierto —dijo Bella, y no pudo evitar sentirse ligeramente halagada por su declaración de afecto—. Pero ser afectuoso nos da acceso a la gente, a saber lo que les ocurre en su interior. De modo que, ¿no crees que ella parecía diferente, últimamente? ¿No parecía como si hubiese algo que le preocupaba?

Frazer se frotó la barbilla con la mano mientras consideraba el asunto. Bella podía oír el sonido áspero de los pelos de la barba contra la palma. Tendría que afeitarse antes de ir a trabajar.

—No tengo mucho talento para interpretar lo que le pasa a la gente —dijo—. No como usted. —Volvió a quedarse en silencio. A Belle le gustaba esa cualidad de Frazer. No se lanzaba a dar opiniones sin fundamento, como hacían tantos jóvenes. Era un joven prudente y se tomaba su tiempo—. Podría ser (si efectivamente se trata de ella, y no estoy diciendo que lo sea, porque apenas tendría algún sentido) que haya ido allí a pensar. A un lugar tranquilo como un cementerio.

—¿A «pensar»? —dijo Bella—. ¿Hacer todo ese viaje hasta Stoke Newington sólo para pensar? Puede pensar en cualquier parte. Puede pensar en el jardín. Puede pensar en su habitación. Puede pensar dando un paseo junto al río.

—De acuerdo. Entonces, ¿qué? —preguntó Frazer—. Suponiendo que sea ella, ¿para qué habría ido a ese lugar?

—Últimamente se había mostrado muy reservada. No era la misma de siempre. Si se trata de ella, fue a ese lugar por una buena razón.

—¿Por ejemplo?

—Para encontrarse con alguien. Para encontrarse con alguien que la mató.

—Eso es una locura.

—Puede ser, pero pienso llamar de todos modos.

—¿A quién?

—A la Policía, cariño. Están pidiendo información y nosotros la tenemos, tú y yo.

—¿Qué? ¿Que hay una huésped que hace dos noches que no aparece por casa? Supongo que hay mil historias como esa por toda la ciudad.

—Puede. Pero este huésped en particular tiene un ojo marrón y el otro verde, y dudo de que puedas encontrar esa descripción en cualquier otra persona que haya desaparecido.

—Pero si se trata de ella y está muerta…

Frazer no dijo nada más. Bella alzó la vista del periódico. En su tono de voz había algo, y eso despertó las sospechas de Bella. Pero sus preocupaciones se disiparon cuando el hombre añadió: «Es una gran chica, la señora McH. Siempre se ha mostrado abierta y amable. Nunca se ha comportado como alguien que tuviera secretos. De modo que si se trata de ella, la pregunta no es tanto por qué estaba allí, sino quién en esta bendita tierra querría matarla.

—Algún loco, cariño —contestó Bella—. Tú y yo sabemos que Londres está lleno de ellos.

Debajo de él podía oír el ruido habitual: guitarras acústicas y eléctricas, muy mal tocadas. Las guitarras acústicas podían soportarse, ya que, al menos, sus acordes indecisos no eran amplificados. En cuanto a las guitarras eléctricas, tenía la sensación de que cuanto peor era el músico, más alto era el volumen del amplificador. Era como si quienquiera que fuese el alumno, él o ella disfrutasen siendo malos. O tal vez el profesor disfrutase permitiendo que el alumno fuese mediocre con el volumen al máximo, como si estuviera impartiendo una lección que no tenía nada que ver con la música. No podía imaginar por qué sucedía aquello, pero ya hacía mucho tiempo que había dejado de intentar comprender a la gente con la que vivía.

Si declarases, lo entenderías. Si te mostrases a ti mismo como quien podrías ser. Nueve órdenes pero nosotros —nosotros— somos la más elevada. Distorsiona el plan de Dios y caerás como los demás. Acaso quieres...

El chillido de un acorde sonó muy mal. Ahuyentó las voces. Fue una bendición. Necesitaba estar fuera de este lugar, como habitualmente, cuando las horas en que la tienda de abajo estaba abierta al público. Pero no había podido moverse de allí en los últimos dos días. Ése era el tiempo que le había llevado limpiar la sangre.

Tenía una habitación amueblada y había utilizado el lavamanos. Sin embargo, era muy pequeño, y estaba colocado en una esquina de la habitación. También estaba a la vista desde la ventana, de modo que había tenido que ser muy cuidadoso, porque, si bien era poco probable que alguien pudiese verle a través de las cortinas, siempre existía la posibilidad de que un soplo de brisa las apartase en el preciso momento en que él estaba estrujando el agua color cereza de la camisa, la chaqueta o incluso los pantalones. No obstante, deseaba que soplase algo de brisa, aun cuando sabía que una brisa sería peligrosa para él. Había abierto la ventana porque en la habitación hacía tanto calor que no podía respirar, y... *es inútil ahora para nosotros a menos que te muestres a ti mismo...*, había golpeado contra sus tímpanos. El pensar en el aire le había llevado tambaleándose hasta la ventana para abrirla de par en par. Lo había hecho por la noche, lo había hecho por la noche, y eso significaba que era capaz de establecer diferencias y *nosotros no pretendemos luchar unos contra otros. Estamos destinados a luchar contra los hijos de la Oscuridad. ¿No ves acaso que...?*

Se colocó los auriculares y subió el volumen. Había estado escuchando la *Oda a la alegría* de forma intermitente, porque sabía que era capaz de ocupar un espacio tan grande en su cerebro que no podía tener otros pensamientos que no fuesen esos sonidos, y no podía oír otras voces que no fuesen las del coro. Eso era lo que necesitaba para tranquilizarse hasta que pudiese volver a la calle.

Su ropa se había secado rápidamente gracias al intenso calor, lo que era un verdadero alivio. Eso le había permitido remojarlas una segunda y una tercera vez. Finalmente, el color del agua había pasado de carmesí brillante al rosa pálido de las flores de primavera, y aunque la camisa no volvería nunca a ser blanca, si no empleaba lejía o un lavado profesional, las manchas más obvias habían desaparecido. Y en la chaqueta y los pantalones no se veían en absoluto. Ahora sólo quedaba planchar las prendas. Había comprado una plancha, porque su aspecto era muy importante para él. No le gustaba que la gente se apartase de su camino. Quería que estuvieran cerca, quería que le escucharan y que supieran cómo era realmente. Pero eso no podría pasar si su aspecto era desaliñado, con ropa sucia que indicara pobreza y dormir al raso. Ninguna de esas cosas era exacta. Él había elegido su vida. Quería que la gente lo supiera.

... otras opciones. Aquí hay una delante de ti. La necesidad es grande. La necesidad lleva a la acción y la acción al honor.

Él lo había buscado. Honor. Sólo honor. Ella le había necesitado. Él había oído la llamada.

Sin embargo, todo había salido mal. Ella le miró y él pudo ver el reconocimiento en sus ojos, y supo que implicaba sorpresa, porque ella estaba sorprendida; pero aquella mirada también significaba bienvenida. Se había acercado y supo lo que había que hacer y, en ese momento, no había voces, ningún coro de sonidos, y no había oído nada, ni siquiera la música de los auriculares que llevaba puestos.

Y había fallado. Sangre por todas partes, en los dos, y en las manos y la garganta de ella.

Había huido de allí. Primero se escondió, y se había frotado con hojas caídas para quitarse la sangre. Se quitó la camisa e hizo una pelota con ella. Se puso la chaqueta del revés. Los pantalones estaban manchados de sangre, pero eran negros, y el negro oscurecía el rojo carmín de ella, que le había salpicado la parte delantera del cuerpo. Había tenido que regresar a casa y coger el autobús, más de un autobús. Además, no había sabido cuándo bajarse para hacer el transbordo, de modo que le había llevado horas y le habían visto, le habían mirado estúpidamente, habían murmurado sobre él, aunque nada de eso importaba porque...

... otra señal y deberías haberla leído. Hay señales a tu alrededor, pero eliges protegerte cuando estás destinado a luchar...

Era su trabajo llegar a casa y lavarse, para poder hacer lo que se había propuesto.

Nadie, se dijo, ataría cabos. En los autobuses de Londres había muchas clases diferentes de gente; nadie prestaba atención a nada. Además, aun cuando lo hubiesen hecho o le hubiesen visto, o incluso aunque hubieran hecho algún comentario o hubieran recordado lo que habían visto, no importaba. Nada importaba. Había fracasado, y tenía que vivir con ello.

6

A Isabelle Ardery no le gustó que el subinspector jefe Hillier se presentase en la reunión matutina que mantenía con su equipo al día siguiente. Tuvo la sensación de que la estaba vigilando, algo que no le gustaba, aunque la excusa fue que su intención sólo era decirle «bien hecho» en relación con la conferencia de prensa que ella había mantenido la tarde anterior. Quería decirle que no era tonta: entendía exactamente por qué había aparecido en el centro de coordinación para quedarse parado ahí de pie y con aires de importancia en la parte de atrás, y entendía también que el jefe de una investigación —«esto es, yo, señor»— debía escuchar cualquier cosa que el oficial de prensa aconsejara sobre la información que había que suministrar a los medios, de modo que difícilmente debían felicitarla por haber hecho su trabajo. Pero aceptó el elogio con un formal «gracias, señor» y aguardó con ansiedad a que se fuera. Le había dicho: «Me mantendrá informado, ¿verdad, superintendente interina?». «Superintendente interina.» No era necesario que le recordaran que aquélla era su audición —a falta de una palabra mejor—, pero parecía ser la intención del hombre hacer ese recordatorio siempre que se le presentaba la oportunidad. Ella le había informado de que la conferencia de prensa y la petición de que cualquier testigo que hubiera visto algo sospechoso se pusiera en contacto con ellos comenzaban a dar sus frutos. Le preguntó, además, si quería un resumen de las llamadas telefónicas diarias. Hillier la miró de un modo que le confirmó que estaba intentando entrever lo que se ocultaba detrás de esa pregunta. Declinó el ofrecimiento, pero ella mantuvo el rostro impasible. Aparentemente, dedujo que estaba siendo sincera. Le dijo: «Nos reuniremos más tarde, ¿verdad?», y eso fue todo. Luego abandonó la sala. El inspector John Stewart la observaba con una mirada llena de hostilidad, y ella procuró no hacerle caso.

Las entrevistas puerta a puerta en Stoke Newington seguían su curso. Continuaba el lento proceso de búsqueda en los terrenos del cementerio, se atendían y analizaban las llamadas telefónicas, se habían trazado mapas y diagramas. Estaban decididos a obtener algo de la conferencia de prensa, de las historias que aparecían en los telediarios y en la prensa diaria, y del retrato que había hecho la Policía a partir de los datos suministrados por los dos adolescentes que habían descubierto el cadáver en el cementerio. De modo que las cosas se desarrollaban de la manera prevista. Hasta el momento, Isabelle estaba satisfecha de su actuación.

No obstante, tenía sus dudas en cuanto al análisis post mortem. La disección de los cadáveres no era algo que fuese con ella. La visión de la sangre no le provocaba nada parecido al desmayo, pero ver una cavidad abierta en un cuerpo humano y los procedimientos empleados para extraer y pesar aquello que hasta hacía muy poco habían sido órganos vivos tendían a ponerle el estómago del revés. Por tal motivo decidió que, aquella tarde, no llevaría a nadie con ella a observar esos procedimientos. También pasó del almuerzo; prefirió vaciar uno de los tres botellines de vodka que había guardado en el bolso precisamente con este propósito.

Encontró la morgue sin problemas. Dentro la esperaba el patólogo de la jefatura de Policía. Se presentó como el doctor Willeford —«pero puede llamarme Blake..., llevémonos bien, ¿le parece?»— y le preguntó si quería una silla o un taburete por si «la exploración del cuerpo resulta ser bastante más fuerte de lo que sea capaz de soportar». Lo dijo con amabilidad, pero había algo en su sonrisa que le hizo desconfiar de él. No tenía ninguna duda de que su reacción ante la autopsia sería debidamente filtrada, ya que los largos tentáculos de Hillier llegaban incluso hasta la morgue. Prometió permanecer de pie. Le dijo a Willeford que no preveía ninguna dificultad con el procedimiento, ya que nunca había tenido problemas con las autopsias (era mentira, pero ¿cómo iba él a saberlo?). Willeford sonrió, se acarició la barbilla, la observó y luego dijo alegremente: «De acuerdo, entonces, allá vamos». Ella se acercó a la camilla de acero inoxidable y fijó la vista en el cuerpo que yacía allí, boca arriba, esperando la incisión en forma de Y, frente a la herida mortal que formaba un rayo ensangrentado en la zona derecha del cuello.

Willeford enumeró primero los detalles superficiales más notables. Le hablaba al micrófono que pendía sobre la camilla de autopsias. Lo hizo de modo coloquial, como si su intención fuese entretener a quienquiera que se encargase de la transcripción posterior de sus palabras.

—Kathy, querida —dijo en el micrófono—, esta vez tenemos frente a nosotros a una mujer. Su estado físico es bueno, no presenta tatuajes y tampoco cicatrices. Mide un metro setenta (busca tú los parámetros de referencia, cariño, a mí me da pereza) y pesa cuarenta y nueve coma ochenta y cuatro kilos. Busca aquí también los parámetros de referencia, ¿quieres, Kath? Y, por cierto, ¿cómo está tu madre, querida? ¿Está preparada, superintendente Ardery? Oh, Kath, no hablaba contigo, cariño. Tenemos a alguien nuevo aquí. Se llama Isabelle Ardery —dijo guiñándole el ojo—. Ni siquiera ha pedido una silla ante la eventualidad de que el por-si-acaso se convierta en el caso. De todos modos… —Cambió de sitio para examinar la herida en el cuello—. Tenemos la arteria carótida perforada. Muy desagradable. Te alegrarás de no haber estado aquí, aunque ese sentimiento sea el habitual, cariño. También tenemos un desgarro en la herida, muy dentado, que mide… sus buenos dieciocho centímetros. —Se movió desde el cuello de la víctima a lo largo del costado del cuerpo, donde cogió una de las manos y luego la otra, disculpándose con Isabelle al pasar delante de ella y notificando a Kathy que la superintendente aún se mantenía de pie y que su color era bueno, pero que habría que verlo, ¿verdad?, una vez que abriesen el cuerpo—. No hay heridas defensivas en las manos, Kath —dijo—. No hay uñas rotas y tampoco arañazos. Hay sangre en ambas, pero deduzco que es producto de su intento de detener la hemorragia una vez que el arma fue extraída.

El doctor Willeford siguió hablando durante unos minutos

y documentando todo aquello que era visible. Calculó que la edad de la mujer estaba entre los veinte y los treinta años, y luego se preparó para el siguiente paso del proceso.

Isabel estaba lista. Era evidente que él esperaba que se desmayase. Tan evidente como que ella no tenía ninguna intención de hacerlo. Descubrió que no le vendría nada mal otro trago de vodka cuando, después de la incisión y la exposición de la caja torácica, Willeford cogió unas largas tijeras para cortar a través del pecho de la víctima —el sonido del metal cortando el hueso era lo que le resultaba más repulsivo—, pero después de eso el resto fue, aunque no fácil, sí al menos más tolerable.

Después de que Willeford hubiese aportado su granito de arena, dijo:

—Querida Kath, como siempre, ha sido un placer. ¿Podrías pasarlo a máquina y enviárselo a la superintendente Ardery, querida? Y, por cierto, todavía se mantiene de pie, de modo que me atrevería a decir que es un valor seguro. ¿Recuerdas al inspector Shatter? (qué nombre tan apropiado, ¿eh?)[9] Se cayó de cabeza dentro de la cavidad corporal aquella vez en Berwick-on-Tweed. Dios, qué escándalo. Ah, «pero para qué vivimos, si no es para dar... lo que sea que le demos a nuestros vecinos y para reírnos de ellos». Nunca puedo acordarme bien de esa cita. *Adieu,* querida Kath, hasta la próxima.

En ese momento, un ayudante entró en la sala para encargarse de la limpieza. Willeford se quitó la bata y los guantes, los lanzó a un cubo de basura que había en un rincón e invitó a Isabelle a «entrar en mi salón, como dijo la araña... Allí tengo algo más para usted».

Ese algo más resultó ser la información de que se habían encontrado dos pelos en las manos de la víctima, y Willeford no dudaba de que la gente del CIS no tardaría en notificarle que habían recogido un gran número de fibras de sus ropas.

—Ella estuvo bastante cerca de su asesino, ya sabe a qué me refiero —dijo Willeford con un guiño.

Isabelle se preguntó si eso significaba acoso sexual, mientras preguntaba suavemente:

9. Shatter: despedazar, destrozar, destruir.

—¿Coito? ¿Violación? ¿Una pelea?

—Nada —respondió él—. Ninguna prueba. Ella fue, si se puede decir de esa manera, una participante voluntaria en lo que fuese que pasara entre ella y el dueño de esas fibras. Es probable que ésa fuese la razón de que la encontrasen en el lugar donde lo hicieron, ya que no había ninguna prueba de que la hubiesen arrastrado a ninguna parte contra su voluntad, ni magulladuras ni piel debajo de las uñas, esa clase de cosas —aclaró.

Le preguntó si había averiguado algo sobre la posición en que estaba la mujer cuando la atacaron. ¿Y sobre la hora de la muerte? ¿Cuánto tiempo era probable que hubiera vivido después del ataque? ¿Desde qué dirección se produjeron las heridas? ¿El asesino era zurdo o diestro?

En este punto, Willeford metió la mano en el bolsillo de su cazadora —la había dejado detrás de una puerta y la trajo a donde estaban sentados— y sacó una barrita energética. Tenía que mantener el nivel de azúcar en la sangre, confesó. Su metabolismo era la maldición de su vida.

Isabelle comprobó que así era. Sin su vestimenta de médico era delgado como una manguera de jardín. Con sus casi dos metros de altura, es probable que necesitara estar comiendo todo el día, algo que debía de ser muy difícil, teniendo en cuenta a qué se dedicaba.

Willeford le dijo que la presencia de los gusanos situaba el momento de la muerte entre veinticuatro y treinta y seis horas antes de que se encontrase el cuerpo, aunque considerando el intenso calor, la opción más plausible eran las veinticuatro horas. La mujer habría estado de pie cuando la atacaron y su agresor era diestro. El análisis toxicológico mostraría si había presencia de alcohol o drogas, pero eso llevaría algún tiempo, como el ADN de los pelos, ya que había «folículos unidos a ellos y ¿no es eso encantador?».

Le preguntó si creía que el asesino había estado situado delante o detrás de la joven.

—Estaba de pie delante de ella, sin ninguna duda —le contestó.

Aquello significaba, concluyó Isabelle, que tal vez conocía a su asesino.

Y

Isabelle también acudió sola a su siguiente visita aquel día. Estudió previamente la ruta y se sintió aliviada al comprobar que el camino que debía seguir para llegar a Eaton Terrace no era complicado. Lo importante era no cometer ningún error en los alrededores de Victoria Station. Si ponía los cinco sentidos y no se dejaba alterar por el tráfico, sabía que sería capaz de abrirse camino a través de la maraña de calles sin acabar en el río o en la dirección opuesta, en el palacio de Buckingham.

Pese a todo realizó un giro equivocado al llegar a Eaton Terrace, eligiendo la izquierda en lugar de la derecha, pero reparó en su error cuando comenzó a leer los números de las casas en sus imponentes puertas. Después de cambiar de dirección, fue todo mucho más sencillo. Aun así, al llegar a su destino se quedó sentada dentro del coche durante dos minutos, considerando cómo enfocar la situación.

Finalmente decidió que lo mejor era decir la verdad, algo que, reconoció, era generalmente la mejor opción. No obstante, a fin de poder hacerlo, necesitaba algo que la ayudara, y ese algo estaba guardado en el fondo de su bolso. Le alegraba haber pensado en llevar más de un botellín de vodka para su jornada laboral.

Se bebió todo el contenido del botellín. Retuvo el último sorbo sobre la lengua durante unos segundos mientras se calentaba. Tragó el líquido y luego buscó en el bolso un chicle de frutas que fue masticando mientras se dirigía a la escalinata que había en la entrada de la casa. Al llegar al tablero de ajedrez de mármol que señalaba lo que hacía las veces de porche, escupió el chicle, aplicó un poco de brillo en los labios y se alisó las solapas de la chaqueta. Luego llamó al timbre.

Sabía que él tenía a un hombre —qué expresión confusa, pensó—. Fue ese individuo quien abrió la puerta. Se trataba de un jovencito formal, vestido con ropa de tenis, lo que no dejaba de ser una indumentaria curiosa para un criado, asistente personal, mayordomo o lo que fuese que tuviera un conde de incógnito. Porque así era como Isabelle consideraba al inspector Thomas Lynley, como un conde de incógnito. Le resultaba francamente inconcebible que alguien de su posición social eligiese una vida de policía, a menos que fuese alguna clase de situación de incógnito en la que Lynley se ocultaba del resto de su clase. Y su clase era esa gente cuyas fotografías uno veía en las primera planas de los periódicos sensacionalistas cuando se metían en problemas, o en las páginas de *Hola*, *OK!*, *Tatler* y otras publicaciones similares, alzando copas de champán ante los fotógrafos. Acudían a los clubes nocturnos y se quedaban hasta el amanecer, esquiaban en los Alpes —franceses, italianos o suizos, ¿qué más daba?— y viajaban a lugares como Portofino, Santorini u otras localidades mediterráneas, jónicas o egeas terminadas en vocal. Pero no trabajaban en empleos ordinarios y, si lo hacían porque necesitaban el dinero, obviamente no elegían ser policías.

—Buenas tardes —dijo el hombre vestido de tenista. Era Charlie Denton. Isabelle había hecho sus deberes.

Le mostró su credencial y se presentó.

—Señor Denton, estoy tratando de localizar al inspector. ¿Por casualidad está en casa?

Si le causó alguna sorpresa que ella conociera su identidad, Charlie Denton fue lo bastante cauto como para no demostrarlo.

—De hecho... —dijo, y la hizo pasar. Luego señaló una puerta a la derecha que llevaba a un recibidor decorado en un agradable tono verde—. Creo que está en la biblioteca —añadió.

Señaló una sencilla estancia con muebles alrededor de un hogar y le dijo que, si le apetecía, podía traerle una bebida. Ella pensó en aceptar el ofrecimiento y beber un vodka Martini puro, pero declinó la invitación al pensar que Denton se estaba refiriendo, en realidad, a una bebida más acorde con el hecho de que aún estaba de servicio.

Cuando se marchó en busca de su... (Isabelle se preguntó cuál era la palabra: ¿su amo?, ¿su patrón?, ¿su qué?), estudió la habitación. La vivienda era una casa adosada señorial y probablemente pertenecía a la familia Lynley desde hacía mucho tiempo, ya que nadie había entrado en ella para destruir los rasgos que habían formado parte de su construcción en el siglo XIX. Por lo tanto, la casa conservaba aún la decoración de escayola en los techos junto con sus molduras encima, debajo y alrededor de ella. Isabelle pensó que existían innumerables términos arquitectónicos para definir todo ese trabajo artístico, pero ella no conocía ninguno, aunque era perfectamente capaz de admirarlo.

No se sentó y prefirió, en cambio, acercarse a la ventana que dominaba la calle. Había una mesa debajo del alféizar y sobre ella descansaban numerosas fotografías enmarcadas, entre las cuales destacaba una de Lynley y su esposa el día de su boda. Isabelle la cogió para estudiarla más de cerca. Era una instantánea informal y espontánea, la novia y el novio riendo y brillando en medio de una multitud de personas que les deseaban felicidad.

Ella había sido muy atractiva, observó Isabelle. No hermosa, de porcelana, clásica, parecida a una muñequita, o comoquiera que uno quisiera calificar a una mujer el día de su boda. Tampoco era una rosa inglesa, ese arquetipo de belleza clásica asociado a la fragilidad y la pureza. Había tenido el pelo oscuro, igual que sus ojos. Tenía un rostro ovalado y una sonrisa encantadora. También había sido una mujer elegantemente delgada. Pero ¿acaso no lo eran siempre?

—¿Superintendente Ardery?

Ella se volvió con la fotografía aún en sus manos. Había esperado encontrar un rostro demacrado por la pena —tal vez un batín, una pipa en la mano y calzado con pantuflas o algo similar y ridículamente eduardiano—, pero Thomas Lynley estaba muy bronceado, el pelo casi rubio por la exposición al sol, y llevaba vaqueros y un polo con tres botones y cuello.

Había olvidado que sus ojos eran marrones. Ahora la miraban sin cuestionarla. Su voz había sonado sorprendida cuando pronunció su nombre, pero si sentía cualquier otra emoción, procuró no ocultarla.

—Sólo superintendente interina —dijo ella—. No me han concedido el cargo de forma permanente. Estoy participando en una «audición» para conseguirlo, a falta de una palabra mejor. Algo parecido a lo que hizo usted.

—Ah. —Lynley entró en la habitación. Era uno de esos hombres que siempre conseguían moverse con un aire de seguridad, transmitiendo la sensación de que encajarían en cualquier parte. Ella supuso que tenía que ver con su educación—. Había una pequeña diferencia —dijo mientras se reunía con ella junto a la mesa—. Yo no estaba participando en ninguna «audición» por el cargo, sólo estaba echando una mano. No quería ese cargo.

—Eso he oído, pero me resulta difícil de creer.

—¿Por qué? Nunca me interesó el camino fácil.

—El camino fácil le interesa a todo el mundo, inspector.

—No si no desean esa responsabilidad y, sobre todo, no si demuestran una marcada preferencia por la artesanía en madera.

—¿Artesanía en madera? ¿Qué artesanía en madera?

Él sonrió débilmente.

—Aquella en la que puedes desaparecer.[9]

El inspector le miró las manos, e Isabelle se dio cuenta de que aún sostenía la foto de su boda. Volvió a dejarla sobre la mesa.

—Su esposa era una mujer encantadora, Thomas. Lamento su muerte.

—Gracias —dijo él. Y luego, con una franqueza que sorprendió a Isabelle por su emoción, añadió—: Éramos completamente diferentes el uno del otro, lo que a la postre nos convirtió en almas gemelas. Yo la adoraba.

—Qué afortunado ser capaz de amar de esa manera —dijo ella.

—Sí. —Igual que había hecho Charlie Denton, le ofreció algo de beber, y ella volvió a rechazar la invitación. Lynley también le señaló los sillones, aunque en esta ocasión no alrededor del hogar. Eligió dos sillas a cada lado de un tablero de ajedrez donde había una partida en curso. Lynley miró el tablero, frunció el ceño y, después de un momento, hizo un movimiento con su caballo blanco para capturar uno de los dos alfiles negros—. Charlie sólo aparenta mostrar compasión —observó Lynley—. Eso significa que guarda algo en la manga. ¿Qué puedo hacer por usted, superintendente? Me gustaría creer que se trata de una visita social, pero estoy seguro de que no lo es.

9. Esta conversación se desarrolla a partir de un juego de palabras intraducible con el doble significado de la palabra «*woodwork*», que significa «artesanía en madera», pero también «desaparecer tras un largo letargo».

—Se ha cometido un asesinato en Abney Park. Stoke Newington. Es un cementerio, en realidad.

—Esa mujer joven. Sí. He oído la noticia en la radio. ¿Usted está a cargo de la investigación? ¿Qué hay de malo con la Policía local?

—Hillier utilizó sus influencias. También está relacionado con una chapuza del SO5. En mi opinión, sin embargo, creo que se trata más de lo primero y menos de lo segundo. Él quiere ver cómo actúo, en comparación con usted. Y con John Stewart, llegado el caso.

—Veo que ya ha calado a Hillier.

—No es una tarea muy difícil.

—Ese hombre esconde demasiadas cosas en la manga, ¿no cree?

Lynley volvió a sonreír. Isabelle observó, no obstante, que la sonrisa era más apariencia que sentimiento. Estaba bien escudado, como supuso que lo estaría cualquiera en la misma situación. Ella no tenía ninguna razón concreta para visitarle. Lo sabía y estaba esperando a oír el motivo de esa visita.

—Me gustaría que se uniera a la investigación, Thomas —dijo.

—Estoy de baja —contestó Lynley.

—Me doy cuenta de eso. Pero espero convencerle para que se tome una baja de su baja. Al menos durante unas semanas.

—Está trabajando con el equipo con el que yo trabajaba, ¿verdad?

—Así es. Stewart, Hale, Nkata…

—¿Barbara Havers también?

—Oh, sí. La temible sargento Havers está entre nosotros. Aparte de su deplorable concepción a la hora de vestirse, tengo la sensación de que es muy buena policía.

—Lo es. —Unió las puntas de los dedos y desvió la mirada hacia el tablero de ajedrez. Parecía calcular el siguiente movimiento de Charlie Denton, aunque Isabelle sabía muy bien que era más probable que estuviese calculando el de ella—. De modo que es evidente que no necesita mi presencia —dijo—. No como oficial de la investigación.

—¿Acaso puede cualquier equipo de homicidios contar con suficientes oficiales investigadores?

Esa sonrisa otra vez.

—Una respuesta fácil —dijo—. Buena para la política de la Policía Metropolitana. Mala para... —Lynley se interrumpió.

—¿Una conversación con usted? —Isabelle cambió de posición en su silla y se inclinó hacia él—. De acuerdo. Quiero que forme parte del equipo porque quiero ser capaz de pronunciar su nombre sin que un silencio reverencial descienda sobre el centro de coordinación, y éste es el camino más directo para llegar allí. Y también porque quiero tener alguna clase de relación normal con todo el mundo en la Met, y por eso deseo tanto conseguir este trabajo.

—Es bastante directa cuando está entre la espada y la pared.

—Y siempre lo seré. Con usted y con todos los demás. Antes de estar entre la espada y la pared.

—Eso será bueno y malo para usted. Bueno para el equipo que está dirigiendo, malo para su relación con Hillier. Él prefiere el guante de seda al puño de hierro. ¿Ya lo ha descubierto?

—Creo que la asociación fundamental en New Scotland Yard es entre el equipo y yo, y no entre David Hillier y yo. En cuanto al equipo, ellos quieren que usted vuelva. Le quieren como su comisario, bueno, todos excepto John Stewart, pero no debe tomárselo como una cuestión personal...

—Yo tampoco lo querría.

Lynley sonrió, de manera auténtica esta vez.

—Sí. Bien. De acuerdo. Ellos quieren que vuelva y lo único que les complacerá es saber que usted no quiere ser lo que ellos quieren que sea, y que está muy feliz con otra persona ocupando ese puesto.

—Con usted en ese puesto.

—Creo que usted y yo podemos trabajar juntos, Thomas. Creo que podemos trabajar muy bien juntos si se trata de eso.

Lynley pareció estudiarla, y ella se preguntó qué estaría leyendo en su expresión. Pasó un momento y dejó que siguiera y se propagase, pensando en el absoluto silencio que había en la casa y preguntándose si habría sido así cuando vivía su esposa. Recordó que no habían tenido hijos. Cuando ella murió llevaban casados menos de un año.

—¿Cómo están sus hijos? —preguntó él de improviso.

Era una pregunta para desarmarla, probablemente intencionada. Ella se preguntó cómo diablos sabía que tenía dos hijos.

—Usted hablaba por el móvil un día que nos encontramos en Kent —dijo él como si ella hubiese hablado—. Su ex esposo… estaba discutiendo con él…, mencionó a los chicos.

—Están cerca de Maidstone, con su padre, casualmente.

—Ése no puede ser un arreglo satisfactorio para usted.

—No es satisfactorio ni insatisfactorio. Simplemente no tenía sentido que se trasladasen a Londres si yo no tengo idea de si este trabajo será permanente. —Después de haber dicho esto, se dio cuenta de que las palabras habían salido más tensas de lo que hubiese deseado. Intentó mejorar su efecto añadiendo—: Les echo de menos, como es natural. Pero probablemente sea mejor que pasen las vacaciones de verano con su padre en el campo y no conmigo aquí, en Londres. Allí pueden correr y jugar libremente. Aquí eso sería imposible.

—¿Y si la nombran en este cargo con carácter permanente?

Lynley tenía una manera especial de mirar cuando formulaba una pregunta. Es probable que pudiese distinguir rápidamente la verdad de la mentira, pero en este caso en particular no había manera alguna de que fuese capaz de descubrir la razón de la mentira que ella estaba a punto de contarle.

—En ese caso, por supuesto, se reunirían conmigo en Londres. Pero no me gusta hacer movimientos prematuros. Nunca me ha parecido algo inteligente y, en este caso, sería completamente temerario.

—Como vender la piel del oso.

—Exacto —dijo ella—. De modo que ésa es otra razón, inspector…

—Habíamos quedado en «Thomas».

—Thomas —dijo ella—. De acuerdo. Estoy poniendo las cartas sobre la mesa. Quiero que participe en este caso porque deseo aumentar mis posibilidades de conseguir un puesto permanente aquí. Si trabajamos juntos, eso tranquilizaría los ánimos y pondría fin a las especulaciones al mismo tiempo, ya que demostraría una forma de cooperación que actuaría como… —Buscó el término apropiado.

Él se lo proporcionó.

—Como un respaldo para usted.

—Sí. Si trabajamos bien juntos, así será. Como ya le dije, nunca le mentiré.

—¿Y mi parte se desarrollaría a su lado? ¿Es así como lo ve?

—Por el momento, sí. Pero eso puede cambiar. Actuaremos según las circunstancias.

Lynley permaneció callado, pero ella se dio cuenta de que estaba considerando su propuesta: confrontarla con la vida que estaba llevando actualmente, evaluar la forma en que cambiarían las cosas, y si ese cambio supondría alguna diferencia con respecto a lo que fuera que estuviese viviendo en este momento.

—Tengo que pensarlo —dijo finalmente.

—¿Cuánto tiempo?

—¿Tiene móvil?

—Por supuesto.

—Entonces deme el número. Le diré algo antes de que acabe el día.

La verdadera pregunta para él era qué significaba, no si lo haría. Había intentado dejar atrás el trabajo policial, pero éste le había buscado y encontrado, y probablemente seguiría encontrándole lo quisiera o no.

Una vez que Isabelle Ardery se marchó, Lynley se acercó a la ventana y la miró mientras regresaba a su coche. Era bastante alta —al menos metro ochenta, ya que él medía metro ochenta y cinco y la altura de sus ojos era prácticamente la misma—. Todo en ella gritaba «profesional», desde la ropa hecha a medida hasta los zapatos lustrados y el pelo liso color ámbar que caía y se ocultaba justo detrás de las orejas. Llevaba puestos pendientes de oro en forma de botón, pero eran las únicas joyas que exhibía. Usaba reloj pero no anillos, y sus manos estaban bien cuidadas, con las uñas arregladas y cortadas y una piel que parecía muy suave. Era definitivamente una mezcla de masculino y femenino, como tenía que ser. Para triunfar en su mundo, ella se vería obligada continuamente a ser uno de los chicos, mientras, en el fondo, seguía siendo una de las chicas. No sería fácil.

Observó que abría el bolso al llegar al coche. Se le cayeron las llaves, las recogió y abrió la puerta. Hizo una pausa mientras buscaba algo en el bolso, pero aparentemente no pudo encontrarlo, porque lo lanzó dentro del coche. Un momento después, lo puso en marcha y se alejó.

Lynley permaneció mirando la calle durante un momento, después de que Isabelle se hubiese marchado. No había hecho aquello desde hacía mucho tiempo, ya que Helen había muerto en la calle y no había sido capaz de resignarse a mirar por temor a que la imaginación le llevase de nuevo a aquel momento. Pero ahora, al mirar por la ventana, comprobó que no era más que una calle, como cualquier otra en Belgravia. Grandes casas blancas señoriales, verjas de hierro fundido que brillaban bajo el sol, jardineras que derramaban hiedra y jazmín de estrella con un dulce perfume.

Se apartó de la ventana. Luego se dirigió a la escalera y comenzó a subirla, pero no regresó a la biblioteca, donde había estado leyendo el *Financial Times*. Fue hasta el dormitorio que estaba junto a la habitación que había compartido con su esposa y abrió la puerta por primera vez desde el febrero anterior, y entró.

La habitación no estaba terminada. Había una cuna que todavía estaba por montar, ya que sólo habían alcanzado a sacarla de la caja. Había seis rollos de papel apoyados contra los paneles de madera, que habían sido barnizados una vez, pero necesitaban otra capa. Una lámpara de techo nueva permanecía en su caja, y debajo de una de las ventanas había un cambiador de bebé, aunque aún carecía del acolchado adecuado. El acolchado estaba enrollado en una bolsa de Peter Jones, entre otras bolsas para compras que contenían almohadas, pañales, un sacaleches, biberones... Era realmente asombroso todas las cosas que se necesitaban para una criatura que en el momento de nacer apenas pesaría tres kilos y medio.

En la habitación faltaba el aire y hacía mucho calor, y Lynley fue hasta las ventanas y las abrió de par en par. Entró una pequeña brisa que mitigó la temperatura, y le extrañó que no hubiesen pensado en eso cuando eligieron esta habitación como cuarto para su hijo. En aquel momento era a finales de otoño, y ya comenzaba el invierno, de modo que el calor del verano había sido lo último que se les pasó por la cabeza. En cambio, ambos habían estado consumidos con el embarazo, en realidad, con lo que el embarazo conllevaba. Suponía que muchas parejas lo enfocaban de ese modo. Pasar por los aspectos complicados que llevaban al y a través del parto, y luego cambiar a la modalidad parental. Uno no podía ser padre o pensar como tal sin alguien de quien ser padre, concluyó.

—Milord.

Lynley se volvió. Charlie Denton estaba en la puerta. Sabía que a Lynley no le gustaba el empleo de su título, pero nunca habían acordado qué era lo que se suponía que Denton debía decir o hacer para llamar su atención aparte de utilizar el título de alguna manera, mascullado si era necesario o pronunciado en medio de un acceso de tos.

—¿Sí? ¿Qué ocurre, Charlie? ¿Te vas, entonces?

Charlie meneó la cabeza.

—Ya he ido.

—¿Y?

—Uno nunca sabe con estas cosas. Pensé que con la manera de vestir sería suficiente, pero no hubo palabras de aprobación de parte del director.

—¿No las hubo? Maldita sea.

—Hmmm. Escuché, sin embargo, que alguien murmuraba: «tiene el tipo», pero eso fue todo. Sólo queda esperar.

—Como siempre —dijo Lynley—. ¿Cuánto tiempo tendrás que esperar?

—¿A que me llamen? No mucho. Son anuncios, ya sabe. Son exigentes, pero no tanto.

Parecía resignado. Así era el mundo de la actuación. Abrirse paso era un microcosmos de vida en sí mismo. Deseo y transigencia. Colocarse uno mismo en una posición azarosa y sentir la bofetada del rechazo más a menudo que el abrazo del éxito. Pero este último no acaecía si no se corrían riesgos.

—Entre tanto, Charlie, mientras esperas a que te den el papel de Hamlet…

—¿Señor? —dijo Denton.

—Necesitamos recoger esta habitación. Si preparas una jarra de Pimm's y la traes aquí, deberíamos ser capaces de acabar el trabajo antes de que termine el día.

7

Meredith finalmente siguió la pista de Gordon Jossie hasta Fritham. Había supuesto que aún estaría trabajando en ese edificio, en Boldre Gardens, donde Gina Dickens le había conocido, pero cuando llegó allí era obvio por el estado del tejado que ya hacía tiempo que se había marchado a otro trabajo. La paja estaba perfectamente colocada y la pieza que hacía las veces de firma de Gordon estaba en su sitio en el caballete: un elegante pavo real cuya larga cola protegía la esquina más vulnerable del caballete y caía en forma de paja esculpida un par metros desde el tejado.

Meredith mascculló su decepción con un insulto —en voz apenas audible para que Cammie no pudiese oírla— y le dijo a su hija:

—Vamos hasta el estanque de los patos, ¿quieres?, parece ser que allí hay un puente verde muy bonito que lo cruza. Podremos caminar por él.

El estanque de los patos y el puente las mantuvo allí una hora, pero resultó ser un tiempo bien aprovechado. Después del paseo se detuvieron en el quiosco de refrescos y, mientras compraba un helado para Cammie y una botella de agua para ella, Meredith averiguó dónde podía encontrar a Gordon Jossie sin necesidad de llamarle por teléfono y, de ese modo, darle tiempo para que se preparase antes de verla.

Gordon estaba trabajando en el pub que había cerca de Eyeworth Pond. Se enteró de estos detalles por la chica que atendía la caja, quien aparentemente disponía de la información porque había tenidos los ojos puestos en el aprendiz de Gordon durante todo el tiempo que los dos hombres habían trabajado en Boldre Gardens. Ella, al parecer, había conseguido empezar a hacerse querer por el muchacho, a pesar de —o quizá debido a— que sus piernas estaban tan arqueadas que tenían la forma del hueso de la suerte de un pavo. Allí era donde Meredith podía encontrar a los tíos que cubrían de paja los tejados, dijo la joven, cerca de Eyeworth Pond. Entornó los ojos y le preguntó a cuál de los dos hombres buscaba. Meredith se sintió tentada de decirle que reservase la ansiedad para algo que mereciera realmente la pena. Un hombre en cualquier estado, de cualquier edad, y en cualquier forma era la última cosa que ella deseaba añadir a su vida. Pero le contestó que estaba tratando de encontrar a Gordon Jossie, así que la joven le indicó la ubicación exacta de Eyeworth Pond, justo al este de Fritham. Y, de todos modos, el pub se encontraba más cerca de Fritham que del estanque, añadió.

La perspectiva de otro estanque y de toparse con más patos hizo que resultase más fácil sacar a Cammie de los prados y las flores de Boldre Gardens, y llevarla al coche. No era en absoluto su lugar favorito, ya que odiaba las restricciones de su sillita y la falta de aire acondicionado en el vehículo, y ya hacía tiempo que disfrutaba mostrando su desagrado ante la situación. Por suerte, sin embargo, Fritham se encontraba a sólo un cuarto de hora de los jardines, justo al otro lado de la A31. Meredith condujo hasta allí con todas las ventanillas bajadas y, en lugar de su cinta de afirmación personal, puso una de las favoritas de Cammie. Su hija —¡qué sorpresa!— tenía predilección por los tenores y, de hecho, era capaz de cantar *Nessuno dorma* con un ardor operístico asombroso.

A Meredith no le resultó difícil encontrar el pub en cuestión. El Royal Oak era un mejunje de estilos que reflejaba los diferentes periodos que se habían sucedido en las ampliaciones del local. De tal modo, el pub combinaba arcilla y paja, entramados de madera y ladrillo, y el tejado era en parte de paja y en parte pizarra. Gordon había quitado la paja vieja hasta dejar las vigas a la vista. Cuando Meredith llegó, Gordon estaba bajando del andamio donde, debajo del roble epónimo del pub, su aprendiz estaba organizando unos manojos de carrizos. A Cammie le pareció estupendo mecerse en un columpio situado al aire libre, en un extremo de la taberna, de modo que Meredith sabía que su hija estaría entretenida mientras su mamá conversaba con Gordon.

El hombre no pareció sorprendido al verla. Meredith supuso que Gina Dickens le había informado de su visita a la casa, ¿quién podía culparla? Se preguntó si, después de haber hecho su informe, Gina también le había hablado a Gordon acerca de un coche que no era de él y de la ropa que estaba guardada en el desván de la casa. Tal vez. Se había mostrado muy nerviosa cuando Meredith le hizo una descripción detallada del lugar que Jemima Hastings había ocupado en la vida de Gordon Jossie.

Meredith no perdió el tiempo en preámbulos una vez que vio a Cammie instalada en el columpio. Se dirigió hacia Gordon Jossie y le espetó:

—Lo que me gustaría saber, Gordon, es cómo se suponía que Jemima iba a viajar a Londres sin su coche.

Aguardó a oír la respuesta, bien atenta a su expresión.

Gordon miró a su aprendiz.

—Vamos a tomarnos un descanso, Cliff —dijo.

No añadió nada más hasta que el joven asintió y desapareció en el interior del pub. Luego se quitó la gorra de béisbol y se enjugó el rostro y la calva con un pañuelo que sacó del bolsillo de los tejanos. Llevaba puestas las gafas de sol y no se las quitó, algo que, pensó Meredith, haría que fuese muy difícil leer su expresión. Siempre había pensado que Gordon llevaba gafas oscuras tan a menudo porque no quería que la gente viese sus ojos inquietos, pero Jemima le había dicho: «Oh, eso es una tontería», y, al parecer, creía que no había nada raro en un hombre que usaba esa clase de gafas con lluvia o con sol, a veces incluso dentro de la casa. Pero ese había sido el problema desde el principio: Meredith pensaba que había un montón de cosas acerca de Gordon Jossie que simplemente olían mal, mientras que Jemima se negaba a verlas. Después de todo, él era un hombre, un ejemplar de una subespecie entre la que Jemima había estado dando bandazos durante años como si fuese alguien controlado por una máquina de *pinball*.

Gordon se quitó las gafas oscuras, pero sólo el tiempo suficiente para limpiar los cristales con el pañuelo, y luego volvió a ponérselas, guardó el pañuelo en el bolsillo de los vaqueros y dijo con voz tranquila:

—¿Qué tenías contra mí, Meredith?

—El hecho de que separases a Jemima de sus amigos.

Gordon asintió lentamente, como si estuviese asimilando las palabras de Meredith.

—De ti, quieres decir —soltó finalmente.

—De todos, Gordon. No lo negarás, ¿verdad?

—No tiene sentido negar algo absolutamente equivocado. Estúpido también, si no te importa que te lo diga. Tú dejaste de venir a casa, de modo que si hubo alguna separación fuiste tú quien la provocó. ¿Quieres hablar de por qué lo hiciste?

—De lo que quiero hablar es de por qué el coche de Jemima está en su granero. Quiero saber por qué le dijiste a esa... rubia que está en tu casa que el coche es tuyo. También quiero saber por qué la ropa de Jemima está en unas cajas en el desván y por qué no hay siquiera un vago indicio de ella en ningún lugar de la casa.

—¿Por qué se supone que debo decirte todo eso?

—Porque si no me lo dices, o si lo haces y no quedo satisfecha con tu explicación...

Meredith dejó la amenaza pendiente. Gordon no era tonto. Sabía cuál era el resto de la frase.

No obstante, preguntó:

—¿Qué?

Llevaba puesta una camiseta de manga larga, y del bolsillo del pecho sacó un paquete de cigarrillos. Encendió uno con un mechero de plástico. Y luego esperó la respuesta de Meredith. Gordon volvió la cabeza ligeramente para mirar detrás de ella, donde, al otro lado de la calle, frente al Royal Oak, se alzaba una vieja casa de ladrillo rojo en el borde del brezal. El propio brezal se extendía en la distancia, salpicado por el púrpura de los brezos. Más allá había un bosque. Las copas de los árboles parecían brillar bajo el calor del verano.

—Oh, sólo respóndeme —dijo Meredith—. ¿Dónde está y por qué no se llevó su coche?

Gordon volvió la cabeza nuevamente hacia ella.

—¿Qué iba a hacer con un coche en Londres? No se lo llevó porque no lo necesitaba.

—Entonces, ¿cómo llegó a Londres?

—No tengo idea.

—Eso es absurdo. No puedes esperar que crea…

—Tren, autocar, helicóptero, ala delta, patines —la interrumpió él—. No lo sé, Meredith. Un día dijo que se marchaba, y al día siguiente se largó. Cuando llegué a casa del trabajo, ya no estaba. Supongo que cogió un taxi hasta Sway y luego el tren desde allí. ¿Y qué?

—Tú le hiciste algo. —Meredith no había pretendido acusarle, no de este modo y no tan deprisa. Pero pensar en ese coche y en las mentiras alrededor de él, y en Gina Dickens instalada en la casa mientras las pertenencias de Jemima languidecían metidas en cajas en el desván…—. ¿Verdad? —insistió—. Rob trató de comunicarse con ella por teléfono, y Jemima no le contestó… y tampoco le devuelve las llamadas y…

—Él te interesa, ¿verdad? Bueno, Rob siempre ha estado disponible y, pensándolo bien, supongo que es una jugada inteligente.

Meredith deseó golpearle. No tanto por lo ridículo del comentario, sino por el hecho de que eso era lo que Gordon pensaba, que, igual que Jemima, ella siempre estaba buscando un hombre, que de alguna manera estaba incompleta e insatisfecha, tan… tan desesperada sin un hombre que mantenía sus antenas femeninas preparadas por si algún tío disponible aparecía cerca de ella. Algo que —en relación con Rob Hastings— era completamente absurdo, ya que era quince años mayor que ella y le conocía desde que tenía ocho años.

—¿De dónde salió esa tal Gina? —preguntó—. ¿Cuánto hace que la conoces? ¿La conociste antes de que Jemima se marchase, ¿verdad, Gordon? Ella era la razón de todo esto.

Gordon meneó la cabeza, transmitiendo de forma elocuente tanto su incredulidad como su asco. Dio una profunda calada al cigarrillo con un gesto que Meredith interpretó como airado.

—Conociste a esa tal Gina…

—Su nombre es Gina. Gina Dickens, punto. No la llames «esa tal Gina». No me gusta.

—¿Es que acaso se supone que debe importarme que a ti no

te guste? Conociste a esa persona y decidiste que preferías estar con ella y no con Jemima, ¿no es así?

—Eso es un puto disparate. Vuelvo al trabajo.

Gordon se dio la vuelta para marcharse.

Meredith alzó la voz.

—Tú la alejaste. Quizá Jemima esté en Londres ahora, pero nunca hubo una razón para que ella se marchase, excepto tú. Ella tenía aquí su propio negocio. Había contratado a Lexie Streener. Estaba tratando de que el Cupcake Queen fuese un éxito, pero a ti eso no te gustaba, ¿verdad? Le pusiste las cosas difíciles. Y, de alguna manera, utilizaste eso, o el interés de Jemima en su negocio, o las horas que estaba fuera de casa, o «lo que sea», para que ella sintiera que tenía que marcharse. Y luego trajiste a Gina... —A Meredith todo eso le parecía tan razonable, tan propio de la forma en que actuaban los hombres.

—Vuelvo al trabajo —repitió él mientras se dirigía a la escalera que daba acceso al andamiaje que se extendía a lo largo del edificio. Antes de comenzar a subir, sin embargo, se volvió hacia ella—. Para que conste, Meredith, Gina no llegó aquí, a New Forest, hasta junio. Vino de Winchester y...

—¡De donde eres tú! Fuiste a la escuela allí. La conociste entonces.

Ella sabía que su voz sonaba como un chillido, pero no podía evitarlo. Por alguna razón que no era capaz de entender había comenzado a sentirse desesperada por saber qué estaba pasando y qué había ocurrido durante todos esos meses en los que Jemima y ella se habían distanciado.

Gordon agitó la mano a modo de despedida.

—Puedes creer lo que quieras. Pero lo yo que quiero es saber por qué me has odiado desde el principio.

—No se trata de mí.

—Todo trata de ti, y por eso me odiaste desde la primera vez que me viste. Piensa en eso antes de volver por aquí. Y deja a Gina en paz.

—Jemima es la razón...

—Jemima —dijo él con voz tranquila— ya habrá encontrado fácilmente a otro hombre. Tú lo sabes tan bien como yo. Y espero que eso también te vuelva loca.

Y

La camioneta de Gordon Jossie no estaba a la vista cuando Robbie Hastings aparcó tras los altos setos, en el camino particular de la casa. Pero eso no le hizo cambiar de idea. Si Gordon no estaba allí, aún existía la posibilidad de que su nueva mujer sí estuviese en la casa, y Robbie quería verla tanto como deseaba hablar con Gordon. También quería echar un vistazo por los alrededores. Y quería ver el coche de Jemima con sus propios ojos, aunque Meredith nunca podía haberlo confundido con el de otra persona. Era un Figaro, y no se ven coches así todos los días en la carretera.

No tenía ni idea de todo lo que aquello podía o no probar. Había llamado otras dos veces al móvil de Jemima, y no había obtenido respuesta. Comenzaba a sentir pánico. Jemima era una chica alocada, pero nunca ignoraría a su propio hermano.

Robbie se dirigió hacia el prado donde pastaban dos ponis. Era una época del año un tanto extraña para sacar a los animales del bosque, y se preguntó cuál sería el problema. Ambos ponis parecían encontrarse en perfectas condiciones.

Miró hacia la casa por encima del hombro. Todas las ventanas estaban abiertas, como si confiasen en que entrase la brisa, pero no parecía haber nadie dentro. Todo le venía de perlas. Meredith había dicho que el coche de Jemima estaba en el granero, de modo que dirigió allí sus pasos. Había abierto ya la puerta cuando oyó la agradable voz de una mujer que preguntaba:

—Hola. ¿Puedo ayudarle en algo?

La voz llegaba de un segundo prado, que se encontraba en el costado este del granero, al otro lado de un estrecho sendero rural lleno de baches que llevaba al brezal. Robbie vio a una mujer joven que se quitaba restos de hierbajos de las rodillas de los pantalones vaqueros. Parecía como si la hubiese vestido la diseñadora de uno de esos programas de la tele: camisa blanca almidonada y con el cuello levantado, pañuelo de cuello vaquero, sombrero de paja que le protegía el rostro de los rayos del sol. Llevaba gafas de sol, pero podía asegurar que era guapa. Más guapa que Jemima con diferencia, alta y con curvas en lugares donde otras chicas de su edad habitualmente no deseaban tenerlas.

—¿Busca a alguien? —preguntó ella.

—A mi hermana —dijo Robbie.

—Oh —dijo ella.

Ninguna sorpresa, pensó él. Bueno, a estas alturas no tendría que mostrarse sorprendida, ¿verdad? Meredith había estado allí antes que él, y qué mujer no haría preguntas acerca de su hombre si el nombre de otra mujer surgía de manera inesperada.

—Me dijeron que su coche está en el granero —dijo Robbie.

—Claro —dijo ella—. El mío también. Espere un momento.

Se agachó para pasar a través de la cerca alambrada. Eran alambres de espino, pero llevaba guantes gruesos para mantenerlos apartados. También llevaba un mapa de alguna clase, parecía un Ordnance Survey.[10]

—Ya he terminado aquí —dijo—. El coche está allí dentro.

Así era. No estaba oculto debajo de una lona, como había dicho Meredith, sino a plena luz: era gris acorazado con el techo crema. Era un cacharro viejo y, como tal, lo habían metido en el fondo del granero. Detrás de él había otro coche, un Mini Cooper último modelo, aparentemente el de la mujer.

La chica se presentó, aunque sabía perfectamente que no podía ser otra que Gina Dickens, la sustituta de Jemima. Se había sentido bastante molesta al enterarse de que el coche no era de Gordon, sino de su antigua pareja. Había tenido algunas palabras con él por ese motivo, añadió. Y también a causa de la ropa de Jemima, que estaba guardada en unas cajas en el desván de la casa.

—Gordon me dijo que se había marchado hacía varios meses y que en todo ese tiempo no había tenido ninguna noticia de ella, que es probable que no regrese, que ellos…, bueno, no dijo exactamente que hubiesen tenido una pelea, sólo que se separaron. Dijo que era algo que se veía venir desde hacía tiempo y que había sido idea de ella, y como él esperaba seguir adelante con su vida, había metido todas sus cosas en cajas y no se había deshecho de ellas. Pensó que algún día querría recupe-

10. Es la Agencia Nacional de Mapas para uno de los mayores editores del mundo.

rarlas y le pediría que se las enviase cuando... estuviese instalada en alguna parte, supongo. —Se quitó las gafas y le miró abiertamente—. Estoy hablando sin parar —dijo—. Lo siento. Es que todo esto me pone nerviosa. Me refiero a la impresión que da y todo lo demás. Su coche aquí, sus cosas metidas en unas cajas en el desván.

—¿Usted creyó a Gordon?

Robbie deslizó la mano por el coche de Jemima. No tenía una mota de polvo y brillaba con una pátina reluciente. Ella siempre lo había cuidado muy bien. De modo que Meredith tenía razón en cuanto a esto: ¿por qué su hermana no se lo había llevado? Cierto, sería difícil tener un coche en Londres. Pero ella no habría tenido eso en cuenta. Cuando la atacaba un impulso, nunca se detenía a considerar la situación.

Gina contestó con la voz ligeramente alterada:

—Bueno, en realidad no tenía ninguna razón para no hacerlo, señor Hastings. Me refiero a creer en lo que me dijo. ¿Usted piensa de otro modo?

—Robbie —dijo él—. Mi nombre es Robbie. Puede llamarme así.

—Yo soy Gina.

—Sí. Lo sé. —Él la miró—. ¿Dónde está Gordon?

—Está trabajando cerca de Fritham. —Se frotó los brazos como si hubiese sentido un súbito escalofrío—. ¿Le gustaría entrar? —preguntó—. En la casa, quiero decir.

No tenía ningún interés en hacerlo, pero la siguió, esperando que quizá pudiera averiguar algo que mitigase su creciente preocupación. Atravesaron la zona del lavadero y de allí pasaron a la cocina. Gina dejó el mapa sobre la mesa y Robbie vio que se trataba efectivamente de un mapa de Ordnance Survey, tal y como había pensado. Ella había marcado la propiedad y había añadido al mapa una segunda hoja de papel con un dibujo hecho a lápiz. Éste también mostraba la propiedad, sólo que era más grande. Gina aparentemente vio que estaba examinando el dibujo porque dijo: «Estamos...», y su voz sonó vacilante, como recelosa de compartir la información.

—Bueno, Gordon y yo estamos pensando en hacer algunos cambios por aquí.

Eso desde luego decía mucho acerca de la ausencia de Jemima. Robbie miró a Gina Dickens. Ella se había quitado el sombrero. Su cabello era puro oro. Estaba moldeado en su cabeza como una gorra ajustada, en un estilo que recordaba a los locos años veinte. Se quitó los guantes y los lanzó sobre la mesa.

—Un tiempo sorprendente —dijo—. ¿Quiere un poco de agua? ¿Sidra? ¿Una Coca-Cola? —Cuando él negó con la cabeza, Gina se acercó a la mesa y se quedó a su lado. Se aclaró la garganta. Robbie percibió que no estaba cómoda. Aquí estaba ella con el hermano de la ex amante de su amante. Era una situación «jodidamente» incómoda. Él también lo estaba—. Pensaba en que sería fantástico tener un verdadero jardín, pero no estaba muy segura de dónde hacerlo. Estaba intentando determinar dónde termina realmente la propiedad, y pensé que uno de estos mapas me serviría de ayuda, pero no fue así. De modo que decidí que tal vez en el segundo prado..., como no estamos..., como él no lo está usando. Pensé que podría cultivar un bonito jardín, un lugar adonde podría traer a mis chicas.

—¿Tiene hijos?

—Oh, no. Trabajo con chicas adolescentes. La clase de chicas que podrían meterse en problemas si no tienen a alguien que se interese por ellas. ¿Chicas en peligro? Esperaba poder tener un lugar, en alguna parte, además de una oficina...

Su voz se apagó. Usó los dientes para estirar la parte interna del labio.

Él quería que esa mujer no le gustara, pero no podía evitarlo. No era culpa suya que Gordon Jossie hubiera decidido seguir adelante después de que Jemima le abandonara si realmente era eso lo que había pasado. Robbie miró el mapa y luego el dibujo que había hecho Gina. Vio que había trazado una cuadrícula en la zona del prado y que había numerado cada una de las casillas.

—Estaba tratando de hacerme una idea del tamaño exacto —dijo ella a modo de explicación—. De ese modo podría saber con lo que estamos..., con lo que estoy trabajando. No sé si ese prado servirá para lo que tengo en la cabeza, de modo que si no es así, entonces, ¿tal vez parte del brezal...? Por eso estoy tratando de determinar dónde acaba la propiedad, en caso de que tenga que hacer el jardín..., de que «nosotros» tengamos que hacer el jardín en otro sitio.

—Tendrá que ser así —dijo Robbie.

—¿Qué?

—No pueden hacer el jardín en el prado.

Ella pareció sorprendida.

—¿Por qué no?

—Gordon y Jemima —Robbie no permitiría que su hermana no formase parte de la conversación— tienen derechos comunes aquí, y los prados están destinados a los ponis, si están enfermos.

Su rostro se descompuso.

—No tenía idea... —respondió ella.

—¿De que Gordon tuviese derechos comunes?

—Ni siquiera sé lo que significa esa expresión, sinceramente.

Rob le explicó brevemente cómo parte de la tierra dentro de los límites del Perambulation gozaba de ciertos derechos inherentes a ella —el derecho de pastoreo, el derecho de bosque, el derecho de cortar árboles o marga o turbera—, y que esta propiedad en particular tenía el derecho de pastoreo común. Eso significaba que Gordon y Jemima disponían de ponis que podían pastar libremente en el New Forest, pero con la condición de que las tierras próximas a la casa debían conservarse para los ponis en caso de que los animales tuviesen que ser retirados del bosque por alguna razón.

—¿Gordon no le explicó nada de esto? —preguntó—. Es extraño que estuviese pensando en hacer un jardín en el prado cuando sabe que no puede hacerlo.

Ella pasó los dedos por el borde del mapa.

—En realidad, yo no le he hablado del jardín. Gordon sabe que me gustaría traer a las chicas aquí, para que puedan ver los caballos, pasear por el bosque o los cotos, hacer un picnic junto a alguno de los estanques... Pero eso ha sido todo. Pensaba que primero haría un esquema. Ya sabe..., ¿esbozar un bosquejo?

Robbie asintió.

—No es mala idea. ¿Son chicas de ciudad? ¿De Winchester o Southampton, o algo así?

—No, no. Son de Brockenhurst. Quiero decir que van a clase en Brockenhurst —a la universidad o el instituto—, pero supongo que pueden proceder de cualquier parte del New Forest.

—Es buena idea siempre que algunas de ellas no procedan

de propiedades iguales a ésta —observó él—. Si fuese así, no les resultaría muy divertido, ¿no cree?

Ella frunció el ceño.

—No había pensado en eso. —Se acercó a la ventana de la cocina. Desde allí se podía ver el camino particular que se adentraba en la propiedad y el prado de la zona oeste, un poco más allá—. Toda esta tierra —dijo con un suspiro—. Es una pena no darle un buen uso.

—Depende de cómo defina «buen uso» —dijo Robbie.

Mientras hablaba echó un vistazo alrededor de la cocina. Estaba desnuda de todos aquellos objetos que habían pertenecido a Jemima: su colección de libros de cocina, sus coloridos colgantes de pared y sus caballos en miniatura, que solían estar en un estante encima de la mesa —algunos pertenecientes a aquella colección que ella había conservado en su casa familiar, la casa de él— habían desaparecido. En su lugar había ahora una docena de tarjetas postales antiguas del tipo de las que precedieron a las tarjetas de felicitación: una para Pascua, una para el Día de San Valentín, dos para Navidad, etc. No eran de Jemima.

Al verlas, Robbie pensó que Meredith Powell estaba en lo cierto en cuanto a sus sospechas. Gordon Jossie había borrado a su hermana por completo de su vida. No era algo ilógico. Pero sí lo era conservar su coche y su ropa. Tenía que hablar con Jossie. De eso no había ninguna duda.

8

A la mañana siguiente, Gordon permanecía en la cama completamente cubierto de sudor. Pero no tenía nada que ver con el calor del verano, ya que era temprano —apenas pasaban de las seis—, y el día aún no había empezado a calentarse. Había sufrido otra pesadilla.

Siempre se despertaba con un respingo, sin aliento, con un peso en el pecho y luego los sudores. Éstos le dejaban empapado el pijama que usaba en invierno y las sábanas. Y, cuando estaba empapado en sudor, empezaba a temblar y eso despertaba a Gina, como antes lo había hecho con Jemima.

Sus reacciones, sin embargo, eran completamente diferentes. Jemima siempre quería respuestas a los porqués. ¿Por qué tenía pesadillas? ¿Por qué no hablaba con alguien de ellas? ¿Por qué no había ido al médico por esos sudores nocturnos? Podría indicar que algo no va bien. Una alteración del sueño, un problema en los pulmones, una debilidad en el corazón... Sólo Dios lo sabía. Pero cualquiera que fuese la razón, tenía que hacer algo porque eso podía matarle.

Y ésa era la forma en que Jemima pensaba siempre: gente que se moría. Era su miedo más grande. Y a Gordon no hacía falta que nadie le explicara la razón. Sus propios miedos eran diferentes, pero no menos reales que los de Jemima. Así era la vida. La gente tenía miedos. Se aprendía a hacerles frente. Él había aprendido a afrontar los suyos y no quería hablar de ellos.

Gina no le exigía que hablase acerca de todo eso. Cuando se despertaba con sudores por la mañana después de haber pasado la noche con ella —que era la mayoría, de hecho no tenía ningún sentido que siguiera conservando su habitación en Lyndhurst—, Gina se levantaba de la cama e iba al baño a buscar un paño de franela que mojaba bajo el grifo y luego regresaba a la cama para pasárselo por el cuerpo. También traía un recipiente con agua fría y, cuando el paño de franela se calentaba demasiado por el contacto con su piel, lo sumergía en el agua y volvía a aplicarlo sobre su cuerpo. En verano él no se ponía nada para meterse en la cama, de modo que no había ningún pijama empapado que quitar. Gina deslizaba el paño sobre los miembros, la cara y el pecho y, cuando él se excitaba, ella sonreía y se colocaba encima de él o hacía otras cosas igualmente placenteras. Entonces, cada pesadilla que había tenido, dormido o despierto, quedaba olvidada, y casi todos los pensamientos desaparecían de su mente.

Excepto uno. Jemima.

Gina no le pedía nada. Sólo quería amarle y estar a su lado. Jemima, por otra parte, le había pedido el mundo. Al final había demandado lo imposible. Y cuando él le explicó por qué no podía darle lo que le pedía, todo se había acabado.

Antes de Jemima, él se había mantenido apartado de las mujeres. Pero cuando la conoció, vio a la chica alegre y desenfadada que ella mostraba al mundo, el espíritu juerguista, con ese espacio infantil entre sus dientes delanteros. Entonces se había dicho: «Necesito a alguien así en mi vida», pero se había equivocado. Aún no era el momento y probablemente nunca lo sería, pero aquí estaba ahora con otra mujer, tan diferente de Jemima como era humanamente posible.

No podía decir que la amaba. Sabía que debía amarla, ya que no había duda de que merecía el amor de cualquier hombre. La primera vez que entraron en aquel hotel de Sway a beber algo la tarde en que la vio en el bosque, más de un tío la había repasado con la mirada, y luego le habían mirado a él. Había sabido lo que todos ellos estaban pensando, porque uno pensaba esas cosas de Gina Dickens, no hubieran sido hombres. A Gina no parecía importarle. Ella le miró de frente, de un modo que parecía decir: «Es tuyo si lo quieres, cuando estés preparado». Y cuando él decidió que estaba preparado, porque no podía vivir como había estado viviendo en ausencia de Jemima, había aceptado su proposición. Y allí estaba ella. Y Gordon no se arrepentía en absoluto de la decisión que había tomado.

Ella lo lavó. Y todo lo demás. Y si él la tomó vigorosamente en lugar de permitirse que fuese ella quien lo hiciera, Gina no tuvo reparos. Lanzó una risa jadeante mientras la colocaba de espaldas y sus piernas se extendían para luego enlazarse alrededor de él. Encontró su boca y se abrió a él como el resto de su cuerpo. Se preguntó cómo había tenido tanta suerte y qué debería pagar por su buena fortuna.

Cuando terminaron, ambos estaban empapados. Se separaron y se echaron a reír ante el sonido de succión que producía una piel húmeda al desacoplarse de otra piel húmeda. Se ducharon juntos y ella le lavó el pelo y, cuando él volvió a excitarse, ella dijo «Santo cielo, Gordon», con la misma risa jadeante y se hizo cargo de la situación —y de él— otra vez. «Suficiente», dijo él, pero Gina respondió: «No es suficiente», y se lo demostró. Gordon sintió que se le doblaban las rodillas.

—¿Dónde has aprendido esto, mujer? —preguntó.

—¿A Jemima no le gustaba el sexo? —preguntó ella a su vez.

—No de este modo —contestó él, y con eso se refería a la lujuria. Para Jemima había sido seguridad. «Ámame, no me abandones.» Pero había sido ella quien se había marchado.

Eran casi las ocho cuando bajaron a la cocina a preparar el desayuno. Gina le habló de su proyecto de hacer un jardín. Él no quería un jardín con todas las complicaciones innecesarias que eso supondría para su vida, por no mencionar la colocación de sendas, la disposición de los bordes de flores, la excavación, la siembra, la construcción de cobertizos o invernaderos o lo que fuese. No quería nada de todo eso. No le había dicho nada porque le gustaba su expresión cuando hablaba de lo que el jardín significaría para ella, para ellos, y para «sus chicas», como las llamaba. Pero entonces también trajo a colación a Rob Hastings y lo que le había explicado acerca de esas tierras.

Gordon confirmó sus palabras, pero eso era todo lo que pensaba decir sobre Rob. El *agister* le había seguido la pista hasta el Royal Oak, como lo había hecho Meredith Powell. Como en aquella ocasión, le había dicho a Cliff que se tomara un descanso, de modo que Rob Hastings le dijera lo que fuera sin que nadie más pudiese oírlo. Para asegurarse de que así fuese, ambos se habían alejado por el sendero que llevaba a Eyeworth Pond, que no era tanto un estanque como un dique en un antiguo arroyo en cuyas aguas ahora flotaban plácidamente los patos y donde los sauces se alzaban muy juntos en las orillas, rozando el agua con sus frondosas ramas. Junto a él había un aparcamiento para vehículos de dos ruedas y, detrás, un sendero que conducía al bosque, donde el terreno estaba acolchado por décadas de hojas caídas de las hayas y los castaños.

Caminaron hasta el borde del estanque. Gordon encendió un cigarrillo y esperó. Cualquier cosa que Rob Hastings tuviera que decirle sería sobre Jemima, y él no tenía nada que decirle sobre ella, además de lo que Rob, obviamente, ya sabía.

—Ella se marchó por esa mujer —dijo Rob—, ¿verdad? La mujer que está en tu casa. Así fueron las cosas, ¿no?

—Veo que has estado hablando con Meredith.

Gordon estaba cansado de todo ese asunto.

—Pero Jemima no quiso que yo lo supiera —dijo Rob Hastings siguiendo la línea de conversación que había establecido—. No quería que supiese lo de Gina, debido a la vergüenza que le producía.

A pesar de sí mismo y de su resistencia a hablar sobre Jemima, Gordon pensó que era una teoría interesante, aunque equivocada.

—¿Cómo lo explicarías entonces, Rob? —preguntó.

—De este modo. Ella debió de veros a los dos. Estabais en Ringwood, quizás, o incluso en Winchester o en Southampton, si Jemima había ido en busca de pedidos para el Cupcake Queen, como hacía de vez en cuando. Debió de ver algo que le dijo lo que había entre vosotros dos. Por eso te abandonó. Pero no pudo resignarse a contármelo debido a su orgullo y a la vergüenza que sentía.

—¿Qué vergüenza?

—La de ser engañada. Debió de sentirse avergonzada sabiendo que yo le había advertido desde el primero momento que había algo en ti que no me gustaba.

Gordon dejó caer la ceniza del cigarrillo al suelo y la aplastó con la punta de la bota.

—Entonces nunca te caí bien. Lo ocultaste muy bien.

—Tuve que hacerlo cuando Jemima se lio contigo. Quería que fuese feliz, y si tú eras la persona que la hacía feliz, ¿quién era yo para decirle que había algo que no me olía bien?

—¿Y qué era ese algo?

—Dímelo tú.

Gordon meneó la cabeza, no como un gesto de negación, sino para señalar que era inútil que intentase explicarse, ya que era improbable que Robbie Hastings creyera lo que pudiese decirle. Trató de aclarar la cuestión diciendo:

—Cuando a un tío como tú (a cualquier tío, en realidad) no le gusta alguien, cualquier cosa parece una razón suficiente para ello, Rob. ¿Sabes lo que quiero decir?

—La verdad es que no.

—Bueno, no puedo ayudarte. Jemima me abandonó, punto. Si alguien tenía a otra persona, debía de ser Jemima, porque yo no.

—¿Quién estaba contigo antes que ella, entonces, Gor?

—Nadie —dijo Gordon—. Nunca, de hecho.

—Venga, tío. Tú tienes…, ¿qué? —Rob pareció pensar durante un momento—. ¿Treinta y un años y quieres hacerme creer que nunca habías estado con una mujer antes de conocer a mi hermana?

—Eso es exactamente lo que quiero que creas, porque es la verdad.

—Que eras virgen. Que llegaste a Jemima como una tabula rasa sin que hubieses escrito sobre ella el nombre de ninguna otra mujer, ¿es eso?

—Así es, Rob.

Gordon sabía que Robbie no creía ni una palabra de lo que le estaba diciendo.

—¿Eres marica? —preguntó Rob—. ¿Un sacerdote católico descarriado o algo así?

Gordon le miró fijamente.

—¿Estás seguro de que quieres seguir por este camino, Rob?

—¿Que se supone que significa eso?

—Oh, creo que lo sabes muy bien.

El rostro de Rob enrojeció intensamente.

—Verás, ella especulaba con frecuencia acerca de ti —dijo Gordon—. Bueno, cómo no iba a hacerlo. Pensándolo bien, es un tanto inusual. Un tío de tu edad. Cuarenta y tantos, ¿verdad?

—Esto no tiene nada que ver conmigo.

—Tampoco conmigo —dijo Gordon.

Cualquier conversación en estos términos, lo sabía, avanzaría en círculos, de modo que no insistió. Lo que tenía que decirle a Robbie Hastings era lo que Robbie Hastings sin duda ya había oído por boca de Meredith Powell, incluso de la propia Jemima. Pero descubrió rápidamente que eso no contentaría al hermano de Jemima.

—Jemima se marchó, porque no quería estar conmigo —dijo Gordon—. Eso es todo. Ése es el final de este asunto. Ella tenía prisa porque siempre la tenía, y tú lo sabes jodidamente bien. Tomaba una decisión en un instante y luego actuaba. Si tenía hambre, comía. Si tenía sed, bebía. Si decidía que quería estar con otro tío, nadie iba a convencerla de lo contrario. Eso es todo.

—¿En resumen, Gor?

—Así son las cosas.

—Pues no te creo.

—Pues no puedo hacer nada al respecto.

Sin embargo, cuando Robbie le dejó en el Royal Oak, adonde habían regresado en un silencio sólo interrumpido por el sonido de sus pasos sobre la orilla pedregosa y las llamadas de las alondras entre los matorrales, Gordon se dio cuenta de que quería que él le creyese, porque cualquier otra cosa implicaba exactamente lo que ocurrió a la mañana siguiente, cuando Gina y él se estaban despidiendo junto a la camioneta de Gordon en el camino para irse a sus respectivos trabajos.

Un Austin se detuvo justo detrás de la vieja Toyota. Del coche bajó un tío con gafas de cristales gruesos cubiertos con otros cristales oscuros. Llevaba corbata, pero se la aflojó para que colgase del cuello. Luego se quitó los cristales oscuros, como si ello le permitiese ver mejor a Gordon y Gina. Asintió intencionadamente y dijo:

—Ah.

Gordon oyó que Gina decía su nombre en un murmullo inquisitivo y le respondió:

—Espera aquí.

Había abierto la puerta de la camioneta, y ahora la cerró antes de acercarse al Austin.

—Buenos días, Gordon —dijo el hombre—. Hoy volverá a hacer un calor de la hostia, ¿no crees?

—Así es —contestó Gordon. No dijo nada más. Pronto tendría que decirle él mismo qué quería.

Y así fue. El hombre dijo con tono amable:

—Tú y yo tenemos que hablar.

Meredith Powell había llamado a su trabajo para decir que estaba enferma. Incluso se había apretado la nariz para simular un constipado de verano. No le gustaba fingir eso, y desde luego no le gustaba nada el ejemplo que le daba a Cammie, quien la miraba con ojos grandes y curiosos desde la mesa de la cocina donde había estado metiéndose cereales en la boca con una cuchara. Pero no parecía haber otra alternativa.

Meredith había llamado a la comisaría la tarde anterior, pero no había conseguido nada. La conversación se había desarrollado de modo tal que acabó sintiéndose como una perfecta idiota. ¿Qué graves sospechas y dudas podía tener? El coche de su amiga Jemima en un granero de la propiedad donde había vivido con su pareja durante dos años; la ropa de Jemima guardada en cajas en el desván de la casa; Jemima con un nuevo teléfono móvil para impedir que Gordon Jossie pudiese localizarla; el Cupcake Queen cerrado a cal y canto en Ringwood. «Nada de todo esto es propio de Jemima, ¿no lo entiende?» Apenas había impresionado al policía con el que había hablado en la comisaría de Brockenburst, donde se había detenido. Había pedido hablar con alguien «por un asunto de extrema urgencia». La había enviado a ver a un sargento cuyo nombre no recordaba y no quería recordar, y al final de su relato el policía le había preguntado con cierta mordacidad si no podía ser, señora, ¿que aquella gente simplemente estuviese ocupándose de sus cosas sin informarle a ella de sus movimientos porque no era asunto suyo? Ella, por supuesto, había instigado ese comentario al reconocer ante el sargento que Robbie Hastings había hablado regularmente con su hermana desde su partida a Londres. Pero, aun así, no había habido ninguna razón para que el sargento la mirase como si ella fuese algo desagradable que había encontrado pegado en la suela de su zapato. Ella no era una entrometida. Era una ciudadana preocupada. ¿Y no se suponía, acaso, que una ciudadana preocupada —que paga sus impuestos— debía informar a la Policía cuando algo iba mal?

—A mí no hay nada que me suene mal —había respondido el sargento—. Una mujer se marcha, y este tío, Jossie, encuentra otra. ¿Por qué hay que investigar algo así? Es algo que está casi de moda, ya que estamos.

Ante su exclamación de «¡por Dios!», el sargento le había dicho que llevase sus problemas a la central en Lyndhurst, si no le gustaba lo que él le decía.

No iba a pasar por todo eso. Había llamado por teléfono a la central de Policía, y eso fue todo. Luego decidió tomar las riendas del asunto. Sabía que allí fuera estaba pasando algo y tenía una idea bastante buena acerca de dónde debía comenzar a cavar para encontrarlo.

Y, para conseguirlo, necesitaba a Lexie Streener. De modo que hizo la llamada a la firma de diseño gráfico donde trabajaba, habló de un maldito constipado de verano que no quería pasarle a los otros empleados y, después de ofrecer varios estornudos artificiales a fin de que Cammie no sufriese ningún daño a causa de esta breve exposición a la prevaricación de su madre, se marchó de casa en busca de Lexie Streener.

Lexie no había necesitado la más leve persuasión para tomarse el día libre del salón de peluquería, donde su futuro como la Nicky Clarke de Ringwood no estaba llegando precisamente en las alas de Mercurio. Su padre vendía café, té, panecillos y cosas por el estilo en su caravana en un área de descanso de la A336, y su madre estaba colocando octavillas de la cuarta Bienaventuranza del Sermón de la Montaña debajo de los limpiaparabrisas de los coches que esperaban a los transbordadores que zarpaban hacia la Isla de Wight desde el muelle de Lymington, donde, según ella, tenía un público cautivo que «necesitaba» oír aquello que representaba la rectitud en la actual situación por la que atravesaba el mundo. Ninguno de ellos tenía forma alguna de saber que Lexie se había largado del trabajo —de todos modos, tampoco era que a ellos les importase demasiado, se lamentó Lexie—, de modo que no fue ningún problema llamar al salón de peluquería de Jean Michel, decir con voz quejumbrosa que había estado toda la noche descompuesta después de haber comido una hamburguesa en mal estado, y luego colgar el teléfono con un «dame un minuto para arreglarme» dirigido a Meredith.

«Arreglarse» consistió en vestirse con zapatos con plataforma, leotardos con encaje, una falda muy corta —«yo de ella no me agacharía», pensó Meredith— y una blusa cuya cintura imperio recordaba a las películas de Jane Austen o a una prenda de embarazada. Aquel último era un toque agradable e indicaba que, de alguna manera, Lexie había entendido las intenciones de Meredith.

Sus propósitos eran tortuosos aunque no ilegales. Lexie tenía que representar el papel de una chica muy necesitada de una guía seria, una guía de la que su hermana mayor —o sea, Meredith— había oído hablar como parte de un programa dirigido por una mujer joven y muy agradable recién llegada de Winchester. «No puedo hacer nada con ella. Me preocupa que se aparte del buen camino si no tomamos medidas» era el argumento general. Y planeaba llevar ese argumento primero al Brockenhurst College, adonde asistían las chicas de la edad de Lexie una vez que acababan el instituto, con la esperanza de aprender allí algo que las condujera a un futuro empleo, y no al paro.

El colegio estaba a escasa distancia del pub Snake Catcher, en Lyndhurst Road. El papel de Lexie exigía que fumase y exhibiera su mal genio y que, en general, se mostrase poco colaboradora y en peligro de cualquier cosa, desde un embarazo hasta una enfermedad de transmisión sexual o una incontrolada adicción a la heroína. Aunque Meredith nunca se lo hubiese mencionado a la chica, el hecho de que su blusa de mangas cortas revelase varias cicatrices de otros tantos cortes en los brazos daba crédito a la historia que ambas tramaban.

Encontró un lugar con sombra donde dejar el coche. Lexie y ella atravesaron el asfalto calcinado en dirección a las oficinas administrativas. Allí hablaron con una secretaria angustiada que estaba tratando de satisfacer las necesidades de un grupo de estudiantes extranjeros con evidentes limitaciones en su inglés. Le preguntó a Meredith: «¿Usted quiere qué?». Y luego: «Tiene que hablar con Monica Patterson-Hughes, de Lactancia», lo que sugería que no había entendido muy bien lo que Meredith pretendía respecto a su hermana pequeña. Pero como Monica Patterson-Hughes era mejor que nadie, Lexie y ella fueron a buscarla. La encontraron en plena demostración sobre cómo se cambiaban los pañales; su auditorio: un grupo de chicas adolescentes que tenían el aspecto inconfundiblemente atento de futuras niñeras. Estaban absortas mirando una gastada muñeca repollo que la mujer utilizaba en la demostración. Era obvio que los bebés artificiales anatómicamente correctos estaban fuera del alcance de los limitados recursos de la organización.

—En la segunda parte del curso utilizamos bebés reales —informó Monica Patterson-Hughes a Meredith después de apartarse para permitir que las futuras niñeras disfrutaran de la muñeca—. Y además estamos estimulando el uso de pañales de tela otra vez. Se trata de criar bebés ecológicos. —Miró a Lexie—. ¿Quieres inscribirte, querida? Es un curso muy popular. Tenemos chicas colocadas en todo Hampshire una vez que acaban los estudios. Tendrías que reconsiderar tu aspecto (el pelo es un poco excesivo), pero con una buena guía en cuanto a vestimenta y aseo personal podrías llegar lejos. Si estás interesada, por supuesto.

Lexie parecía cabreada, sin necesidad de apuntador. Meredith llevó a Monica Patterson-Hughes aparte. No era eso, le explicó. Se trataba de algo muy diferente.

—Lexie se ha desmadrado un poco, y yo soy el adulto responsable en su vida, y me han dicho que hay un programa para chicas como Lexie, chicas que necesitan que se hagan cargo de ellas, que precisan alguien que sea un ejemplo para ellas, que demuestre interés, que actúe como una hermana mayor. Algo que yo soy obviamente: su hermana mayor, quiero decir. Pero, a veces, una auténtica hermana mayor no es alguien a quien una hermana pequeña desee escuchar, especialmente en el caso de alguien como Lexie, quien ya ha tenido algunos problemas (muchas relaciones con chicos y exceso de alcohol y cosas así) y que no quiere escuchar a alguien a quien considera francamente «una puta gorda sermoneadora». He oído hablar de un programa... —repitió con ilusión—. ¿Una mujer joven de..., creo que era de Winchester, que trata con chicas problemáticas?

Monica Patterson-Hughes frunció el ceño. Luego meneó la cabeza. No había ningún programa de esas características asociado con el colegio. Tampoco conocía a nadie que estuviese organizando esa clase de programa. Chicas en riesgo de exclusión... Bueno, generalmente se las trataba a una edad más temprana, ¿verdad? ¿Era posible que aquel programa fuese algo que correspondiese, tal vez, al Distrito de New Forest?

Lexie, metida ya sin duda en su papel, colaboró diciendo secamente que no pensaba «tener nada que ver con ningún jodido municipio de los cojones» y sacó el paquete de cigarrillos como si fuese a encender uno allí mismo. Monica Patterson-Hughes parecía absolutamente horrorizada: «Querida, aquí no puedes...». Lexie la informó de que pensaba hacer lo que le saliera «de los cojones». Meredith pensó que esto tal vez fuera pasarse un «poco» y se encargó de sacar a su «hermana pequeña» de allí a toda prisa.

Una vez que estuvieron fuera, Lexie comenzó a presumir: «Eso ha sido muy divertido, ¿no crees?», y «¿Adónde vamos ahora?», y «En el próximo lugar les hablaré de mi novio. ¿Qué te parece?».

Meredith quería decirle que sería mejor que se mostrara un poco más contenida, pero Lexie tenía muy pocas diversiones en su vida, y si esta pequeña excursión que habían emprendido tenía el potencial suficiente para proporcionarle un poco de entusiasmo en ausencia de esos padres que no la dejaban en paz con la Biblia, a ella le parecía bien. De modo que en las oficinas del municipio del distrito —que encontraron en Lyndhurst, en un grupo de edificios dispuestos en U, llamados Appletree Court— actuaron tan convincentemente que las enviaron directamente a hablar con un asistente social llamado Dominic Cheeters, quien les trajo café y bizcochos de jengibre y limón- Aquel hombre tan amable parecía tan ansioso por ayudarlas que Meredith se sintió culpable por tener que engañarlo.

Sin embargo, también en esas oficinas les dijeron que no había ningún programa destinado a las chicas en riesgo de exclusión y, definitivamente, ningún programa organizado por una tal Gina Dickens, de Winchester. Dominic, extraordinariamente servicial, se tomó incluso el trabajo de llamar por teléfono a varias de sus fuentes personales, como las llamaba. Pero el resultado fue el mismo. Nada. De modo que, a continuación, dio un paso más y llamó a la consejería de educación en Southampton para ver si podían ayudarle en esa cuestión. Para entonces, Meredith había decidido que sabía que no podrían ayudarlas, y así fue.

La misión con Lexie Streener les llevó la mayor parte del día. Pero Meredith consideró que había sido un tiempo bien empleado. Ahora disponía de una prueba irrefutable, decidió, de que Gina Dickens era una maldita mentirosa en cuanto a su vida en el New Forest. Y Meredith sabía por su experiencia personal que cuando una persona decía una mentira, ésta sólo era una entre docenas más.

Cuando estuvo solo otra vez, Gordon silbó para llamar a *Tess*. La perra acudió a la carrera. Había estado fuera desde primera hora de la mañana. Se había instalado en su lugar favorito con sombra, debajo de una hortensia trepadora en la parte norte de la casa. Allí *Tess* tenía una guarida de tierra apisonada que se conservaba húmeda incluso en los días más calurosos del verano.

Buscó el cepillo del retriever. *Tess* le ofreció esa mirada socarrona, meneó la cola y saltó encima de la mesita baja que él utilizaba para este propósito. Gordon acercó un taburete y comenzó por las orejas. *Tess* necesitaba un buen cepillado diario, de todos modos, y éste era un buen momento para hacerlo.

Quería fumar, pero no tenía cigarrillos, de modo que se aplicó vigorosamente a la tarea de cepillar a su perra. Estaba tenso de la cabeza a los pies y quería relajarse. No sabía cómo manejar esa sensación, así que se dedicó a cepillar el pelo de *Tess* una y otra vez.

Se habían alejado del coche en dirección al granero y, finalmente, entraron allí. Gina debía haberse preguntado por qué, pero no podía permitirse que eso importase porque Gina estaba impoluta, como un lirio que crece en una pila de excrementos, y estaba decidido a mantenerla de esa manera. De modo que la dejó en el camino de acceso de la casa con aspecto desconcertado o asustado o preocupado o ansioso, o lo que fuese que una mujer pudiese sentir cuando el hombre a quien le ha abierto su corazón parece encontrarse a merced de alguien que podía hacerle daño a él, o a los dos.

Siguió cepillando a la perra una y otra vez. Oyó que *Tess* lanzaba un gemido. Lo estaba haciendo con demasiada fuerza. Aflojó la presión. Cepilló a la perra.

De modo que se habían dirigido al granero y, antes de llegar allí, Gordon había tratado de aparentar que la visita de aquel desconocido estaba relacionada con la tierra. Señaló hacia diferentes lugares y pareció divertir al otro hombre, que sonrió.

—Tengo entendido que tu amiguita ha desaparecido —dijo el hombre una vez que estuvieron dentro de los frescos confines del granero—. Aunque a mí me parece —explicó, con un guiño y un gesto grosero que pretendía que pasara por sexual— que no tienes problemas en ese aspecto. Es una chica preciosa, más guapa que la otra. Muslos buenos y firmes, imagino. Fuertes también. La otra era más pequeña, ¿verdad?

—¿Qué quieres? —le había preguntado—. Tengo mucho trabajo, y Gina también, y estás bloqueando el camino con tu coche.

—Eso complica un poco las cosas, ¿no? Yo bloqueando el camino. ¿Adónde ha ido la otra?

—¿Qué otra?

—Ya sabes a que me refiero, tío. Me llegó el rumor de que alguien estaba muy cabreado contigo. ¿Dónde está la otra? Confiésate aquí conmigo, Gordon. Sé que puedes hacerlo.

No tenía otra alternativa que contárselo: lo de Jemima, abandonando el New Forest sin su coche sólo Dios sabe por qué motivo, dejando la mayor parte de sus pertenencias. Si no le contaba eso, era jodidamente consciente de que llegaría a saberse de todos modos, y lo pagaría caro.

—¿Dices que ella, simplemente, se largó? —había preguntado el hombre.

—Así es.

—¿Por qué? ¿No se lo estabas haciendo bien Gordon? ¿Un hombre agradable, atlético como tú, un hombre con todas las partes adecuadas en los lugares adecuados?

—No sé por qué se marchó.

El otro hombre le estudió. Se quitó las gafas y las limpió con un paño especial que sacó del bolsillo.

—No me vengas con ésas —dijo, y su tono de voz ya no era el falsamente jovial que había empleado antes, sino que ahora era más bien helado, como una cuchilla que se siente helada cuando se la presiona contra la piel caliente—. No me tomes por imbécil. No me gusta que tu nombre aparezca en una conversación. Hace que me sienta muy incómodo. O sea, ¿que sigues diciendo que ella se largó y que no sabes por qué lo hizo? No me lo trago.

La preocupación de Gordon había sido que Gina entrase en el granero, que quisiera saber o ayudar, interceder o proteger, porque ésa era su naturaleza.

—Dijo que no podía soportarlo —intervino Gordon—. ¿De acuerdo? Dijo que no podía soportarlo.

—¿Soportar qué? —Esbozó una lenta sonrisa. En ella no había ni una pizca de humor, no podía haberlo—. ¿Ella no podía soportar qué, cariño? —había repetido.

—Tú bien que lo sabes, coño —dijo casi en un susurro.

—Ah..., venga no te pongas chulo conmigo, tío. ¿Chulería? Eso no va contigo.

9

Finalmente, la investigación realizada casa por casa en Stoke Newington no dio ningún resultado; tampoco la búsqueda perimetral en los alrededores de la capilla ni haber cuadriculado todo el frondoso cementerio para realizar la búsqueda siguiendo ese método. Contaban con personal suficiente para hacerlo —de la comisaría local y de agentes que habían llegado desde otras zonas—, pero el resultado final fue que no obtuvieron ni testigo, ni arma, ni bolso, ni monedero ni identificación. Sólo una admirable limpieza de basura en el cementerio. Por otra parte, habían recibido cientos de llamadas y una descripción transmitida al SO5 había indicado una posible pista. A ello había contribuido la circunstancia de que el cadáver en cuestión tuviese unos ojos inusuales: uno verde y el otro marrón. Una vez que introdujeron ese dato en el ordenador, el campo de las personas desaparecidas se redujo a una.

La información decía que esa mujer había desaparecido de su vivienda en Putney. Enviaron al lugar a Barbara Havers, dos días después del descubrimiento del cadáver, a Oxford Road, que estaba equidistante de Putney High Street y Wandsworth Park. Al llegar allí aparcó ilegalmente en una zona reservada sólo para residentes, colocó a la vista una identificación policial y llamó al timbre de una casa adosada cuyo jardín delantero parecía ser el centro de reciclaje de la calle, si uno se guiaba por las latas y los recipientes de plástico. Se topó en la puerta con una mujer mayor con un corte de pelo militar, y un vello facial algo militar también. Iba vestida con ropa para hacer ejercicio y calzaba unas inmaculadas zapatillas blancas con cordones rosa y púrpura. Dijo llamarse Bella McHaggis, y se quejó de que ya era hora de que apareciera un policía de una puta vez y que aquélla era la clase de incompetencia que pagaban sus impuestos y que el puto Gobierno no puede hacer ni una sola cosa bien: porque mire el estado en que están las calles, por no hablar del metro. Y ella había llamado a la Policía hacía ya dos días y…

Bla, bla, bla, pensó Barbara. Mientras Bella McHaggis daba rienda suelta a sus sentimientos, ella echó un vistazo a la casa: suelos de madera sin alfombrar, un perchero con paraguas y abrigos. En la pared, había un documento enmarcado que anunciaba: REGLAS DE LA CASA PARA LOS INQUILINOS; a su lado un cartel decía: DUEÑA EN CASA.

—Con los huéspedes nunca es suficiente insistir sobre las reglas de la casa —aseguró Bella McHaggis—. Las tengo por todas partes. Las reglas, quiero decir. Es de gran ayuda.

Condujo a Barbara a un comedor. Después dejaron atrás una gran cocina y, finalmente, llegaron a una sala de estar en la parte trasera de la casa. Una vez allí, Bella McHaggis anunció que su inquilina —que se llamaba Jemima Hastings— había desaparecido, y que si el cuerpo de la mujer que habían encontrado en Abney Park tenía un ojo verde y el otro marrón… La mujer intentó leer la expresión en el rostro de Barbara.

—¿Tiene alguna foto de esa mujer? —preguntó Barbara.

—Sí, sí, por supuesto— contestó Bella.

Dijo: «Venga por aquí», y llevó a Barbara a través de una puerta situada en el otro extremo de la sala de estar, lo que las condujo a un estrecho corredor que se extendía en dirección a la zona delantera de la casa. A un lado del pasillo se elevaba la parte trasera de una escalera, y frente a ellos, en la parte inferior, había una puerta que parecía hubieran querido ocultar. Sobre la puerta había un póster. La iluminación era escasa, pero Barbara alcanzó a ver que el póster mostraba una fotografía en blanco y negro de una mujer joven, de pelo claro que se agitaba sobre su rostro por el viento. Compartía el cuadro con tres cuartas partes de la cabeza de un león, que aparecía desenfocada detrás. El león, que era de mármol y estaba ligeramente veteado por el paso del tiempo, parecía dormir. El póster era un anuncio del *Retrato del año de Cadbury* y evidentemente se trataba de alguna clase de concurso. Sus ganadores participaban en una exposición en la National Portrait Gallery, en Trafalgar Square.

—¿Es Jemima? —preguntó Bella McHaggis.

—No es propio de ella haberse marchado de ese modo, sin decírnoslo. Cuando vi la noticia en el *Evening Standard*, pensé que si la mujer tenía esa clase de ojos, de dos colores diferentes... —Sus palabras se extinguieron cuando Barbara se volvió hacia ella.

—Me gustaría ver su habitación —dijo Barbara.

Bella McHaggis emitió un leve sonido, algo entre un suspiro y un lamento. Barbara vio que se trataba de una persona decente.

—En realidad no estoy segura, señora McHaggis.

—Es sólo que acaban convirtiéndose en parte de la familia —dijo Bella—. La mayoría de mis huéspedes...

—¿Así que tiene más? Tendré que hablar con ellos.

—En este momento no están aquí. Están trabajando, ¿sabe? Sólo hay dos, aparte de Jemima, quiero decir. Chicos. Unos jóvenes muy agradables.

—¿Alguna posibilidad de que ella pudiera haber estado liada con uno de ellos?

Bella negó con la cabeza.

—Eso va contra las reglas. Me parece que no es bueno que los hombres y las mujeres que viven en mi casa se hagan compañía, al menos mientras vivan bajo el mismo techo. Al principio no tenía ninguna regla establecida con respecto a eso, cuando el señor McHaggis murió y yo comencé a tener huéspedes. Pero pensé... —Miró el póster que había en la puerta—. Pensé que las cosas se volverían innecesariamente complicadas si mis huéspedes..., digamos, que si confraternizaban... Tensiones latentes, la posibilidad de rupturas, celos, lágrimas... Peleas en la mesa del desayuno... De modo que decidí establecer esa regla.

—¿Y cómo sabe si los huéspedes la respetan?

—Créame —dijo Bella—. Lo sé.

Barbara se preguntó si eso significaba que inspeccionaba las sábanas.

—Pero ¿supongo que Jemima conocía a los otros huéspedes?

—Por supuesto. Conocía más a Paolo, supongo. Él fue quien la trajo a esta casa. Me refiero a Paolo di Fazio. Nacido en Italia, pero nadie lo diría. No tiene nada de acento. Y tampoco..., bueno, ningún mal hábito italiano, ya sabe.

Barbara no lo sabía, pero asintió amablemente. Se preguntó cuáles podían ser esos malos hábitos italianos. ¿Poner salsa de tomate en los cereales?

—Su habitación es la que está más cerca de la de ella —siguió explicando la mujer—. Jemima trabajaba en una tienda en la zona de Covent Garden, y Paolo tiene un puesto en Jubilee Market Hall. Yo tenía una habitación disponible; quería otro huésped; esperaba que fuese una mujer. Y Paolo sabía que ella estaba buscando un alojamiento permanente.

—¿Y qué me puede decir de su otro huésped?

—Frazer Chaplin. Vive en el apartamento del sótano.

Bella señaló la puerta donde estaba fijado el póster.

—O sea, ¿que es suyo? ¿El póster?

—No. Es sólo la entrada de su apartamento. Ella me trajo el póster, Jemima. Supongo que no la hacía muy feliz que lo hubiese puesto aquí, donde nadie puede verlo. Pero..., bueno, allí lo tiene. No había otro lugar disponible donde colocarlo.

A Barbara le parecía que había espacio más que suficiente, incluso con la gran cantidad de carteles que describían las reglas de la casa. Echó un último vistazo al póster antes de repetirle a Bella que quería ver la habitación de Jemima Hastings. Se parecía a la joven que aparecía en las fotos de la autopsia que Barbara había visto que Isabelle Ardery colgaba aquella mañana en el centro de coordinación. Pero, como siempre, resultaba increíble ver las diferencias entre alguien con vida y un cadáver.

Siguió a Bella al piso superior, donde Jemima disponía de una habitación que daba a la fachada de la casa. La habitación de Paolo se encontraba justo en la parte posterior del corredor, dijo Bella, mientras que su habitación estaba un piso aún más arriba.

Abrió la puerta de la habitación de Jemima. No estaba cerrada y tampoco había llave por dentro. Pero eso no significaba que no hubiera una llave en alguna parte de la habitación, supuso Barbara, aunque encontrarla sería un desafío digno de Hércules en los establos de Augías.

—Ella era un poco como una urraca —dijo Bella, que venía a ser como decir que Noé era un constructor de botes de remos.

Barbara jamás había visto un desorden semejante. La habitación tenía un tamaño agradable, pero contenía una enorme cantidad de objetos. Ropa tirada sobre la cama sin hacer, en el suelo y sobresaliendo de los cajones de la cómoda; revistas y periódicos y mapas y folletos de los que reparte la gente por la calle; barajas de naipes mezcladas con tarjetas comerciales y postales; montones de fotografías sujetas con bandas elásticas…

—¿Cuánto tiempo llevaba viviendo aquí? —preguntó Barbara. Era inconcebible que una sola persona fuese capaz de acumular semejante cantidad de cosas en menos de cinco años.

—Casi siete meses —dijo Bella—. Hablé con ella acerca de esto. Me dijo que ya encontraría el momento de ordenar la habitación, pero creo…

Barbara miró a la mujer. Bella se estiraba el labio inferior con expresión pensativa.

—¿Qué? —preguntó Barbara.

—Creo que le daba cierta sensación de bienestar. Me atrevería a decir que no podía desprenderse de nada de todo esto.

—Sí. Bueno. —Barbara suspiró—. Todo esto tendrá que ser revisado y examinado. —Sacó el teléfono móvil y lo abrió—. Voy a llamar para pedir refuerzos —le dijo a Bella.

Lynley utilizaba el coche como una excusa, porque era lo más fácil para decirse a sí mismo y, por ende, a Charlie Denton que quería estar solo. No solía decirle a Denton adónde iba, pero sabía que el joven todavía no había dejado de preocuparse acerca de su estado mental. De modo que apareció de pronto en la cocina donde Denton estaba usando sus considerables habilidades culinarias para preparar un adobo para un pescado y le dijo: «Estaré fuera un rato, Charlie. Iré un par de horas a Chelsea». Advirtió la expresión de placer que se dibujó brevemente en su rostro. Chelsea podía significar cientos de destinos diferentes, pero Denton pensó que sólo había uno que pudiese hacer que Lynley saliera de Belgravia.

—Pensaba presumir de coche nuevo —añadió Lynley.

—Deberá tener cuidado entonces. No querrá que estropee la pintura.

Lynley le prometió que haría todo lo posible por impedir semejante tragedia y se dirigió al garaje, donde guardaba el coche que finalmente había comprado para reemplazar al Bentley, que había quedado reducido a un amasijo de restos metálicos hacía cinco meses por obra y gracia de Barbara Havers. Abrió con su llave la puerta del garaje y allí estaba. La verdad era que sentía un deje de excitación de propietario al contemplar la belleza cobriza de aquel chisme. Eran sólo cuatro ruedas y un medio de transporte, pero había transporte y «transporte», y éste era indudablemente «transporte».

Tener el Healey Elliott le daba algo en qué pensar cuando estaba conduciendo, además de dar vueltas a todas aquellas cosas en las que no quería pensar. Ésa había sido una de las razones por la que había comprado el coche. Uno tenía que considerar cuestiones como dónde aparcarlo y qué ruta tomar desde el punto A hasta el punto B a fin de evitar altercados con ciclistas, taxistas, conductores de autobuses y peatones que tiraban de maletas con ruedas sin prestar atención a por dónde iban. Y luego estaba la cuestión esencial de que quedara limpio, de mantenerlo bien a la vista cuando se veía obligado a aparcarlo en una zona ligeramente peligrosa, de mantener el aceite inmaculado y las bujías prácticamente esterilizadas, y las ruedas balanceadas y los neumáticos hinchados con la presión adecuada. Era, por lo tanto, un coche inglés antiguo como todos los coches ingleses antiguos. Exigía una vigilancia y un mantenimiento constantes. En resumen, era exactamente lo que necesitaba en este momento de su vida.

La distancia que separaba Belgravia de Chelsea era tan mínima que podría haber ido andando, independientemente del calor y las multitudes de compradores que llenaban King's Road. Menos de diez minutos después de haber cerrado la puerta principal de su casa, conducía a paso de tortuga por Cheyne Road, buscando algún lugar donde aparcar cerca de Lordship Place. La suerte quiso que un camión que estaba haciendo una entrega en el King's Head & Eight Bells dejase libre un lugar junto al bordillo cuando se aproximaba al pub. Caminaba ya hacia la alta construcción de ladrillo en la esquina de Lordship Place y Cheyne Walk cuando oyó una voz de mujer que le llamaba:

—¡Tommy! ¡Hola!

La voz llegaba de la dirección del pub donde, según pudo ver, sus amigos estaban doblando la esquina desde Cheyne Walk y el Embankment de Chelsea. Probablemente venían de dar un paseo junto al río, ya que Simon Saint James llevaba a su perra en brazos —una dachshund de pelo largo que odiaba el calor tanto como los paseos— y su esposa, Deborah, caminaba a su lado, cogida de su brazo y con un par de sandalias colgando entre los dedos.

—¿No está demasiado caliente el pavimento para tus pies descalzos? —preguntó.

—Absolutamente horrible —admitió ella alegremente—. Quería que Simon me cogiera en brazos, pero ante la disyuntiva de *Peach* o yo, el maldito escogió a *Peach*.

—El divorcio es la única respuesta —repuso Lynley.

Sus amigos se acercaron y *Peach*, que le reconoció como un habitual, se retorció para que la bajasen al suelo y pudiese volver a dar brincos y exigir que la cogieran nuevamente en brazos. Ladró, agitó la cola y dio unos cuantos brincos más mientras Lynley estrechaba la mano de Saint James y aceptaba el impetuoso abrazo de Deborah.

—Hola, Deb —dijo con la cara contra su pelo.

—Oh, Tommy —dijo ella a modo de respuesta. Luego, retrocedió unos pasos y cogió en brazos a la perra, que continuaba retorciéndose, ladrando y exigiendo que le prestasen atención—, tienes muy buen aspecto. Es genial verte. Simon, ¿no crees que Tommy tiene muy buen aspecto?

—Casi tan bueno como el coche. —El hombre se había acercado a echarle un vistazo al Healey Elliott. Lanzó un silbido de admiración—. ¿Acaso lo has traído para regodearte? Por Dios, es una belleza. Mil novecientos cuarenta y ocho, ¿verdad?

Saint James amaba los coches antiguos; él mismo conducía un viejo MG, modificado para adaptarlo a su pierna izquierda ortopédica. Era un TD clásico, *circa* 1955, pero la antigüedad del Healey y su forma lo convertían en un coche raro y muy atractivo a la vista. El hombre meneó la cabeza —el pelo oscuro demasiado largo como siempre, Deborah seguramente le daba la vara todo el día para que se lo cortase— y lanzó un suspiro.

—¿Dónde lo encontraste? —preguntó.

—En Exeter —respondió Lynley—. Lo vi anunciado. El pobre tío dedicó años de su vida a restaurarlo, pero su esposa lo consideraba un rival…

—¿Y quién puede culparla? —apuntó Deborah deliberadamente.

—Y no le dejó en paz hasta que lo vendió.

—Una locura total —musitó Saint James.

—Sí. Bueno. Allí estaba yo con el dinero en metálico y un Healey Elliott frente a mí.

—¿Sabes?, Deborah y yo hemos estado en Ranelagh Gardens hablando acerca de nuevas posibilidades de adopción. Veníamos de allí ahora mismo. Pero ¿quieres que te diga la verdad? Condenados bebés. Antes preferiría adoptar este coche.

Lynley se echó a reír.

—¡Simon! —protestó Deborah.

—Los hombres somos así, amor mío. ¿Cuándo has vuelto, Tommy? Vamos dentro. Estábamos hablando con Deborah de tomar una cerveza en el jardín. ¿Nos acompañas?

—¿Para qué, si no, es el verano? —contestó Lynley. Les siguió al interior de la casa, donde Deborah dejó a la pequeña perra en el suelo. *Peach* corrió a la cocina en la eterna búsqueda de comida propia de los daschshund—. Dos semanas —le dijo a Saint James.

—¿Dos semanas? —dijo Deborah—. ¿Y no nos llamaste por teléfono? Tommy, ¿alguien más sabe que has vuelto?

—Denton no lo ha festejado a lo grande con el vecindario, si a eso te refieres —dijo Lynley con tono seco—. Pero porque yo se lo pedí. Charlie habría contratado aviones que escribiesen mensajes en el cielo, si se lo hubiera permitido.

—Debe de estar feliz de que hayas vuelto a casa. Nosotros estamos felices de que hayas regresado a casa. Estás destinado a estar en casa. —Deborah dio unas breves palmadas y llamó a su padre. Lanzó las sandalias a la base de un perchero y dijo por encima del hombro—: Le pediré a papá que nos prepare las bebidas

—dijo, y siguió la misma dirección que la perra, hacia la despensa, situada en el sótano de la parte trasera de la casa.

Lynley la miró cuando se alejaba y se dio cuenta de que había perdido contacto con lo que significaba estar cerca de una mujer a la que conocía bien. Deborah no se parecía en nada a Helen, pero la igualaba en cuanto a energía y vivacidad. Ese pensamiento le produjo un dolor súbito y se quedó sin aliento durante un momento.

—Vamos fuera, ¿quieres? —dijo Saint James.

Lynley comprobó que su viejo amigo le entendía a la perfección.

—Gracias —dijo.

Encontraron un lugar debajo del cerezo ornamental donde había varios sillones de mimbre gastados alrededor de una mesa. Deborah se reunió con ellos. Llevaba una bandeja donde había colocado una jarra de Pimm's, un cubo con hielo y vasos que exhibían los indispensables trozos de pepino. *Peach* llegó tras ella y, a continuación, apareció *Alaska*, el gran gato gris de los Saint James, que inmediatamente se ocupó de escabullirse sigilosamente a lo largo del reborde de hierba en busca de roedores imaginarios.

Alrededor de ellos se oían los sonidos de Chelsea en verano: coches lejanos que se desplazaban junto a Embankment, el gorjeo de los gorriones en los árboles, gente que llamaba desde el jardín de la casa de al lado. El aire estaba impregnado del olor de una barbacoa y el sol seguía cociendo la tierra.

—He tenido una visita inesperada —dijo Lynley—. La superintendente interina Isabelle Ardery.

Les explicó brevemente lo esencial de la visita de Ardery: la petición de ella, y su indecisión.

—¿Qué piensas hacer? Quizás haya llegado el momento de que vuelvas, Tommy.

Lynley miró más allá de sus amigos hasta las flores que crecían en el reborde de hierba en la base del viejo muro de ladrillo que señalaba el límite del jardín. Alguien —Deborah probablemente— les había prodigado un visible cuidado; seguramente, habría reciclado el agua con la que fregaban los platos. Este año tenían mejor aspecto que el anterior: estallaban llenos de vida y color.

—Pude hacer frente al cuarto del niño en Homenstown… y su ropa de campo. Y con parte del cuarto del niño aquí también. Pero no he sido capaz de enfrentarme con sus cosas aquí, en Londres. Pensé que estaría preparado cuando llegué hace dos semanas, pero parece que no es así. —Bebió un trago y miró el muro del jardín por donde trepaban las clemátides, una explosión de flores color lavanda—. Todo está aún allí, en el armario y en la cómoda. También en el baño: cosméticos, sus frascos de perfume. En el cepillo todavía quedan hebras de su pelo… Era tan oscuro, ¿sabéis?, con reflejos castaños.

—Sí —dijo Saint James.

Lynley lo percibió en la voz de Simon: el terrible pesar que Saint James no expresaría, creyendo cuando lo hacía que, por justicia, la aflicción de Lynley era infinitamente mayor. Y ello a pesar del hecho de que su amigo también había amado a Helen y, en una ocasión, había intentado casarse con ella. Dijo: «Por Dios, Simon…», pero Saint James le interrumpió.

—Tendrás que darte tiempo.

—Hazlo —dijo Deborah, y miró a ambos.

Lynley se dio cuenta de que ella también lo sabía. Y pensó en todas las maneras en las que un estúpido acto de violencia había afectado a tanta gente, tres de los cuales estaban sentados en el jardín de verano, cada uno de ellos reacio a pronunciar su nombre.

La puerta de la cocina se abrió y se dieron la vuelta para anticiparse a quienquiera que estuviese a punto de aparecer. Resultó ser el padre de Deborah, quien hacía mucho tiempo que llevaba la casa y era, a su vez, un ayudante de Saint James. Al principio, Lynley pensó que su intención era unirse a ellos, pero, en lugar de eso, Joseph Cotter le dijo a su hija:

—Más compañía, querida. ¿Me preguntaba…?

Inclinó ligeramente la cabeza hacia Lynley.

—Por favor, no deje de recibir a alguien por mi causa, Joseph —dijo Lynley.

—Me parece razonable —contestó Cotter, y luego a Deborah—. Excepto que pensé que Su Señoría quizás no querría…

—¿Por qué? ¿Quién es? —preguntó Deborah.

—La sargento detective Havers —dijo—. No estoy seguro de qué es lo que desea, querida, pero pregunta por ti.

Y

La última persona que Barbara esperaba encontrarse en el jardín trasero de la casa de los Saint James era a su antiguo compañero. Pero allí estaba, y sólo le llevó un segundo procesar esta información: el maravilloso coche que estaba aparcado en la calle debía de ser suyo. Tenía sentido. Él era digno del coche, y el coche era digno de él.

Lynley tenía mucho mejor aspecto que la última vez que le había visto, hacía dos meses en Cornualles. Entonces Lynley había sido un muerto viviente. Ahora se parecía más al introspectivo ambulante.

—Señor —le dijo—, ¿está de vuelta de verdad o sólo está de vuelta?

Lynley sonrió.

—Por el momento, simplemente he vuelto.

—Oh. —Estaba decepcionada y sabía que su expresión la delataba—. Bien —dijo—. Cada cosa a su tiempo. ¿Acabó su paseo en Cornualles?

—Así es —dijo él—. Sin incidentes.

Deborah le ofreció a Barbara un vaso de Pimm's que a la agente le hubiese encantado beber. Eso o echarse el líquido por la cabeza, porque el día la estaba cociendo en su propia ropa. Maldecía una y otra vez a la superintendente interina Ardery por haberle sugerido que cambiase su manera de vestir. Ésta era exactamente la clase de tiempo que requería pantalones de hilo y una camiseta muy suelta, no falda, medias y una blusa cortesía de otra excursión de compras con Hadiyyah, que esta vez concluyó mucho más deprisa, porque Hadiyyah se mostró insistente mientras que Barbara actuó, si no de manera dócil ante la insistencia de Hadiyyah, al menos sí erosionada por ella. El pequeño favor por el que Barbara estaba agradecida a Dios era que su joven amiga había elegido una blusa sin un lazo en el cuello.

—Gracias, pero estoy de servicio —le dijo a Deborah—. En realidad, es una visita oficial.

—¿De verdad? —Deborah miró a su esposo y luego a Barbara—. Entonces, ¿busca a Simon?

—En realidad la buscaba a usted. —Había una cuarta silla

junto a la mesa y Barbara se sentó. Era profundamente consciente de la mirada de Lynley sobre ella y sabía qué era lo que estaba pensando, pues le conocía muy bien—. Estoy siguiendo órdenes, más o menos. Bueno, más bien «siguiendo un importante consejo». Puede creer que, si no, no lo hubiera hecho.

—Ah. Eso me preguntaba. ¿Órdenes de quién, más o menos? —inquirió Lynley.

—La nueva aspirante al antiguo puesto de Webberly. A ella no le gustó demasiado mi aspecto. Poco profesional. Eso me dijo. Me aconsejó que hiciera algunas compras.

—Entiendo.

—Es la mujer de Maidstone. Isabelle Ardery. Ella fue la...

—La inspectora del incendio provocado.

—Veo que la recuerda. Bien hecho. En cualquier caso, fue idea de ella que debía tener un aspecto..., lo que sea. Éste es mi aspecto.

—Ya veo. Perdón por preguntar, Barbara, pero ¿lleva...?

Lynley era demasiado educado para ir más allá, y Barbara lo sabía.

—¿Maquillaje? —preguntó—. ¿Se me está corriendo? Es que con este calor y el hecho de que no tenía idea de cómo ponerme este jodido...

—Tiene un aspecto encantador, Barbara —repuso Deborah.

Sólo estaba mostrándose solidaria, lo sabía, porque ella no llevaba absolutamente nada sobre su piel pecosa. Y el pelo, a diferencia del de Barbara, consistía en gran cantidad de rizos rojos que le sentaban de maravilla incluso en su desorden habitual.

—Gracias —dijo Barbara—. Pero parezco un payaso, y todavía hay más. Aunque no entraré en detalles.

Colocó el bolso sobre el regazo y sopló hacia arriba para refrescarse el rostro. Debajo del brazo llevaba enrollado un segundo póster de la exposición Cadbury Photographic Portrait of the Year. Éste había estado fijado a la parte interna de la puerta del dormitorio de Jemima Hastings que Barbara había descubierto cuando cerró la puerta para examinar mejor la habitación. La luz de ambiente le había dado la oportunidad de estudiar tanto el retrato como la información escrita debajo. Esa información había llevado a Barbara hasta Chelsea.

—Aquí tengo algo a lo que me gustaría que le echase un vistazo —dijo, y desenrolló el póster para que Deborah lo examinara.

Deborah sonrió al ver de qué se trataba.

—¿Así que ha ido a la Portrait Gallery a ver la exposición? —Continuó dirigiéndose a Lynley, contándole lo que se había perdido mientras estuvo ausente de Londres, un concurso fotográfico en el que su trabajo había sido aceptado como una de las seis fotografías utilizadas para promocionar la exposición resultante—. Aún está en la galería —dijo Deborah—. No gané. Había una competencia terrible. Pero fue maravilloso estar entre las sesenta fotografías elegidas para ser exhibidas, y luego ésta —señaló la fotografía con la cabeza— fue seleccionada para ser incluida en pósteres y postales vendidas en la tienda de regalos. Me sentía en las nubes, ¿verdad, Simon?

—Deborah recibió algunas llamadas telefónicas. De gente que quería ver su trabajo.

Deborah se echó a reír.

—Simon es muy generoso. Fue sólo «una» llamada telefónica de un tipo que me preguntó si estaba interesada en hacer fotos de comida para un libro de cocina que está escribiendo su esposa.

—Eso suena muy bien —apuntó Barbara—. Como cualquier cosa que incluya comida, ya sabe…

—Bien hecho, Deborah. —Lynley se inclinó hacia delante para mirar el póster—. ¿Quién es la modelo?

—Se llama Jemima Hastings —le dijo Barbara, y luego le preguntó a Deborah—. ¿Cómo la conoció?

Deborah dijo:

—Sidney…, la hermana de Simon… Yo estaba buscando una modelo para el concurso de retratos fotográficos y, al principio, pensé que Sidney sería perfecta, con todos los trabajos que hace como modelo. Y realmente lo intenté con ella, pero el resultado se veía demasiado profesional… Debe estar relacionado con la manera en la que Sidney se enfrenta a una cámara, supongo, con exhibir la ropa que lleva puesta en lugar de, simplemente, ser una persona. En cualquier caso, el resultado no me dejó satisfecha. Entonces organicé una especie de *casting*, con la intención de encontrar a alguien. Un día, Sidney apareció con Jemima. —Deborah frunció el ceño, obviamente atando varios cabos en un segundo—. ¿De qué se trata, Barbara? —preguntó con voz cautelosa.

—Me temo que la modelo ha sido asesinada. Este póster estaba entre sus objetos personales.

—¿Asesinada? —repitió Deborah. Lynley y Saint James se movieron en sus sillas—. ¿Asesinada, Barbara? ¿Cuándo? ¿Dónde?

La policía se lo explicó. Los otros tres se miraron y Barbara preguntó:

—¿Qué ocurre? ¿Sabéis algo de esto?

—Abney Park. —Deborah fue quien contestó—. Allí fue donde hice la fotografía. Allí es donde está esto. —Señaló el león veteado por la intemperie cuya cabeza llenaba el marco a la izquierda de la modelo—. Éste es uno de los monumentos conmemorativos que hay en el cementerio. Jemima nunca había estado allí antes de que tomásemos la foto. Ella nos los dijo.

—¿Nos?

—Sidney nos acompañó. Quería estar presente durante la sesión de fotos.

—Entiendo. Bueno, ella regresó al lugar —dijo Barbara—. Jemima, quiero decir. —Añadió unos cuantos detalles, sólo los suficientes para ponerles al corriente de la situación, y luego le preguntó a Simon—. ¿Dónde está? Tendremos que hablar con ella.

—¿Sidney? Vive en Bethnal Green, cerca de Columbia Road.

—Junto al mercado de flores —añadió Deborah tratando de ser servicial.

—Con su actual pareja —dijo Simon con tono seco—. Mamá (por no mencionar a Sid) espera que ésta sea también su pareja definitiva, pero, francamente, no parece que sea el caso.

—Bueno, a ella le gustan morenos y peligrosos —le hizo notar Deborah a su esposo.

—En la adolescencia se quedó muy impresionada por un montón de novelas románticas. Sí. Lo sé.

—Necesitaré su dirección —les dijo Barbara.

—Espero que no piense que Sid…

—Ya conocen la rutina. Seguir cada una de las pistas y todo

eso. —Volvió a enrollar el póster y los miró. No había duda de que pasaba algo—. Después de haberla conocido y tras hacer la fotografía en el cementerio, ¿volvió a verla?

—Jemima vino a la inauguración de la exposición en la Portrait Gallery. Todos estaban invitados.

—¿Pasó algo allí?

Deborah miró a su esposo como si buscase información. Él negó con la cabeza y se encogió de hombros.

— No. No que yo… —empezó ella—. Bueno, creo que ella había bebido un poco demasiado champán, pero había un hombre con ella que se encargó de que llegase a casa. Eso fue realmente todo…

—¿Un hombre? ¿Sabe su nombre?

—No, lo he olvidado. No pensé que necesitaría… Simon, ¿tú recuerdas su nombre?

—Sólo me acuerdo de que era moreno. Y sobre todo lo recuerdo porque… —Dudó un momento, claramente reacio a completar la frase.

Barbara lo hizo por él.

—¿Por Sidney? Antes dijo que le gustaban los morenos, ¿verdad?

Bella McHaggis nunca se había encontrado en la situación de tener que reconocer un cadáver. Por supuesto, había visto cuerpos inertes. En el caso del difunto señor McHaggis incluso había modificado el escenario donde se había producido la muerte, a fin de proteger la reputación del pobre hombre antes de llamar a urgencias. Pero nunca la habían llevado a una habitación donde la víctima de una muerte violenta yaciera cubierta con una sábana. Ahora que ya lo había hecho, estaba más que dispuesta a acometer cualquier clase de actividad que barriese aquella imagen mental de su cabeza.

Jemima Hastings —no había ninguna duda de que se trataba de Jemima— había sido colocada sobre una camilla, con el cuello vendado con varias capas de gasa como si fuese una bufanda, como si necesitara protegerse de esa habitación helada. Este detalle había hecho que Bella dedujese que a la chica le habían rajado la garganta y preguntó si era eso lo que había pasado, pero la respuesta había llegado en forma de pregunta: «¿Reconoce usted...?». Sí, sí, había contestado Bella bruscamente. Lo «supo» en el instante en que esa policía había llegado a su casa y había mirado fijamente ese póster. La policía —Bella no recordaba su nombre en ese momento— no había podido mantener la falta de expresión de su rostro, y Bella supo entonces que la chica que habían encontrado en el cementerio era la inquilina que había desaparecido de su casa.

De modo que para olvidarse de todo aquel asunto, Bella se había puesto manos a la obra. Podría haber asistido a una clase de yoga sauna, pero pensó que el trabajo era la mejor opción. Alejaría de su mente la imagen de la pobre Jemima acostada sobre esa fría camilla de acero y, al mismo tiempo, dejaría la habitación de Jemima preparada para alquilarla a otro huésped, ahora que la Policía se había llevado todos sus objetos personales. Y Bella quería otro huésped, pronto, si bien tenía que reconocer que no había tenido mucha suerte con el ramo femenino. Aun así, quería una mujer. Le gustaba la sensación de equilibrio que otra mujer le proporcionaba a la casa, aunque las mujeres eran mucho más complicadas que los hombres, y aunque se preguntara si quizás otro hombre haría que las cosas fuesen más sencillas e impediría que los hombres que ya estaban en la casa se arreglasen de esa manera. Arreglarse y pavonearse, eso era lo que hacían. Y lo hacían de un modo inconsciente, como gallos, como pavos reales, como hace cada macho de cada especie que habita en la Tierra. La calculada danza de «aquí estoy» era algo que Bella generalmente encontraba bastante divertido, pero sabía que debía considerar si no sería más fácil para todos los implicados si eliminaba de su casa esa necesidad.

Una vez que regresó de identificar el cadáver de Jemima, Bella había colgado en la ventana del comedor el cartel de SE ALQUILA HABITACIÓN y había llamado a *Loot* para que publicasen el anuncio. Luego había subido a la habitación de Jemima para hacer una profunda limpieza. Con las cajas y cajas y más cajas llenas de sus objetos personales ya fuera de la casa, el resto fue un trabajo que no le llevó demasiado tiempo. Pasar la aspiradora, quitar el polvo, cambiar las sábanas, aplicar un abrillantador a los muebles, una ventana hermosamente lavada

—Bella se sentía especialmente orgullosa del estado de sus ventanas—, quitar las bolsas perfumadas de los cajones de la cómoda y colocar otras nuevas, quitar las cortinas para limpiarlas, apartar todos los muebles de las paredes para poder pasar la aspiradora... Nadie, pensó Bella, limpiaba una habitación como ella.

Luego se dedicó al baño. En general dejaba la limpieza de los baños a los ocupantes de las habitaciones, pero si pensaba tener pronto un nuevo huésped, parecía razonable que los cajones y los estantes de Jemima fuesen vaciados de cualquier cosa que no se hubiese llevado la Policía. No habían retirado todos los objetos que había en el baño, ya que no eran todos de Jemima, de modo que Bella se concentró en ordenar el lugar mientras lo limpiaba, que fue la razón por la que encontró —no en el cajón de Jemima, sino en el cajón superior marcado para el otro huésped— un curioso objeto que sin duda no pertenecía a ese lugar.

Era el resultado de una prueba de embarazo. Bella lo supo en el momento en que posó los ojos sobre él. Pero lo que no sabía era si el resultado era positivo o negativo, pues a su edad nunca había recurrido a esa clase de prueba. Sus hijos —que se habían marchado hacía mucho tiempo a Detroit y Buenos Aires— habían anunciado su existencia a la manera antigua de machacarle el cuerpo con náuseas matutinas casi desde el instante en el que el espermatozoide conoce al óvulo, mediante un proceso de lo más tradicional, muchas gracias, señor McHaggis. De modo que Bella, al coger del cajón el objeto de plástico delator, no estaba segura de qué era lo que mostraba el indicador. Una línea azul. ¿Eso era negativo? ¿Positivo? Tendría que averiguarlo. También tendría que averiguar qué estaba haciendo en el cajón de su otro huésped, porque seguramente él no lo había traído a casa para una cena de celebración —o, lo que era más probable, una taza de café de confrontación— con la futura madre. Si una mujer a la que se había estado beneficiando se había quedado embarazada y le había presentado la prueba, ¿por qué iba a conservarla? ¿Como recuerdo? El futuro bebé sería sin duda un recuerdo más que suficiente. No, estaba claro que esa prueba de embarazo pertenecía a Jemima. Y si no estaba entre sus objetos personales o con la basura de Jemima, había una razón para ello. Las posibilidades parecían ser muchas, pero la que Bella no quería siquiera considerar era la que confirmaba que, una vez más, dos de sus huéspedes le habían puesto una venda sobre los ojos acerca de lo que pasaba entre ellos.

Maldita sea, pensó Bella. Ella tenía unas reglas. Estaban en todas partes. Estaban firmadas, selladas e incluidas en el contrato que hacía que cada uno de sus huéspedes leyese y estampase su firma al final. ¿Acaso la gente joven estaba tan caliente que no podían dejar de entrar y salir de sus respectivas braguetas a la primera oportunidad, a pesar de que sus «reglas eran muy claras» acerca de confraternizar con otros miembros de la casa? Aparentemente sí. Aparentemente no podían. Alguien, decidió, iba a tener que escuchar cuatro cosas.

Bella estaba preparando mentalmente esa conversación cuando alguien llamó al timbre de la puerta principal. Cogió sus artículos de limpieza, se quitó los guantes de goma y bajó las escaleras. El timbre volvió a sonar. Gritó: «¡Voy!», abrió la puerta, y se encontró con una chica plantada en el porche, con una mochila a sus pies y una expresión expectante en el rostro. A Bella no le pareció inglesa y, cuando habló, su voz la delató como alguien llegado de lo que una vez había sido probablemente Checoslovaquia, pero que ahora era cualquiera de una cantidad de países con muchas sílabas, aún más consonantes y unas pocas vocales. Bella no lograba seguirles la pista y ya había desistido de hacerlo.

—¿Tiene habitación? —preguntó la chica mientras señalaba hacia la ventana del comedor donde se exhibía el cartel de «se alquila»—. ¿Veo su anuncio allí...?

Bella estaba a punto de decir que sí, que ella tenía una habitación para alquilar, y «¿eres buena obedeciendo las reglas, señorita?», pero su atención se desvió hacia un movimiento en la acera mientras alguien sorteaba los matorrales que lograban crecer en su jardín delantero entre el montón de cubos de reciclaje. Era una mujer que se movía fuera del campo de visión, una mujer con un traje de lanilla hecho a medida, a pesar del intenso calor, con un pañuelo de vivos colores —su maldita marca de la casa, pensó Bella— doblado formando una cinta que sostenía una masa de pelo teñido anaranjado.

—¡Tú! —le gritó Bella—. ¡Llamaré a la Policía! ¡Te han advertido de que te mantuvieras alejada de esta casa, y éste es el límite!

Más allá de que la actividad le llevase tiempo o no —y Barbara Havers sabía cuál era la alternativa en ese caso—, no pensaba visitar a la hermana de Simon Saint James con su indumentaria actual y con el rostro que amenazaba librarse del maquillaje emborronado a través de un sudor excesivo. De modo que en lugar de dirigirse desde Chelsea directamente a Bethnal Green, primero fue a su casa en Chalk Farm. Se lavó la cara, lanzó un suspiro de alivio y decidió transigir con la cantidad mínima de colorete. Luego se cambió de ropa —aleluya por los pantalones de hilo y las camisetas— y, habiendo recuperado de este modo su estado normal de desaliño, estaba preparada para enfrentarse a Sidney Saint James.

No obstante, su conversación con Sidney no tuvo lugar de inmediato. Cuando se marchaba de su minúscula vivienda, Barbara oyó que Hadiyyah la llamaba desde el arriba: «¡Hola, oh, hola, Barbara!», como si no la hubiese visto en un siglo o algo por el estilo. La niña continuó animosamente con:

—Hoy, la señora Silver me está enseñando a pulir la plata—, y Barbara siguió el sonido de la voz hasta que vio a Hadiyyah asomada a una ventana del segundo piso de la Casa Grande. —Estamos usando polvo para hornear, Barbara—, anunció la pequeña, que luego se volvió como si alguien dentro de la casa hubiese dicho algo, ante lo cual la niña se corrigió:

—Oh, con bicarbonato, Barbara. Por supuesto, la señora Silver no «tiene» nada de plata, de modo que estamos usando su cubertería, pero consigue que los cubiertos *brillen* mucho. ¿No es genial? Barbara, ¿por qué no llevas tu falda nueva?

—El día ha terminado, pequeña —dijo Barbara—. Es la hora de los pantalones cómodos.

—¿Y piensas...? —La atención de Hadiyyah fue captada por alguien que estaba fuera del campo visual de Barbara. La niña se interrumpió y dijo—: ¡Papá! ¡Papá! ¡Hola! ¡Hola! ¿Voy para casa?

Hadiyyah sonaba más entusiasmada acerca de esta posibilidad de lo que había demostrado al ver a Barbara, lo que le dio a la agente una idea de cuánto estaba disfrutando en realidad la pequeña del aprendizaje de otras de las «habilidades del ama de casa», como las llamaba la señora Silver. Hasta este momento del verano habían hecho almidonado, habían planchado, habían quitado el polvo, habían pasado la aspiradora y eliminado el sarro de los cacharros del lavabo, y había aprendido las múltiples aplicaciones del vinagre blanco, tareas todas ellas que Hadiyyah había dominado con obediencia y que luego había comunicado a Barbara haciendo una demostración para ella, o bien para su padre. Pero la frescura de la rosa de las habilidades domésticas se había marchitado —como no podía ser de otra manera, pensó Barbara—, y aunque Hadiyyah era una niña demasiado educada como para quejarse ante una mujer mayor, ¿quién podía culparla por abrazar la idea de huir de una alegría que aumentaba cada día?

Barbara alcanzó a oír la respuesta de Taymullah Azhar, que llegaba desde la calle. Hadiyyah agitó la mano hacia ella a modo de despedida antes de desaparecer dentro de la casa, y Barbara continuó caminando por el sendero que discurría junto a un lado de la vivienda, emergiendo desde debajo de una pérgola fragante de jazmines para ver al padre de Hadiyyah, que llegaba a través del portón principal, con varias bolsas de compras colgando de una mano y su gastado maletín de cuero en la otra.

—Puliendo plata —dijo Barbara a modo de saludo—. No tenía idea de que el bicarbonato sirviese para lustrar el metal. ¿Y tú?

Azhar sonrió.

—Parece que los conocimientos domésticos de esa buena mujer son infinitos. Si yo hubiese pensado que Hadiyyah debía pasarse la vida al cuidado de una casa no podría haber encontrado un instructor mejor. Por cierto, ha aprendido a hacer unos bollos muy buenos. ¿Te lo había dicho? —Hizo un gesto con la mano que sostenía las bolsas con las compras—. ¿Cenarás con nosotros, Barbara? Hay pollo *jalfrezi* con arroz *pilau*. Y si no recuerdo mal —dijo con una sonrisa que mostró la clase de dientes blancos que hizo a Barbara jurarse que visitaría al dentista en un futuro cercano—, está entre tus platos favoritos.

Ella le dijo a su vecino que se sentía terriblemente tentada, pero que el deber la reclamaba.

—Me iba en este momento —dijo.

Ambos se giraron al oír que se abría la puerta de la vieja casa. Hadiyyah bajaba las escaleras, seguida de la señora Silver, alta y angulosa, protegida por un delantal. Sheila Silver, según había podido saber Barbara por boca de Hadiyyah, tenía un armario lleno de delantales. No eran sólo estacionales, también los había que conmemoraban fechas señaladas. Tenía delantales de Navidad, delantales de Pascua, delantales de Halloween, delantales de Año Nuevo, delantales de cumpleaños, y delantales que lo conmemoraban todo, desde la Noche de Guy Fawkes[11] hasta el desgraciado matrimonio de Carlos y Diana. Cada uno de ellos se complementaba con un turbante a juego. Barbara pensaba que esos turbantes habían sido confeccionados con paños de cocina de la señora Silver, y no tenía ninguna duda de que cuando Hadiyyah hubiese dominado la larga lista de habilidades domésticas, la confección de turbantes se encontraría entre ellas.

Mientras Hadiyyah corría hacia su padre, Barbara se despidió de ambos agitando la mano. Vio a Hadiyyah —enlazando la delgada cintura de Azhar— con la señora Silver tras ella, como si la intempestiva salida de la niña de la casa hubiese sido prematura y aún necesitara recibir más información acerca de la limpieza con bicarbonato.

Una vez estuvo dentro del coche, Barbara pensó en la hora que era y llegó a la conclusión de que sólo una creativa elección de atajos le permitiría llegar a Bethnal Green antes del anochecer. Consiguió evitar gran parte del centro de Londres y, finalmente, llegó a Bethnal Green desde Old Street. Era una zona de la ciudad que había cambiado mucho en los últimos años, cuando los profesionales jóvenes que no podían permitirse los precios de las viviendas en el centro de Londres comen-

11. La Noche de Guy Fawkes, también conocida como «la Noche de las Fogatas», se celebra el 5 de noviembre y conmemora el fracaso del atentado del 5 de noviembre de 1605 contra el Palacio de Westminster. Lleva el nombre de uno de los participantes.

zaron a trasladarse y habían formado un creciente círculo que abarcaba partes de la ciudad consideradas durante mucho tiempo como indeseables. Como consecuencia, Bethnal Green era una combinación de lo viejo y lo nuevo, donde las tiendas de artículos indios se mezclaban con centros de venta de productos informáticos. Allí, empresas étnicas como Henna Wedding estaban junto a agentes inmobiliarios que vendían propiedades a familias en expansión.

Sidney vivía en Quilter Street, una zona de casas de fachadas sencillas construidas con ladrillo de Londres. Las construcciones de dos plantas conformaban el lado sur de un triángulo en cuyo centro había un área común llamada Jesus Green. A diferencia de muchos parques pequeños en la ciudad, éste no estaba cerrado con llave y tampoco tenía rejas. Estaba rodeado de una verja de hierro forjado, un rasgo típico de las plazas de Londres, pero la verja sólo llegaba a la altura de la cintura y el portón permanecía abierto para permitir la entrada a cualquiera que deseara acceder a su amplio prado y a las pozas de sombra que creaban los frondosos árboles que se alzaban sobre él. Había niños que jugaban ruidosamente en la hierba cerca de donde Barbara había aparcado su viejo Mini. En una esquina, una familia disfrutaba de un picnic y, en otra, un guitarrista estaba entreteniendo a una joven admiradora. Era un excelente lugar para escapar del calor.

Cuando Barbara llamó a la puerta, la propia Sidney acudió a abrirla, y Barbara trató de no sentir lo que se sentía en presencia de la hermana pequeña de Saint James: un espantoso contraste. Sidney era muy alta y delgada, y poseía por naturaleza la clase de pómulos que las mujeres conseguían sometiéndose al bisturí gustosamente. Tenía el mismo pelo color carbón de su hermano y los mismos ojos que un día son grises y el otro son azules. Llevaba pantalones tres cuartos, que realzaban unas piernas que llegaban de aquí a la China, y una camiseta con las mangas cortadas y tirantes que contribuía a lucir sus brazos, asquerosamente bronceados, como el resto de su piel. Unos grandes pendientes oscilaban en sus orejas y se dispuso a quitárselos mientras decía: «Barbara. Supongo que el tráfico era una pesadilla, ¿verdad?», y la invitaba a entrar.

La casa era pequeña. Todas las ventanas estaban abiertas,

aunque eso no contribuía demasiado a mitigar el calor que hacía dentro. Sidney parecía ser una de esas mujeres detestables que no transpiran, pero como Barbara no se contaba entre ellas, pudo sentir cómo el sudor le empezaba a empapar el rostro en el instante que la puerta se cerró tras ella.

—Es terrible, ¿verdad? No dejamos de quejarnos de la lluvia, y luego llega esto. Tendría que haber algún término medio, nunca lo hay. Vamos por aquí, si no le importa.

«Por aquí» resultó ser una escalera. Ascendía hacia la parte trasera de la pequeña casa, donde una puerta se abría a un jardín igualmente pequeño de donde llegaba el sonido de un fuerte martilleo. Sidney se acercó a la puerta y dijo por encima del hombro dirigiéndose a Barbara:

—Es Matt. —Y luego, en dirección al jardín, dijo—: Matt, querido, ven a conocer a Barbara Havers.

Barbara miró más allá de Sidney y vio a un hombre —corpulento, sin camisa y con el cuerpo cubierto de sudor— que llevaba un pesado martillo en la mano, aparentemente para machacar una plancha de madera contrachapada aporreándola con violentos golpes. No parecía haber ninguna razón para ello, excepto, pensó Barbara, que estuviese intentando un medio bastante ineficaz de crear un acolchado protector para el reborde de hierba reseco por el sol. Ante la llamada de Sidney, no dejó lo que estaba haciendo. En lugar de eso, miró por encima del hombro y asintió brevemente a modo de saludo. Llevaba gafas de sol, las orejas perforadas y la cabeza completamente rasurada. Como el resto del cuerpo, brillaba por el sudor.

—Magnífico, ¿no cree? —musitó Sidney.

Ésa no habría sido la palabra elegida por Barbara.

—¿Qué está haciendo exactamente? —preguntó.

—Expulsándola.

—¿Qué?

—¿Hmmm? —Sidney observó al hombre con expresión apreciativa. No era particularmente guapo, pero tenía un cuerpo definido por la musculatura: un pecho muy atractivo, cintura estrecha, unos importantes músculos de la espalda y unos glúteos que hubiesen sido pellizcados en cualquier lugar del planeta—. Oh. Agresividad. La está expulsando. Odia cuando no está trabajando.

—¿Está en el paro?

—Por Dios, no. Él se dedica a…, oh, algunas cosas para el Gobierno. Acompáñeme arriba, Barbara. ¿Le importa si hablamos en el baño? Estaba haciéndome un masaje facial. ¿Le parece bien si sigo con ello?

Barbara le dijo que por ella no había problema. Nunca había visto un masaje facial y, ahora que se encontraba en su inexorable curso de superación personal, ¿quién sabía qué consejos podía conseguir de una mujer que era modelo profesional desde los diecisiete años? Mientras seguía a Sidney escaleras arriba, le preguntó:

—¿Qué tipo de cosas?

—¿Matt? Es todo *top secret*, según él. Supongo que es un espía o algo así. No cuenta nada. Pero desaparece durante semanas o meses y, cuando regresa a casa, coge la plancha de madera contrachapada y la muele a golpes. En este momento está sin trabajo. —Miró en la dirección de los golpes y concluyó con un informal—: Matthew Jones, el hombre misterioso.

—Jones —observó Barbara—. Un nombre interesante.

—Es probable que se trate de su… tapadera, ¿eh? Eso lo hace bastante más excitante, ¿no cree?

Lo que Barbara pensaba era que compartir la casa y la cama con alguien que aporreaba madera con un enorme martillo, tenía un trabajo turbio y un nombre que podía ser verdadero o no era parecido a jugar a la ruleta rusa con un Colt 45 oxidado, pero no dijo nada. Cada uno se las arreglaba como podía, y si el tipo que estaba abajo hacía sonar las campanas de Sidney —por no mezclar demasiadas metáforas, pensó Barbara—, ¿quién era ella para señalar que los hombres misteriosos eran a menudo hombres misteriosos por razones que no tenían nada que ver con James Bond? Sidney tenía tres hermanos que, sin ninguna duda, se estaban poniendo de su parte diciéndole todo eso a su hermana.

Siguió a Sidney al cuarto de baño, donde las esperaba una impresionante alineación de frascos y botellas. La chica comenzó por quitarse el maquillaje, explicando locuazmente el proceso.

—Primero me gusta tonificar la piel antes de exfoliarla. ¿Con qué frecuencia se exfolia usted, Barbara? —preguntó mientras continuaba su tarea.

Barbara musitaba las respuesta adecuadas, aunque tonificar sonaba como algo que uno hace en un gimnasio y exfoliar era algo que sin duda tenía que ver con la jardinería, ¿verdad? Sidney finalmente se colocó una mascarilla.

—Mi zona T es un jodido crimen, confesó. —Barbara le explicó el motivo de su visita a Benthal Green.

—Deborah me dijo que usted le presentó a Jemima Hastings.

Sidney lo reconoció. Luego añadió:

—Era por sus ojos. Yo había posado para Deborah —para el concurso de la Portrait Gallery, ¿sabe?—, pero cuando las fotos no fueron lo que ella quería, pensé en Jemima. Por sus ojos.

Barbara le preguntó cómo había conocido a esa mujer, y Sidney le dijo:

—Puros. A Matt le gustan los puros habanos (Dios, tienen un olor horrible), y había ido allí a comprarle uno. Más tarde me acordé de ella por sus ojos. Pensé que sería un rostro más que interesante para el retrato de Deborah. Así pues, regresé y le pregunté si quería y luego la llevé a que conociera a Deborah.

—¿Regresó a dónde?

—Oh. Lo siento. A Covent Garden. A un estanco que hay en una de las entradas, A la vuelta de la esquina de Jubilee Market Hall. Venden puros habanos, tabaco para pipa, rapé, pipas, boquillas…, todos los artículos que uno asocia con fumar. Matt y yo entramos allí una tarde, por eso sabía dónde estaba y qué era lo que él había comprado. Ahora, cada vez que Matt regresa de una de sus excursiones de hombre misterioso, voy hasta allí y compro un puro de bienvenida.

«¡Puaj!», pensó Barbara. Ella también era fumadora —siempre estaba tratando de dejarlo, aunque nunca con suficiente empeño—, pero trazaba una línea ante cualquier cosa cuyo olor le recordase la mierda caliente de perro.

Sidney decía:

—En cualquier caso, a Deborah le gustó mucho el aspecto de Jemima cuando las presenté, de modo que le pidió que posara para ella. ¿Por qué? ¿La está buscando?

—Está muerta —dijo Barbara—. La asesinaron en el cementerio de Abney Park.

Los ojos de Sidney se oscurecieron. Exactamente igual que le sucedía a su hermano cuando algo le impresionaba, pensó Barbara.

—Oh, Dios. Es la mujer que apareció en el periódico, ¿verdad? He visto la noticia en el *Daily Mail*…

Y cuando Barbara se lo confirmó, Sidney continuó hablando. Era la clase de mujer que habla de forma compulsiva —completamente diferente de Simon, cuya reserva a veces resultaba enervante— y describió con todo detalle relevante e irrelevante a Jemima Hastings y la fotografía que le había hecho Deborah Saint James.

Sidney, sin embargo, no sabía por qué Deborah había elegido el cementerio de Abney Park, ya que no era precisamente un lugar al que se pudiera llegar fácilmente, pero ya conoce a Deborah. Cuando se le mete algo en la cabeza, no tiene sentido sugerir ninguna alternativa. Había estado buscando localizaciones durante semanas antes de la sesión de fotos y había leído acerca de ese cementerio —«¿algo relacionado con la conservación?», preguntó Sidney en voz alta— y había llevado a cabo un reconocimiento inicial del lugar, donde encontró el monumento del león dormido y decidió que era exactamente lo que necesitaba como motivo de fondo para la fotografía. Resultó que Sidney había acompañado a Deborah y Jemima —«lo reconozco, estaba un poco mosqueada por el hecho de que mi foto no sirviese, ¿sabe?»—, y había observado la sesión de fotos, preguntándose por qué había fallado como sujeto de ese retrato en el que Jemima posiblemente saldría airosa.

—Como profesional, ya sabe, una necesita saber… Si estoy perdiendo mi atractivo, ¿debo ir a por todas?

Correcto, convino Barbara. Le preguntó a Sidney si ese día había visto algo en el cementerio, algo que le hubiese llamado la atención… ¿Recodaba alguna cosa? ¿Algo fuera de lo común? Por ejemplo, ¿alguien que observara la sesión de fotos?

—Bueno, si, por supuesto, siempre había gente… Y muchos hombres, si nos referimos a eso.

Pero Sidney no podía recordar a ninguno de ellos porque había sido hacía mucho tiempo, y obviamente no había pensado que tendría que recordarlo y, Dios, era espantoso que la fotografía de Deborah pudiese haber sido el medio de… ¿Era posible que alguien hubiera seguido la pista de Jemima utilizando para ello esa foto? ¿Que diese con Jemima y la siguiera luego hasta el cementerio...? Pero ¿qué estaba haciendo ella allí? ¿Lo sabían? ¿O quizás alguien la había secuestrado y luego la había llevado al cementerio? ¿Y cómo había muerto?

—¿Quién?

El que preguntó era Matt Jones. Había subido silenciosamente las escaleras. Barbara se preguntó cuándo había dejado de aporrear la madera contrachapada y cuánto tiempo hacía que escuchaba la conversación. Era una presencia inquietante, sudorosa, en la puerta del baño, una presencia que Barbara hubiese catalogado de amenazadora si no le hubiese resultado también curiosa. Ahora que estaba cerca, Barbara tenía la sensación de que de él emanaban tanto ira como peligro. Era como el señor Rochester, si éste hubiese tenido armamento pesado en el desván y no una esposa chiflada.[12]

—Esa chica que trabajaba en el estanco, querido. Jemima..., ¿cuál era su apellido, Barbara?

—Hastings —dijo Barbara—. Se llamaba Jemima Hastings.

—¿Qué pasa con ella? —preguntó Matt Jones. Cruzó los brazos debajo de un par de pectorales bronceados, lampiños, impresionantes y decorados con un tatuaje que decía MAMÁ y que estaba rodeado por una corona de espinas. En el pecho tenía también tres cicatrices, comprobó Barbara, un fruncimiento de la piel que asemejaba el sospechoso aspecto de orificios de bala cicatrizados. ¿Quién era este tipo?

—Está muerta —le dijo Sidney a su amante—. Querido, Jemima Hastings fue asesinada.

Él se quedó callado. Luego gruñó una vez. Se apartó de la puerta y se rascó la nuca.

—¿Qué hay de la cena? —preguntó.

12. Referencia directa al personaje masculino de la novela *Jane Eyre*. Misterioso, mordaz, a ratos cruel, tiene a su primera esposa encerrada en el desván.

Las cintas de videovigilancia de la galería comercial de West Town Road de aquel día se ven borrosas y hacen absolutamente imposible la identificación de los chicos que se llevaron a John Dresser, en el caso de que dicha identificación dependiese solamente de las cintas. De hecho, si no hubiera sido por el anorak color mostaza que llevaba Michael Spargo, cabría la posibilidad de que los secuestradores de John hubieran quedado impunes. Pero suficiente gente había visto a los tres chicos, y suficiente gente deseaba presentarse para identificarlos, de modo que las cintas actuaron como una confirmación de sus identidades.

Las cintas muestran a John Dresser alejándose voluntariamente con los chicos, como si los conociera. Cuando se acercan a la salida de la galería comercial, Ian Barker coge a John de la otra mano, y Reggie y él balancean al niño entre ambos, tal vez como promesa de futuros juegos. Mientras caminan, Michael les alcanza con unos brincos infantiles y parece ofrecerle al pequeño algunas de las patatas fritas que ha estado comiendo. Este ofrecimiento de comida a un crío que ha estado esperando ansiosamente su almuerzo parece haber sido lo que mantuvo a John Dresser contento de marcharse con ellos, al menos al principio.

Es interesante señalar que cuando los chicos abandonan Barriers, no lo hacen a través de la salida que les hubiese llevado a Gallows, es decir, por la que les resultaba más familiar. En cambio, eligen una de las salidas menos frecuentadas, como si ya hubieran planeado hacer algo con el niño y desearan permanecer visibles lo menos posible cuando se marcharan con él.

En su tercera entrevista con la Policía, Ian Barker afirma que su intención era sólo «divertirse un poco» con John Dresser, mientras que Michael Spargo dice que él no sabía «lo que los otros dos querían hacer con ese bebé», un término («bebé») que Michael emplea durante las conversaciones mantenidas con la Policía en referencia a John Dresser. Reggie Arnold, por su parte, no hablará de John Dresser hasta su cuarta entrevista. En cambio, intenta despistar haciendo repetidas referencias a Ian Barker y su propia confusión acerca de «para qué quería él a ese crío», queriendo llevar el curso de la conversación hacia sus hermanos, y asegurándole a su madre —quien estuvo presente en todas las entrevistas— que él «no robó nada, nunca, mamá.»

Michael Spargo sostiene que él quería devolver al niño a la galería comercial una vez que le llevaron fuera de Barriers. «Yo les dije que podíamos llevarle otra vez dentro, dejarle junto a la puerta o algo así, pero fueron ellos los que no quisieron hacerlo. Les dije que nos meteríamos en problemas por haberlo robado [nótese el uso despersonalizador de "robar", como si John Dresser fuese algo que hubiesen cogido de una tienda], pero ellos me llamaron gilipollas y me preguntaron si quería delatarlos».

Si esto sucedió realmente es algo que permanece poco claro, ya que ninguno de los otros dos chicos menciona a Michael teniendo dudas sobre lo que hacían. Y, más tarde, prácticamente todos los testigos —que llegaron a ser conocidos colectivamente como los Veinticinco— confirman que vieron a los tres y a John Dresser, y que los tres parecían participar activamente con el pequeño.

Teniendo en cuenta su pasado, parece razonable concluir que Ian Barker fue quien sugirió ver qué ocurriría si balanceaban a John Dresser como lo habían estado haciendo hasta ese momento, pero le dejaban caer, en lugar de permitir que se posara sin ningún daño sobre sus pies. Eso fue lo que hicieron: le soltaron en el momento más elevado del balanceo y lo proyectaron hacia delante a cierta velocidad, con el evidente y esperado efecto de que John comenzara a llorar al golpearse contra el suelo. Esta caída provocó la primera magulladura en el trasero de John y, posiblemente, el primero del, a la postre, extenso deterioro sufrido por su ropa.

Con un niño pequeño claramente angustiado en sus manos, los chicos realizaron su primer intento de calmarle ofreciéndole el panecillo con mermelada que Michael Spargo había cogido de su casa aquella mañana. Sabemos que John lo aceptó, no sólo por el exhaustivo informe del doctor Miles Neff del Ministerio del Interior, sino también por la declaración de un testigo. Fue en este punto cuando los chicos tuvieron su primer encuentro con alguien que no sólo los vio en compañía de John Dresser, sino que también los detuvo para preguntarles qué hacían con él.

Las transcripciones del juicio indican que cuando la Testigo A (los nombres de todos los testigos no serán revelados en este documento para su protección), de setenta años, vio a los chicos, John estaba lo bastante angustiado como para que ella se preocupase: «Les pregunté qué le pasaba al niño —dice ella—, y uno de ellos (creo que fue el gordo [una referencia a Reggie Arnold]) me dijo que se había caído y se había golpeado el trasero. Bueno, lo niños se caen, ¿verdad? No pensé que… Me ofrecí a ayudarlos. Les ofrecí mi pañuelo para que le secaran la cara, porque estaba llorando mucho. Pero entonces el más alto de ellos [refiriéndose a Ian Barker] dijo que era su hermano pequeño y que le llevaban a casa. Les pregunté si estaban muy lejos de casa y me dijeron que no. En Tideburn, dijeron. Bueno, como el niño comenzó a comer el panecillo con mermelada que le ofrecieron, no pensé que habría más problemas.»

La mujer continúa declarando que les preguntó a los chicos por qué no estaban en la escuela. Le contestaron que ese día ya no había más clases en su escuela. Esto aparentemente tranquilizó a la Testigo A, quien les dijo que «llevasen al niño a casa entonces», porque «obviamente quería estar con su mamá».

Ella sin duda se sintió más tranquila aún con el creativo uso que hicieron los chicos de Tideburn como su supuesto lugar de residencia. Tideburn era entonces y sigue siendo hoy, un lugar seguro de clase media y clase media alta. Si ellos hubieran mencionado que su casa estaba en Gallows —con todo lo que eso suponía— su preocupación hubiese sido mucho mayor.

Se ha especulado mucho acerca del hecho de que los chicos podrían haber entregado a John Dresser a la Testigo A en ese momento, alegando que le habían encontrado vagando fuera de Barriers. De hecho, mucho se ha dicho ya que los chicos tuvieron más de una oportunidad de entregar a John Dresser a un adulto y seguir su camino. El hecho de que no lo hicieran sugiere que, en algún momento, al menos uno de ellos estaba pensando en un plan a más largo plazo. Eso, o bien que ese plan había sido discutido previamente por los tres. Si este último hubiese sido el caso, también se trata de algo que ninguno de los chicos se ha mostrado nunca dispuesto a revelar.

La Policía recibió la llamada una vez que las cintas del sistema de videovigilancia habían sido examinadas por el jefe de seguridad de Barriers. Sin embargo, para cuando los agentes llegaron para ver las cintas y organizar la búsqueda, John Dresser se encontraba aproximadamente a dos kilómetros de la galería comercial. Había cruzado dos autovías con intenso tráfico en compañía de Ian Barker, Michael Spargo y Reggie Arnold, y estaba cansado y hambriento. Aparentemente se había caído varias veces más y se había hecho un corte en la mejilla con un trozo levantado de la acera.

Su compañía comenzaba a ser fatigosa, pero aun así los chicos no entregaron a John Dresser a nadie. Según lo declarado por Michael Spargo durante su cuarta entrevista, fue Ian Barker el primero que le propinó una patada al niño cuando se cayó y fue Reggie quien le ayudó a que se levantara y comenzó a arrastrarle. En este punto, John Dresser estaba histérico, pero este hecho parece haber persuadido a las personas con las que se cruzaban a creer más firmemente en la explicación de los chicos de que estaba tratando de llevar a «mi hermano pequeño a casa». El hermano pequeño de cuál de ellos era aparentemente un detalle que se convirtió en algo cambiante, dependiendo exclusivamente de los interlocutores (los Testigos B, C, y D), y aunque que Michael Spargo niega en todas las entrevistas que él haya afirmado alguna vez que John Dresser era su hermano, esta afirmación es refutada por el Testigo E, un empleado de correos que se encontró con los chicos a medio camino de la zona de obras de Dawkins.

El testimonio del testigo E lo sitúa preguntándoles a los chicos qué le pasaba al pequeño, por qué lloraba de ese modo y qué le había ocurrido en la cara: «Él dijo (el chico que llevaba el anorak amarillo) que era su hermano y que su madre estaba ocupada con su novio en casa y que ellos debían entretener al niño hasta que ella hubiese terminado. Dijeron que se habían alejado demasiado y me preguntaron si podía llevarles a casa en mi furgoneta».

Esta fue, tal vez, una petición realmente inspirada. Los chicos seguramente sabían que el Testigo E no sería capaz de acomodarlos a todos en la furgoneta.

El hombre estaba haciendo su ruta, y aunque no hubiese sido así, probablemente no había espacio suficiente dentro del vehículo. Pero el hecho de que formularan tal petición otorgó verosimilitud a su historia. El Testigo E informa que «les dije que, entonces, llevasen al pequeño directamente a casa, porque estaba llorando como nunca había visto», y él tenía tres hijos. Los chicos accedieron a hacerlo.

Es posible que sus intenciones hacia John Dresser, aunque imprecisas cuando se lo llevaron de la galería comercial, comenzaran a gestarse con la consecutiva serie de eficaces mentiras que fueron capaces de inventar acerca del pequeño, como si la fácil credulidad de los testigos hubiese estimulado el apetito de los chicos por maltratarle. Basta decir que continuaron su camino, logrando que el pequeño caminase dos kilómetros a pesar de sus protestas y sus gritos de «Mamá» y «Papá», que fueron oídos e ignorados por más de una persona.

Michael Spargo afirma que durante este periodo preguntó una y otra vez qué pensaban hacer con John Dresser: «Les dije que no podíamos llevarle a casa con nosotros. Se lo dije. Lo hice». Eso consta en la transcripción de su quinta entrevista. También declara que fue en ese punto cuando tuvo la idea de dejar a John en la comisaría: «Les dije que podíamos dejarle en la escalera de la entrada o algo así. Podíamos dejarle dentro, junto a la puerta. Dije que su madre y su padre estarían preocupados. Pensarían que le había pasado algo malo».

Ian Barker, dice Michael, afirmó que algo le había ocurrido al niño: «Estúpido gilipollas, claro que ha pasado algo». Y dice que le preguntó a Reg si creía que el niño haría mucho ruido cuando cayera al agua.

¿Estaba Ian pensando en el canal en ese momento? Es posible. Pero la verdad es que los chicos no estaban ni mucho menos cerca del Midlands Trans-Country Canal, y no serían capaces de llevar hasta allí a un exhausto John Dresser a menos que cargaran con él, algo que aparentemente no estaban dispuestos a hacer. Pero si Ian había estado albergando el deseo de infligir alguna clase de daño a John Dresser en los alrededores del canal, ahora sus intenciones se habían visto frustradas y el propio John era la razón.

ϒ

La compañía de John Dresser comenzaba a volverse cada vez más difícil, y los chicos tomaron la decisión de «perder al niño en algún supermercado», según Michael Spargo, porque todo el asunto se había vuelto «terriblemente aburrido». Sin embargo, no había ningún supermercado cerca y los chicos decidieron buscar uno. Fue mientras iban de camino que Ian, según declararon Michael y Reggie en entrevistas separadas con la Policía, señaló que en una tienda podrían ser vistos e incluso identificados por las cámaras de seguridad. Añadió que él conocía un lugar mucho más seguro. Les llevó a las obras abandonadas de Dawkins.

El lugar en sí había sido una gran idea que fracasó por falta de fondos. Proyectada originalmente como tres modernos bloques de oficinas dentro de «un encantador entorno similar a un parque, con árboles, jardines, senderos y abundantes asientos al aire libre», la obra tenía por objeto inyectar dinero en la comunidad circundante a fin de estimular una economía vacilante. Pero una gestión deficiente por parte del contratista provocó que los trabajos de construcción se paralizaran antes de que se hubiese completado la primera torre.

El día en que Ian Barker llevó a sus compañeros a ese sitio, las obras llevaban paradas diecinueve meses. Estaban rodeadas por una valla de tela metálica, pero no eran inaccesibles. Aunque en la valla había carteles advirtiendo que el lugar estaba «bajo vigilancia las 24 horas» y que «intrusos y vándalos serán perseguidos con todo el peso de la ley», las constantes incursiones en la propiedad por parte de chicos y adolescentes indicaban todo lo contrario.

Era un lugar muy tentador tanto para jugar como para citas clandestinas. Había docenas de sitios donde esconderse; los montículos de tierra ofrecían rampas de lanzamiento para ciclistas con bicicletas de montaña; tablas, tuberías y caños desechados servían como armas en los juegos de guerra; los pequeños trozos de hormigón sustituían a la perfección a las bombas y las granadas de mano. Si bien se trataba de un lugar dudoso donde «perder al bebé» si la intención de los chicos era que apareciera alguien y se lo llevase a la comisaría más próxima, sí era el lugar perfecto para desplegar el resto de los horrores del día.

10

Thomas Lynley comenzó el proceso de endurecimiento a la mañana siguiente, cuando se detuvo junto a la caseta en New Scotland Yard. El policía de guardia se acercó sin reconocer el coche. Cuando vio a Lynley en el interior, dudó un momento antes de inclinarse hacia la ventanilla bajada y decir con voz ronca:

—Inspector. Señor. Qué alegría tenerle de regreso.

Lynley quería decirle que no estaba de regreso, pero se limitó a asentir. Fue entonces cuando entendió algo que tendría que haber entendido antes: que la gente reaccionaría ante su aparición y que él tendría que responder a esa reacción. De modo que se preparó para su siguiente encuentro. Aparcó el coche y subió a las oficinas situadas en Victoria Block, que le resultaban tan familiares como su propia casa.

Dorothea Harriman fue la primera en verle. Habían pasado cinco meses desde que se había encontrado con la secretaria del departamento, pero probablemente ni el tiempo ni las circunstancias conseguirían alterarla jamás. Ella, como siempre, estaba conjuntada a la perfección, hoy con una falda roja, una blusa de fina tela transparente y un cinturón ancho que ceñía una cintura que habría provocado un vahído a cualquier caballero victoriano. Estaba de pie junto a un archivador de espaldas a él, y cuando se giró y le vio, sus ojos se llenaron de lágrimas, dejó una carpeta sobre su escritorio y se llevó ambas manos a la garganta.

—Oh, detective inspector Lynley —dijo—. Oh, Dios mío, qué maravilla. No hay nada mejor que verle.

Lynley pensó que no sería capaz de sobrevivir a más de un saludo como éste, de modo que respondió, como si nunca se hubiera marchado:

—Dee. Hoy tienes un gran aspecto. ¿Están…?

Y señaló el despacho del comisario jefe con la cabeza.

Ella le dijo que estaban todos reunidos en el centro de coordinación y ¿quería un café? ¿Té? ¿Un cruasán? ¿Una tostada? Hacía poco habían comenzado a ofrecer bollos dulces en la cantina y no había problema si…

Le dijo que estaba bien. Había desayunado. No quería que se molestara. Consiguió sonreír y se dirigió al centro de coordinación, pero podía sentir los ojos de la secretaria posados sobre él y sabía que tendría que comenzar a acostumbrarse a que la gente le evaluase, considerando lo que debían o no debían decir, inseguros de cuándo o incluso si debían mencionar el nombre de ella. Ésa era, él lo sabía, la manera en que actuaba todo el mundo mientras navegaban por las aguas del pesar de otra persona.

En el centro de coordinación ocurrió casi lo mismo. Cuando abrió la puerta y entró en la habitación, el silencio estupefacto que se cernió sobre el grupo le confirmó que la superintendente interina Ardery no les había mencionado que se reuniría con ellos. Ella se encontraba junto a una serie de tableros donde se colocaban fotografías y listas con las acciones de los policías. Isabelle le vio y dijo con tono ligero:

—Ah. Thomas, buenos días. —Luego se dirigió a los demás—: Le he pedido al inspector Lynley que volviese al equipo, y espero que su regreso sea con carácter permanente. Mientras tanto, el inspector ha accedido a ayudarme a aprender los trucos que se manejan por aquí. Confío en que nadie tenga ningún problema con eso.

La manera en que lo dijo envió un mensaje muy claro: Lynley sería su subordinado y si alguien tenía algún problema con eso, ese alguien ya podía ir pidiendo que le asignaran un nuevo destino.

La mirada de Lynley los abarcó a todos, sus viejos colegas, sus viejos amigos. Ellos le dieron la bienvenida de maneras diferentes: Winston Nkata con una resplandeciente calidez en sus rasgos oscuros; Philip Hale con un guiño y una sonrisa;

John Stewart con la expectación cautelosa de alguien que sabe que hay más cera que la que arde; y Barbara Havers con una expresión de desconcierto. Su rostro revelaba la pregunta que él sabía que quería hacerle: ¿por qué no se lo dijo el día anterior? No sabía cómo podía explicarlo. De todos los que estaban allí, Barbara era la más próxima a él y, por lo tanto, era la última persona con la que podía hablar con comodidad. Sería incapaz de entenderlo, y él aún no tenía las palabras para explicárselo.

Isabelle Ardery continuó con la reunión. Lynley sacó sus gafas de leer y se acercó a los tableros donde se exhibían las fotografías de la víctima, viva y muerta, incluyendo las horrorosas fotos tomadas durante la autopsia. El retrato robot de un presunto sospechoso estaba fijado cerca de unas fotos del lugar del crimen y, a continuación, pudo ver un primer plano de lo que parecía ser alguna clase de piedra grabada. Era una imagen ampliada: la piedra era rojiza y cuadrada y tenía aspecto de amuleto.

—... en el bolsillo de la víctima —estaba diciendo Ardery refiriéndose aparentemente a esta fotografía—. Parece algo perteneciente al anillo de un hombre, considerando el tamaño y la forma, y podéis ver que ha sido grabado, aunque está bastante gastado. Los forenses lo están analizando en estos momentos. En cuanto al arma, la División de Apoyo Logístico de New Scotland Yard, el SO7, nos dice que la herida sugiere un objeto capaz de perforar hasta una profundidad de veinte o veintidós centímetros. Eso es todo lo que saben. En la herida también había restos de herrumbre.

—Había mucha herrumbre en el lugar —señaló Winston Nkata—. Una vieja capilla, cerrada con barras de hierro... En ese lugar debe de haber una montaña de objetos que podrían utilizarse como arma.

—Lo que nos lleva a la posibilidad de que se tratase de un crimen no premeditado —dijo Ardery.

—No había ningún bolso con ella —dijo Philip Hale—. Ninguna identificación. Y tendría que haber tenido algo para llegar hasta Stoke Newington. Dinero, una tarjeta de autobús, algo. El asesino podría haber empezado por robarle el bolso.

—Efectivamente... De modo que tenemos que encontrar ese bolso, si llevaba uno —dijo Ardery—. Mientras tanto disponemos de dos pistas muy buenas a partir de la revista porno que alguien dejó cerca del cadáver.

Girlicious era la clase de revista que se enviaba a los puntos de venta envuelta en un plástico negro opaco debido a la naturaleza de su contenido: Ardery puso los ojos en blanco. El plástico servía para impedir que niños inocentes la hojeasen para echarle un vistazo a las numerosas partes pudendas exhibidas en sus páginas. El plástico también servía al propósito menos obvio de impedir que las huellas dactilares de otra persona que no fuese el comprador quedasen impresas en ella. Ahora disponían de un juego de huellas muy bueno para usar en la investigación, pero, aún mejor que eso, tenían un recibo de compra metido entre las páginas, como si lo hubiesen utilizado como punto. Si este recibo pertenecía al lugar donde habían comprado la revista —y probablemente así era—, entonces existía una muy buena posibilidad de que estuviesen sobre la pista del desgraciado que la había comprado.

—Ese hombre podría ser nuestro asesino, pero podría no serlo. Podría ser, podría no ser… —Ardery señaló el retrato hecho por la Policía—. Pero la revista era nueva. No lleva allí mucho tiempo. Y queremos hablar con quienquiera que la llevase a ese anexo de la capilla. De modo que…

Ardery comenzó a asignar las tareas del día. Todos ellos conocían la rutina: había que seguir el proceso. Tenían que entrevistar a todos los conocidos de Jemima Hastings: en Covent Garden, donde estaba empleada; en su alojamiento en Putney; en la Portrait Gallery, donde había estado presente durante la inauguración de la exposición en la que estaba colgado su retrato. Todos ellos necesitarían coartadas que tendrían que comprobarse. Sus pertenencias también tendrían que ser examinadas y había un montón de cajas llenas de ellas que habían sido sacadas de su habitación. Habría que llevar a cabo una búsqueda cada vez más amplia en el área próxima al cementerio para tratar de encontrar su bolso, el arma homicida o cualquier cosa relacionada con el viaje que Jemima Hastings había hecho a través de Londres hasta llegar a Stoke Newington.

Ardery acabó de asignar las tareas. La última de ellas consistió en encargar a la sargento detective Havers que buscase a una mujer llamada Yolanda, *la Médium*.

—¿Yolanda la «qué»? —soltó Havers.

Ardery la ignoró. Habían recibido una llamada telefónica de Bella McHaggis, dijo, la dueña de la pensión donde vivía Jemima Hastings en Putney. Era necesario dar con el paradero de Yolanda, *la Médium*. Esa mujer, aparentemente, había estado acechando a Jemima —«palabras de Bella, no mías»—, de modo que era necesario que la encontrasen para interrogarla.

—¿Confío que no tendrá problemas con eso, sargento?

Havers se encogió de hombros. Miró a Lynley. Él sabía cuál era la expectativa de Barbara. Y al parecer también Isabelle Ardery porque les anunció a todos:

—Por ahora, el inspector Lynley trabajará conmigo. Sargento Nkata, usted será el compañero de Barbara.

Isabelle Ardery le dio las llaves de su coche a Lynley. Le dijo dónde estaba aparcado, añadió que se reuniría con él abajo después de una breve visita al lavabo y luego se fue hacía allí. Al tiempo que hacía sus necesidades, vació un botellín de vodka, pero el alcohol bajó demasiado deprisa para su gusto y se alegró de haber llevado consigo el otro botellín. De modo que, mientras tiraba de la cadena, se bebió el contenido del segundo botellín. Volvió a guardar ambas botellas en el bolso. Se aseguró de que quedasen separadas, cada una envuelta en un pañuelo de papel, porque no sería buena idea ir por ahí tintineando y repicando como si fuese una prostituta medio borracha con algo que ocultar. Especialmente, pensó ella, considerando que no había más género en el lugar de donde habían salido, a menos que hiciera una parada en una tienda con permiso para vender alcohol, algo que sería muy poco probable en compañía de Thomas Lynley.

Dijo: «Usted y yo iremos a Covent Garden», y ni Lynley ni los demás habían cuestionado su decisión. Su intención era permanecer cerca de cualquier operación si conseguía finalmente el puesto de superintendente y, en lo que concernía a todos los presentes, Lynley estaba allí para ayudarla a conocer el percal. El hecho de que Lynley se encargase de llevarla por la ciudad serviría para reforzar el argumento de que contaba con su apoyo. Además quería llegar a conocer a ese hombre. Fuese él consciente o no de lo que estaba pasando, Lynley era la competencia en más de un sentido, y ella tenía precisamente la intención de desarmarle en más de un sentido.

Se acercó al lavamanos y aprovechó para alisarse el pelo y acomodarlo detrás de las orejas, sacar las gafas de sol del bolso y darse un toque de color en los labios. Luego masticó dos pastillas de menta y colocó sobre la lengua una tira de Listerine para mayor seguridad. Bajó al aparcamiento, donde encontró a Lynley esperando junto a su Toyota.

Siempre un caballero —el hombre probablemente había aprendido modales desde la cuna— le abrió la puerta del acompañante para que subiera al coche. Ella le dijo, con tono brusco, que no volviera a hacer eso, —«Esto no es una cita, inspector»— y se marcharon. Era muy buen conductor, observó. Desde Victoria Station hasta las inmediaciones de Covent Garden, Lynley sólo miró la autovía, las aceras o los espejos del Toyota, y no se molestó en darle conversación. Ningún problema para ella. Viajar en coche con su ex marido siempre había sido una tortura para Isabelle, ya que Bob tenía tendencia a creer que podía hacer varias cosas al mismo tiempo, y las tareas que emprendía cuando estaba al volante del coche consistían en echarle la bronca a sus hijos, discutir con ella, conducir y, a menudo, mantener conversaciones a través de su teléfono móvil. En innumerables ocasiones se habían saltado semáforos en rojo, habían hecho caso omiso de los pasos cebra y habían girado a la derecha hacia el tráfico que se les echaba encima. Parte del placer derivado del divorcio había sido la novedosa seguridad que significaba poder conducir el coche.

Covent Garden no se encontraba muy lejos de New Scotland Yard, pero tuvieron que enfrentarse a la congestión de tráfico en Parliament Square, que siempre era notablemente peor durante los meses de verano. Ese día, en particular, había una fuerte presencia policial en los alrededores de la plaza, ya que una gran cantidad de manifestantes se habían congregado cerca de la iglesia de Santa Margarita, y los agentes de Policía, con cazadoras de un amarillo brillante, trataban de llevarles hacia Victoria Tower Garden.

El panorama no era mucho mejor en Whitehall, donde el tráfico estaba atascado cerca de Downing Street. Pero el atasco no era consecuencia de otra protesta, sino más bien de la presencia de un montón de curiosos que pululaban junto a los portones de hierro, esperando sólo Dios sabía qué. Por lo tanto, transcurrió más de media hora entre el momento en que Lynley desvió el coche de Broadway a Victoria Street y cuando consiguió aparcar en Long Acre con la identificación policial colocada en el parabrisas.

Hacía ya mucho tiempo que Covent Garden había pasado de ser el pintoresco mercado de flores que dio fama a Eliza Doolitle para convertirse en una pesadilla comercial de la globalización desenfrenada. Desde hacía tiempo, la zona estaba dedicada en gran parte a cualquier cosa que los turistas pudieran querer comprar. Cualquier persona con sentido común que viviese en esa zona de la ciudad evitaba el lugar. Los obreros que trabajaban en el vecindario utilizaban sin duda sus pubs, restaurantes y puestos de comida, pero, aparte de eso, en sus innumerables portales los habitantes de Londres no ponían los pies, a menos que fuese para comprar algo que no se pudiese conseguir fácilmente en otra parte de la ciudad.

Ése era el caso del estanco donde, según la información de Barbara Shavers, Sidney Saint James había visto por primera vez a Jemima Hastings. Encontraron el establecimiento en el extremo sur de la inmensa galería comercial y se abrieron paso hasta allí a través de lo que parecían ser artistas callejeros de todo tamaño y condición: desde individuos que posaban ingeniosamente como estatuas en Long Acre hasta magos, malabaristas sobre monociclos, dos músicos-orquesta y un dinámico practicante de *air guitar* (esa práctica que consiste en tocar la guitarra eléctrica con música de fondo, pero sin el instrumento en sí) que simulaba pulsar las cuerdas. Todos estos personajes competían por los donativos de los visitantes en prácticamente todos los espacios que no estaban ocupados por un kiosco, una mesa, sillas y gente apiñada comiendo helados, patatas asadas y *falafel*. Era exactamente la clase de lugar que hacía que uno deseara salir corriendo y gritando en busca del lugar solitario más cercano, que era probablemente la iglesia que se encontraba en el extremo suroeste de la plaza que incluía Covent Garden.

Las cosas mejoraron un poco en las tiendas de Courtyard, donde la mayoría de los establecimientos eran de un nivel moderadamente elevado. Por lo tanto, las omnipresentes bandas de adolescentes y turistas calzados con zapatillas deportivas aquí brillaban por su ausencia. La calidad de los artistas callejeros también ascendía un peldaño en calidad. En el patio situado en un nivel inferior que albergaba un restaurante con sillas y mesas al aire libre, un violinista de mediana edad tocaba con el acompañamiento orquestal que emitía un radiocasete.

Un cartel donde se leía SALÓN DE CIGARROS Y TABACOS colgaba encima del escaparate del estanco. Junto a la puerta, se encontraba la tradicional figura en madera del Highlander con su vestimenta tradicional y un tarro con rapé en las manos. Unas pizarras impresas se apoyaban contra la puerta y debajo de la ventana anunciando tabacos exclusivos y la especialidad del día, que hoy era el puro Larrañaga Petit Corona.

El interior del estanco era tan pequeño que no hubiesen entrado cinco personas con comodidad. Con un ambiente fragante debido al perfume del tabaco fresco, comprendía un único y antiguo expositor de parafernalia para pipas y puros, armarios de roble con el frontal acristalado donde se guardaban los puros bajo llave, y una pequeña habitación en la parte posterior dedicada a almacenar docenas de recipientes de vidrio llenos de tabaco y etiquetados con los nombres de diferentes aromas y sabores. El antiguo expositor también hacía las veces de mostrador principal de la tienda, con una balanza electrónica, una caja registradora, y otra pequeña vitrina con puros. Detrás de este mostrador, el empleado estaba atendiendo a una mujer que compraba puritos.

—En un momento estoy con ustedes, queridos —dijo, con la clase de voz cantarina que uno podría haber esperado de un dandi de otro siglo.

La voz, sin embargo, desmentía totalmente la edad y el aspecto del empleado del estanco. No parecía tener más de veintiún años, y si bien estaba pulcramente vestido con un ligero atuendo de verano, llevaba anillos extensores en los lóbulos de las orejas. Aparentemente, los había usado durante tanto tiempo que el tamaño de sus lóbulos ponía la piel de gallina. Durante la conversación que mantuvo a continuación con Isabelle y con Lynley, el muchacho no dejó de hurgarse los orificios con los dedos. A Isabelle esa conducta le resultó tan nauseabunda que estuvo a punto de marearse.

—Bien. ¿Sí, sí, sí? —canturreó alegremente una vez que la clienta abandonó el local con los puritos—. ¿En qué puedo ayudarles? ¿Puros habanos? ¿Puritos? ¿Tabaco? ¿Rapé? ¿Qué será?

—Conversación —dijo Isabelle—. Policía —añadió al tiempo que mostraba su identificación. Lynley hizo lo propio.

—Estoy ansioso —dijo el joven. Dijo que se llamaba J-a-y-s-o-n Druther. Su padre, informó, era el propietario de la tienda. Como lo habían sido antes su abuelo y el padre de su abuelo—. Lo que no sepamos nosotros de tabaco no merece la pena saberse. —Él acababa de iniciarse en el negocio, después de haber insistido en conseguir una licenciatura en Empresariales antes de «unirse a las filas de los que trabajan». Quería ampliar el negocio, pero su padre no era de la misma opinión—. Que el Cielo no permita que invirtamos en algo que no sea absolutamente seguro —añadió con un escalofrío dramático—. Muy bien…

Extendió las manos, que eran blancas y suaves, observó Isabelle, muy probablemente objeto de visitas semanales a la manicura, e indicó que estaba listo para cualquier cosa que quisieran de él. Lynley permanecía ligeramente detrás de ella, lo que permitió que Isabelle llevara la voz cantante. Le agradó ese gesto.

—Jemima Hastings —comenzó Isabelle—. Supongo que la conoce, ¿verdad?

—Algo. —J-a-y-s-o-n extendió la palabra separándola en «al» y «go», enfatizando la segunda sílaba. Añadió que no le importaría tener unas palabras con la querida Jemima, ya que ella era la razón de que él tuviese que trabajar «a toda clase de horas demenciales como ahora. Por cierto, ¿dónde está esa miserable monada?».

Isabelle le dijo que esa miserable monada estaba muerta.

Su boca se abrió de par en par para cerrarse un segundo después.

—Dios mío —dijo—. ¿Ha sido un accidente de circulación? ¿La atropelló un coche? Santo cielo, no habrá habido otro ataque terrorista, ¿verdad?

—Ha sido asesinada, señor Druther —dijo Lynley sin levantar la voz.

Jayson registró su acento culto y se manoseó uno de los lóbulos a modo de respuesta.

—En el cementerio de Abney Park —añadió Isabelle—. Los periódicos indicaron que se había cometido un asesinato en ese lugar. ¿Lee usted los periódicos, señor Druther?

—Dios, no —dijo—. Ni prensa amarilla ni periódicos serios y, «definitivamente», ningún informativo por radio o televisión. Prefiero mil veces vivir en las nubes. Cualquier otra cosa me produce tal estado de depresión que no puedo levantarme de la cama por las mañanas, y lo único que consigue animarme son los panecillos de jengibre que prepara mi madre. Pero si los como, soy propenso a ganar peso, la ropa no me sienta bien, tengo que comprarme ropa nueva, y… estoy seguro de que captan la idea. ¿El cementerio de Abney Park? ¿Dónde está el cementerio de Abney Park?

—Al norte de Londres.

—¿Al norte de Londres? —Hizo que sonase como Plutón—. Dios mío. ¿Qué hacía ella allí? ¿La asaltaron? ¿La secuestraron? No le habrán… No le habrán hecho «algo», ¿no?

Isabelle pensó que tener la yugular seccionada podría interpretarse muy bien como que le habían hecho algo, aunque sabía que no era eso lo que Jayson quería decir.

—Por el momento lo dejaremos en asesinada. ¿Conocía bien a Jemima? —preguntó.

No muy bien, según se desprendió de la conversación. Al parecer, Jayson había hablado con Jemima por teléfono, pero, de hecho, sólo la había visto en un par de ocasiones, ya que no compartían el horario de trabajo y, la verdad sea dicha, ninguna otra cosa tampoco. La conocía más por esas cosas que por ella en persona. «Esas cosas» resultó ser un grupo de tarjetas postales con fotografías. Jayson las sacó de un armario pequeño que había junto a la caja registradora, quizás ocho en total. Las tarjetas mostraban la foto que Deborah Saint James había tomado de Jemima Hastings, vendidas sin duda como las otras fotografías de la colección en la tienda de regalos de la National Portrait Gallery. Alguien había escrito en cada una de ellas: «¿Ha visto a esta mujer?» con rotulador negro. En el reverso había un número de teléfono con las palabras: «Por favor, llame» escritas encima.

—Paolo las había traído para Jemima —dijo Jayson. Lo sabía porque los días que él trabajaba y Jemima no, Paolo di Fazio se detenía de todos modos en el estanco si había encontrado más tarjetas postales. Este fajo en particular lo había entregado hacía ya varios días, aunque Jemima no estaba allí para recibirlas. Jayson pensó que la chica había estado destruyéndolas a medida que llegaban, ya que en más de una ocasión había encontrado los trozos en la basura los días en que él trabajaba—. Pensé que se trataba de alguna clase de ritual fotográfico para ella —dijo.

Paolo di Fazio. Era uno de los inquilinos de la pensión. Isabelle recordaba el nombre del informe de Barbara Havers sobre la conversación que había mantenido con la dueña de la pensión donde vivía Jemima Hastings.

—¿El señor di Fazio trabaja cerca de aquí? —preguntó ella.

—Sí. Es el hombre de las máscaras.

—¿El hombre enmascarado? —preguntó Isabelle—. ¿Qué demonios...?

—No, no. «Enmascarado» no. Máscaras. Él crea máscaras. Tiene un puesto en el mercado. Es muy bueno. Incluso me ha hecho una a mí. Son una especie de recuerdo de..., bueno, más que un recuerdo, en realidad. Creo que tiene algo con Jemima, es eso lo que pregunta. Quiero decir, ¿por qué otra razón si no estaría entrando y saliendo de la tienda con esas tarjetas postales que ha juntado para ella?

—¿Vino alguien más preguntando por ella..., cuando usted estaba trabajando y ella tenía los días libres? —preguntó Isabelle.

Jayson meneó la cabeza.

—Nadie —dijo—. Sólo Paolo.

—¿Qué me dice de la gente con la que se veía aquí, en el mercado?

—Oh, no los conozco, querida, si es que hay alguno. Puede haber alguien, por supuesto, pero como ya he dicho, trabajábamos en días diferentes, de modo que...—Se encogió de hombros—. Paolo se lo podría decir. Si quisiera, claro.

—¿Por qué no iba a querer decirlo? ¿Hay algo acerca de Paolo que deberíamos saber antes de hablar con él?

—Por Dios, no. No era mi intención insinuar... Bueno,

tuve efectivamente la impresión de que él la controlaba bastante estrechamente, ya sabe. Hacía preguntas acerca de ella, como usted. Si había venido alguien a buscarla a la tienda, a preguntar por ella, a reunirse con ella, a esperarla…, esa clase de cosas…

—¿Cómo acabó trabajando aquí? —preguntó Lynley, dejando de escrutar la vitrina donde se exhibían los puros habanos.

—La agencia de empleo —dijo Jayson—. Y no puedo decirle cuál de ellas, porque ahora están todas informatizadas, de modo que podría haber llegado a nosotros desde Blackpool, que yo sepa. Pusimos el anuncio en la agencia de empleo y llegó ella. Papá la entrevistó y la contrató en el acto.

—Tendremos que hablar con él.

—¿Con mi padre? ¿Por qué? Dios, no estarán pensando que… —Jayson se echó a reír y luego lanzó un chillido y se tapó la boca con la mano. Luego recobró la compostura con una expresión apropiadamente apenada—. Lo siento, sólo estaba imaginando a mi padre como un asesino. Supongo que quieren hablar con él, ¿verdad? ¿Para comprobar su coartada? ¿No es eso lo que hace la Policía?

—Eso hacemos, efectivamente. También necesitaremos la suya.

—¿Mi coartada? —Jayson se llevó una mano al pecho—. No tengo idea de dónde está Ashley Park. Y, en cualquier caso, si Jemima estaba allí y era cuando tendría que haber estado trabajando, entonces yo estaba aquí.

—El nombre es Abney Park —le informó Isabelle—. En el norte de Londres. Stoke Newington, para ser exactos, señor Druther.

—Donde sea. Yo habría estado aquí. Desde las nueve y media de la mañana hasta las seis y media de la tarde. Hasta las ocho, los miércoles. ¿Era un miércoles? Porque, como ya he dicho al principio de esta conversación, no leo los periódicos y no tengo idea…

—Empiece —dijo Isabelle.

—¿Qué?

—Los periódicos. Empiece a leer los periódicos, señor Druther. Le asombrará lo que puede leer en ellos. Ahora repítanos dónde podríamos encontrar a Paolo di Fazio.

ϒ

Se preguntó si eran ángeles. Había algo en ellos que les hacía diferentes. No eran mortales. Podía verlo. La verdadera pregunta era, entonces, ¿qué clase de ángeles? ¿Querubines, tronos, dominios, principados? ¿Buenos, malos, guerreros, guardianes? ¿O incluso arcángeles, como Rafael, Miguel o Gabriel? ¿Arcángeles de quienes eruditos y teólogos aún no saben nada? ¿Ángeles de la orden más elevada, tal vez, que vienen a librar una guerra con fuerzas tan malignas que sólo una espada sostenida por la mano de una criatura de luz puede derrotarlas?

No lo sabía. No podía decirlo.

Él se había adjudicado la categoría de guardián, pero estaba equivocado. Vio que estaba destinado a ser el guerrero de Miguel, pero cuando lo vio ya era demasiado tarde.

> Pero vigilar tiene poder…
> Vigilar es nada. Vigilar es vigilar el mal y el mal destruye.
> La destrucción destruye. La destrucción engendra más destrucción.
> El aprendizaje es significado. Custodiar significa aprender.
> Custodiar significa miedo.
> Miedo significa odio. Miedo significa ira.
> Custodiar significa amor.
> Custodiar significa ocultarse.
> Ocultarse significa montar guardia que significa
> custodiar que significa amor. Estoy destinado a custodiar.
> Tú estás destinado a matar. Los guerreros derrotan.
> Tú estás llamado a la guerra. Yo te invoco.
> Legiones y más legiones te invocan.
> Yo protegí. Yo protejo.
> Tú mataste.

Quería golpearse la cabeza, donde sonaban las voces. Hoy eran más estridentes que nunca, más que los gritos, más que la música. Él podía «ver» las voces, además de oírlas, y llenaban su visión, de modo que, finalmente, pudo distinguir las alas. Eran ángeles ocultos, pero sus alas los delataban, y le observaban y levantaban testimonio desde las alturas. Estaban alineados uno junto a otro con las bocas abiertas. Debería haber sido un canto celestial lo que tendría que haber salido de esas bocas, pero en cambio lo que llegó fue viento. Había un aullido encima de él, y detrás del viento llegaron las voces que él conocía, pero no quería escuchar, de modo que se entregó a los guerreros, a los guardianes y a su determinación de ganarle para causas tan poco apropiadas para él.

Cerró los ojos con fuerza, pero aun así los veía y los oía; aun así seguía adelante hasta que la transpiración le humedeció las mejillas, hasta que se dio cuenta de que no era transpiración sino lágrimas, y luego del «bravo» que llegaba de alguna parte, pero esta vez no de los ángeles, ya que se habían marchado, y entonces él también lo hizo. Andaba a trompicones, subiendo, abriéndose paso hacia el cementerio de la iglesia y luego hacia el silencio que no era silencio en absoluto porque no «había» silencio, no para él.

A Lynley no le molestaba el papel que estaba jugando en la investigación, algo entre chófer y criado de Isabelle Ardery. Le permitía aligerar su regreso al trabajo policial. Además, si iba a retomar su trabajo en la Policía sólo podía ser de forma gradual.

—Menudo gilipollas —dijo Ardery en relación con Jayson Druther, una vez que abandonaron el estanco.

Lynley no podía estar más de acuerdo. Le indicó el camino que debían tomar para llegar a Jubilee Market Hall a través del empedrado del área principal de Covent Garden.

En el interior de la enorme galería, el ruido era ensordecedor y llegaba de los vendedores ambulantes, de los radiocasetes instalados dentro de los puestos, de las conversaciones mantenidas a gritos y de los compradores que trataban de cerrar tratos con vendedores de cualquier cosa, desde camisetas de recuerdo hasta obras de arte. Encontraron el puesto del fabricante de máscaras después de abrirse paso a codazos arriba y abajo de tres pasillos laterales. Tenía una buena ubicación cerca de una de las entradas, lo que le convertía en el primero de los últimos puestos que uno encontraba, pero, en cualquier caso, en un puesto que uno vería inevitablemente, ya que se encontraba situado en un ángulo con nada a sus costados. También era grande, más grande que la mayoría, y ello se debía a que la fabricación de las máscaras parecía desarrollarse en su interior. Un taburete para el modelo del artista recibía la luz de una lámpara elevada y, junto a él, había una mesa con bolsas de yeso y otros numerosos recipientes. Sin embargo, lamentablemente, lo que el puesto no incluía en ese momento era la presencia del propio artista, si bien la gruesa hoja de plástico que formaba la pared posterior exhibía fotografías de las máscaras que creaba, junto con los modelos que posaban a su lado.

Un cartel colocado sobre un mostrador provisional señalaba el tiempo que el artista tardaría en regresar. Ardery le echó un vistazo y luego miró su reloj.

—Vamos a beber algo —le dijo a Lynley.

Volvieron sobre sus pasos buscando un lugar donde beber ese algo y llegaron al patio de debajo del estanco. El violinista que había estado tocando allí ya se había marchado. Daba igual, porque Ardery, aparentemente, quería conversación, además de la bebida. Tomó una copa de vino. Lynley enarcó una ceja, y ella advirtió el gesto.

—No tengo ninguna objeción a beber una copa de vino estando de servicio, inspector Lynley. Nos merecemos una después de J-a-y-s-o-n. Por favor, acompáñeme. Odio sentirme como una borracha.

—Creo que no —dijo él—. Me pasé de la raya después de la muerte de Helen.

—Ah. Sí. Me lo puedo imaginar.

Lynley pidió agua mineral, y esta vez fue ella quien enarcó una ceja.

—¿Ni siquiera una gaseosa? ¿Siempre es tan fiel a sus principios, Thomas?

—Sólo cuando quiero impresionar.

—¿Y quiere hacerlo?

—¿Si quiero impresionarla? ¿No lo queremos todos? Si va a ser la jefa, entonces al resto de nosotros nos conviene comenzar a maniobrar para ocupar posiciones ventajosas, ¿no cree?

—Tengo serias dudas de que usted haya dedicado mucho tiempo a maniobrar para conseguir cualquier posición.

—¿A diferencia de usted? Está ascendiendo deprisa.

—Eso es lo que hago. —Echó un vistazo alrededor del patio donde estaban sentados. No estaba tan concurrido como la zona encima de ellos, ya que aquí sólo estaba el bar de vinos del restaurante, situado al pie de una amplia escalera. Pero había bastante gente. Todas las mesas estaban ocupadas. Habían tenido suerte al encontrar un lugar donde sentarse—. Dios, qué masa ingente —dijo—. ¿Por qué cree que la gente acude a lugares como éste?

—Asociaciones —dijo Lynley. Isabelle se volvió hacia él. Lynley hizo girar entre los dedos un bol de cerámica que contenía terrones de azúcar mientras hablaba—. Historia, arte, literatura. La oportunidad de imaginar. Quizá volver a visitar un lugar de la infancia. Toda clase de razones.

—Pero ¿no para comprar camisetas con la leyenda *Mind the gap*?

—Un desafortunado subproducto del capitalismo rampante.

Ella sonrió ante el comentario.

—Puede ser moderadamente divertido.

—Eso me han dicho, en general con el énfasis en «moderadamente».

Llegaron sus bebidas. Él se percató de que Isabelle la bebía con cierta prisa. Ella, aparentemente, advirtió este detalle.

—Estoy tratando de ahogar el recuerdo de Jayson. Esos lóbulos horribles.

—Una opción estética interesante —reconoció él—. Uno se pregunta cuál será la siguiente tendencia, ahora que la mutilación corporal está de moda.

—Marcarse con un hierro al rojo, supongo. ¿Qué impresión le causó?

—¿Aparte de los lóbulos de sus orejas? Me parece que su coartada resultará muy sencilla de confirmar. Las copias de los recibos de caja tendrán la hora impresa en ellos…

—Alguien podría haber ocupado su puesto en la tienda, Thomas.

—… y es probable que haya uno o dos clientes habituales, por no mencionar a algún otro dueño o empleado de tienda de los alrededores que podrán confirmar que Jayson estuvo aquí. No le veo capaz de rajarle la yugular a alguien, ¿usted sí?

—Debo reconocer que no. ¿Paolo di Fazio?

—O quienquiera que pudiese estar al otro lado de esas tarjetas postales. Había un número de teléfono móvil en ellas.

Isabelle buscó su bolso y sacó las tarjetas postales. Jayson se las había entregado con un «encantado de librarme de ellas, querida», cuando se las pidió.

—Hacen que las cosas se pongan interesantes —le dijo a Lynley—, lo que nos lleva a Barbara Havers.

—Hablando de cosas interesantes —observó irónicamente.

—¿Ha sido feliz trabajando con ella?

—Sí, lo he sido, mucho.

—A pesar de su... —Ardery pareció buscar la palabra adecuada.

Él le proporcionó varias opciones.

—¿Rebeldía? ¿Obstinado rechazo a tener en cuenta las reglas? ¿Falta de tacto? ¿Hábitos personales desconcertantes?

Ardery se llevó el vino a los labios y estudió a Lynley por encima del borde de la copa mientras bebía.

—Formaban una pareja extraña. Nadie lo hubiese esperado. Creo que sabe a qué me refiero. Sé que ella ha tenido problemas profesionales, he leído su expediente personal.

—¿Sólo el de ella?

—Por supuesto que no. He leído los expedientes de todos. También el suyo. Quiero conseguir este trabajo, Thomas. Quiero tener un equipo que funcione como una máquina bien engrasada. Si la sargento Havers resulta ser un tornillo suelto en el mecanismo, tendré que deshacerme de ella.

—¿Es ésa la razón de que le esté aconsejando un cambio?

Ella frunció el ceño.

—¿Un cambio?

—La vestimenta de Barbara. El maquillaje. Supongo que lo siguiente será verla con la dentadura arreglada y luciendo un peinado de peluquería.

—A una mujer no le hace daño estar guapa. También aconsejaría a un hombre de mi equipo que hiciera algo con respecto a su apariencia si viniese a trabajar con la pinta de Barbara Havers. De hecho, la sargento Havers es el único miembro del equipo que viene a trabajar como si la noche anterior hubiese dormido al raso. ¿Es que nadie ha hablado antes con ella? ¿El comisario inspector Webberly? ¿Usted?

—Ella es así —dijo Lynley—. Buen cerebro y gran corazón.

—A usted le gusta.

—No puedo trabajar con gente que no me gusta, jefa.

—En las conversaciones personales soy Isabelle —dijo ella.

Sus miradas se encontraron. Él vio que sus ojos eran marrones, igual que los suyos, aunque el color no era uniforme. Estaban ricamente moteados de avellana y se le ocurrió pensar que si llevase colores diferentes a los que usaba hoy —una blusa crema debajo de una chaqueta rojiza hecha a medida— incluso habrían parecido verdes. Apartó la mirada y observó los alrededores.

—Este lugar no es muy personal, ¿no cree? —dijo.

—Creo que sabe lo que quiero decir. —Miró su reloj. Aún le quedaba media copa de vino y, antes de levantarse, acabó de beberlo—. Busquemos a Paolo di Fazio —dijo—. Ya debe de haber regresado a su puesto.

Así era. Le encontraron mientras intentaba convencer a una pareja de mediana edad de que se hicieran un par de máscaras como recuerdo del viaje que habían hecho a Londres para celebrar sus bodas de plata. Había sacado sus utensilios artísticos y los había extendido sobre el mostrador, junto con una colección de máscaras de muestra. Las máscaras estaban montadas en varillas que, a su vez, estaban fijadas sobre pequeños pedestales de madera pulida. Las máscaras, modeladas con yeso mate, eran asombrosamente fieles al natural, similares a las mascarillas mortuorias que en otras épocas se creaban a partir de los cadáveres de la gente importante.

—La forma perfecta de que recuerden esta visita a Londres —les decía di Fazio a la pareja—. Mucho más significativa que una jarra de café con el sello real, ¿verdad?

La pareja pareció dudar. Se dijeron mutuamente: «¿Debemos…?» y Di Fazio esperó su decisión. Su expresión era amable y no se alteró lo más mínimo cuando le dijeron que tendrían que pensarlo.

Cuando se hubieron marchado, Di Fazio centró su atención en Lynley y Ardery.

—Otra pareja muy apuesta —dijo—. Cada uno tiene un rostro hecho para la escultura. Vuestros hijos, imagino, deben ser tan guapos como los padres.

Lynley oyó que Ardery resoplaba, divertida. La mujer mostró su credencial y dijo:

—Superintendente Isabelle Ardery. New Scotland Yard. Él es el inspector Linley.

A diferencia de Jayson Druther, Di Fazio supo al instante por qué estaban allí. Se quitó las gafas de montura metálica que llevaba puestas y comenzó a limpiar los cristales en la camisa.

—¿Jemima? —dijo.

—Entonces sabe lo que le ocurrió.

Di Fazio volvió a ponerse las gafas y se pasó la mano por el pelo largo y oscuro. Era un hombre bien parecido, observó Lynley, bajo y compacto, pero con hombros y pecho que sugerían que levantaba pesas.

—Por supuesto que sé lo que le ocurrió a Jemima. Todos los sabemos —dijo con brusquedad.

—¿Todos? Jayson Druther no tenía idea de lo que le había pasado.

—No me extraña —contestó Di Fazio—. Es un idiota.

—¿Jemima también pensaba lo mismo de él?

—Jemima era muy buena con la gente. Nunca lo habría dicho.

—¿Cómo se enteró usted de su muerte? —preguntó Lynley.

—Bella me lo dijo.

Luego añadió lo que había indicado el informe de Barbara Havers: él era uno de los huéspedes en la casa de Bella McHaggis en Putney. De hecho, él era la razón, dijo Paolo, de que Jemima se hubiese instalado en la casa de la señora McHaggis. Le había dicho que había una habitación disponible allí poco después de conocerla.

—¿Cuándo fue eso? —preguntó Lynley.

—Una o dos semanas después de que ella llegase a Londres. En algún momento de noviembre pasado.

—¿ Y cómo la conoció? —preguntó Isabelle.

—En el estanco. —Les dijo que liaba sus propios cigarrillos y compraba allí el tabaco y el papel de fumar—. Habitualmente a ese imbécil, Jayson —añadió—. *Pazzo uomo*. Pero un día, en lugar de él, estaba Jemima.

—Usted es italiano, ¿verdad, señor di Fazio? —preguntó Lynley.

Di Fazio sacó uno de sus cigarrillos del bolsillo de la camisa —llevaba una camisa blanca impecable y unos vaqueros muy limpios— y lo colocó detrás de la oreja.

—Con un apellido como Di Fazio es una excelente deducción —dijo.

—Creo que el inspector se refería a si nació en Italia —dijo Isabelle—. Su inglés es perfecto.

—Vivo aquí desde que tenía diez años.

—Y nació en...

—En Palermo. ¿Por qué? ¿Qué tiene que ver esto con Jemima? Vine a este país legalmente, si es eso lo que les interesa, aunque no importe mucho en estos días, con todo es lío de la UE y la gente cruzando entre las fronteras cuando les apetece.

Lynley vio que Ardery indicaba un cambio de dirección en las preguntas con un ligero movimiento de los dedos sobre el mostrador.

—Tenemos entendido que recolectaba tarjetas postales de la National Portrait Gallery para Jemima. ¿Ella le pidió que lo hiciera o la idea fue suya?

—¿Por qué tendría que haber sido idea mía?

—Tal vez usted nos lo pueda decir.

—No fue idea mía. Vi una de esas tarjetas en Leicester Square. La reconocí por la exposición que hicieron en la galería (hay una banderola en la fachada con la fotografía de Jemima, si no la han visto) y la cogí.

—¿Dónde estaba la tarjeta?

—No lo recuerdo..., ¿cerca de la taquilla de entradas a mitad de precio? ¿Quizá cerca del Odeon? Estaba fijada con Blu-Tack y llevaba el mensaje escrito sobre ella, de modo que la cogí y se la llevé a Jemima.

—¿Llamó usted al número de teléfono que había en el reverso de la tarjeta?

Di Fazio meneó la cabeza.

—No sabía de qué diablos se trataba ni tan siquiera qué quería ese tipo.

—«Ese tipo» —indicó Lynley—. O sea, que sabía que era un hombre quien estaba distribuyendo las tarjetas.

Fue uno de esos momentos de «te he pillado». Di Fazio

—que no era tonto— lo supo al instante. Se tomó unos segundos antes de responder.

—Ella me dijo que probablemente era su pareja quien lo estaba haciendo. Su ex pareja. Un tío de Hampshire. Jemima lo sabía por el número de teléfono que había escrito en la tarjeta. Dijo que le había dejado, pero él no se lo había tomado bien, y ahora, obviamente, estaba tratando de encontrarla. Y ella no quería que lo lograse. Quería eliminar todas las tarjetas antes de que alguien que supiera dónde estaba viera alguna y llamara por teléfono a ese tío. De modo que ella las cogía... y yo también. Tantas como pudiésemos encontrar, y siempre que teníamos oportunidad de hacerlo.

—¿Estaba liado con ella? —preguntó Lynley.

—Era amiga mía.

—Además de la amistad. ¿Estaba liado con ella o simplemente esperaba liarse con ella?

Di Fazio volvió a tomarse un momento antes de responder. Obviamente no era tonto y sabía que cualquier respuesta que diese le dejaría en una posición delicada. Siempre existía el elemento sexual a considerar entre hombres y mujeres, y lo que ese elemento sexual podía conducir como motivo para cometer un asesinato.

—¿Señor Di Fazio? —dijo Ardery—. ¿Hay algo que no entienda de la pregunta?

—Fuimos amantes durante algún tiempo —dijo de forma un tanto tajante.

—Ah —dijo Ardery.

Paolo parecía irritado.

—Eso fue antes de que ella viniese a vivir a la casa de Bella. Tenía una habitación miserable en Charing Cross Road, encima de Keira News. Estaba pagando mucho por ese lugar.

—¿Allí era donde usted y ella...? —Ardery dejó que él completase la idea—. ¿Cuánto tiempo hacía que la conocía cuando se convirtieron en amantes?

Él se enfadó.

—No sé qué tiene eso que ver con este asunto.

—Ardery no respondió a este comentario y tampoco lo hizo Lynley. Di Fazio finalmente escupió la respuesta.

—Una semana. Unos días, no lo sé.

—¿No lo sabe? —preguntó Ardery—. Señor di Fazio, tengo la impresión de que…

—Fui a por tabaco. Ella se mostró amistosa, seductora, ya sabe cómo son esas cosas. Le pregunté si quería ir a tomar una copa después del trabajo. Fuimos a ese lugar en Long Acre…, el pub…, no sé cómo se llama. Estaba lleno de gente, de modo que tomamos unas copas en la acera con todos los demás y luego nos marchamos. Fuimos a su habitación.

—O sea, que se convirtieron en amantes el día en que se conocieron —dijo Ardery.

—Suele suceder.

—Y luego comenzaron a vivir juntos en Putney —apuntó Lynley—. Con Bella McHaggis. En su casa.

—No.

—¿No?

—No.

Di Fazio cogió el cigarrillo que se había colocado detrás de la oreja. Dijo que si iban a seguir con la conversación —y le estaba costando muchos putos clientes, por cierto—, entonces tendrían que hacerlo fuera, donde al menos podría fumar mientras hablaban.

Ardery le dijo que le parecía muy bien salir fuera y Di Fazio recogió sus herramientas y las guardó debajo del mostrador junto con las máscaras de muestra en sus pedestales de madera. Lynley observó las herramientas —afiladas y aptas para otras actividades además de la escultura— y sabía que Ardery también lo había hecho. Ambos se miraron y siguieron a Di Fazio fuera de la galería y al aire libre.

Una vez allí, él encendió su cigarrillo liado a mano y les contó a Ardery y a Lynley el resto de la historia. Había pensado que seguirían siendo amantes, dijo, pero no había contado con que Jemima seguiría las reglas.

—Nada de sexo. Bella no lo permite.

—¿Acaso se opone a todo tipo de actividad sexual? —preguntó Lynley.

—Al sexo entre los huéspedes de la casa, dijo di Fazio.

Él había intentado convencer a Jemima de que podían continuar como antes sin que nadie se enterase, porque Bella dormía como un tronco en el piso encima de ellos, y Frazer Chaplin —el tercer huésped— ocupaba la habitación del sótano dos pisos más abajo, de modo que tampoco sabría lo que pasaba. Ellos dos ocupaban las dos únicas habitaciones en el primer piso de la casa. No había ninguna jodida manera de que Bella pudiese descubrirlo.

—Jemima no quiso saber nada. Cuando vino a ver la habitación, Bella le dijo directamente que había echado a la última chica porque se había liado con Frazer. Una mañana la sorprendió saliendo de la habitación de éste, y allí se terminó todo. Jemima no quería que eso le pasara a ella (no es fácil encontrar un alojamiento decente), de modo que dijo que nada de sexo. Al principio fue nada de sexo en casa de Bella, y luego fue nada de sexo en ninguna parte. Ella dijo que se había convertido en un problema demasiado complicado.

—¿Un problema demasiado complicado? —preguntó Ardery—. ¿Dónde lo hacían?

—No en público —contestó él—. Y tampoco en el cementerio de Abney Park, si eso es lo que está sugiriendo. En mi estudio. —Compartía un espacio con otros tres artistas, dijo, en un túnel del ferrocarril abandonado cerca de Clapham Junction. Al principio iban allí (Jemima y él), pero después de unas semanas, ella se cansó—. Dijo que no le gustaba engañar a la gente.

—¿Y usted se lo creyó?

—No tenía otra opción. Me dijo que se había acabado. Ella se encargó de hacerlo.

—¿Tal y como lo había hecho con el tipo de las tarjetas? ¿Según lo que ella le explicó?

—Algo así.

Lynley pensó que eso les proporcionaba a ambos un motivo para el asesinato.

11

Yolanda, *la Médium*, tenía un pequeño local en un mercado junto a Queensway, en Bayswater. Barbara Havers y Winston Nkata la encontraron sin demasiadas dificultades una vez que descubrieron el mercado, al que accedieron a través de una entrada no señalizada entre un diminuto kiosco de diarios, revistas y bebidas y uno de los omnipresentes negocios de venta de maletas baratas que parecían brotar en todas las esquinas de Londres. El mercado era la clase de lugar junto al que uno pasaría caminando sin verlo: una madriguera de pasadizos sólo para los habitantes del barrio, de techos bajos y orientación étnica, en la que los cafés rusos competían con las panaderías asiáticas, y las tiendas que vendían narguiles estaban junto a los kioscos donde la música africana sonaba a todo volumen.

Una pregunta formulada en el café ruso les proporcionó la información de que dentro del mercado había un lugar llamado Psychic Mews. Allí, les explicaron, trabajaba Yolanda, *la Médium*, y, considerando la hora del día, era probable que estuviese en el local.

Una breve caminata más y llegaron a Psychic Mews. El lugar resultó ser lo que parecía —aunque probablemente no lo fuese—, unas auténticas cocheras antiguas completadas con calles adoquinadas y edificios que tenían el aspecto de viejos establos, como todas las cocheras de Londres. A diferencia del resto, sin embargo, estaban protegidas por un techo igual que el resto del mercado. Esta circunstancia le permitía disfrutar de una apropiada atmósfera de penumbra, misterio e incluso peligro. Uno podía esperar, pensó Barbara, que Jack *el Destripador*, se descolgase del techo en cualquier momento.

El negocio de Yolanda era uno de los tres «santuarios psíquicos» que había en ese lugar. Su única ventana —con una cortina que aseguraba la intimidad de los clientes— mostraba un alféizar con objetos adecuados a su línea de trabajo: una mano de porcelana con la palma hacia fuera y todas las líneas identificadas, una cabeza también de porcelana donde se señalaban varias partes del cerebro, una carta astrológica y un mazo de cartas de tarot. Sólo faltaba la bola de cristal.

—¿Crees en toda esta basura? —le preguntó Barbara a Nkata—. ¿Lees tu horóscopo en el periódico o algo por el estilo?

Winston comparó la palma de su mano con la de porcelana que reposaba en el alféizar de la ventana.

—Según esto, yo tendría que haber muerto la semana pasada —dijo, y abrió la puerta con el hombro.

Tuvo que agacharse para poder entrar. Barbara le siguió a una antesala donde ardían unos palitos de incienso y sonaba música de cítara. Contra una de las paredes, la forma del dios elefante había sido plasmada en yeso y, frente a él, colgaba un crucifijo encima de lo que parecía ser un muñeco katsina de los indios hopis. En el suelo, un enorme Buda parecía servir de tope para la puerta. Barbara llegó a la conclusión de que Yolanda cubría todas las bases espirituales.

—¿Hay alguien aquí? —llamó.

Como respuesta apareció una mujer de detrás de una cortina de cuentas. No estaba vestida como Barbara había esperado. De alguna manera, uno pensaría que una médium estaría vestida como una gitana: pañuelos, faldas de colores y montones de collares de oro con pendientes a juego y de gran tamaño. Pero, en cambio, la mujer llevaba un traje de oficina que Isabelle Ardery habría aprobado con entusiasmo, ya que estaba confeccionado para que se adaptara a su cuerpo robusto, e incluso a los ojos no entrenados de Barbara el atuendo parecía anunciarse a sí mismo con las palabras «diseñador francés». Su única concesión al estereotipo era el pañuelo que llevaba, pero incluso este complemento estaba doblado formando una cinta que le sostenía el cabello recogido. Y, en lugar de negro, el pelo era anaranjado, un tono bastante inquietante que sugería un desafortunado encuentro con una botella de peróxido.

—¿Es usted Yolanda? —preguntó Barbara.

La mujer, a modo de respuesta, se llevó las manos a las orejas. Cerró los ojos con fuerza.

—¡Sí, sí, está bien! —La voz era queda y extraña. Sonaba como la voz de un hombre—. ¡Le oigo de puta madre!

— Lo siento —contestó Barbara, aunque en su opinión, ella no había levantado la voz en absoluto. Los médiums, pensó, debían de ser muy sensibles al sonido—. No pretendía…

—¡Se lo diré a ella! Pero debe dejar de gritar. No estoy sorda, ¿sabe?

—No pensé que estuviese gritando. —Barbara sacó su identificación—. Scotland Yard —dijo.

Yolanda abrió los ojos. Ni siquiera miró en la dirección de la credencial que le enseñaba Barbara. En cambio, dijo:

—El tío grita lo suyo.

—¿Quién?

—Él dice que es su padre. Dice que usted tiene que…

—Está muerto —dijo Barbara.

—Por supuesto que está muerto. Si no fuese así, difícilmente podría oírle. Oigo a la gente muerta.

—¿Como lo de «En ocasiones veo muertos»?

—No se pase de lista. ¡De acuerdo! ¡De acuerdo! ¡Deje ya de gritar! Su padre…

—Mi padre no gritaba. Nunca lo hacía.

—Pues ahora lo hace, cariño. Él dice que debe llamar a su madre. Dice que la echa de menos.

Barbara lo dudaba. La última vez que había visto a su madre, la pobre mujer creía estar viendo a su antigua vecina la señora Gustafson, y el pánico resultante —en los últimos años en casa su madre había llegado a temer a la señora Gustafson, como si aquella mujer mayor se hubiese metamorfoseado en Lucifer— no se había aliviado con los múltiples intentos de Bárbara, desde mostrarle su identificación hasta apelar a cualquiera de los otros residentes con los que la señora Havers vivía en una residencia de ancianos privada en Greenford. Barbara no había vuelto a visitarla desde entonces. En aquel momento le pareció que era la decisión más razonable.

—¿Qué debo decirle? —preguntó Yolanda. Y luego, con las manos cubriéndose nuevamente los oídos—. ¿Qué? ¡Oh, por supuesto que le creo! —Y luego le dijo a Barbara—. ¿James, sí? Pero no le llamaban así, ¿verdad?

—Jimmy. —Barbara, incómoda, cambió el peso del cuerpo de un pie al otro. Miró a Winston, que también parecía estar anticipando un mensaje no deseado que alguien le enviaba desde el más allá—. Dígale que iré a visitarla. Mañana. Lo que sea.

—No debe mentirle al mundo de los espíritus.

—La semana próxima entonces.

Yolanda cerró los ojos.

—Ella dice que irá la semana próxima, James. —Y luego a Barbara—. ¿No puede arreglarlo para ir antes? Es muy insistente.

—Dígale que estoy trabajando en un caso. Él lo entenderá.

Aparentemente, lo entendió, porque una vez que Yolanda hubo transmitido este mensaje al mundo de los espíritus, lanzó un suspiro de alivio y desvió su atención hacia Winston. Tenía un aura magnífica, le dijo. Bien desarrollada, inusual, brillante y evolucionada. Fan-tás-ti-ca.

—Ya —dijo Nkata—. ¿Podemos hablar un momento, señorita...?

—Solamente Yolanda —contestó ella.

—¿No tiene un apellido? —preguntó Barbara. Para que quedara constancia y todo eso. Porque al tratarse de un asunto de la Policía... Yolanda seguramente lo entendía, ¿eh?

—¿Policía? Soy legal —dijo Yolanda—. Tengo licencia. Cualquier cosa que necesiten.

—Ya me lo imaginaba. No estamos aquí para investigar su vida empresarial. ¿Su nombre completo es...?

Resultó —como era de esperar— que Yolanda era un seudónimo, ya que Sharon Price no sonaba tan bien en el negocio de los médiums.

—¿Y eso sería señora o señorita Price? —preguntó Nkata después de haber sacado su libreta de notas y con el lápiz portaminas a punto.

Era señora, confirmó ella. El señor era el conductor de uno de los taxis negros de Londres, y los hijos de la señora y el señor ya eran mayores y se habían marchado de casa.

—Están aquí por ella, ¿verdad? —preguntó Yolanda sagazmente.

—¿Así que conocía a Jemima Hastings? —dijo Nkata.

Yolanda no advirtió el tiempo verbal de la pregunta.

—Oh, conozco a Jemima, sí. —dijo—. Pero no me refería a Jemima. Me refería a ella, esa vaca gorda de Putney. Ella los llamó, ¿no es así? ¡Qué cara tiene!

Aún estaban en la antesala y Barbara le preguntó si había algún lugar donde pudieran sentarse para mantener una conversación en condiciones. Yolanda les hizo pasar a al otro lado de la cortina de cuentas, donde tenía un espacio montado que era una combinación entre la consulta de un psicoanalista con un diván contra una pared y un salón para celebrar sesiones de espiritismo con una mesa redonda en el medio y una silla parecida a un trono situada a las doce en punto, obviamente destinada a la médium.

Yolanda se dirigió hacia allí y les indicó a Barbara y a Nkata que se sentasen a las tres y a las siete respectivamente. Esto tenía que ver con el aura de Nkata, evidentemente, y con la ausencia de aura de Barbara.

—Usted me tiene un tanto intrigada —dijo Yolanda, dirigiéndose a Barbara..

—A usted y a todo el mundo.

Barbara miró a Nkata. Él le devolvió una mirada de profunda y absolutamente falsa preocupación ante su obvia falta de aura.

—Luego me ocuparé de ti —dijo en voz baja, y Nkata reprimió una sonrisa.

—Oh, puedo ver que son dos personas incrédulas —afirmó Yolanda con su extraña voz masculina. Luego buscó algo debajo de la mesa, por lo que Barbara esperó que el mueble comenzara a levitar. Pero, en cambio, lo que hizo la médium es sacar la ostensible razón de que sus cuerdas vocales estuviesen arruinadas: un paquete de Dunhill. Encendió uno y empujó el paquete hacia Barbara, con la absoluta convicción, al parecer, de que ella era una colega en esta cuestión—. Se muere por fumar —dijo—. Adelante. Lo siento, cariño —le dijo a Winston—. Pero no debe preocuparse. Usted no se morirá por ser fumador pasivo. Eso sí, si quiere saber más tendrá que pagarme cinco libras.

—Creo que me gustaría que me sorprendieran —dijo Nkata.

—Como guste, querido. —Yolanda inhaló el humo con evidente placer y se acomodó en su trono para mantener una charla apropiada con ellos—. No quiero que ella viva en Putney —dijo—. Bueno, no se trata tanto de Putney como de «ella»... y cerca de «ella». Supongo que me refiero a que viva en su casa.

—¿Usted no quería que Jemima viviera en la casa de la señora McHaggis?

—Correcto. —Yolanda dejó caer la ceniza al suelo, que estaba cubierto con una alfombra persa, aunque ese detalle no pareció preocuparla—. Las casas donde ha muerto alguien necesitan ser descontaminadas. Hay que quemar salvia en todas las habitaciones. No es suficiente con agitarla mientras se recorre toda la casa. Y no me refiero a la salvia que se puede comprar en el mercado. Uno no coge un paquete del estante de las hierbas secas en Sainsbury's y pone una cucharadita en un cenicero, y luego lo enciende y ya está. De ninguna jodida manera. Hay que conseguir salvia de verdad, liarla bien y prepararla para que arda. Luego se enciende y se dicen las oraciones adecuadas. Entonces se liberan los espíritus que necesitan ser liberados y el lugar queda purificado de la muerte y, sólo entonces, es saludable y adecuada para que una persona retome su vida en ese lugar.

Winston, según pudo comprobar Barbara, estaba apuntando todo lo que ella decía como si tuviese la intención de detenerse en alguna parte para conseguir los descontaminantes apropiados.

—Lo siento, señora Price, pero... —dijo Barbara.

—Yolanda, por el amor de Dios.

—De acuerdo: Yolanda. ¿Se refiere a lo que le pasó a Jemima Hastings?

Yolanda pareció desconcertada.

—Me refiero a que ella vive en una «casa de muerte». McHaggis (me pregunto si hubo alguna vez una mujer con un nombre más apropiado)[13] es viuda. Su esposo murió en esa casa.

13. *Haggis* es un plato consistente en estómago de cordero relleno.

—¿En circunstancias sospechosas?

Yolanda carraspeó.

—Eso habrá que preguntárselo a McHaggis. Yo puedo ver la infección que rezuma a través de la ventana cada vez que paso frente a la casa. Le dije a Jemima que debía marcharse de allí. Y está bien, lo admito, tal vez fui demasiado insistente en cuanto a eso.

—¿Y ése podría haber sido el motivo de que llamasen a la policía? —preguntó Barbara—. ¿Quién los llamó? Lo pregunto porque sabemos que a usted la advirtieron de que dejase de acosar a Jemima. Según nuestra información...

—Ésa es una interpretación, ¿verdad? No hice más que expresar mi preocupación. El asunto fue a más, de modo que volví a expresarla. Tal vez he sido un poco... Oh, quizá llevé las cosas demasiado lejos, tal vez estuve acechando un poco delante de la casa, pero ¿qué se suponía que debía hacer? ¿Permitir que ella languideciera? Cada vez que la veo, eso está más encogido, y, así pues, ¿debo quedarme de brazos cruzados y dejar que suceda? ¿Sin decir nada?

—Eso está más encogido —dijo Barbara—. ¿«Eso» vendría a ser...?

—Su aura —intervino servicialmente Nkata, que ya estaba por encima de la situación.

—Sí —confirmó Yolanda—. Cuando conocí a Jemima, estaba resplandeciente. Bueno, no como usted, querido —le dijo a Nkata—, pero sí de un modo más marcado que la mayoría de la gente.

—¿Cómo la conoció? —preguntó Barbara. Ya estaba bien de auras, decidió, ya que Winston empezaba a mostrarse decididamente satisfecho de sí mismo en este asunto.

—En la pista de patinaje sobre hielo. Bueno, no en la pista de patinaje sobre hielo propiamente. Más bien a partir de la pista de patinaje sobre hielo. Abbott fue quien nos presentó. Abbott y yo solemos tomar café de vez en cuando en el bar. Y también me encuentro con él cuando hago las compras. Él tiene un aura bastante agradable...

—De acuerdo —musitó Barbara.

—Y como sufre tanto a causa de sus esposas (bueno, me refiero a sus ex esposas), me gusta decirle que no debe preocuparse tanto. Un hombre sólo puede hacer lo que puede, ¿eh? Y si no gana suficiente dinero como para mantenerlas a todas, no tiene que ir de cabeza a la tumba por eso. Él hace lo que puede. Imparte clases, ¿verdad? Pasea perros en el parque. Da clases particulares de lectura a los críos. ¿Qué más esperan de él esas tres zorras?

—Qué más, efectivamente —dijo Barbara.

—¿Quién sería este tío? —preguntó Winston.

Abbott Langer, aclaró Yolanda. Era instructor en el Queen's Ice & Bowl, que estaba justo un poco más arriba de la calle del mercado donde ahora se encontraban.

Resultó que Jemima Hastings había estado tomando clases de patinaje sobre hielo con Abbott. Yolanda les había encontrado a ambos tomando una taza de café después de la clase en el café ruso que había en el mismo mercado. Abbott fue quien las presentó. Yolanda se quedó admirada del aura de Jemima...

—Apuesto a que sí —masculló Barbara.

Le había hecho a Jemima unas cuantas preguntas que estimularon la conversación que, a su vez, impulsó a Yolanda a entregarle su tarjeta profesional. Y eso fue todo.

—Ella vino a verme tres o cuatro veces —dijo Yolanda.

—¿Por qué motivo?

La médium consiguió dar una calada al cigarrillo y parecer horrorizada al mismo tiempo.

—No hablo acerca de mis clientes —dijo—. Lo que ocurre aquí dentro es confidencial.

—Necesitamos una idea general...

—Oh, no necesitan solamente eso. —Dejó escapar una fina columna de humo—. Generalmente, ella es como todos los demás. Quiere hablar acerca de un tío. Bueno, como todas. Es siempre acerca de un tío, ¿eh? ¿Lo hará él? ¿No lo hará él? ¿Lo harán ellos? ¿No lo harán ellos? ¿Debería? ¿No debería? Mi preocupación, sin embargo, es esa casa donde vive, pero ¿ha querido alguna vez oír hablar de eso? ¿Ha querido alguna vez oír hablar acerca de dónde debería estar viviendo?

—¿Y dónde debería ser eso? —preguntó Barbara.

—No en esa casa, desde luego. Veo peligro allí. Incluso le he ofrecido un lugar conmigo y mi esposo, por un precio tirado. Tenemos dos habitaciones libres..., y ambas han sido purificadas, pero ella no ha querido dejar a McHaggis. Reconozco que quizá puedo haber sido un poco insistente en este asunto. Quizá me pasé en alguna ocasión por allí para hablarle de ello. Pero lo hice sólo porque ella necesita salir de ese lugar y ¿qué tengo que hacer yo al respecto? ¿No decir nada? ¿Dejar que sea lo que Dios quiera? ¿Esperar a que pase lo que tiene que pasar?

A Barbara se le ocurrió entonces que Yolanda no había caído en la cuenta de que Jemima estaba muerta, algo que resultaba bastante curioso, ya que era supuestamente una médium y ahí estaba la poli haciendo preguntas sobre uno de sus clientes. Por una parte, el nombre de Jemima no había sido notificado a los medios de comunicación, puesto que aún no habían localizado a nadie de su familia. Por otra parte, si Yolanda mantenía conversaciones con el padre de Barbara, ¿el espíritu de Jemima no estaría también profiriendo gritos desde el otro mundo?

Barbara miró fijamente a Nkata tomando en cuenta el asunto de su padre. ¿Acaso el muy cabrón se había encargado de encontrar a Yolanda y la había llamado previamente para proporcionarle detalles de su vida? Ella lo creía capaz de eso y de mucho más. Tendría que reírse.

—Yolanda —dijo—, antes de que sigamos adelante, creo que necesito aclararle algo: Jemima Hastings está muerta. La asesinaron hace cuatro días en el cementerio de Abney Park, en Stoke Newington.

Silencio. Y luego, como si tuviese el trasero en llamas, la médium se levantó como un rayo. Se tambaleó hacia atrás. Dejó caer el cigarrillo sobre la alfombra y lo apagó con el pie —al menos Barbara esperó que lo hubiese apagado, ya que no le gustaban los incendios— y extendió los brazos. Comenzó a gritar como si estuviese al borde de la muerte, diciendo: «¡Lo sabía! ¡Lo sabía! ¡Oh, perdonadme, Inmortales!». Y luego cayó directamente encima de la mesa con los brazos aún extendidos. Una mano tendida hacia Nkata y la otra hacia Barbara. Al no entender lo que quería, Yolanda golpeó las palmas contra la tabla de la mesa y luego volvió las manos hacia ellos. Se suponía que debían cogerlas.

—¡Ella está aquí, entre nosotros! —exclamó Yolanda—. Oh, dime, amado. ¿Quién? ¿Quién?

Comenzó a gemir.
Jesús bendito.
Barbara miró a Winston, llena de espanto. ¿Debían de llamar a alguien y pedir ayuda? ¿Cero, sesenta y nueve? ¿Debían echarle agua? ¿Había salvia a mano en alguna parte?
—Oscuro como la noche —susurró Yolanda con una voz más ronca que antes—. Él es oscuro como la noche.
Bueno, debía serlo, pensó Barbara, aunque sólo fuese porque siempre lo eran.
—Asistido por su compañero el sol, cae encima de ella. Lo hacen juntos. Él no estaba solo. Puedo verle. Puedo verle. ¡Oh, mi amado!
Luego lanzó un grito y se desmayó. O pareció que se desmayaba.
—¡Joder! —susurró Nkata. Miró a Barbara en busca de instrucciones.
Ella quería decirle que era él el del aura brillante, de modo que más valía que supiera qué coño hacer. Pero, en lugar de eso, se levantó. Nkata hizo lo mismo y, entre los dos, colocaron el trono de Yolanda en su sitio, la sentaron allí y le colocaron la cabeza entre las piernas.
Cuando Yolanda se recuperó, lo que sucedió con una rapidez que sugería que no se había desmayado, comenzó a gimotear acerca de McHaggis, la casa, Jemima, las preguntas de Jemima sobre… «Me ama, Yolanda, es él mi hombre, Yolanda, debería ceder y hacer lo que me pide, Yolanda». Pero aparte de gimotear «oscuro como la noche que me cubre», que a Barbara le sonaba sospechosamente a un verso conocido, no fue capaz de transmitir nada más. Sí dijo que Abbott Langer probablemente supiese algo más, porque Jemima había asistido regularmente a clases de patinaje, y él se había sentido impresionado con su devoción por el hielo.
—Es esa casa —dijo Yolanda—. Traté de advertirle acerca de esa casa.

No fue difícil encontrar a Abbott Langer. El Queen's Ice & Bowl estaba un poco más arriba de la calle, tal como había dicho la médium. Como su nombre sugería, el lugar combinaba los placeres de la bolera y del patinaje sobre hielo. También ofrecía una galería de videojuegos, un bar de comidas y un nivel de ruido garantizado para provocar migrañas en personas previamente inmunes a ellas. El ruido procedía de todas direcciones y comprendía una absoluta cacofonía de sonidos: música rock de la zona de la bolera; chillidos, pitidos, estallidos, timbres y campanillas de la galería de videojuegos; música de baile de la pista de patinaje sobre hielo; gritos y alaridos de los patinadores en la pista. La época del año era la causa de que el lugar estuviese abarrotado de niños con sus padres y adolescentes que necesitaban un lugar donde pasar el tiempo, enviarse mensajes de texto y, aparte de eso, parecer enrollados. Asimismo, debido al hielo, estar dentro del edificio era muy agradable, y eso atraía a más gente de la calle, aunque sólo fuera para bajar la temperatura corporal.

En la pista de hielo había quizá cincuenta personas, la mayoría de ellas aferradas a las barandillas de los laterales. La música —al menos lo que podía oírse de ella por encima del ruido ensordecedor— parecía destinada a estimular suaves golpes con los pies, pero no parecía dar resultado. Nadie, observó Barbara, excepto los instructores de patinaje, llevaba el ritmo. Y había tres, visibles gracias a los chalecos amarillos que llevaban. Eran los únicos capaces de patinar hacia atrás, algo que a Barbara le parecía una proeza admirable.

Winston y ella se quedaron junto a la barandilla y observaron el espectáculo durante unos minutos. Entre los patinadores había varios niños que parecían estar tomando lecciones en una zona reservada para ellos en el centro de la pista. La clase la impartía un hombre alto con el cabello en forma de casco que le asemejaba a un imitador de Elvis. Era mucho más grande que alguien a quien se asocia con un patinador sobre hielo, más de metro ochenta y con la complexión de una nevera: en absoluto gordo, pero sólido. Era difícil no advertir su presencia, no sólo debido al pelo, sino porque —a pesar de su corpulencia— era notablemente ágil con los pies. Resultó ser Abbott Langer, y se reunió enseguida con ellos a un lado de la pista cuando otro de los instructores fue a avisarle que le buscaban.

Tenía que acabar la clase que estaba impartiendo, dijo. Podían esperarle allí —«Miren esa niña vestida de rosa... Conseguirá la medalla de oro»— o en el bar de comidas.

Barbara y Winston eligieron el bar de comidas. Como ya había pasado la hora del té y ella ni siquiera había almorzado, Barbara eligió un bocadillo de jamón y ensalada con mayonesa, patatas fritas con sal y vinagre, una crepe, una barra de chocolate Kit-Kat y una Coca-Cola para bajarlo todo. Winston —¿cómo iba a sorprenderse por eso?— eligió un zumo de naranja.

Ella le miró con el ceño fruncido.

—¿Alguien te ha hablado alguna vez de tus asquerosos hábitos personales? —le preguntó.

Él negó con la cabeza.

—Sólo sobre mi aura —dijo Winston—. Ésa es tu cena, ¿verdad?

—¿Te has vuelto loco? Aún no he almorzado.

Abbott Langer se les añadió cuando Barbara estaba terminando su comida. Había colocado protecciones en las cuchillas de sus patines. Dentro de media hora tenía que dar otra clase, dijo. ¿Qué podía hacer por ellos?

—Venimos de hablar con Yolanda —dijo Barbara.

—Ella es completamente legal —dijo Abbott inmediatamente—. ¿Se trata de una referencia? ¿Pensaban utilizarla? ¿Como en la tele?

—Ah..., no —dijo Barbara.

—Nos envió a hablar con usted sobre Jemima Hastings —dijo Winston—. Está muerta, señor Langer.

—¿Muerta? ¿Qué ha ocurrido? ¿Cuándo murió?

—Hace unos días. En Abney...

Abbott abrió los ojos como platos.

—¿Es la mujer del cementerio? Vi la noticia en los periódicos, pero no había ningún nombre.

—No se publicará ningún nombre hasta que no hayamos contactado con su familia —dijo Nkata.

—Bueno, no puedo ayudarles con eso. No sé nada de su familia. —Apartó la vista en dirección a la pista de hielo, en uno de cuyos extremos se había producido una colisión múltiple. Los instructores se apresuraban a ayudar a los caídos—. Dios, eso es terrible, ¿verdad? —Volvió la vista hacia ellos—. Asesinada en un cementerio.

—Lo es —dijo Barbara.

—¿Pueden decirme cómo…?

Lo sentían. No podían. Normas, trabajo policial, las reglas de la investigación. Habían acudido a la pista de hielo para recabar información sobre Jemima Hastings. ¿Cuánto tiempo hacía que la conocía? ¿La conocía bien? ¿Cómo se habían conocido?

Abbott lo pensó un momento.

—El Día de San Valentín. Lo recuerdo porque ella trajo globos para Frazer. —Vio que Nkata escribía en su libreta de notas y añadió—: Es el tío que se encarga de entregar los patines alquilados. Junto a las taquillas. Frazer Chaplin. Al principio pensé que era una especie de mensajera. ¿Saben a lo que me refiero? Una chica que hacía una entrega de globos de San Valentín de parte de la novia de Frazer. Pero resultó que ella era la nueva novia (o, al menos, era su intención), y había venido para darle una sorpresa. Nos presentaron y estuvimos hablando unos minutos. Se mostró muy entusiasmada con tomar lecciones, de modo que quedamos en encontrarnos para hablar de ello. Tuvimos que ajustarnos con sus horarios, pero no fue difícil. Bueno, yo no tuve problemas para adaptarme. Tengo tres ex esposas y cuatro hijos en total, de modo que no rechazo a los clientes que pagan.

—¿Lo hubiera hecho en otra situación? —preguntó Barbara.

—¿Rechazarla? No, no. Bueno, quiero decir que quizá lo habría hecho si mis circunstancias hubiesen sido diferentes (debido a mis ex esposas y los niños). De todos modos, ella acudía regularmente a las clases, a su hora, y siempre pagaba. No podía quejarme porque su mente pareciera estar en otras cosas cuando venía aquí, ¿no cree?

—¿Qué clase de cosas? ¿Lo sabe?

Parecía el tipo de hombre que estaba a punto de decir que odiaba hablar mal de los muertos, pero dijo:

—Supongo que era algo relacionado con Frazer. Creo que las lecciones eran sólo una excusa para estar cerca de él, y por eso no podía concentrarse en lo que hacía. Frazer tiene algo que atrae a las mujeres, y cuando se sienten atraídas, él, desde luego, no las rechaza, ya saben.

—En realidad, no lo sabemos —dijo Barbara. Una mentira,

naturalmente, pero en aquel momento necesitaban todos los detalles que pudiesen reunir.

—De vez en cuando tiene líos —dijo Abbott con delicadeza—. No quiero que me malinterpreten, siempre va con mujeres adultas, ninguna menor ni nada por el estilo. Ellas devuelven sus patines y hablan un momento con él, le dejan una tarjeta o una nota o algo así, y..., bueno, ya sabe. Frazer sale un tiempo con una, un tiempo con otra. A veces llama a su empleo nocturno (trabaja como barman en un hotel de lujo) para decir que llegará tarde. Entonces, aprovecha y pasa unas horas con una de ellas. No es mal tío. Es sólo su manera de ser.

—¿Y Jemima tenía idea de lo que pasaba?

—Una sospecha. Las mujeres no son estúpidas. Pero el problema para Jemima era que Frazer trabaja aquí en el primer turno, y ella sólo podía venir por las tardes o cuando tenía el día libre en el trabajo. De modo que eso le permitía a Frazer estar más o menos disponible para mujeres que querían flirtear con él... o algo más.

—¿Cuál era la relación que mantenía usted con Jemima? —preguntó Barbara, ya que se dio cuenta de que los murmullos de Yolanda, a pesar de que quería ignorarlos, podían aplicarse muy bien a este hombre, con su mata de pelo negro «oscuro como la noche».

—¿La mía? —preguntó con las puntas de los dedos apoyadas en el pecho—. Oh, jamás me lío con mis alumnas de patinaje. Eso no sería ético. Y, en cualquier caso, tengo tres ex esposas y...

—Cuatro hijos, sí —dijo Barbara—. Pero supongo que tener una aventura no le hace mal a nadie. Si una mujer estaba disponible y no había ningún compromiso...

El patinador se sonrojó.

—No voy a negar que era una mujer atractiva. Lo era. En un sentido nada convencional, ¿sabe?, con esos ojos que tenía. Un poco pequeña, con poca carne. Pero tenía una simpatía auténtica, no como la típica londinense. Sospecho que un tío podría haber interpretado mal esa característica si hubiera querido.

—Usted, sin embargo, no lo hizo.

—Si tres veces no consiguieron hechizarme, no estaba dispuesto a intentarlo una cuarta vez. No he tenido suerte en el matrimonio. Creo que el celibato me mantiene a salvo de una complicación amorosa.

—Pero una vez abonado el terreno, supongo que podría haber tenido a Jemima —sugirió Barbara—. Después de todo, tener una aventura no implica que tenga que casarse.

—Abono o no, yo no lo habría intentado. Es posible que hoy en día una aventura no tenga por qué acabar en boda, pero tenía la sensación de que ése no era el caso con Jemima.

—¿Está diciendo que ella iba detrás de Frazer para casarse con él?

—Estoy diciendo que ella quería casarse, punto. Tenía la impresión de que podría haber sido Frazer, pero también podría haber sido cualquier otro tío.

A esa hora, Frazer Chaplin ya no estaba en el Queen's Ice & Bowl, pero eso no era ningún problema. El nombre no era nada común. No podía haber dos Frazer Chaplin en la ciudad. Debía de ser el mismo tipo que vivía en la casa de Bella McHaggis, le dijo Barbara a Nkata. Tenían que hablar con él.

Mientras atravesaban la ciudad, Barbara puso a Winston al corriente de las reglas establecidas por Bella McHaggis en relación con la confraternización entre los inquilinos de su casa. Si Jemima Hastings y Frazer Chaplin habían estado liados, su casera lo ignoraba, o bien había hecho la vista gorda porque tenía sus razones, algo que Barbara dudaba seriamente.

Cuando llegaron a Putney, Bella McHaggis entraba en su casa con un carrito de la compra medio lleno de periódicos. Cuando Nkata aparcó el coche, la señora McHaggis comenzó a descargar su carrito dentro de uno de los grandes cubos de plástico que tenía en el jardín delantero de la casa. Estaba aportando su granito de arena por el medioambiente, les informó cuando ambos atravesaron la entrada. Los putos vecinos no reciclaban una jodida cosa si ella no insistía e insistía con ese asunto.

Barbara emitió un adecuado murmullo de solidaridad y luego preguntó si Frazer Chaplin estaba en casa.

—Éste es el sargento Nkata —añadió a modo de presentación.

—¿Qué quieren de Frazer? —preguntó Bella—. Es con Paolo con quien deberían hablar. Lo que encontré lo encontré en su armario, no en el de Frazer.

—¿Cómo dice? —preguntó Barbara—. Mire, ¿podemos entrar, señora McHaggis?

—Cuando haya terminado mi trabajo aquí —dijo Bella—. Algunas cosas son importantes para algunas personas, señorita.

Barbara tuvo la tentación de decirle a la mujer que el asesinato era sin duda una de esas cosas, pero, en cambio, puso los ojos en blanco en dirección a Nkata mientras Bella McHaggis volvía a su tarea de descargar los periódicos del carrito de la compra. Una vez que hubo terminado les dijo que la siguieran dentro de la casa. Acababan de cruzar la puerta —con sus listas de reglas y sus carteles acerca de la presencia de la dueña en la propiedad— cuando Bella los informó acerca de la prueba que había encontrado y exigió saber por qué no habían enviado a alguien de inmediato a recogerla.

—Llamé a ese número, sí señor. El que aparece en el *Daily Mail* y en el que se pide información. Pues bien, yo tenía información, ¿verdad?, y una pensaría que vendrían y harían una o dos de sus preguntas sobre ese asunto. Y pensé que vendrían corriendo.

Bella los condujo al comedor, donde la cantidad de diferentes periódicos que había extendido encima de la mesa sugería que estaba siguiendo de cerca el progreso de la investigación. Les dijo que debían sentarse y esperar allí mientras iba a buscar lo que ellos querían. Cuando Barbara le dijo que lo que ellos querían era hablar con Frazer Chaplin si estaba en casa, Bella dijo:

—Oh, no sea tan ingenua. Es un hombre, pero no es tonto, sargento. ¿Ha hecho algo con respecto a esa médium? Llamé a la Policía para hablarles de ella. La sorprendí merodeando otra vez por mi propiedad. Allí estaba, en carne y hueso.

—Hemos hablado con Yolanda —dijo Barbara.

—Gracias a Dios. —Bella pareció aplacarse en el tema de Frazer Chaplin, pero entonces su rostro se alteró mientras realizaba el salto mental desde lo que Barbara acababa de decir hasta lo que Barbara y Winston Nkata querían: tener una conversación con Frazer—. Esa jodida vaca loca. Ella les dijo alguna cosa sobre Frazer, ¿verdad? Les dijo algo que les ha traído hasta aquí para arrestarle. Bien, no pienso aceptarlo. No con Paolo y sus cinco compromisos matrimoniales, y el haber traído a Jemima aquí como huésped, y esa discusión que tuvieron. Es sólo una amiga, me dice, y ella asiente y luego ya ven lo que pasa.

—Permita que le aclare que Yolanda no nos dijo nada acerca de Frazer Chaplin —dijo Barbara—. Hemos venido a verle por otra cosa. De modo que si fuese a buscarle... Porque si él no está aquí...

—¿Qué otra cosa? No hay... Oh, esperen aquí y se lo demostraré.

Bella abandonó el comedor. Oyeron que subía la escalera. Cuando se hubo marchado, Winston miró a Barbara.

—Me ha parecido que debería haberle dedicado un saludo marcial o algo así.

—Es todo un personaje —reconoció Barbara. Luego añadió—: ¿Has oído que corría el agua? ¿Es posible que Frazer se estuviese duchando? Su habitación está debajo de nosotros. El apartamento del sótano. No parece que Bella quiera que le veamos, ¿verdad?

—¿Le está protegiendo? ¿Crees que Frazer le gusta?

—Coincide con lo que Abbott dijo acerca de Frazer y las mujeres.

Bella regresó y traía consigo un sobre blanco. Con el gesto triunfal de una mujer que les ha superado en su propio terreno, les dijo que echaran un vistazo a eso. «Eso» resultó ser un fino tubo de plástico con un trozo de papel que sobresalía de uno de los extremos y con una zona acanalada en el otro. En el medio había dos pequeñas ventanas, una redonda y otra cuadrada. El centro de cada de una de ellas estaba coloreado con una delgada línea azul, una horizontal y otra vertical. Barbara nunca había visto uno antes —ella apenas había estado en situación de necesitarlo—, pero sabía qué era lo que estaba mirando y, aparentemente, Winston también.

—Una prueba de embarazo —anunció Bella—. Y no estaba entre las pertenencias de Jemima. Estaba con los objetos personales de Paolo. De Paolo. Bueno, yo diría que Paolo no se estaba haciendo una prueba de embarazo a sí mismo, ¿verdad?

—Probablemente no —convino Barbara—. Pero ¿cómo sabe que es de Jemima? Porque supongo que eso es lo que está pensando, ¿verdad?

—Es obvio. Ellos compartían el cuarto de baño, y el retrete del cuarto de baño. Ella se lo dio a Paolo, o bien, lo que es más probable, él lo vio en la basura y lo cogió, y eso explica la pelea que tuvieron. Oh, él dijo que se debió a un malentendido, que Jemima había colgado su ropa interior en el baño, y ella dijo que había sido por esa típica discusión entre hombres y mujeres sobre la tabla del retrete levantada, pero le diré que tuve un presentimiento sobre ellos desde el principio. Eran dos mosquitas muertas, amigos del trabajo en Covent Garden. Dio la casualidad de que yo disponía de una habitación desocupada y, casualmente, él conocía a alguien que estaba buscando una habitación y «podría traerla, señora McHaggis. Ella parece una chica muy agradable», dice él. Y allí estaba yo, dispuesta a creerles a los dos mientras ellos se mudaban furtivamente al piso de abajo, haciéndolo como conejos a mis espaldas. Bueno, permítame que le diga ahora mismo que, si no hubiese muerto, se habría marchado de esta casa. Fuera. Terminado. A la calle.

Justo donde Yolanda la quería, pensó Barbara. Tanto mejor, pero la médium difícilmente habría entrado subrepticiamente en la casa para plantar una prueba de embarazo en el cuarto de baño ante la mínima posibilidad de que Bella McHaggis encontrase el chisme, atara cabos y la expulsara de su casa. ¿O sí?

—Tendremos eso en cuenta —dijo Barbara.

—Por supuesto que lo tendrán jodidamente en cuenta —dijo Bella—. Es un móvil alto, claro, sin ninguna duda. De tamaño natural. Justo delante de sus narices. —Se inclinó sobre la mesa, la palma apoyada en la portada del *Daily Express*—. Ha estado comprometido para casarse cinco veces. Cinco veces. ¿Qué nos dice eso sobre él? Bueno, les diré lo que nos dice: desesperación. Y «desesperación» implica un hombre que no se detendrá ante nada.

—¿Y está hablando de...?

—Paolo di Fazio. ¿De quién si no?

De cualquier otro hombre, pensó Barbara, que se dio cuenta de que Winston estaba pensando exactamente lo mismo. Sí, de acuerdo, dijo, hablarían con Paolo di Fazio.

—Espero que lo hagan. Tiene un estudio en alguna parte, un lugar donde hace sus esculturas. Si quieren saber mi opinión, creo que arrastró a esa pobre chica a ese lugar y le hizo cosas horribles, y que luego se deshizo del cadáver...

Sí, sí, lo que sea. Todo esto será comprobado, le aseguró Barbara, señalando a Winston para indicar que había estado tomando nota escrupulosamente de todo lo que ella les había dicho. Hablarían con todos los huéspedes, y eso incluía a Paolo di Fazio. Ahora bien, en cuanto a Frazer Chaplin...

—¿Por qué quiere meter a Frazer en esto? —preguntó Bella.

«Precisamente porque usted no quiere hacerlo», pensó Barbara.

—Se trata de acabar con todas las posibilidades. Es lo que hacemos.

Era una parte inherente a su trabajo. Lo llamaban «REE»: rastrear, entrevistar, eliminar.

Mientras Barbara hablaba, la puerta que llevaba al apartamento del sótano se abrió, luego se cerró y una voz agradable dijo desde abajo:

—Ya me marcho, señora McH.

Winston se levantó. Salió al corredor que conducía hacia la parte trasera de la casa y llamó:

—¿Señor Chaplin? Soy el sargento Nkata. Nos gustaría hablar un momento con usted, por favor.

Pasó un momento. Y después:

—¿Puedo llamar al Dukes para avisar? Me esperan en el trabajo dentro de media hora.

—No nos llevará mucho —dijo Nkata.

Frazer siguió a Nkata al comedor, lo que permitió que Barbara echara un vistazo de cerca al hombre. «Oscuro como la noche.» Otro más, pensó. No era que quisiera dar crédito a los desvaríos de Yolanda. Pero aun así... El tío era un escollo más y no se le podía dejar sin estudiar.

Aparentaba unos treinta años. La piel aceitunada mostraba marcas de viruela, pero ese detalle no distraía, y aunque su barba incipiente y oscura habría podido cubrir las cicatrices si la dejaba crecer, Frazer había sido listo al no hacerlo. Tenía aspecto de pirata y parecía ligeramente peligroso, un rasgo que, Barbara lo sabía, algunas mujeres encuentran muy atractivo.

Él la miró durante un instante y luego asintió con la cabeza. Llevaba un par de zapatos en la mano y se sentó a la mesa para calzárselos. Se ató los cordones mientras rechazaba con un «no, gracias» la taza de té que le ofrecía Bella McHaggis. Fue un ofrecimiento que, de forma deliberada, no hizo extensivo a los otros dos. Su atención hacia el hombre —le llamaba «querido»— sumado a lo que Abbott les había explicado sobre el efecto que ejercía en las mujeres provocó que Barbara quisiera sospechar de él en el acto. No era exactamente una buena manera de ejercer el oficio policial, pero sentía una aversión instantánea hacia los hombres como aquel sujeto porque tenía en el rostro una de esas expresiones inconfundibles de «yo-sé-lo-que-quieres-y-lo-tengo-aquí-en-mis-pantalones». No importaba la diferencia de edad, si él se lo estaba haciendo a Bella furtivamente, no era de extrañar que ella estuviese atontada.

Y lo estaba. Eso resultaba evidente, mucho más allá del «querido» y el «amor». Bella miraba a Frazer con una expresión cariñosa que Barbara podría haber considerado maternal, si no fuera una policía que había visto casi todas las variedades de los enredos humanos en los años que llevaba en el cuerpo.

—La señora McH me ha contado lo de Jemima —dijo Frazer—, que ella es la mujer que apareció muerta en el cementerio. Querrán saber lo que yo sé y se lo explicaré con mucho gusto. Espero que Paolo piense del mismo modo, como todos los que la conocieron. Es una chica encantadora.

—Era —dijo Barbara—. Está muerta.

—Lo siento. Era. —Su expresión era algo entre imperturbable y solemne. Barbara se preguntó si ese tío sentía realmente algo ante el hecho de que su compañera de la pensión hubiese sido asesinada. Por alguna razón, lo dudada.

—Tenemos entendido que usted no le resultaba indiferente —dijo Barbara. Winston cumplía con su papel con la libreta de notas y el lápiz, pero no perdía de vista ningún movimiento de Frazer—. Los globos del Día de San Valentín y todos los etcéteras.

—¿Y cuáles serían esos etcéteras? Porque, tal como yo lo veo, estoy seguro de que no es ningún crimen regalar media docena de inocentes globos.

Bella McHaggis entornó los ojos ante la mención de los

globos. Su mirada fue desde la Policía hasta su inquilino. Frazer dijo:

—No hay nada de qué preocuparse, señora McH. Dije que no cometería dos veces el mismo error, y le doy mi palabra de que no lo hice.

—¿Cuál sería ese error? —preguntó Barbara.

Frazer se acomodó en su asiento. Barbara advirtió que adoptaba una postura de piernas abiertas. Uno de esos tipos a los que les gusta exhibir las joyas de la familia.

—En una ocasión tuve una pequeña aventura amorosa con una chica que vivía aquí —dijo—. Estuvo mal, lo sé, y cumplí mi penitencia. La señora McH no me echó a patadas como, por otra parte, podría haber hecho, y se lo agradezco mucho. De modo que no pensaba volver a comportarme como el hijo descarriado.

Considerando lo que Abbott les había contado de Frazer —si les había dicho la verdad—, Barbara tenía sus dudas en cuanto a la sinceridad de sus palabras en este asunto.

—Tengo entendido que tiene dos trabajos, señor Chaplin —dijo—. ¿Podría decirme dónde está empleado, además de trabajar en la pista de hielo?

—¿Por qué? —Bella McHaggis fue quien hizo la pregunta—. ¿Qué tiene eso que ver con…?

—Es sólo una cuestión de procedimiento —le dijo Barbara.

—¿Qué clase de procedimiento? —insistió Bella.

—No pasa nada, señora McH —dijo Frazer—. Sólo hacen su trabajo.

Frazer les dijo que trabajaba tardes y noches en el hotel Dukes, en Saint James. Era el barman; lo había sido durante los últimos tres años.

—Qué trabajador —observó Barbara—. Dos empleos.

—Estoy ahorrando —dijo—. No creo que eso sea un crimen.

—¿Ahorrando para qué?

—¿Por qué eso es tan importante? —preguntó Bella—. Verá…

—Todo es importante hasta que deja de serlo —dijo Barbara—. ¿Señor Chaplin?

—Emigrar —dijo.

—¿A...?

—Auckland.

—¿Por qué?

—Pienso abrir un pequeño hotel. Un encantador hotel-*boutique*, para ser más preciso.

—¿Alguien le está ayudando a ahorrar?

Frazer frunció el ceño.

—¿A qué se refiere?

—¿Alguna joven, quizás, que contribuye a ese fondo para el hotel, haciendo planes, pensando que será incluida en el proyecto?

—Supongo que está hablando de Jemima.

—¿Por qué esa conclusión tan precipitada?

—Porque si fuese de otro modo no mostraría el menor interés. —Sonrió. Luego añadió—: A menos que usted quisiera contribuir.

—No, gracias.

—Pobre de mí. Se une usted a todas las otras mujeres que permiten que junte mis ahorros sin ayuda de nadie. Y eso incluiría a Jemima. —Se palmeó los muslos en un gesto de punto final y se levantó de la silla—. Como ha dicho que esto sólo llevaría un momento, y como tengo otro trabajo que atender...

—Vete ya, cariño —dijo Bella McHaggis. Luego añadió de manera expresiva—: Si hay algún otro asunto que tratar aquí, yo me encargaré de todo.

—Gracias, señora McH —dijo Frazer, que le apretó ligeramente el hombro.

Bella pareció complacida con ese contacto. Barbara supuso que formaba parte del «efecto Frazer». Luego les dijo a ambos:

—No abandonen la ciudad. Tengo la sensación de que necesitaremos volver a hablar con ustedes.

Cuando regresaron a Victoria Street ya había comenzado la reunión informativa vespertina. Barbara se encontró buscando a Lynley cuando entró en la habitación, y luego se sintió irritada por hacerlo. Apenas se había acordado de su antiguo compañero en todo el día y quería que las cosas siguiesen así. Sin embargo, registró su presencia en un extremo de la sala.

Lynley asintió a modo de saludo, y una breve sonrisa elevó apenas las comisuras de su boca. La miró por encima de sus gafas de leer y luego volvió a concentrarse en los papeles que tenía en la mano.

Isabelle Ardery estaba de pie delante de los tableros escuchando el informe de John Stewart. A Stewart y los policías que trabajaban con él se les había encomendado la envidiable tarea de encargarse del enorme volumen de material que habían sacado de la habitación de Jemima Hastings. Por el momento, el inspector hablaba de Roma. Ardery parecía impaciente, como si esperase que apareciera algún dato sobresaliente.

No parecía que eso fuera a ocurrir inmediatamente. Stewart estaba diciendo:

—El común denominador es la invasión. Tenía planos del Museo Británico y del Museo de Londres, y las salas marcadas con un círculo corresponden a los romanos, la invasión, la ocupación, las fortalezas, todos los efectos personales que dejaron atrás. Y también compró un montón de tarjetas postales en ambos museos y un libro titulado *Roman Britain*.

—Pero dijiste que ella tenía también un plano de la National Gallery y de la Portrait Gallery —señaló Philip Hale. Había estado tomando notas y se refirió a ellas—. Y de la Geffrye, la Tate Modern y la Wallace Collection. Tengo la impresión de que esa mujer estaba haciendo un reconocimiento de Londres, John. Visitando lugares de interés. —Volvió a consultar sus notas—. La casa de sir John Soane, la casa de Charles Dickens, la casa de Thomas Carlyle, la Abadía de Westminster, la Torre de Londres... Tenía folletos de todos esos lugares, ¿verdad?

—Es verdad, pero si queremos encontrar una conexión...

—La conexión es que era una turista, John.

Isabelle Ardery les explicó que el SO7 les había enviado un informe, y había buenas noticias: habían sido identificadas las fibras aparecidas en su ropa. Eran una mezcla de algodón y rayón de color amarillo. No coincidían con ninguna de las prendas que llevaba la mujer, de modo que había una muy buena posibilidad de que tuvieran una conexión más con su asesino.

—¿Amarillo? —preguntó Barbara—. Abbott Langer. El tío de la pista de patinaje sobre hielo. Lleva un chaleco amarillo. Todos los instructores lo llevan. —Les habló de las lecciones de patinaje sobre hielo que Jemima estaba tomando—. Podría ser que las fibras hubiesen quedado en su cuerpo después de una de esas lecciones.

—Entonces debemos buscar ese chaleco —dijo Ardery—. El de ese tío o el de otro de los instructores. Conseguid a alguien que haga una prueba de tejidos. También disponemos de una curiosa descripción transmitida por teléfono como resultado de toda la publicidad que ha provocado este caso. Al parecer, un hombre de aspecto bastante sucio salió del cementerio de Abney Park en el espacio de tiempo en que Jemima Hastings fue asesinada. Fue visto por una mujer mayor que esperaba el autobús justo en la entrada del cementerio de Church Street. La mujer lo recordaba porque, según dijo (y repito sus palabras) parecía como si se hubiese estado revolcando sobre las hojas, tenía el pelo muy largo y era japonés, chino, vietnamita o —tal como ella lo describió— «uno de esos tipos orientales». Llevaba pantalones negros y alguna clase de caja o algo por estilo (ella pensó que se podía tratar de un maletín), y tenía el resto de la ropa liada debajo del brazo, excepto la chaqueta, que llevaba puesta del revés. Tenemos a alguien con ella para hacer un retrato robot y, si hay suerte, conseguiremos algunos resultados una vez que lo publiquemos. ¿Sargentos Havers y Nkata...?

Nkata asintió mirando a Barbara para que fuese su compañera quien hiciera los honores. Un tío decente, pensó ella, y se preguntó cómo había llegado Winston a ser tan intuitivo y, a la vez, tan completamente despojado de ego.

Presentó su informe: Yolanda, *la Médium,* un resumen de la historia de Abbott Langer y las lecciones de patinaje sobre hielo, la razón de esas lecciones de patinaje sobre hielo, los globos, la prueba de embarazo —«resultó ser negativa»—, Frazer Chaplin y Paolo di Fazio. Añadió la discusión oída casualmente entre Paolo di Fazio y la víctima, el presunto estudio donde Paolo hacía sus esculturas, la conducta de Frazer con las mujeres, el posible interés no maternal de Bella McHaggis por Frazer, el segundo empleo de Frazer en el hotel Dukes y sus planes para emigrar.

—Comprobad los antecedentes de todos ellos —ordenó Isabelle cuando Barbara acabó su informe.

—Nos pondremos a ello ahora mismo —respondió Barbara.

—No —dijo Ardery—. Les quiero a los dos (usted y la sargento Nkata) en Hampshire. Philip, usted y su gente encárguense de la comprobación de antecedentes.

—¿Hampshire? —dijo Barbara—. ¿Qué tiene que ver Hampshire...?

Ardery les puso al corriente, resumiendo lo que ellos se habían perdido durante la primera parte de la reunión informativa. El inspector Lynley y ella, dijo, habían encontrado esas cosas, y «Necesito que lleven una de éstas a Hampshire». Le entregó una tarjeta postal. Barbara vio que se trataba de una versión más pequeña de la fotografía de Jemima Hastings que ilustraba el póster de la National Portrait Gallery. En el anverso podía leerse: «¿Ha visto a esta mujer?», escrito con rotulador negro, acompañado de una flecha que indicaba que había que dar la vuelta a la tarjeta. En el reverso habían apuntado un número de teléfono, aparentemente de un móvil.

El número, le informó Ardery, pertenecía a un tío de Hampshire llamado Gordon Jossie. El sargento Nkata y ella debían viajar allí para ver qué tenía que decir el señor Jossie con respecto a este asunto.

—Será mejor que se lleven un bolsa de viaje, porque supongo que esto podría llevar más de un día —dijo.

Esto suscitó los gritos y exclamaciones habituales, comentarios de «Oohh, os vais de vacaciones», y «Coged habitaciones separadas, Winnie». Ante tal panorama, Ardery dijo con tono brusco:

—Ya está bien.

En ese preciso momento Dorothea Harriman entraba en la habitación. Llevaba un papel en la mano, un mensaje telefónico. Se lo entregó a Ardery. Ella lo leyó. Luego alzó la vista y una expresión de satisfacción se dibujó en su rostro.

—Tenemos un nombre para el primer retrato robot —anunció mientras señalaba el tablero donde estaba fijado el primer retrato robot que habían hecho gracias a la descripción de los dos adolescentes que se habían tropezado con el cadáver en el cementerio.

—Uno de los voluntarios que trabaja en el cementerio cree que se trata de un chico llamado Marlon Kay. El inspector Lynley y yo nos ocuparemos de él. En cuanto al resto de vosotros..., ya tenéis vuestras tareas asignadas. ¿Alguna pregunta? ¿No? De acuerdo entonces.

Volverían a empezar por la mañana, les dijo. Hubo varias miradas de sorpresa: ¿una tarde libre? ¿En qué estaba pensando Ardery?

Sin embargo, nadie hizo preguntas, ya que había muy pocos caballos regalados en medio de una investigación. El equipo comenzó a prepararse para abandonar la habitación. Ardery se dirigió a Lynley:

—Thomas, ¿podemos hablar en mi despacho?

Lynley asintió. Ardery abandonó el centro de coordinación. Él, sin embargo, no la siguió de inmediato. Se dirigió al tablón para echar un vistazo a las fotografías reunidas allí, y Barbara aprovechó la oportunidad para acercarse a él. Lynley había vuelto a ponerse las gafas de leer y estaba observando las fotografías aéreas y comparándolas con el diagrama dibujado de la escena del crimen.

—Antes no tuve oportunidad... —dijo Barbara a sus espaldas.

Lynley se volvió del tablón con las fotografías.

—Barbara —dijo, a modo de saludo.

Ella le miró fijamente porque quería leer su expresión, el porqué, el cómo y qué significaba todo.

—Me alegro de que haya vuelto, señor. No se lo dije antes.

—Gracias.

No añadió que era bueno para él que estuviera allí, como podía haber hecho cualquier otra persona. No era bueno estar allí, pensó ella. Sólo formaba parte de seguir adelante.

—Me preguntaba... ¿cómo se manejará ella? —dijo Barbara.

En realidad lo que quería saber era qué significaba que él hubiera regresado a la Met: qué implicaba sobre él, sobre ella, sobre Isabelle Ardery y sobre quién tenía poder e influencia y quién no tenía nada de eso.

—Es obvio. Quiere el trabajo.

—Y usted, ¿está aquí para ayudar a que lo consiga?

—Sólo me pareció que era el momento oportuno. Ella vino a verme a casa.

—De acuerdo. Bien. —Barbara se acomodó el bolso en el hombro. Quería algo más de él, pero no fue capaz de formular la pregunta correspondiente—. Es un poco diferente, eso es todo —dijo al fin—. Me marcho, entonces. Como ya he dicho, es bueno que usted…

—Barbara. —Su voz era grave. También era jodidamente amable. Sabía lo que ella estaba pensando y sintiendo, y «siempre» había sido así, algo que odiaba de ese hombre—. No tiene importancia.

—¿Qué?

—Esto. En realidad, no tiene importancia.

Mantuvieron uno de esos momentos de duelo de miradas. Él era bueno leyendo, anticipando, entendiendo…, todas esas jodidas habilidades interpersonales que hacían de una persona un buen policía, y de otra persona el elefante metafórico que irrumpe en una cacharrería.

—De acuerdo —dijo ella. —Sí. Gracias.

Otro momento de miradas encontradas hasta que alguien dijo:

—Tommy, ¿puedes echarle un vistazo…?

Él se volvió. Philip Hale se acercaba a ellos, y ya daba igual. Barbara aprovechó la oportunidad para volatilizarse.

Más tarde, mientras conducía hacia su casa, se preguntó si él era sincero cuando dijo que no tenía importancia. Porque el hecho era que a ella no le gustaba nada que su compañero estuviese trabajando con Isabelle Ardery, aunque no quería pensar demasiado en cuál era la razón de ese disgusto.

12

A la mañana siguiente, y en gran medida a causa de lo que Barbara «no» quería pensar, preparó el bolso para el viaje asegurándose de que ninguna de las prendas que escogía contaría con la aprobación de Isabelle Ardery. Era un trabajo que llevaba poco tiempo y menos necesidad de pensar. Ya había acabado cuando un golpe en la puerta le indicó que había llegado Winston Nkata. Le había sugerido sensatamente que fuesen en su coche, ya que el de ella era poco fiable y, además, acomodar su cuerpo, largo y fuerte, dentro de un viejo Mini Cooper habría significado un viaje penoso para él.

—Está abierto —dijo la mujer, y, acto seguido, encendió un cigarrillo porque necesitaba llenarse de nicotina, puesto que Nkata no permitiría que le arruinase el interior de su Vauxhall perfectamente conservado con humo de cigarrillo, por no hablar —¡qué espanto!— de una microscópica pizca de ceniza.

—Barbara Havers, sabes que tienes que dejar de fumar —anunció Hadiyyah.

Ella se giró del sofá cama donde había colocado su bolso de viaje. Vio no sólo a su pequeña vecina, sino también al padre de Hadiyyah, ambos de pie en la puerta de su minúscula vivienda: Hadiyyah con sus brazos morenos cruzados y un pie adelantado, como si estuviese a punto de empezar a dar golpecitos en el suelo como una maestra enfadada ante una alumna insolente. Azhar estaba detrás de su hija y llevaba en las manos tres cajas de plástico con comida. Las utilizó para gesticular con ellas mientras sonreía.

—Es comida de anoche, Barbara —dijo—. Hadiyyah y yo

decidimos que el pollo *jalfrezi* que hice era uno de mis mejores intentos, y como ella se encargó de hacer los *chapatis*... ¿Qué tal para tu cena de hoy?

—Magnífico —dijo Barbara—. Definitivamente mejor que los trozos de boloñesa con queso cheddar sobre una tostada, que era lo que tenía planeado para cenar.

—Barbara...

La voz de Hadiyyah era piadosa, incluso al protestar por sus hábitos alimentarios.

—Aunque...

Barbara iba a explicarles que dejaría la comida en la nevera, ya que tenía que marcharse fuera durante unos días. Pero antes de que pudiese continuar con su explicación, Hadiyyah lanzó una exclamación de horror, corrió a través de la habitación y recogió de detrás del televisor algo que Barbara había lanzado allí como al descuido.

—¿Qué has hecho con tu bonita falda acampanada? —preguntó la niña, agitándola—. Barbara, ¿por qué no la estás usando? ¿No se suponía que debías ponértela? ¿Por qué está detrás del televisor? ¡Oh, mira! Ahora está toda llena de pelusillas de lana.

Barbara dio un respingo. Intentó ganar tiempo cogiendo los recipientes de plástico de manos de Azhar para meterlos en la nevera sin permitir que padre e hija pudiesen ver el estado de su interior, que se parecía a un experimento destinado a crear una nueva forma de vida. Dio una calada al cigarrillo y lo mantuvo sujeto entre los labios mientras conseguía que esta maniobra provocara la caída de la ceniza sobre su camiseta, que le preguntaba al mundo: «¿A cuántos sapos debe besar una chica». La quitó con el dorso de la mano, creando una mancha gris, maldijo en voz baja, y se enfrentó al hecho de que tendría que responder al menos a una de las preguntas de Hadiyyah.

—Tengo que hacerle un arreglo —le dijo a la niña—. Es un poco larga, que fue lo que decidimos cuando me la probé en la tienda, ¿recuerdas? Tú dijiste que debíamos acortarla a mitad de la rodilla, y no es eso, definitivamente no es eso. Que quede colgando alrededor de mis piernas de un modo nada atractivo sí lo es.

—Pero ¿por qué está detrás del televisor? —preguntó

Hadiyyah con cierta lógica—. ¿Porque tenías que hacerle un arreglo...?

—Oh. Eso. —Barbara realizó uno o dos ejercicios mentales y dijo—. Olvidaría hacerlo si guardaba la falda en el armario. Pero allí, detrás del televisor... Enciendo la tele y ¿qué es lo que veo? Esa falda, que me recuerda que necesita que la acorten.

Hadiyyah no parecía muy convencida.

—¿Y qué me dices del maquillaje? Hoy tampoco llevas maquillaje, ¿verdad, Barbara? No puedo ayudarte con eso, ¿sabes? Yo solía observar a mamá todo el tiempo. Ella lleva maquillaje. Mamá lleva toda clase de maquillaje, ¿verdad, papá? Barbara, ¿tú sabías que mi mamá...?

—Ya está bien, *khushi* —le dijo Azhar a su hija.

—Pero yo sólo iba a decir...

—Barbara está ocupada, como puedes ver. Y tú y yo tenemos que asistir a una clase de urdu, ¿recuerdas? —Luego le dijo a Barbara—: Como hoy tengo sólo una clase en la universidad pensábamos invitarte a que nos acompañaras después de que Hadiyyah acabase su clase. Un viaje por el canal hasta Regent's Park para tomar un helado. Pero parece que... —Señaló el bolso de viaje de Barbara que aún estaba abierto encima del sofá cama.

—Hampshire —dijo ella, y al ver a Winston Nkata, que se acercaba a la puerta de su minúscula casa, que permanecía abierta, añadió—: y aquí está mi cita.

Nkata tuvo que agacharse para entrar y, una vez que estuvo dentro, pareció llenar todo el espacio. Al igual que ella, el sargento se había puesto algo más cómodo que su atuendo habitual. A diferencia de ella, Nkata se las arreglaba para parecer un profesional. Pero, por otra parte, su mentor en temas de vestuario había sido Thomas Lynley, y Barbara nunca podía imaginarse a Lynley con un atuendo mal conjuntado. Nkata llevaba pantalones deportivos y una camisa verde pálido. Los pantalones mostraban unas rayas planchadas que hubiesen hecho llorar de alegría a un militar. De alguna manera, había conseguido atravesar Londres en su coche sin que se formara una sola arruga en la camisa. ¿Cómo era posible algo así?

Al ver a Nkata, Hadiyyah abrió los ojos como platos y su expresión se volvió solemne. El sargento asintió levemente a modo de saludo, mirando a Azhar, y luego le dijo a su hija:

—Supongo que tú debes ser Hadiyyah.

—¿Qué le pasó en la cara? —preguntó la niña—. Tiene una cicatriz.

—¡*Khushi!* —gritó Azhar, espantado. Su rostro delataba una rápida evaluación del visitante de Barbara—. Las niñas bien educadas no…

—Una pelea con cuchillos —le explicó Nkata amablemente. Y luego le dijo a Azhar—: No pasa nada, amigo. Me lo preguntan constantemente. Es difícil no notarlo, ¿verdad, pequeña? —Se agachó para mirarla más de cerca—. Verás, uno de nosotros tenía un cuchillo y el otro llevaba una navaja. Ahora bien, la cuestión es ésta: la navaja es rápida y hace mucho daño. Pero ¿el cuchillo? Al final siempre es el que se lleva el gato al agua.

—Es sin duda un conocimiento muy importante —dijo Barbara—. Muy útil en una guerra entre bandas, Hadiyyah.

—¿Está en una banda? —preguntó Hadiyyah mientras Nkata recuperaba su estatura completa. La niña alzó los ojos hacia él con una expresión de temor.

—Estuve —dijo él—. De allí viene esto. —Luego miró a Barbara y le preguntó—: ¿Estás lista? ¿Quieres que espere en el coche?

Barbara se preguntó por qué diablos le hacía esa pregunta y qué pensaba Nkata que conseguiría con su inmediata ausencia: ¿una despedida cariñosa entre ella y su vecino? Consideró las razones que podían haber llevado a Winston a pensar semejante cosa y luego se percató de la expresión de Azhar, que delataba un nivel de malestar que no recordaba haber visto jamás en él.

Consultó varias posibilidades sugeridas por tres recipientes de plástico con restos de comida, la lección de urdu de Hadiyyah, un viaje por el canal y la aparición de Winston Nkata en su pequeña casa, y llegó a una conclusión demasiado estúpida como para tenerla en cuenta a la luz del día. Rechazó la idea rápidamente, luego se dio cuenta de que se había referido a Winston como su cita, y eso, combinado con el hecho de que estuviese preparando un bolso de viaje, debió hacer que Azhar —tan correcto como un caballero del periodo de la Regencia— pensara que se marchaba unos días al campo en compañía de su amante alto, guapo, atlético y probablemente exquisito en todo lo necesario en la cama. La sola idea hizo que sintiera ganas de echarse a reír a carcajadas. Ella, Winston Nkata, cenas a la luz de las velas, vino, rosas, romance y un par de noches de revolcones en un hotel saturado de glicinas... Lanzó una breve risa y la disimuló tosiendo.

Presentó rápidamente a los dos hombres: «Tenemos un caso en Hampshire», dijo una vez que hubo dicho el nombre completo de Winston. Se volvió hacia el sofá cama antes de que Azhar respondiese, escuchando que Hadiyyah decía:

—¿Usted también es policía? ¿Cómo Barbara, quiero decir?

—Como ella —dijo Nkata.

Barbara se colgó el bolso de viaje al hombro mientras Hadiyyah le decía a su padre:

—¿Puede venir él también al barco del canal, papá?

—Barbara acaba de decir que deben viajar a Hampshire, *khushi* —dijo Azhar.

Abandonaron la casa de Barbara todos juntos y se dirigieron hacia la acera. Barbara y Winston caminaban detrás de los otros, pero ella pudo oír que Hadiyyah le preguntaba a su padre:

—Lo olvidé. Lo de Hampshire, quiero decir. Pero y ¿si no fueran allí? ¿Qué pasaría si no fueran, papá? ¿Podría venir él también con nosotros?

Barbara no escuchó la respuesta de Azhar.

Lynley condujo otra vez el coche de Isabel. Y, nuevamente, el arreglo le pareció bien. No intentó mantener la puerta abierta para ella —no había vuelto a hacerlo desde que ella le había corregido ese gesto—, y nuevamente concentró toda su atención en la conducción. Ella había perdido la orientación acerca de la zona de Londres donde se encontraban justo al dejar atrás Clerkenwell. Mientras pasaban junto a un parque anónimo, sonó su móvil y contestó la llamada.

—Sandra quiere saber si te apetece hacernos una visita.

Era Bob, hablando sin preámbulos, como era su costumbre. Isabelle se maldijo por no haber comprobado antes el número de la persona que llamaba, aunque, conociendo a Bob, probablemente la estaría llamando desde un teléfono que ella no podría identificar de todos modos. Le encantaba hacer eso. La cautela era su arma principal.

—¿Qué tenéis pensado? —preguntó, echando una breve mirada a Lynley, quien no le prestaba atención.

—Almuerzo el domingo. Podrías venir a Kent. A los chicos les gustaría que…

—¿Con ellos, quieres decir? ¿Solos? ¿En el restaurante de un hotel o algo así?

—Obviamente no —dijo él—. Iba a decirte que a los chicos les gustaría que te reunieras con nosotros. Sandra preparará carne asada. Ginny y Kate tienen una fiesta de cumpleaños el domingo, de modo que…

—¿De modo que seremos nosotros cinco, entonces?

—Bueno, sí. No puedo pedirle a Sandra que se vaya de su propia casa, ¿no crees, Isabelle?

—Un hotel sería mejor. Un restaurante. Un pub. Los chicos podrían…

—Eso no pasará. El almuerzo del domingo con nosotros es mi mejor oferta.

Ella no dijo nada. Contempló lo que pasaba por llamarse el paisaje londinense a medida que discurría junto a ellos: basura en las aceras; fachadas de tiendas descoloridas y con carteles de plástico sucios con el nombre de cada una de ellas; mujeres vestidas con sábanas negras y apenas una ranura para los ojos; tristes despliegues de frutas y verduras fuera de las verdulerías; tiendas de alquiler de vídeos; oficinas de apuestas de la cadena William Hill… ¿Dónde coño estaban?

—¿Isabelle? ¿Estás ahí? —preguntó Bob—. ¿Te he perdido? ¿La conexión se ha…?

«Sí —pensó ella—. Eso es exactamente. La conexión se ha cortado.» Cerró el móvil. Cuando volvió a sonar un momento después, dejó que sonara hasta que el buzón de voz recogió la llamada. Almuerzo el domingo, pensó. Podía imaginarlo perfectamente: Bob presidiendo el asado, Sandra sonriendo con afectación en algún lugar cercano —aunque la verdad sea dicha, Sandra no sonreía con afectación y era una persona más que decente, por lo que Isabelle le estaba muy agradecida, dentro de lo que cabe—, los gemelos limpios, acicalados y tal vez un tanto perplejos ante esta moderna definición de familia que estaban experimentando con mamá, papá y madrastra reunidos alrededor de la mesa del comedor como si fuese algo que pasaba todos los días de la semana. Rosbif, budín de Yorkshire y col pasados de mano en mano y todos esperando a que los demás se sirvieran y que alguien, quien fuera, bendijera la mesa, porque Isabelle no sabía y no quería saber hacerlo, y «sabía jodidamente bien» que no había ninguna puta posibilidad de que participara de un almuerzo de domingo en la casa de su ex esposo, porque él no tenía buenas intenciones, pretendía castigarla o chantajearla aún más, y ella no podía enfrentarse a eso o a sus hijos.

«No quieres amenazarme. No quieres llevar esto ante un tribunal, Isabelle.»

—¿Dónde coño estamos, Thomas? —le preguntó con cierta brusquedad—. ¿Cuánto tiempo se tarda en encontrar el camino en este jodido lugar?

Sólo una mirada. Le habían educado demasiado bien como para mencionar la llamada telefónica.

—Será capaz de encontrarlo más rápido de lo que piensa. Sólo tiene que evitar el metro.

—Soy miembro del proletariado, Thomas.

—No fue eso lo que quise decir —dijo él sencillamente—. Me refería a que el metro (el plano del metro de Londres, en realidad) no guarda ninguna relación con el trazado actual de la ciudad. Está impreso de ese modo sólo para que la gente lo entienda. Muestra las cosas situadas al norte, sur, este y oeste de cada una de ellas, cuando quizá no sea ése necesariamente el caso. De modo que, en lugar del metro, es mejor que coja el autobús. Camine. Conduzca su coche. No es tan imposible como puede parecer a simple vista. Podrá hacerse una idea antes de lo que piensa.

Ella lo dudaba. No se trataba de que una zona le pareciera exactamente igual a la siguiente. Al contrario, una zona era generalmente muy diferente de la siguiente. La dificultad residía en descubrir cómo se relacionaban entre ellas: ¿por qué un paisaje urbano representado por egregios edificios georgianos se transformaba de pronto en una zona llena de edificios de apartamentos de escasa calidad? Simplemente no tenía ningún sentido.

Cuando llegaron finalmente a Stoke Newington, no estaba preparada. Allí estaba, delante de sus ojos, reconocible por una floristería que recordaba de su viaje anterior, alojada en un edificio con el cartel HNOS. WALKER ESPECIALISTAS EN ESTILOGRÁFICAS pintado en la pared de ladrillo entre el primero y el segundo piso. Ésta debía de ser Stoke Newington Church Street, de modo que el cementerio se encontraba un poco más adelante. Se felicitó por ser capaz de recordar tantos detalles.

—La entrada principal del cementerio está en la calle principal, a la izquierda, en la esquina.

Lynley aparcó y ambos entraron en la oficina de información situada fuera del portón. Una vez allí explicaron el motivo de su visita a una arrugada voluntaria. Isabelle le mostró el retrato robot que habían esbozado tras la llamada a New Scotland Yard. No era ella quien había hecho esa llamada —«Es probable que haya sido el señor Fluendy. Yo soy la señora Littlejohn»—, pero ella también reconoció el rostro en el retrato robot.

—Supongo que es el chico que se dedica a tallar los troncos de los árboles —dijo ella—. Espero que hayan venido aquí para arrestarle, porque hemos estado llamando a la Policía local desde que mi abuela era una niña. Vengan conmigo. Les enseñaré de qué estoy hablando.

Les indicó que salieran de la oficina de información, colgó un cartel en la puerta indicando a las inexistentes hordas de visitantes que regresaría enseguida y echó a andar hacia el cementerio. Ellos la siguieron. Los llevó hasta uno de los árboles que Isabelle había visto en su primera visita al lugar. El tronco estaba tallado con un elaborado diseño de una luna creciente y estrellas con nubes que oscurecían parte de estas últimas. La zona tallada bajaba a lo largo del tronco y había eliminado por completo la corteza. No era la clase de trabajo que alguien podría haber llevado a cabo deprisa o fácilmente. La talla medía al menos un metro veinte de alto y ocupaba quizás unos sesenta centímetros de la circunferencia del árbol. Aparte de la mutilación hecha al tronco, era realmente un trabajo muy bueno.

—Ha hecho lo mismo en todas partes —dijo la mujer—. Hemos intentado cogerle con las manos en la masa, pero vive en Listria Park y linda con la parte trasera del cementerio. Imagino que salta la pared de modo que nunca sabemos que está aquí. Es coser y cantar cuando uno es joven, ¿verdad?

Listria Park no era un parque en realidad, como Isabelle había supuesto en un principio. En cambio se trataba de una calle que comprendía una curva de edificios que, en otra época, habían sido viviendas individuales, pero ahora eran pisos con ventanas que daban al cementerio de Abney Park, y jardines que llegaban hasta sus paredes, como había descrito la señora Littlejohn. Les llevó algo de tiempo encontrar el edificio donde vivía Marlon Kay, pero, una vez que lo hicieron, descubrieron que la suerte les había sonreído, ya que el chico estaba en casa. También estaba su padre y fue la voz insustancial de este hombre la que aparentemente respondió cuando llamaron al timbre que había junto al nombre «D. W. Kay».

—¿Sí? ¿Qué quiere? —gritó.

Isabelle le hizo una seña a Lynley, quien se encargó de responder.

—Policía Metropolitana. Estamos buscando a...

A pesar de la fallida conexión entre la calle y el apartamento, ambos pudieron oír la conmoción provocada por las palabras de Lynley: golpes de muebles, ruidos de pasos, un «¿Qué coño...? ¿Dónde crees que...? ¿Qué haces?». Y luego un zumbido abrió la puerta y entraron en el edificio.

Isabelle y Lynley ya se dirigían hacia la escalera en el momento en que un chico corpulento descendía a toda pastilla. Se lanzó sobre ellos, con los ojos desorbitados y sudando, tratando de alcanzar la puerta de la calle. Para Lynley no fue difícil detenerle. Un brazo fue suficiente. Con el otro le inmovilizó.

—¡Suélteme! —chilló el chico—. ¡Él me matará!

Desde el piso de arriba un hombre gritaba:

—¡Sube tu culo aquí, pequeño y jodido gamberro!

«Pequeño» no era un adjetivo que le hiciera justicia. Aunque el chico no llegaba a ser obeso, era, no obstante, un genuino ejemplo de la tendencia de la juventud moderna a la comida frita, rápida y cargada de diferentes clases de grasas y azúcares.

—¿Marlon Kay? —preguntó Isabelle al joven que se debatía bajo la firme presión de Lynley.

—¡Suélteme! —gritó—. Él me molerá a palos. ¡Ustedes no lo entienden!

En ese momento, D. W. Kay bajó velozmente la escalera con

un palo de críquet en la mano, que agitaba furiosamente mientras gritaba:

—¿Qué coño has hecho? ¡Será mejor que me lo digas antes de que lo hagan estos polis, o te aseguro que te machacaré la cabeza desde aquí a Gales!

Isabelle se interpuso en su camino.

—Ya está bien, señor Kay. Baje ese palo de críquet antes de que le encierre por agresión.

Quizá fue el tono de voz, pero el hombre se paró en seco ante ella respirando como un caballo de carreras derrotado y con un aliento que olía a dientes podridos hasta el cerebro. El hombre parpadeó.

—Supongo que usted es el señor Kay. ¿Y éste es Marlon? Queremos hablar con él.

Marlon gimoteaba. Se encogió ante la presencia de su padre.

—Él me dará una paliza —dijo.

—Él no hará nada de eso —le dijo Isabelle al chico—. Señor Kay, acompáñenos a su piso. No tengo intención de mantener una conversación en el pasillo.

D. H. la miró de arriba abajo —ella podía asegurar que se trataba de la clase de hombre que tenía lo que los psicólogos llaman «problemas con las mujeres»— y luego miró a Lynley. Su expresión revelaba que en lo que a él concernía, Lynley llevaba bragas con encaje si permitía que una mujer diese órdenes en su presencia. Isabelle sintió deseos de machacarle a «él hasta Gales». ¿En qué siglo pensaba que vivían?

—¿Tengo que repetirlo? —soltó.

El hombre lanzó un gruñido, pero obedeció. Volvió a subir la escalera y ellos le siguieron, Marlon agazapado por el miedo y sujetado por Lynley. En lo alto del primer tramo de escalera había una mujer de mediana edad vestida con ropa de ciclista. Hizo una mueca que combinaba asco, aversión y repugnancia, y le dijo al señor Kay:

—Ya era hora. —Él la apartó del camino, y ella añadió, dirigiéndose a Lynley e ignorando por completo a Isabelle—: ¿Ha visto eso? ¿Ha visto eso?

Su grito de: «¿Piensan hacer algo con él, finalmente?», fue lo último que oyeron antes de que la puerta se cerrase tras ellos.

Dentro del apartamento las ventanas estaban abiertas, pero como no había ventilación cruzada, las pequeñas aberturas no conseguían mitigar la temperatura. El lugar, a diferencia de lo que Isabelle había esperado encontrar, no era una pocilga. Había una sospechosa capa blanca encima de casi todo, pero resultó ser polvo de yeso, ya que pronto se enteraron de que D. W. Kay era yesero y estaba a punto de marcharse a trabajar cuando ellos habían llamado al timbre.

Isabelle le dijo que necesitaban hablar con su hijo y le preguntó a Marlon qué edad tenía. El chico contestó que tenía dieciséis años y se encogió, como si previese que su edad fuera causa de castigo corporal. Isabelle suspiró. Debido a su edad se requería la presencia de un adulto que no fuese policía, preferiblemente la de uno de sus progenitores, lo que significaba que tendrían que interrogar al chico delante de su furioso y explosivo padre, o bien ante un asistente social.

Miró a Lynley. Su expresión le confirmó que la decisión le correspondía a ella, ya que era su superior.

—Debemos interrogar a Marlon en relación con el cementerio —le dijo al padre—. Supongo que sabe que allí se cometió un asesinato, señor Kay.

El rostro del hombre enrojeció visiblemente. Los ojos parecieron salírsele de las órbitas. Isabelle pensó que el señor Kay era un infarto masivo con patas. Continuó.

—Podemos interrogarle aquí o en la comisaría local. Si lo hacemos aquí, se le pedirá que no sólo permanezca callado, sino que también mantenga las manos lejos de este chico desde ahora hasta la eternidad. Si no lo hace, será arrestado en el acto. Una sola llamada de su hijo, de un vecino, de cualquiera, y le meteremos entre rejas. Una semana, un mes, un año, diez años. No puedo decirle qué decidirá el juez, pero sí puedo asegurarle que lo que he presenciado allí abajo es algo sobre lo que testificaré. Y supongo que sus vecinos se mostrarán encantados de hacer lo mismo. ¿He sido clara o necesita más explicaciones sobre esta cuestión?

El hombre asintió. Luego meneó la cabeza. Isabelle dedujo que estaba respondiendo a ambas preguntas y dijo:

—Muy bien. Ahora siéntese y mantenga la boca cerrada.

El hombre se dirigió, irritado, hacia un sofá gris que formaba parte de un triste conjunto de tres piezas de una clase que Isabelle no había visto en años, completado con flecos y borlas. Se sentó. Una nube de polvo de yeso se elevó a su alrededor. Lynley condujo a Marlon a uno de los dos sillones y luego se acercó a la ventana, donde permaneció de pie, acodado en el alféizar.

En la habitación todo estaba frente a un enorme televisor de pantalla plana donde ahora se emitía un programa de cocina, si bien el volumen había sido silenciado. Debajo del televisor había un mando a distancia. Isabelle lo cogió y apagó el aparato, una acción que, por alguna razón, hizo que Marlon volviese a gimotear. Su padre le miró y frunció los labios. Isabelle le fulminó con la mirada, tras lo que el hombre recobró la compostura. Ella asintió secamente y fue a sentarse en el otro sillón, cubierto de polvo como todo lo demás.

Le expuso a Marlon los hechos: se le había visto cuando salía de la construcción auxiliar que había junto a la capilla en ruinas dentro del cementerio. En el interior de ese lugar se había encontrado el cadáver de una mujer joven. En las proximidades del cadáver habían dejado caer una revista con las huellas dactilares de una persona. La Policía había hecho un retrato robot a partir de la información suministrada por las personas que le vieron salir de ese lugar, y si era necesario hacer una rueda de reconocimiento habría pocas dudas de que sería identificado, aunque debido a su edad probablemente utilizarían fotografías y no sería necesario que se colocara en una rueda de identificación con otras personas. ¿Quería hablar de ese asunto?

El chico comenzó a sollozar. Su padre puso los ojos en blanco, pero no dijo nada.

—¿Marlon? —insistió Isabelle.

El chico gimoteó y dijo:

—Es sólo que odio la escuela. Me maltratan. Es porque mi trasero es como... Es grande y ellos se burlan, y siempre ha sido así y yo lo odio. Así que no quiero ir. Como tengo que salir de aquí, voy allí.

—¿Vas al cementerio en lugar de ir a la escuela?

—Sí.

—Son las vacaciones de verano —señaló Lynley.

—Estoy hablando de cuando hay clases —dijo Marlon—.

Ahora voy al cementerio porque eso es lo que hago. Aquí no hay nada más y no tengo amigos.

—Entonces, ¿vas al cementerio y grabas cosas en los árboles? —preguntó Isabelle.

Marlon cambió de posición sobre su redondo trasero.

—No dije…

—¿Tienes herramientas para tallar en madera? —preguntó Lynley.

—¡Yo no le hice nada a esa prostituta! Estaba muerta cuando llegué allí.

—¿De modo que entraste en ese lugar que hay junto a la capilla? —le preguntó Isabelle al chico—. ¿Admites que eres la persona que nuestros testigos vieron salir de ese lugar hace cuatro días?

El chico no lo confirmó, pero tampoco lo negó.

—¿Qué estabas haciendo allí? —preguntó Isabelle.

—Hago esas cosas en los árboles —dijo—. No hay nada de malo en eso. Los hago más bonitos, eso es todo.

—No me refiero a qué estabas haciendo en el cementerio —aclaró Isabelle—. Me refiero a la construcción que hay junto a la capilla en ruinas. ¿Por qué entraste allí?

El chico tragó con dificultad. Éste era, aparentemente, el quid de la cuestión. Miró a su padre. Su padre apartó la mirada.

Marlon dijo en un susurro:

—La revista. Era… Verá, la compré y quería echar un vistazo y…— La miró desesperadamente y también a Lynley—. Es sólo que cuando vi las fotos en la revista… de esas mujeres… Ya sabe.

—Marlon, ¿estás intentando decirme que entraste en ese lugar para masturbarte mirando fotos de mujeres desnudas? —le preguntó Isabelle sin rodeos.

El chico comenzó a sollozar en serio. Su padre dijo: «Jodido gilipollas», e Isabel le clavó la mirada.

—Ya está bien, señor Kay —dijo Lynley.

Marlon ocultó la cara entre las manos al tiempo que se pellizcaba las mejillas con los dedos.

—Yo sólo quería… Así que entré en ese lugar para (usted ya sabe para qué), pero ella estaba allí… Me asusté y salí pitando.

Vi que estaba muerta, cómo no iba a verla. Había gusanos y cosas así, y tenía los ojos abiertos y había un montón de moscas... Sé que tendría que haber hecho algo, pero no podía porque yo..., porque yo... La poli me habría preguntado qué estaba haciendo allí, como me lo está preguntando usted ahora, y tendría que haberles dicho lo que estoy diciendo ahora, y él ya me odia y lo habría averiguado. No iré a la escuela. No iré. Pero ella estaba muerta cuando llegué allí. Ella estaba muerta. Lo estaba.

Probablemente estaba diciendo la verdad, pensó Isabelle, ya que no era capaz de imaginar a ese chico cometiendo un acto de violencia. Parecía el chico menos agresivo con el que se había topado nunca. Pero incluso a un chico como Marlon se le podían cruzar los cables y, de una manera u otra, tenía que ser eliminado de la lista de sospechosos.

—De acuerdo, Marlon —dijo ella—. Quiero pensar que me estás diciendo la verdad.

—¡Es la verdad!

—Ahora, sin embargo, voy a hacerte algunas preguntas más y necesito que te tranquilices. ¿Puedes hacerlo?

Su padre resopló. Sus palabras habrían sido: «Ni por puto asomo».

Marlon lanzó una mirada de temor a su padre y luego asintió mientras sus ojos se llenaban de lágrimas. Pero se las enjugó —convirtiéndolo, de alguna manera, en un gesto heroico— y se enderezó en su sillón.

Isabelle comenzó a interrogarle. ¿Tocó el cadáver? No, no lo hizo. ¿Se llevó algo de ese lugar? No, no lo hizo. ¿A qué distancia se acercó del cadáver? No lo sabía. ¿Un metro? ¿Más? Había dado un par de pasos dentro de ese lugar, pero eso fue todo, porque entonces la vio y...

—Está bien, está bien —dijo Isabelle, esperando evitar otro desencadenante de histeria—. ¿Qué pasó después?

Dejó caer la revista y echó a correr. No quería tirarla. Él ni siquiera sabía que la había tirado. Pero cuando se dio cuenta de que no la llevaba consigo estaba demasiado asustado para volver a buscarla porque «yo nunca había visto a una persona muerta. No de esa manera». Marlon continuó explicando que la mujer tenía toda la parte delantera cubierta de sangre. ¿Vio algún arma? Él ni siquiera vio dónde tenía los cortes, dijo Marlon. Sólo podía decir que, en su opinión, la habían rajado por todas partes, ya que había un montón de sangre. ¿No tendrían que rajar por todas partes a una persona para que hubiera tanta sangre?

Isabelle le reorientó desde el interior del edificio auxiliar de la capilla en ruinas hasta el exterior de éste. Cierto, había pasado al menos un día desde el asesinato cuando Marlon descubrió el cadáver, según se supo, pero cualquier persona que él hubiese visto en los alrededores —cualquier cosa— podía ser muy importante para la investigación.

Sin embargo, el chico no había visto nada. Y cuando le preguntó sobre el bolso de Jemima Hastings o cualquier otra cosa que ella pudiera haber llevado consigo, Marlon juró que no había cogido nada. Si ella llevaba un bolso, él no sabía nada de eso. Podría haber estado justo al lado del cadáver, admitió, y él ni siquiera hubiese sabido que estaba allí porque todo lo que vio fue a ella... y toda esa sangre.

—Pero tú no informaste de esto —dijo Isabelle—. El único informe que recibimos fue de esa joven pareja que te vio a ti, Marlon. ¿Por qué no dijiste nada?

—Por las tallas en los árboles —dijo—. Y la revista.

—Ah. —Destrucción de propiedad pública, posesión de revistas pornográficas, masturbación —o, al menos, intención de hacerlo— en público: éstas habían sido sus consideraciones, como lo había sido sin duda el disgusto de su padre, y el hecho de que el padre parecía propenso a expresar ese disgusto a través de un palo de críquet—. Entiendo. Bien, necesitaremos algunas cosas. ¿Cooperarás con nosotros?

El chico asintió. ¿Cooperación? Ningún problema. En absoluto.

Necesitarían una muestra de su ADN, que un hisopo frotado en el interior de la mejilla proporcionaría fácilmente. También necesitarían sus zapatos y sus huellas dactilares, que también eran muy fáciles de obtener. Y tendría que entregarles sus herramientas para tallar madera, a fin de que el forense las analizara.

—Supongo que entre ellas debes tener varios objetos afilados —dijo Isabelle—. ¿Sí? Bien, necesitamos examinarlos todos, Marlon.

Los ojos llenos de lágrimas, el gimoteo, la impaciencia y la respiración de toro del padre.

—Todo para demostrar que estás diciendo la verdad —le aseguró Isabelle al chico—. ¿Es así, Marlon? ¿Estás diciendo la verdad?

—Lo juro —dijo él—. Lo juro, lo juro, lo juro.

Isabelle quiso decirle que con una vez que lo jurase era suficiente, pero pensó que sería una pérdida de tiempo.

Mientras regresaban al coche, Isabelle le preguntó a Lynley qué pensaba.

—No es absolutamente necesario que permanezca en silencio en esta clase de situaciones —dijo.

Él la miró. Considerando el calor del día y su encuentro con los Kay, ella estaba serena, compuesta, profesional, incluso fresca bajo el sol abrasador. Con obvia sensatez —aunque no era habitual— no llevaba un traje de verano, sino un vestido sin mangas, y Lynley se dio cuenta de que servía a más de un propósito, en el sentido de que, no sólo hacía que se sintiese más cómoda, sino que también conseguía que su aspecto fuese menos intimidatorio cuando interrogaba a la gente. Gente como Marlon, pensó, un adolescente cuya confianza ella necesitaba ganarse.

—No pensé que necesitara mi…

—¿Ayuda? —le interrumpió ella bruscamente—. No me refería a eso, Thomas.

Lynley volvió a mirarla.

—En realidad pensaba decir mi participación —dijo.

—Ah. Lo siento.

—Este asunto la irrita, entonces.

—En absoluto. —Buscó dentro del bolso y sacó unas gafas de sol. Luego suspiró y dijo—: Bueno, eso no es verdad. Estoy irritada. Pero una tiene que estarlo en nuestra clase de trabajo. No es fácil para una mujer.

—¿Qué parte no es fácil? ¿La investigación? ¿El ascenso? ¿Recorrer los pasillos del poder en Victoria Street, a pesar de lo poco seguros que puedan ser?

—Oh, es muy fácil para usted divertirse a mi costa —dijo ella—. Pero no espero que ningún hombre tenga que toparse con la clase de cosas que una mujer debe soportar. Especialmente un hombre…

No pareció dispuesta a acabar la frase.

Lynley lo hizo por ella.

—¿Un hombre como yo?

—Bueno, efectivamente, Thomas. Es difícil que usted pueda discutir que una vida de privilegios (la casa familiar en Cornualles, Eton, Oxford..., no olvide que sé algunas cosas acerca de usted) le haya facilitado alcanzar el éxito en su trabajo. ¿Y por qué lo hace, en cualquier caso? No hay duda de que no necesita ser policía. ¿Acaso los hombres de su clase no se dedican generalmente a algo menos...— pareció buscar el término adecuado y luego se decidió—, menos en contacto con las clases bajas?

—¿Por ejemplo?

—No lo sé. ¿Ocupar un puesto en las juntas directivas de hospitales y universidades? ¿Criar caballos de pura sangre? ¿Gestionar las propiedades (las propias, naturalmente) y recoger la renta de los granjeros que llevan gorras con visera y botas de agua?

—¿Ésos serían los que entran por la puerta de la cocina y mantienen la vista fija en el suelo? ¿Los que se quitan rápidamente las gorras en mi presencia? ¿Hacer una reverencia estirándose el flequillo en señal de respeto y todo eso?

—¿Qué diablos es un flequillo? —preguntó ella—. Siempre me lo he preguntado. Quiero decir, está claro que se trata de pelo y está sobre la frente, pero ¿cuánto de ese pelo representa la parte «delantera»[14] y por qué nadie habría de estirárselo?

—Todo forma parte de la ceremonia de servidumbre —dijo él con tono solemne—. Parte de la rutina campesino-amo que incluye la vida de un hombre de mi clase.

Ella lo miró.

—Maldita sea, veo cómo le brillan los ojos.

14. El término para denominar flequillo o mechón de pelo sobre la frente, es *forelock*, mientras que *fore* significa «delantero» o «que está delante». Aunque la expresión literal es «tirarse del flequillo», es una expresión que denota una actitud de respeto hacia alguien de rango superior y da lugar a un juego de palabras intraducible.

—Lo siento —dijo él y sonrió.

—Hace un calor de morirse —dijo ella—. Mire, necesito beber algo fresco, Thomas. Y podríamos aprovechar el tiempo para hablar. Tiene que haber algún pub cerca de aquí.

Lynley dijo que creía que había uno, pero también quería echar un vistazo al lugar donde habían encontrado el cadáver. Habían llegado al coche de Isabelle, que estaba aparcado delante del cementerio y él le hizo la petición: ¿podía llevarle hasta la capilla donde habían encontrado el cadáver de Jemima Hastings? Incluso mientras pronunciaba estas palabras fue consciente de que estaba dando otro paso. Habían pasado cinco meses desde el asesinato de su esposa en las escaleras que había delante de su casa. En febrero incluso la sugerencia de que él pudiera desear echarle un vistazo al lugar donde alguien había muerto habría sido impensable.

Tal como supuso que haría, la superintendente le preguntó por qué quería ver ese lugar. Ardery sonaba desconfiada, como si pensara que estaba controlando su trabajo. Dijo que el lugar ya había sido inspeccionado, despejado, reabierto al público, y él le dijo que sólo era curiosidad y nada más. Había visto las fotografías; ahora quería ver el lugar.

Ella aceptó. Lynley la siguió al interior del cementerio por senderos que serpenteaban entre los árboles. Aquí estaba más fresco, con el follaje que los protegía del sol y sin aceras de cemento que enviaban el calor hacia arriba en oleadas inevitables. Él se percató de que ella era lo que en otra época se hubiese denominado «una mujer de agradable figura» mientras caminaba unos pasos por delante de él, y lo hacía del mismo modo que parecía hacer todo lo demás: con seguridad en sí misma.

Una vez que llegaron a la capilla, ella le guio hacia uno de los lados. Allí se alzaba la construcción auxiliar y, más allá, en el claro de hierba quemada por el sol continuaba el cementerio, con un banco de piedra en el borde. Había otro banco de piedra frente al primero, con tres tumbas cubiertas por hierbas sin cortar y un ruinoso mausoleo detrás de ellas.

—Inspección detallada de la escena del crimen, perímetro y una cuadrícula que produjeron una búsqueda diligente —le dijo Ardery—. No se encontró nada, excepto lo que uno esperaría en esta clase de lugar.

—¿Y eso sería…?

—Latas de refrescos y otra colección de desperdicios, lápices, plumas, planos del parque, bolsas de patatas fritas, envolturas de chocolatinas, tarjetas electrónicas de transporte (sí, están siendo comprobadas) y suficientes condones usados que nos hacen concebir la esperanza de que un día las enfermedades de transmisión sexual podrían llegar a ser cosa del pasado… Oh, lo siento… No ha sido un comentario muy apropiado.

Él se había quedado en la entrada de la construcción auxiliar y se volvió para comprobar que un tono rojo oscuro ascendía por el cuello de Ardery.

—Ese asunto de los condones —dijo ella—. Si hubiese sido a la inversa podría interpretarse como acoso sexual. Me disculpo por el comentario.

—Ah —dijo él—. Bueno, no hay problema. Pero en el futuro estaré en guardia, de modo que vaya con cuidado, jefa.

—Isabelle —dijo ella—. Puede llamarme Isabelle.

—Estoy de servicio —dijo él—. ¿Qué se sabe de ese *grafitti?* —preguntó mientras señalaba la pared donde alguien había plasmado en negro la leyenda DIOS ES INALÁMBRICO, además del dibujo del ojo dentro del triángulo.

—Es viejo —dijo ella—. Alguien lo dibujó mucho antes de su muerte. Y huele a masones. ¿Qué piensa?

—Lo mismo que usted.

—Bien —dijo Isabelle. Y cuando Lynley se volvió hacia ella vio que el enrojecimiento del cuello estaba desapareciendo—. Si ya ha visto suficiente, me gustaría ir a beber algo. Hay varios cafés en Stoke Newington Church Street, y supongo que también podríamos encontrar algún pub.

Abandonaron el cementerio por una ruta diferente, una que pasaba junto al monumento que Lynley reconoció como el fondo que Deborah Saint James había utilizado para su fotografía de Jemima Hastings. Se encontraba en el cruce de dos senderos: un león de mármol de tamaño natural sobre un pedestal. Se detuvo un momento y leyó la inscripción en el monumento de que TODOS SE ENCONTRARÍAN OTRA VEZ ALGUNA FELIZ MAÑANA DE PASCUA. Ojalá fuera cierto, pensó.

Isabelle le estaba observando, pero sólo dijo: «Es por aquí, Thomas», y le guio hasta la calle.

Poco después encontraron, por ese orden, un café y un pub. Ardery eligió el pub. Una vez dentro del local, desapareció en el lavabo, diciéndole antes que pidiese una sidra para ella y añadiendo: «Por el amor de Dios, es suave, Thomas», cuando él se mostró aparentemente sorprendido por su elección, ya que estarían aún de servicio durante varias horas. Ella le dijo que no pensaba vigilar a los miembros de su equipo en cuanto a su elección de los refrescos líquidos. Si alguno quería beber una cerveza en mitad del día, no tenía ninguna objeción. Lo que importa es el trabajo, le informó, y la calidad de ese trabajo. Luego se alejó hacia el lavabo. Por su parte, él pidió la sidra —«Y que sea una pinta, por favor», había añadido ella— y una botella de agua mineral. Llevó las bebidas a una mesa situada en un rincón, luego cambió de opinión y eligió otra mesa, más apropiada, pensó, para dos colegas que estaban trabajando.

Ella demostró ser una mujer típica, al menos en cuanto a lo relativo a su desaparición en el lavabo de damas. Estuvo allí alrededor de cinco minutos y, cuando regresó, se había arreglado el pelo. Ahora lo llevaba detrás de las orejas, lo que dejaba ver sus pendientes. Eran dos piezas azul marino ribeteadas de oro. El azul marino hacía juego con el vestido. Él se preguntó por estas pequeñas muestras de vanidad en las mujeres. Helen jamás se había vestido sin más por la mañana: se ponía conjuntos completos: «Por Dios, Helen, ¿no sales sólo para comprar gasolina?». «Querido Tommy, ¡es probable que alguien me vea!»

Él parpadeó y se sirvió el agua en el vaso. Había una rodaja de lima dentro y la exprimió con fuerza.

—Gracias —dijo Ardery.

—Sólo tenían una marca —dijo él.

—No me refería a la sidra. Me refería a gracias por no haberse levantado. Supongo que es lo que hace habitualmente.

—Ah. Eso. Bueno, los buenos modales son inculcados a la fuerza desde el nacimiento, pero pensé que usted preferiría que me abstuviese de ellos en el trabajo.

—¿Había tenido antes a una mujer como superior? —Y cuando él negó con la cabeza, añadió—; Lo está llevando bastante bien.

—Es lo que hago.

—¿Llevar bien las cosas?

—Sí. —Cuando acabó de decirlo, sin embargo, comprendió que eso podía provocar una discusión que no deseaba tener. De modo que cambió de conversación—. ¿Y qué me dice de usted, superintendente Ardery?

—No piensa llamarme Isabelle, ¿verdad?

—No.

—¿Por qué no? Esto es privado, Thomas. Somos colegas, usted y yo.

—Estamos de servicio.

—¿Ésa será su respuesta para todo?

Él pensó un momento en eso, en lo apropiado que era.

—Sí. Supongo que sí.

—Y debería sentirme ofendida.

—En absoluto, jefa.

Él la miró y ella le sostuvo la mirada. El momento se convirtió en un asunto entre un hombre y una mujer. Ése era siempre el riesgo cuando se mezclaban los sexos. Con Barbara Havers ese aspecto había sido algo tan impensable que resultaba casi risible. Con Isabelle Ardery, no era el caso. Él apartó la vista.

—Yo le creí —dijo ella a la ligera—. ¿Y usted? Soy consciente de que podría haber regresado al lugar del crimen para comprobar si ya habían descubierto el cadáver, pero no lo creo probable. Ese chico no parece lo bastante inteligente como para elaborar ese plan.

—¿Se refiere a llevar la revista con él para que diese la impresión de que tenía un motivo para esconderse allí?

—A eso me refiero.

Lynley estuvo de acuerdo con ella. Marlon Kay era un asesino poco probable. La superintendente, sin embargo, había escogido un camino inteligente para abordar la situación. Antes de dejar al chico y a su airado padre, ella había hecho los arreglos necesarios para que le tomaran las huellas dactilares y le hicieran un frotis de la mucosa bucal para la muestra de ADN, y había examinado las prendas del chico. No había nada amarillo entre ellas. En cuanto a las zapatillas deportivas que había llevado puestas aquel día en el cementerio, no presentaban ningún indicio visible de sangre, pero, de todos modos, serían enviadas al departamento forense para su análisis. Durante todo aquel procedimiento, Marlon había mostrado toda su colaboración. Parecía ansioso por complacerles, al tiempo que hacía todo lo posible por demostrar que no tenía nada que ver con la muerte de Jemima Hastings.

—De modo que sólo nos queda el avistamiento de ese tío oriental… Esperemos que salga alguna cosa de eso —dijo Ardery.

—O que salga alguna cosa de ese tipo de Hampshire —dijo Lynley.

—Está eso también. ¿Cómo cree que afrontará la sargento Havers esa parte de la investigación, Thomas?

—Con su estilo habitual —contestó él.

13

—Esto es increíble, coño. Nunca había visto algo así.

Barbara Havers reaccionó de ese modo ante el New Forest y las manadas de ponis que corrían libremente por los prados. Había cientos de ellos —miles quizás— y pastaban dondequiera que les apeteciera hacerlo. En los vastos terrenos de pastos, los ponis comían ruidosamente las hierbas acompañados de sus potrillos. Debajo de robles y hayas añejos y vagando entre serbales y alisos blancos, los pequeños caballos se alimentaban de los brotes del monte bajo y dejaban tras ellos un suelo de hierba moteado por la luz del sol; esponjoso por la presencia de hojas en descomposición y despojado de malas hierbas, arbustos y zarzas.

Era casi imposible no sentirse fascinado por un lugar donde los ponis bebían agua en charcas y estanques, y donde las encaladas cabañas de arcilla con techumbres de paja parecían construcciones pulidas cada día. Las vistas impresionantes de las colinas exhibían un paisaje multicolor donde el verde de los helechos había comenzado a volverse marrón y el amarillo de las aulagas dejaba paso al creciente morado del brezo.

—Casi me entran ganas de largarme de Londres —dijo Barbara.

Llevaba abierta sobre el regazo la gran guía de carreteras *A-Z* y había hecho las funciones de copiloto para Winston Nkata durante el viaje. Se habían detenido una vez para almorzar y otra para tomar un café, y ahora se dirigían desde la A31 hacia Lyndhurst, donde se presentarían ante la Policía local cuyo territorio estaban invadiendo.

—Es agradable, sí —dijo Nkata—. Sin embargo, supongo que será un poco tranquilo para mí. Por no mencionar… —Miró a Barbara—. Siempre sería la oveja negra.

—Oh. De acuerdo. Bien —dijo Barbara, y pensó que Nkata tenía razón en ese aspecto. La zona rural no era precisamente un lugar donde encontrarían una población mixta; desde luego no una población con el historial vital de Nkata: de Brixton, vía África Occidental y el Caribe, con un ligero desvío hacia la guerra de bandas en las viviendas de protección oficial—. Es un buen lugar, sin embargo, para tomarse unas vacaciones. Presta atención cuando atravesemos el pueblo. Me parece que tenemos un sistema de circulación de dirección única.

Pudieron resolver este detalle con relativa facilidad y encontraron la comisaría de Lyndhurst justo a la salida del pueblo en Romsey Road. Un edificio de ladrillo común y corriente construido en el aburrido estilo que delataba los años sesenta, se asentaba sobre una pequeña colina, con una corona de alambrada plegable y un collar de cámaras de circuito cerrado de televisión que las señalaban como una zona fuera de límites para cualquier persona que no deseara que todos sus movimientos estuviesen controlados. Unos pocos árboles delante del edificio intentaban atenuar la deprimente atmósfera general del lugar, pero no había forma de disfrazar su naturaleza institucional.

Ambos mostraron sus identificaciones al agente especial que estaba aparentemente a cargo de la recepción, un tío joven que salió de una habitación interior cuando ellos hicieron sonar un timbre que había en el mostrador. El agente pareció interesado, aunque no abrumado, por el hecho de que dos agentes de New Scotland Yard hubiesen aparecido por allí. Barbara y Nkata le dijeron que necesitaban hablar con el comisario. El agente paseó la mirada de sus documentos de identificación a sus rostros, como si sospechara que tenían malas intenciones.

—Esperen aquí —dijo, y desapareció con sus credenciales en dirección a las entrañas de la comisaría.

Pasaron alrededor de diez minutos y después regresó, les entregó las identificaciones y les indicó que le siguiesen.

El comisario, dijo, se llamaba Zachary Whiting. Estaba en una reunión, pero la había interrumpido.

—No le ocuparemos demasiado tiempo —dijo Barbara—. Es sólo una visita de cortesía. Tenemos que ponerle en antecedentes de lo que hemos venido a hacer, para que luego no haya malentendidos.

Lyndhurst era el mando operativo central de todas las comisarías de New Forest. Estaba bajo la autoridad de un comisario jefe, quien, a su vez, debía informar a las autoridades policiales en Winchester. Un policía no deambulaba por el territorio de otro policía sin comportarse correctamente y todos los etcéteras, y para eso precisamente estaban Barbara y Winston allí. Si en esa zona ocurría algo que pudiese aplicarse a su investigación en curso, pues tanto mejor. Barbara no esperaba que ése fuera el caso, pero nunca se sabía adónde podía llevar una obligación profesional como aquélla.

El comisario jefe Zachary Whiting estaba esperándolos de pie junto a su escritorio. Detrás de las gafas, sus ojos les observaban especulativamente, lo que no era ni mucho menos una respuesta sorprendente ante una visita de dos agentes de New Scotland Yard. Cuando llegaba la Metropolitana, a menudo implicaba problemas relacionados con las investigaciones internas.

Winston asintió en dirección a Barbara, de modo que ella hizo los honores, presentándoles y luego bosquejando los detalles del caso que les había llevado hasta allí. Dijo que la víctima se llamaba Jemima Hastings. Concluyó la intervención explicando los motivos de su incursión en su territorio.

—Había un número de teléfono en una tarjeta postal relacionada con la víctima —le informó—. Hemos seguido la pista de ese número hasta un tal Gordon Jossie, que vive aquí, en Hampshire. De modo que… —No añadió el resto. El inspector jefe conocía la rutina.

—¿Gordon Jossie? —dijo Whiting con expresión pensativa.

—¿Le conoce? —preguntó Nkata.

Whiting se acercó al escritorio y buscó entre unos papeles de trabajo. Barbara y Winston se miraron.

—¿Ha tenido problemas? —preguntó Barbara.

Al principio, Whiting no contestó directamente. Repitió el apellido y luego dijo:

—No, no se ha metido en problemas.

Había dudado un momento, antes de pronunciar las últimas palabras, como si Gordon Jossie se hubiese metido en alguna otra cosa.

—Pero ¿conoce a ese hombre? —preguntó Nkata.

—Sólo de nombre. —El comisario encontró lo que aparentemente estaba buscando en la pila de papeles y resultó ser un mensaje telefónico—. Recibimos una llamada sobre él. Una llamada de una chalada, si quiere mi opinión, pero fue muy insistente, de modo que me pasaron el mensaje.

—¿Es el procedimiento habitual? —preguntó Barbara. ¿Por qué querría un comisario jefe ser informado acerca de las llamadas telefónicas, de un chalado o de cualquier otra persona?

Whiting dijo que no era un procedimiento habitual en absoluto...

—Pero en este caso la mujer no aceptaba un no por respuesta. Quería que hiciéramos algo con un tipo llamado Gordon Jossie. Le preguntaron si quería presentar una denuncia formal contra ese hombre, pero dijo que no. La mujer dijo que le parecía un hombre sospechoso —dijo Whiting.

—Es un tanto extraño que le hayan informado a usted, señor —observó Barbara.

—Normalmente no lo habrían hecho. Pero luego se recibió la llamada de una «segunda» mujer que decía prácticamente lo mismo acerca de ese sujeto, y fue entonces cuando fui informado del asunto. No dudo de que le parezca extraño, pero esto no es Londres. Es un lugar pequeño y familiar, y considero prudente saber lo que ocurre.

—¿Cree que el tal Jossie podría estar tramando algo? —preguntó Nkata.

—No hay nada que sugiera esa posibilidad. Pero esto —Whiting señaló el mensaje telefónico apuntado en el papel— le coloca en nuestro radar.

Whiting les dijo a los agentes de Scotland Yard que eran bienvenidos para que hicieran su trabajo en su territorio, y cuando ellos le preguntaron la dirección de Jossie, el comisario les indicó cómo encontrar la propiedad del hombre, que estaba cerca del pueblo de Sway. Si necesitaban su ayuda o la de uno de sus oficiales... Había algo en la forma en que hizo el ofrecimiento. Barbara tuvo la sensación de que estaba haciendo algo más que ser amable con ellos.

Sway se encontraba fuera de las rutas por las que se viajaba habitualmente en New Forest, en la punta de un triángulo formado por ese pueblo, Lymington y New Milton. Condujeron hasta allí por caminos que se estrechaban progresivamente hasta acabar en un tramo de carretera llamado Paul's Lane, donde las casas tenían nombres, pero no números, y unos setos muy altos impedían que se las pudiese ver desde fuera.

A lo largo del camino había varias cabañas, pero sólo dos propiedades importantes. La de Jossie resultó ser una de ellas.

Aparcaron al borde del camino junto a un alto seto de espino. Echaron a andar por el camino particular, lleno de baches, y encontraron a Jossie en un prado situado al oeste de una bonita cabaña de arcilla y paja. Estaba examinando los cascos traseros de los ponis inquietos. Para protegerse del fuerte sol, el hombre llevaba gafas oscuras y una gorra de béisbol, además de una camisa de manga larga, pantalones, guantes y botas, como protección adicional.

Una joven le observaba desde fuera del prado.

—¿Crees que ya están preparados para que les sueltes? —le preguntó.

La chica llevaba un vestido ligero que le dejaba los brazos y las piernas desnudos. A pesar del intenso calor, la mujer parecía fresca y tranquila, y llevaba la cabeza cubierta con un sombrero de paja que tenía una cinta que hacía juego con el vestido. Hadiyyah, pensó Barbara, le hubiera dado el visto bueno.

—Es una tontería tenerle miedo a los ponis —dijo Gordon.

—Estoy tratando de hacerme amiga de ellos. De verdad. —Giró la cabeza y advirtió la presencia de Barbara y Winston, incluyendo a ambos en la mirada, pero luego demorándose en Winston. Era muy atractiva, pensó Barbara. Incluso con su limitada experiencia podía darse cuenta de que esa joven estaba maquillada como una profesional. Hadiyyah, nuevamente, le hubiera dado el visto bueno.

—Hola —les dijo la mujer—. ¿Se han perdido?

Gordon Jossie alzó la vista al oírla. Observó que avanzaban por el camino particular y llegaban hasta la cerca. Era de alambre de espino tensado entre dos postes de madera. Su compañera había estado parada junto a la cerca con las manos entrelazadas sobre uno de ellos.

Jossie tenía la clase de cuerpo fuerte y delgado que a Barbara le recordó a un jugador de fútbol. Cuando se quitó la gorra y se enjugó la frente con el brazo, vio que su pelo comenzaba a ralear, pero el color jengibre le sentaba muy bien.

Barbara y Winston sacaron sus placas. Esta vez fue Winston quien habló. Cuando hubo terminado con las presentaciones, le preguntó al hombre que estaba en el prado:

—¿Es usted Gordon Jossie?

Jossie asintió. Se acercó a la valla. Su rostro no revelaba nada. Ellos, por supuesto, no pudieron descifrar su mirada. Los cristales de las gafas eran prácticamente negros.

La mujer se identificó como Gina Dickens.

—¿Scotland Yard? —dijo con una sonrisa—. ¿Como el inspector Lestrade?[15] —Luego se dirigió a Jossie para tomarle el pelo—. Gordon, ¿has sido un chico malo?

Cerca de allí había un portón de madera en la cerca, pero Jossie no lo utilizó. En lugar de eso, fue hasta una manguera que estaba en un soporte de aspecto nuevo y unida a un grifo fuera del prado. Quitó la manguera y la desenrolló en dirección a una alberca de piedra. Absolutamente limpia, comprobó Barbara. Era nueva como el poste de la cerca, o bien el tipo era más que un poco obsesivo en cuanto a mantener las cosas limpias y ordenadas. Esto último no parecía probable, ya que parte del prado estaba en mal estado y mostraba la hierba crecida, como si hubiese abandonado la tarea en mitad del mantenimiento de esa parte de la propiedad. Comenzó a llenar la alberca con agua.

—¿Cuál es el problema? —preguntó por encima del hombro.

Una pregunta interesante, pensó Barbara. Directamente al problema. Pero ¿quién podía culparle? Una visita personal de la Policía Metropolitana no era una experiencia agradable.

15. El inspector Lestrade es un policía de Scotland Yard creado por Arthur Conan Doyle que aparece en varias novelas de Sherlock Holmes.

—¿Podríamos hablar con usted, señor Jossie? —dijo Barbara.

—Parece que ya lo estamos haciendo.

—Gordon, creo que quizá quieren decir que... —Gina dudó un momento y luego le dijo a Winston—: Tenemos una mesa y sillas debajo del árbol, en el jardín. —Señaló la parte delantera de la casa—. ¿Nos sentamos allí?

—Por mí está bien —dijo Nkata—. Un día muy caluroso, ¿verdad? —añadió, concediéndole a Gina el beneficio de su sonrisa de alto voltaje.

—Iré a buscar algo fresco para beber —contestó Gina, que se alejó hacia la casa, pero no sin antes de lanzar una mirada de perplejidad hacia Jossie.

Barbara y Nkata esperaron a Jossie para asegurarse de que cogía un camino directo desde el prado hasta el jardín delantero de la casa, sin desviarse. Cuando acabó de llenar la alberca para los ponis, volvió a dejar la manguera en el soporte de la cerca y salió a través del portón, al tiempo que se quitaba los guantes.

—Es por aquí —les dijo, como si ellos no fuesen capaces de encontrar el jardín sin su ayuda. Les llevó hasta allí, un pequeño espacio de prado reseco en esta época del año, pero que presentaba algunos parterres de flores que estaban creciendo. Vio que Barbara las estaba mirando—. Gina usa el agua de fregar. Lavamos con un detergente especial —dijo, como si quisiera explicar por qué las flores no estaban marchitas en medio de una época de prohibiciones de riego con manguera y un verano extremadamente seco.

—Muy agradable —dijo Barbara—. Yo acabo matando a la mayoría y no necesito ningún jabón especial para hacerlo.

Cuando se sentaron a la mesa fue al grano. El lugar parecía ser parte de un pequeño comedor exterior con velas, un mantel floreado y cojines en las sillas. Alguien, al parecer, tenía un talento natural para la decoración. Barbara sacó del bolso la tarjeta postal con la fotografía de Jemima Hastings. La colocó encima de la mesa delante de Gordon Jossie.

—¿Puede decirnos algo de esta mujer, señor Jossie? —preguntó Barbara.

—¿Por qué?

—Porque el número de su teléfono móvil —dio vuelta a la tarjeta— figura escrito aquí. Y alguien escribió «¿Ha visto a esta mujer?» en la otra cara, lo que sugiere que usted probablemente la conozca.

Barbara volvió a colocar la tarjeta boca arriba, y la deslizó hasta dejarla a escasos centímetros de la mano de Jossie. Él no la tocó.

Gina apareció por un costado de la casa llevando una bandeja que sostenía una jarra llena de un líquido rosado. En la superficie flotaban unas hojas de menta y varios cubitos de hielo. Dejó la bandeja sobre la mesa y su mirada se posó en la tarjeta postal. Luego miró a Jossie.

—¿Gordon? ¿Es algo…? —dijo.

—Esta mujer es Jemima —dijo él bruscamente, y señaló la fotografía de la tarjeta, moviendo los dedos hacia ella.

Gina se sentó lentamente. Parecía desconcertada.

—¿La de la tarjeta?

Jossie no contestó. Barbara no quería sacar ninguna conclusión precipitada en cuanto a su reticencia. Pensó, entre otras cosas, que su falta de respuesta podía deberse muy bien a la vergüenza. Estaba claro que Gina Dickens significaba algo para Jossie, y ella probablemente se estaría preguntando por qué le habían colocado frente a una tarjeta con la fotografía de otra mujer a la que evidentemente conocía.

Barbara esperó la respuesta. Ella y Nkata se miraron. Ambos pensaban lo mismo: «Dejemos que se columpie un poco».

—¿Puedo? —preguntó Gina.

Cuando Barbara asintió, cogió la tarjeta. No hizo ningún comentario sobre la foto, pero su mirada incorporó la pregunta de la parte inferior de la tarjeta y le dio la vuelta para ver el número de teléfono escrito en el reverso. No dijo nada. Volvió a dejar la tarjeta en la mesa y les sirvió a cada uno de ellos un vaso de lo que fuese que contenía la jarra.

El calor pareció volverse más opresivo en el silencio. La propia Gina fue quien lo rompió.

—No tenía idea… —dijo. Se llevó los dedos a la garganta. Barbara pudo ver cómo latía allí su pulso. Le recordó la manera en que había muerto Jemima Hastings—. ¿Cuánto tiempo has estado buscándola, Gordon? —preguntó.

Jossie fijó la vista en la tarjeta con la fotografía.

—Esto fue hace meses —dijo finalmente—. Compré un

montón de estas tarjetas…, no lo sé…, creo que fue en abril. Entonces no te conocía.

—¿Quiere explicarlo? —preguntó Barbara. Nkata abrió su cuidada libreta de notas con tapas de cuero.

—¿Ocurre algo? —preguntó Gina.

Barbara no tenía intención de suministrar más información de la necesaria en ese momento, de modo que no dijo nada. Tampoco lo hizo Winston, excepto para musitar:

—¿Y bien…, señor Jossie?

Gordon Jossie se movió inquieto en su silla. Su historia fue breve pero directa. Jemima Hastings era su ex amante; le había abandonado después de más de dos años de relación; él había intentado encontrarla. Había visto en el *Mail on Sunday* el anuncio de la exposición de retratos fotográficos por pura casualidad, y aquélla —señaló la tarjeta— era la foto que se había utilizado en el anuncio publicitario para esa exposición. De modo que decidió ir a Londres. En la galería nadie supo decirle dónde podía encontrar a la modelo y no tenía idea de cómo podía ponerse en contacto con la fotógrafa. De modo que había comprado las tarjetas —cuarenta, cincuenta, sesenta…, no lo recordaba, pero tuvieron que ir a buscar más en el almacén— y las había ido dejando en cabinas telefónicas, en los escaparates de las tiendas, en cualquier lugar donde pensó que la gente las vería. Había procedido en círculos cada vez más amplios alrededor de la galería hasta que se le acabaron las tarjetas. Y después esperó.

—¿Hubo suerte? —preguntó Barbara.

—Nadie me llamó —le dijo a Gina—. Esto fue antes de conocerte. No tiene nada que ver con nosotros. Que yo supiera, que yo sepa, nadie las vio nunca, nadie la vio nunca, ni sumó dos más dos. Fue una pérdida de tiempo y de dinero. Pero sentía que al menos debía intentarlo.

—Encontrarla, quieres decir —soltó Gina con voz serena.

—Era por el tiempo que habíamos estado juntos. Más de dos años. Sólo quería saber. No significa nada. —Jossie se volvió hacia Barbara—. ¿Dónde las consiguió?

Barbara contestó a la pregunta de Jossie con otra.

—¿Le importaría contarnos por qué le abandonó Jemima Hastings?

—No tengo ni puta idea. Un día decidió que se había terminado y se largó. Me lo dijo, y al día siguiente desapareció.

—¿Así como así?

—Supongo que lo había estado planeando durante semanas. Al principio la llamé. Quería saber qué coño estaba pasando. ¿Quién no lo haría en mi situación? No me lo esperaba. Pero ella nunca contestó las llamadas y nunca las devolvió. Luego cambió el número del móvil o se compró otro, o lo que sea, porque la línea dejó de dar señal. Le pregunté a su hermano acerca de eso…

—¿Su hermano?

Nkata alzó la vista de la libreta de notas. Jossie identificó al hermano de Jemima como Robbie Hastings. Nkata lo apuntó.

—Pero él dijo que no sabía nada acerca de lo que le pasaba a su hermana. Yo no le creí (nunca le caí bien y supongo que se alegró cuando Jemima terminó con nuestra relación), pero no pude sacarle ni un detalle. Finalmente arrojé la toalla. Y entonces —añadió, con una mirada a Gina Dickens que debía ser calificada de agradecimiento— conocí a Gina el mes pasado.

—¿Cuándo fue la última vez que vio a Jemima Hastings? —preguntó Barbara.

—La mañana del día que me dejó.

—¿Y eso fue?

—El día después de Guy Fawkes. El año pasado. —Bebió un trago largo del líquido rosado y luego se secó los labios con el brazo—. ¿Y ahora me dirán de qué va todo esto?

—¿Hizo algún viaje fuera de Hampshire la semana pasada?

—¿Por qué?

—¿Quiere contestar a la pregunta, por favor?

El rostro de Jossie se tiñó de rojo.

—Creo que no. ¿Qué coño está pasando aquí? ¿De dónde ha sacado la tarjeta? No he violado ninguna ley. Hay tarjetas en las cabinas telefónicas por todo Londres y son jodidamente más sugerentes que ésa.

—Esta tarjeta estaba entre los objetos personales de Jemima en su habitación de Londres —dijo Barbara—. Lamento decirle que está muerta. La asesinaron en Londres hace seis días. De modo que, nuevamente, le pregunto si ha hecho algún viaje fuera de Hampshire.

Barbara había oído la expresión «blanco como el papel», pero nunca había visto que ocurriese tan deprisa. Supuso que tenía que ver con la coloración natural de Gordon Jossie: su rostro se enrojecía rápidamente y parecía perder el color de la misma manera.

—Oh, Dios mío —musitó Gina Dickens. Buscó la mano de Gordon.

El movimiento de Gina hizo que él se echara hacia atrás.

—¿Qué quiere decir con «asesinada»? —le preguntó a Barbara.

—¿Hay más de un significado para «asesinada»? —dijo ella—. ¿Ha estado fuera de Hampshire, señor Jossie?

—¿Dónde murió? —preguntó él, a modo de respuesta y, cuando Barbara no le contestó, se dirigió a Nkata—. ¿Dónde ocurrió? ¿Cómo? ¿Quién?

—Fue asesinada en un lugar llamado Abney Park, en el cementerio —dijo Barbara—. De modo que, otra vez, señor Jossie, tengo que preguntarle…

—Aquí —dijo él como si estuviese aturdido—. No he salido. He estado aquí. Estuve aquí.

—¿Aquí en su casa?

—No. Por supuesto que no. He estado trabajando. Estuve…

Gordon Jossie parecía estar absolutamente aturdido. Eso, pensó Barbara, o bien estaba tratando de hacer una jugarreta mental para ganar tiempo y encontrar una coartada que no había imaginado que tendría que ofrecer. Explicó que era especialista en empajar tejados y que había estado trabajando en un encargo, que era lo que hacía cada día, excepto los fines de semana y algunos viernes por la tarde. Cuando le preguntaron si alguien podía confirmarlo, él dijo que sí, por supuesto, por el amor de Dios, tenía un aprendiz que trabajaba con él. Les dio el nombre del joven —Cliff Coward— y también su número de teléfono. Luego preguntó:

—¿Cómo…? —Se humedeció los labios—. ¿Cómo… murió?

—Fue apuñalada, señor Jossie —explicó Barbara—. Murió desangrada antes de que alguien la encontrase.

En ese momento, Gina apretó con fuerza la mano de Jossie,

pero no dijo nada. ¿Qué podía decir, teniendo en cuenta su posición?

Barbara consideró aquella última cuestión: la posición de Gina, su seguridad, o la falta de ella.

—Y usted, señorita Dickens, ¿ha estado usted fuera de Hampshire?

—No, por supuesto que no.

—¿Y hace seis días?

—No estoy segura. ¿Seis días? Sólo he ido a Lymington. Compras..., en Lymington.

—¿Quién puede confirmarlo?

Gina se quedó callada. Era el momento en el que se suponía que alguien decía: «¿No estará insinuando que yo tuve algo que ver con esto?», pero ninguno de ellos lo hizo. En cambio, ambos se miraron y finalmente Gina dijo:

—Supongo que nadie puede confirmarlo, excepto Gordon. Pero ¿por qué tendría que haber alguien capaz de confirmarlo?

—¿Conserva los recibos de sus compras?

—No lo sé. Creo que no. Quiero decir, normalmente nadie lo hace. Puedo mirar, pero realmente no creo que... —Parecía asustada—. Intentaré encontrarlos —dijo—. Pero si no puedo...

—No sea estúpida. —El comentario de Jossie iba dirigido a Barbara—. ¿Qué se supone que podría haber hecho Gina? ¿Eliminar a la competencia? No hay ninguna. Habíamos terminado, Jemima y yo.

—De acuerdo —dijo Barbara. Le hizo una seña a Winston y él cerró la libreta de notas—. Bueno, ¿ahora ya está terminado, verdad, entre Jemima y usted? «Terminado» es definitivamente la palabra exacta para describirlo.

Entró en el granero. Pensó en cepillar a *Tess* —como acostumbraba a hacer en aquella clase de momentos—, pero la perra no acudió, a pesar de sus insistentes llamadas y silbidos. Se quedó parado estúpidamente junto a la mesa que usaba para cepillarla, sin objetivo alguno y gritando con la boca muy seca: «¡*Tess, Tess*! ¡Ven aquí, perrita!». No lo consiguió; al parecer los animales tenían una gran intuición, y *Tess* sabía perfectamente que algo no iba bien.

La que se acercó fue Gina, que, con voz serena, dijo:

—Gordon, ¿por qué no les dijiste la verdad? —Sonaba asustada, y él se maldijo por esa nota de temor que transmitía su voz.

Ella preguntaría, por supuesto. Era, después de todo, la pregunta del millón. Él quería agradecerle no haberles dicho nada a los policías de Scotland Yard, porque sabía lo que debió parecerle a Gina que les mintiese.

—Fuiste a Holanda, ¿verdad? Estuviste allí, ¿verdad? ¿Ese nuevo proveedor de carrizos? ¿Ese lugar donde los cultivan? Porque los carrizos de Turquía son una basura… Fue allí donde estuviste, ¿verdad? ¿Por qué no se lo dijiste?

Él no quería mirarla. Lo había oído todo en su voz, de modo que no quería verlo también en su rostro. Pero tenía que mirarla a los ojos por la simple razón de que ella era Gina y no cualquier otra persona.

De modo que la miró. En su rostro, no vio temor, sino preocupación. Era por él. Lo sabía, y saberlo le volvía débil y desesperado.

—Sí —dijo.

—¿Fuiste a Holanda?

—Sí.

—Entonces ¿por qué no se lo dijiste a esos policías? ¿Por qué dijiste que…? No estabas trabajando, Gordon.

—Cliff dirá que sí.

—¿Cliff mentirá por ti?

—Si se lo pido, sí. No le gustan los polis.

—Pero ¿por qué habrías de pedírselo? ¿Por qué no decirles simplemente la verdad? ¿Gordon, ha pasado…?

Quería que Gina se acercase a él como había hecho antes, poco después de amanecer, en la cama y luego en la ducha, porque aunque era sexo y sólo sexo, significaba más que sexo, y eso era lo que él necesitaba. Qué extraño resultaba que entendiera en ese momento lo que Jemima había querido de él y de ese acto. Excitarse y dejarse llevar y alcanzar un final para eso que nunca podía terminar, porque estaba preso en su interior, y ninguna simple unión de cuerpos podía liberarlo.

Dejó el cepillo sobre la mesa. Era obvio que la perra no tenía intención de obedecerle —ni siquiera para que la cepillase—, y se sintió como un idiota por seguir esperándola.

—Geen.

—Dime la verdad.

—Si les hubiese dicho que estuve en Holanda no se habrían detenido allí.

—¿Qué quieres decir?

—Querrían que lo demostrase.

—¿No puedes demostrarlo? ¿Por qué no ibas a ser capaz de demostrar...? ¿No fuiste a Holanda, Gordon?

—Por supuesto que fui a Holanda. Pero tiré el billete.

—Pero hay registros. Hay toda clase de registros. Y también está el hotel. Y quienquiera que te haya visto..., el granjero..., ¿cualquiera... que cultive los carrizos? Ese hombre podrá decirles... Puedes llamar a la Policía y contarles la verdad... y eso será todo.

—Es más fácil así.

—¿Cómo diablos puede ser más fácil pedirle a Cliff que mienta? Porque si le miente a la Policía y ellos descubren que les ha mentido...

Ahora sí parecía asustada, pero el miedo era algo con lo que él podía enfrentarse. Era algo que entendía. Se acercó a ella del mismo modo que se acercaba a los ponis en el prado, una mano extendida y la otra visible: «no hay sorpresas aquí, Gina, nada que temer».

—¿Puedes confiar en mí en esto? —preguntó—. ¿Confías en mí?

—Por supuesto que confío en ti. ¿Por qué no habría de confiar en ti? Pero no entiendo...

Él le tocó el hombro desnudo.

—Tú estás aquí conmigo. Has estado conmigo..., ¿qué? ¿Un mes? ¿Más? ¿Acaso piensas que yo le haría daño a Jemima? ¿Viajar a Londres? ¿Encontrarla dondequiera que estuviese y apuñalarla hasta matarla? ¿Es así como me ves? ¿Como esa clase de tipo? ¿Un tío que viaja a Londres, asesina a una mujer por ninguna razón concreta, ya que ella ha desaparecido de su vida hace mucho tiempo, luego regresa a su casa y le hace el amor a esta mujer, a la mujer que está aquí, en el centro de todo su ardiente mundo? ¿Por qué? ¿Por qué?

—Deja que te mire a los ojos.

Ella estiró la mano y le quitó las gafas de sol, que él se había dejado puestas cuanto entró en el granero. Las dejó encima de la mesa y luego apoyó la mano en la mejilla de Gordon. Él la miró. Ella sostuvo la mirada y él no se echó hacia atrás. Finalmente, la expresión de Gina se suavizó. Le besó en la mejilla y él cerró los ojos. Luego ella lo besó en la boca. Luego su boca se abrió y las manos bajaron hasta sus nalgas y le acercó hacia ella.

Después de un momento ella, jadeando, dijo:

—Tómame aquí mismo.

Y él lo hizo.

Encontraron a Robbie Hastings entre Vinney Ridge y Anderwood, que eran dos apeaderos en Lyndhurst Road entre Burley y la A35. Le habían localizado llamándole a su móvil al número que Gordon Jossie les había proporcionado.

—Seguramente les hablará pestes de mí —dijo Jossie ásperamente.

No había sido una tarea fácil dar con el hermano de Jemima Hastings, ya que muchas carreteras en New Forest tenían nombres apropiados, pero ninguna señal. Finalmente encontraron su paradero sólo por azar, después de haberse detenido en una cabaña donde la carretera que habían cogido describía una curva muy pronunciada, sólo para descubrir que se llamaba Anderwood Cottage. Si continuaban por esa ruta, les dijo el dueño de la cabaña, podrían encontrar a Rob Hastings en un camino que llevaba a Dames Slough Inclosure. Hastings era un *agister*, les dijo, y le habían llamado para hacer «el triste y habitual trabajo».

Este trabajo resultó ser el sacrificio de uno de los ponis de New Forest que había sido atropellado por un coche en la A35. El pobre animal había conseguido tambalearse a través de hectáreas de matorrales antes de desplomarse. Cuando Barbara y Nkata encontraron a Hastings acababa de poner fin a la vida del animal con un piadoso disparo de una pistola calibre 32; luego había arrastrado el cuerpo hasta el borde de la carretera. Estaba hablando por el móvil y, sentado junto a él, había un weimaraner de aspecto majestuoso. Estaba bien entrenado…, para ignorar no sólo a los intrusos, sino también al poni muerto, cuyo cadáver estaba tendido a escasa distancia del Land Rover en el que Robbie Hastings había llegado a este paraje solitario.

Nkata se apartó de la carretera tanto como fue posible. Hastings asintió levemente cuando se acercaron. Le dijeron que querían hablar con él de inmediato, y su expresión se volvió seria. No se recibían muchas llamadas de Scotland Yard en esta parte del mundo.

—Quieto, *Frank* —le dijo al perro, y avanzó hacia ellos—. Será mejor que se mantengan alejados del poni. No es una imagen agradable. —Les informó de que estaba esperando al New Forest Hounds. Luego añadió—: Ah. Aquí está.

Una camioneta con la caja abierta llegó por la carretera. El vehículo llevaba un remolque con laterales poco profundos donde cargarían al animal muerto. Su carne sería utilizada para alimentar a los perros, les contó Robbie Hastings mientras la camioneta se colocaba en posición. Al menos algo bueno saldría de la estupidez temeraria de conductores que pensaban que el Perambulation era su circuito de carreras personal, añadió.

Barbara y Nkata ya habían decidido que de ningún modo pensaban informar a Robbie Hastings de la muerte de su hermana en el arcén de una carretera rural. Pero también suponían que su sola presencia le pondría nervioso, y así fue. Una vez cargaron el poni en el remolque y la camioneta de New Forest Hounds hubo negociado una curva difícil para regresar a la carretera principal, Hastings se volvió hacia ellos.

—¿Qué ha pasado? Es algo malo. No estarían aquí si fuese de otra manera.

—¿Hay algún lugar donde podamos hablar con usted, señor Hastings? —dijo Barbara.

Hastings acarició la suave cabeza de su perro.

—Podemos hablar aquí —dijo—. No hay ningún lugar cerca de aquí donde podamos mantener una conversación privada, a menos que quieran que vayamos a Burley, y les aseguro que no querrán hacerlo, no en esta época del año.

—¿Vive usted cerca?

—Más allá de Burley.

Se quitó la gorra de béisbol que llevaba y reveló una cabeza con el pelo cortado a cepillo. El pelo se estaba agrisando.

Hastings usó el pañuelo que llevaba anudado al cuello para enjugarse la cara. Tenía un rostro especialmente poco atractivo, con dientes grandes y salientes, y carecía prácticamente de barbilla. Sus ojos, sin embargo, eran profundamente humanos y se llenaron de lágrimas al mirarlos.

—Está muerta, ¿verdad? —dijo.

Cuando la expresión de Barbara le confirmó que así era, él lanzó un grito desgarrador y se alejó.

Barbara y Nkata se miraron. Al principio, ninguno de los dos se movió. Luego fue Nkata quien apoyó una mano sobre el hombro de Hastings y le dijo:

—Lo sentimos mucho, amigo. Es triste cuando alguien se va de esta manera.

Él mismo estaba apenado. Barbara lo sabía por la forma en que se alteraba el acento de Nkata: se volvía menos sur de Londres, más caribeño, con las «t» convertidas en «d».

—Le llevaré a su casa. La sargento nos seguirá en mi coche. Usted me indica el camino y le llevamos hasta allí. No hay necesidad de que se quede aquí ahora. ¿Me dirá cómo podemos llegar a su casa?

—Puedo conducir —dijo Hastings.

—Eso ni pensarlo, amigo.

Nkata le hizo una seña a Barbara, y ella se apresuró a abrir la puerta del acompañante del Land Rover. En el asiento había una escopeta y la pistola que Hastings había empleado para dispararle al poni. Barbara guardó las armas debajo del asiento y, entre ella y Nkata, ayudaron a Hastings a subir al vehículo. El perro los siguió: un elegante salto y *Frank* se instaló junto a su amo, para confortarle, tranquila y silenciosamente, de la manera en que lo hacen los perros.

Abandonaron la zona en una pequeña y triste procesión; fueron no en la dirección en la que habían llegado, sino siguiendo por el camino a través de un bosque de robles y castaños. Las grandes y frondosas copas de los árboles se arqueaban sobre el camino formando un túnel de hojas. Cuando regresaron a Lyndhurst Road, sin embargo, a uno de los lados había un amplio prado que llevaba a un enmarañado brezal. Allí pastaban libremente manadas de ponis y si querían cruzar la carretera, simplemente lo hacían.

Una vez llegaron a Burley se hizo rápidamente evidente por qué Hastings había dicho que no querrían mantener una conversación privada en ese lugar. Había montones de turistas por todas partes, y parecían seguir el ejemplo de los ponis y las vacas que vagaban a voluntad por las calles del pueblo: caminaban donde su capricho los llevaba. El sol brillante caía sobre sus hombros.

Hastings vivía más allá del pueblo. Tenía una casa al cabo de un tramo de carretera llamada Honey Lane —señalada, de hecho, con un cartel, se percató Barbara—. Cuando finalmente llegaron a la propiedad, comprobó que era similar a una granja, con prados y varias construcciones anexas. En uno de los prados había dos caballos.

La puerta que utilizaron conducía directamente a la cocina de la casa, donde Barbara se dirigió a una tetera eléctrica que descansaba boca abajo en un escurreplatos. Llenó la tetera con agua, la enchufó y dispuso jarras y saquitos de té. A veces, un trago caliente de la bebida nacional era la única manera de expresar un sentimiento de solidaridad.

Nkata sentó a Hastings junto a una vieja mesa con tablero de formica, donde el hombre se quitó la gorra y se sonó la nariz con el pañuelo, que luego apelotonó y dejó a un lado.

—Lo siento —dijo con los ojos llenos de lágrimas—. Tendría que haberme dado cuenta cuando no contestó a mis llamadas el día de su cumpleaños. Y cuando no me devolvió las llamadas inmediatamente al día siguiente. Siempre me llamaba. Antes de que pasara una hora, generalmente. Cuando no lo hizo, lo más fácil fue pensar que estaba ocupada. Liada con algo. Ya saben.

—¿Está casado, señor Hastings?

Barbara llevó las jarras a la mesa, junto con un bote de metal abollado con azúcar que había encontrado en un estante junto a otros botes similares que contenían café y harina. Era una cocina antigua con cosas antiguas, desde los electrodomésticos hasta los objetos que había en los estantes y dentro de los armarios. Como tal, parecía una habitación que había sido amorosamente conservada, y no un lugar que había sido restaurado ingeniosamente para que diese el pego de un periodo anterior.

—Eso no es muy probable —respondió a la pregunta de Barbara. Parecía ser una resignada y penosa referencia a sus facciones poco agraciadas. Eso era triste, pensó Barbara, como una profecía autocumplida.

—Ya —dijo ella—. Bien, tendremos que hablar con todas las personas que conocían a Jemima en Hampshire. Esperamos que pueda ayudarnos con eso.

—¿Por qué? —preguntó Hastings.

—Por la forma en que murió, señor Hastings.

En ese momento, Hastings pareció tomar conciencia súbitamente de algo que aún no había considerado, a pesar de que estaba delante de dos representantes de la Policía Metropolitana.

—Su muerte... La muerte de Jemima —dijo.

—Lamento mucho comunicarle que fue asesinada hace seis días. —Barbara añadió el resto de la historia: no cómo había muerto, sino el lugar donde se había producido. Y también en este aspecto proporcionó una descripción general, mencionando el cementerio, pero no así su ubicación y tampoco dónde estaba el lugar donde había sido hallado el cuerpo—. De modo que habrá que entrevistar a todos los que la conocían —concluyó.

—Jossie. —Hastings parecía aturdido—. Ella le abandonó. A él no le gustó. Ella dijo que Jossie no podía aceptarlo. Él no dejaba de llamarla por teléfono.

Una vez dicho esto, se cubrió los ojos con los puños y comenzó a llorar como un niño.

La tetera eléctrica se apagó y Barbara fue a buscarla. Vertió el agua caliente en las jarras. Encontró leche en la nevera. Un par de tragos de whisky habrían resultado mejor para ese pobre hombre, pero no pensaba revisar los armarios en busca de una botella, de modo que tendría que conformarse con el té, a pesar del intenso calor. Al menos el interior de la cabaña estaba fresca. Se mantenía de ese modo gracias a su construcción de gruesas paredes de arcilla y paja, cuya superficie era áspera y encalada por fuera, mientras que el interior de la cocina estaba pintado de amarillo pálido.

La presencia del weimaraner fue lo que, finalmente, consiguió serenar a Robbie Hastings. El perro había apoyado la cabeza sobre el muslo de Hastings, y el gemido largo y quedo que profirió el animal pareció animar a su amo. Robbie Hastings se enjugó las lágrimas y volvió a sonarse la nariz.

—Sí, *Frank* —dijo, y acarició al perro.

Bajó su cabeza y apoyó los labios sobre el animal. Cuando volvió a levantar la cabeza no miró a Barbara y tampoco a Nkata. En cambio fijó la vista en la jarra de té.

Quizá sabiendo cuáles serían sus preguntas, Hastings comenzó a hablar, lentamente al principio, luego con mayor seguridad. Junto a él, Nkata sacó su libreta de notas.

En Longslade Bottom, comenzó a relatar Hastings, había un extenso prado adonde la gente acudía regularmente para que sus perros se ejercitasen sin correa. Un día, hacía ya varios años, él había llevado a su perro a ese lugar y Jemima le había acompañado. Allí fue donde conoció a Gordon Jossie. Eso debió de haber sido hacía unos tres años.

—Era un tipo nuevo en la zona —dijo Hastings—. Había dejado de trabajar con un maestro de empajar de Itchen Abbas (un sujeto llamado Heath), y había llegado a New Forest para iniciar un negocio propio. Nunca decía mucho, pero Jemima se prendó de Jossie en el acto. Bueno, no podía ser de otra manera, porque en esa época ella estaba *entredós*.

Barbara frunció el ceño, preguntándose por esa expresión. Supuso que se trataba de algún extraño término propio de Hampshire.

—*¿Entredós?*

—Entre dos hombres —aclaró él—. A Jemima siempre le gustó tener pareja. Desde que tenía..., no lo sé..., ¿doce o trece años? Quería tener novios. Siempre pensé que era porque nuestro padre había muerto como lo había hecho, igual que nuestra madre. En un accidente circulación, los dos en el acto. Creo que eso hizo que pensara que debía tener a alguien que realmente le perteneciera, y de forma permanente.

—A alguien más, además de usted —dijo Nkata.

—Supongo que a Jemima le parecía que necesitaba a alguien más especial. Yo era su hermano. No significa nada que su hermano la amara, ya que se suponía que debía ser así.

Hastings acercó la taza a los labios. Un poco de té se derramó sobre la mesa. La esparció con la palma de la mano.

—¿Era una mujer promiscua? —preguntó Barbara. Cuando Hastings la miró duramente, añadió—: Lo siento, pero debo preguntarlo. Y no importa, señor Hastings. Sólo si pudiera estar relacionado con su muerte.

Él negó con la cabeza.

—Para ella sólo se trataba de estar enamorada. En determinados momentos, se liaba con uno o dos..., pero sólo si creía que estaban locamente enamorados. «Locamente enamorados» era como ella siempre lo expresaba: «Estamos locamente enamorados el uno del otro, Rob». Una típica chica joven. Bueno..., casi.

—¿Casi?

Barbara y Nkata preguntaron al unísono.

Hastings parecía pensativo, como si estuviese examinando a su hermana bajo una nueva luz. Luego dijo lentamente:

—Supongo que ella realmente se aferraba a los tíos. Y quizá por eso le resultase difícil que le durara un chico. Y lo mismo con los hombres. Creo que pretendía demasiado de ellos y eso, bueno..., a la larga acababa con la relación. Yo no era muy bueno para eso, pero intenté explicarle las cosas: cómo a los tíos no les gustaba que se colgaran de ellos de esa manera. Pero supongo que se sentía sola en el mundo a causa de lo de nuestros padres, aunque no estaba sola, nunca, no del modo en que ustedes piensan. Pero sentirse de esa manera..., ella tenía que combatir esa soledad. Ella deseaba... —frunció el ceño y pareció considerar cómo expresar lo que diría a continuación—. Era un poco como si quisiera meterse dentro de su piel, llegar a estar así de cerca de ellos, «ser» ellos, como si dijéramos.

—¿Un control absoluto? —preguntó Barbara.

—Ésa no era su intención, nunca. Pero, sí, supongo que eso era lo que ocurría. Y cuando un tío quería tener su propio espacio, Jemima no podía soportarlo. Ella se colgaba más todavía. Supongo que ellos sentían que les faltaba el aire, de modo que se la quitaban de encima. Jemima lloraba un poco, luego los culpaba, por no ser lo que ella realmente quería e iba en busca de otro tío.

—Pero ¿eso no pasó con Gordon Jossie?

—¿Lo de asfixiarle? —Negó con la cabeza—. Con él, Jemima llegó tan cerca como se lo propuso. A él parecía gustarle.

—¿Qué pensaba usted de Jossie? —preguntó Barbara—. ¿Y del hecho de que su hermana estuviese liada con él?

—Yo quería que me cayera bien, porque la hacía feliz, tanto como una persona puede hacer feliz a otra, ya sabe. Pero en Gordon había algo que no me gustaba. No se parecía a los tíos de por aquí. Yo quería que Jemima encontrase a alguien, que sentara la cabeza, formara una familia, ya que eso era lo que deseaba, y no veía que eso pudiera pasar con él. Sin embargo, no se lo dije a Jemima. No habría supuesto ninguna diferencia que se lo dijera.

—¿Por qué no? —preguntó Nkata.

Barbara advirtió que no había probado su té. Pero Winston nunca había sido nunca muy devoto del té. Era más bien un hombre de cerveza, aunque no en exceso. Winston era casi tan abstemio como un monje: poco alcohol, nada de tabaco... Su cuerpo era como un templo.

—Oh, cuando ella estaba «locamente enamorada», el pacto quedaba sellado. No habría tenido ningún sentido. De todos modos, supongo que no había nada de qué preocuparse, ya que Jemima probablemente se cansaría de él como había sucedido con otros hombres. Unos meses y las cosas acabarían, y ella saldría a la búsqueda de otro hombre. Sin embargo, eso no pasó. Al poco tiempo ya estaba pasando las noches en la casa de Gordon. Luego encontraron esa propiedad en Paul's Lane, se hicieron con ella y se instalaron a vivir allí. Bueno, yo entonces no pensaba decir nada. Sólo esperaba lo mejor. Y aparentemente eso fue lo que sucedió durante algún tiempo. Jemima parecía muy feliz. Comenzó un negocio con sus pastelitos glaseados y todo eso, en Ringwood. Y él se dedicaba a su negocio de empajar tejados. Parecían estar bien juntos.

—¿Negocio de pastelitos glaseados? —preguntó Nkata—. ¿Qué es eso?

—El Cupcake Queen. Suena loco, ¿eh? Pero la cuestión es que Jemima era muy buena en la cocina, tenía muy buena mano para la repostería. Tenía un montón de clientes que compraban sus pasteles, decorados y todo eso, para ocasiones especiales, días festivos, cumpleaños, aniversarios, reuniones, fiestas. Trabajó mucho hasta que pudo abrir una tienda en Ringwood (el Cupcake Queen), y las cosas le iban muy bien, pero luego todo quedó en la nada porque abandonó a Jossie y se marchó de aquí.

Mientras Nkata apuntaba en su libreta, Barbara dijo:

—Gordon Jossie nos dijo que no tenía idea de por qué Jemima le había abandonado.

Hastings resopló.

—Él me dijo que suponía que Jemima tenía a otro y que le había dejado por ese tío.

—¿Y qué le dijo ella a usted?

—Que se había marchado para pensar.

—¿Eso es todo?

—Eso es todo. Fue lo que Jemima me dijo. Que necesitaba tiempo para pensar. —Hastings se frotó la cara con la mano—. La cuestión es que, yo no creí que fuese nada malo, ¿saben?, que quisiera marcharse. Supongo que finalmente no quiso apresurar las cosas con Jossie, que quería aclararse antes de sentar la cabeza de forma permanente. Pensé que era una buena idea.

—¿No le dijo nada más?

—Sólo que se marchaba de aquí para poder pensar. Se mantuvo en contacto conmigo de forma regular. Compró un móvil nuevo y me dijo que lo había hecho porque Gordon no dejaba de llamarla, pero en ese momento no pensé demasiado en lo que eso podía significar. Sólo que Gordon quería que volviese. Bueno, yo también quería que lo hiciera.

—¿Sí?

—Por supuesto que sí. Ella es... Ella es toda la familia que tengo. Quería que volviera a casa.

—¿Aquí, quiere decir? —preguntó Barbara.

—Sólo a «casa». Lo que fuera que eso significara para ella. Siempre que fuese Hampshire.

Barbara asintió y le pidió que confeccionara una lista de los amigos y conocidos de Jemima en la zona, tan completa como pudiese. También le dijo que necesitarían —lamentablemente— conocer su paradero el día que su hermana murió. Por último, le preguntaron qué sabía acerca de las actividades de Jemima en Londres. Hastings les dijo que sabía muy poco, excepto que «tenía alguien allí, un tipo del que estaba "locamente enamorada". Como de costumbre».

—¿Le dijo su nombre?

—No quiso ni darme la inicial. Era algo absolutamente

nuevo, dijo ella, esa relación, y no quería echarlo a perder. Todo lo que dijo fue que sentía que estaba tocando la luna con los dedos. Eso y «éste es el hombre». Bueno, eso ya lo había dicho antes. Siempre lo decía. De modo que no le di demasiada importancia.

—¿Eso es todo lo que sabe? ¿Nada acerca de quién era ese tío?

Hastings pareció considerar esta última pregunta. Junto a él, *Frank* suspiró sonoramente. Se había recostado en el suelo, pero cada vez que Hastings se movía en la silla, el perro se levantaba de inmediato, con la atención puesta en su amo. Hastings le sonrió y le estiró suavemente una de las orejas.

—Jemima había comenzado a tomar clases de patinaje sobre hielo —dijo—. Sólo Dios sabe por qué, pero así era ella. Hay una pista de hielo que se llama Queen, o algún otro nombre «real», quizá Príncipe de Gales y... —Agitó la cabeza—. Supongo que se trataba de su instructor de patinaje. Eso sería propio de Jemima. Alguien patinando alrededor de la pista de hielo con el brazo alrededor de su cintura; ella se habría derretido por eso. Habría pensado que significaba algo importante, cuando todo lo que implicaba era que el tío la estaba sosteniendo para que no se cayera.

—¿Así era ella? —preguntó Nkata—. ¿Interpretaba mal las cosas?

—Siempre pensaba que las cosas significaban «amor», cuando, de hecho, no tenían nada de eso —dijo Hastings.

Una vez que los policías le dejaron solo, Robbie Hastings subió a la planta superior. Quería meterse bajo la ducha para quitarse el olor a poni muerto. También quería un lugar para llorar.

De pronto comprendió lo poco que la Policía le había dicho: muerta en un cementerio en algún lugar de Londres. Eso era todo. También tomó conciencia de lo poco que él les había preguntado. No cómo había muerto ella, no dónde había muerto dentro del cementerio y ni siquiera cuándo exactamente. Tampoco quién la había encontrado. Ni qué habían averiguado hasta ahora. Y, al reconocer todo esto, se sintió profundamente avergonzado. Lloró por eso tanto como había llorado por la incalculable pérdida de su hermana pequeña. Se le ocurrió pensar que hasta ese momento, no importa dónde hubiera estado su hermana, nunca había estado completamente solo. Pero ahora su vida parecía acabada. Era incapaz de imaginar cómo haría para seguir adelante.

Sin embargo, ése era el absoluto punto final de aquello que se permitiría a sí mismo. Había muchas cosas que hacer. Salió de la ducha, se puso ropa limpia y se alejó de la casa en dirección al Land Rover. *Frank* saltó dentro del vehículo detrás de él y juntos viajaron hacia el oeste, hacia Ringwood. Fue un lento viaje a través de la campiña. Le dio tiempo a pensar. Pensó en Jemima y en lo que ella le había dicho en las numerosas conversaciones que habían mantenido después de que se marchara a Londres. Lo que intentaba recordar era cualquier cosa que pudiera haber indicado que se encontraba en camino hacia su muerte.

Podía haberse tratado de un asesinato fortuito, pero no lo creía. No sólo no podía siquiera comenzar a imaginar la posibilidad de que su hermana hubiera sido simplemente la víctima de alguien que la había visto y decidido que era perfecta para uno de esos escalofriantes asesinatos tan comunes en esta época, sino que también estaba la cuestión de dónde se encontraba. La Jemima que él conocía no iba a los cementerios. Lo último que deseaba era que le recordasen la muerte. Jamás leía las notas necrológicas en los periódicos, no veía películas si sabía que el personaje principal iba a morir, evitaba los libros con finales tristes y colocaba los periódicos boca abajo si la muerte estaba en la primera página, como ocurría a menudo. De modo que si había acudido sola a un cementerio, debía haber tenido una razón para hacerlo. Y una reflexión acerca de la vida de Jemima le llevó a la única razón que él realmente no quería considerar.

Una cita. El último tío del que había estado locamente enamorada probablemente estaba casado. Eso no le habría importado a Jemima. Casado o soltero, en pareja o no..., éstas no eran más que minúsculas distinciones que ella no habría hecho. En lo que respecta al amor —tal como ella lo concebía—, lo mejor que hubiera podido pasarle habría sido tener una relación con un hombre. Jemima habría definido como amor cualquier cosa que hubiese entre ellos. Lo habría llamado «amor» y hubiese esperado que siguiera el curso del amor tal como ella lo concebía: dos personas colmándose mutuamente, como almas gemelas —otro concepto extravagante muy propio de su hermana— después de haberse encontrado milagrosamente, caminando felices y cogidos de la mano para siempre. Cuando eso no ocurría, ella se aferraba al tío y se volvía muy exigente. «¿Y luego qué? —se preguntó—. ¿Luego qué, Jemima?»

Quería culpar a Gordon Jossie por lo que le había pasado a su hermana. Sabía que la había estado buscando. Jemima se lo había dicho, aunque no le había dicho cómo lo sabía; así que en aquel momento pensó que sólo podría tratarse de otra de sus fantasías. Pero si Gordon Jossie «había» estado buscando a Jemima y la había encontrado, podría haber viajado a Londres y...

El porqué era el problema. Ahora Jossie tenía otra amante. Y también Jemima, si era verdad lo que le había contado. Entonces, ¿qué sentido tenía? ¿El perro que no come ni deja comer? Sabía que esas cosas ocurrían. Un tío es rechazado, encuentra a otra mujer, pero no puede quitarse de la cabeza a la primera. Entonces decide que la única manera de eliminar de su mente los recuerdos asociados a ella es eliminándola para poder seguir adelante con la mujer que la ha reemplazado. Jemima había sido, según propia confesión de Jossie y a pesar de su edad, su primera amante. Y ese primer rechazo es siempre el peor, ¿verdad?

Esos ojos suyos detrás de las gafas oscuras, pensó Robbie. El hecho de que tuviese tan poco que decir. Jossie trabajaba duro, pero ¿qué significaba eso? El centro de atención colocado en un objetivo —la construcción de su negocio— podía desplazarse fácilmente hacia otra cosa.

Robbie pensó todo esto mientras viajaba hacia Ringwood. Se enfrentaría a Jossie, decidió, pero aquél no era el momento. Quería verle sin que estuviese acompañado por la mujer que había reemplazado a Jemima.

Ringwood fue difícil de sortear. Robbie llegó desde Hightown Hill. Esto le obligó a pasar por delante del abandonado local del Cupcake Queen, cuya visión no podía soportar. Aparcó el Land Rover no muy lejos de la iglesia parroquial de San Pedro y San Pablo, que dominaba la plaza del mercado desde una pequeña colina donde se alzaba entre antiguas sepulturas. Desde el aparcamiento, Robbie podía oír el ruido permanente e incluso oler los gases de los tubos de escape de los camiones que circulaban por la carretera de circunvalación de Ringwood. Desde la plaza del mercado alcanzaba a ver las flores brillantes en el cementerio de la iglesia y las fachadas lavadas a mano de los edificios georgianos a lo largo de la calle principal. Era allí donde Gerber & Hudson Graphic Design tenía su pequeño grupo de oficinas, encima de una tienda llamada Food for Thought. Le dijo a *Frank* que se quedara en la entrada y subió las escaleras.

Robbie encontró a Meredith Powell sentada delante de su ordenador, en el proceso de crear un póster para un estudio de danza infantil en la ciudad. No era, él lo sabía, el trabajo que Meredith quería. Pero, a diferencia de Jemima, ella siempre había sido una persona realista y, como madre soltera que se había visto obligada a vivir en la casa de sus padres para poder ahorrar dinero, sabía muy bien que su sueño de diseñar telas no era un objetivo que pudiese alcanzar en un futuro cercano.

Cuando vio a Robbie, Meredith se levantó de su silla. Llevaba un caftán de brillantes colores veraniegos: lima intenso combinado con violeta. Hasta él podía darse cuenta de que esos colores no iban con ella. Era desgarbada y parecía fuera de lugar, igual que él. Ese pensamiento hizo que sintiera por ella una súbita y vergonzosa ternura.

—¿Podemos hablar, Merry? —dijo él.

Meredith pareció leer algo en su rostro. Se acercó a una de las oficinas interiores, asomó la cabeza y habló brevemente con alguien. Luego se reunió con él. Robbie la llevó escaleras abajo y, una vez que estuvieron en la calle, pensó que la iglesia o el cementerio de la iglesia era el mejor lugar para decírselo.

Meredith saludó a *Frank* con un: «Hola, *Frank*», y el weimaraner agitó la cola y los siguió por la acera. Meredith miró a Robbie.

—Pareces… —dijo—. ¿Ha ocurrido algo, Rob? ¿Has tenido noticias de ella?

Él le dijo que sí. Había tenido noticias acerca de ella.

Subieron la escalinata que llevaba al cementerio, pero allí hacía demasiado calor, pensó él, con el sol cayendo a plomo y ni un soplo de brisa. De modo que encontró un lugar con sombra para *Frank* debajo de un banco en el porche y llevó a Meredith al interior de la iglesia. Para entonces, ella ya le estaba preguntando:

—¿Qué ocurre? Es algo malo. Puedo verlo. ¿Qué ha pasado?

La chica no lloró cuando él se lo explicó. En cambio, se dirigió a uno de los estropeados bancos de madera. Se sentó. Cruzó las manos sobre el regazo y, cuando él se puso junto a ella en el banco, le miró.

—Estoy terriblemente apenada, Rob —musitó—. Esto debe de ser horrible para ti. Sé lo que ella significa para ti. Sé que era... Ella lo es todo.

El hombre agitó la cabeza. No podía contestar. El interior de la iglesia estaba fresco, pero él aún sentía calor. Se maravilló cuando, junto a él, vio que Meredith temblaba.

—¿Por qué se marchó? —La voz de Meredith estaba teñida de angustia. Él advirtió, sin embargo, que había hecho la pregunta como una forma más de esos «¿por qué?» universales. ¿Por qué ocurren esas cosas terribles? ¿Por qué la gente toma decisiones incomprensibles? ¿Por qué existe el mal?—. Por Dios, Rob. ¿Por qué se marchó? Amaba New Forest. No era una chica de ciudad. Apenas si pudo soportar el colegio en Winchester.

—Ella dijo...

—*Sé* lo que dijo. Tú me contaste lo que dijo. Y él también. —Se quedó un momento en silencio, pensando—. Todo esto tiene que ver con Gordon. Tal vez no el asesinato, pero sí parte de él. Una pequeña parte. Algo que todavía no somos capaces de ver o entender. De alguna manera. Una parte.

Y entonces comenzó a llorar. Fue en ese momento cuando cogió uno de los cojines de su soporte y lo colocó junto a las rodillas.

Al verla, creyó que se disponía a rezar; en cambio, comenzó a hablarle a él, pero con la cara vuelta hacia el altar, con sus retablos de ángeles tallados que alzaban sus escudos de cuadrifolio. Describían los instrumentos de la pasión. Interesante, pensó con impotencia, no tenían nada que ver con los instrumentos de defensa.

Meredith le contó que había investigado a la nueva pareja

de Gordon, Gina Dickens, acerca de lo que le dijo..., sobre lo que estaba haciendo en esta parte de Hampshire. Nadie sabía nada acerca de ningún programa destinado a chicas en riesgo de exclusión, le dijo Meredith, y su voz sonaba amarga mientras le comunicaba las noticias. Ningún programa en el colegio en Brockenhurst, ningún programa en el distrito, ningún programa en ninguna parte.

—Ella miente —concluyó Meredith—. Conoció a Gordon hace mucho tiempo, puedes creerme, y quiso estar con él, y Gordon con ella. No fue suficiente con que lo hicieran en un hotel o algo por el estilo —Meredith dijo esto último con la amargura de una mujer que había hecho exactamente eso—, sin que nadie lo supiera. Ella quería más. Lo quería todo. Pero no podía conseguirlo con Jemima presente, verdad, de modo que consiguió que Gordon alejase a Jemima. Rob, esa mujer no es quien dice ser.

Robbie no sabía cómo responder. Todo le parecía poco verosímil. Se preguntó cuál era el verdadero propósito que había animado a Meredith a investigar a Gina Dickens y lo que decía hacer en Hampshire. Meredith se caracterizaba por no estar de acuerdo con todas aquellas personas que no podía entender y, en más de una ocasión a lo largo de los años de su amistad, Jemima había tenido conflictos con Meredith debido precisamente a esto, a la incapacidad de Meredith para entender por qué Jemima no podía simplemente no estar con un hombre, ya que Meredith era total y perfectamente capaz de hacerlo. Meredith no era una cazadora de hombres en serie; por lo tanto, en su opinión, Jemima tampoco lo era.

Sin embargo, en esta cuestión había algo más que eso, y Robbie creía saber de qué se trataba: si Gina quería a Gordon y había hecho lo posible para que apartase a Jemima de su vida para tenerlo sólo para ella, entonces Gordon había hecho por Gina lo que el lejano amante londinense de Meredith no había hecho por ella, a pesar de que había existido una necesidad mayor en forma de su propio embarazo. Gordon había alejado a Jemima, abriendo la puerta para que Gina entrase completamente en su vida, no como una amante secreta, sino como una explícita pareja en su vida. Esto seguramente habría enfurecido a Meredith. No era de piedra.

—La Policía ha hablado con Gordon —le dijo Robbie—. Supongo que también hablaron con ella. Con Gina. Me preguntaron dónde estaba cuando Jemima..., cuando ocurrió y...

Meredith se volvió hacia él.

—¡No hicieron eso!

—Por supuesto que sí. Tenían que hacerlo. De modo que también se lo preguntaron a él. Y a ella, probablemente. Y si no lo hicieron, lo harán. Vendrán a hablar contigo también.

—¿Conmigo? ¿Por qué?

—Porque tú eras su amiga. Tuve que elaborar una lista con los nombres de todas las personas que pudieran decirles algo, cualquier cosa. Están aquí para eso.

—¿Qué? ¿Para acusarnos? ¿A ti? A mí?

—No. No. Sólo para asegurarse de que saben todo lo que hay que saber sobre Jemima. Lo que significa... —Dudó un momento.

Ella alzó la cabeza. El pelo le rozaba los hombros. Él vio que en los lugares donde la piel estaba desnuda tenía pecas, como en el rostro. Recordaba que ella y su hermana, de adolescentes, estaban muy preocupadas por tener pecas en la cara. Probaban numerosos productos y usaban maquillaje. Eran, simplemente, dos chicas que crecían juntas. La intensidad del recuerdo le golpeó con fuerza.

—Ah, Merry —soltó, y no pudo continuar.

No quería echarse a llorar delante de ella. Le parecía inútil y un gesto de debilidad. De pronto fue estúpida y egoístamente consciente de lo espantosamente feo que era, de cuán horrible le haría parecer el llanto ante la amiga de Jemima, y si bien eso era algo que nunca le había importado antes, ahora sí le importaba, porque quería consuelo. Y pensó que no había ningún consuelo, que nunca había habido y nunca lo habría para los hombres feos como él.

—Tendría que haber mantenido el contacto con ella este último año, Rob —dijo Meredith—. Si lo hubiese hecho, quizá no se habría marchado de aquí.

—No debes pensar eso —dijo él—. No es culpa tuya. Eras su amiga y estabais pasando por un mal momento. Es algo que suele suceder.

—Era algo más que un mal momento. Era... Yo quería que

ella me escuchara, Rob, que me prestara atención, sólo por una vez. Pero había cosas sobre las que ella nunca habría cambiado de opinión, y una de esas cosas era Gordon. Porque en aquella época ya se acostaban, y siempre que Jemima se acostaba con un tío...

Él le aferró el brazo para que no siguiera hablando. Sintió que el llanto crecía en su interior, pero no quería y no podía dejarlo salir. No podía mirarla, de modo que observó los vitrales que rodeaban el altar y pensó que debían ser de la época victoriana, porque la iglesia había sido reconstruida y allí estaba Jesús diciendo: «Soy Yo, nada debéis temer». Y estaba San Pedro y también el Buen Pastor, y allí, oh, allí estaba Jesús con los niños, y estaba sufriendo para que los niños pequeños fueran a él, y ése era el problema, ¿verdad?, que los niños pequeños con todos sus problemas no sufrieran. ¿No era ése acaso el verdadero problema cuando todo lo demás te lo habían arrebatado?

Meredith estaba callada. Él mantenía la mano sobre su brazo y se dio cuenta de la fuerza con la que lo apretaba y el daño que debía estar provocándole. Sintió que los dedos de Meredith se movían sobre los suyos allí donde parecían garras sobre la piel desnuda, y se le ocurrió que ella no estaba tratando de deshacerse de su mano, sino que estaba acariciando sus dedos y luego la mano, describiendo círculos lentos y pequeños para decirle que entendía su pena, aunque la verdad era que ella no podía entender, nadie podía, lo que significaba que te lo robasen todo y no tener ninguna esperanza de llenar ese vacío.

14

—Por supuesto que él estaba aquí —había confirmado Clifford Coward respecto a la coartada de Gordon Jossie—. ¿Dónde iba a estar?

Era un tipo bajo y arrogante, que vestía con unos vaqueros costrosos. Llevaba una cinta en la cabeza manchada de sudor, y estaba acodado a la barra de su pub habitual en el pueblo de Winsted, con una pinta de cerveza delante de él y una bolsa de patatas fritas vacía y arrugada junto al puño. Jugaba con la bolsa mientras hablaba. Dio muy pocos detalles. Estaban trabajando en el tejado de un pub cerca de Frith y suponía que él sabría muy bien si Gordon Jossie no hubiese estado allí hacía seis días, ya que sólo eran ellos dos y alguien estaba subido en ese andamio cogiendo los manojos de carrizos mientras él se los alcanzaba.

—Sospecho que era Gordon —dijo con una sonrisa—. ¿Por qué? ¿Qué se supone que ha hecho? ¿Asaltó a alguna pobre anciana en la plaza del mercado de Ringwood?

—En realidad se trata más de una cuestión de asesinato —dijo Barbara.

La expresión de Cliff cambió visiblemente, pero su historia no. Gordon Jossie había estado con él, dijo, y Gordon Jossie no era un asesino.

—Joder, creo que yo lo sabría jodidamente bien —aclaró—. Hace más de un año que trabajo con él. ¿A quién se supone que ha matado?

—Jemima Hastings.

—¿Jemima? Imposible.

Fueron desde Winstead hasta Itchen Abass por la autopista, bordeando Winchester. En una pequeña propiedad situada entre Itchen Abbas y el caserío de Abbotstone encontraron al maestro de empajar con quien Gordon Jossie había trabajado años atrás para aprender el oficio. Se llamaba Ringo Heath.

—No pregunten —dijo ácidamente—. Podría haber sido John, Paul o George, y joder si lo sabré yo.

Cuando llegaron, estaba sentado en un banco deteriorado, en el lado sombreado de una casa de ladrillo. Parecía estar tallando algo, ya que en una mano sostenía un cuchillo de aspecto inquietante, con una afilada hoja que se curvaba hasta formar un gancho, y lo usaba con una fina varilla, dividiéndola primero por la mitad y luego afilando ambos extremos hasta convertirlas casi en puntas de flecha. A sus pies había una pila de varillas esperando su turno. En una caja de madera que había sobre el banco junto a él colocaba las varillas ya terminadas. A Barbara le parecieron escarbadientes para un gigante, ya que cada una de ellas medía aproximadamente noventa centímetros. También parecían armas potenciales. Igual que ese cuchillo, que según supo se llamaba «hocino» o «podadera». Y los escarbadientes eran las varillas que se utilizaban para hacer abrazaderas.

Heath sostuvo una en el aire, extendida entre ambas palmas. La dobló casi por la mitad y luego la soltó. La varilla recuperó la línea recta original, como si fuese un muelle.

—Maleable —dijo, aunque ellos no le habían preguntado nada—. Madera de avellano. Puedes usar madera de sauce en caso necesario, pero el avellano es el mejor. —Se retorcía hasta formar una abrazadera, les explicó, y luego la abrazadera se utilizaba para fijar los carrizos en su sitio una vez que habían sido colocados en el tejado—. Se hunde en los carrizos y, finalmente, acaba por pudrirse, pero no importa. Para entonces los carrizos ya están comprimidos y eso es lo que quieres: compresión. El mejor tejado que el dinero puede comprar, la paja. No todo son casas como cajas de bombones y jardines llenos de mariquitas, ¿verdad?

—Supongo que no —dijo Barbara solidariamente—. ¿Tú qué dices, Winnie?

—A mí me parece bien, un tejado así —dijo Nkata—. Supongo que puede haber problemas con el fuego.

—Bah, tonterías —dijo Heath—. Cuentos de viejas.

Barbara lo dudaba. Pero no estaban allí para hablar acerca de la naturaleza inflamable de los carrizos en los tejados. Aclaró el motivo de su visita: Gordon Jossie y su aprendizaje con Ringo Heath. Habían telefoneado previamente a Heath para averiguar dónde estaba. Él les había dicho «¿Scotland Yard? ¿Y qué están haciendo por aquí?», pero, por lo demás, se había mostrado dispuesto a cooperar.

—¿Qué puede decirnos de Gordon Jossie? —comenzó Barbara—. ¿Le recuerda?

—Oh. Sí. No hay ninguna razón para olvidar a Gordon.

Heath continuó con su trabajo mientras les contaba su historia con Jossie. Había llegado a aprender el oficio ya poco mayor de lo habitual. Tenía veintiún años.

—Los aprendices, normalmente, tienen alrededor de dieciséis años, lo cual es mejor para formarlos, ya que no tienen idea de nada, y aún se encuentran en ese punto en el que incluso pueden creer que no tienen idea de nada, ¿no? Pero veintiuno es un poco mayor, porque no quieres a un tío que ya tiene unos hábitos fijos. Yo era un poco reacio a tomarle como aprendiz.

Sin embargo, finalmente, aceptó a Gordon y las cosas fueron muy bien. Jossie trabajaba duro. Un tío que hablaba muy poco y escuchaba mucho y «no iba por ahí llevando esos jodidos auriculares con la música a tope como hacen ahora los críos. La mitad del tiempo ni siquiera puedes conseguir captar su atención. Estás en lo alto del andamio gritándoles, y ellos están abajo escuchando a quién sea, y meneando la cabeza siguiendo el "ritmo"». Pronunció esta última palabra con desprecio, era un hombre que evidentemente no compartía la pasión de su tocayo por la música.

Jossie, por otra parte, no había sido el típico aprendiz. Y siempre se mostraba dispuesto a hacer cualquier cosa que le dijesen, sin alegar que algo «era indigno de él o estupideces por el estilo». Una vez que le puso a trabajar en el empajado de tejados —algo que, por cierto, no ocurrió durante los primeros nueve meses de su aprendizaje— jamás hizo una sola pregunta. Y hubiera sido pertinente formular una pregunta que jamás hizo: «¿Cuánto dinero puedo hacer con este trabajo, Ringo?», si hubiera pensando en comprarse un Maserati con lo que gana un especialista en empajar.

—Es una buena vida —le expliqué—, pero no es tan buena, de modo que si estás pensando en impresionar a las chicas con gemelos de oro o lo que sea, le estás pidiendo peras al olmo. Le dije que siempre se necesita un técnico en empajar, porque estamos hablando de casas catalogadas, ¿sabe? Y el sur está lleno de ellas, y hasta Gloucestershire y más allá también, y tienen que conservar sus tejados de paja. No se los puede reemplazar con tejas o cualquier otro material. De modo que si eres bueno en tu oficio (y Gordon estaba destinado a ser bueno), tienes trabajo todo el año y, en general, recibes más encargos de los que puedes manejar.

Gordon Jossie, al parecer, había sido un aprendiz modélico: sin ninguna queja por su parte había comenzado su aprendizaje sin hacer otra cosa más que buscar, acarrear, alzar, limpiar, quemar basura. Además, según Heath:

—Lo hacía todo bien. No buscaba la salida más fácil. Me di cuenta de que sería bueno cuando le hice subir al andamio. Éste es un trabajo donde cuentan mucho los detalles. Oh, parece que sólo se trata de cubrir las vigas con carrizos y ya está, pero es una labor que debe hacerse paso a paso, y un tejado decente (uno grande, digamos) requiere meses de trabajo, porque no es igual que colocar tejas o martillar tablillas, ¿verdad? Se trata de trabajar con un producto natural, o sea, que no hay dos carrizos del mismo diámetro y su longitud no es exacta. Esto a veces requiere paciencia y habilidad, y lleva años dominar el oficio para poder empajar un tejado como corresponde.

Gordon Jossie había trabajado como aprendiz para él durante casi cuatro años y, para entonces, ya había superado con creces la etapa de aprendiz, y era más como un socio. De hecho, Ringo Heath había querido convertirle en su socio, pero Gordon tenía intención de comenzar su propio negocio. De modo que se marchó con la bendición de Heath y había comenzado del mismo modo en que lo hacían todos: como subcontratado por alguien con una empresa más grande hasta que pudo independizarse.

—Desde entonces siempre he acabado con aprendices que son unos jodidos holgazanes —concluyó Heath—, y pueden creerme, cogería a un tío mayor como Gordon Jossie sin pensármelo dos veces si apareciera por aquí.

Mientras hablaban, Heath había llenado la caja de madera con las varillas ya terminadas, y luego la levantó para llevarla hasta una camioneta y dejarla junto a varios cajones de embalaje que descansaban en medio de una colección de curiosas herramientas, que Heath identificó para ellos sin que se lo preguntaran. El hombre mostraba un creciente entusiasmo por su oficio. Tenían cuchillas para esculpir la paja... —Quitan aproximadamente un milímetro, están muy afiladas, y tienes que usarlas con mucho cuidado para no hacerte un corte en la mano—, las palas especiales que se utilizaban para alisar la paja y que a Barbara le parecían parrillas de aluminio con un mango, algo que uno podría usar para freír el beicon; el holandés, que se usaba en lugar de la pala especial para alisar la paja cuando el tejado era curvo...

Barbara asentía discretamente, y Nkata lo apuntaba todo en su libreta, como si más tarde tuviera que superar un examen sobre la materia. Ella tenía problemas para seguirle y se preguntaba cómo haría para apartar al señor Heath de su larga exposición sobre el proceso de colocar la paja en un tejado, para lograr que se volviera a centrar en el tema de Gordon Jossie. Oyó que decía «y cada una de ellas es diferente», lo que hizo que prestase más atención a lo que le estaba contado aquel hombre.

—... pequeños objetos que aporta el herrero, como los cayados y las clavijas.

Los cayados estaban curvados en un extremo —de ahí su nombre, ya que se asemejaban a un cayado de pastor en miniatura— y se enganchaban alrededor de los carrizos, y luego se clavaban a las vigas para fijarlos en su sitio. Las clavijas, que parecían largos clavos con un ojo en un extremo y una punta afilada en el otro, mantenían los carrizos en su sitio mientras el empajador trabajaba. Éstas venían del herrero, y lo interesante era que todos los herreros las fabricaban según quisieran, especialmente en lo que se refería a la punta.

—Forjadas a cuatro lados, a dos lados, cortadas para conseguir una punta serrada, pulidas con una piedra de afilar... Cualquier cosa que al herrero le apetezca. A mí me gusta el holandés. Me gusta un forjado adecuado.

Aquello último lo dijo como si en Inglaterra ya no pudiese encontrarse algo como un forjado adecuado.

Barbara quedó seducida por la idea de la herrería y cómo podía relacionarse ese oficio con la fabricación de un arma. Las herramientas propias del oficio de empajar tejados parecían armas, independientemente de que Heath se refiriese a ellas como los utensilios de su trabajo. Barbara cogió una —eligió una de las clavijas— y comprobó que la punta era afilada y apta para cometer un asesinato. Se la pasó a Nkata y vio por su expresión que ambos pensaban lo mismo.

—¿Por qué tenía ya veintiún años cuando vino a trabajar con usted, señor Heath? ¿Lo sabe?

Heath se tomó un momento, aparentemente para adaptarse al brusco cambio de tema, ya que él estaba en plena digresión sobre por qué los holandeses se enorgullecían de su trabajo más que los ingleses, y que eso parecía estar relacionado con la Unión Europea y la entrada masiva de albaneses y otros europeos del este en Gran Bretaña. Parpadeó y dijo:

—¿Eh? ¿Quién?

—Veintiún años es una edad tardía para un aprendiz, eso fue lo que dijo. ¿Qué había estado haciendo Gordon Jossie antes de venir aquí?

Colegio universitario, les dijo Ringo Heath. Había sido alumno en un colegio universitario en Winchester. Había estudiado alguna clase de oficio, aunque Heath no recordaba cuál. Jossie había traído con él dos cartas. Cartas de recomendación, de personas que habían sido sus profesores. No era la manera típica en que un aprendiz se presenta para un posible empleo, de modo que él se había sentido muy impresionado por ese detalle. ¿Querían ver las cartas? Le parecía que aún las conservaba en alguna parte.

Cuando Barbara le dijo que por supuesto que querían verlas, Heath se volvió hacia la casa y gritó:

—¡Gatita! Te necesito.

A esta llamada respondió saliendo de la casa una mujer cuyo aspecto distaba mucho de ser el de una gatita. Llevaba un rodillo de cocina debajo del brazo y parecía el tipo de mujer que se mostraría muy feliz usándolo: grande, peleona y musculosa.

—De verdad, querido, ¿por qué tienes que gritar de ese

modo? Estoy dentro, en la cocina —dijo Gatita con una voz sorprendentemente cortés que desmentía su apariencia. Sonaba como un personaje aristocrático en una obra teatral de época, pero parecía alguien que hubiese estado lavando los cacharros de cocina en el sótano de la casa.

Heath la miró con una sonrisa tonta en los labios.

—Mi querida niña. No conozco la potencia de mi propia voz. Lo siento. ¿Tenemos aún aquellas cartas de recomendación que me dio Gordon Jossie cuando vino buscando trabajo? Sabes a cuáles me refiero, ¿verdad? ¿Las de sus profesores? ¿Las recuerdas? —Luego se dirigió a Barbara y Winston—: Ella se encarga de llevar los libros y esas cosas. Y la chica tiene una cabeza para las cosas y los números que les dejaría boquiabiertos. No dejo de decirle que debería ir a la tele. A uno de esos programas de preguntas y respuestas o algo por el estilo, ¿saben a qué me refiero? Le digo que podríamos ser millonarios si se presentara a uno de esos programas.

—Oh, déjalo ya, Ringo —dijo Gatita—. A propósito, he preparado ese pastel de pollo y puerros que tanto te gusta.

—Preciosa.

—Tonto.

—Ya verás cuando estemos solos.

—Oh, qué cosas dices, Ring.

—Ejem..., ¿qué hay de esas cartas? —interrumpió Barbara. Miró a Winston, que observaba el intercambio entre marido y mujer como alguien que observara un partido de pimpón amoroso.

Gatita dijo que iría a buscarlas, ya que suponía que estaban en el archivo de Ringo. Sólo será un momento, añadió, porque le gustaba tener las cosas organizadas, puesto que «si dejara las cosas en manos de Ringo estaríamos viviendo debajo de una montaña de papeles».

—Eso es verdad, querida —dijo Ringo.

—Guapo...

—Gracias, señora Heath —contestó Barbara, deliberadamente.

Gatita hizo sonidos de besos dirigidos a su esposo, quien a su vez hizo un gesto que parecía indicar que le encantaría propinarle unas palmadas en el trasero, ante lo cual ella lanzó una risita tonta y desapareció dentro de la casa. Dos minutos después estaba de regreso con las cartas, y llevaba una carpeta de papel manila de cuyo interior sacó las cartas.

Barbara comprobó que se trataba de recomendaciones que daban fe del carácter de Jossie, su ética laboral, su agradable comportamiento, su buena disposición para aceptar las instrucciones y todo lo demás. Las cartas estaban escritas en un papel con membrete del Winchester Technical College II, y una de ellas estaba firmada por un tal Jonas Bligh, mientras que la otra había sido escrita por un tal Keating Crawford. Ambos afirmaban conocer a Gordon Jossie de las clases, y también de fuera del colegio. Un joven excelente, declaraban ambos, responsable y de buen corazón que merecía la oportunidad de aprender un oficio como el de empajar tejados. Nadie se arrepentiría de contratarle. Estaba destinado a tener éxito.

Barbara preguntó si podía quedarse con las cartas. Las devolvería a los Heath, por supuesto, pero, por ahora, si ellos no tenían ninguna objeción…

No la tenían. Llegados a este punto, sin embargo, Ringo Heath preguntó qué quería Scotland Yard de Gordon Jossie.

—¿Qué se supone que ha hecho? —preguntó.

—Estamos investigando un asesinato cometido en Londres —les dijo Barbara—. Una mujer llamada Jemima Hastings. ¿La conocían?

Los Heath no la conocían. Pero lo que sí sabían era que Gordon Jossie no era un asesino. Gatita, sin embargo, añadió un detalle curioso al currículo de Jossie cuando Barbara y Nkata estaban a punto de marcharse.

No sabía leer, les dijo, un dato que siempre hizo que ella se preguntase cómo había podido completar sus cursos en el colegio técnico. Aunque obviamente había clases que podían no requerir saber leer, a ella siempre le había parecido un tanto extraño que Gordon consiguiera alcanzar semejante éxito en ese colegio de Winchester.

—¿Sabes?, querido, eso sugiere que había algo que no cuadraba del todo en Gordon, ¿no crees? Quiero decir, si él realmente consiguió aprobar su curso y, aun así, ocultar el hecho de que no sabía leer… Eso implica una habilidad para ocultar otras cosas también, ¿verdad?

—¿Qué quieres decir con que no sabía leer? —preguntó Ringo—. Eso no son más que tonterías. Bah.

—No, amor. Es la verdad. Gordon no sabía leer una sola palabra.

—¿Quiere decir que tenía problemas con la lectura o que no sabía leer? —preguntó Nkata.

Gordon no sabía leer, dijo ella. De hecho, aunque conocía el alfabeto, tenía que copiarlo para estar seguro. Era la cosa más rara que había visto nunca. A raíz de esto, ella se había preguntado en más de una ocasión cómo había hecho para aprobar los cursos en el colegio.

—Supuse que Gordon había estado actuando ante los profesores de un modo no del todo académico —concluyó—, ¿saben?

Durante el resto del día, Meredith Powell sintió un fuego débil que ardía dentro de ella. Estaba acompañado de un persistente martilleo en la cabeza, algo que no estaba relacionado con el dolor, sino con las palabras «ella está muerta». El simple hecho de la muerte de Jemima era malo: colocó a Meredith en un estado de incredulidad y tristeza, y ésta era más profunda de lo que jamás habría esperado sentir por alguien que no era miembro de su familia cercana. Más allá del hecho de su muerte, sin embargo, estaba el hecho adicional de que Jemima había sido asesinada antes de que Meredith pudiese arreglar las cosas entre ellas, y esto le carcomía la conciencia y el corazón. Ya no era siquiera capaz de recordar qué fue lo que realmente había dañado de ese modo su larga amistad. ¿Había sido acaso un lento deterioro del afecto que sentían la una por la otra, o había sufrido un golpe mortal? No podía recordarlo, lo que le confirmaba la escasa importancia que debía de haber tenido.

—Yo no soy como tú, Meredith —le había dicho Jemima cientos de veces—. ¿Por qué no puedes aceptarlo?

—Porque tener a un hombre no hará que dejes de tener miedo —le había respondido.

Sin embargo, había interpretado esa respuesta como un indicio de los celos de Meredith. Pero ella no había estado celosa, para nada. Ella sólo estaba preocupada. Durante años había visto cómo Jemima iba coqueteando de un chico a otro y de un hombre a otro en una búsqueda incesante de algo que ninguno de ellos había sido capaz de darle. Y eso era lo que quería que su amiga entendiera y lo que había intentado meterle en la cabeza una y otra vez hasta que finalmente había desistido —o quizás había sido Jemima, ahora era incapaz de recordarlo— y allí era hasta donde había llegado su amistad.

Sin embargo, hubo un asunto mucho más importante que Meredith no había sido capaz de ver hasta ahora: ¿por qué había sido tan increíblemente importante que Jemima Hastings viese las cosas a la manera de Meredith Powell? Y para esa pregunta, Meredith no tenía ninguna respuesta.

Llamó por teléfono a la casa de Gordon Jossie antes de marcharse del trabajo al acabar la jornada. Gina Dickens contestó la llamada, y eso era bueno, porque era a Gina Dickens a quien Meredith quería ver.

—Necesito hablar con usted —dijo—. ¿Puede reunirse conmigo? En este momento estoy en Ringwood, pero puedo encontrarme con usted en cualquier parte, donde usted prefiera. Sólo que no..., no en la casa de Gordon, por favor.

No quería volver a ver la casa. No creía que pudiera enfrentarse a eso en este momento, no con otra mujer viviendo allí, compartiendo felizmente la vida con Gordon Jossie mientras Jemima yacía muerta, fría y asesinada en Londres.

—La Policía ha estado aquí —dijo Gina—. Dijeron que Jemima...

Meredith cerró los ojos con fuerza y sintió el auricular frío y resbaladizo en la mano.

—Necesito hablar con usted —dijo.

—¿Por qué?

—Me reuniré con usted. Dígame dónde.

—¿Por qué? Me está poniendo nerviosa, Meredith.

—No es ésa mi intención. Por favor. Me reuniré con usted en cualquier parte. Sólo que no en la casa de Gordon.

Hubo una pausa. Luego Gina respondió que en Hinchelsea Wood. Meredith no quería arriesgarse a ir a un bosque, con toda su soledad y todo lo que esa soledad sugería acerca del peligro, no importaba lo que Gina hubiese dicho acerca de que ella la ponía nerviosa y todo lo que se suponía que implicaba eso acerca de la aparente inocencia de Gina. Meredith, en lugar de eso, sugirió un brezal. ¿Qué le parecía Longsdale Heath? Había un aparcamiento y podían...

—Un brezal no —dijo Gina al instante.

—¿Por qué no?

—Serpientes.

—¿Qué serpientes?

—Culebras. En los brezales hay culebras. Usted debe de saberlo. Lo leí en alguna parte y no quiero...

—Hatchet Pond entonces —la interrumpió Meredith—. Está en las afueras de Beaulieu.

Ambas estuvieron de acuerdo.

Cuando Meredith llegó a Hatchet Pond, vio que allí había otras personas. También había ponis y potrillos. La gente caminaba a orillas del agua, paseaba a sus perros, leía dentro de los coches, pescaba, conversaban sentados en los bancos. Los ponis bebían agua del estanque y pastaban en el prado.

El estanque se extendía y ocupaba una superficie razonable, con una lengua de tierra en el extremo más lejano que se adentraba en el agua y estaba cubierta de hayas y castaños, y un único y elegante sauce. Era un buen escenario para las citas amorosas nocturnas de los jóvenes, apartado de la carretera de modo que no se veían los coches aparcados, pero, aun así, convenientemente ubicado en el cruce de varias rutas: con Beaulieu inmediatamente al este, East Boldre al sur, y Brockenhurst hacia el oeste. Toda clase de problemas podían producirse en ese lugar entre adolescentes de sangre caliente. Meredith lo sabía por Jemima.

Esperó unos veinte minutos a que llegase Gina. Había cubierto velozmente la distancia desde Ringwood guiada por una firme determinación. Una cosa era sospechar gravemente de Gordon Jossie, Gina Dickens y del hecho de que la mayor parte de las pertenencias de Jemima estuviesen guardadas en cajas en el desván de la casa. Y otra muy distinta enterarse de que Jemima había sido asesinada. Durante todo el trayecto desde Ringwood, Meredith se había enfrascado en una conversación mental con Gina acerca de estos y otros asuntos. Cuando, finalmente, la mujer llegó a Hatchet Pond en su pequeño descapotable, con las enormes gafas oscuras de estrella de cine cubréndole la mitad del rostro y un pañuelo que mantenía el pelo en su lugar —como si fuese Audrey Hepburn o algo así—, Meredith se sentía preparada.

Gina salió del coche. Miró a uno de los ponis que estaba cerca mientras Meredith cruzaba el aparcamiento hacia ella.

—Caminemos —dijo Meredith.

—Les tengo un poco de miedo a los caballos —dudó Gina.

—Oh, por el amor de Dios. No le harán daño. Son sólo ponis. No sea tonta. Cogió a Gina del brazo, y ésta se apartó.

—Puedo caminar sola —dijo secamente—. Pero no cerca de los caballos.

—De acuerdo.

Meredith echó a andar por un sendero que bordeaba el estanque. Eligió una dirección que las alejaba de los ponis hacia un pescador solitario que lanzaba el sedal a escasa distancia de una garza, que permanecía inmóvil esperando atrapar una anguila confiada.

—¿De qué va todo esto? —preguntó Gina.

—¿De qué cree usted que va? Gordon tiene el coche de Jemima. Tiene su ropa. Ahora ella está muerta, en Londres.

Gina se detuvo y Meredith se volvió hacia ella.

—Si está sugiriendo que Gordon..., o siquiera intentando convencerme de que él...

—¿No cree que ella habría enviado a buscar su ropa? ¿Al final?

—No necesitaba su ropa de campo en Londres —respondió Gina—. ¿Qué iba a hacer allí con esa ropa? Y lo mismo se aplica a su coche. Ella no necesitaba un coche. ¿Dónde lo iba a dejar? ¿Por qué habría de conducirlo?

Meredith se mordisqueó la piel alrededor de las uñas. La verdad estaba aquí en alguna parte. Ella la descubriría.

—Lo sé todo acerca de usted, Gina. No existe ningún programa para chicas en riesgo de exclusión. Ni en el colegio universitario de Brockenburst ni tampoco en el instituto. Los servicios sociales no han oído hablar de ese programa y ni siquiera han oído hablar de usted. Lo sé porque lo he comprobado, ¿de acuerdo? Así que por qué no me dice lo que realmente está haciendo aquí. ¿Por qué no me dice la verdad acerca de Gordon y de usted? ¿Acerca de cuándo se conocieron en realidad, de cómo se conocieron y de qué significó eso para él y Jemima?

Gina separó los labios y luego los frunció.

—¿Me ha estado investigando? ¿Qué pasa con usted, Meredith? ¿Por qué es tan…?

—¡No se atreva a volver esto contra mí! Es muy astuto por su parte, pero no permitiré que me arrastre en esa dirección.

—Oh, vamos, no sea ridícula. Nadie la está arrastrando a ninguna parte. —Pasó junto a Meredith por el estrecho sendero que bordeaba el agua—. Si vamos a caminar, caminemos.

Gina comenzó a alejarse. Un momento después, dijo por encima del hombro y con un tono duro:

—Piense un poco, si es capaz de hacerlo. Yo le dije que estaba elaborando un programa. No le dije que existiese. Y el primer paso para elaborar un programa consiste en evaluar las necesidades, por el amor de Dios. Y eso es precisamente lo que estoy haciendo en este momento. Eso es lo que estaba haciendo cuando conocí a Gordon. Y sí, de acuerdo, lo admito. No he sido tan diligente como lo era cuando llegué a New Forest. Y sí, la razón de que haya sido así es que me lie con Gordon. Y sí, me gustaba ser la pareja de Gordon, y que Gordon me mantuviera. Pero, que yo sepa, nada de eso es un crimen, Meredith. De modo que lo que yo quiero saber (si no le importa decírmelo) es: ¿por qué siente tanta aversión por Gordon? ¿Por qué no puede soportar la idea de que yo (o cualquier otra mujer, supongo) esté con él? Porque no se trata de mí, ¿verdad? Se trata de Gordon.

—¿Cómo le conoció? ¿Cómo le conoció realmente?

—¡Ya se lo he dicho! Le he dicho toda la verdad desde el principio. Le conocí el mes pasado, en Boldre Gardens. Ese mismo día, más tarde, volví a encontrarme con él y fuimos a beber algo. Gordon me preguntó si quería ir a beber algo y me pareció bastante inofensivo, y era un lugar público y… Oh, ¿por qué me molesto con todo esto? ¿Por qué no es sincera conmigo? ¿Por qué no me dice qué es lo que sospecha de mí? ¿Que he asesinado a Jemima? ¿Que he alentado al hombre al que amo para que la asesinara? ¿O lo único que le molesta es que le ame?

—Esto no tiene nada que ver con amar a nadie.

—Oh, ¿de verdad? Entonces tal vez me está acusando de enviar a Gordon a que asesinara a Jemima por alguna razón. Quizás me ve en la escalera de entrada agitando un pañuelo a modo de despedida mientras Gordon se aleja para hacer lo que fuera que se suponía que debía hacer. Pero ¿por qué iba a hacer yo algo así? Ella había desaparecido de su vida.

—Quizás Jemima se puso en contacto con él. Quizás ella quería regresar. Quizás ellos se encontraron en alguna parte, y Jemima le dijo que le quería..., y usted no podía soportarlo..., y entonces tuvo que...

—¿O sea que yo la asesiné? ¿Ahora no fue Gordon, sino yo? ¿Tiene idea de lo ridículo que suena cuando dice esas cosas? ¿Y quiere encontrarse aquí, en un lugar como Hatchet Pond, con una asesina? —Gina apoyó las manos en las caderas como si estuviese pensando una respuesta a su propia pregunta. Luego sonrió y dijo amargamente—: Ah, sí. Ahora comprendo por qué no quería que nos viésemos en Hinchelsea Wood. Qué tonta he sido. Yo podría haberla matado allí. No tengo idea de cómo lo habría hecho, pero eso es lo que piensa. Que soy una asesina. O que Gordon lo es. O que ambos lo somos, que nos confabulamos de alguna manera para eliminar a Jemima por razones que son tan jodidamente oscuras...

Gina se apartó. A pocos pasos había un banco erosionado por la intemperie y se dejó caer sobre él. Luego se quitó el pañuelo que llevaba en la cabeza y se echó el pelo hacia atrás. Se quitó también las gafas oscuras, las dobló y las mantuvo apretadas en la mano.

Meredith permaneció de pie delante de ella con los brazos cruzados delante del pecho. De pronto fue agudamente consciente de cuán diferentes eran: Gina, bronceada y voluptuosa, y obviamente atractiva para cualquier hombre; ella, una chica flaca, infeliz y pecosa, sola y con todos los números para seguir así. Sólo que ésa no era la cuestión.

Sin embargo, como si Gina le hubiese leído el pensamiento, dijo en un tono que ya no era amargo en absoluto, sino que parecía resignado:

—Me pregunto si esto es lo que usted le hace a cualquier mujer que mantiene una agradable relación con un hombre. Sé que no aprobaba la relación de Gordon y Jemima. Me dijo que no quería que estuviese con ella. Pero yo no podía imaginar por qué, qué podía importarle a usted que Gordon y Jemima estuviesen juntos. ¿Acaso era porque usted no tenía a nadie? ¿Porque, tal vez, lo seguía intentando y fracasando mientras a su alrededor hombres y mujeres se emparejaban sin ningún problema? Quiero decir, sé lo que le pasó. Gordon me lo explicó. Jemima se lo contó. Naturalmente, él estaba tratando de entender por qué le odiaba de ese modo, y ella le dijo que era una historia que tenía que ver con Londres, con la época en que usted vivió allí y se lio con un hombre casado, un hombre del que ignoraba que estuviese casado, y se quedó embarazada...

Meredith sintió que se le cerraba la garganta. Quería detener de alguna manera ese torrente de palabras, pero no podía: el catálogo completo de sus fracasos personales. Se sintió débil y mareada mientras Gina continuaba hablando... acerca de la traición y luego el abandono y luego «pequeña y jodida estúpida, no digas que no sabías que estaba casado, porque no eres tan imbécil. Nunca te mentí, ni una sola vez. ¿Por qué coño no tomaste precauciones? A menos que quisieras atraparme. Eso era, querías atraparme. Pues bien no me dejaré atrapar, no por una tía como tú, o por ninguna otra si se trata de eso, y sí, sí, querida puedes deducir exactamente lo que eso significa».

—Oh, lo siento. Lo siento. Venga. Siéntese.

Gina se levantó e insistió en que Meredith se sentase en el banco junto a ella. No dijo nada más durante varios minutos, mientras a través de la superficie de las serenas aguas del estanque revoloteaban las libélulas: sus alas frágiles lanzaban destellos verdes y morados bajo la luz del sol.

—Escuche —dijo Gina con voz tranquila—, ¿es posible que usted y yo lleguemos a ser amigas? Si no amigas, quizá conocidas al principio y después amigas...

—No lo sé —dijo Meredith lentamente, y se preguntó hasta dónde habría llegado la noticia de su humillación. Supuso que a todas partes. Era lo que se merecía. Porque estúpido es aquel que hace estupideces, y ella había sido imperdonablemente estúpida.

Cuando el cuerpo de John Dresser fue encontrado dos días más tarde, el caso era ya una noticia de ámbito nacional. En ese momento, lo que el público sabía era lo que se veía en las cintas de videovigilancia de las cámaras instaladas en Barriers, en las que un niño pequeño parecía alejarse alegremente cogido de la mano con tres chicos. Las fotografías distribuidas por la Policía ofrecían imágenes que podían interpretarse de dos maneras: como un grupo de críos que habían encontrado al pequeño vagando por la galería comercial y salían con él en busca de un adulto que, en último término, fue quien le hizo daño, o bien como unos chicos que intentan secuestrar y posiblemente aterrorizar a otro niño. Estas imágenes aparecieron en las primeras páginas de todos los periódicos nacionales, en todos los tabloides sensacionalistas, en los periódicos locales y en televisión.

Michael Spargo llevaba ese inconfundible anorak color mostaza al que sobraban un par de tallas, y su identidad fue rápidamente establecida por su propia madre. Sue Spargo llevó a su hijo directamente a la comisaría. Que había recibido previamente una paliza era evidente por las marcas en el rostro, aunque no hay ningún registro donde conste que nadie hubiese interrogado a Sue Spargo acerca de esto.

Siguiendo las normas que prescribe la ley, Michael Spargo fue interrogado en presencia de un asistente social y de su madre. El detective encargado de este interrogatorio fue un veterano que llevaba veintinueve años en el cuerpo de Policía, el detective inspector Ryan Farrier, un hombre que tenía tres hijos y dos nietos. Farrier había dedicado a la investigación criminal nueve de los veintinueve años de su carrera, pero nunca se había encontrado con un asesinato que le afectase del modo en que lo hizo la muerte de John Dresser. De hecho, Farrier quedó tan profundamente perturbado, como consecuencia de lo que oyó y vio en el curso de la investigación, que desde entonces ha permanecido retirado de la Policía y sometido a tratamiento psiquiátrico. Cabe señalar, en este sentido, que el Departamento de Policía facilitó servicios psicológicos y psiquiátricos a todas las personas que trabajaron en el caso desde que se encontró el cuerpo sin vida de John Dresser.

Como era de esperar, al principio Michael Spargo lo negó todo. Afirmó que aquel día estaba en la escuela, y mantuvo esa afirmación hasta que le presentaron no sólo las imágenes de las cintas de vigilancia, sino también la prueba aportada por su maestra en cuanto a su absentismo escolar. «De acuerdo, estaba con Ian y Reg», es todo lo que dice sobre la cinta. Cuando se le piden los apellidos de sus compañeros, contesta: «Fue idea de ellos. Yo nunca quise llevarme a ese crío».

Estas palabras enfurecen a Sue Spargo, cuyo estallido verbal e intentos de agresión física son inmediatamente reprimidos por los adultos presentes en la sala de interrogatorios. Sus gritos de «Diles la puta verdad o te mataré, juro que lo haré» son las últimas palabras que le dirá a Michael durante el curso de la investigación y hasta el momento después de que se dicte la sentencia. Este abandono del chico en un momento crucial de su vida es característico de su forma de criar a sus hijos, y quizá refleje más crudamente que cualquier otra cosa el origen de la perturbación psicológica de Michael.

Los arrestos de Reggie Arnold e Ian Barker se produjeron inmediatamente después de que Michael Spargo mencionase sus nombres, y lo único que se sabía en el momento de sus detenciones era que John Dresser había sido visto con ellos y que había desaparecido. Cuando ambos fueron trasladados a las dependencias policiales (cada uno de ellos a una comisaría diferente, y no volvieron a verse hasta que comenzó el juicio), Reggie iba acompañado de su madre, Laura, a quien luego se unió su padre, Rudy, mientras que Ian estaba solo, si bien su abuela llegó a la comisaría antes de que se iniciara el interrogatorio. El paradero de Tricia, la madre de Ian, en el momento del arresto de su hijo nunca queda claro en la documentación aportada, y tampoco no asistió al juicio.

Al principio nadie sospechó que John Dresser estuviera muerto. Las transcripciones y las cintas de los primeros interrogatorios por parte de la Policía indican que su creencia inicial era que los chicos se llevaron a John en un acto de pura maldad, se cansaron de su compañía y le dejaron en alguna parte para que se las arreglase solo. Aunque los tres chicos ya eran conocidos por la Policía, ninguno de ellos lo era más que por hacer novillos, por pequeños actos de vandalismo y por hurtos menores. (Uno se pregunta, no obstante, cómo es posible que Ian Barker, con un historial de torturas a animales, hubiera pasado desapercibido durante tanto tiempo). Únicamente cuando diversos testigos comenzaron a presentarse en las primeras treinta y seis horas posteriores a la desaparición de John Dresser —notificando el grado de angustia que mostraba el pequeño— la policía parece haber tenido la sospecha de que podría haber ocurrido algo más grave que una travesura.

La búsqueda del niño ya había comenzado y, como el área que rodea a Barriers fue marcada por la Policía y siguiendo el esquema de una circunferencia perfecta y cada vez más amplia, no pasó demasiado tiempo antes de que la obra abandonada de Dawkins fuese inspeccionada.

El agente Martin Neild, que tenía veinticuatro años en aquel momento y era un flamante padre, fue quien encontró el cuerpo de John Dresser, alertado de la posibilidad de su cercanía por la visión del mono azul de John, arrugado y ensangrentado, tirado en el suelo cerca de un lavabo portátil en desuso. Dentro de este lavabo, Neild encontró el cuerpo sin vida del niño, embutido cruelmente en el retrete químico. Neild recuerda que quiso pensar que se trataba de un muñeco o algo por el estilo, pero sabía que no era así.

15

—¿Qué decisión has tomado con respecto al almuerzo del domingo, Isabelle? Por cierto, lo he comentado con los chicos. Están muy entusiasmados.

Isabelle Ardery presionó sus dedos contra la frente. Había tomado dos pastillas de paracetamol, pero no habían conseguido atenuar la jaqueca. Tampoco habían hecho mucho por su estómago. Sabía que tendría que haber comido algo antes de tragarse las pastillas, pero la sola idea de poner comida encima de unas tripas ya revueltas era más de lo que podría soportar.

—Deja que hable con ellos, Bob. ¿Están ahí? —preguntó.

—No tienes buena cara —dijo él—. ¿Te sientes indispuesta, Isabelle?

Eso, por supuesto, no era lo que él quería decir. «Indispuesta» era un eufemismo, y cortó. «Indispuesta» reemplazaba a todo lo demás que él no quería preguntar, pero intentaba comunicar.

—Anoche me acosté muy tarde —dijo ella—. Estoy trabajando en un caso. Quizá lo hayas leído en los periódicos. ¿Una mujer que fue asesinada en un cementerio en el norte de Londres...?

Era evidente que él no estaba interesado en esa parte de su vida, sólo en la otra.

—Entonces le estás pegando bastante duro, ¿no?

—Cuando se trata de la investigación de un asesinato es habitual que tengas que trabajar hasta muy tarde —contestó ella, eligiendo de forma deliberada interpretar mal sus palabras—. Tú lo sabes muy bien, Bob. Y bien, ¿puedo hablar con los chicos? ¿Dónde están? Seguro que no estarán fuera de casa a esta hora de la mañana.

—Aún duermen —dijo él—. No me gusta despertarlos.

—Sin duda podrán volverse a dormir si sólo los saludo.

—Ya sabes cómo son. Y necesitan descansar.

—También necesitan a su madre.

—Ellos tienen una madre, tal como están las cosas. Sandra es muy...

—Sandra tiene dos hijos suyos.

—Espero que no estés sugiriendo que ella los trata de una manera diferente. Porque, sinceramente, no pienso escuchar esas cosas. Porque, también sinceramente, ella los trata jodidamente mejor que su madre natural, ya que Sandra está plenamente consciente y en posesión de todas sus facultades cuando está con ellos. ¿Realmente quieres mantener esta clase de conversación, Isabelle? Ahora dime, ¿vendrás al almuerzo del domingo o no?

—Les enviaré una nota a los chicos —dijo ella en voz baja, reprimiendo su incipiente furia—. ¿Puedo suponer, Bob, que Sandra y tú no me prohibiréis que les envíe una nota?

—Nosotros no te prohibimos nada —dijo él.

—Oh, por favor. No finjamos.

Cortó la comunicación sin despedirse. Sabía que más tarde tendría que pagar por ello —«¿Cortaste la comunicación, Isabelle? Sin duda debemos haber quedado desconectados de alguna manera, ¿no?»—, pero en ese momento no podía hacer otra cosa. Hablar con Bob significaba quedar expuesta a una extensa exhibición de su ostensible preocupación paterna, y ella no estaba por la labor. En realidad, esa mañana no estaba para muchas cosas, y tendría que hacer algo para cambiar su talante antes de ir a trabajar.

Cuatro tazas de café negro —de acuerdo, era café irlandés, pero se la podía perdonar por eso, ya que les había añadido una pizca de alcohol—, una tostada y una ducha después se sentía otra vez en forma. De hecho ya se encontraba en mitad de la reunión informativa de la mañana antes de sentir ese deseo apremiante una vez más. Pero entonces le resultó sencillo combatir la urgencia porque difícilmente podría escabullirse en el lavabo de mujeres para darse un lingotazo, así que no le quedaba otra opción. Lo que sí pudo hacer fue mantener la mente concentrada en el trabajo y prometer que, cuando acabara el día, la noche sería diferente. Algo que, decidió, podría controlar con facilidad.

Los sargentos Havers y Nkata habían llamado desde New Forest a primera hora de la mañana. Estaban alojados en un hotel en Sway —Forest Heath Hotel, así se llamaba, dijo Havers—. Aquella pequeña información fue recibida con risas y comentarios del tipo «espero que Winnie haya conseguido su propia habitación», que Isabelle cortó de raíz con un seco «ya está bien», mientras evaluaban la información que los dos sargentos habían conseguido reunir hasta el momento. Havers parecía haberse concentrado en el hecho de que Gordon Jossie fuese un maestro en empajar y que las herramientas utilizadas en su oficio no sólo eran mortales, sino que estaban hechas a mano. Nkata, por su parte, parecía mostrarse más interesado en que hubiera otra mujer presente en la vida de Gordon Jossie. Havers mencionó también las cartas de recomendación de Gordon procedentes de un colegio técnico de Winchester, y luego mencionó a un experto en cubiertas de paja llamado Ringo Heath. Concluyó su informe con la lista de personas con las que aún debían entrevistarse.

—¿Chicos, podrían encargarse de comprobar los antecedentes de esta gente? —preguntó luego Havers—. Hastings, Jossie, Heath, Dickens…

Por cierto, habían hablado con la Policía local, pero por ese lado no habían conseguido nada que les hiciera dar brincos de alegría. New Scotland Yard era bienvenida a husmear el terreno local, según el comisario de Policía de Lyndhurst, pero como el asesinato se había cometido en Londres, no era problema de ellos.

Ardery le aseguró a la sargento Havers que se pondrían a ello de inmediato, ya que ella también quería saberlo todo acerca de cualquiera que estuviese siquiera remotamente relacionado con Jemima Hastings.

—Quiero conocer todos los detalles, incluso si evacúan el vientre con regularidad —les dijo a los miembros de su equipo.

Dio instrucciones a Philip Hale para que continuase con los nombres de Hampshire y añadió los nombres de Londres en caso de que él los hubiese olvidado: Yolanda, *la Médium,* (Sharon Price); Jayson Druther; Abbott Langer; Paolo di Fazio; Frazer Chaplin; Bella McHaggis.

—Quiero las coartadas de todos ellos, confirmadas por dos fuentes. John, quiero que usted se encargue de esa parte. Coordinado con el SO7. Debemos insistir. Necesitamos información fiable.

Stewart no dio señales de haberla oído, de modo que Isabelle preguntó: «¿Lo ha entendido, John?», ante lo cual él sonrió con evidente sarcasmo y se llevó un dedo a la sien.

—Lo tengo todo aquí..., jefa —dijo—. ¿Algo más? —añadió, como si sospechara que era ella quien necesitaba un pequeño empujón.

Isabelle entornó los ojos. Estaba a punto de contestar cuando Thomas Lynley lo hizo por ella. Estaba en la parte de atrás de la habitación, manteniéndose educadamente a un lado, aunque no acababa de decidir si eso era una ventaja para ella o simplemente un recordatorio para todos los demás de lo que probablemente era el inmenso contraste entre los estilos de ambos.

—¿Quizá Matt Jones? ¿La pareja de Sydney Saint James? Probablemente no sea nada, pero si él estuvo en el estanco como Barbara ha dicho...

—Matt Jones también —dijo Isabelle—. Philip, ¿puede alguien de su equipo...?

—Sí —dijo Hale.

Les dijo a todos que pusieran manos a la obra y añadió:

—¿Thomas? Si quiere acompañarme...

Irían al estudio de Paolo di Fazio, dijo Isabelle. Entre la entrevista que habían mantenido con el escultor, el informe de Barbara Havers de su conversación con Bella McHaggis acerca de Paolo y la prueba de embarazo existía todo un océano que había que atravesar.

Lynley asintió, dispuesto aparentemente a aceptar de buen grado cualquier cosa. Isabelle le dijo que se reuniría con él en el coche. Cinco minutos para ir al lavabo, añadió. Él dijo «por supuesto» de ese modo bien educado que le caracterizaba. Isabelle sintió que la observaba cuando se dirigía a los lavabos. Se detuvo brevemente en su despacho para coger el bolso y se lo llevó con ella. Nadie podía culparla por eso, pensó.

Como antes, Lynley estaba esperando pacientemente en el coche, sólo que ahora permanecía apoyado en el lado del pasajero. Ella enarcó una ceja y él dijo:

—Creo que necesita practicar, jefa. Con el tráfico de Londres y todo eso…

Ella intentó captar algún significado entre líneas, pero Lynley era muy bueno poniendo cara de póquer.

—Muy bien —dijo—. Y es Isabelle, Thomas.

—Con el debido respeto, jefa…

Ella suspiró con impaciencia.

—Oh, por el amor de Dios, Thomas. ¿Cómo llamaba a su último superintendente en privado?

—«Señor», principalmente. En otros momentos hubiese sido «jefe».

—De acuerdo. Maravilloso. Bien, le ordeno que me llame Isabelle cuando estemos a solas. ¿Tiene algo que objetar a eso?

Él pareció pensarlo un momento. Estudió la manija de la puerta donde ya había apoyado la mano. Cuando alzó la vista, sus ojos marrones tenían un brillo de candidez y la súbita franqueza de su expresión resultaba desconcertante.

—Creo que «jefa» proporciona una distancia que quizás usted prefiera —dijo—. Considerándolo bien.

—¿Considerando qué? —preguntó ella.

—Todo.

La mirada sincera que cruzaron hizo que Isabelle se sintiera intrigada.

—No permite que nadie vea sus cartas, ¿verdad Thomas?

—No tengo ninguna carta —dijo él.

Isabelle resopló y se metió en el coche.

El estudio de Paolo di Fazio estaba cerca de Clapham Junction. Esa zona quedaba al sur del río, le dijo él, no demasiado lejos de Putney. La mejor opción era conducir a lo largo del Embankment. ¿Quería que la guiase?

—Creo que puedo arreglármelas para encontrar el camino hasta el río —contestó ella.

El propio Paolo di Fazio les había indicado dónde podían encontrarle. Cuando hablaron con él, les dijo que ya les había proporcionado «toda» la información que tenía acerca de Jemima Hastings y él, pero si querían pasar el tiempo volviendo sobre lo mismo, no tenía inconveniente. Podían encontrarle donde estaba la mayoría de las mañanas, en el estudio.

Se encontraba en uno de los numerosos túneles del ferrocarril abiertos para los ramales que salían de la estación de trenes de Clapham. La mayoría de ellos hacía ya tiempo que habían recibido algún uso, convertidos de túneles en bodegas de vino, tiendas de ropa, talleres de reparación de coches y —en un caso— incluso en un negocio de *delicatesen* que vendía aceitunas, carnes y quesos importados. El estudio de Paolo di Fazio se encontraba entre un montador de marcos y una tienda de bicicletas. Cuando llegaron, vieron que las puertas estaban abiertas y que las luces cenitales iluminaban el espacio, encalado y dividido en dos secciones. Uno de los espacios parecía estar destinado a esa etapa del trabajo en la que el artista realiza la transición de la escultura de arcilla a molde para bronce, de modo que había trozos de cera, látex, fibra de vidrio y bolsas de yeso por todas partes, junto con la suciedad que uno asocia al trabajo con esos materiales. La otra sección del estudio alojaba cubículos para cuatro artistas, cuyas piezas estaban ahora cubiertas con plástico y, probablemente, en diferentes estadios de acabado. Las esculturas de bronce ya terminadas tenían su lugar asignado y formaban una fila en el centro del estudio. Sus estilos variaban desde el realismo hasta lo fantástico.

Cuando se encontraron con la obra de Paolo di Fazio, su estilo resultó ser figurativo, pero de una naturaleza que privilegiaba los codos bulbosos, los miembros largos y las cabezas desproporcionadamente pequeñas. Lynley murmuró: «Sombras de Giacometti», y se detuvo delante de la escultura, mientras Isabelle le miraba fijamente para descifrar su expresión. No tenía idea de qué estaba hablando. Odiaba profundamente la ostentación. Pero vio que Lynley se quitaba las gafas para observar la escultura más de cerca y no parecía ser consciente siquiera de que había hablado. Ella se preguntó qué significaba que ahora se moviera lentamente alrededor de la escultura con expresión pensativa. Volvió a comprobar que resultaba imposible saber qué estaba pensando y se preguntó, además, si podía trabajar realmente con alguien que había llegado a dominar de ese modo el arte de esconder los pensamientos.

Paolo di Fazio no estaba en el estudio. Y tampoco ninguno de los otros artistas. Entró cuando estaban echando un vistazo a su lugar de trabajo, que era identificable por otras numerosas máscaras —similares a las que fabricaba en Jubilee Market Hall— que se sostenían sobre polvorientos pedestales de madera en unos estantes situados en la parte de atrás. Ellos, específicamente, estaban mirando sus herramientas, y el potencial de esas herramientas para causar daño.

—Por favor, no toquen nada —pidió Di Fazio, mientras se acercaba a ellos.

Llevaba un vaso de cartón con café y una bolsa de la que sacó dos plátanos y una manzana. Lo colocó todo con cuidado en uno de los estantes como si estuviese ordenándolos para una naturaleza muerta. Estaba vestido de la misma manera que cuando lo conocieron: vaqueros azules, una camiseta y unos zapatos de vestir. Como en la ocasión anterior, parecía un atuendo extraño para alguien que trabaja con arcilla, sobre todo los zapatos de vestir, que de alguna manera conseguía mantener perfectamente limpios. Habrían pasado sin problemas una inspección militar.

—Como pueden ver, estoy trabajando —dijo, al tiempo que señalaba con el vaso de café en dirección a una pieza cubierta con un plástico.

—¿Y podemos echarle un vistazo a su trabajo? —preguntó Isabelle.

Di Fazio pareció necesitar un momento para pensarlo antes de encogerse de hombros y quitar la mortaja de plástico y tela. Se trataba de otra pieza alargada y de miembros nudosos, aparentemente masculina y a las puertas de la muerte, a juzgar por su expresión. La boca abierta, los miembros extendidos, el cuello curvado hacia atrás y los hombros arqueados. A sus pies había una especie de parrilla, y a Isabelle le pareció desde cualquier punto de vista que la figura estaba sufriendo por una barbacoa que se había roto. Supuso que todo eso tenía un significado profundo y se preparó para escuchar a Lynley haciendo un comentario insufriblemente esclarecedor sobre la obra. Pero no dijo nada, y Di Fazio tampoco arrojó ninguna luz sobre el asunto. Se limitó a identificar a la figura doliente como San Lorenzo. Luego les explicó que estaba realizando una serie de mártires cristianos para un monasterio en Sicilia, de lo que Isabelle dedujo que el espantoso medio por el que San Lorenzo encontró la muerte había sido la parrilla. Esto la llevó a pensar por qué creencia, si había alguna, estaría ella dispuesta a dar la vida. A su vez se preguntó si las muertes de los mártires podían relacionarse con la muerte de Jemima Hastings.

—Ya he terminado a Sebastián, Lucía y Cecilia para ellos —dijo Di Fazio—. Ésta es la cuarta escultura de una serie de diez. Las colocarán en las hornacinas que hay en la capilla del monasterio.

—Entonces es un artista muy conocido en Italia —dijo Lynley.

—No. Mi tío es muy conocido en el monasterio.

—¿Su tío es monje?

Di Fazio se echó a reír con evidente sarcasmo.

—Mi tío es un criminal. Cree que puede comprar su camino al Cielo si hace suficientes donaciones al monasterio. Dinero, comida, vino, mi arte. Para él es todo lo mismo. Y como me paga por mi trabajo, yo no cuestiono la… —se quedó pensativo como si buscase la palabra adecuada— eficacia de sus acciones.

En el extremo del estudio que daba a la calle apareció una figura en la doble entrada, silueteada por la luz que llegaba desde fuera. Era una mujer que saludó con un «*Ciao*, cariño» y se dirigió hacia otra de las zonas de trabajo del estudio. Era de baja estatura y ligeramente rolliza, con un enorme pecho en forma de estante y mechones de pelo color cafe. Quitó la protección de plástico de su escultura y comenzó a trabajar sin volver a mirarlos. La presencia de la mujer, sin embargo, pareció inquietar a Di Fazio, ya que sugirió que continuasen la conversación en otra parte.

—Dominique no conocía a Jemima —les dijo mientras señalaba a la mujer con la cabeza—. Y no tendría nada que añadir.

Sin embargo, ella conocía a Di Fazio, pensó Isabelle, y podría resultarles útil en algún momento.

—Hablaremos en voz baja, si eso es lo que le preocupa, señor Di Fazio —dijo.

—Dominique querrá concentrarse en su trabajo.

—Creo que no le impediremos que lo haga.

El escultor entrecerró los ojos detrás de sus gafas con montura dorada. Fue apenas una fracción de segundo, pero el gesto no pasó inadvertido para Isabelle.

—Esto no nos llevará mucho tiempo —aclaró—. Se trata de la discusión que mantuvo con Jemima. Y acerca de una prueba de embarazo hecha en la casa.

Di Fazio no mostró ninguna reacción ante el comentario. Pasó brevemente la mirada de Isabelle a Lynley como si estuviera evaluando la naturaleza de su relación.

—Que yo recuerde, no tuve ninguna discusión con Jemima —dijo.

—Alguien les oyó cuando discutían. Habría tenido lugar en su alojamiento en Putney, y hay muchas probabilidades de que la discusión haya tenido relación con esa prueba de embarazo, que, por cierto, fue encontrada entre sus pertenencias.

—No tienen ninguna orden…

—En realidad no fuimos nosotros quienes la encontramos.

—Entonces no constituye ninguna prueba. Sé muy bien cómo funcionan estas cosas. Hay que respetar un procedimiento. Y este no fue respetado, de modo que esa prueba de embarazo, o lo que sea, no puede utilizarse como prueba en mi contra.

—Aplaudo su conocimiento de la ley.

—He leído bastantes cosas acerca de la injusticia en este país, señora. He leído cómo trabaja la Policía británica. Personas que han sido acusadas y condenadas injustamente. Los tíos de Birmingham. El grupo de Guilford.

—Quizá lo haya hecho. —El que habló fue Lynley. Isabelle advirtió que no se había molestado en bajar la voz para impedir que Dominique pudiese oírle—. De modo que también debe saber que al construir un caso contra un sospechoso en la investigación de un asesinato, algunas cosas se incluyen como información de antecedentes y otras como pruebas. El hecho de que usted haya mantenido una discusión con una mujer que apareció muerta puede no figurar en ninguna de ambas listas, pero si no está en ninguna de esas listas, parece ser el procedimiento más inteligente para aclarar la situación.

—Que es otra manera de decir —añadió Isabelle— que tiene que explicar algunas cosas. Usted dijo que Jemima y usted acabaron la relación amorosa que mantenían cuando ella alquiló una habitación en la casa de la señora McHaggis.

—Y es la verdad.

Di Fazio desvió la mirada hacia donde Dominique estaba trabajando. Isabelle se preguntó si esa artista había ocupado el lugar de Jemima.

—¿Jemima se quedó embarazada durante el tiempo en que fueron amantes?

—No. —Otra mirada hacia Dominique—. ¿No podemos tener esta conversación en otra parte? —preguntó—. Dominique y yo... Esperamos casarnos este invierno. Ella no tiene necesidad de oír...

—¿De verdad? Y éste sería su sexto compromiso matrimonial, ¿no es cierto?

Su expresión se endureció, pero consiguió dominarse.

—No hay ninguna necesidad de que Dominique se entere de hechos relacionados con Jemima. Había acabado con Jemima.

—Una elección de palabras muy interesante —dijo Lynley.

—Yo no le hice daño. No toqué a Jemima. No estuve allí.

—Entonces no tendrá inconveniente en explicarnos todo lo que hasta ahora no nos ha dicho acerca de ella —dijo Isabelle—. Y tampoco le importará proporcionarnos una coartada para el momento de la muerte de Jemima.

—Aquí no. Por favor.

—De acuerdo. Entonces en la comisaría local

Las facciones de Di Fazio se endurecieron visiblemente.

—A menos que me arresten, no tengo que dar un solo paso fuera de este estudio con ustedes, lo sé. Pueden creerme, lo sé. Conozco mis derechos.

—Siendo así —dijo Isabelle—, también sabrá que cuanto antes pueda aclarar este asunto sobre Jemima, usted, la prueba de embarazo, la discusión y su coartada, mejor será para usted.

Di Fazio volvió a desviar la mirada hacia Dominique. La mujer parecía concentrada en su trabajo, pensó Isabelle, pero no se podía estar seguro. Cuando la situación parecía estar al borde de un callejón sin salida, Lynley hizo el movimiento que resolvió la situación: se acercó al lugar donde trabajaba Dominique para examinar su obra y dijo: «¿Puedo echar un vistazo? Siempre he pensado que el proceso de moldeo a la cera perdida…», y continuó hablando hasta que Dominique se enfrascó completamente en la conversación.

—¿Y bien? —le dijo Isabelle a Di Fazio.

Él se colocó de espaldas a Lynley y Dominique para impedir que su futura esposa pudiese leerle los labios, supuso Isabelle.

—Fue antes de Dominique —dijo él—. Era la prueba de embarazo de Jemima y estaba entre la basura en el cubo del lavabo. Me había dicho que no había ningún otro hombre en su vida. Dijo que no quería saber nada más de los hombres. Pero cuando vi la prueba de embarazo, supe que me había mentido. Había alguien nuevo en su vida. De modo que hablé con ella. Y sí, fue una conversación acalorada. Porque ella no estaba conmigo, pero yo sabía que estaba con él.

—¿Con quién?

—¿Quién más? Frazer. Ella no se arriesgó conmigo. Pero ¿con él…? Si Jemima debía abandonar su habitación como consecuencia de su relación con Frazer, no tenía importancia.

—¿Ella le dijo que era Frazer Chaplin?

Di Fazio parecía impacientarse.

—No tenía necesidad de decírmelo. Así es como actúa Frazer. ¿Le ha visto? ¿Ha hablado con él? No hay ninguna mujer que Frazer no intente conquistar. Él es así. ¿Qué otro podría ser?

—Frazer no era el único hombre en su vida.

—Ella iba a la pista de hielo. A tomar lecciones de patinaje, decía, pero yo sabía que era más que eso. Y, a veces, también iba al hotel Dukes. Quería ver qué hacía Frazer. Y lo que él hacía era ir tras las mujeres.

—Tal vez —dijo Isabelle—. Pero hay otros hombres cuyas vidas se relacionaron con la de ella. En su lugar de trabajo, en la pista de hielo…

—¿Qué? Usted supone que ella estaba…, ¿qué? ¿Con Abbott Langer? ¿Con Jayson Druther? Ella iba a trabajar, iba a la pista de hielo, iba el hotel Dukes, volvía a casa. Créame. Jemima no hacía nada más.

—Si ése es el caso —dijo Isabelle —, usted seguramente comprenderá que esto le da un motivo para asesinarla, ¿verdad?

Su rostro se puso de color púrpura y cogió una de sus herramientas para gesticular con ella.

—¿Yo? Es Frazer quien la quería muerta. Frazer Chaplin. Quería quitársela de encima. Porque ella no le permitía la libertad que él necesitaba para hacer lo que hace.

—¿O sea?

—Frazer se folla a las mujeres. A todas las mujeres. Y a las mujeres les gusta. Y él hace que deseen hacerlo. Y cuando ellas lo desean, le buscan. O sea, que eso era lo que ella estaba haciendo.

—Parece saber mucho acerca de él.

—Le he visto. Los he observado. A Frazer y las mujeres.

—Algunos dirían que él simplemente ha tenido mejor suerte con las mujeres, señor Di Fazio. ¿Qué piensa de eso?

—Sé lo que intenta decir. No crea que soy estúpido. Le estoy explicando cómo son las cosas con él. De modo que le pregunto esto: si Frazer Chaplin no era el hombre a quien ella había tomado como amante, ¿quién era entonces?

Era una pregunta interesante, pensó Isabelle. Pero en ese momento era mucho más interesante el hecho de que Di Fazio parecía conocer todos los movimientos de Jemima Hastings.

Dos de ellos revoloteaban. Su forma era diferente. Uno se elevó desde un cenicero que había en la mesa, una nube gris que se convirtió en una nube de luz ante la que tuvo que girar la cabeza mientras oía el atronador grito de *El octavo coro está delante de Dios*.

Trató de bloquear las palabras.

Ellos son los mensajeros entre el hombre y la deidad del hombre.

Los gritos eran más estridentes, más estridentes que nunca, e incluso mientras él se llenaba los oídos de música, otro grito llegó desde una dirección diferente: *Combatientes de aquellos que nacieron del portador de la luz. Desvirtuad el plan de Dios y seréis arrojados a las fauces de la condenación eterna.*

Aunque intentó no buscar el origen de este segundo chillido, lo encontró de todos modos, porque una silla se elevó en el aire ante sus narices, comenzó a tomar forma y se acercó a él. Se echó hacia atrás.

Lo que sabía era que llegaban disfrazados. Eran caminantes, eran los que curaban a los enfermos, eran los habitantes del estanque de Probática en cuyas orillas los débiles de espíritu esperaban el movimiento del agua. Ellos eran los constructores, los amos esclavos de los demonios.

El que sanaba también estaba presente. Hablaba desde el interior de la nube gris y se convirtió en llama, y la llama ardía de color esmeralda. No invocó la cólera justa, sino una riada de música que fluyese a raudales en alabanza.

Pero el otro se opuso. Él, que era la destrucción en sí mismo, conocido como Sodoma, llamado Héroe de Dios. Pero él era también la Misericordia y reclamó sentarse a la izquierda de Dios, a diferencia del otro. Encarnación, concepción, nacimiento, sueños. Éstas eran sus ofrendas. *Ven conmigo*. Pero habría que pagar un precio.

Soy Rafael y vosotros sois los llamados.

Soy Gabriel y vosotros sois los elegidos.

Luego había un coro de ellos, una verdadera marea de voces, y estaban en todas partes. Luchó para no ser atrapado por ellos. Luchó y luchó hasta quedar bañado en sudor y, aun así, continuaron llegando. Descendieron hasta que hubo un ser todopoderoso por encima de todos ellos y se acercó. Él no sería negado. Él vencería. Y ante esto no podía darse ninguna otra respuesta, de modo que tenía que escapar, tenía que correr, tenía que encontrar un lugar donde estuviera seguro.

Él mismo profirió el grito contra la multitud que ahora sabía que era, sin duda, el Octavo Coro. Había una escalera que surgía de la luz y allí se dirigió, no importaba adónde llevase. A la luz, a Dios, a alguna otra deidad, no tenía importancia. Comenzó a subir. Comenzó a correr.

—¡Yukio! —llegó el grito a sus espaldas.

—De modo que tengo la impresión de que ese compromiso matrimonial sólo existe en la cabeza de Paolo di Fazio

—dijo Lynley—. Dominique puso los ojos en blanco cuando la felicité.

—Eso es muy interesante —dijo Isabelle Ardery—. Bien, yo pensaba que comprometerse seis veces excedía un poco los límites en el terreno de las relaciones humanas. Quiero decir, he oído de gente que se ha casado seis veces (bueno, tal vez sólo las estrellas de cine norteamericanas en la época en la que realmente se casaban), pero es bastante extraño que, con todos esos compromisos matrimoniales, Di Fazio nunca haya llegado al altar. Hace que uno se pregunte cosas sobre él. Cuánto es real y cuánto es imaginado.

—Quizá lo hizo —dijo Lynley.

—¿Qué?

Ardery se volvió hacia él. Se habían detenido en la tienda de *delicatesen*, que ocupaba uno de los arcos del ferrocarril. Ella estaba comprando aceitunas y fiambres. Ya había comprado una botella de vino en la bodega.

Lynley dedujo que ésa sería su cena. Conocía las señales después de haber trabajado durante tantos años con Barbara Havers y, por lo tanto, haberse acostumbrado a los hábitos de comida de la mujer policía soltera. Consideró la posibilidad de invitar a la superintendente: ¿cena en su casa en Eaton Terrace? Pero desechó la idea, ya que todavía no podía imaginar la situación de compartir la mesa de su comedor con nadie.

—Quizás haya llegado hasta el altar —dijo—. Casado. Philip Hale nos lo dirá. O tal vez John Stewart. Estamos estableciendo una extensa lista para la comprobación de antecedentes. John puede echar una mano si usted decide asignarle esa función.

—Oh, estoy segura de que a Stewart le encantará ese trabajo.

La superintendente cogió la bolsa con sus compras, le dio las gracias a la empleada de la tienda y se dirigió a su coche. El día era cada vez más caluroso. Rodeada por solares y compuesta de ladrillos, cemento y macadán, exhibiendo todo el posible encanto que podían proporcionar los contenedores de basura llenos y los desperdicios en la calle, la zona inmediatamente próxima a los túneles del ferrocarril era como la axila de un luchador: humeante y maloliente.

Subieron al coche antes de que Ardery dijese nada más. Bajó el cristal de la ventanilla, maldijo por no tener aire acondicionado, se disculpó por el exabrupto y luego dijo:

—¿Qué piensa de él?

—¿No hay una canción que habla de eso? —dijo Lynley—. ¿Buscando el amor en los lugares equivocados?

Él también bajó el cristal de su ventanilla. El coche se alejó del bordillo. El móvil de Lynley comenzó a sonar. Echó un vistazo al número en la pantalla y experimentó un inusual momento de pánico. Quien llamaba era el subinspector jefe Hillier, o al menos llamaban desde su oficina.

La secretaria de Hillier deseaba saber dónde estaba y si podía acudir a la oficina del subinspector jefe.

—Y bienvenido de regreso a New Scotland Yard, inspector. Por cierto, se trata de una reunión no oficial. No hay necesidad de mencionárselo a nadie.

Eso quería decir que no debía mencionar la reunión a Isabelle Ardery. Y ¿por qué no le hizo saber al subinspector jefe que regresaba al trabajo? A Lynley no le gustó mucho lo que se podía inferir de todo esto. Contestó que en ese momento estaba fuera, pero que iría a ver al subinspector jefe tan pronto como pudiese. Incluyó las palabras «subinspector jefe» deliberadamente. Percibió que Ardery desviaba la mirada hacia él.

—Hillier. Quiere hablar conmigo —le dijo cuando acabó la llamada.

Ella siguió conduciendo con la vista fija en el camino.

—Gracias, Thomas. ¿Siempre es tan decente? —preguntó.

—Prácticamente nunca.

Ella sonrió.

—Por cierto, me refería a John Stewart.

—¿Disculpe?

—Cuando le pregunté qué pensaba de él.

—Ah. Correcto. Bien. Barbara y él casi han llegado a liarse a golpes a lo largo de los años, si eso le sirve de ayuda.

—O sea, que no tiene buena relación con las mujeres, ¿O sólo con las mujeres policías?

—Eso es algo que nunca he sido capaz de averiguar. Stewart estuvo casado una vez. Acabó mal.

—Ya. Imagino que sabemos quién quiso acabar la relación.

—Isabelle no dijo nada más hasta que cruzaron nuevamente el río. Entonces añadió—: Tendré que pedir una orden, Thomas.

—Umm. Sí. Supongo que ésa es la única vía de acción. Y él conoce muy bien sus derechos. Hillier lo llamaría «un desafortunado signo de los tiempos».

Mientras hablaba, a Lynley se le ocurrió que había seguido la línea de pensamiento de Ardery sin ninguna dificultad. Habían pasado suavemente de John Stewart a Paolo di Fazio, sin necesidad de que Ardery explicase por qué necesitaba una orden de registro: tendrían que recoger las herramientas que el artista utilizaba para esculpir. De hecho, necesitarían las herramientas de todos los artistas con los que Paolo di Fazio compartía el estudio. Los forenses tendrían que examinar todas y cada una de ellas.

—Paolo —señaló Lynley— no va a ser muy popular entre sus colegas.

—Por no mencionar lo que esto significará para su «compromiso» con Dominique. Por cierto, ¿aportó alguna coartada para él?

—No. Sólo dijo que creía que Paolo estaba en Covent Garden. Si se refiere a la tarde, es donde Paolo acostumbra a estar, y alguien tiene que haberle visto allí. También sabía por qué se lo preguntaba. Y, en contra de lo que afirmó Di Fazio, ella sí conocía a Jemima, al menos de vista. La llamó la «ex de Paolo».

—¿Nada de celos? ¿Ninguna preocupación?

—Nada que me llamase la atención. Dominique parecía saber —o, al menos, eso creo— que la relación que mantenían había terminado. La de Jemima y Paolo, quiero decir.

Hicieron el resto del camino en silencio. Se encontraban ya en el aparcamiento subterráneo de New Scotland Yard cuando Isabelle Ardery volvió a hablar, mientras recogía las compras que había hecho en el túnel del ferrocarril.

—¿Qué piensa de lo que declaró Paolo de que Frazer Chaplin estaba liado con Jemima? —preguntó.

—Cualquier cosa es posible a estas alturas.

—Sí. Pero también respalda lo que la sargento Havers dijo acerca de ese tío. —Cerró la puerta y echó el seguro, añadiendo—: Y eso, francamente, es un alivio. Estaba preocupada en cuanto a Barbara Havers y su reacción ante los hombres.

—¿De verdad? —Lynley caminaba a su lado. No estaba acostumbrado a una mujer tan alta. Barbara Havers no le llegaba a la clavícula, y aunque Helen superaba la media de altura femenina, no era tan alta como Isabelle Ardery. La superintendente interina y él caminaban hombro con hombro—. Barbara tiene muy buenas intuiciones acerca de la gente. En general se puede confiar en su capacidad.

—Entiendo. ¿Y qué dice de usted?

—Mi capacidad es, espero…

—Me refería a sus intuiciones, Thomas. ¿Cómo son?

Ella le miró. Era una mirada tranquila.

Él no estaba seguro de cómo debía interpretar su pregunta. Tampoco estaba seguro de lo que le parecía la naturaleza de la pregunta.

—Generalmente, cuando el viento sopla de poniente, sé distinguir entre un halcón y un alcornoque[16] —optó por responder.

Cuando estuvieron de regreso en el centro de coordinación comenzaron a llegar poco a poco los fragmentos de información: Jayson Druther había estado, efectivamente, en el estanco cuando Jemima Hastings fue asesinada en Stoke Newington y aportó los nombres de tres clientes para confirmarlo. También presentó una coartada para su padre, por si había algún interés en ello. «El salón de apuestas —informó John Stewart—. En Edgware Road.» Abbott Langer había acabado sus clases vespertinas en la pista de hielo, sacó a pasear a sus perros en Hyde Park y luego regresó a la pista de hielo para impartir clases a sus clientes de la noche. Pero el paseo con sus perros le proporcionaba el tiempo suficiente para ir hasta Stoke Newington porque no había ningún dueño de perro que pudiese jurar que la familia canina había salido de paseo por el parque. Obviamente, cuando no había nadie en casa empleaba a un paseador de perros.

En cuanto a la información de los antecedentes de los miembros de la lista, también se habían hecho progresos. Aunque a Yolanda, *la Médium*, se le había advertido que deja-

16. *Hamlet*, Acto II, escena II.

se de acechar a Jemima Hastings, no había sido Jemima quien la había denunciado. Había sido Bella McHaggis.

—El esposo de Bella McHaggis murió en su casa, pero no hay nada sospechoso asociado a ese hecho —informó Philip Hale—. Le falló el corazón cuando estaba en el lavabo. La hija de Yolanda está muerta. La anorexia acabó con ella. Tenía la misma edad que Jemima.

—Interesante —dijo Ardery—. ¿Alguna otra cosa?

—Frazer Chaplin, nacido en Dublín, uno de siete hermanos, no tiene antecedentes ni denuncias. Llega al trabajo a su hora.

—Tiene dos trabajos —le dijo Isabelle.

—Llega a su hora a los dos trabajos. Parece estar un poco demasiado interesado en el dinero, pero ¿quién no lo está? En el hotel Dukes corre una especie de chiste: Frazer buscando a algún rico norteamericano-brasileño-canadiense-ruso-japonés-chino-cualquier-cosa para que le mantenga. Hombre o mujer. Le trae sin cuidado. Es un tío que tiene planes, según el gerente del hotel, pero nadie le culpa y todos le aprecian.

—Es uno de esos tíos del tipo: «Ése es nuestro colega, Frazer» —dijo Hale.

—¿Algo acerca de Paolo di Fazio? —preguntó Isabelle.

Resultó que Paolo di Fazio tenía un historial interesante: había nacido en Palermo, de donde su familia huyó de la Mafia. Su hermana había estado casada con un mafioso poco importante que la había matado de una paliza. Al esposo lo encontraron colgado en su celda mientras esperaba el juicio, y nadie pensó que se hubiera suicidado.

—¿Qué hay del resto? —preguntó Isabelle Ardery.

La información restante era escasa. Jayson Druther tenía un ASBO,[17] aparentemente por una relación que acabó mal. Pero esa relación era con un hombre, no con una mujer, por si esa información pudiera resultar valiosa. Abbott Langer, por

17. Anti-Social Behaviour Orders: es un instrumento judicial empleado en Gran Bretaña para controlar el comportamiento antisocial menos grave. Hacer caso omiso de esta orden del juez puede ser causa de prisión.

otra parte, era una especie de rompecabezas. Era verdad que había sido un patinador olímpico sobre hielo reconvertido en entrenador y paseador de perros. Era absolutamente falso que alguna vez hubiese estado casado y tuviera hijos. Aparentemente mantenía una relación estrecha con Yolanda, *la Médium*, pero no parecía tratarse de ninguna conexión siniestra, ya que cada vez era más evidente que Yolanda, *la Médium*, hacía tanto por velar por los hijos sustitutos —adultos o no— como por leer la palma de la mano o ponerse en contacto con el mundo de los espíritus.

—Necesitamos más información acerca de ese asunto de los matrimonios —observó Ardery—. Abbott es, pues, una persona que nos interesa.

Lynley se deslizó fuera de la reunión mientras la superintendente estaba impartiendo nuevas instrucciones relacionadas con la confirmación de coartadas y con la hora de la muerte de Jemima Hastings, que había sido establecida entre las dos y las cinco de la tarde.

—Este dato debería facilitar el trabajo. La mayoría de esas personas tenían trabajos. Alguien tuvo que ver algo que no cuadrara del todo. Averigüemos quién y qué es.

Lynley cruzó hacia Tower Block y se dirigió al despacho del subinspector jefe. La secretaria de Hillier —en un gesto inusual en ella— se levantó de su silla y se acercó para saludarle con la mano extendida. Judith Macintosh, habitualmente la discreción personificada cuando se trataba de asuntos relacionados con Hillier, musitó:

—Es magnífico volver a verle, inspector... No se deje engañar. Está encantado.

Con «esto» se refería, aparentemente, al regreso de Lynley, y «él», por supuesto, era sir David Hillier. El subinspector jefe, sin embargo, no quería hablar acerca del regreso de Lynley excepto para decir: «Tiene buen aspecto. Bien», cuando Lynley entró en su despacho. El tema era, tal como Lynley había sospechado, la asignación con carácter permanente de alguien al cargo de superintendente, un puesto que llevaba vacante casi nueve meses.

Hillier planteó la cuestión a su manera habitual, desde un ángulo tangencial: «¿Cómo está encontrando el trabajo?», dijo, una pregunta que, por supuesto, Lynley podría haber interpretado de la manera que deseara y que, por supuesto, Hillier utilizaría para dirigir la conversación como le apeteciera.

—Diferente e igual al mismo tiempo —contestó Lynley—. Todo parece un tanto teñido de colores curiosos, señor.

—Creo que ella tiene una mente despierta. No habría ascendido tan deprisa como lo ha hecho si no fuese así, ¿verdad?

—De hecho... —Lynley había estado hablando acerca de regresar al trabajo con el mundo que había conocido completamente cambiado en un instante, en la calle, en las manos de un chico con un arma. Pensó en señalar esta cuestión, pero en cambio dijo—: Es inteligente y rápida. —Aquélla era una buena contestación: ofrecía una respuesta, pero sin decir demasiado.

—¿Cómo responde el equipo ante ella?

—Son profesionales.

—¿John Stewart?

—No importa quién ocupe finalmente ese cargo, habrá un periodo de adaptación, ¿no cree? John tiene sus rarezas, pero es un buen hombre.

—Me están presionando para que nombre a un sustituto permanente para Malcolm Webberly —dijo Hillier—. Y creo que Ardery es una muy buena opción.

Lynley asintió, pero ésa fue toda su respuesta. Tenía una sensación inquietante con respecto al rumbo de esta conversación.

—Su nombramiento tendría un gran eco en la prensa.

—Eso no es necesariamente malo —dijo Lynley—. De hecho, yo diría que todo lo contrario. Ascender a un oficial femenino, de hecho a una policía de fuera de la Metropolitana... No veo que eso pudiera interpretarse de otra manera que como un paso positivo. Aseguraría buena prensa para la Metropolitana.

Algo que ellos necesitaban con urgencia. En los últimos años habían tenido que hacer frente a acusaciones de todo tipo, desde racismo institucionalizado hasta grave incompetencia, pasando por todo lo que uno pudiera imaginar. Una historia en la que no hubiese esqueletos en el armario de nadie sería bienvenida, de eso no cabía duda.

—En el caso de que sea un movimiento positivo —observó Hillier—. Lo que me lleva a la cuestión principal.

—Ah.

Hillier le miró fijamente al oír esa respuesta. Aparentemente decidió dejarla pasar.

—Ardery es una buena opción sobre el papel, y es buena según todos los informes verbales acerca de ella. Pero usted y yo sabemos muy bien que hay algo más que palabrería en el hecho de ser capaz de hacer bien este trabajo.

—Sí. Pero los puntos débiles siempre acaban por revelarse —dijo Lynley—. Tarde o temprano.

—Así es. Pero aquí la cuestión es que me han pedido que sea temprano, ¿me entiende? Y si voy a hacerlo, entonces también voy a hacerlo bien.

—Es comprensible —reconoció Lynley.

—Al parecer le ha pedido que trabaje con ella.

Lynley no preguntó cómo Hillier lo sabía. Ese hombre, generalmente, sabía todo lo que pasaba. No había alcanzado el cargo que ocupaba actualmente sin haber desarrollado un impresionante sistema de soplones.

—No estoy seguro de si yo lo llamaría «trabajar con ella» —respondió con cautela—. Ella me pidió que me uniera al equipo y la pusiera al corriente de algunas cosas para poder moverse más deprisa en el trabajo. Tiene una labor complicada por delante: no sólo es nueva en Londres, sino que es nueva en la Metropolitana y además le ha caído un caso de asesinato encima. Si puedo ayudar a que su transición sea rápida, lo haré con mucho gusto.

—O sea, que está comenzando a conocerla. Mejor que el resto, imagino. Eso me lleva al tema que quería tratar con usted. No puedo decirlo con delicadeza, de modo que no lo intentaré: si encuentra cualquier cosa acerca de ella que le llame la atención, quiero saber qué es. Y me refiero a cualquier cosa.

—La verdad, señor, no creo que yo sea la persona…

—Usted es exactamente la persona indicada. Ha estado en este trabajo, no quiere el puesto, está trabajando con ella, y tiene un ojo excelente para las personas. A lo largo de estos años hemos tenido nuestras diferencias…

«Por decirlo suavemente», pensó Lynley.

—… pero nunca he negado que raramente se ha equivocado acerca de alguien. Usted tiene interés (todos tenemos interés) en que este trabajo sea para alguien bueno, para la mejor persona que haya allí fuera, y usted sabrá en muy poco tiempo si ella es esa oficial de Policía. Lo que le estoy pidiendo es que me informe. Y, francamente, necesitaré detalles, porque lo último que necesitamos es una acusación de sexismo si ella finalmente no consigue el puesto.

—¿Qué es exactamente lo que quiere que haga, señor? —Si Hillier iba a pedirle que espiase a Isabelle Ardery, entonces el subinspector jefe, decidió Lynley, tendría que decirlo claramente—. ¿Informes escritos? ¿Información constante? ¿Reuniones como ésta?

—Creo que lo sabe.

—De hecho yo…

En ese momento comenzó a sonar su móvil. Lo miró.

—Déjelo —dijo Hillier.

—Es Ardery —contestó Lynley. Aun así, esperó al seco asentimiento del subinspector para responder a la llamada.

—Tenemos una identificación positiva para el segundo retrato robot —dijo Ardery—. Es un violinista, Thomas. Su hermano le ha identificado.

16

Barbara Havers se encargó de las llamadas telefónicas y Winston Nkata de la planificación de la ruta. Ella pudo encontrar sin dificultades a Jonas Bligh y Keating Crawford, los dos instructores en el Winchester Technical College II —nadie arrojaba ninguna luz sobre si realmente existía un Winchester Technical College I—, y ambos individuos accedieron a hablar con los detectives de Scotland Yard. Ambos preguntaron también la razón de su inminente visita. Cuando ella les dijo que se trataba de un tipo llamado Gordon Jossie para quien habían escrito cartas de recomendación, la respuesta fue idéntica en ambos casos: «¿Quién?».

Barbara repitió el nombre de Jossie. Debía de haber sido hacía unos once años, añadió ella.

Nuevamente ambos se mostraron sorprendidos. ¿Once años? Era muy difícil recordar a un estudiante de hace tanto tiempo. Pero cada uno de ellos le aseguró que esperaría su llegada.

Nkata, mientras tanto, estudiaba el mapa para encontrar la ruta que les llevase hasta Winchester, a través de la ciudad y a los alrededores del colegio universitario. Cada vez se sentía menos feliz de encontrarse en Hampshire, y Barbara no podía culparle. Era la única persona negra que había visto desde que entraron en New Forest y, por la reacción de todas las personas con las que entraron en contacto en el hotel en Sway, Simon parecía ser el primer hombre negro que habían visto en su vida, aparte de en la televisión.

La noche anterior, durante la cena, ella le había dicho en

voz baja: «Primero, la gente piensa que somos pareja, Winnie», para excusar la obvia curiosidad del camarero.

—¿Sí? —dijo él, y Barbara pudo sentir que a Nkata se le ponían los pelos de punta—. ¿Y qué si lo somos? ¿Hay algo malo con las parejas mixtas? ¿Qué hay de malo en eso?

—Por supuesto que no —dijo Barbara al instante—. Joder, Winnie. Ni que yo tuviera esa suerte. Y eso es lo que están mirando. «¿Él y "ella"?», están pensando. «¿Cómo consiguió a ese tío?» No por su aspecto, de eso no hay duda. Míranos, tú y yo, cenando en un hotel. La luz de las velas, las flores en la mesa, la música...

—Es un CD, Barb.

—Ten paciencia conmigo, ¿de acuerdo? La gente saca conclusiones a partir de lo que ve. Puedes creerme. Me pasa todo el tiempo cuando estoy con el inspector Lynley.

Nkata pareció reflexionar sobre eso. El comedor del hotel tenía algo moderadamente especial, aun cuando la música efectivamente fuese de un CD con viejos éxitos de Neil Diamond y las flores de la mesa fueran de plástico. Seguía siendo el único establecimiento en Sway donde se podía disfrutar de algo remotamente parecido a una velada romántica. No obstante, preguntó:

—¿Segundo?

—¿Eh?

—Dijiste «primero». ¿Qué es lo segundo?

—Oh. Segundo, es sólo que tú eres alto y tienes esa cicatriz en la cara. Eso te convierte en un tío de carácter. Y luego está también tu manera de vestir, que contrasta con la mía. Ellos también podrían estar pensando que eres «alguien» y que yo soy tu secretaria o ayudante o lo que sea. Probablemente un jugador de fútbol. Ése serías tú, no yo. O quizás una estrella de cine. Supongo que están tratando de decidir dónde te vieron la última vez: *Gran Hermano*, algún concurso, quizás en *Morse*[18] cuando todavía llevabas pañales.

Nkata la miró con una expresión ligeramente divertida.

18. Serie de televisión británica sobre detectives que estuvo en antena entre 1987 y 2000.

—¿Haces esto con el inspector Lynley, Barb?

—¿Hacer qué?

—Preocuparte tanto. Por él, quiero decir. Como lo estás haciendo conmigo.

Ella sintió que se ruborizaba.

—¿Eso hacía? Quiero decir, ¿lo hago? Lo siento. Es sólo que...

—Es muy amable de tu parte —le dijo él—. Pero me han mirado peor en otras ocasiones que ahora, puedes creerme.

—Oh —dijo ella—. De acuerdo.

—Y —añadió Nkata— no vistes ni la mitad de mal de lo que dices, Barb.

Ante este comentario, ella lanzó una carcajada.

—Correcto. Y Jesús no murió en la cruz. Pero no tiene importancia. La superintendente Ardery se está encargando del asunto. Muy pronto, créeme, seré la respuesta de la Metropolitana a... —Se estiró el labio—. Verás, ése es el problema. Ni siquiera sé cuál es el último icono de la moda. Así de fuera de onda estoy. Bien, no tiene importancia. No tiene solución. Pero deja que te diga una cosa, la vida era mucho más fácil cuando era suficiente con imitar la manera de vestir de la reina.

No se trataba en absoluto de que ella hubiese imitado jamás la manera de vestir de la reina, pensó Barbara. Aunque sí se preguntaba si un par de zapatos prácticos, guantes y un bolso enlazado en el brazo satisfarían a la superintendente Ardery.

Al ser Winchester una ciudad y no un pueblo, Winston Nkata no fue objeto de un escrutinio especial. Tampoco despertó demasiada curiosidad en el campus del Winchester Technical College II, que encontraron fácilmente, gracias a su planificación previa. Jonas Bligh y Keating Crawford, sin embargo, demostraron ser dos individuos fascinantes. Como esperaba encontrarles en un departamento que estuviese relacionado de alguna manera con el empajado de tejados, Barbara había descuidado preguntar a qué se dedicaban. Resultó que Bligh trabajaba en algo misterioso relacionado con ordenadores, mientras que el campo de Crawford eran las telecomunicaciones.

Bligh se encontraban en sus horas de consulta, o eso les dijeron, y hallaron su oficina metida debajo de una escalera arriba y debajo de la cual, durante su conversación inicial con él, manadas de estudiantes se agolpaban de manera incesante.

Barbara no podía imaginar que alguien pudiese conseguir nada en semejante ambiente, pero cuando se presentaron a Bligh, los tapones de cera que se quitó de los oídos explicaron cómo conseguía resistir en ese lugar. Bligh sugirió que salieran de allí, que fuesen a tomar un café, a dar un paseo, lo que fuese. Barbara, a su vez, sugirió que buscasen a Crawford, un plan que esperaba que les ahorraría tiempo.

Esa cuestión se resolvió por medio de un teléfono móvil. Se reunieron con el instructor de telecomunicaciones en el aparcamiento, donde una caravana que vendía helados y zumos atraía a una verdadera multitud. Crawford era uno de ellos. «Pesado» era una manera compasiva de describirlo. Era obvio que necesitaba el Cornetto que atacaba en ese momento. Acabó el helado y pidió otro inmediatamente. Por encima del hombro, preguntó a los detectives y a su colega:

—¿Alguien quiere uno?

Barbara dijo que no, capaz de ver su futuro cuando sus pies se acercaban a las llamas de la muerte. Winston también rechazó la idea. Y también Bligh, quien dijo entre dientes:

—Muerto antes de cumplir los cincuenta, sólo hay que esperar. —En tono más afable y dirigiéndose a Crawford añadió—: No te culpo. Qué verano tan caluroso, joder.

Durante unos minutos se dedicaron a una suerte de maniobras coloquiales preliminares que eran características de los ingleses: una breve charla acerca del tiempo. Luego se dirigieron hacia un pequeño prado de color marrón que recibía la sombra de un recio plátano. Allí no había bancos ni sillas, pero era un verdadero alivio protegerse del sol.

Barbara le entregó a cada uno de los hombres las cartas de recomendación que habían escrito para Gordon Jossie. Bligh se puso unas gafas de leer; Crawford dejó caer una gota de helado de vainilla sobre el papel. Lo limpió en la pernera del pantalón y dijo: «Lo siento, riesgos de la profesión», y comenzó a leer. Un momento después, frunció el ceño y dijo:

—¿Qué coño…? —Bligh meneó la cabeza simultáneamente. Hablaron casi al mismo tiempo.

—Esto es falso —dijo Bligh mientras Crawford declaraba—. Yo no escribí esto.

Barbara y Winston se miraron.

—¿Están seguros? —preguntó Barbara—. ¿Es posible que lo hayan olvidado? Quiero decir, seguramente les piden que escriban un montón de cartas cuando los alumnos acaban el curso, ¿verdad?

—Por supuesto —convino Bligh. Su voz era seca—. Pero, generalmente, me piden que escriba cartas relacionadas con mi campo de trabajo, sargento. Es papel con membrete del colegio, es cierto, pero la carta habla de los logros conseguidos por Gordon Jossie en Cuentas y Finanzas, una asignatura que yo no imparto. Y, además, ésa no es mi firma.

—¿Y usted? —preguntó Barbara a Crawford—. ¿Supongo que...?

Crawford asintió.

—Reparación de Grandes Electrodomésticos —dijo, indicando el contenido de la carta y extendiéndola hacia ella—. No es mi especialidad. Ni de lejos.

—¿Qué me dice de la firma?

—Lo mismo, me temo. Alguien probablemente robó papel con membrete de alguna oficina (o incluso puede haberlo diseñado por ordenador, supongo, si tenía una muestra) y luego escribió sus propias recomendaciones. A veces suceden estas cosas, aunque este tío debió hacer primero algunas comprobaciones para ver quién enseñaba qué. En mi opinión, el tío echó un vistazo a la lista del personal docente y eligió nuestros nombres al azar.

—Exactamente —convino Bligh.

Barbara miró a Winston.

—Eso explica cómo alguien que no sabe leer o escribir consiguió completar sus estudios en el colegio, ¿verdad?

Winston asintió.

—Pero no cómo alguien que no sabe leer ni escribir pudo redactar esas cartas, porque no lo hizo él.

—Ése parece ser el caso.

Y eso, por supuesto, significaba que otra persona había escrito esas cartas de recomendación para Gordon Jossie, alguien que le conocía desde hacía años, alguien con quien probablemente ellos aún no habían hablado.

Y

Robbie Hastings sabía que si quería llegar al fondo de lo que le había pasado a su hermana, y si quería ser capaz de seguir viviendo —no importaba cuán infelizmente—, tenía que empezar a enfrentarse a unas cuantas verdades básicas. Meredith había tratado de explicarle al menos una de esas verdades cuando hablaron en la iglesia de Winchester. Él la había interrumpido no sin brusquedad porque era, lisa y llanamente, un maldito cobarde. Pero sabía que no podía continuar por ese camino. De modo que, finalmente, levantó el auricular del teléfono.

—¿Cómo estás? —dijo ella al oír su voz—. Quiero decir, ¿cómo lo llevas, Rob? ¿Cómo puedes resistirlo? Yo no puedo comer ni dormir. ¿Tú puedes? ¿Lo haces? Yo sólo quiero...

—Merry. —Se aclaró la voz. Una parte de él gritaba «es mejor no saber, es mejor no saber nunca», y una parte de él estaba tratando de ignorar esos gritos—. ¿Qué...? En la iglesia, cuando estábamos hablando de ella..., ¿qué querías decir?

—¿Cuándo?

—Dijiste «siempre». Ésa fue la palabra que empleaste.

—¿Lo hice? Rob, no sé...

—Con un tío, dijiste. Siempre que ella estaba así con un tío.

«Por Dios —pensó Rob—, no me hagas seguir.»

—Oh. —La voz de Meredith era baja—. Jemima y el sexo, a eso te refieres.

Rob susurró apenas la respuesta.

—Sí.

—Oh, Rob. Supongo que no debería haber dicho eso.

—Pero lo dijiste. De modo que tienes que explicármelo. Si sabes algo que esté relacionado con su muerte...

—No es nada —dijo ella rápidamente—. Estoy segura. No es eso.

Él no dijo nada más. Pensó que si permanecía en silencio, Meredith se vería obligada a seguir hablando, y fue lo que hizo.

—En aquella época, ella era más joven. En cualquier caso, fue hace años. Y Jemima habría cambiado, Rob. La gente cambia.

Él quería creerlo con todas sus fuerzas. Era una cuestión tan simple como decir: «Oh. De acuerdo. Bueno, gracias» y ya está. Podía percibir murmullos de conversaciones de fondo. Había llamado a Meredith al trabajo y podría haber utilizado eso como pretexto para dar por terminada la conversación en ese punto. Ella también podría haberlo hecho, en realidad. Pero no aprovechó esa posibilidad. No podía hacerlo ahora y vivir sabiendo que había huido. Igual que si hacía la vista gorda a lo que, en el fondo, sabía que Meredith probablemente le diría si él insistía.

—Creo que ha llegado el momento de que conozca toda la historia, Meredith. No sería una traición por tu parte. Además, nada de lo que digas supondrá ya ninguna diferencia.

Cuando ella finalmente se decidió a hablar, Rob tuvo la sensación de que lo hacía desde el interior de un tubo, ya que el sonido era hueco, aunque también podría haber sido que su corazón estaba hueco.

—Once, entonces, Rob —dijo Meredith.

—¿Once qué? —dijo él. «¿Amantes?», se preguntó. ¿Jemima había tenido tantos amantes? ¿Y a qué edad? ¿Y ella realmente había llevado la cuenta?

—Años —dijo Meredith—. A esa edad. —Y cuando él no dijo nada, ella continuó hablando deprisa—: Oh, Rob. No quieres saberlo. De verdad. Y ella no era mala. Ella sólo... Verás, ella igualaba las cosas. Por supuesto, en aquel momento yo no lo sabía, por qué lo hacía, quiero decir. Sólo sabía que podía acabar embarazada, pero ella decía que no porque tomaba precauciones. Incluso conocía esa palabra, precauciones. No sé qué es lo que usaba o dónde lo conseguía, pues no me lo dijo. Sólo que no era asunto mío decirle lo que estaba bien o mal, y si era realmente su amiga, que lo era, yo sabía que tenía que ser así. Y luego se convirtió en una cuestión de que yo no tenía novios: «Sólo estás celosa, Merry». Pero no era eso, Rob. Ella era mi amiga. Sólo quería protegerla. Y la gente hablaba de ella. Sobre todo en la escuela.

Robbie no estaba seguro de que pudiera hablar. Estaba en la cocina y tanteó a ciegas detrás de él, con infinita lentitud, buscando una silla donde poder sentarse.

—¿Los chicos de la escuela? —preguntó—. ¿Los chicos de la escuela se acostaban con Jemima cuando tenía once años? ¿Quién? ¿Cuántos?

Porque les encontraría, pensó. Les encontraría y les haría pagar incluso ahora, tantos años después.

—No sé cuántos —dijo Meredith—. Quiero decir, ella siempre tuvo novios, pero no creo que… Seguro que no con todos ellos, Rob.

Sin embargo, él sabía que estaba mintiendo para proteger sus sentimientos, o tal vez porque creía que ya había traicionado a Jemima lo suficiente, a pesar de que era él quien la había traicionado al no haber sido capaz de ver lo que tenía todo el tiempo delante de las narices.

—Cuéntame el resto —dijo—. Porque hay más, ¿verdad?

La voz de Meredith se alteró al contestar, y él se dio cuenta de que estaba llorando.

—No, no. No hay nada más, de verdad.

—Maldita sea, Merry…

—De verdad.

—Cuéntamelo.

—Rob, por favor, no preguntes.

—¿Qué más? —Y ahora fue su propia voz la que se quebró cuando añadió—: Por favor…, —Y quizá fue eso lo que hizo que ella continuase hablando.

—Si había un chico con quien ella lo estaba haciendo y otro chico la quería… Ella no lo entendía. No sabía cómo ser fiel. Eso para ella no tenía ningún significado especial. No es que fuera una buscona. Ella simplemente no entendía cómo lo veía el resto de la gente. Quiero decir, lo que pensaban o podían hacer o podían pedirle. Intenté decírselo, pero estaba este chico, y aquel chico, y este hombre, y aquel hombre. Jemima era incapaz de entender que eso no tenía nada que ver con el amor (lo que ellos querían de ella), y cuando intenté decírselo, ella pensó que estaba siendo…

—Sí —dijo él—. De acuerdo. Sí.

Meredith volvió a quedarse en silencio aunque él alcanzaba a oír que algo crujía contra el teléfono. Un pañuelo de papel, probablemente. Había estado llorando durante toda la conversación.

—Solíamos pelearnos —dijo ella—. ¿Te acuerdas? Solíamos hablar durante horas en su habitación. ¿Recuerdas?

—Sí. Sí. Lo recuerdo.

—Tienes que entenderlo... Yo traté de... Tendría que habérselo dicho a alguien, pero no sabía a quién.

—¿No pensaste en contármelo a mí?

—Lo pensé. Sí. Pero entonces..., a veces pensaba... Todos los hombres y quizás incluso tú...

—Oh, Dios, Merry.

—Lo siento. Lo siento mucho.

—¿Por qué pensaste...? ¿Acaso ella dijo...?

—Nunca. Nada. Eso no.

—Pero aun así tú pensaste...

Sintió que una carcajada burbujeaba en su interior, una carcajada de simple desesperación ante una idea tan abominable, tan alejada de la verdad de quién era él y cómo vivía su vida.

Al menos, pensó, con Gordon Jossie se había producido un cambio en su hermana. Jemima, de alguna manera, había encontrado lo que estaba buscando, porque sin duda le había sido fiel. Tuvo que haberlo sido.

—Ella, sin embargo, le fue fiel a Jossie. Fue sincera con él. Quiero decir, como te expliqué antes, Gordon quería casarse con ella y no lo habría hecho si hubiese tenido el más leve indicio o sospecha de que...

—¿De verdad?

Algo en la forma en que ella formuló la pregunta hizo que se interrumpiese.

—¿De verdad qué?

—¿Quería casarse con ella? ¿Seguro?

—Por supuesto que sí. Ella se marchó porque necesitaba tiempo para pensarlo, y supongo que a Gordon le preocupaba la posibilidad de que todo hubiese acabado, pues la llamaba una y otra vez, y ella se compró otro teléfono móvil. O sea, que ella finalmente se había aclarado... Te expliqué todo esto, Merry.

Al llegar a este punto casi balbuceaba. Pensó que la amiga de su hermana tenía que decirle algo más.

—Pero, Rob, antes de nuestra..., ¿cómo lo llamaría?, ¿nuestra ruptura?, ¿nuestra pelea?, ¿el fin de nuestra amistad? Antes de eso, ella me dijo que Gordon no quería casarse en absoluto. No era por ella, dijo. Él no quería casarse, punto. Jemima me dijo que Gordon temía el matrimonio. Tenía miedo de acercarse demasiado a cualquiera.

—Los tíos siempre dicen eso, Merry. Al principio.

—No. Escucha. Ella me dijo que hizo lo imposible para convencerle de que viviesen juntos, y antes de eso hizo lo imposible para convencerle de que le dejase pasar la noche con él, y antes de eso hizo lo imposible para persuadirle de que se acostaran. De modo que pensar que Gordon estaba loco por casarse con ella… ¿Qué podría haber hecho que cambiase de idea?

—Vivir con ella. Acostumbrarse a eso. Ver que no había ningún gran temor en el hecho de vivir con alguien. Aprender que…

—¿Qué? ¿Aprender qué? La verdad, Rob, es que si había algo que aprender…, algo que descubrir…, no sería que probablemente él descubrió que Jemima…

—No.

Él lo dijo no porque lo creyera, sino porque quería creerlo: que su hermana había sido para Gordon Jossie lo que no había sido para su propio hermano. Un libro abierto. ¿No era eso acaso lo que las parejas estaban destinadas a ser el uno con el otro?, se preguntó. Pero no tenía ninguna respuesta. ¿Cómo demonios podía tenerla si el hecho de ser la mitad de una pareja era únicamente una fantasía para él?

—Ojalá no hubieras preguntado —dijo Meredith—. No debería haberte contado nada ¿Qué importa ahora? Quiero decir, al final ella sólo quería alguien que la amara, eso creo. En aquel momento no lo entendí, cuando éramos pequeñas. Y cuando finalmente llegué a entenderlo, cuando ya éramos mayores, nuestros caminos se habían vuelto tan diferentes que cuando intenté hablar con ella acerca de ese tema, parecía que era yo quien tenía un problema, no Jemima.

—Y eso fue lo que la mató —dijo él—. Eso fue lo que ocurrió, ¿verdad?

—Seguro que no. Porque si ella había cambiado como dijiste que lo había hecho, si le era fiel a Gordon… Y había estado con él durante más tiempo que con cualquier otro hombre, ¿verdad? ¿Más de dos años? ¿Tres?

—Ella se marchó deprisa y corriendo. Él no dejaba de llamarla.

—¿Lo ves? Eso significa que él quería que volviese, algo que

Gordon no habría deseado si ella le hubiese sido infiel. Creo que ella había dejado todo eso atrás, Rob. Lo creo de verdad.

Sin embargo, Robbie podía percibir por la ansiedad en el tono de Meredith que, cualquier cosa que ella dijese a partir de ese momento, tendría la intención de aliviar sus sentimientos. Se sentía mareado, como si estuviese en un tiovivo. Entre toda la nueva información que había conseguido reunir tenía que haber una verdad fundamental acerca de su hermana. Tenía que existir alguna manera de explicar tanto su vida como su muerte. Y él debía encontrar esa verdad, porque sabía que su hallazgo sería la única manera que tendría de perdonarse a sí mismo por haberle fallado a Jemima cuando ella más le había necesitado.

Barbara Havers y Winston Nkata regresaron a la Unidad de Mando Operativo, donde entregaron las cartas falsificadas del Winchester Technical College II al comisario. Whiting las leyó. Era la clase de lector que iba formando las palabras con los labios a medida que avanzaba en la lectura. Se tomó su tiempo.

—Hemos hablado con estas dos personas, señor —dijo Barbara—. Ellos no escribieron esas cartas. No conocen a Gordon Jossie.

El comisario alzó la vista.

—Eso es un problema —dijo.

Cuanto menos, pensó Barbara, aunque Whiting no parecía muy interesado en la cuestión.

—La última vez que estuvimos aquí —dijo—, usted nos dijo que dos mujeres habían llamado en relación con Jossie.

—Eso hice. —Whiting parecía estar meditando sobre el asunto—. Fueron dos llamadas, creo. Dos mujeres que sugerían que era necesario investigar a Jossie.

—¿Y? —preguntó Barbara.

—¿Y? —dijo Whiting.

Barbara y Winston se miraron. Él tomó la palabra.

—Ahora hemos conseguido estas cartas. En Londres tenemos a una chica muerta conectada con este tío. Hace algún tiempo, él viajó a Londres a buscarla, algo que no niega, y distribuyó tarjetas postales con la fotografía de ella en lugares visibles de la ciudad. Pedía que le llamasen si alguien la veía. Y usted mismo recibió dos llamadas advirtiéndole acerca de ese tío.

—Esas llamadas no mencionaron ninguna tarjeta postal en Londres —dijo Whiting—. Tampoco mencionaron a su chica muerta.

—Lo importante son las propias llamadas y cómo las pruebas se acumulan contra Jossie.

—Sí —dijo Whiting—. Eso puede hacer que las cosas parezcan dudosas. Lo comprendo.

Barbara decidió que andarse por las ramas no era el camino que había que tomar con el comisario.

—Señor, ¿qué es lo que sabe acerca de Gordon Jossie que no nos dice?

Whiting le devolvió las cartas.

—Nada de nada —contestó.

—¿Le investigó basándose en esas llamadas telefónicas?

—Sargento... ¿Es Havers? ¿Y Nkata? —Whiting esperó a que ambos asintiesen, aunque Barbara podría haber jurado que conocía perfectamente sus nombres, a pesar de que los pronunciara mal—. No soy muy propenso a utilizar a mis hombres para que investiguen a alguien basándome en la llamada telefónica de una mujer que quizás estaba enfadada porque un tío la dejó plantada en una cita.

—Dijo dos mujeres —señaló Nkata.

—Una mujer, dos mujeres. La cuestión es que no presentaron ninguna queja, sólo sospechas, y sus sospechas equivalían a sospechas, ¿entiende?

—¿Y eso qué significa? —preguntó Barbara.

—Significa que esas mujeres no tenían nada que justificase sus sospechas. El tío no estaba espiando a través de las ventanas. No merodeaba por las escuelas primarias. No les robaba los bolsos a las ancianas. No trasladaba bultos sospechosos de esto o aquello a su casa o fuera de ella. No invitaba a las mujeres en la calle a que subieran a su coche para un poco de ya-sabe-qué. Por lo que decían (estas mujeres que, por cierto, no dejaron sus nombres) sólo era un tío sospechoso. Estas cartas que me han traído —señaló las falsificaciones del colegio técnico— no añaden nada a la receta. A mí me parece que aquí lo importante no es que ese tío las haya falsificado...

—Él no lo hizo —dijo Barbara—. No sabe leer ni escribir.

—De acuerdo. Otra persona las falsificó. Un amigo. Una novia. Quién sabe. ¿En algún momento se ha considerado la posibilidad de que nunca le habrían contratado como aprendiz a esa edad si no hubiera tenido algo que demostrase que era un riesgo que merecía la pena correr? Creo que eso es todo lo que muestran esas cartas.

—Es verdad —dijo Barbara—. Pero de todos modos...

—De todos modos aquí lo importante es si hizo bien su trabajo una vez que lo consiguió. Y eso fue lo que hizo, ¿verdad? Hizo un buen aprendizaje en Itchen Abbas. Luego inició su propio negocio. Ha conseguido que su negocio prosperase y, que yo sepa, no se ha metido en problemas.

—Señor...

—Creo que no hay nada más que decir, ¿verdad?

En realidad, Barbara no pensaba eso, pero no dijo nada. Nkata tampoco abrió la boca. Y mientras que ella se cuidó muy bien de no mirar a Winston, él también se cuidó bien de no mirarla. La razón era que había un detalle que el comisario Whiting no estaba abordando: ellos no le habían dicho absolutamente nada acerca de que Gordon Jossie había servido como aprendiz con Ringo Heath o con cualquier otra persona, y el hecho de que Whiting lo supiese sugería, otra vez, que en New Forest había más sobre Gordon Jossie y su vida en ese lugar de lo que a simple vista parecía. Y para Barbara no había ninguna duda: el comisario Zachary Whiting estaba completamente al corriente.

Meredith decidió que era necesario tomar medidas después de la llamada de Rob Hastings. Era consciente de que el pobre hombre estaba destrozado hasta el tuétano y devastado por la culpa, a partes iguales, y puesto que parte de ello se debía a que ella se había ido de la lengua hablando de cosas que era mejor mantener en silencio, dio los pasos necesarios para enderezar la situación. Había visto ya suficientes policías en la tele como para saber lo que debía hacer cuando tomó la decisión de viajar a Lyndhurst. Estaba bastante segura de que Gina Dickens no estaría en la habitación que afirmaba tener alquilada encima del salón de té Mad Hatter,[20] ya que la chica parecía estar decidida a establecer su vida junto a Gordon Jossie. Meredith pensaba que, teniendo en cuenta este objetivo, probablemente no había pisado su casa desde hacía tiempo. En caso de que Gina estuviese allí, Meredith ya había preparado una excusa razonable: venía a pedirle disculpas por haber sido tan desagradable. Era en parte cierto, al menos, si bien estar molesta era sólo la mitad de todo el asunto.

Había pedido el resto del día libre. Una terrible jaqueca, el calor y ese momento del mes. Dijo que trabajaría en casa, si no les importaba, donde podría ponerse una compresa fría en la cabeza para aliviar el dolor. De todos modos, ya había completado la mayor parte del gráfico. Sólo necesitaría una hora más para que estuviese acabado.

Su jefa no tuvo ninguna objeción, así que Meredith se marchó de la oficina. Cuando llegó a Lyndhurst aparcó junto al New Forest Museum y recorrió a pie la escasa distancia que la separaba de los salones de té en High Street. Era pleno verano y Lyndhurst bullía de turistas. La ciudad se asentaba en el centro del Perambulation y generalmente representaba la primera parada de los visitantes que deseaban tomar contacto con esta zona de Hampshire.

A la habitación de Gina en los altos del Mad Hatter se accedía a través de una entrada que estaba separada del salón de té, desde donde se extendía hasta la calle el aroma de los productos recién horneados. En la parte superior había sólo dos habitaciones y, puesto que del interior de una de ellas sonaba música *hip-hop* a todo volumen, Meredith eligió la otra. Allí fue donde aplicó los conocimientos adquiridos mirando las series policiales en la tele. Utilizó una tarjeta de crédito para quitar el cerrojo. Tuvo que hacer cinco intentos y acabó bañada en

20. Nombre recurrente de los salones de té anglosajones y que hace referencia al personaje del Sombrerero Loco del cuento de Lewis Carroll *Alicia en el país de las maravillas*. Algunas funcionan también como bed & breakfast.

sudor —tanto por la tensión nerviosa como por la elevada temperatura dentro del edificio— antes de llegar a entrar en la habitación de Gina. Pero cuando lo hubo conseguido supo sin lugar a dudas que había tomado la decisión correcta. Porque en la mesilla de noche comenzó a sonar un teléfono móvil y, en lo que a ella concernía, ese sonido estaba gritando pista.

Corrió hacia la mesilla de noche y respondió a la llamada.

—¿Sí? —dijo con todo el tono autoritario que pudo reunir y jadeando tanto como pudo para disimular la voz.

Mientras lo hacía, echó un vistazo alrededor de la habitación. Estaba amueblada con sencillez: una cama, una cómoda, una mesilla de noche, un escritorio, un armario para la ropa. Había un lavamanos con un espejo encima, pero la habitación no tenía un cuarto de baño contiguo. La ventana estaba cerrada y el calor era sofocante.

No hubo respuesta desde el otro extremo de la línea. Pensó que había perdido la comunicación y se maldijo por ello. Entonces una voz de hombre dijo:

—Cariño, Scotland Yard ha estado aquí. ¿Cuánto tiempo más, joder?

Ella se quedó helada de la cabeza a los pies, como si una ráfaga de aire refrigerado hubiese atravesado la habitación.

—¿Quién es? ¡Dígame quién es! —preguntó.

Silencio por respuesta. Luego: «Mierda» en un susurro apenas audible. Y después nada.

—¿Hola? ¿Hola? ¿Quién es? —preguntó, pero sabía que quienquiera que fuese ya había cortado la comunicación.

Pulsó el botón de rellamada, aunque suponía que el hombre que estaba en el otro extremo de la línea difícilmente contestaría la llamada. Pero ella no necesitaba que lo hiciera. Sólo tenía que ver el número desde donde había llegado la llamada. Lo que consiguió, sin embargo, fue NÚMERO PRIVADO escrito en la pequeña pantalla. Mierda, pensó. Quienquiera que fuera ese tío, estaba llamando desde un número oculto. Cuando se estableció la conexión, la llamada sonó y sonó, tal como ella esperaba. Ni buzón de voz ni mensaje. Había sido una llamada hecha por alguien que estaba conspirando con Gina Dickens.

Ante esta revelación, Meredith sintió una oleada de triunfo. Eso demostraba que había estado en lo cierto desde el principio. Ella ya sabía que Gina Dickens no era trigo limpio. Ahora sólo restaba descubrir el verdadero propósito de su presencia en New Forest, porque no importaba lo que Gina había afirmado acerca de su programa de ayuda a chicas en riesgo de exclusión, Meredith no se lo creía. Que ella supiera, la única chica en peligro había sido Jemima.

La estridente música *hip-hop* seguía tronando a través de las paredes de la habitación. Desde abajo ascendía el ruido del salón de té. Desde el exterior reverberaba el ruido de la calle a través de las ventanas: camiones que pasaban por la calle principal y hacían chirriar los neumáticos al llegar a la suave pendiente, coches que se dirigían hacia Southampton o Beaulieu, autocares turísticos del tamaño de pequeñas cabañas que transportaban a sus pasajeros de regreso al sur, a Brockenhurst, o incluso más lejos, a la ciudad portuaria de Lymington y una excursión hasta la Isla de Wight. Meredith recordaba que Gina había hecho referencia a la cacofonía en la calle debajo de su ventana. En este aspecto, al menos, no había mentido. Pero en otras cuestiones... Bueno, eso era precisamente lo que Meredith había venido a descubrir.

Tenía que darse prisa. Estaba pasando otra vez del frío al calor, y sabía que no podía arriesgarse a abrir una ventana y llamar así la atención hacia la habitación. Pero el calor hacía que el aire estuviese viciado y que sintiese claustrofobia.

Su primer objetivo fue la mesilla de noche. La radio reloj que había encima de ella estaba sintonizada en Radio 5, un detalle que no parecía indicar nada en particular, y dentro del único cajón de la mesilla sólo había una caja de pañuelos de papel y un viejo paquete de Blue-Tack abierto, y a cuyo contenido le faltaba un pequeño trozo. En el estante de la mesilla había una pila de revistas, demasiado viejas como para que pertenecieran a Gina, pensó Meredith.

En el armario había ropa, pero no una cantidad que pudiera asociarse con una residencia permanente. Todas las prendas, sin embargo, eran de buena calidad, en consonancia con lo que Meredith ya había visto que llevaba Gina. Tenía un gusto caro. Nada de lo que había en el armario era basura moderna. Aunque la ropa no proporcionaba ninguna otra pista acerca de su dueña, sí hizo que Meredith se preguntase cómo esperaba mantener Gina su magnífico guardarropa con lo que Gordon Jossie ganaba empajando tejados, pero poco más.

Tuvo la misma suerte con la cómoda, donde la única información importante que recabó fue que Gina no se compraba las bragas en las rebajas. Las diminutas prendas parecían ser de seda o satén, al menos de seis colores y estampados diferentes, y cada par de bragas tenían su sujetador a juego. Meredith se permitió un momento de envidia de bragas antes de revisar el resto de los cajones. Encontró camisetas perfectamente dobladas, jerséis y unos cuantos pañuelos para el cuello. Eso era todo.

El escritorio proporcionó incluso menos información. En una caja de madera había algunos folletos turísticos y, en el cajón central encontró algunos artículos de papelería muy baratos junto con dos tarjetas postales del salón de té Mad Hatter. Dentro del cajón había un bolígrafo, pero eso era todo. Meredith lo cerró, se sentó en la silla del escritorio y pensó en lo que había visto.

Nada que fuese de utilidad. Gina tenía ropa bonita, le gustaba la ropa interior fina y tenía un teléfono móvil. Por qué no tenía ese teléfono consigo era una cuestión interesante. ¿Acaso se lo había olvidado? ¿No quería que Gordon Jossie supiese que lo tenía? ¿Le preocupaba que tener el teléfono pudiera indicar algo que ella no quería que Gordon supiera? ¿Estaba evitando a alguien que podía llamarla y con quien no quería hablar? ¿Estaba, por lo tanto, huyendo? La única manera de conseguir una respuesta a cualquiera de estas conjeturas era preguntarle directamente a Gina, algo que Meredith difícilmente podía hacer sin revelar que había forzado la entrada de su habitación, de modo que estaba en un callejón sin salida.

Echó un vistazo alrededor de la habitación. A falta de otra cosa que hacer, miró debajo de la cama, pero no se sorprendió al encontrar sólo una maleta que no contenía nada. Incluso la examinó en busca de un doble fondo —sintiéndose ya bastante ridícula en ese punto—, pero no encontró nada. Se levantó del costado de la cama y notó una vez más la falta de ventilación de la habitación. Pensó en echarse un poco de agua en la cara y supuso que no haría daño a nadie si usaba el lavamanos para refrescarse. El agua estaba tibia y debería haberla dejado correr varios minutos para que se enfriase y sirviese de algo.

Se secó ligeramente con la toalla de mano, volvió a colgarla en su sitio y luego examinó más detenidamente el lavamos. Estaba fijado a la pared y su aspecto era bastante moderno. También era muy femenino, con flores y vides pintadas sobre la porcelana. Meredith deslizó la mano por la suave superficie y luego, pensando que si ella lo había percibido, también lo habría hecho Gina, pasó la mano por debajo. Sus dedos se toparon con algo extraño. Se agachó para poder ver mejor.

Allí, debajo del lavamanos, habían fijado algo utilizando Blue-Tack. Parecía tratarse de un pequeño paquete hecho con papel, doblado y pegado con cinta adhesiva. Lo despegó de debajo del lavamanos y lo llevó al escritorio. Quitó con mucho cuidado el Blue-Tack y la cinta adhesiva para su posterior uso.

Una vez desplegado, el papel resultó ser un trozo de la papelería barata de la habitación. Había sido modelado en forma de una bolsita y lo que contenía parecía ser un pequeño medallón. Meredith habría preferido encontrar un mensaje críptico o algo similar. Le habría gustado leer: «Le pedí a Gordon Jossie que matara a Jemima Hastings para que quedase libre para mí», aunque tampoco le hubiera parecido mal «Creo que Gordon Jossie es un asesino, aunque yo no tuve nada que ver con ello». Lo que tenía en la mano, en cambio, era un objeto redondo con aspecto de haber sido fabricado como parte de una clase de metalurgia. Era evidente que la intención era que fuese un círculo perfecto, pero no se había conseguido del todo. El metal en cuestión parecía ser de oro sucio, pero podría haber sido cualquier cosa que se pareciera o tuviera algo que ver con el oro, ya que Meredith suponía que no había muchas clases que permitiesen a sus alumnos experimentar con algo tan caro.

La idea de las clases la llevó inevitablemente a Winchester, de donde había venido Gina Dickens. Una exploración más detallada de este hallazgo quizá produjese algún fruto. Meredith no sabía si este objeto pertenecía realmente a Gina —y tampoco tenía la más remota idea de por qué Gina o cualquier otra persona lo había colocado debajo del lavamanos—, pero el paquete de Blue-Tack abierto en la mesilla de noche sugería que era de Gina. Y en la medida en que pudiese pertenecer a ella,

Meredith no se encontraría en un callejón sin salida en su investigación.

Ahora la cuestión era si debía llevarse el pequeño medallón o tratar de recordar cuál era su aspecto para poder describirlo más tarde. Consideró la posibilidad de dibujarlo, e incluso fue hasta el escritorio, se sentó y sacó una hoja de papel del cajón para hacer un boceto. El problema era que su confección no era particularmente definida, y si bien parecía haber cierto estampado en relieve en el pequeño objeto, no podía distinguirlo muy bien. De modo que le pareció que no tenía más alternativa que entregarse a un pequeño acto de pillaje. Después de todo era por una buena causa.

Cuando Gordon Jossie regresó a su casa, encontró a Gina en el último lugar en que habría esperado verla: el prado oeste. Estaba en el extremo más alejado y podría no haberla visto en absoluto de no haber sido por el relincho de uno de los ponis, que hizo que dirigiera su atención hacia ellos. Alcanzó a divisar a lo lejos su pelo rubio contra el fondo verde oscuro del bosque. Al principio pensó que simplemente estaba caminando en el linde exterior del prado y detrás de la cerca, tal vez regresaba de dar un paseo entre los árboles. Pero cuando bajó de la camioneta con *Tess* pegada a sus talones y se dirigió hacia la cerca, vio que Gina en realidad se encontraba dentro del prado.

Sintió que se le erizaban los pelos de la nuca. Desde el principio, Gina había convertido su miedo a los ponis de New Forest en un tema recurrente. De modo que el hecho de encontrarla dentro del prado y entre los caballos despertó en él la cobra durmiente de la desconfianza.

Ella no se había percatado de su llegada. Caminaba lentamente junto a la línea que formaba la cerca de alambre de espino y parecía decidida a ignorar la presencia de los ponis, a la vez que estaba atenta ante los excrementos o cuidaba dónde pisaba, ya que tenía la vista fija en el suelo.

La llamó. Ella se sobresaltó, llevándose una mano al cuello de la camisa. En la otra mano parecía llevar un mapa.

Él vio que calzaba sus botas altas de goma. Este detalle le

confirmó que, fuera lo que fuese que Gina estuviese haciendo, seguía preocupada por las serpientes. Por un momento pensó en explicarle que no era probable que hubiese serpientes en el prado, que el prado no era el brezal. Pero éste no era momento de explicaciones por su parte. Había una pregunta que ella debía responder: qué estaba haciendo en el prado y con ese mapa en la mano. Ella sonrió, agitó la mano a modo de saludo y dobló el mapa.

—Me has dado un buen susto —dijo Gina echándose a reír.

—¿Qué estás haciendo? —No pudo evitarlo: su voz era afilada. Hizo un sostenido esfuerzo para suavizarla, pero no consiguió que su tono fuese normal—. Pensaba que tenías miedo de los ponis.

Ella desvió la mirada hacia los animales. Los ponis estaban cruzando el prado en dirección al abrevadero. Gordon les echó un vistazo mientras se aproximaba al cercado con *Tess* detrás de él. El nivel del agua estaba bajo y fue en busca de la manguera y la desenrolló hacia la hierba. Entró, le ordenó a la perra que se quedase donde estaba —algo que a *Tess* no le gustó nada, por lo que comenzó a pasearse arriba y abajo para demostrar su desagrado— y comenzó a llenar el abrevadero.

Mientras lo hacía, Gina continuó su camino, dirigiéndose hacia él, pero no lo hizo cruzando el prado directamente, como lo habría hecho cualquier otra persona. En lugar de eso, se acercó sin apartarse apenas de la cerca. No le contestó hasta que no llegó a la parte oriental del prado.

—Me has descubierto —dijo—. Quería que fuese una sorpresa.

Miró con cautela a los ponis. A medida que se acercaba a Gordon, también se acercaba a ellos.

—¿Qué sorpresa? —preguntó él—. ¿Eso que llevas en la mano es un mapa? ¿Qué haces con un mapa? ¿Cómo puede ser un mapa parte de una sorpresa?

Ella se echó a reír.

—Por favor. De una en una.

—¿Qué haces dentro del prado, Gina?

Ella le observó un momento antes de contestar. Luego dijo con cuidado:

—¿Pasa algo? ¿No tendría que estar aquí?

—Dijiste que los ponis de New Forest... Dijiste que los caballos en general...

—Sé lo que dije acerca de los caballos. Pero eso no significa que no intente superarlo.

—¿De qué estás hablando?

Gina llegó a su lado antes de volver a contestar. Se pasó la mano por el pelo. A pesar de su malestar, le agradó ver que hacia ese gesto. Le gustaba la manera en que el pelo volvía a acomodarse perfectamente en su sitio; no importaba cómo ella —o él— lo despeinase.

—De superar un miedo irracional —dijo ella—. Se llama «desensibilización». ¿Nunca has oído hablar de gente que consigue superar sus miedos exponiéndose a ellos?

—Tonterías. La gente no supera sus miedos.

Gina había estado sonriendo mientras hablaba, pero su sonrisa se desvaneció ante el tono de voz empleado por Gordon.

—Eso es ridículo, Gordon —dijo—. Por supuesto que sí, si quieren hacerlo. Esas personas se exponen gradualmente a sus miedos hasta que los superan. Como superar el miedo a las alturas exponiéndose de manera lenta y progresiva a lugares cada vez más altos. O superar el miedo a volar acostumbrándose primero a la manga que lleva hasta el avión, luego acercándose a la entrada del aparato..., y luego unos pasos dentro del aparato con las puertas abiertas y, finalmente, a los asientos. ¿Nunca has oído hablar de ello?

—¿Qué tiene eso que ver con estar en el prado? ¿Y llevar un mapa contigo? ¿Qué coño estás haciendo con un mapa?

Ella frunció el ceño en el acto. Cambió el peso del cuerpo de un pie al otro de ese modo tan femenino, con una cadera proyectada hacia fuera.

—Gordon, ¿me estás acusando de algo? —preguntó.

—Contesta la pregunta.

Gina pareció tan sorprendida como cuando él la había llamado hacía unos minutos. Sólo que, en esta ocasión, lo sabía, la razón era la forma áspera en que le había hablado.

Ella habló sin alterarse.

—Ya te lo he explicado. Estoy tratando de acostumbrarme a los caballos estando en el prado con ellos. No cerca de ellos, pero tampoco al otro lado de la cerca. Pensaba quedarme allí hasta que sintiera que no me ponían tan nerviosa. Luego pensaba dar uno o dos pasos para acercarme a ellos. Eso es todo.

—El mapa —dijo él—. Quiero saber acerca del mapa.

—Dios mío. Lo cogí de mi coche, Gordon. Es algo para agitar ante ellos, para espantarlos si se acercaban demasiado.

Él no dijo nada en respuesta a esta última explicación. Ella le miraba tan fijamente que giró la cabeza para impedir que pudiese leer su expresión.

Sentía que la sangre latía en sus sienes; sabía que el rostro enrojecido le delataba.

—¿Eres consciente de que actúas como si tuvieras alguna sospecha de mí? —dijo Gina con un tono de voz extremadamente cauteloso.

Él permaneció en silencio. Quería salir del prado. Deseaba que ella también saliera de allí. Se dirigió hacia la puerta de la cerca y ella le siguió al tiempo que le preguntaba:

—¿Qué ocurre Gordon? ¿Ha pasado algo? ¿Algo más?

—¿A qué te refieres? —preguntó él, girándose hacia Gina—. ¿Qué se supone que ha pasado?

—Bueno, cielos, no lo sé. Pero primero aparece ese hombre extraño para hablar contigo. Luego esos dos detectives de Scotland Yard para decirte que Jemima…

—¡Esto no tiene nada que ver con Jemima! —gritó Gordon.

Ella le miró boquiabierta y luego cerró la boca.

—De acuerdo —dijo—. No se trata de Jemima. Pero es evidente que estás enfadado y no puedo creer que sea sólo porque haya entrado en el prado para acostumbrarme a estar con los caballos. Porque eso no tiene ningún sentido.

Gordon se obligó a hablar porque tenía que decir algo.

—Han hablado con Ringo. Me telefoneó para hablarme de ello.

—¿Ringo?

Gina estaba absolutamente desconcertada.

—Él les dio unas cartas, y esas cartas son falsas. Él no lo sabía, pero ellos lo descubrirán. Entonces les faltará tiempo para regresar aquí. Cliff mintió, como le pedí que hiciera, pero se quebrará si le presionan. Forzarán la situación, y él se vendrá abajo.

—¿Acaso algo de eso importa?

—¡Por supuesto que importa!

Abrió la puerta de la cerca con violencia. Se había olvidado de la perra. *Tess* corrió dentro del prado y saludó a Gina con enorme entusiasmo. Al ver esta escena, Gordon se dijo que el hecho de que Gina le gustara a *Tess* debía significar algo bueno. La perra sabía leer bien la intención de las personas, y si percibía a Gina como buena y decente, ¿qué otra cosa importaba?

Gina se agachó para acariciar la cabeza de la perra. *Tess* meneó la cola y se pegó a la chica en busca de más caricias. Gina alzó la vista hacia él y dijo:

—Pero tú viajaste a Holanda. Eso fue todo. Si se llega a eso, puedes decirle a la Policía que mentiste porque no tienes los papeles. Y, en cualquier caso, ¿qué importa si no tienes el itinerario o el billete..., o lo que sea? Tú fuiste a Holanda y puedes probarlo de alguna manera. Registros de hotel. Búsquedas en Internet. La persona con la que hablaste de los carrizos. Realmente, ¿cuán difícil puede ser en verdad? —Cuando Gordon no contestó, ella añadió—: Gordon, ¿no fue eso lo que pasó? Tú estuviste en Holanda, ¿verdad?

—¿Por qué quieres saberlo?

Habló de un modo estridente. Era lo último que pretendía, pero no permitiría que le presionaran.

Ella había dejado de acariciar a *Tess* y se había levantado mientras hablaba. Dio un paso alejándose de él. Dirigió la mirada más allá de Gordon, y él se giró para ver quién estaba allí, pero sólo era su coche. Tal vez Gina estaba pensando en marcharse. De alguna manera, la chica pareció dominar este deseo porque, una vez más, habló con voz tranquila, aunque él podía ver por la manera en que su boca formaba las palabras que estaba en actitud vigilante y preparada para huir de él. Se preguntó cómo diablos habían llegado a este punto, pero en el fondo sabía que éste sería siempre el punto final al que llegaría con una mujer. Podría haber estado cincelado en piedra, como una premonición.

—Querido, ¿qué ocurre? —preguntó ella—. ¿Quién es Ringo? ¿De qué cartas estás hablando? ¿Acaso esos policías han vuelto hoy a hablar contigo? ¿O, en el fondo, esto trata sólo de mí? Porque si es así, yo no tenía idea... No tenía intención de hacerte daño. Sólo me pareció que si vamos a estar juntos (quiero decir, de forma permanente), entonces necesito acostumbrarme a los animales que hay en New Forest. ¿No crees? Los caballos forman parte de tu vida. Son parte de esta propiedad. No puedo estar evitándolos para siempre.

Pensó en las opciones que tenía antes de contestar:

—Si querías familiarizarte con los caballos, yo te habría ayudado.

—Lo sé. Pero entonces no hubiese sido una sorpresa. Y eso era lo que quería que fuese. —Una leve tensión pareció liberarse dentro de ella antes de continuar—. Lo siento si, de alguna manera, me he pasado de la raya. No pensé que realmente podía causarle daño a algo. ¿Quieres verlo? —Cogió el mapa y lo desplegó—. ¿Me dejarás que te lo enseñe, Gordon? —preguntó.

Ella esperó a que él asintiera. Cuando Gordon lo hizo, se alejó de él. Se acercó lentamente al abrevadero, con el mapa sostenido junto a ella. Los ponis estaban bebiendo, pero levantaron las cabezas con cautela. Después de todo eran animales salvajes y tenían la intención de seguir siéndolo.

Junto a él, *Tess* gimoteó reclamando su atención. Gordon cogió su collar. Al llegar al abrevadero, Gina levantó el mapa. Lo agitó hacia los ponis al tiempo que gritaba: «¡*Soo*, caballo!». *Tess* comenzó a ladrar cuando los ponis dieron media vuelta y se alejaron al trote, hacia el otro extremo del prado.

Gina se volvió hacia él. No dijo nada. Él tampoco. Era otro momento de elección para él, pero había tantas ahora, tantas opciones y tantos caminos, y cada día parecía que hubiesen más. Un movimiento equivocado era todo lo que hacía falta y él lo sabía mejor que nadie.

Gina regresó adonde estaba él. Cuando estuvo nuevamente fuera del prado, Gordon soltó a *Tess* y la perra saltó hacia Gina. Un momento para otra caricia y la retriever se alejó corriendo hacia el granero en busca de sombra y de su plato con agua.

Gina se paró delante de él. Como era su costumbre, Gordon aún llevaba puestas las gafas oscuras y ella se las quitó, al tiempo que decía:

—Déjame ver tus ojos.

—La luz —dijo él, aunque esto no era totalmente cierto, y añadió—: No me gusta estar sin ellas. —Y ésa era la verdad.

—Gordon, ¿no puedes relajarte un momento? ¿Me dejarás que te ayude a relajarte?

Él se sentía tenso de la cabeza a los pies, atrapado en unos grilletes que él mismo había creado.

—No puedo.

—Sí puedes —dijo ella—. Déjame que lo haga, querido.

Y lo milagroso de Gina era que aceptaba que la forma en que él se había comportado apenas unos momentos antes no tenía importancia. Ella era el ahora personificado. El pasado era el pasado.

Gina deslizó una mano por su pecho y el brazo alrededor de su cuello. Le atrajo hacia ella mientras la otra mano se deslizaba cada vez más abajo para endurecerle.

—Deja que te ayude a relajarte —repitió, esta vez más cerca y contra su boca—. Déjame, cariño.

Él gimió indefenso y entonces hizo su elección. Recorrió el mínimo espacio que quedaba entre ellos.

17

—Se llama Yukio Matsumoto —le dijo Ardery a Lynley cuando él entro en su despacho—. Su hermano vio el retrato robot y nos llamó.

Revisó unos papeles que tenía encima del escritorio.

—¿Hiro Matsumoto? —preguntó Lynley.

Ella alzó la vista.

—Es el hermano. ¿Le conoce?

—Sé algunas cosas acerca de él. Es un violonchelista.

—¿En una orquesta de Londres?

—No. Es solista.

—¿Famoso?

—Si se es aficionado a la música clásica.

—Algo que usted hace, ¿verdad?

Sus palabras sonaron un poco irritadas, como si él hubiese tratado de demostrar un conocimiento que ella consideraba a la vez misterioso y ofensivo. También parecía estar con los nervios de punta. Lynley se preguntó si ese estado de ánimo tendría alguna relación con lo que pudiera estar pensando acerca de la reunión que él había mantenido con Hillier. Quería decirle que no tenía nada que temer en ese sentido. Aunque Hillier y él habían alcanzado un punto de acercamiento personal después de la muerte de Helen, sabía que eso no duraría y que muy pronto volverían a su relación anterior, que era estar a matar.

—Le he oído tocar —dijo él—. Si, efectivamente, es el Hiro Matsumoto que la llamó por teléfono.

—No creo que haya dos tipos con ese nombre y, de todos

modos, no vendrá aquí. Dijo que hablaría con nosotros en el despacho de su abogado. Hubo cierto tira y afloja en cuanto a eso, y finalmente quedamos en encontrarnos en el bar del hotel Milestone. No está lejos del Albert Hall. ¿Lo conoce?

—No puede ser difícil de encontrar —dijo él—. Pero ¿por qué no reunirse en el despacho de su abogado?

—No me gusta la imagen humilde de la gorra en la mano.— Echó un vistazo a su reloj—. Diez minutos —dijo—. Me reuniré con usted en el coche.

Le entregó las llaves.

Cuando se reunió con él ya habían pasado quince minutos. En el espacio limitado del coche, ella olía a menta.

—Muy bien —dijo Ardery mientras el coche ascendía la rampa—. Cuénteme, Thomas.

Él la miró.

—¿Qué?

—No sea modesto. ¿Le ordenó Hillier que me vigilase y luego le informara?

Lynley sonrió para sí.

—No con tantas palabras.

—Pero era acerca de mí, verdad, esa reunión con sir David.

Al llegar a la calle, él frenó y la miró.

—¿Sabe?, en algunas situaciones esa conclusión olería a narcisismo. La respuesta apropiada sería: «El mundo no gira a su alrededor, jefa».

—Isabelle —dijo ella.

—Jefa —repitió él.

—Oh, joder, Thomas. No tengo intención de dejar las cosas así. El tema de Isabelle, me refiero. En cuanto al otro asunto, ¿piensa contármelo o sólo tendré que suponerlo? Por cierto, quiero a gente leal trabajando conmigo. Tendrá que elegir un bando.

—¿Y si no quiero hacerlo?

—A la calle. Volverá a ser agente de tráfico en un abrir y cerrar de ojos.

—Nunca he sido agente de tráfico, jefa.

—Isabelle. Y usted sabe jodidamente bien lo que quiero decir, detrás de esos impecables modales que exhibe.

Él enfiló por Broadway y consideró la ruta que debía tomar.

Decidió que irían por Birdcage Walk y, desde allí, continuarían hacia Kensington.

El hotel Milestone era uno de los muchos establecimientos de moda que habían surgido en Londres en los últimos años. Instalado en una de las distinguidas mansiones de ladrillo rojo que miraban hacia Kensington Gardens y el palacio, era un hotel de roble, tranquilo y discreto, un oasis en el bullicio de High Street Kensington, que discurría cerca de la puerta principal del edificio. También contaba con aire acondicionado y eso era una auténtica bendición.

El personal del hotel vestía uniformes caros y hablaba con las voces susurrantes de los asistentes a un servicio religioso. En el momento en que Linley e Isabelle Ardery entraron en ese lugar, fueron recibidos por un amable conserje que les preguntó en qué podía ayudarlos.

Querían ir al bar, le dijo Ardery. Su tono era seco y oficial.

—¿Dónde está? —preguntó.

El momento de vacilación del hombre fue algo que Lynley reconoció como un indicio de reprobación que no expresaría con palabras. Para el conserje, ella bien podía ser era una inspectora de hoteles o algo por el estilo que se disponía a escribir acerca del Milestone en una de las innumerables guías de Londres. Por lo que el interés de todos, cooperaría de la manera más neutra posible con apenas una minúscula demostración de lo que pensaba acerca de los modales de Ardery. El hombre dijo: «por supuesto, señora», y les acompañó personalmente al bar, que resultó poseer un ambiente íntimo ideal para mantener una conversación.

Antes de que les dejase solos, Isabelle le dijo que buscara al camarero y, cuando éste se presentó, pidió un vodka con tónica. Ante el rostro cuidadosamente inexpresivo de Lynley, ella dijo:

—¿Piensa contarme lo que habló con sir David o no? —Era una pregunta que le sorprendió, ya que pensaba que Isabelle probablemente haría algún comentario acerca de la bebida.

—Hay poco que explicar. Está interesado en cubrir el puesto lo antes posible. Ha pasado demasiado tiempo sin que haya alguien con carácter permanente en el lugar de Webberly. Usted tiene una buena posibilidad para hacerse con el puesto...

—Siempre que no me meta en problemas, use medias en la oficina, no ofenda a nadie y no me desvíe del camino —contestó ella—. Y supongo que eso incluye también no beber vodka con tónica en horas de servicio, no importa cuál sea la temperatura del día.

—Iba a decir «hasta donde yo sé» —dijo Lynley. Pidió un agua mineral para él.

Ella entrecerró los ojos y frunció el ceño ante la botella de Pellegrino cuando el camarero la dejó en la mesa.

—Usted no aprueba lo que hago, ¿verdad? —dijo—. ¿Se lo dirá a sir David?

—¿Qué yo no apruebo lo que hace? De hecho, no es así.

—¿Ni siquiera que beba ocasionalmente un trago estando de servicio? No soy una borracha, Thomas.

—Jefa, no tiene por qué darme explicaciones. Y, en cuanto al resto, no estoy ansioso por convertirme en el soplón de Hillier. Él lo sabe.

—Pero su opinión cuenta para él.

—No me imagino por qué. Si cuenta ahora, sería una novedad.

El sonido de una distendida conversación llegó hasta ellos y, un momento después, dos personas entraron en el bar. Lynley reconoció al violonchelista al instante. Su acompañante era una atractiva mujer asiática que llevaba un vestido elegante y tacones de aguja que resonaban como chasquidos de látigo contra el suelo.

Ella miró a Lynley, pero habló dirigiéndose a Ardery.

—¿Superintendente? —dijo. Ante el gesto de asentimiento de Ardery, ella se presentó como Zaynab Bourne—. Y él es el señor Matsumoto —añadió.

Hiro Matsumoto se inclinó en una ligera reverencia, aunque también extendió la mano. La estrechó con firmeza y musitó un saludo convencional. Tenía un rostro muy agradable, pensó Lynley. Detrás de las gafas de montura metálica, sus ojos parecían bondadosos. Para tratarse de una celebridad internacional en el mundo de la música clásica, parecía excesivamente humilde. Pidió con suma educación una taza de té. Té verde si tenían, dijo. Si no, té negro estaría bien. Hablaba sin un acento claro. Lynley recordó entonces que había nacido en Kioto, pero había estudiado y tocado en el extranjero durante muchos años.

Ahora actuaba en el Albert Hall, dijo. Estaría en Londres sólo un par de semanas e impartiría una clase magistral en el Royal College of Music. Por pura casualidad vio el retrato robot —que él llamó la interpretación del artista— de su hermano en el periódico y también en las noticias de la televisión.

—Por favor, tiene que creerme —dijo Hiro Matsumoto— cuando le aseguro que Yukio no mató a esa mujer de la que hablan los periódicos. Él no pudo haber hecho eso.

—¿Por qué? —preguntó Ardery—. Estaba en los alrededores (tenemos un testigo que le vio), y parece que estaba escapando de la escena del crimen.

Matsumoto parecía apenado.

—Tiene que haber una explicación. No importa qué más pudiera ser, no importa que otras cosas haga, mi hermano Yukio no es un asesino.

Zaynab Bourne dijo a modo de explicación:

—El hermano pequeño del señor Matsumoto sufre de esquizofrenia paranoide, superintendente. Lamentablemente, se niega a tomar su medicación. Pero nunca ha tenido problemas con la Policía desde que llegó a Londres (si comprueba su historial verá que es verdad), y lleva, en general, una vida tranquila. Mi cliente —explicó, con un breve toque en el brazo de Hiro— le ha identificado para que la Policía pueda concentrar sus esfuerzos en otra parte, donde sean pertinentes.

—Es posible que ése sea el caso, me refiero a la esquizofrenia —dijo Ardery—, pero como fue visto huyendo de la zona donde se cometió el asesinato y como parece que se había quitado parte de la ropa y la llevaba apelotonada...

—Ha hecho mucho calor —la interrumpió la abogada.

—... tendrá que ser interrogado. De modo que si sabe dónde se encuentra su hermano, señor Matsumoto, es necesario que nos lo diga.

El violonchelista titubeó. Sacó un pañuelo del bolsillo y lo usó para limpiarse las gafas. Sin ese pequeño blindaje su rostro tenía un aspecto sorprendentemente joven. Lynley sabía que el músico rondaba los cincuenta años, pero podría haber pasado por un hombre quince más joven.

—Primero tengo que explicarles algo —dijo.

Parecía que lo último que Ardery quería era una explicación de nada, pero Lynley sentía curiosidad. Como oficial subalterno de Ardery no era quién para preguntar, pero aun así lo hizo:

—¿Sí?

Hiro Matsumoto les contó que su hermano era un músico con talento y su hermana era flautista en Filadelfia. Sus padres apasionados por la música les procuraron instrumentos ya de pequeños. Esperaban que aprendiesen, que practicaran mucho y con empeño, que tocasen bien y que destacasen como músicos. Con este objetivo, los tres fueron a clase de música desde pequeños. Supuso un gran coste para sus padres y un sacrificio personal para cada uno de ellos.

—Obviamente —dijo— no existe una infancia normal cuando uno tiene esta clase de… enfoque. —Escogió la última palabra con cuidado—. Finalmente, yo fui a Julliard, Miyoshi estudió en París y Yukio vino a Londres. Al principio todo iba bien. No había nada que indicase que algo funcionara mal. Fue más tarde cuando apareció la enfermedad. Y debido a esto (porque ocurrió en medio de sus estudios), mi padre creyó que Yukio estaba fingiendo. Quizá porque era algo que le superaba y era incapaz de admitirlo. No era el caso, por supuesto. Mi hermano estaba gravemente enfermo. Pero en nuestra cultura y en nuestra familia… —Matsumoto había seguido limpiando los cristales de las gafas mientras hablaba, pero ahora hizo una pausa, se las puso y se las ajustó con cuidado sobre la nariz—. Nuestro padre no es un mal hombre, pero sus creencias son firmes y no pudimos convencerle de que Yukio necesitaba algo más que simplemente leerle la cartilla. Vino a Londres desde Kioto. Le hizo saber a Yukio cuáles eran sus deseos; le dio instrucciones y esperaba que él las siguiera. Puesto que sus instrucciones siempre habían sido obedecidas, mi padre pensó que ya había hecho suficiente. Y, al principio, pareció que así era. Yukio hizo un gran esfuerzo, pero la enfermedad… No se trata de algo que uno pueda hacer desaparecer sólo con desearlo.

Tuvo un colapso, abandonó el conservatorio y simplemente desapareció. Durante diez años estuvo perdido para nosotros. Cuando, finalmente, le encontramos quisimos ayudarle, pero no se le puede obligar. Sus miedos son demasiado grandes. Desconfía de los medicamentos. Tiene terror a los hospitales. Se las ingenia para vivir de su música, y mi hermana y yo hacemos todo lo que podemos para cuidar de él cuando venimos a Londres.

—¿Y sabe dónde se encuentra su hermano ahora? ¿Dónde está exactamente?

Matsumoto miró a su abogada. Zaynab Bourne se hizo cargo de la conversación.

—Espero que el señor Matsumoto haya dejado perfectamente claro que su hermano está enfermo. Quiere tener la seguridad de que no se tomará ninguna medida que pueda asustarle. Él comprende que Yukio tendrá que ser interrogado, pero insiste en que el enfoque de la Policía debe ser prudente y que cualquier interrogatorio debe llevarse a cabo en mi presencia y con la asistencia de un profesional en salud mental. Mi cliente también insiste en la aceptación y la seguridad por parte de la Policía de que, como su hermano es una persona diagnosticada con una esquizofrenia paranoide no tratada, sus palabras (cualesquiera que pudieran ser una vez que sea interrogado) difícilmente puedan ser usadas en su contra.

Lynley miró a Ardery. Tenía las manos alrededor de su vodka con tónica y los dedos golpeaban levemente contra los costados fríos del vaso. Se había bebido casi todo el contenido durante la conversación y en ese momento acabó el resto.

—Acepto sus condiciones: tendremos cuidado; usted estará allí y tambien un especialista. El Papa, el ministro del Interior y el primer ministro estarán presentes si así lo desea. Tendrá todos los testigos que le apetezca, pero si él reconoce haber cometido el asesinato, será acusado del crimen.

—Él está gravemente enfermo —dijo la abogada.

—Y nosotros tenemos un sistema legal que será el que determine si es así.

Hubo un breve momento de silencio mientras el violonchelista y su abogada pensaban en ello. Ardery se echó hacia atrás en su silla. Lynley esperó a que ella les recordase que, ahora mismo, estaban protegiendo a alguien que podía ser testigo material de un crimen o, peor aún, el asesino. Pero ella no jugó esa carta y pareció como si supiera que no necesitaba hacerlo.

—Señor Matsumoto —dijo—, hay una realidad muy simple a la que debe hacer frente. Si no nos entrega a su hermano, alguien acabará por hacerlo.

Otro momento de silencio antes de que Matsumoto hablara. Tenía una expresión tan apenada que Lynley sintió una poderosa oleada de compasión hacia él, una sensación tan fuerte que se preguntó si realmente debía dedicarse al trabajo policial en aquella coyuntura de su vida. Todo consistía en llevar a la gente hacia un rincón. Ardery estaba completamente dispuesta a hacerlo, lo sabía, pero pensó que él quizá ya no tenía estómago para esas cosas.

—Mi hermano está en Covent Garden —dijo Matsumoto con voz queda—. Toca el violín allí, como artista callejero, por dinero.

Dejó caer la cabeza, como si admitirlo fuese de alguna manera una humillación. Quizá lo era.

Ardery se levantó.

—Gracias —dijo—. No tengo intención de asustarle. —Luego añadió, dirigiéndose a la abogada—: Cuando le tengamos bajo custodia, la llamaré para decirle dónde está. No hablaremos con él hasta que usted esté allí. Puede ponerse en contacto con el experto en salud mental que necesite y traerle con usted.

—Yo querré verle —dijo Matsumoto.

—Por supuesto. También nos encargaremos de eso.

Ardery le saludó con una leve inclinación de cabeza y le indicó a Lynley que debían marcharse.

Lynley le dijo al músico:

—Ha hecho lo correcto, señor Matsumoto. Sé que no ha sido fácil para usted.

En ese momento se dio cuenta de que quería continuar, establecer una especie de camaradería con ese hombre, porque su propio hermano también había tenido problemas en el pasado. Pero las dificultades de Peter Lynley con el alcohol y las drogas eran insignificantes comparado con aquello, de modo que no dijo nada más.

Isabelle hizo la llamada telefónica una vez que estuvieron en la acera de delante del hotel y de regreso al coche. Tenían a su hombre, le dijo al inspector Hale con tono brusco. Le ordenó que fuera a Covent Garden de inmediato y se llevara un equipo con él. Tendrían que ser cinco efectivos.

—Cuando lleguéis allí desplegaos y buscad a un japonés de mediana edad. Bloqueadle cualquier salida. No os acerquéis a él. Está como un cencerro y es peligroso. Llamadme cuando tengáis su ubicación exacta. Estoy en camino.

Cerró su teléfono móvil y se volvió hacia Lynley.

—Cojamos a esa basura miserable.

Él pareció sorprendido o desconcertado o *algo* que ella no alcanzó a discernir.

—Es muy probable que este tío sea un asesino, Thomas —dijo ella.

—De acuerdo, jefa.

Lynley contestó educadamente.

—¿Qué? —dijo ella—. Les daré su jodido psico-lo-que-sea-que-quiera-tipo-de-experto y no hablaré una sola palabra con él hasta que la señorita Tacones de Aguja no esté sentada en su regazo, si es necesario. Pero no pienso arriesgarme a que se escape cuando, por fin, le hemos encontrado.

—No hay ninguna objeción por mi parte.

Pero ella sabía que había algo que a Lynley no le gustaba y le presionó.

—¿Quizás usted tiene un enfoque mejor de la situación?

—En absoluto.

—Maldita sea, Thomas, si vamos a trabajar juntos tendrá que ser sincero conmigo, aunque para ello deba retorcerle el brazo.

Habían llegado al coche, y él dudó un momento antes de abrir la puerta de su lado. Al menos, pensó ella, parecía haberse curado aparentemente de su tendencia a abrirle la puerta.

—¿Está segura de eso? —preguntó.

—Por supuesto que estoy segura. ¿Por qué otra razón iba a

decirlo? Quiero saber lo que piensa y quiero saberlo cuando lo piensa.

—Entonces, ¿tiene un problema con la bebida? —preguntó él.

No era lo que ella esperaba, pero sabía que tendría que haber estado preparada. El hecho de que no lo estuviera provocó que estallara.

—Bebí un jodido vodka con tónica. ¿Acaso le parezco que estoy borracha perdida?

—¿Y antes de ese vodka con tónica? —preguntó él—. Jefa, no soy estúpido. Supongo que lo lleva en el bolso. Probablemente se trata de vodka, porque la mayoría de la gente piensa que es inodora. También tiene pastillas de menta o chicle o lo que sea que use para ocultar el olor.

En una respuesta automática y sintiéndose helada hasta las puntas de los dedos, ella dijo:

—Se ha pasado de la raya, inspector Lynley. Se ha pasado tanto de la jodida raya que debería enviarle ya mismo a vigilar un solar en el sur de Londres.

—Puedo entenderlo.

Ella tenía ganas de golpearle. Se le ocurrió pensar que a él no le importaba y que, probablemente, nunca le había importado: las amenazas que se utilizaban contra él para controlarle como policía. Lynley era diferente a los demás porque no necesitaba el trabajo, de modo que si se lo quitaban o le amenazaban con despedirle o actuaban de una manera que colisionara con su aristocrático desagrado, él podía largarse y hacer lo que fuese que hicieran los condes del puto reino si no disfrutaban de un empleo lucrativo. Para ella, aquella situación era más que exasperante. Convertía a Lynley en una bala perdida, alguien que no le debía lealtad a nadie.

—Suba al coche —dijo ella—. Nos vamos a Covent Garden. Ahora.

Viajaron en absoluto silencio a lo largo de la zona sur de Kensington Gardens y luego junto a Hyde Park. Y ella necesitaba un trago. El vodka con tónica había sido el típico vodka con tónica que se bebe en el bar de un hotel: apenas dedo y medio de vodka en el vaso acompañado de la botella de tónica, de modo que ella podía hacer que el trago fuese tan fuerte o débil como le apeteciera. La presencia de Lynley hizo que vaciara toda la botella dentro del vaso y ahora se arrepentía. Estaba arrepentida, joder. También repasó mentalmente todos sus movimientos. Había sido absolutamente precavida. Él estaba intentando adivinar y esperando a ver qué hacía ella al respecto.

—Olvidaré que tuvimos esa conversación en la acera del hotel, Thomas —dijo.

—Jefa —dijo él en un tono que telegrafiaba «como usted quiera».

Ella quería ir más allá. Quería saber, en todo caso, qué le diría a Hillier. Pero hacer cualquier otra mención a ese tema le daría una importancia que ella no podía permitirse.

Estaban tratando de sortear Piccadilly Circus cuando sonó su móvil.

—Ardery —ladró en el pequeño aparato.

Era Philip Hale. Había encontrado al tío japonés con el violín.

—En unas escaleras que hay en un patio un poco más allá de…

—El estanco —dijo Isabelle, ya que recordaba que Lynley y ella habían visto a ese maldito artista callejero. Tocaba acompañándose de la música que salía de un radiocasete, llevaba puesto un esmoquin y estaba en el patio inferior delante de un bar de vinos. ¿Por qué demonios no había recordado a ese hombre?

Ése era el tío, dijo Philip Hale cuando ella se lo describió.

—¿Hay policías uniformados?

No. Todo el mundo iba de paisano. Dos tíos estaban sentados a unas mesas en el patio y el resto estaba…

Hale interrumpió la conversación. Luego dijo:

—Joder. Jefa, el tío está guardando sus cosas. Ha apagado la radio y ahora está colocando el violín en… ¿Quiere que le detengamos?

—No. No. No quiero que nadie se acerque a él. Debéis seguirle, pero todo el mundo debe mantenerse alejado. Y bien alejado. No permitáis que vea que le están siguiendo, ¿de acuerdo?

—Entendido.

—Bien hecho, Philip. Llegaremos dentro de unos minutos. —Luego le dijo a Lynley—: Se ha puesto en movimiento. Llévenos allí, por el amor de Dios.

Ella podía sentir los nervios hormigueándole en las puntas de los dedos de los pies. Él, por otra parte, estaba absolutamente tranquilo. Pero una vez que consiguieron atravesar Piccadilly Circus se encontraron con un atasco de taxis que parecía extenderse hasta el infinito.

Ella maldijo.

—Joder, Thomas. Sáquenos de aquí.

Él no contestó. Pero convirtió en una virtud el hecho de ser un antiguo residente en Londres cuando comenzó a desviarse por calles laterales, con tranquilidad, como si estuviera en posesión del Saber. Finalmente aparcó en el momento en que el móvil de Isabelle volvía a sonar.

La voz de Philip Hale dijo:

—Hay una iglesia al suroeste de la plaza.

—¿Ha entrado allí?

No lo había hecho, le contó Hale. Delante de la iglesia había un jardín y había empezado a tocar el violín en ese lugar, en medio del camino central. Había bancos a ambos lados y la gente se paraba a escucharle.

—Jefa, se ha reunido una verdadera multitud —dijo Hale.

—Llegaremos dentro de un momento —contestó Isabelle. Luego añadió, mirando a Lynley—: ¿Una iglesia?

—Debe de tratarse de la iglesia de San Pablo en Covent Garden.

Cuando llegaron a las inmediaciones del antiguo mercado de flores, él la cogió brevemente del brazo y señaló hacia la iglesia. Ella alcanzó a ver el templo por encima de las cabezas de la multitud, una estructura clásica construida en ladrillo y con ángulos externos en piedra cenicienta. Se dirigió hacia la iglesia, pero el camino no era fácil. Había artistas callejeros por todas partes y cientos de personas que disfrutaban de sus actuaciones: magos, vendedores de globos, bailarines de zapateado, incluso un grupo de mujeres canosas tocando las marimbas.

Isabelle estaba pensando que era el lugar perfecto para que ocurriera algo terrible —cualquier cosa, desde un ataque terrorista hasta un vehículo fuera de control— cuando una súbita conmoción a un costado de la iglesia llamó su atención en el preciso momento en que comenzaba a sonar su móvil. Se escuchó un grito y ella respondió: «¿Qué pasa?». Porque para ella era evidente que algo estaba pasando y, mientras lo pensaba, vio a Yukio Matsumoto que se abría paso entre la multitud con el violín en una mano y una expresión de absoluto pánico en el rostro.

Escuchó a Philip Hale al teléfono:

—Nos descubrió, jefa. No sé cómo. Estamos…

—Le veo —dijo ella—. Perseguidle. Si le perdemos aquí, lo habremos perdido para siempre. —Y a Lynley—. Joder. Joder.

El violinista corría entre la multitud. Los gritos de protesta fueron seguidos casi de inmediato por gritos de «¡Policía! ¡Alto! ¡Detengan a ese hombre!» y, a continuación, se produjo una especie de locura colectiva. Porque parte de la oscura historia de la Policía Metropolitana en cuanto a la persecución de cualquiera era un relato que incluía la muerte a tiros de un civil desarmado e inocente en el metro, y nadie quería estar en la línea de fuego. No importaba que estos policías de paisano no estuviesen armados, la muchedumbre ignoraba ese dato. La gente echó a correr en todas direcciones mientras las madres cogían a sus hijos, y los esposos a sus mujeres. Por otro lado, las personas que tenían alguna cuenta que ajustar con la Policía hacían todo lo posible por interponerse en su camino.

—¿Adónde ha ido? —le preguntó Isabelle a Lynley.

—¡Allí! —dijo él, y señaló aproximadamente hacia el norte. Ella siguió el gesto con la mirada y vio la cabeza oscilante de un hombre y luego el negro de la chaqueta del esmoquin, y se lanzó tras él, gritando a través del teléfono—. Phillip, se dirige hacia el norte por… ¿Dónde? —le preguntó a Lynley.

—James Street —dijo Lynley—. En dirección a Long Acre.

—James Street… —repitió ella—. En dirección… ¿adónde?… Joder. Hable usted con él. —Le lanzó el móvil a Lynley y echó a correr, abriéndose paso a través de la multitud con gritos de «¡Policía! ¡Policía! ¡Dejen paso!».

Matsumoto había llegado al final de la calle corriendo por el centro de ésta, sin importarle a quien se llevase por delante en su huida. Niños caídos, un kiosco volcado y bolsas de la compra pisoteadas marcaban su estela, pero nadie hizo nada ante los gritos de «¡Deténganle!».

En la persecución, Lynley y ella les llevaban ventaja a Philip Hale y sus hombres. Pero Matsumoto era rápido. Estaba impulsado por el miedo y por cualesquiera demonios que tuviese dentro de la cabeza.

Delante de ella, Isabelle vio que corría directamente hacia Long Acre, donde el sonido estridente de una bocina le indicó que había estado a punto de ser atropellado por un coche. Aceleró la carrera a tiempo para ver que Matsumoto se desviaba a toda velocidad por otra calle. Corría como si su vida dependiese de esa huida, el violín aferrado contra el pecho, el arco perdido hacía rato.

Isabelle le gritó a Lynley:

—¿Adónde lleva esa calle? ¿Adónde se dirige Matsumoto?

—Shaftesbury Avenue —le dijo Lynley, y luego a través del teléfono móvil—. Philip, ¿puedes alcanzarle por otra ruta? Está a punto de cruzar Shelton Street. No presta atención adónde se dirige o a lo que hay a su alrededor. Si consigue llegar a Shaftesbury... Sí. Sí. De acuerdo. —Entonces se dirigió a Isabelle—. Habrá policías uniformados en alguna parte cerca de aquí. Hale ha avisado a la Met.

—Joder, no queremos policías uniformados, Thomas.

—No tenemos alternativa.

Continuaron corriendo tras él. Matsumoto golpeaba peatones a diestro y siniestro. Chocó contra un cartel de anuncio del *Evening Standard*. Ella pensó que ya le tenían porque el vendedor consiguió cogerle de un brazo al tiempo que le gritaba, «¡espera un momento, coño!». Pero Matsumoto empujó al hombre contra el escaparate de una tienda con enorme violencia. El cristal se rajó y luego estalló en una lluvia de fragmentos que cubrieron la acera.

Llegó a Shaftesbury Avenue. Giró hacia la derecha. Isabelle esperó en vano que hubiese un policía uniformado, porque cuando Lynley y ella doblaron en la esquina, pudo ver el peligro y comprendió en una fracción de segundo lo que probablemente pasaría si no le detenían ahora mismo.

Algo que no podían hacer. «No» lo podían hacer.

—¿Qué es este lugar? —le preguntó a Lynley. Él había conseguido alcanzarla y la había adelantado, pero ella le seguía de cerca.

—High Holborn, Endell, New Oxford... —Su respiración era agitada—. No podemos dejar que cruce.

Ella lo sabía muy bien. Coches, taxis, camiones y autobuses desembocaban en este lugar..., y desde todas las direcciones.

Sin embargo, Matsumoto tenía toda la intención de cruzar, y eso fue lo que hizo, sin mirar a derecha o izquierda, como si estuviese corriendo en un parque y no por una calle congestionada de tráfico.

El taxi que le atropelló no tuvo ninguna posibilidad de frenar. Llegó desde el noreste y, al igual que todos los demás medios de transporte en la vasta confluencia de calles que vomitaban docenas de vehículos en toda dirección, llegó velozmente. Matsumoto había salido disparado de la acera, había intentado cruzar la calle y el taxi le había alcanzado de lleno. Su cuerpo había salido despedido en un espeluznante vuelo.

—¡Dios bendito! —Isabelle oyó el grito de Lynley. Y luego él comenzó a gritar por el teléfono—. ¡Philip! ¡Philip! Le ha atropellado un coche. Consigue una ambulancia enseguida. En Shaftesbury Avenue, cerca de Saint Giles High Street —añadió mientras alrededor de ellos el chirrido de los frenos y el estruendo de las bocinas llenaban el aire, mientras el taxista saltaba fuera de su coche y (con las manos en la cabeza) corría hacia el cuerpo desmadejado de Yukio Matsumoto; un conductor de autobús se unió a él y luego otros tres, hasta que el violinista quedó oculto a la vista.

—¡Policía! ¡Policía! ¡Atrás! ¡No le mováis! —gritó Lynley.

Y mientras tanto ella se daba cuenta de que había tomado la decisión equivocada —la peor de las decisiones— al ordenar que un equipo fuese detrás de ese hombre.

Cuando accedió a formar parte de la brigada criminal de Isabelle Ardery para esta investigación, el último sitio que Lynley habría considerado como uno de los lugares donde quizá tuviese que presentarse era la sala de Accidentes y Urgencias del Hospital Saint Thomas, los mismos corredores y habitaciones en los que había tenido que tomar la decisión de dejar morir a Helen y a su hijo. Pero allí fue donde la ambulancia llevó a Yukio Matsumoto. Cuando Lynley atravesó las puertas de entrada a la silenciosa sala de heridos, fue como si el tiempo no hubiera pasado entre aquel momento y las horas posteriores a lo que le había ocurrido a su esposa. Los olores eran los mismos: antisépticos y productos de limpieza. Las vistas eran como habían sido entonces: las sillas azules unidas entre sí y alineadas contra las paredes, los tableros de anuncios acerca del sida, otras enfermedades de transmisión sexual y la importancia de lavarse las manos con frecuencia. Los sonidos seguían siendo universales: la llegada de las ambulancias, la precipitación de los pasos, órdenes exigentes impartidas a viva voz mientras las camillas transportaban a los heridos a las áreas donde los examinaban. Lynley veía y oía todo esto, y fue transportado al momento en que entró allí y se enteró de que a su esposa le habían disparado en la escalera de entrada de su casa, que la ayuda había tardado veinte minutos en llegar, y que en ese tiempo Helen se había quedado sin oxígeno mientras su corazón bombeaba sangre inútilmente a la cavidad de su pecho. Era todo tan real que se quedó sin aliento, se paró en seco y no volvió en sí hasta que oyó que Isabelle Ardery pronunciaba su nombre.

Su tono de voz le aclaró la cabeza. Ella le estaba diciendo «...policías uniformados aquí, las veinticuatro horas, dondequiera que esté, dondequiera que le lleven. Joder, qué desastre. Le dije que no debían acercarse a él».

Se percató de que ella se estaba retorciendo las manos y pensó absurdamente que nunca había visto a nadie que lo hiciera, si bien había leído esa expresión a menudo en los libros, como indicativo de la ansiedad de una persona. No había duda de que ella estaba abrumada por la ansiedad. ¿La Policía Metropolitana persigue a alguien que acaba en el hospital? No importaba que se hubiesen identificado mientras le perseguían. No sería ésa la versión que darían los periódicos, y ella lo sabía. También sabía que la principal y primera cabeza que rodaría —si se reducía a eso— sería la suya.

Las puertas se abrieron. Philip Hale entró con una expresión desencajada. El sudor le recorría las sienes y le perlaba la frente. Se había quitado la chaqueta. Tenía la camisa adherida al cuerpo.

Ardery se movió. Le cogió del brazo, le puso contra la pared, y ya estaba a escasos centímetros de su cara antes de que

Hale hubiese advertido siquiera que ella estaba en la habitación.

—¿Escucha usted alguna puta vez lo que le dicen? Le dije claramente que no debían acercarse a ese hombre.

—Jefa, yo no…

—Si le perdemos, Philip, usted cargará con la culpa. Me encargaré personalmente de que así sea.

—Pero, jefa…

—Bajo revisión, en el dique seco, en la garita. Lo que sea necesario para que me preste atención, porque cuando yo digo que no debe acercarse a un sospechoso, no quiero decir ninguna otra jodida cosa, de modo que dígame, por todos los malditos santos dígame, Philip, qué parte de eso no entendió, porque tenemos a un hombre que fue atropellado por un coche y es probable que muera. Y si piensa que alguien va a pasar página y fingir que no ha ocurrido nada, entonces será mejor que tenga otra jodida idea sobre este asunto y será mejor que sea ahora mismo.

El inspector desvió la mirada hacia Lynley. No podía haber, Lynley lo sabía, un policía mejor y una persona más decente que Philip Hale. Cuando le daban una orden la seguía al pie de la letra, que era precisamente lo que había hecho en este caso y todos los demás lo sabían.

—Algo le asustó, jefa —dijo Hale—. Un momento estaba tocando el violín y al momento siguiente estaba huyendo a toda carrera. No sé por qué. Juro por Dios…

—Lo jura por Dios, ¿verdad? —Ella le sacudió el brazo. Lynley pudo ver la tensión en sus dedos; la presión debía de ser intensa porque las puntas de los dedos estaban rojas y la piel debajo de las uñas se había vuelto carmín—. Oh, eso es muy bonito, Philip. Coja el toro por los cuernos. Asuma la responsabilidad. No tengo tiempo para hombres que gimotean como…

—Jefa. —Lynley intervino con calma—. Ya está bien.

Ardery abrió los ojos como platos. Él pudo ver que se había comido la pintura de labios y lo que reemplazaba el color en su rostro eran dos círculos de furia roja en las mejillas. Antes de que pudiese responder, él dijo con tono urgente:

—Tenemos que ir a ver a su hermano y explicarle lo que ha pasado.

Ella intentó decir algo, pero Lynley añadió:

—No queremos que se entere por las noticias. No deseamos que nadie importante para la investigación se entere de ese modo.

Con eso Lynley se refería a Hillier y ella tendría que haberlo sabido, aun cuando estuviese dominada por demonios que él reconocía muy bien, pero que nunca había entendido realmente.

Ardery soltó el brazo de Hale.

—Vuelva a jefatura —le dijo, y luego dirigiéndose a Lynley—: Ya son dos veces. Queda advertido.

—Entendido —dijo él.

—Y eso no supone ninguna jodida diferencia, ¿verdad? —Luego se volvió nuevamente hacia Philip Hale—. ¿Es usted idiota, Philip? ¿No ha oído lo que acabo de decirle? ¡Vuelva a jefatura!

Philip Hale pasó su mirada de Ardery a Lynley, y nuevamente a Ardery.

—Jefa —dijo asintiendo brevemente, y se marchó. Lynley vio que sacudía la cabeza cuando se alejaba.

—Tratemos de localizar a su hermano —dijo Ardery, y comenzó a pasearse.

Mientras Lynley hacía las llamadas necesarias no dejó de observarla. Se preguntó en qué momento haría otra visita al lavabo, porque tenía muy pocas dudas de que necesitaba desesperadamente un trago.

Sin embargo, durante los cuarenta minutos que ambos esperaron a que la abogada de Hiro Matsumoto localizara al violonchelista y le llevase al hospital Saint Thomas, la superintendente interina permaneció en la sala de espera, por lo Linley desarrolló un reticente respeto por la forma en que se controlaba. Ardery hizo las llamadas apropiadas a la jefatura, informando de lo sucedido a la oficina de prensa y pasando también la información a la oficina de Hillier. El subinspector jefe, supuso Lynley, le daría a Ardery un buen rapapolvo. No había nada que Hillier odiase más que tener mala prensa. La mitad de Londres podía dispararle a la otra mitad en la calle y Hillier estaría menos preocupado que si la portada de un tabloide fuera: MÁS BRUTALIDAD POLICIAL.

Cuando finalmente llegaron, Hiro Matsumoto estaba mucho más tranquilo que su abogada, que echaba fuego por la boca y amenazaba con iniciar acciones legales, nada de lo cual resultaba una sorpresa. Solamente interrumpió su monólogo cuando se les unió el médico que había recibido al violinista y había atendido sus lesiones. Era un hombre muy pequeño, con orejas muy grandes y extrañamente transparentes y llevaba una placa de identificación en la que se leía HOGG. Habló directamente con Hiro Matsumoto, reconociéndole sin duda como la persona que estaba relacionada más íntimamente con el hombre herido. El médico ignoró a los demás.

Un hombro fracturado y una cadera rota fue lo que les dijeron primero, lo que sonaba esperanzador considerando lo terribles que podrían haber sido las consecuencias del accidente. Pero, a continuación, el doctor Hogg añadió a la mezcla una fractura de cráneo y hematoma subdural agudo, además del hecho de que el tamaño de la herida provocaría un peligroso incremento de la presión intracraneal, que a su vez causaría daños en el delicado tejido cerebral si no hacían algo inmediatamente. Ese algo era descompresión, practicada sólo mediante una intervención quirúrgica. Yukio Matsumoto estaba siendo preparado para ingresar en quirófano mientras ellos hablaban.

—Ese hombre es sospechoso de asesinato —informó Isabelle Ardery al médico—. Es necesario que hablemos con él antes de que hagan cualquier cosa para dejarle inconsciente.

—El paciente no está en condiciones... —comenzó a decir el médico, sólo para ser interrumpido tanto por el hermano como por la abogada del hermano.

Uno dijo: «Mi hermano no mató a esa mujer», mientras la otra decía: «Usted sólo debe hablar conmigo, señora, y quiero asegurarme de que eso quede muy claro. Y si se acerca a Yukio Matsumoto sin mi conocimiento...».

—No me amenace —la interrumpió Isabelle Ardery.

—Lo que haré, lo que pienso hacer, es averiguar exactamente qué fue lo que hizo que las cosas se desarrollaran de esta increíble manera y, cuando lo haya hecho, se encontrará sometida a un escrutinio legal como no ha visto en su vida. Espero haberme expresado con absoluta claridad.

El médico dijo bruscamente:

—Mi interés es el herido y no la disputa que mantienen ustedes dos, señoras. El paciente será operado y no hay nada más que hablar.

—Por favor —dijo Hiro Matsumoto con voz apacible. Tenía los ojos húmedos—. Mi hermano. ¿Vivirá?

La expresión de médico se suavizó.

—Es una herida traumática, señor Matsumoto. Haremos todo lo que esté en nuestras manos.

Cuando el médico se marchó, Isabelle Ardery habló, dirigiéndose a Lynley:

—Necesitamos recoger su ropa para el análisis forense.

—Eso ya lo veremos —intervino Zaynab Bourne.

—Es el principal sospechoso en una investigación criminal —replicó Ardery—. Tendremos la orden correspondiente y nos llevaremos la ropa, y si tiene algún problema con eso, puede presentar su queja a través de los canales apropiados. —Se dirigió a Lynley—: También quiero a alguien asignado aquí, alguien que sea capaz de controlar cualquier situación que se pueda producir. En el momento en que el sospechoso esté en condiciones de hablar, queremos que un oficial esté en la habitación con él.

Luego se volvió hacia Hiro Matsumoto y le preguntó si podía decirles dónde vivía su hermano.

Su abogada estaba a punto de protestar, pero Matsumoto dijo:

—No, por favor, señora Bourne. Creo que es en interés de Yukio que aclaremos este asunto cuando antes.

—Hiro, usted no puede...

La señora Bourne alejó a Matsumoto de Ardery y Lynley. Le habló al oído con gestos imperativos y él la escuchó con expresión seria. Pero el resultado final no fue diferente. Él sacudió la cabeza. Ambos intercambiaron algunas palabras más y Zaynab Bourne se dirigió hacia la puerta de salida al tiempo que abría su teléfono móvil. Lynley tenía muy pocas dudas de que la abogada poseía recursos, que estaba intentando poner en marcha en ese momento, para encender una hoguera debajo de los pies de la Policía Metropolitana.

Hiro Matsumoto regresó adonde estaban los policías.

—Vamos. Les llevaré allí.

Y

Isabelle llamó al subinspector jefe Hillier cuando cruzaban el río, en dirección a Victoria Embankment para evitar Parliament Square. Previamente había hablado sólo con la secretaria de Hillier, agradecida por la oportunidad de ensayar cómo proporcionar la información que probablemente pondría al subinspector jefe en órbita. Hillier dijo, a modo de saludo: «Cuénteme». Isabelle, consciente de la presencia de Hiro Matsumoto en el asiento trasero del coche, le proporcionó la menor cantidad de información posible. Concluyó su informe con:

—En este momento se encuentra en el quirófano. Su hermano está con nosotros. Nos dirigimos a la casa del sospechoso.

—¿Tenemos a nuestro hombre?

—Es muy posible.

—Considerando la situación, no necesito que sea posible. Necesito que sea probable. Necesito que sea sí.

—Eso lo sabremos muy pronto.

—Dios quiera que así sea. Venga a mi despacho cuando haya terminado. Necesitamos reunirnos con Deacon.

Ella no sabía quién demonios era Deacon, pero no pensaba pedirle a Hillier que lo identificase. Dijo que estaría allí tan pronto como pudiese y, cuando acabó la conversación, se lo preguntó a Lynley.

—Es el jefe del Departamento de Prensa —le contestó—. Hillier está organizando a la caballería.

—¿Cómo me preparo?

Lynley negó con la cabeza.

—Nunca he sabido cómo hacerlo.

—Philip metió la pata en esto, Thomas.

—Eso es lo que usted piensa.

La manera en que pronunció esas palabras, como una afirmación, pareció una manifestación de su opinión personal, una valoración. Y también, tal vez, una declaración de su lealtad.

No volvieron a hablar, simplemente viajaron envueltos en un tenso silencio hasta Charing Cross Road, desde donde Hiro Matsumoto les dirigió hacia el cruce con Denmark Street. Allí una estructura de ladrillo rojo de ocho plantas alojaba un bloque de viviendas llamado Shaldon Mansions, cuyos bajos estaban ocupados por una serie de tiendas, temáticamente similares, todas de música, que se extendían calle abajo —venta de guitarras, baterías y diferentes tipos de instrumentos de viento—, y más adelante había kioscos de periódicos, tiendas de maletas, cafés y librerías. La entrada a los apartamentos consistía en una abertura encajada entre un kiosco llamado Keira News y una tienda apodada Mucci Bags. Cuando se dirigían hacia allí, Isabelle advirtió que Lynley ralentizaba el paso, de modo que se volvió para encontrarle mirando fijamente el edificio. Ella preguntó: «¿Qué?», y él dijo: «Paolo di Fazio».

—¿Qué pasa con él?

—Aquí es donde le trajo Jemima Hastings. —Señaló con la cabeza la entrada del edificio—. La noche en que se conocieron. Él dijo que le había llevado a un piso que estaba encima de Keira News.

Isabelle sonrió.

—Bien hecho, Thomas. De modo que ahora sabemos cómo llegó Yukio a conocer a Jemima.

—Saber que ellos quizá se conocían no significa...—dijo Hiro Matsumoto.

—Por supuesto que no —interrumpió Isabelle, bruscamente. Cualquier cosa con tal de mantenerle en movimiento. Cualquier cosa con tal de que los llevase al apartamento de su hermano, ya que no parecía que hubiera ningún conserje que les indicase cuál era.

El violonchelista, lamentablemente, no tenía la llave. Pero, tras tocar varios timbres, golpear otras tantas puertas y formular algunas preguntas aquí y allá, acabaron en Keira News. Allí la identificación de Isabelle hizo que apareciera una llave maestra para todos los pisos en Shaldon Mansions, conservada por el dueño de la tienda, quien cumplía la doble función de receptor de paquetes y contacto de urgencia en caso de que se produjera una situación de crisis en el edificio.

Indudablemente, era un momento crítico, como se encargó de explicar Isabelle al dueño de Keira News. El hombre le entregó la llave y estaban a punto de marcharse cuando Lynley se detuvo para preguntarle por Jemima Hastings. ¿La conocía? ¿La recordaba? ¿Ojos inusuales, uno verde y el otro marrón?

Los ojos fueron la clave. Ella efectivamente había vivido en Shaldon Mansions, en un estudio con baño compartido, muy similar al que estaban tratando de acceder.

Este dato confirmó otra conexión entre Yukio Matsumoto y Jemima Hastings, y el hecho alegró enormemente a Isabelle. Una cosa era relacionarlos a través de Covent Garden, otra cosa muy distinta era relacionarlos a través del lugar donde ambos vivían. Las cosas estaban mejorando.

El estudio de Yukio estaba en la quinta planta del edificio, un lugar donde la amplitud de los pisos inferiores se reducía a gabletes escalonados y un tejado con mansarda. En ese exiguo espacio las habitaciones se abrían a un corredor estrecho donde el aire era tan viciado que probablemente no se hubiese ventilado desde la primera guerra del Golfo.

Dentro del estudio de Yukio Matsumoto la atmósfera era opresivamente calurosa, y todo el lugar estaba perturbadoramente decorado con figuras del suelo al techo dibujadas en las paredes con rotuladores. Las figuras, a docenas, surgían con aspecto amenazador desde todas partes. Un ligero examen indicó que representaban ángeles.

—En nombre de Dios, qué... —susurró Isabelle mientras, junto a ella, Lynley sacó sus gafas de leer para estudiar más detenidamente las figuras garabateadas en las paredes. Detrás de ella, oyó que Hiro Matsumoto lanzaba un suspiro trémulo. Le miró. Parecía infinitamente triste.

—¿Qué es todo esto? —preguntó Isabelle.

La mirada del violonchelista se paseó de un dibujo a otro.

—Él cree que le hablan. La horda celestial.

—¿La qué?

—Las diferentes clases de ángeles —dijo Lynley.

—¿Es que hay más de una clase?

—Hay nueve clases de ángeles.

Y sin duda podría enumerarlos, pensó Isabelle con malhumor. Bueno, ella no quería saber —tampoco necesitaba saberlo— las categorías de los lo-que-fuesen celestiales. Lo que ella necesitaba saber era qué relación tenía eso, si es que había alguna, con la muerte de Jemima Hastings. No se le ocurrió nada. Pero Hiro dijo:

—Ellos combaten por él. En su cabeza, por supuesto, pero él

los oye y a veces piensa que también puede verlos. Lo que él ve son personas; puesto que en el pasado los ángeles se presentaban con apariencia humana. Y, por supuesto, siempre se los describe con forma humana en el arte y en los libros y, debido a eso, él cree que es uno de ellos. Yukio cree que le están esperando para que manifieste su intención. Es el núcleo de su enfermedad. Sin embargo, eso demuestra que no ha hecho daño a nadie, ¿verdad?

Isabelle contempló los dibujos mientras Lynley recorría la habitación lentamente, con la mirada fija en las paredes. Había ángeles que descendían a estanques donde los seres humanos yacían apiñados y con los brazos extendidos en un gesto de súplica; había ángeles que conducían a demonios a trabajar en un templo que se alzaba a lo lejos; había ángeles con trompetas, ángeles que llevaban libros, ángeles con armas, y una enorme criatura con las alas desplegadas que dirigía un ejército, mientras cerca de allí otra criatura provocaba la destrucción de una ciudad de apariencia bíblica. Y una sección completa de la pared parecía representar una lucha entre dos tipos de ángeles: uno con armas y el otro con las alas desplegadas para cubrir a los seres humanos encogidos de miedo debajo de ellas.

—Él cree que debe elegir —dijo Hiro Matsumoto.

—¿Elegir qué? —preguntó Isabelle.

Vio que Lynley se había desplazado hacia una cama estrecha, en cuya mesilla de noche había una lámpara, un libro y un vaso de agua de aspecto cristalino. Cogió el libro y lo abrió. De su interior cayó una tarjeta, y él se inclinó para recogerla del suelo mientras Hiro Matsumoto contestaba a la pregunta de Isabelle.

—Entre el ángel guardián y el ángel guerrero —dijo—, para proteger o para… —Él dudó, de modo que Isabelle acabó la frase.

—Para castigar —dijo—. Bien, parece que finalmente hizo su elección, ¿verdad?

—Por favor, él no…

—Jefa.

Lynley estaba mirando la tarjeta. Ella cruzó la habitación hacia su compañero. Vio que se trataba de otra de las tarjetas postales de la National Portrait Gallery con la fotografía de Jemima Hastings. También llevaba escrito «¿Ha visto a esta mujer?», pero encima de la imagen del león dormido habían garabateado un ángel como los que decoraban las paredes de la habitación. Tenía las alas desplegadas para crear un escudo, pero no llevaba armas en las manos.

—Parece como si se inclinase por la protección, no por el castigo —dijo Lynley.

Isabelle estaba a punto de decirle que no parecía nada de eso cuando el hermano de Yukio lanzó un grito. Ella se volvió rápidamente. Vio que Hiro se había acercado al lavamanos de la habitación y estaba mirando fijamente algo que había en el borde.

—¡Aléjese de eso! —dijo con voz autoritaria, y recorrió la habitación a grandes zancadas para ver lo que Matsumoto había encontrado.

Fuese lo que fuese estaba cubierto con una costra de sangre. De hecho, estaba cubierta con una costra de tanta sangre que, aparte de su forma, era algo indefinible.

—Ah —dijo Isabelle—. Ya lo creo. No toque nada, señor Matsumoto.

La hora del día limitaba las posibilidades de aparcamiento en la zona de Chelsea. Lynley se vio obligado a caminar desde Carlyle Square. Cruzó King's Road y se dirigió hacia el río por Old Church Street. Mientras hacía este camino consideró las diversas maneras en que podía evitar un encuentro con el subinspector jefe Hillier en los próximos días y las diversas maneras en las que quizá pudiese adornar lo que había estado experimentando junto a Isabelle Ardery en el caso de que fuese inevitable una conversación con Hillier.

Quería darle carta blanca a Ardery. Era nueva en el puesto de superintendente y estaba ansiosa por demostrar su valía. Pero él también quería que se hiciera un arresto adecuado cuando llegase el momento de hacer un arresto, y no estaba convencido de que Yukio Matsumoto fuese culpable del asesinato. De que era culpable de algo no había ninguna duda. Pero asesinato... Lynley no lo veía así.

—Eso es a causa del hermano —le dijo Isabelle bruscamente cuando regresaban a Scotland Yard—. Usted le admira, y por eso quiere creer todo lo que dice. Pues yo no.

En el centro de coordinación reinaba un silencio inusual en la última reunión del día. Los otros oficiales sabían lo que había sucedido con Yukio Matsumoto en la calle, así que podía ser una de las causas de sus reticencias. La otra, sin embargo, era el incidente entre Isabelle Ardery y Philip Hale en el hospital Saint Thomas. Era un caso claro de telégrafo, teléfono, díselo-a-un-poli. Incluso si Philip no les hubiese explicado nada al resto del equipo, ellos se habrían dado cuenta de que algo pasaba simplemente al ver su comportamiento.

A última hora de la tarde aún no había llegado ninguna información adicional del hospital sobre el estado de Yukio Matsumoto, de modo que actuaban bajo la premisa de «si no hay noticias, eso son buenas noticias». Un oficial especializado en las escenas del crimen había sido enviado al estudio del violinista, y habían mandado el objeto sanguinolento lleno de costras al departamento forense para que se practicase un análisis completo. Todo el material requisado estaba siendo analizado y comprobado: las herramientas para tallar en madera de Marlon Kay estaban limpias; todas las herramientas de esculpir recogidas en el estudio próximo a Clapham Junction también estaban limpias. El paradero de Frazer Chaplin el día del asesinato había sido confirmado por sus colegas de la pista de hielo, por sus colegas en el hotel Dukes y por Bella McHaggis. El paradero de ella había sido confirmado por un estudio de yoga y sus vecinos. Aún quedaba la cuestión de si Abbott Langer realmente había sacado a pasear al perro, como declaró que había hecho aquel día, y de ser así, por dónde, y la presencia de Paolo di Fazio en Jubilee Market Hall, que podría haberse aplicado a cualquier día o a ninguno, porque realmente nadie le prestó demasiada atención. Probablemente sí estuvo allí, y probablemente era suficiente para la superintendente Ardery. Tenía grandes y fundadas esperanzas de que se pudiesen presentar cargos contra Yukio Matsumoto tan pronto como se recibiese el resto de los informes forenses.

Lynley tenía sus dudas acerca de esto, pero optó por no decir nada. Cuando acabó la reunión, se acercó al juego de tableros y dedicó varios minutos a estudiar el material que había en ellos. Examinó una de las fotografías en particular, y cuando abandonó Victoria Street, se llevó una copia con él. Era, en parte al menos, el motivo que le había llevado a Chelsea; por eso no había regresado directamente a su casa.

Resultó que Saint James no estaba en casa. Pero Deborah sí y acompañó a Lynley al comedor. Allí había dispuesto todo lo necesario para el té de la tarde, pero no era apto para consumo. Estaba tratando de decidir si quería dedicarse a la fotografía gastronómica, le dijo. Cuando se le ocurrió la idea de hacerlo, había pensado que era «más bien un insulto al "extremadamente" elevado arte de mis sueños», dijo ella.

—Pero como el «extremadamente» elevado arte de mis sueños no supone precisamente ganar grandes sumas de dinero, y como odio la idea de que el pobre Simon mantenga a su pseudoartística esposa en su senectud, pensé que fotografiar comida podía ser lo que necesito hasta que me descubran como la próxima Annie Leibovitz.

El éxito en este terreno, le explicó Deborah, se basaba en la iluminación, el atrezo, los colores y las formas. Además había consideraciones relativas a llenar excesivamente las fotografías, a sugerir que el observador sea realmente «parte» de la escena y a centrarse en la comida sin descuidar la importancia de la atmósfera.

—En realidad estoy experimentando —admitió—. Te diría que tú y yo podemos comernos todo esto cuando haya acabado, pero no te lo aconsejaría, porque los bollos los he hecho yo.

Deborah había creado toda una escena, comprobó Lynley, algo sacado directamente del Ritz, con todo lo necesario, desde una bandeja de plata con pequeños bocadillos hasta un bol lleno de nata cuajada. Incluso había un cubo para el hielo con una botella de champán en un rincón y, mientras Deborah hablaba acerca de todas esas cosas, desde el ángulo del fotógrafo hasta cómo se creaban lo que daba la impresión de ser gotas de agua sobre las fresas, Lynley reconoció en su conversación el esfuerzo por recuperar la normalidad en su relación.

—Estoy bien, Deb. Es difícil, como cabría esperar, pero voy encontrando mi camino.

Deborah evitó su mirada. Una rosa colocada en un florero necesitaba un retoque, y se encargó de ello antes de contestar con voz apacible:

—La echamos terriblemente de menos. Sobre todo Simon. A él no le gusta decirlo. Creo que piensa que empeoraría las cosas. Para mí y para él. No sería así, por supuesto. ¿Cómo podría hacerlo? Pero está todo mezclado.

—Siempre hemos sido una especie de maraña, nosotros cuatro, ¿verdad? —dijo Lynley.

Ella alzó la vista, pero no contestó.

—Todo se arreglará —prosiguió él. Quería decirle que el amor era una cosa extraña, que cruzaba sobre las divisorias de aguas, se desdibujaba y se redescubría a sí mismo. Pero sabía que ella ya lo había entendido, porque lo estaba viviendo, igual que él. De modo que dijo—: ¿Simon no está en casa? Tengo algo que quería enseñarle.

—Debe estar al llegar. ¿Qué tienes para él?

—Una fotografía —contestó, y, mientras lo decía, comprendió que podían existir algunas fotos adicionales que podrían servirle de ayuda—. Deb, ¿tienes fotos de la inauguración de la muestra en la Portrait Gallery? —preguntó.

—¿Te refieres a mis fotografías? No llevé mi cámara.

No, le dijo él. Se refería a fotos publicitarias. ¿Había alguien en la National Portrait Gallery aquella noche que hiciera fotografías de la inauguración de la exposición organizada por Cadbury? ¿Quizá para utilizarlas en un folleto, tal vez para una revista o un periódico?

—Ah —dijo Deborah—. ¿Estás hablando de fotos de celebridades y futuras celebridades? ¿La gente guapa que sostiene copas de champán y exhibe su bronceado de cabina y la obra que han hecho con sus dentaduras? No puedo decir que hayan acudido muchas de esas personas, Tommy. Pero sí se tomaron algunas fotografías. Ven conmigo.

Deborah le llevó al estudio de Simon, una habitación que daba a la fachada de la casa. Allí, de un antiguo Canterbury junto al escritorio de Simon, rescató un ejemplar de *¡Hola!*, hizo una mueca y dijo:

—Aquél fue un día un tanto pobre en cuanto a eventos sofisticados en la ciudad.

Hola! había hecho su trabajo habitual con aquellos personajes que podían ser considerados como la «gente guapa». Aquellas personas habían posado encantadas para los fotógrafos. Era una gratificante doble página llena de fotos.

A la exposición fotográfica había asistido una verdadera multitud. Lynley reconoció a unos cuantos personajes influyentes de la sociedad londinense, además de aquellos que ansiaban convertirse en parte de ella. Entre las fotografías había también algunas instantáneas tomadas sin que los personajes posaran y, entre ellas, encontró a Deborah y Simon hablando con Jemima Hastings y un hombre de semblante lóbrego y cuyo aspecto sugería problemas. Lynley esperaba enterarse de que el tipo era uno de los hombres relacionados con la chica muerta, pero le sorprendió saber que estaba mirando a Matt Jones, la nueva pareja de Sidney Saint James, la hermana pequeña de Simon.

—Sidney está realmente loca por él —dijo Deborah—. Simon, por su parte, piensa que ella, simplemente, está loca. Él es un misterio. Me refiero a Matt, no a Simon, por supuesto. Acostumbra a desaparecer de golpe durante semanas y dice que está fuera, trabajando para el Gobierno. Sidney piensa que es un espía. Simon cree que es un asesino a sueldo.

—¿Y qué crees tú?

—Nunca consigo arrancarle más de diez palabras, Tommy. Para serte sincera, ese hombre me pone un poco nerviosa.

Lynley encontró una foto de Sidney: alta, flexible, componiendo una pose con una copa de champán en la mano y la cabeza echada hacia atrás. Se suponía que era espontánea —de hecho, estaba conversando con un hombre moreno que estaba tomándose su bebida de un sólo trago—, pero no era casual que Sidney fuese modelo profesional. A pesar de la multitud que los rodeaba, ella sabía muy bien cuándo una cámara la estaba enfocando.

Había otras fotografías, espontáneas y preparadas. Necesitaban un examen más detenido. En realidad, en el archivo de la revista tendrían probablemente un montón de fotos que ni siquiera habían sido impresas en estas páginas, y Lynley se dio cuenta de que podrían ser valiosas y de que quizá mereciera la pena seguirles la pista. Le preguntó a Deborah si podía quedarse con la revista. Ella dijo que sí, por supuesto. ¿Creía él que el asesino de Jemima había estado allí?

Era posible. No había que dejar cabo suelto.

En ese momento, Saint James llegó. La puerta principal se abrió y oyeron sus pasos irregulares en la entrada. Deborah se acercó a la puerta del estudio y dijo:

—Tommy está aquí, Simon. Quiere verte.

Saint James se reunió con ellos. Se produjo un momento incómodo en el cual el viejo amigo de Lynley evaluó su estado —y Lynley se preguntó cuándo llegaría el día en que los momentos incómodos con los amigos fueran una cosa del pasado— y luego dijo:

—Tommy. Necesito un whisky. ¿Tú?

Lynley no lo necesitaba, pero aceptó:

—No diría que no.

—¿Lagavulin, entonces?

—¿Soy una ocasión especial?

Saint James sonrió. Fue hasta el carrito de las bebidas que había debajo de la ventana y sirvió dos vasos, además de un jerez para Deborah. Les entregó las bebidas y luego le dijo a Lynley:

—¿Me has traído algo?

—Me conoces demasiado bien.

Lynley le dio la copia de la fotografía que había cogido del centro de coordinación. Mientras lo hacía, le contó a su amigo parte de lo que había pasado ese día: Yukio Matsumoto, la persecución a través de las calles, el accidente en Shaftesbury Avenue. Luego le habló del objeto que habían encontrado en la habitación del violinista, y acabó con la conclusión de Ardery de que tenían a su hombre.

—Considerándolo bien, parece bastante razonable —contestó el otro—. Pero ¿te muestras reacio a aceptarlo?

—Me parece que el móvil del crimen es una dificultad.

—¿Amor obsesivo? Dios sabe que eso sucede muy a menudo.

—Si hay alguna obsesión implicada en este asunto, parece más probable que sean los ángeles. Los tiene pintados en todas las paredes de su habitación.

—¿De verdad? Eso es curioso.

Saint James se concentró en la fotografía.

Deborah se acercó a su esposo.

—¿Qué es esto, Tommy? —preguntó.

—Lo encontraron en el bolsillo de Jemima. El SO7 dice que se trata de cornalina, pero eso es todo lo que sabemos por el momento. Esperaba que os sugiriese algo. O a falta de eso...

—¿Qué yo pudiese conocer a alguien que fuera capaz de determinar qué es? Deja que lo examine más detenidamente. —Saint James fue hasta el escritorio, donde utilizó una lupa para estudiar la foto—. Está muy gastada, ¿verdad? El tamaño sugiere que es una piedra de un anillo de hombre, o quizá del pendiente de una mujer. O un broche, supongo.

—Pedrería, en cualquier caso —convino Lynley—. ¿Qué me dices del grabado?

Saint James se inclinó sobre la foto. Después de un momento, dijo:

—Bueno. Es pagano. Eso es obvio, ¿no crees?

—Eso fue lo que pensé. No parece celta.

—No, no. Definitivamente no es celta.

—¿Cómo lo sabéis? —preguntó Deborah.

Saint James le pasó la lupa a su esposa.

—Cupido —dijo—. Una de las figuras grabadas en la piedra. Está arrodillado delante de otra figura. Y ella es.... ¿es Minerva, Tommy?

—O Venus.

—Pero ¿la armadura?

—¿Algo perteneciente a Marte?

Deborah alzó la vista.

—Eso la convierte en una pieza que tiene..., ¿cuánto, Simon? ¿Mil años?

—Yo diría que un poco más. Probablemente es del siglo tercero o cuarto.

—Pero ¿cómo pudo conseguirlo? —le preguntó Deborah a Lynley.

—Ésa es la cuestión, ¿verdad?

—¿Podría ser la causa de que la hayan asesinado? —preguntó Deborah—. ¿Por un trozo de piedra grabada? Debe de ser muy valiosa.

—No hay duda de que es valiosa —dijo Lynley—. Pero si su asesino buscaba esta piedra, difícilmente la habría dejado en el cuerpo de la víctima.

—A menos que ignorase que ella la llevaba encima —dijo Deborah.

—O que algo le interrumpiese antes de que pudiese buscarla —añadió Saint James.

—En cuanto a eso… —Lynley les dio más detalles acerca del arma del crimen, o al menos de lo que ellos suponían que era el arma del crimen. Estaba, añadió, saturada de sangre.

—¿Qué es? —preguntó Saint James.

—No estamos completamente seguros —le explicó Lynley—. Por ahora todo lo que tenemos es su forma.

—¿Que es…?

—Mortalmente afilado en uno de los extremos, tal vez veinte centímetros de largo, mango curvo. Muy parecido a una púa extrañamente modelada.

—¿Usada para qué?

—No tengo ni la más remota idea.

Con la presencia de vehículos de la Policía, del Departamento Forense, una ambulancia y docenas de agentes de la ley en los alrededores de la obra en construcción abandonada de Dawkins, era sólo cuestión de minutos antes de que llegase la prensa y toda la comunidad se enterase de que en ese lugar se había encontrado un cadáver. Aunque los esfuerzos de la Policía local para controlar el flujo de información fueron realmente admirables, la naturaleza del crimen era difícil de ocultar. Por lo tanto, el estado superficial del cuerpo sin vida de John Dresser y el lugar exacto donde había sido hallado fueron detalles ampliamente difundidos y conocidos antes de que transcurrieran cuatro horas. También fue ampliamente difundido el arresto de tres chicos (sus nombres no revelados por razones obvias) que estaban «ayudando a la Policía en sus pesquisas», algo que era desde hacía mucho tiempo un eufemismo para «sospechosos del caso».

El anorak color mostaza de Michael Spargo le había convertido en alguien identificable para aquellas personas que le habían visto ese día en Barriers. Tanto la prenda como él mismo eran visibles en las cintas de videovigilancia y reconocibles no sólo para los testigos que se presentaron con descripciones de él, sino también para su vecindario. La indignación de la comunidad llevó rápidamente a una multitud amenazadora ante la puerta de la casa de los Spargo. Al cabo de treinta y seis horas la situación provocó que se sacara a toda la familia de Gallows, se la instalara en otra parte de la ciudad (y, una vez concluido el juicio, se la llevara a otra parte del país) bajo un nombre falso. Cuando la Policía llegó en busca de Reggie Arnold e Ian Barker, las consecuencias fueron las mismas y sus familias tuvieron que ser trasladadas también a otros puntos del país. De todos ellos, sólo Tricia Barker ha hablado con la prensa durante los años siguientes, habiéndose negado rotundamente a cambiar su nombre. Se ha especulado con que su cooperación está relacionada con obtener publicidad para una ansiada aparición en un programa de telerrealidad.

Podría decirse sin temor al equívoco que las horas de interrogatorios con los tres chicos en los días subsiguientes revelan muchas cosas acerca de su psicopatología y de la disfunción de sus familias. De los tres, todo parecería sugerir que Reggie Arnold procedía de una situación familiar más sólida porque, en cada una de las entrevistas, tanto Rudy como Laura Arnold estuvieron presentes, acompañados del detective encargado del interrogatorio y de un asistente social. Pero de los tres chicos, Reggie —no debe olvidarse este dato— exhibió los signos más claros de perturbación según sus maestras, y los ataques de ira, la histeria y las actividades autodestructivas que caracterizaban su experiencia en clase se volvieron más pronunciados a medida que se llevaban a cabo los interrogatorios, y cuando se hizo patente para Reggie que cualquier tipo de manipulaciones que hubiese empleado en el pasado para escapar de un problema no funcionarían en la situación en la que ahora se encontraba.

En la cinta, al principio su voz es embaucadora, luego se convierte en un gemido. Su padre le dice que se siente erguido en la silla y «sé un hombre, no un ratón», mientras que su madre solloza diciendo lo que Reggie «nos está haciendo a todos nosotros». El foco permanece invariablemente sobre ellos mismos: cómo les está afectando la situación de Reggie. Parecen no darse cuenta no sólo de la naturaleza del crimen por el que su hijo está siendo interrogado y de lo que ello indica acerca del estado mental del chico, sino también del peligro al que se enfrenta. En un momento dado, Laura le dice que «no puedo estar sentada allí todo el día mientras tú gimoteas, Reg», porque «tengo que pensar en tu hermano y tu hermana, ¿es que no lo entiendes?». Más preocupante es que ninguno de ellos parece percatarse de nada cuando las preguntas formuladas a Reggie comienzan a centrarse en la obra en construcción de Dawkins, en el cadáver de John Dresser y en lo que las pruebas encontradas en ese lugar sugieren sobre lo que le ha sucedido a John Dresser. El comportamiento de Reggie se altera —incluso las repetidas pausas e intervenciones por parte del asistente social no consiguen tranquilizarle—, y si bien resulta evidente que probablemente está implicado en algo horroroso, sus padres no parecen tener conciencia de ello, ya que continúan tratando de amoldar la conducta de su hijo a algo que ellos pueden aprobar. En esta actitud vemos la propia esencia del padre narcisista, mientras que en Reggie vemos el extremo al que puede llevarle la reacción de un hijo a este tipo de educación.

Ian Barker se enfrenta a una situación similar a la de Reggie, aunque permanece impasible durante los interrogatorios. Es sólo a través de sus posteriores dibujos durante las sesiones con un psiquiatra infantil cuando se revelará el alcance de su participación en el crimen. Mientras se le interroga, él mantiene su historia de que «no sabe nada acerca de ningún bebé», incluso cuando se le muestra la cinta de videovigilancia y se leen las declaraciones de los testigos que le vieron en compañía de los otros dos chicos y de John Dresser. Durante todo este tiempo, su abuela no deja de llorar. Se la puede oír en la cinta, ya que sus sollozos se elevan periódicamente; los murmullos del asistente social de «Por favor, señora Barker» no consiguen calmarla. Sus únicos comentarios son: «ésta es mi obligación», pero no hay indicio alguno de que ella perciba la comunicación con su nieto como parte de esa obligación. Aunque la mujer, comprensiblemente, debe de haber experimentado una enorme sensación de culpabilidad por haber abandonado a Ian al inadecuado y a menudo abusivo cuidado de su madre, no parece relacionar este abandono y el abuso emocional y psicológico posteriores con lo ocurrido a John Dresser. Por su parte, Ian nunca pregunta por su madre. Es como si supiera con antelación que estará solo durante la investigación, apoyado principalmente por un asistente social a quien no conocía de nada antes del crimen.

En cuanto a Michael Spargo, ya hemos visto que el abandono de su hijo por parte de Susan Spargo se produjo casi en el acto, durante su primer encuentro con la Policía. Este hecho también era acorde con el resto de su vida: la marcha de su padre de casa debió de haber tenido un profundo efecto sobre todos los chicos Spargo; el alcoholismo de su madre y sus otras carencias no habrían hecho más que exacerbar la sensación de abandono en Michael. Sue Spargo ya se había mostrado incapaz de poner fin a la violencia entre sus nueve hijos. Es probable que Michael no tuviese ninguna esperanza de que su madre fuese capaz de impedir ninguna otra cosa que pudiese pasarle a él.

Una vez arrestados, a Michael, Reggie e Ian se les interrogó en repetidas ocasiones, hasta siete veces en un mismo día. Como puede imaginarse, teniendo en cuenta la enormidad y el horror del crimen, cada uno de los chicos señaló con el dedo a los demás. Había ciertos hechos que ninguno de ellos discutió en absoluto —particularmente aquellos relacionados con el secador de pelo robado en la tienda de todo a un euro—, pero basta con decir que tanto Michael Spargo como Reggie Arnold eran conscientes de la perversa naturaleza de lo que habían hecho. No obstante sus protestas iniciales de inocencia, las numerosas referencias a «las cosas que le hicieron a ese bebé» junto con su creciente desasosiego cuando se trataban determinados temas (y, en el caso de Reggie Arnold, el repetido e histérico ruego a sus padres de que no le odiasen) nos confirman que ambos conocían perfectamente cada límite de propiedad y humanidad que habían cruzado durante el tiempo que estuvieron con John Dresser. Por otra parte, Ian Barker permaneció inconmovible, estoico hasta el final, como si las circunstancias de su vida le hubiesen despojado no sólo de su conciencia, sino también de cualquier sentimiento de conmiseración que, de otro modo, pudiera haber tenido hacia otro ser humano.

«¿Entiendes lo que es una prueba forense, muchacho?» fueron las palabras que abrieron de par en par la puerta a la confesión, porque una confesión era lo que la Policía quería obtener de esos chicos; es una confesión lo que la Policía quiere de todos los criminales. Después del arresto de los chicos, se recogieron los uniformes de la escuela, los zapatos y la ropa de abrigo para su examen; más tarde, las pruebas obtenidas de estos artículos no sólo les situaban en la obra abandonada de Dawkins, sino también en compañía de John Dresser en los terribles momentos finales del pequeño. Los zapatos de los tres chicos presentaban salpicaduras de sangre del niño; fibras de sus ropas fueron recogidas no sólo en el mono azul de John, sino también en su pelo y en su cuerpo; las huellas dactilares de los tres estaban en el secador de pelo, en una tubería de cobre de la obra en construcción, en la puerta del lavabo portátil, en el asiento del váter y en las pequeñas zapatillas blancas de John. El caso contra ellos se abrió y se cerró, pero en los primeros interrogatorios, la Policía, por supuesto, no podía saber eso, ya que las pruebas aún no habían sido analizadas.

Tal como finalmente entendió la Policía y tal como convinieron los asistentes sociales, una confesión de los tres chicos serviría a varios propósitos. Por una parte, activaría la recientemente aprobada Ley de Desacato en la Corte, poniendo fin de este modo no sólo a las crecientes e histéricas especulaciones de los medios de comunicación en relación con el caso, sino a cualquier posibilidad de que detalles perjudiciales para el juicio fuesen filtrados a la opinión pública. También permitiría que la Policía centrase su atención en construir cualquier tipo de caso contra los chicos que intentara presentar ante los fiscales de la Corona. Proporcionaría, a su vez, el material necesario a los psicólogos para que llevasen a cabo una evaluación de los chicos. La Policía, en conjunto, no consideró el valor de una confesión como algo que correspondiese a la curación de los chicos. Para todo el mundo resultaba evidente que había «algo profundamente malo en todas las familias» (palabras del superintendente Mark Bernstein en el curso de una entrevista celebrada dos años después del juicio), pero la Policía no consideró que fuese su obligación aliviar el daño psicológico y emocional causado a Michael Spargo, Ian Barker y Reggie Arnold en sus propios hogares. No hay duda de que no se les puede culpar por ello, a pesar del hecho de que la naturaleza demencial del crimen revela una profunda psicopatología en todos ellos. Porque la tarea de la Policía era llevar a alguien ante la justicia por el asesinato de John Dresser y, de este modo, aportar algo de consuelo a sus desconsolados padres.

Como se podría sospechar, los chicos comenzaron por acusarse mutuamente una vez que se les informó de que el cadáver de John Dresser había sido localizado y de que, en las proximidades del lavabo portátil se habían encontrado desde huellas de pisadas hasta materia fecal y que los criminólogos analizarían estas pruebas que, sin duda, estaban relacionadas con los secuestradores del pequeño. «Fue idea de Ian que nos llevásemos al crío», son las palabras de Reggie Arnold, quien dirige su grito no al Policía que le está interrogando, sino a su madre, a quien le dice: «Mamá, yo nunca, nunca me llevé a ese crío». Michael Spargo acusa a Reggie, e Ian Barker no dice nada hasta que le informan de la acusación de Reggie, y en ese punto dice: «Yo quería ese gatito, eso es todo». Los tres comienzan a protestar y a decir que ellos no le hicieron daño a ningún bebé. Michael es el primero en admitir que ellos «quizás le llevaron fuera de Barriers para dar un paseo o algo, pero sólo fue porque no sabíamos de dónde era».

A los tres se les insiste para que digan la verdad. «La verdad es mejor que mentir, hijo», le dice varias veces a Michael Spargo su entrevistador. «Tienes que hablar. Por favor, cariño, tienes que hablar», le dice su abuela a Ian Barker. Reggie es aconsejado por sus padres: «escúpelo, ahora, como algo malo que tienes en el estómago y debes eliminar». Pero toda la verdad es algo abominable que los chicos temen abordar. Sus reacciones ante tales requerimientos ilustran cómo se resisten a hablar.

18

El hombre entró nuevamente con el coche en la finca mientras Gordon estaba dando de beber a los ponis. Diez minutos más y se marcharía a su trabajo en el tejado del Royal Oak. Pero ahora estaba atrapado. Permanecía dentro del prado con una manguera en la mano. Gina le observaba desde de la cerca; esta vez ella no había querido entrar en el prado. Aquella mañana los ponis parecían estar nerviosos. Su valor se había desvanecido.

Por encima del borboteo del agua que caía en el abrevadero, Gordon no oyó el motor del coche cuando el vehículo entró en el camino particular. Gina, sin embargo, estaba cerca del borde del camino y llamó a Gordon con cierto titubeo en el mismo momento en que el ruido de la puerta del coche al cerrarse atrajo su atención.

Él vio las gafas oscuras. Reflejaban la luz del sol como las alas de un murciélago extraviado. Luego el hombre echó andar hacia la cerca y el movimiento de sus labios le confirmó a Gordon que ese hombre estaba decidido a disfrutar lo que fuese que sucediera a continuación.

—Un día magnífico, querida, ¿verdad? Un poco caluroso, pero quién puede quejarse. En este país tenemos muy pocos días de buen tiempo, ¿no cree? —le dijo a Gina en un tono perfectamente controlado para transmitir una absoluta ausencia de simpatía.

Gina miró a Gordon, una mirada rápida cargada de preguntas que no haría.

—Para ser sincera, me gustaría más que corriese un poco de brisa fresca —dijo ella.

—¿Eso le gustaría? ¿No puede conseguir que nuestro Gordon la abanique a los postres, cuando los dos están calientes y sudorosos?

El hombre sonrió con una exhibición de dentadura que era tan falsa como todo lo demás en él.

—¿Qué es lo que quieres?

Gordon lanzó la manguera hacia un lado. El agua continuó saliendo a chorros. Los ponis, sorprendidos por su inesperado movimiento, se alejaron trotando a través del prado. Pensó que quizás Gina entrase en la zona cercada en ese momento —con los ponis a una distancia segura—, pero no lo hizo. Se quedó junto a la valla con las manos apoyadas sobre uno de los postes recién colocados. No fue la primera vez que él maldijo ese trozo de madera vertical y a todos sus congéneres. Pensó que quizá tendría que haber dejado que todos los jodidos postes se pudriesen.

—Qué poco amable —respondió el hombre a la pregunta de Gordon—. Lo que quiero es un poco de conversación. Podemos tenerla aquí o podemos dar un paseo.

—Tengo trabajo que hacer.

—Esto no llevará mucho tiempo.

El hombre hizo un mínimo ajuste a sus pantalones: un leve tirón, un desplazamiento lateral, las pelotas colocadas en una posición más cómoda. Era la clase de movimiento que tenía cien interpretaciones diferentes, dependiendo de las circunstancias y del tío que lo hiciera. Gordon apartó la mirada.

—¿Qué hacemos, pues, mi amor?

—Tengo trabajo pendiente.

—Eso lo sé. De modo que… ¿damos un paseo? —Luego se dirigió a Gina—. No le llevaré demasiado lejos. Habrá vuelto antes de que empiece a echarle de menos.

Gina paseó la mirada de Gordon al hombre, y nuevamente a Gordon. El hombre se dio cuenta de que estaba asustada, por lo que experimentó una inútil oleada de furia. Eso era, por supuesto, lo que el hombre quería que sintiese. Tenía que sacar a ese cabrón de su propiedad.

Fue hasta el grifo y cerró el paso de agua.

—Vamos —dijo y, al pasar junto a Gina, añadió con voz tranquila—. Está todo bien. Volveré.

—Pero por qué tienes que…

—Volveré.

Gordon subió al coche. Oyó una risa ahogada detrás de él: Ése es mi chico. Un momento después retrocedían hasta llegar al camino. Una vez allí, en dirección a Sway, el hombre dijo:

—Eres un pedazo de mierda, ¿lo sabías? Ella no te estaría mirando como si fueses un regalo de Dios para que le llenes su agujero húmedo si supiera la verdad, ¿no crees?

Gordon no dijo nada, aunque sintió que se le revolvía el estómago. Al final del camino giraron a la izquierda y continuaron hacia Sway. Al principio, pensó que su destino era el pueblo, pero pasaron frente al hotel, superaron con un traqueteo las vías del ferrocarril y continuaron en dirección noreste más allá de un grupo de casas rústicas a las afueras del pueblo. El camino los llevaba al cementerio, con sus ordenadas filas de tumbas protegidas en los cuatro costados por alisos, hayas y abedules. Gordon pensó que probablemente enterrarían a Jemima en un lugar como aquél. Los viejos cementerios de la zona estaban llenos y dudaba de que hubiera una parcela familiar en alguna parte, porque ella jamás lo había mencionado y sabía que a sus padres los habían incinerado. Ella nunca había hablado de la muerte, aparte de lo que le contó acerca de sus padres, y se había sentido agradecido por ello, aunque no lo había tenido en cuenta hasta aquel momento. El coche también dejó atrás el cementerio. Gordon estaba a punto de preguntar adónde demonios iban cuando un giro a la izquierda los llevó por un camino en mal estado, hasta un aparcamiento lleno de baches. Y entonces lo supo. Aquello era Set Thorns Inclosure, una zona boscosa similar a muchas otras en el Perambulation, rodeada de una valla para mantener alejados a los animales del New Forest que vagaban libremente por los prados, para que los árboles madereros en su interior crecieran y alcanzaran un tamaño que hiciera imposible que sufriesen ningún daño.

Los senderos transitables serpenteaban a través de aquella vasta extensión de bosques, pero en el aparcamiento había sólo otro coche, y nadie en su interior. De modo que tenían el bosque prácticamente para ellos solos, tal como el otro hombre quería.

—Ven, cariño —le dijo a Gordon—. Demos un pequeño paseo, ¿sí?

Gordon sabía que no tenía ningún sentido tratar de ganar tiempo. Las cosas serían como tenían que ser. Había algunas situaciones sobre las cuales ejercía, al menos, un control nominal. Pero aquélla no era una de ellas.

Salió del coche al aire de la mañana. El olor era fresco y puro. Unos metros delante del coche había un portón en la cerca y fue hacia ella, la abrió, entró en la zona vallada y esperó instrucciones. No tardaron en llegar. Desde ese punto, los senderos partían en tres direcciones: se adentraban en la zona vallada o seguían los límites del bosque. No le importaba qué sendero escogieran, ya que probablemente el resultado sería el mismo.

Un somero examen del terreno fue suficiente para determinar la dirección que debían tomar. Huellas de animales y pisadas humanas de aspecto bastante fresco llevaban hacia el corazón de los árboles, de modo que tomaron una ruta alternativa que discurría en dirección sureste a lo largo del límite del cercado, antes de descender hacia una zona de humedales para volver a ascender debajo de unos castaños y a través de densos setos de acebo. En los lugares abiertos, los guardabosques del Perambulation habían apilado montones de madera cortada de los árboles o que habían caído a causa de las tormentas. Los helechos eran compactos y exuberantes, alentados en su crecimiento por la luz del sol que se filtraba entre las ramas; ahora comenzaban a teñirse de marrón en los bordes. Hacia finales del verano y en otoño formarían una cubierta de encaje marrón allí donde los rayos del sol alcanzaran con más fuerza el suelo del bosque.

Los dos continuaron andando. Gordon estaba a la espera de lo que se avecinaba. No había nadie a la vista, aunque oían a un perro que ladraba a lo lejos. Aparte de eso, el único sonido procedía de los pájaros: ásperas llamadas de los depredadores aviarios y el ocasional y breve gorjeo de los pinzones ocultos profundamente entre los árboles. Era un lugar rico en fauna silvestre, donde las ardillas se alimentaban del abundante botín caído de los castaños. Allí, un relámpago rojizo entre la maleza era un claro indicio de la presencia de zorros en la zona.

Había también sombras por todas partes y el aire era perfumado. Gordon pensó que, mientras caminaba y esperaba, casi podía olvidar que estaba en compañía de un hombre cuya intención era hacerle daño.

—Aquí estamos suficientemente lejos —dijo el otro. Se acercó a Gordon por detrás y apoyó su pesada mano sobre su hombro—. Ahora, querido, permite que te explique una historia.

Estaban separados apenas por unos centímetros. Gordon podía sentir su aliento ansioso y caliente en la nuca. Habían llegado a un lugar donde el sendero se ensanchaba hasta formar un pequeño claro; un poco más adelante, parecía haber un cruce con un portón detrás. A lo lejos, el bosque terminaba y pudo ver un prado que se extendía en la distancia. Allí los ponis pastaban seguros y tranquilos, muy lejos de cualquier carretera.

—Ahora, querido, tienes que darte la vuelta y mirarme. Eso es. Exacto. Muy bien hecho, amor.

Cara a cara, Gordon pudo ver mucho más de lo que deseaba —grandes poros, puntos negros, unos cuantos pelos ignorados en el afeitado de aquella mañana—, y también podía oler el sudor de la anticipación. Se preguntó qué se sentiría al tener ese dominio sobre otra persona, pero sabía que no debía preguntárselo a ese hombre. Las cosas serían mucho peores para él si no jugaba bien sus cartas. Ya hacía mucho tiempo que había aprendido que simplemente debía pasar a través de las cosas para poder seguir adelante.

—De modo que nos han descubierto.

—¿A qué te refieres?

—Oh, creo que lo sabes muy bien. Los polis te han hecho una visita, ¿verdad? Te están pisando los talones. ¿Qué te sugiere eso?

—La Policía no sabe nada que tú no les cuentes —dijo Gordon.

—Es lo que piensas, ¿verdad? Ummmmm. Sí. Pero han estado en la Escuela Técnica de Winchester, querido. ¿Adónde crees que irán ahora que ya saben que eso era mentira? Alguien, en alguna parte, tendría que haber solucionado eso.

—Bueno, nadie lo hizo. Y no veo que tenga ninguna importancia. No necesitaba esas jodidas cartas.

—¿Eso es lo que crees?

El hombre se acercó un poco más. Ahora estaban pecho contra pecho y Gordon quiso apartarse al sentirse invadido. Pero sabía cómo sería interpretado ese movimiento. El otro quería que el miedo le sobrecogiera.

—Aprendí el oficio. He trabajado, tengo un negocio. ¿Qué más quieres?

—¿Yo? —Su voz era todo inocencia y sorpresa—. ¿Qué más quiero yo? Mi querido muchacho, esto no se trata de mí.

Gordon no contestó. Tragó con dificultad un sabor amargo. Oyó que un perro ladraba con excitación en alguna parte. Oyó que su amo le llamaba como respuesta.

Entonces el otro hombre alzó la mano y Gordon sintió el calor de la palma acunando su nuca. Y luego los dedos se tensaron justo detrás de las orejas, el pulgar y el índice aumentando lentamente la presión hasta que se hizo insoportable. Se negaba a reaccionar, a parpadear, a gemir. Volvió a tragar. Percibió el sabor de la bilis.

—Pero ambos sabemos quién quiere algo, ¿no es cierto? Y ambos sabemos qué es ese algo. Tú sabes lo que yo creo que habría que hacer, ¿verdad?

Gordon no respondió. La presión aumentó.

—¿Verdad, querido? Contéstame ahora. Tú sabes lo que yo creo que habría que hacer, ¿verdad?

—Lo sospecho —dijo Gordon.

—Unas pocas palabras de mi parte. Cinco o seis palabras. No puede ser eso lo que quieres, ¿verdad?

Sacudió ligeramente la cabeza de Gordon, un movimiento que llevaba el disfraz del afecto, excepto por el dolor de la presión detrás de las orejas. A Gordon le dolía la garganta; sentía la cabeza ligera.

—Estás obligado —dijo.

Por un momento, nada. Y luego el otro susurró:

—Yo. Estoy. ¿Qué?

—Obligado. Lo sabes. Este juego tuyo…

—Yo te enseñaré un puto juego…

Y la sonrisa, esa exhibición de dientes como un animal, excepto que pensar en el otro hombre como un animal era un deshonor para los animales.

—Abajo —dijo, hablando a través de los dientes—. Abajo. Eso es. De rodillas.

Le forzó con la presión de la mano en la nuca. No podía hacer otra cosa que obedecer.

Gordon estaba a escasos centímetros de la entrepierna del hombre y vio los dedos velludos que buscaban hábilmente la cremallera del pantalón. La bajaron con suavidad, como si hubiese sido aceitada anticipando este momento y el propósito que se escondía detrás de ella. La mano se deslizó en el interior del pantalón.

El perro interrumpió la escena. Un setter irlandés apareció en el sendero desde el cruce de caminos que había un poco más adelante. Se acercó trotando y lanzó un ladrido. Alguien lo llamó:

—¡*Jackson*! Ven, muchacho. Ven.

Gordon se puso de pie de un brinco. El setter se acercó a él y olisqueó alrededor de sus pies.

—¡*Jackson*! ¡*Jackson*! ¿Dónde estás? ¡Ven aquí!

—Está aquí —gritó Gordon—. Está aquí.

El otro hombre sonrió, esta vez sin mostrar la dentadura, pero con una expresión que decía que las cosas simplemente se habían pospuesto, no cancelado. Susurró:

—Una sola palabra mía y sabes quién aparecerá. Una sola palabra mía y, *puf*..., todo se irá a hacer puñetas. Lo recordarás, ¿verdad?

—Te pudrirás en el Infierno —dijo Gordon.

—Ah, pero no sin ti, querido. Eso es lo mejor de todo.

Meredith Powell encontró sin demasiadas dificultades la oficina que estaba buscando. Estaba en Christchurch Road cerca del cuartel de bomberos y fue andando hasta allí desde Gerber & Hudson Graphic Design durante su descanso de la mañana.

No sabía qué podía esperar de un investigador privado. Había visto muchas veces descripciones de investigadores privados en la tele, y casi siempre los caracterizaban como personajes extravagantes. Ella, sin embargo, no quería extravagancias. Ella quería eficacia. No disponía de demasiado dinero para gastar en aquello, aunque sabía que debía gastarlo.

La llamada al teléfono móvil de Gina la había convencido, igual que el hecho de que el móvil no estuviese en posesión de Gina. Aunque sabía que Gina simplemente podía haberse olvidado de llevárselo con ella antes de abandonar su habitación aquel día, daba la impresión de que ella era, más o menos, una residente permanente en la finca de Gordon y, siendo así, ¿por qué no había regresado a buscar su móvil una vez que descubrió que no lo tenía entre sus pertenencias? Sólo podía haber una respuesta: Gina no había regresado a su habitación a buscar el teléfono porque no quería tenerlo consigo, sonando, vibrando, recibiendo mensajes de texto…, al menos mientras Gordon Jossie estuviera cerca. Todo esto volvía a convertir a Gina en un personaje sospechoso. Y esto hizo que Meredith se pusiera en contacto con Daugherty Enquiries, Inc.

Daugherty, para sorpresa de Meredith, resultó ser una mujer mayor. En su atuendo no se incluía una gabardina arrugada, y en su oficina no había una planta cubierta de polvo y tampoco un escritorio de metal lleno de arañazos. La mujer llevaba puesto, en cambio, un vestido verde de verano y zapatos cómodos, y los muebles de su oficina estaban perfectamente lustrados. No había ninguna planta, ni polvo en las superficies. Sólo grabados en las paredes que representaban la vida silvestre en New Forest.

En el escritorio tenía algunas fotografías, reconfortantes instantáneas de hijos y nietos. En el escritorio, además, había un ordenador portátil abierto y una ordenada pila de papeles junto a él, pero cerró la tapa del ordenador y concentró toda su atención en Meredith en los pocos minutos que duró la conversación.

Meredith la llamó «señora Daugherty». Ella le dijo que era señorita, pero que podía llamarla Michele. Lo pronunció «Meshell», con el acento en la primera sílaba.

—Es un nombre inusual para alguien de mi edad —dijo—, pero mis padres eran unos visionarios.

Meredith no estaba segura de qué había querido decir con eso. Se tropezó una vez, dubitativa, con la sílaba en la que debería ir el acento del nombre, pero le cogió el truco después de una única corrección, algo que pareció agradarle a Michele Daugherty, pues su rostro se iluminó.

Meredith no perdió ni un minuto para explicarle a la investigadora lo que quería: cualquier información que pudiese encontrar acerca de Gina Dickens. Cualquier cosa, añadió. Ella no sabía qué era lo que la mujer podía llegar a descubrir, pero buscaba la máxima información posible.

—¿La competencia?

El tono de la investigadora sugería que no era la primera vez que una mujer acudía a ella en busca de información acerca de otra mujer.

—Podría llamarlo así —dijo Meredith—. Pero esto es para una amiga.

—Siempre lo es.

Dedicaron unos minutos a los honorarios de la investigadora, y Meredith sacó su talonario porque en la tele el cliente siempre entregaba un anticipo. Pero Michele Daugherty hizo un gesto con la mano indicándole que no era necesario: Meredith pagaría una vez prestado el servicio.

Eso era todo. No había llevado mucho tiempo. Meredith regresó andando a Gerber & Hudson, con la sensación de que había dado un paso en la dirección correcta.

No obstante, comenzó a dudar de su decisión casi de inmediato. Gina Dickens la esperaba en su oficina. Estaba sentada en un sillón en el espacio cuadrado que hacía las veces de recepción, los pies apoyados en el suelo y el bolso sobre el regazo. Cuando Meredith entró, Gina se levantó y se acercó a ella.

—No sabía a quién recurrir. —Hablaba en un susurro ansioso—. Usted es la única persona que realmente conozco en New Forest. Me dijeron que había salido un momento, pero que podía esperarla aquí.

Meredith se preguntó si Gina, de alguna manera, había hecho algunos descubrimientos inoportunos: que ella había estado en su habitación encima del salón de té Mad Hatter, que había contestado a su teléfono móvil cuando se encontraba allí, que había cogido lo que había estado oculto debajo del lavamanos, que acababa de contratar los servicios de una investigadora privada para que averiguase todo lo que pudiera acerca de su existencia. Sintió una súbita oleada de culpa, pero logró reprimirla. A pesar de la expresión en el rostro de Gina, que parecía combinar el miedo con el acoso, no era el momento de permitir que la conciencia se apoderase de lo mejor de ella. Además, lo hecho, hecho estaba. Jemima estaba muerta y había demasiadas preguntas que necesitaban una respuesta.

Meredith desvió la mirada hacia el otro extremo de la habitación, donde estaba el pequeño cubículo donde realizaba su trabajo. El gesto pretendía transmitir la idea de que no tenía tiempo, pero Gina aparentemente no tenía intención de prestar atención a esos gestos.

—Descubrí… Meredith, lo que descubrí… No sé cómo interpretarlo, pero creo que lo sé y no quiero saberlo, y… necesito hablar con alguien…

La mención de que había descubierto algo captó de inmediato la atención de Meredith.

—¿De qué se trata?

Gina dio un respingo, como si Meredith hubiese hablado en un tono demasiado alto. Miró alrededor de la oficina y dijo:

—¿Podemos hablar fuera?

—Acabo de regresar de mi descanso. Tengo que…

—Por favor. Cinco minutos. Menos, incluso. Yo… Yo llamé a Robbie para averiguar dónde estaba usted. Él no quería decírmelo. No sé qué es lo que pensó. Pero le dije que usted y yo habíamos hablado y que necesitaba a otra mujer…, y como aún no tengo amigas… Oh, es estúpido atarse a un hombre. Lo sabía, pero lo hice de todos modos con Gordon, pues parecía tan diferente de los otros hombres que he conocido…

Sus ojos se humedecieron, pero no derramó ninguna lágrima. En cambio, la humedad los volvió luminosos. Meredith se preguntó, de manera algo ridícula, cómo lo había conseguido. ¿Cómo lograba una mujer parecer atractiva estando al borde del llanto? Ella se ruborizó intensamente.

Meredith hizo un gesto en dirección a la puerta. Ambas salieron al corredor. Gina tenía intención de bajar las escaleras y salir a la calle, pero Meredith le dijo:

—Tendrá que ser aquí. Lo siento.

Gina se volvió y pareció desconcertada por la brusquedad de las palabras de Meredith.

—Sí. Por supuesto. —Gina sonrió con un ligero temblor—. Gracias. Le estoy agradecida. Verá, yo no quería… —Comenzó a buscar algo en el bolso de paja que llevaba. De su interior sacó un sobre. Bajó el tono de voz—. La Policía de Londres ha venido a vernos. De Scotland Yard. Vinieron por el caso de Jemima y le preguntaron a Gordon..., nos preguntaron a los dos dónde estábamos el día que la mataron.

Meredith sintió una punzada de placer. ¡Scotland Yard! Un «sí» triunfal resonó en su cerebro.

—¿Y? —preguntó.

Gina miró a su alrededor como si quisiera comprobar que nadie la escuchaba.

—Gordon había estado allí —dijo.

Meredith la cogió del brazo.

—¿Qué? ¿En Londres? ¿El día que mataron a Jemima?

—La Policía vino a la finca porque encontraron una tarjeta. En la tarjeta había una fotografía. Meredith, él repartió esas tarjetas por todo Londres. Al menos en la zona donde pensaba que estaba Jemima. Lo reconoció ante la Policía cuando ellos le mostraron la tarjeta postal.

—¿Una tarjeta? ¿Con su fotografía? Pero ¿qué demonios...?

Gina avanzó a trompicones con una explicación que Meredith apenas si pudo seguir: la National Portrait Gallery, una fotografía, un concurso de alguna clase, un anuncio, lo que fuese. Gordon lo había visto, viajó a Londres hacía unos meses, compró sólo Dios sabe cuántas de aquellas tarjetas y las repartió como si fuesen carteles de «Se busca».

—En el reverso de la tarjeta apuntó el número de su móvil —dijo Gina.

Meredith sintió que una corriente helada bajaba por sus brazos.

—Alguien le llamó cuando vio la tarjeta —susurró—. Gordon la encontró, ¿verdad?

—No lo sé —dijo Gina—. Él dijo que no. Me dijo que estaba en Holanda.

—¿Cuándo?

—El día. Ese día. Usted sabe a qué día me refiero. Cuando Jemima... Usted lo sabe. Pero no fue eso lo que le dijo a la Policía, Meredith. Les dijo que estaba trabajando. Le pregunté por qué había dicho eso y me contestó que Cliff le daría una coartada.

—¿Por qué no le dijo a la Policía que estaba en Holanda?

—Eso fue precisamente lo que yo le pregunté. Me dijo que no podía demostrarlo. Dijo que se había deshecho de todo. Le contesté que la Policía podía llamar al hotel donde se había alojado, y ellos podían llamar al granjero con quien había estado, pero..., Meredith, ésa no era realmente la cuestión.

—¿Qué quiere decir? ¿Por qué no era la cuestión?

—Porque... —La lengua se asomó y humedeció los labios, rosados con un carmín que combinaba perfectamente con uno de los colores del vestido de verano sin mangas que llevaba—. Yo ya lo sabía.

—¿Qué? —Meredith sintió que la cabeza le daba vueltas—. ¿Que Gordon había estado en Londres? ¿El día en que mataron a Jemima? Entonces ¿por qué no se lo dijo a...?

—Porque él no sabía, no sabe, que yo lo había descubierto. Durante mucho tiempo ha estado evitando algunos temas, y cuando me acerco a cualquier cosa de la que Gordon no quiere hablar, simplemente lo evita. En dos ocasiones, incluso, se volvió un tanto violento, y la última vez que lo hizo, él... me asustó. Y ahora estoy pensando, ¿qué pasa si es el hombre al que están buscando? ¿Qué pasa si él...? No puedo soportar pensar que podría ser él, pero... Tengo miedo y no sé qué hacer. —Puso el sobre en las manos de Meredith—. Mire esto —dijo.

Meredith deslizó los dedos debajo de la pestaña del sobre, que no estaba sellada, sino simplemente doblada hacia adentro para contener lo que había en su interior. Sólo había tres objetos: dos billetes de tren de ida y vuelta a Londres y un recibo de hotel por una estancia de una sola noche. La factura del hotel se había pagado con una tarjeta de crédito, y Meredith comprobó que la fecha era del mismo día que habían matado a Jemima.

—Yo ya había encontrado estas cosas. Estaba sacando la basura (eso fue el día después de que Gordon regresara)..., y estaban en el fondo. No las hubiese visto si no se me hubiese caído un pendiente dentro del cesto con los papeles usados. Metí la mano para encontrarlo y vi el color del billete y, por supuesto, supe al instante lo que era. Y cuando vi el billete deduje que había viajado a Londres por Jemima. Al principio pensé que la relación entre ellos no había terminado, como Gordon me había dicho, o que si había terminado, aún tenían que solucionar algún asunto. Y quería hablar con él de inmediato sobre lo que había encontrado, pero no lo hice. Yo… ¿Sabe cómo es cuando tienes miedo de oír la verdad?

—¿Qué verdad? Dios, ¿sabía que Gordon le había hecho algo a Jemima?

—¡No, no! ¡Yo no sabía que ella estaba muerta! Quiero decir que lo que pensé fue que su relación no había terminado. Pensé que Gordon aún la amaba y que si me enfrentaba a él, eso era lo que me diría. Entonces todo habría terminado entre nosotros…, ella volvería… Y yo odiaba la idea de que Jemima regresara.

Meredith entrecerró los ojos. Podía ver el truco, si era un truco: porque tal vez Jemima y Gordon habían solucionado sus problemas. Quizá Jemima había intentado regresar. Y si ése era el caso, ¿qué hubiera impedido que Gina viajara a Londres, matara a Jemima y conservara el billete de tren y el recibo del hotel para cargarle el crimen a Gordon? Qué hermosa venganza de una mujer despreciada.

No obstante, en todo este razonamiento había algo que no encajaba. Meredith sentía que le latía la cabeza.

—He pasado mucho miedo —dijo Gina—. Hay algo muy malo en todo esto, Meredith.

Meredith le devolvió el sobre.

—Bueno, tiene que entregarle esto a la Policía.

—Pero entonces ellos volverán para hablar otra vez con Gordon. Él sabrá que fui yo quien le delató y si él realmente le hizo daño a Jemima…

—Jemima está muerta. No está herida. La asesinaron. Y es necesario que encuentren a quien lo hizo.

—Sí. «Por supuesto.» Pero si es Gordon… No puede ser Gordon. Me niego a pensar… Tiene que haber una explicación en alguna parte.

—Bueno, tendrá que preguntárselo a él, ¿verdad?

—¡No! No estaré segura si él… Meredith, ¿no lo entiende? Por favor. Si usted no me ayuda… No puedo hacer esto sola.

—Debe hacerlo.

—¿No querría usted…?

—No. Usted es quien tiene la historia. Usted conoce las mentiras. Si acudo yo a la Policía, sólo puede pasar una cosa.

Gina se quedó en silencio. Le temblaban los labios. Cuando sus hombros se hundieron, Meredith comprendió que Gina había resuelto las cosas por sí misma. Si Meredith llevaba los billetes de tren y el recibo del hotel a la Policía local o a Scotland Yard, sólo estaría repitiendo lo que alguien le había contado. Ese alguien era exactamente la persona que la Policía buscaría a continuación, y probablemente Gordon Jossie estaría allí cuando los detectives llegaran para interrogar a Gina.

Las lágrimas comenzaron a correr en ese momento por las mejillas de la mujer, que se las enjugó con la mano.

—¿Vendrá conmigo? —dijo—. Iré a la Policía, pero no puedo enfrentarme a ello sola. Es un acto de traición muy grande..., y podría no significar nada y, si no significa nada, ¿acaso no comprende lo que estoy haciendo?

—No es verdad que no signifique nada —dijo Meredith—. Las dos lo sabemos.

Gina bajó la mirada.

—Sí, de acuerdo. Pero ¿qué pasa si voy a la estación y pierdo el coraje cuando tenga que entrar y hablar y... ? ¿Qué haré cuando vengan a por Gordon? Porque vendrán, ¿no? Verán que mintió y vendrán, y él lo sabrá. Oh Dios. Oh Dios. ¿Cómo pude hacerme esto a mí misma?

La puerta de Gerber & Hudson se abrió y apareció la cabeza de Randall Hudson. No parecía satisfecho y lo demostró cuando dijo:

—¿Vas a volver a trabajar hoy, Meredith?

Ella sintió calor en sus mejillas. Nunca antes la habían regañado en el trabajo. Dijo con voz baja a Gina Dickens:

—De acuerdo, iré con usted. Preséntese aquí a las cinco y media. —Y después a Hudson—: Lo siento, lo siento señor Hudson. Sólo ha sido una pequeña emergencia. Ya está todo solucionado.

No era demasiado cierto, eso de que estuviera todo solucionado. Pero lo estaría al cabo de muy pocas horas.

Barbara Havers había hecho antes la llamada telefónica a

Lynley, sin la presencia de Winston Nkata. No es que quisiese que Winston no supiese que estaba llamando a su antiguo compañero. Era una cuestión de tiempo. Quiso ponerse en contacto con el inspector antes de su llegada a Yard aquel día. Para ello necesitaba llamar de buena mañana, y lo hizo desde su habitación en el hotel Sway.

Se había dirigido a Lynley en pleno desayuno. Le había puesto al tanto de las idas y venidas a Londres, y pareció cuidadoso en el tema de la actuación de Isabelle Ardery como superintendente, lo cual hizo que Barbara se preguntase qué es lo que no le quería contar. Reconoció en su reticencia esa peculiar lealtad de Lynley, de la que durante tanto tiempo ella se había beneficiado y sintió una punzada.

—Si ella piensa que tiene a su hombre, ¿por qué crees que no nos ha llamado a Londres?

—Las cosas se han movido rápido. Espero que hoy sepas algo de ella.

—¿Qué crees que está pasando?

Al fondo oyó el tintineo de los cubiertos contra la porcelana. Podía imaginar a Lynley en el comedor de su casa señorial, con el *The Times* y el *The Guardian* cerca y una cafetera de plata a su alcance. Era el tipo de individuo que servía el café sin derramar una gota y, cuando lo agitaba en su taza, se las arreglaba para hacerlo sin emitir ni un sonido. ¿Cómo hacía eso la gente?

—No se está precipitando a una conclusión loca. Matsumoto tenía en su habitación lo que parecía el arma. Se la han llevado al forense. También tenía una de las postales metida en un libro. Su hermano se niega a pensar que él sea el responsable, pero no creo que nadie comparta su opinión.

Barbara se dio cuenta de que había evitado su pregunta.

—¿Y usted, señor? —insistió.

Le oyó suspirar.

—Barbara, simplemente no lo sé. Simon ha obtenido la foto de esa piedra que había en el bolsillo de la víctima. Es curioso. Me pregunto qué quiere decir.

—¿Que alguien la ha matado para conseguirla?

—De nuevo, no lo sé. Pero ahora mismo hay más preguntas que respuestas. Eso me hace sentir intranquilo.

Barbara esperó más.

—Puedo entender el deseo de cerrar el caso rápidamente. Pero si va ser mal resuelto o se va a hacer una chapuza porque alguien está buscando una sentencia rápida, no va a ser bueno —dijo él.

—Para ella, quiere decir. Para Ardery. —Y después, por lo que eso significaba para ella y para su propio futuro en el Yard, tuvo que añadir—: ¿Le importa eso, señor?

—Parece una chica decente.

Barbara se preguntó qué querría decir eso, pero no contestó nada. Se dijo que no era asunto suyo, aunque no estuviese muy convencida de ello.

Planteó la razón de su llamada: el superintendente Zachary Whiting, las cartas falsificadas del Winchester Technical College II y el conocimiento que tenía Whiting del aprendizaje de Gordon Jossie en Itchen Abbas con Ringo Heath.

—No mencionamos ningún aprendizaje, por no hablar de donde estaba, así que, ¿por qué tendría conocimiento de ello? ¿Acaso controla a cada persona de todo el maldito New Forest? Me parece que algo está pasando en relación con Whiting y Jossie, señor, porque definitivamente Whiting sabe más de lo que está dispuesto a contarnos.

—¿En qué estás pensando?

—En algo ilegal. En Whiting cobrando sobornos por lo que sea que Jossie haga cuando no está poniendo techos de paja a edificios antiguos. Trabaja en casas particulares. Ve lo que hay dentro, y algunas de esas personas tendrán algo valioso. Ésta no es exactamente una parte pobre del país, señor.

—¿Robos orquestados por Jossie y descubiertos por un Whiting que prefiere embolsarse sobornos en lugar de arrestarlo?

—O puede ser que estén metidos juntos en algo.

—¿Algo que Jemima Hastings descubrió?

—Ésa es definitivamente una posibilidad. Así que me preguntaba..., ¿podría usted hacer algunas comprobaciones? Un poco de fisgoneo. El historial y todo eso. ¿Quién es este tío, Zachary Whiting? ¿Dónde hizo su instrucción? ¿De dónde vino antes de acabar aquí?

—Veré lo que puedo averiguar —respondió Lynley.

Si bien no todos los caminos conducían exactamente a Gordon Jossie, pensó Barbara, por lo menos rodeaban a ese tío. Era el momento de ver qué es lo que tenía el resto del equipo de Londres tras seguirle la pista —por no mencionar las comprobaciones hechas a cualquier otro cuyo nombre hubiese tenido entre manos—, así que después de desayunar, cuando ella y Winston estaban haciendo los preparativos para el día, sacó su móvil para hacer la llamada.

Sonó antes de que pudiese hacer nada. La persona que llamaba era Isabelle Ardery. Sus comentarios fueron breves, del tipo «recójalo todo y vuelva a casa». Tenían una sospecha sólida, tenían lo que indudablemente era el arma del crimen: tenían sus zapatos y su ropa, darían positivo como sangre de Jemima, y tenían una conexión establecida entre ambos.

—Y es un chalado— concluyó Ardery. —Un esquizofrénico que no se medica.

—Entonces no puede ser juzgado —dijo Barbara.

—Juzgarle no es lo difícil, sargento. Mantenerle permanentemente alejado de la calle sí.

—Entendido. Pero hay algo más que sospechoso por aquí, jefa— le contestó Barbara—. Quiero decir…, Jossie, por ejemplo, ¿quiere que nos quedemos y metamos la nariz hasta que…?

—Lo que quiero es que vuelvan a Londres.

—¿Puedo preguntar en qué punto estamos de la investigación sobre los historiales?

—No hay nada cuestionable en ninguno de ellos —le respondió Ardery—. Especialmente allí. Se acabaron sus vacaciones. Vuelva a Londres. Hoy.

—Vale.

Barbara cortó la llamada y se quedó mirando al teléfono. Reconocía una orden cuando la oía. No estaba convencida, de todos modos, de que la orden tuviese sentido.

—¿Y bien? —le preguntó Winston.

—Ésa es, sin duda, una gran pregunta.

19

Aunque a Bella McHaggis le gustaba pensar que sus inquilinos reciclaban escrupulosamente, había aprendido con el tiempo que eran de lejos de los que tiran de todo en la basura. Así que cada semana se daba una vuelta por el interior de la casa. Encontró hojas sueltas y tabloides apilados aquí y allá, revistas viejas bajo las camas, latas de Coca-Cola incrustadas en papeleras y todo tipo de artículos sin valor alguno en casi cualquier sitio. Era por esto por lo que había salido de su casa con una cesta para la colada cuyo contenido tenía la intención de depositar entre los muchos recipientes que, mucho tiempo antes, había colocado en su jardín delantero con tal propósito. Sin embargo, caminando con la cesta en los brazos, Bella se detuvo abruptamente. Desde su anterior encuentro, la última persona que esperaba ver justo en su puerta era a Yolanda, *la Médium*. Estaba agitando en el aire lo que parecía ser un cigarro grande y verde. Una veta de humo salió de él y, mientras lo movía, Yolanda cantó sonoramente en su tono ronco y masculino.

Eso era la maldita gota que colmaba el vaso, pensó Bella. Soltó su cesta y gruñó:

—¡Tú! ¿Qué coño tengo que hacer? Sal de mi propiedad inmediatamente.

Los ojos de Yolanda habían permanecido cerrados, pero se abrieron de repente. Parecía estar en trance. Ése era uno más de sus comportamientos completamente falsos, pensó Bella. Esa mujer era una completa charlatana.

Bella pateó la cesta de la ropa hacia un lado y se fue hacia la física, que aguantaba de pie.

—¿Me has oído? Abandona la propiedad en este instante o haré que te arresten. Y deja de agitar ese..., esa cosa en mi cara.

Más cerca de ella, Bella vio que «esa cosa» era una colección de hojas pálidas, enrolladas y liadas con una cuerda fina. Su humo, a decir verdad, no olía mal, era más parecido al incienso que al tabaco. Pero ésa no era la cuestión.

—Negro como la noche —soltó Yolanda. Sus ojos parecían extraños, y Bella se preguntó si esa mujer no iría colocada—. Negro como la noche y el sol, el sol. —Yolanda movió su palo humeante (fuese lo que fuese) directamente hacia la cara de Bella—. Cieno de las ventanas, cieno de la puerta. La pureza se necesita o el mal dentro...

—Oh, por el amor de Dios —espetó Bella—. No intentes aparentar que estás aquí para otra cosa que no sea causar problemas.

Yolanda continuó agitando el objeto humeante como una sacerdotisa que interpretase un rito secreto. Bella la cogió del brazo y trató de mantenerla en su lugar. Se sorprendió al comprobar que la médium era bastante fuerte, y por un momento se quedaron plantadas como dos luchadoras envejecidas, cada una de ellas intentando lanzar a la otra a la lona. Finalmente, Bella ganó, lo cual hizo que agradeciese que las clases de yoga y gimnasia le hubiesen servido de algo más que para alargar su vida en este miserable planeta. Agarró el brazo de Yolanda, lo retorció y le tiró el cigarro verde de la mano. Lo estuvo pisando hasta que se apagó mientras Yolanda se quejaba, balbuceaba y murmuraba acerca de Dios, la pureza, el mal, la oscuridad, la noche y el sol.

—Oh, ya está bien de disparates.

Con el brazo de Yolanda aún en sus garras, Bella intentó llevarla hacia la puerta.

Yolanda, de todos modos, tenía otras cosas *in mente*. Pisó los frenos metafóricos. Con las piernas tan rígidas como las de un niño de dos años en mitad de una rabieta, se plantó firmemente, de modo que no había forma de moverla.

—Éste es un lugar de maldad —siseó. A Bella, la expresión de esa mujer le pareció salvaje—. Si no te purificas, entonces deberás marcharte. Lo que le pasó a ella pasará otra vez. Todos vosotros estáis en peligro.

Los ojos de Bella oscilaron.

—¡Escúchame! —gritó Yolanda—. Él murió dentro, y cuando eso pasa donde reside gente…

—Tonterías. Deja de intentar aparentar que estás aquí para otra cosa que no sea espiar y causar problemas, que es lo que has hecho desde el principio, y no lo niegues. ¿Qué quieres ahora? ¿A quién quieres ahora? ¿Tratas de hablarle a alguien más aparte de los que viven aquí? Bueno, pues no hay nadie más. ¿Estás satisfecha? Vete a la…, vete antes de que llame a la Policía.

Pareció que la idea de la Policía finalmente causó efecto. Yolanda dejó inmediatamente de resistirse y permitió que la condujesen hacia la puerta. Pero aun así parloteaba acerca de la muerte y de la necesidad de un ritual de purificación. Bella fue capaz de determinar a partir de las divagaciones de Yolanda que todo eso se debía al prematuro fallecimiento del señor McHaggis y, en honor a la verdad, el hecho de que Yolanda pareciese saber de la muerte del señor McHaggis dentro de la casa hizo que Bella vacilase. Pero se sacudió la vacilación de encima porque, obviamente, Jemima pudo haberle hablado sobre la muerte de McHaggis, ya que la misma Bella lo había mencionado más de una vez, así que sin más conversación entre ellas, echó a Yolanda de la propiedad y la empujó al pavimento.

Ahí, Yolanda dijo:

—Escucha mi aviso.

Bella contestó:

—Tú, maldita sea, escucha el mío. La próxima vez que asomes tu cara por aquí se lo explicarás a los polis. ¿Entendido? Y ahora, aire.

Yolanda empezó a hablar. Bella hizo un movimiento amenazante. Aparentemente funcionó, porque se apresuró en dirección al río. Bella esperó hasta que despareció por la esquina de Putney Bridge Road. Entonces volvió a lo que en principio quería hacer. Recogió el cesto de la ropa y se acercó a la apretada fila de contenedores de basura con sus limpias etiquetas puestas.

Fue en el contenedor de Oxfam donde lo encontró. Más tarde pensaría en lo milagroso de haber abierto ese contenedor en particular, porque ese día no tenía nada que depositar ahí. Se limitó a quitar la tapa para tomar nota de cuándo necesitaría vaciarlo. El mismo cubo de los periódicos estaba casi lleno, y el del plástico estaba igual; los contenedores de vidrio estaban bien, separando lo verde de lo marrón y de lo claro evitaba que se llenase muy rápido. Así pues, como estaba mirando los cubos en general, se había ido al de Oxfam por costumbre.

El bolso estaba enterrado entre un revoltijo de ropa. Bella lo había quitado maldiciendo la pereza de la gente, que quedaba patente en el hecho de que no podían molestarse en doblar lo que deseaban llevar a caridad. Tenía que hacerlo ella, prenda por prenda. Entonces vio el bolso y lo reconoció.

Era de Jemima. No había duda, y aunque la hubiera, Bella lo sacó, lo abrió y vio que ahí dentro estaba su monedero, su carné de conducir, su agenda y su teléfono móvil. Había otras cosas... y chelines, pero nada de aquello importaba tanto como el hecho de que Jemima había muerto en Stoke Newington, donde no había duda de que se hubiera llevado su bolso consigo; y ahora estaba aquí en Putney, tan grande como la vida que ya no tenía.

Bella no se planteó siquiera qué hacer con aquel repentino descubrimiento. Se iba a dirigir hacia la puerta principal, con el bolso bien agarrado, cuando la puerta se abrió detrás de ella. Se volvió, esperando ver a la obstinada Yolanda. Pero se topó con Paolo di Fazio. Cuando sus ojos se fijaron en el bolso que llevaba Bella, vio en su expresión que, al igual que ella, él sabía exactamente qué era.

Al volver al hospital de Saint Thomas y esperar allí la mayor parte de la noche anterior para oír una palabra sobre el estado de Yukio Matsumoto, Isabelle se las había arreglado para aplazar la cita con Hillier. Como él le había dado instrucciones de que se presentase en la oficina cuando volviese de Yard, había decidido simplemente no volver hasta mucho después de que el subinspector jefe hubiese dejado Tower Block, por la noche. Aquello le daría tiempo para intentar entender lo que había pasado y hablar claramente de ello.

El plan había funcionado. También le permitió ser la primera en la cola para conocer el estado del violinista. Era bastante simple: había estado en coma toda la noche. No estaba fuera de peligro, pero el coma fue artificial, inducido para permitir que el cerebro se recuperase. De haber podido decidir sobre aquello, habría hecho traer a Yukio Matsumoto y lo habría interrogado a fondo una vez que hubiese salido de la sala de operaciones. Ahora, lo máximo que podía hacer era poner vigilancia policial en las inmediaciones de cuidados intensivos para asegurarse de que el tipo, de repente, no iba a recobrar la conciencia por sí mismo para darse cuenta de la profundidad del problema en el que se encontraba y huir. Era, lo sabía, una posibilidad que daba risa. No estaba en condiciones de ir a ninguna parte. Pero había que seguir el procedimiento correcto, y ella iba a seguirlo.

Creía que lo había hecho desde el principio. Yukio Matsumoto era un sospechoso; su propio hermano lo había identificado mediante E-FIT (las siglas de identificación facial electrónica, en inglés), en el periódico. No se le escapaba que el hombre había entrado en un estado de pánico y que intentó huir de la Policía. Además de eso, como se supo después, estaba en posesión del arma homicida, y cuando sus ropas y sus zapatos fuesen analizados junto con el arma, encontrarían manchas de sangre en ellos —sin importar lo pequeñas que fuesen y que hubiese tratado de limpiarlas—, y esas manchas de sangre pertenecerían a Jemima Hastings.

El único problema era que aquella información no se podía filtrar a la prensa. No podía salir a la luz hasta el juicio. Y era otro problema, porque en cuanto se supiese que un ciudadano extranjero en Londres había sido atropellado por un vehículo mientras huía de los polis —lo cual no tardaría mucho en suceder—, la prensa se congregaría, como la jauría de lobos que era, en la escena de una historia que olía a incompetencia policial. Aullarían para que les entregasen al responsable, y el trabajo de la Met era posicionarse para controlar las cosas cuando los lobos se preparasen para matar, lo cual, naturalmente, era una de las dos razones por las que Hillier había querido verla: para determinar cuál iba a ser la posición de la Met. La otra razón, y ella lo sabía, era evaluar hasta qué punto la había jodido. Si decidía echarle la culpa, ella estaba acabada, y la oportunidad de conseguir un ascenso, perdida.

Aquella mañana, los periódicos habían mostrado una actitud de cautela, informando de los hechos sin más. Los tabloides, por otra parte, estaban haciendo lo acostumbrado. Isabelle había visto la BBC1 mientras hacía los preparativos para el día, y las cabezas pensantes de la mañana habían hecho su típico despiece con lo que decían los periódicos y los tabloides, sosteniéndolos en alto para deleite de sus espectadores y comentando los artículos. Así, mientras avanzaba hacia el Yard se enteró de que ya corrían ríos de tinta para el «Desastre de la persecución policial». Esto le dio tiempo a prepararse. Lo que quiera que fuese que le diría a Hillier tendría que ser bueno, y ella lo sabía perfectamente. En cuanto la prensa encontrara la conexión entre la víctima y su famoso hermano, más pronto que tarde, teniendo en cuenta las amenazas de Zaynab Bourne del día anterior, la historia tendría patas todavía más sólidas. Entonces, indudablemente, el tema duraría días. Podría haber sido peor, aunque no sabía cómo, exactamente.

Se tomó un café irlandés antes de ir al trabajo. Se dijo a sí misma que la cafeína compensaría los efectos del whisky, y, además, después de estar en pie la mayor parte de la noche, se lo había ganado. Se lo bebió rápidamente. También se metió en el bolso cuatro botellines de vodka. Se dijo a sí misma que probablemente no las necesitaría y que, en cualquier caso, no eran suficientes para conseguir nada más que ayudarla a pensar con claridad si se sentía confundida durante el día. En el trabajo se detuvo en la sala de incidencias. Le dijo a Philip Hale que relevase al oficial que estaba en el hospital de Saint Thomas y que se quedase allí. Su sorprendida expresión venía a decir que siendo un detective no se le debía pedir que hiciese algo que un guardia uniformado podía hacer fácilmente, como si fuese un gasto inútil de capital humano. Ella esperó a que hiciese un comentario, pero respiró y no dijo nada excepto «Jefa», a modo de respuesta educada. No importó, porque John Stewart habló por él: «Con el debido respeto, jefa...», lo cual, sabía Isabelle, no sentía en absoluto. Ella espetó: «¿Qué pasa?», y él apuntó que usar un detective para hacer de cerbero en el hospital, cuando podía estar haciendo lo que antes se le había pedido que hiciese —la investigación sobre los historiales que, por cierto, se estaban acumulando—, no era una manera de usar la experiencia de Philip muy sabiamente. Ella le dijo que no necesitaba su consejo.

—Vete con los forenses y pégate a ellos. ¿Por qué está tardando tanto ese análisis de los pelos encontrados en el cuerpo? ¿Y dónde está el inspector Lynley?

Le habían llamado para que fuera a la oficina de Hillier, según la informó Stewart, y parecía como si nada le pudiese haber complacido más que ser la persona que compartía esas noticias con ella.

Habría evitado su cita con Hillier, pero como Lynley había estado allí —sin duda dando su propio parte sobre las idas y venidas del día anterior—, no tuvo más remedio que presentarse por sí misma en el despacho del comisario asistente. Se negó a «fortalecerse» antes de acudir. La impertinente pregunta de Lynley sobre su afición a beber aún la atormentaba.

Se encontró con él en el pasillo cercano al despacho de Hillier.

—Parece que no haya dormido —le dijo.

Ella le contó que había vuelto al hospital y se había quedado allí toda la noche.

—¿Cómo van las cosas? —preguntó, con un gesto hacia el despacho del CA.

—Como se esperaba. Podía haber ido mejor ayer con Matsumoto. Quiere saber por qué no ha sido así.

—¿Lo ve desde su punto de vista, Thomas?

—¿Qué?

—Hacer esa clase de afirmaciones. Darle el parte sobre mi actuación. Husmear de manera oficial. Bueno, lo que sea.

Lynley la miró de un modo que ella encontró desconcertante. No era sexual. Podría haber lidiado con eso. Era, sin embargo, intolerablemente agradable. Dijo tranquilamente:

—Estoy de tu lado, Isabelle.

—¿Lo estás?

—Lo estoy. Le ha lanzado de cabeza a la investigación porque está siendo presionado desde arriba para ocupar el puesto de Malcolm Webberly, y quiere saber cómo haces el trabajo. Pero lo que pasa con él es sólo parcialmente cosa tuya. El resto es política. La política implica al comisario, a Interior y a la prensa. Siente tanta presión como tú.

—No me equivoqué. Lo de ayer estuvo bien resuelto.

—Yo no le he dicho nada en otra dirección. Al tipo le entró el pánico. Nadie sabe por qué.

—¿Eso es lo que le dijiste?

—Eso fue lo que le dije.

—Si Philip Hale no…

—No arrojes a Philip a unos tiburones hambrientos. Esa clase de cosas volverán para atormentarte. Lo mejor es no culpar a nadie. Ésa es la actitud que te servirá a largo plazo.

Pensó en eso y dijo:

—¿Está solo?

—Cuando entré, lo estaba. Pero le ha llamado Stephenson Deacon para que vaya a su despacho. Hay que redactar un informe, y el Directorio de Asuntos Públicos lo quiere cuanto antes. Eso quiere decir: hoy.

Isabelle reconoció el deseo fugaz de beberse al menos una botellín de vodka. No se podía decir cuánto duraría la reunión. Pero después se aseguró de que estaba preparada para el desafío. Esto no iba sobre ella, como había dicho Lynley. Simplemente estaba allí para responder preguntas.

—Gracias, Thomas.

Cuando se acercaba al despacho de Hillier se dio cuenta de que Lynley la había tratado de tú y la había llamado por su nombre, Isabelle. Se volvió a decirle algo, pero ya se había ido.

Judi Macintosh hizo una llamada breve al sancta sanctórum del subinspector jefe. Dijo: «La superintendente Ardery…», pero no obtuvo más. Escuchó un momento y dijo: «Claro, señor». Le dijo a Isabelle que tenía que esperar. Sólo serían unos minutos. ¿Quería la superintendente una taza de café? Isabelle la rechazó. Sabía que lo que tenía que hacer era permanecer sentada, y fue lo que hizo, pero no le resultó fácil. Mientras esperaba, su móvil sonó. Su ex marido. No iba a hablar con él en ese momento.

Un hombre de mediana edad llegó al lugar con una pequeña botella de gaseosa sujeta bajo el brazo.

—Entre, señor Deacon —le dijo Judi.

Era el jefe de prensa, enviado allí por el Directorio de Asuntos Públicos para tomar cartas en el asunto. Extrañamente, Stephen Deacon tenía una barriga como una pelota de fútbol, aunque por lo demás era tan fino como una toalla en un hotel de tercera categoría. Parecía una mujer embarazada ciegamente determinada a vigilar su peso.

Deacon desapareció en el despacho de Hillier. Isabelle esperó durante un agonizante cuarto de hora a ver qué pasaba después. Lo que pasó fue que a Judi Macintosh se le pidió que hiciese entrar a Isabelle, aunque cómo recibió la mujer esa información era un misterio, ya que nada parecía haber interrumpido lo que estaba haciendo —que era pelearse con el teclado del ordenador— cuando la miró y dijo:

—Entre, superintendente Ardery.

Isabelle así lo hizo. Le presentaron a Stephenson Deacon y se le pidió que se uniese a él y a Hillier en la mesa de conferencias que había a un lado del despacho del subinspector. Allí fue sometida a un interrogatorio exhaustivo por ambos hombres acerca de qué había pasado, cuándo, dónde, por qué, quién le hizo qué a quién, qué clase de persecución, cuántos testigos, cuál había sido la alternativa a empezar una persecución, si el sospechoso hablaba inglés, si el policía se identificó, si era alguien de uniforme, etcétera.

Isabelle explicó que el sospechoso en cuestión se había desbocado de improviso. Le estaban vigilando cuando, aparentemente, algo le asustó.

—¿Alguna idea de qué? —quiso saber Hillier.

¿Alguna idea de cómo? Ninguna en absoluto. Ella había enviado hombres allí con instrucciones estrictas de no acercarse, de no llevar uniforme y de no montar una escena.

—Lo que obviamente sucedió —apuntó Deacon.

De algún modo se asustó. Parecía que hubiese tomado a la Policía por ángeles invasores.

—¿Ángeles? Pero ¿qué…?

—Es un tipo un poco extraño, señor, según hemos comprobado. Si hubiésemos sabido algo sobre eso, si hubiésemos sabido que iba a malinterpretar cualquier acercamiento, si hubiésemos sabido que de ver a alguien acercándose lo interpretaría como que estaba en peligro…

—¿Ángeles invasores? ¿Ángeles invasores? ¿Qué coño pintan los ángeles con lo que ha pasado?

Isabelle explicó el estado de Yukio Matsumoto. Describió los dibujos en las paredes. Les explicó la interpretación de Hiro

Matsumoto sobre la representación de los ángeles que su hermano había dibujado, y concluyó con la conexión que existía entre el violinista y Jemima Hastings, según lo que habían encontrado en la habitación.

Al final, se hizo el silencio, lo que alegró a Isabelle. Se había sujetado las manos fuertemente en el regazo, pues se había dado cuenta de que habían empezado a temblar. Y aquello no era una buena señal. Era el resultado de no desayunar, decidió, una simple cuestión de falta de azúcar en la sangre.

Finalmente, Stephen Deacon habló. El abogado de Hiro Matsumoto, le dijo mirando lo que parecía ser un mensaje del teléfono, iba a dar una rueda de prensa al cabo de sólo tres horas. El violonchelista estaría allí, pero no hablaría. Zaynab Boume iba a echar las culpas de lo sucedido en Shaftesbury Avenue directamente a la Met.

Isabelle empezó a hablar, pero Deacon levantó una mano para detenerla.

Ellos mismos se iban a preparar para una contrarrueda de prensa —se refirió a ello como un ataque preventivo—. La iban a dar dentro de, exactamente, diecinueve minutos.

En ese momento, Isabelle sintió una sequedad repentina en su garganta.

—Me imagino que quieren que esté allí.

Deacon negó con la cabeza.

—Ni por asomo.

Él ofrecería la información relevante que acababa de obtener de la superintendente. Si quería algo más de ella, se lo haría saber.

Así la despacharon. Mientras dejaba la habitación vio a los dos hombres inclinarse el uno frente al otro en una especie de corrillo que indicaba que estaban haciendo una suerte de evaluación. Era una señal desconcertante.

—¿Qué haces aquí?— inquirió Bella McHaggis.

No le gustaban las sorpresas en general, y ésta en particular la molestó. Se suponía que Paolo di Fazio tenía que estar en el trabajo, no que iba a entrar por la puerta a esa hora del día. La presencia de Paolo en Putney y encontrar el bolso de Jemima le causaron una sensación de alarma que recorrió todo su cuerpo.

Paolo no contestó a su pregunta. Sus ojos estaban fijos —absolutamente paralizados, pensó Bella— en el bolso.

—Es de Jemima —dijo.

—Es interesante que lo sepas —respondió ella—. Yo he tenido que mirar dentro. —Y entonces repitió la pregunta—: ¿Qué estás haciendo aquí?

Su respuesta de «Vivo aquí» no resultó divertida.

—¿Ha mirado dentro? —preguntó, como si nada.

—Te acabo de decir que he mirado el interior.

—¿Y?

—¿Y qué?

—Hay…, ¿había algo?

—¿Qué clase de pregunta es ésa? —le respondió—. ¿Y por qué no estás en el trabajo, donde se supone que deberías estar?

—¿Dónde lo encontró? ¿Qué va a hacer con él?

Lo que le faltaba.

—No tengo intención…

—¿Quién más lo sabe? —la cortó él—. ¿Ha llamado a la Policía? ¿Por qué lo sujeta de ese modo?

—¿De qué modo? ¿Cómo quieres que lo sujete?

Él rebuscó en su bolsillo y sacó un pañuelo.

—Aquí. Démelo.

Aquello encendió todas las alarmas. De repente, la mente de Bella se llenó de detalles; recordó el test de embarazo, que se mezclaba con otros igualmente peligrosos: todos los compromisos de matrimonio de Paolo di Fazio, la discusión que Bella oyó entre él y Jemima, el hecho de que Paolo fuera el que trajo a Jemima a la casa por primera vez…, y probablemente había más si pudiese aguzar el ingenio, pero no podía permitirse que su rostro reflejase lo que estaba pensando. No había visto nunca a Paolo tan tenso.

—Tú lo pusiste ahí, ¿no? Con todo lo de Oxfam. Te haces el tonto con estas preguntas, pero no me puedes engañar, Paolo.

—¿Yo? Debe de estar loca. ¿Por qué iba a poner el bolso de Jemima en el cubo de Oxfam?

—Ambos sabemos por qué. Es el sitio perfecto para el bolso. Aquí mismo, en casa.

Podía ver, de hecho, cómo habría funcionado el plan. Nadie buscaría el bolso muy lejos del sitio donde Jemima había muerto, y si alguien lo encontraba por casualidad —como le había pasado a ella—, entonces era fácilmente explicable: la misma Jemima lo había tirado, ¡sin importarle nada que contuviese sus efectos personales! Pero si nadie lo encontraba antes de que fuese enviado a Oxfam, pues mejor. Para cuando se vaciase el cubo habrían pasado meses desde el asesinato. Se habrían llevado el contenido y puede que abriesen el bolso y distribuyesen las cosas por las tiendas. Para entonces nadie sabría de dónde había venido y, quizá, ni siquiera se acordarían de la muerte de Stoke Newington. Nadie pensaría que el bolso tenía algo que ver con un asesinato. Oh, está todo tan bien pensado, ¿no?

—¿Cree que le hice daño a Jemima? —preguntó Paolo—. ¿Cree que la maté? —Se pasó la mano por la cabeza en un gesto que ella sabía que indicaba agitación—. ¡*Pazza donna*! ¿Por qué iba a hacerle daño a Jemima?

Ella estrechó los ojos. Sonaba tan convincente… Cómo no iba a ser así, con sus cinco o quince o cincuenta compromisos con mujeres que siempre le dejaban y por qué, por qué, por qué. ¿Qué es lo que pasaba con el señor Di Fazio? ¿Qué les hacía? ¿Qué quería de ellas? O mejor aún, ¿qué es lo que ellas acababan sabiendo de él?

Se acercó un paso a ella.

—Señora McHaggis, por lo menos vamos a…

—¡No!—, retrocedió ella—. ¡Quédate donde estás! No te acerques un centímetro más o gritaré hasta que me estalle la cabeza. Conozco a los de tu clase.

—¿A los de mi clase? ¿Qué clase es ésa?

—No te hagas el tonto conmigo.

—Entonces tenemos un problema —suspiró él.

—¿Cómo? ¿Por qué? Oh, no intentes pasarte de listo.

—Necesito entrar en la casa —dijo—. No puedo hacerlo si no me permite acercarme y pasar. —Volvió a meterse el pañuelo en el bolsillo. Lo había estado sujetando todo el tiempo (y sabía que lo había querido utilizar para limpiar las huellas dactilares del bolso, porque no era un maldito idiota, y ella tampoco), pero seguramente se había dado cuenta de lo que estaba intentando hacer. —Me he dejado en la habitación un giro postal que querría enviar a Sicilia. Debería ir a buscarlo, señora McHaggis.

—No te creo. Podrías haberlo enviado inmediatamente cuando lo pagaste.

—Sí, podría. Pero también quería escribir una carta. ¿Quiere verla? Señora McHaggis, se está comportando como una tonta.

—No uses esas tretas conmigo, jovencito.

—Por favor piense un poco. Lo que usted ha concluido no tiene sentido. Si el asesino de Jemima vive en esta casa, como usted parece pensar, hay sitios mucho, mucho mejores para dejar el bolso que el jardín delantero. ¿No está de acuerdo?

Bella no dijo nada. Estaba intentando confundirla. Eso era lo que los asesinos siempre hacían cuando estaban entre la espada y la pared.

—Para ser sincero, pensé que Frazer era probablemente el responsable de lo que había pasado, pero este bolso me dice…

—¡No te atrevas a culpar a Frazer! —Porque eso es lo mismo que él había hecho. Trataban de culparse entre ellos, trataban de dividir las sospechas. Oh, era rematadamente listo, de hecho.

—Tampoco tiene sentido que él sea el culpable. ¿Por qué iba Frazer a matarla, traer aquí el bolso y ponerlo en la basura frente a la casa en la que vive?

—No es basura —dijo de un modo inane. —Es para reciclar. No voy a permitir que lo llames basura. La gente no piensa a priori que sea útil. Y si la gente simplemente empezase a reciclar, podríamos salvar el planeta. ¿No lo entiendes?

Él elevó sus ojos al cielo. A Bella le pareció, por un momento, exactamente como una de esas imágenes de santos martirizados. Tenía la piel oscura por ser italiano, y la mayoría de mártires eran italianos, ¿no? Pero ¿era realmente italiano? Puede que simplemente lo aparentase. Señor, ¿qué le estaba pasando? ¿Era esto lo que un terror abyecto provocaba en la gente? Pero tal vez no estaba tan aterrorizada como lo había estado antes o como se supone que debía estarlo.

—Señora McHaggis —dijo Paolo tranquilamente—, por favor considere que otra persona pudo haber metido el bolso de Jemima en ese cubo.

—Ridículo. ¿Por qué iba otra persona…?

—Y si otra persona puso el bolso ahí, ¿quién puede ser? ¿Hay alguien que quiere que uno de nosotros parezca culpable?

—Sólo una persona parece culpable, muchacho, y esa persona eres tú.

—No. ¿Es que no lo ve? Ese bolso también hace que usted lo parezca, ¿no? Igual que yo, al menos a sus ojos. Igual que Frazer.

—¡Estás repartiendo las culpas! Te dije que no lo hicieras. Te dije…

De repente se dio cuenta: los vagos murmullos sobre lo oscuro, la noche, el sol y el cieno; las oraciones y el cigarro verde.

—Oh, Dios mío —murmuró Bella.

Se alejó de Paolo y fue a tientas hacia la puerta para entrar en la casa. Sabía que el que él la siguiera o no hasta el interior ya no tenía importancia.

20

—Creo que lo mejor que puedes hacer es conseguir que alguien de Christie's le eche un vistazo —dijo Saint James. —O, si eso falla, alguien del Museo Británico. Puedes sacarlo del Departamento de Pruebas, ¿no?

—No estoy exactamente en posición de tomar esa decisión —repuso Lynley.

—Ah. La nueva superintendente. ¿Cómo va la cosa?

—De manera irregular, me temo. —Lynley miró alrededor. Él y Saint James estaban hablando por teléfono. Las referencias a Isabelle Ardery tenían que ser prudentes. Además, sufría por la posición de la superintendente. No la envidiaba por tener que enfrentarse a Stephenson Deacon y al Directorio de Asuntos Públicos justo al haber entrado en Yard. Una vez la prensa entraba aullando en una investigación, la presión para conseguir resultados aumentaba. Con alguien en el hospital, Ardery iba a sentir esa presión desde cada rincón.

—Ya veo —dijo Saint James—. Bueno, si no puede ser la piedra, ¿qué hay de la foto que me enseñaste? Es bastante nítida y se puede ver la escala. Puede que sólo se necesite eso.

—Para el Museo Británico, posiblemente. Pero ciertamente no para Christie's.

Saint James se calló por un momento antes de decir:

—Me gustaría ser de más ayuda, Tommy. Pero no quiero mandarte hacia la dirección equivocada.

—No hay nada de lo que disculparse —le contestó—. Puede que, de todos modos, no signifique nada.

—Pero no es lo que piensas.

—No. Por otra parte, puede que me esté agarrando a un clavo ardiendo.

Definitivamente es lo que parecía, pues mirase donde mirase todo era totalmente confuso o inconsecuente. No había término medio entre los extremos.

Las investigaciones sobre el historial sirvieron como prueba de esto: de las personas importantes de Londres involucradas en el caso, tangencialmente o no, todo el mundo acababa mostrando ser exactamente quien parecía ser. Todavía quedaba la cuestión de los supuestos matrimonios de Abbot Langer, y Matt Jones —amante de la hermana de Saint James—. Continuaba siendo un misterio, ya que había más de cuatrocientos Matthew Jones diseminados por el Reino Unido, así que investigar a cada uno de ellos estaba siendo un problema. Además de eso, ninguno tenía ni siquiera una multa de aparcamiento. Todo conducía a pensar que las cosas tenían una pinta horrible para Yukio Matsumoto, a pesar de las protestas de su hermano sobre la naturaleza inofensiva del violinista. Con todo el mundo limpio y nadie en Londres que tuviese un motivo aparente para matar a Jemima Hastings, o el asesinato tenía que haber sido cometido como un acto de locura, que uno podía asociar fácilmente con Yukio Matsumoto y sus ángeles, o tuvo que haber surgido de algo y alguien conectados con Hampshire.

Sobre las personas importantes de Hampshire, había dos cuestiones curiosas que habían estado al descubierto y sólo una de ellas parecía llevar a alguna parte. La primera cuestión era que Gina Dickens había sido imposible de rastrear en Hampshire, aunque se habían utilizado distintas variantes de su nombre: Regina, Jean, Virginia, etcétera. La segunda —y más interesante— cuestión concernía a Robert Hastings, quien, como se había descubierto, había sido entrenado para ser herrero antes de que ocupase el puesto de su padre como granjero. Ese aspecto podría haberse desechado como otro dato inútil si los forenses hubiesen facilitado una evaluación preliminar del arma homicida. De acuerdo con un examen microscópico, el objeto se forjó a mano, y la sangre que tenía era de Jemima Hastings. Cuando esta información fuese añadida al hecho de que Yukio Matsumoto estaba en posesión del clavo, de que testigos oculares informaron de que un hombre oriental iba dando tumbos desde el cementerio de Abney Park, al E-FIT generado por esas informaciones y a lo que parecían restos de sangre en la ropa y los zapatos del violinista, sería difícil estar en desacuerdo con la conclusión de Isabelle Ardery acerca de que ya tenían a quien buscaban.

Sin embargo, a Lynley le gustaba tenerlo todo en cuenta, así que volvió a la piedra que Jemima Hastings llevaba en su bolsillo. No es que considerase que era valiosa y, posiblemente, la razón de su muerte. Es que la piedra era un cabo suelto que quería atar.

Estaba una vez más estudiando la foto de la piedra cuando recibió una llamada telefónica de Barbara Hayers. Le habían ordenado que volviera a Londres, pero antes de que lo hiciese quería saber si había oído algo sobre el superintendente jefe Zachary Whiting. O, ya que estaban, algo sobre Ringo Heath, porque podría ser que hubiese una conexión entre esos dos, algo que le gustaría investigar.

Lo que había descubierto era poco, le dijo Lynley. Todo el entrenamiento de Whiting como oficial de Policía había seguido un patrón normal y legítimo: había cumplido sus semanas de entrenamiento en Centrex, había hecho una instrucción adicional en varias unidades y había asistido a un admirable número de cursos en Bramshill. Tenía veintitrés años de servicio a sus espaldas, todos ellos en Hampshire. Si estaba envuelto en algo que resultara inconveniente, Lynley no había descubierto qué era. «Puede ser un poco tirano en ocasiones» era el único comentario negativo que había escuchado sobre el tipo, aunque «A veces es demasiado entusiasta con lo que tenga entre manos» podía, y Lynley lo sabía, tener varias interpretaciones.

En cuanto a Ringo Heath, no había nada. En especial no había conexión entre Heath y el jefe superintendente Whiting. Una conexión entre Whiting y Gordon Jossie, fuese la que fuese, tendría que venir por parte del historial de Jossie. No vendría desde Whiting.

—Así que la cosa está jodida, ¿eh? —dijo Havers—. Supongo que la orden de volver a casa tiene sentido.

—Estás de camino, ¿no? —le preguntó Lynley.

—¿Con Winston al volante? ¿A usted que le parece?

Lo que quería decir que Nkata, que a diferencia de Havers era conocido por tomarse las órdenes en serio, los estaba devolviendo a Londres. De haber decidido ella, habría estado fisgoneando hasta quedarse satisfecha, para poder conocer a cualquiera que en Hampshire estuviese conectado, aunque fuera remotamente, con la muerte de Jemima Hastings.

Concluyó su llamada en cuanto Isabelle Ardery volvió de su reunión con Hillier y Stephenson Deacon. No parecía más molesta que de costumbre, así que dedujo que la reunión había ido mínimamente bien. Entonces John Stewart hizo una llamada desde el SO7 que puso un freno total al caso, al menos en lo que concernía a Ardery. Tenían los análisis de los dos pelos encontrados en el cuerpo de Jemima Hastings.

—Bueno, gracias a Dios —declaró Ardery—. ¿Qué tenemos?

—Oriental —le informó.

—Aleluya.

Habría sido el momento para cerrarlo todo y marcharse, y Lynley pudo ver que Ardery estaba dispuesta a hacerlo. Sin embargo, Dorothea Harriman entró en la habitación en ese mismo momento y, con sus palabras, lo volvió a complicar todo.

Una tal Bella McHaggis estaba abajo en recepción, les contó Harriman, y quería hablar con Barbara Havers.

—Le han dicho que la superintendente está en Hampshire, así que ha pedido ver a alguien que esté al cargo del caso —dijo Harriman—. Tiene pruebas, dice, y no está dispuesta a dárselas a cualquiera.

Bella ya no sospechaba de Paolo di Fazio. Eso terminó en el momento en que vio el error en sus cavilaciones. No se arrepentía de haber mandado a los polis tras él, ya que había visto las suficientes series policiales en la tele como para saber que todos han de ser eliminados como sospechosos para encontrar al culpable y, le gustase o no, él era un sospechoso. Y ella también, supuso. De todos modos, consideró que se sobrepondría fuera cual fuese la ofensa que estaría sintiendo por sus sospechas y que si no era así, encontraría otro alojamiento, pero que, en cualquier caso, a ella le daba igual, porque tenía que entregar el bolso de Jemima a los oficiales que investigaban el caso.

Como no tenía intención de esperar en casa a que finalmente asomasen la cabeza, no se molestó ni en llamar por teléfono. En lugar de eso, metió el bolso de Jemima dentro del cesto que utilizaba para hacer la compra y se encaminó a New Scotland Yard, porque de allí era de donde había venido esa sargento Havers.

Cuando se enteró de que no estaba, preguntó por alguien más. El cabecilla, el jefe, el-que-manda, le dijo al policía uniformado de la recepción. Y no se iba a ir hasta que no hablara con esa persona, «en persona». No por teléfono. Se aposentó al lado de la llama eterna situada en la recepción y decidió quedarse allí.

Tuvo que esperar, exactamente, cuarenta y tres minutos a que apareciera finalmente algún responsable. Incluso cuando esto sucedió, no creyó que pareciese el responsable que esperaba. Un hombre alto y guapo se acercó a ella y, cuando le habló desde esa cabeza de un cabello hermosamente rubio, no le recordó a nadie que ella hubiese oído ladrar alguna vez en *The Bill.*[20] Era el inspector Lynley, le dijo con ese tono pastoso que anunciaba un pasado de escuela privada. ¿Tenía ella algo relacionado con la investigación?

—¿Está usted al mando? —preguntó.

Cuando él le dijo que no, le contestó que buscase a quien sí lo estuviese. Así, le aseguró, es como iban a ir las cosas. Necesitaba protección policial del asesino de Jemima Hastings, le dijo, y tenía el pálpito de que él no iba a ser capaz de proporcionársela.

—Sé quién lo hizo —le dijo mientras se acercaba el bolso al pecho—, y esto que tengo aquí lo demuestra.

—Ah —respondió él educadamente—. ¿Y qué es lo que tiene ahí?

—No soy una loca —le dijo abruptamente, ya que era capaz de adivinar lo que estaba pensando sobre ella—. Busque a quien tenga que buscar, buen hombre.

20. Serie británica dramática que trata sobre los entresijos y la vida en una comisaría británica. Lleva en antena desde 1984.

Linley se fue a hacer una llamada telefónica. La miró desde el extremo del vestíbulo mientras hablaba con quienquiera que estuviese al otro lado de la línea.

Lo que fuese que dijera probó dar sus frutos. Al cabo de tres minutos, una mujer salió del ascensor y dejó atrás el torno que separaba a la gente de los misteriosos trabajos de New Scotland Yard. Esta persona se acercó y se les unió. Era, le dijo el inspector Lynley a Bella, la detective superintendente Ardery.

—¿Y es usted la persona al mando? —preguntó Bella.

—Lo soy —replicó ella. Su expresión facial completó el comentario: y más le vale que esto merezca mi tiempo, señora.

De acuerdo, pensó Bella, lo merecería.

El bolso estaba tan irremediablemente lleno de pruebas que Isabelle quiso estrujar a esa mujer estúpida. No hacerlo hablaba a favor de su autocontrol.

—Es de Jemima —anunció Bella McHaggis con una floritura, con la que añadió sus dactilares, una vez más, al bolso, quizás tapando las del asesino—. Lo encontré con las cosas de Oxfam.

—¿Es un bolso desechado o es el que llevaba diariamente? —preguntó Lynley.

—Es su bolso de diario. Y no lo tiró, pues tiene todas sus cosas dentro.

—¿Lo ha registrado? —Isabelle hizo rechinar sus dientes, pues anticipaba la respuesta, que era, naturalmente, que la mujer lo había manoseado todo: más huellas dactilares, más pruebas comprometidas.

—Bueno, por supuesto que lo he registrado —aseveró Bella—. ¿De qué otro modo iba a saber que era de Jemima?

—Claro, ¿de qué otro modo? —corroboró Isabelle.

Bella McHaggis le dirigió una mirada escrutadora. La mujer parecía haber llegado a la conclusión de que no había ofensa en el tono de Isabelle y, antes de que se lo impidieran, abrió el bolso y dijo:

—Mírelo.

Volcó su contenido en el asiento en que había estado esperándoles.

—Por favor no... —soltó Isabelle.

—Todo esto debería ir a... —intentó decir Lynley.

Bella cogió un teléfono móvil y se lo enseñó.

—Es suyo. Y éste es su monedero y su cartera —dijo, y siguió manoseándolo todo.

No había nada más que hacer, excepto agarrarle las manos con la incierta esperanza de que quedase algo que no hubiese tocado.

—Sí, sí, gracias —dijo Isabelle. Inclinó la cabeza hacia Lynley para volver a meter dentro el contenido del bolso y para meter el mismo bolso dentro del cesto.

Cuando lo hizo, Isabelle le pidió a la mujer que le contase cómo lo había encontrado. Bella McHaggis estaba encantada de hacerlo. Les contó con pelos y señales lo del reciclaje y lo de salvar el planeta, de lo cual Isabelle concluyó que el bolso venía de un contenedor que no sólo estaba situado frente a la casa de Bella McHaggis, sino que era accesible a cualquiera que pasase y mirase. Aparentemente, había un apunte que la propia Bella deseaba aportar, porque había una cosa que era «lo más importante de todo».

—¿Y es...? —inquirió Isabelle.

—Yolanda.

Al parecer la médium había estado rondando el jardín delantero de Bella otra vez, y había estado allí momentos antes de que Bella descubriese el bolso de Jemima. Claramente, teniendo «una especie de experiencia psíquica», se mofó Bella, caracterizada por murmurar, gemir, rezar y agitar un palito humeante de lo que sea que provoque algo mágico o «basura de esa». Bella le había dirigido algunas palabras, y la médium se fue disparada. Momentos más tarde, al mirar dentro del cubo de Oxfam, Bella había descubierto el bolso.

—¿Por qué estaba comprobando el contenedor? —preguntó Lynley.

—Para ver cuándo necesitaría vaciarse, obviamente —respondió.

Al parecer, el resto de los cubos de reciclaje se llenaban mucho más rápido que el de Oxfam. Mientras que éstos los vaciaban cada mes, el de Oxfam no.

—No había manera de que ella supiese eso —dijo Bella.

—Queremos registrar ese cubo —dijo Isabelle—. No ha hecho nada con su contenido, ¿no?

No había tirado nada, gracias a Dios. Le dijo A Bella que no debería haber abierto de nuevo el bolso, ni siquiera haberlo tocado.

—Es importante, ¿verdad? —Bella se sintió muy satisfecha consigo misma—. Sabía que era importante, lo sabía.

No había ninguna duda al respecto, aunque Lynley e Isabelle no estaban de acuerdo en cuán importante era la aparición del bolso. Mientras subían en el ascensor, ella le dijo:

—Él tenía que saber dónde vivía ella, Thomas.

—¿Quién? —preguntó Lynley, y la manera en que lo soltó le hizo adivinar que pensaba de manera completamente opuesta.

—Matsumoto. Hubiera sido muy sencillo para él meter el bolso en ese cubo.

—¿Y quedarse con el arma del crimen? —preguntó Lynley—. ¿Cómo puede llegar a justificarse algo así?

—Está más loco que una cabra. No piensa. No lo pensó. O si lo hizo, pensó en hacer lo que los ángeles le ordenaban: «Deshazte de esto, guárdalo, corre, escóndete, síguela, lo que sea».

Le miró atentamente. Él estaba con los ojos fijos en el suelo del ascensor, el ceño fruncido y el nudillo de su dedo índice entre los labios, en una postura que decía que estaba considerando sus palabras y todo lo demás.

—¿Y bien?

—Tenemos a Paolo di Fazio en esa casa. Tenemos a Frazer Chaplin también ahí metido. Y está, asimismo, el asunto de Yolanda.

—No puedes estar sugiriendo que otra mujer mató a Jemima Hastings. ¿Clavándole un punzón en la carótida? Cielos, Thomas, este asesinato tiene de todo menos algo femenino, y me atrevería a decir que lo sabes.

—Estoy de acuerdo en que no lo parece. Pero no quiero pasar por alto el hecho de que Yolanda pueda estar protegiendo a alguien que le trajo la bolsa y le pidió que se deshiciera de ella. Ella quería hablar.

—Oh, por amor de Dios…

Entonces vio su expresión. Sabía por esa cara que él estaba

sopesando algo, y también sabía qué era lo que estaba sopesando. Sintió una rabia enorme al darse cuenta de que estaba siendo juzgada, cosa que no sucedería si en vez de ella se tratara de otro hombre.

—Quiero mirar con detenimiento las cosas del bolso antes de que se lo entreguemos a los forenses. Y no me digas que es una irregularidad, Thomas. No hace falta que vayamos hasta la esquina de esos bloques para darnos cuenta de que cada una de las huellas dactilares no sirven. Necesitamos un resultado.

—Estás…

—Nos pondremos guantes, ¿de acuerdo? Y ni tú ni yo perderemos de vista el bolso. ¿Te parece bien o necesitas más garantías?

—Iba a decirte que tú mandas. Tú das las órdenes —contestó—. Estaba a punto de decirte que es tu caso.

Lo dudaba. Era evidente que era frío y tan elegante como el hielo.

—Lo es. Que no se te olvide —contestó mientras salían juntos del ascensor.

El teléfono móvil era lo más importante que habían encontrado. Isabelle se lo entregó a John Stewart y le ordenó que lo estudiara a fondo: tenía que escuchar los mensajes de voz, localizar las llamadas, leer y anotar cada uno de los mensajes de texto y sacar las huellas que estaban en él.

—Tenemos que usar también las torres de telefonía móvil —añadió—. El pinging, o como diablos lo llamen.

Se dedicaron a rebuscar entre el resto de las cosas, muchas de ellas, parecían las típicas: un pequeño mapa de Londres, una novela de bolsillo de misterio, una billetera con treinta y cinco libras y dos tarjetas de crédito, tres bolígrafos, un lápiz roto, un par de gafas de sol en un estuche, un cepillo del pelo, un peine, cuatro barras de labios y un espejo. También había una lista de productos del estanco, junto con un papel que anunciaba: «Queen's Ice and Bowl: ¡Buena comida! ¡Cumpleaños! ¡Eventos de empresa!», una oferta de inscripción para el gimnasio y spa Putney, tarjetas de visita de Yolanda, *la Médium*, del Centro de Patinaje de Londres, de Abott Langer (instructor profesional de patinaje), y del centro numismático de Sheldon Pockworth.

Isabelle observó esa última tarjeta y pensó en el significado de numismática. Sellos. Lynley dijo monedas.

Le comentó que fueran a echar un vistazo.

—¿Además de lo de Yolanda? Porque aún creo… —dijo él.

—Está bien. Además de lo de Yolanda. Pero juro que no tiene nada que ver con esto, Thomas. Este crimen no fue cometido por una mujer.

Lynley encontró sin apenas problemas el negocio de Yolanda, *la Médium*, en Queensway, pero tuvo que esperar fuera del edificio de falsos establos, donde estaba el local, porque un letrero en la puerta anunciaba EN UNA SESIÓN. NO ENTRAR, con lo que imaginó que Yolanda estaba en mitad de aquello que se suponía que hacía un médium: hojas de té, palmas, o cualquier cosa parecida. Se fue a por un café a una cafetería rusa situada en el cruce de dos pasajes interiores del mercado, y volvió a la tienda de la médium con una taza en la mano. Para entonces había quitado el letrero, así que se acabó el café rápidamente y entró.

—¿Eres tú, querido? —gritó Yolanda desde el cuarto interior, que quedaba escondido de la recepción tras una cortina de cuentas—. Has llegado temprano, ¿no?

—No —respondió Lynley a la primera pregunta—. Agente Lynley, New Scotland Yard.

Yolanda apareció tras la cortina. Se fijó en su estridente cabello pelirrojo y en su traje a medida que reconoció —gracias a su mujer— como un Coco Chanel *vintage* o inspirado en Coco Chanel. No era como se la había imaginado.

Ella se detuvo en seco al verle.

—Vibra —dijo.

Él parpadeó.

—¿Perdón?

—Tu aura. Ha sufrido un golpe terrible. Quiere recobrar su fuerza, pero algo se ha interpuesto. —Levantó la mano antes de que él pudiera responderle. Ladeó la cabeza como si estuviera escuchando algo—. Mmmm. Sí —dijo—. No es porque sí. Ella trata de regresar. Mientras tanto, tú te estás preparando. Es un mensaje recíproco.

—¿Del más allá? —preguntó, tomándoselo a la ligera. Sin embargo, pensó por un momento en Helen, sin importar lo disparatada que sonara la idea de que alguien que se ha ido para siempre regresara.

—Sería más inteligente por tu parte no hacer bromas con estas cosas. Quienes lo han hecho, se suelen arrepentir. Así que, ¿cuál es tu nombre?

—Agente Lynley. ¿Eso fue lo que le sucedió a Jemima Hastings? ¿Se tomó todo esto a broma?

Yolanda se escondió tras el escaparate por un momento. Lynley oyó que encendía una cerilla. Pensó que estaba encendiendo incienso o una vela —podía ser cualquiera de ambas, pues ya había un palito de incienso quemándose entre las piernas cruzadas de la estatua de un Buda—, pero apareció con un cigarrillo.

—Es bueno que lo hayas dejado. No te veo muriéndote de una enfermedad pulmonar.

—¿Y qué hay de Jemima?— preguntó.

—Ella no fumaba.

—Eso no la ayudó mucho al final, ¿verdad?

Yolanda dio una larga calada al cigarrillo.

—Ya he hablado con la policía —dijo—. Ese tipo negro. Una de las auras más fuertes que he visto en años. Quizás en la vida, si le digo la verdad. Pero ¿esa mujer que iba con él? ¿Esa del diente? Diría que tiene asuntos pendientes que le impiden crecer como persona, y que no son exactamente dentales. ¿Qué iba a decir?

—¿La puedo llamar señora Price? Entiendo que ése es su verdadero nombre.

—No puede. No en este local. Aquí soy Yolanda.

—Muy bien, Yolanda. Hoy por la mañana estuvo en Oxford Road. He de preguntarle por eso, también por el asunto de Jemima Hastings. ¿Le parece bien aquí o prefiere contestarme en otro sitio?

—¿Otro sitio como…?

—Hay una sala de interrogatorios en la estación de Ladbroke Grove. Podemos ir allí si lo prefiere.

Ella se rio.

—Polis. Sería mejor que vigilaras tu manera de actuar. Hay

una cosa llamada karma, señor Lynley. Es así como dijiste que te llamabas, ¿no?

—Eso es lo que dije.

Le examinó.

—No pareces un poli. No hablas como un poli. No eres como ellos.

Tenía razón, pensó. Pero tampoco se trataba de una deducción completamente desconcertante.

—¿Dónde le gustaría hablar, Yolanda? —le preguntó.

Fue hacia la cortina de cuentas. Él la siguió.

Había una mesa en el centro de la habitación interior, pero no se sentó allí. En vez de eso, fue hacia un sillón confortable situado enfrente de un diván victoriano. Se dejó caer en este último y cerró los ojos mientras seguía fumando el cigarrillo.

Lynley cogió una silla y le dijo:

—Cuénteme primero lo de Oxford Road. Nos pondremos con lo de Jemima después.

No había mucho que contar, según Yolanda. Había estado en Oxford Road por el mal inherente de la casa, declaró. Pese a haberla alertado de que tenía que marcharse de allí, no pudo salvar a Jemima; después de que hubiera sido víctima de la depravación, se sintió en la obligación de intentar salvar al resto. Claramente, no estaban dispuestos a abandonar el lugar, así que trató de purificarlo desde fuera: estuvo quemando savia.

—Aunque esa maldita mujer se negara a escuchar cualquier cosa que tratara de decirle —le dijo—. Aunque se negara a reconocer mis esfuerzos a su favor.

—¿Qué tipo de mal? —le preguntó.

Yolanda abrió los ojos.

—No hay diferentes tipos de mal —respondió—. Sólo hay uno. Uno. Y, de momento, se ha llevado a dos personas que vivían en esa casa, y va en busca de más. Su marido murió allí, ¿sabe?

—¿El marido de la señora McHaggis?

—¿Y cree que ella se ha dignado a purificar el sitio? No. Es demasiado tonta como para ver lo importante que es eso. Ahora Jemima se ha ido también... y habrá más. Es cuestión de tiempo.

—Y usted estaba allí exclusivamente para… —Lynley buscó la palabra que mejor pudiera definir «quemar savia en el jardín»—, ¿para practicar algún tipo de rito?

—No algún tipo. Oh, ya veo qué piensa de la gente como yo. Nadie suele creer en estas cosas hasta que al final la vida le doblega a uno de tal manera que entonces acude corriendo, ¿no es cierto?

—¿Es lo que le sucedió a Jemima? ¿Por qué acudió a usted? La primera vez, me refiero.

—No hablo de mis clientes.

—Ya sé que eso es lo que le dijo a los otros policías, pero tenemos un problema, como ve, en tanto que usted no es ni psiquiatra, ni psicóloga, ni abogada… No tiene ningún secreto profesional al que acogerse, según me consta.

—¿Y eso qué significa exactamente?

—Significa que cualquier negativa a proporcionar información puede ser interpretada como obstaculización de una investigación policial.

Ella se quedó en silencio. Se acercó el cigarrillo y le dio una calada mirando al cielo, pensativamente.

Lynley continuó.

—Así pues, le sugiero que cuente cualquier cosa que crea relevante. ¿Por qué vino a verla?

Yolanda continuó callada durante un rato. Parecía debatirse y sopesar los pros y los contras entre hablar o callarse. Finalmente dijo:

—Ya se lo conté a los otros: amor. Es el motivo por el que siempre vienen.

—¿A quién amaba?

De nuevo dudó antes de decir:

—Al irlandés. El tipo que trabaja en la pista de hielo.

—¿Frazer Chaplin?

—Quería saber lo que todo el mundo quiere saber. —Yolanda se movió inquieta en el sofá. Cogió un cenicero que estaba debajo y apagó el cigarrillo—. Le conté esto a los otros, más o menos. Al tipo negro y a la mujer de los dientes. No veo porqué darle más vueltas a este asunto con usted vaya a aportar algo.

Lynley tuvo un pensamiento irónico y fugaz sobre cómo

reaccionaría Barbara Havers al saber que la llamaban «la mujer de los dientes». Dejó que esa idea se esfumara.

—Piénselo desde una nueva perspectiva: la mía. ¿Qué es exactamente lo que le dijo?

—El amor es un riesgo —murmuró.

«Pues sí», pensó Lynley.

—Como tema, quiero decir —continuó—. Resulta imposible acertar en cuestiones sentimentales. Hay demasiadas variables, siempre se dan situaciones inesperadas, sobre todo si no se tiene a la otra persona para…, bueno, para examinarla, ya sabe. Así que una acaba optando por cosas vagas, por decirlo de alguna manera. Eso es lo que hice.

—Para que el cliente vuelva una y otra vez, imagino.

Le miró, como para juzgar su tono de voz. Él se mantuvo impasible.

—Esto es un negocio. No lo niego. Pero también es un servicio y, créame, la gente lo necesita. Además, muchas otras cosas surgen con un cliente fijo. Ellos vienen a verme por un asunto, pero al final aparecen otros. No se trata de que yo les haga volver, se lo puedo asegurar. Es lo que les digo que sé.

—¿Y Jemima?

—¿Qué pasa con ella?

—¿Había otros asuntos, más allá de sus dudas sentimentales?

—Sí.

—¿Y cuáles eran?

Yolanda se sentó. Cruzó sus piernas. Eran fornidas, sin tobillos, una línea recta que iba de las rodillas a sus pies. Dejó caer sus manos a ambos lados de los muslos, como si equilibrara su cuerpo, y mientras se ponía de nuevo recta, agachó su cabeza. La agitó.

Lynley pensó que no contestaría a esa pregunta, que diría «no tengo más información, agente». Sin embargo, anunció:

—Hay algo entre los otros y yo. Todo se ha quedado tranquilo. Pero yo no quería hacer daño. No lo sabía.

Lynley trató de no seguirle el juego.

—Señorita Price, si sabe alguna cosa, le insisto…

—¡Yolanda! —dijo mientras alzaba su cabeza bruscamente—. Aquí soy Yolanda. Ya estoy teniendo suficientes problemas con el mundo espiritual y no necesito a alguien más en este cuarto que me recuerde que tengo una vida allá fuera, ¿lo entiende? Desde que murió, desde que me dijeron que murió, todo se ha vuelto oscuro y tranquilo. Lo hago todo mecánicamente, y no soy capaz de comprender qué es lo que no puedo ver.

Entonces se levantó. La habitación estaba poco iluminada, oscura, se suponía que para facilitarle el trabajo; y ella cruzó la cortina para encender la lámpara de techo. La luz trajo a esa sombría habitación un aspecto desolador: polvo en los muebles, bolas de pelusa en las esquinas, objetos de segunda mano desconchados y desvencijados. Yolanda caminó por la habitación. Lynley esperaba a que hablara, pese a que su paciencia se estaba agotando.

—Vienen a por consejo —dijo finalmente—. Intento no ser demasiado directa. No suele funcionar. No obstante, en su caso, pude sentir algo más, y necesitaba saber de qué se trataba para poder seguir trabajando con ella. Tenía información que podría haberme ayudado, pero no quiso compartirla conmigo.

—¿Información sobre quién? ¿Sobre qué?

—¿Quién sabe? No quiso decírmelo. Pero me preguntó el mejor lugar para encontrarse con alguien con quien tenía que hablar de verdades difíciles, verdades que le daba miedo contar.

—¿Un hombre?

—No quiso decírmelo. Le dije lo más obvio, lo que todo el mundo diría: has de citarte en un espacio público.

—¿Le aconsejó…?

—No le dije que fuera al cementerio. —Paró de caminar de un lado al otro. Estaba al otro lado de la mesa y le miró desde allí, como si necesitara la seguridad de la distancia—. ¿Por qué iba a recomendarle el cementerio?

—Me hago cargo de que tampoco le recomendó el Starbucks del barrio —apuntó Lynley.

—Le dije que escogiera un lugar donde reinara la paz y pudiera sentirla. No sé por qué escogió el cementerio. No tengo ni siquiera idea de cómo se le ocurrió. —Continuó caminando. Rodeó la mesa una vez, dos veces, antes de decir—: Debería haberle aconsejado otra cosa. Debería haberlo visto. O sentido. Pero no le dije que se mantuviera alejada de ese sitio, porque no vi el peligro. —Dio vueltas alrededor de él—. ¿Entiende qué significa que no viera el peligro, agente Lynley? ¿Entiende en qué situación me deja esto? Nunca he dudado de mi don, hasta ahora. No diferencio entre la verdad y las mentiras. No puedo verlas. Y si no pude protegerla del peligro, no puedo proteger a nadie.

Sonaba tan desdichada que Lynley sintió un atisbo de compasión, pese a que no creyera en ningún momento en la parapsicología. La idea de proteger a alguien, además, le hizo pensar en la piedra que llevaba encima Jemima. ¿Un talismán, un amuleto de buena suerte?

—¿Trataba usted de protegerla?

—Por supuesto que sí.

—¿Le dio algo que la fuera a proteger antes de ese encuentro?

Pero no lo había hecho. Había tratado de proteger a Jemima sólo con palabras de consejo. «Vagos murmullos e imaginaciones», se dijo Lynley, y no habían servido para nada.

Por lo menos, ya sabían qué es lo que Jemima había ido a hacer al cementerio de Abney Park. Por otra parte, tenían que fiarse de lo que les había contado Yolanda sobre qué había estado haciendo en Oxford Road aquel día. Le preguntó sobre ello y también acerca de qué había estado haciendo en el momento de la muerte de Jemima. A esto último respondió que estaba donde siempre solía estar: con clientes. Tenía la agenda con las citas para probarlo, y si quería telefonear a los clientes, no tenía ningún problema en darle los números. A la primera pregunta, ella volvió a decirle que intentaba purificar la maldita casa antes de que alguien volviera a morir inesperadamente: McHaggis, Frazer, el italiano.

Lynley le preguntó si los conocía a todos.

De vista, no les habían presentado. Con McHaggis y Frazen sí que había intercambiado algunas palabras. No con el italiano.

¿Y había intentado abrir alguno de los cubos de reciclaje de su jardín?

Le miró como si Lynley estuviera loco. ¿Por qué demonios iba a husmear en la basura? Las basuras no necesitan ser purificadas, la casa sí.

No quiso seguir por esa vía de nuevo. Se dio cuenta de que

no podía sonsacarle nada más a Yolanda, *la Médium*. Por lo menos hasta que el otro mundo le revelara algo más, Yolanda seguiría siendo un libro bien cerrado.

21

Cuando Robbie Hastings llegó a los terrenos de Gordon Jossie, no estaba seguro de cuáles eran sus intenciones. Jossie le había mentido al decirle que quería continuar con Jemima, pero también —tal y como se demostró— sobre cuándo fue la última vez que la vio. La información le había llegado de Meredith Powell. De hecho, fue tras hablar con ella por teléfono cuando decidió ir hasta la casa de Jossie. Ella había acudido a la Policía de Lyndhurst; les había dado las pruebas que demostraban que Gordon había viajado a Londres la mañana de la muerte de Jemima. Pasó incluso aquella noche en un hotel, le explicó a Rob; algo que también le contó a la Policía.

—Pero, Rob, creo que hemos cometido un error —le había dicho. Pudo notar la ansiedad en su voz por teléfono.

—¿Hemos?

La mitad de ese «hemos» resultó ser Gina Dickens. Junto a ella, Meredith se había presentado al comisario jefe Whiting —«porque quedamos, Rob, que no hablaríamos con nadie que no fuera un alto cargo»— y ahora estaban intentando averiguar el paradero de los dos detectives que habían llegado a New Forest de New Scotland Yard. Tenían algo de vital importancia que entregarles a esos detectives, le contaron, y, claro, él les preguntó de qué se trataba. Cuando lo supo, les preguntó si podía verlo. Cuando lo vio, lo puso en una carpeta de archivo y les preguntó de dónde había salido.

—Gina no quiso decírselo, Rob. Parecía que le tenía miedo. Más tarde me contó que él había estado en la propiedad de Gordon y que cuando se acercó a hablar con Gordon, no tenía ni idea de que era policía. No se lo dijo, tampoco Gordon. Me contó que se quedó helada cuando fue hacia su despacho y le vio, porque creyó que él debía saber quién era desde el principio. Así que ahora está a punto de volverse loca, porque si este tipo aparece por la propiedad y se lleva consigo las pruebas, entonces Gordon sabrá de dónde las ha sacado, porque ¿quién podría habérsela proporcionado sino Gina?

A medida que la información iba amontonándose, Robbie era incapaz de retenerlo todo. Billetes de tren, el recibo de un hotel, todo en manos de Gina Dickens, Gordon Jossie, el comisario jefe Whiting, New Scotland Yard... Y también estaba la no menos importante mentira de Gordon sobre la marcha de Jemima: le había dicho que tenía a otro en Londres o en algún lugar, que él había querido continuar con ella, y que ella le había abandonado, aunque, en realidad, él la había obligado a marcharse.

Meredith continuó explicándole que el comisario jefe Whiting se había quedado los billetes de tren y el recibo del hotel, pero cuando ella y Gina le dejaron, cuando ésta se dio cuenta de la conexión con Gordon Jossie, Meredith supo que él no iba a hablar con New Scotland Yard, pese a que no podía saber por qué.

—Y no sabemos dónde encontrarles —se lamentó Meredith—, a esos detectives, Rob. Ni siquiera he hablado aún con ellos, así que no sé quiénes son, no podría reconocerlos si los viera por la calle. ¿Por qué no han venido a hablar conmigo? Yo era su mejor amiga, su mejor amiga, Rob.

A Rob sólo le importaba un detalle. Y no era que el comisario jefe Whiting tuviera en sus manos posibles pruebas, como tampoco lo era el paradero de los detectives de Scotland Yard o por qué no habían hablado todavía con Meredith Powell. Lo que le importaba era que Gordon Jossie había estado en Londres.

Rob estuvo hablando con Meredith al salir de una reunión con los administradores de New Forest, que había tenido lugar, como siempre, en Queen House. Aunque el lugar no se encontraba muy lejos de la comisaría, donde trabajaba el comisario jefe, a Rob no se le pasó por la cabeza ir a preguntarle qué pensaba hacer con las pruebas que le habían dado Meredith y Gina

Dickens. Sólo tenía un destino en mente. Puso en marcha el Land Rover para dirigirse hacia allí, con un chirrido de los neumáticos, y con Frank tambaleándose en el asiento de al lado.

Cuando se percató de que no había nadie en casa de Jossie, pues vio que no había vehículos aparcados en el terreno, Rob husmeó por los alrededores para ver si podía encontrar alguna prueba de su culpabilidad en los setos de flores. Miró a través de las ventanas y trató de abrir la puerta. Que estuviera cerrada en un lugar donde aparentemente nadie cierra las puertas le hizo sospechar lo peor.

Fue hacia el garaje y abrió la puerta. Se metió en el coche de su hermana, vio que las llaves estaban puestas, algo que le extrañó, pero la única explicación que se le ocurrió no tenía ningún sentido: que Jemima nunca había ido a Londres, que había sido asesinada y enterrada allí; por supuesto, eso no tenía sentido. Entonces vio que en la anilla de las llaves del coche habían otras. Pensó que debían de ser las de la casa. Robbie las cogió y corrió hacia la puerta principal.

No sabía qué era lo que estaba buscando. Sólo que tenía que hacer algo. Así que abrió los cajones de la cocina. Abrió la nevera. Miró dentro del horno. De allí fue al salón y miró debajo de los cojines y tras las sillas. Al no encontrar ninguna prueba, subió las escaleras. La ropa del armario estaba ordenada. Los bolsillos, vacíos. No había nada debajo de las camas. Las toallas del baño estaban húmedas. Un anillo de suciedad en la taza del retrete indicaba que el baño necesitaba una buena limpieza. Deseó que hubiera algo escondido en la cisterna, pero no encontró nada.

Frank empezó a ladrarle desde fuera. Entonces, otro perro comenzó también a ladrar. Robbie se acercó a una ventana desde donde vio dos cosas simultáneamente. La primera, que Gordon Jossie llegaba a casa junto a su golden retriever. La otra, que los ponis del prado estaban justo ahí: aún en el maldito prado, pese a que Rob hubiera jurado por Dios que su lugar era el bosque. ¿Qué demonios hacían allí todavía?

Los ladridos eran cada vez más frenéticos. Rob bajó las escaleras. Daba igual que hubiera cometido allanamiento. Había ido en busca de respuestas.

Frank ladraba como un loco; también el otro perro. Mientras salía de la casa, vio que, por alguna razón estúpida, Jossie había abierto la puerta del Land Rover, había sacado por la fuerza a *Frank* y estaba dentro del vehículo buscando algo, como si no supiera perfectamente quién era el maldito dueño.

El weimaraner aullaba. Rob pensó que el animal no aullaba al otro perro, sino a Jossie. Su rabia fue en aumento: si *Frank* aullaba era porque había sido golpeado, y nadie pegaba a su perro, ni tan siquiera Jossie, cuyas manos se posaban en todas partes y solamente traían la muerte.

El retriever ladraba porque *Frank* también lo hacía. Dos perros de la propiedad de más allá de la carretera se unieron a los ladridos, y el cacofónico espectáculo movilizó a los ponis campo adentro. Empezaron a trotar de un lado a otro de la cerca, agitando sus cabezas, relinchando.

—¿Qué coño hacen? —preguntó Robbie.

Jossie salió del Land Rover y preguntó algo parecido a lo de Robbie, sin duda con más razón, al ver la puerta de la casa medio abierta e imaginar claramente lo que Rob había estado haciendo. Rob le ordenó a *Frank* que se quedara quieto, lo que sólo provocó que el perro se pusiera a ladrar aún más. Mandó al weimaraner entrar en el vehículo, pero en vez de ello, *Frank* fue hacia Jossie, con la intención de saltarle directamente al cuello.

—*Tess*, ya está bien —dijo Jossie, y el animal dejó de ladrar.

Rob pensó en el poder y el control de ese hombre, y cómo esa necesidad podía estar en la raíz de lo que le había sucedido a Jemima. Entonces se acordó de los billetes de tren, del recibo del hotel, del viaje a Londres de Jossie y de sus mentiras. Se lanzó encima de él y le empujó hacia uno de los lados del Land Rover.

—Londres, cabronazo —dijo entre dientes.

—¿Qué demonios...? —chilló Jossie.

—Ella no te dejó porque tuviera a otra persona. Quería casarse contigo, sólo Dios sabe por qué. —Le empujó violentamente contra el coche, con el brazo presionándole la garganta de tal manera que Jossie no podía defenderse. Con la otra mano, tiró al suelo las gafas de sol que llevaba puestas, porque quería de una vez verle los malditos ojos. El sombrero de Jossie también acabó en el suelo, una gorra de béisbol que le dejó una línea en la frente como si fuera la marca de Caín—. Pero tú no querías, ¿verdad? Tú no la querías. Primero la usaste, entonces la dejaste tirada, y después fuiste a por ella.

Jossie se zafó de Rob. Le costaba respirar. A Rob le pareció más fuerte de lo que aparentaba.

—¿De qué estás hablando? ¿Usarla para qué, por el amor de Dios?

—Me imagino cómo fue todo, bastardo. —Le parecía tan obvio que se preguntaba en qué había estado pensando—. Querías este lugar, estos terrenos, ¿no?, y creíste que podría ayudarte, porque es parte de mi zona. La tierra con derechos comunes es difícil de conseguir. Y que yo ayudaría a Jemima, ¿verdad? Ahora todo encaja.

—Te estás volviendo loco. Lárgate de aquí.

Rob no se movió.

—Si no te vas de una vez de esta propiedad, tendré que... —dijo Jossie.

—¿Qué? ¿Llamar a la Policía? No creo que lo hagas. Estuviste en Londres, Jossie, y ellos ya lo saben.

Esa frase le dejó helado. Se quedó parado, sin poder moverse. No dijo nada, pero Robbie sabía que su cabeza echaba humo.

Como Rob llevaba ventaja, decidió continuar pinchándole.

—Estabas en Londres el mismo día que ella fue asesinada. Tienen tus billetes de tren. ¿Qué te parece? Tienen el recibo del hotel, y me imagino que tu nombre está allí escrito, en letras grandes, ¿eh? ¿Cuánto crees que tardarán en venir para charlar un rato contigo? ¿Una hora? ¿Más? ¿Una tarde? ¿Un día?

Si Jossie pensó en mentir a estas alturas, su cara le traicionó. También su cuerpo, que flaqueó, sin fuerzas para continuar. Sabía que le tenían. Se agachó, cogió sus gafas de sol, las limpió con la camiseta, que estaba manchada de sudor y grasa del trabajo. Se puso las gafas en la cara, como si intentara esconder esa mirada desconfiada. Sin embargo, ya daba igual, porque Rob había visto en ellos lo que quería ver.

—Sí —dijo Robbie—. Fin del juego, Gordon. Y no pienses que puedes escapar, porque te seguiré hasta el Infierno, y si me veo obligado, te traeré de vuelta.

Jossie fue en busca de su gorra y la golpeó sobre sus vaqueros, pero no se la volvió a poner. Se había quitado la cazadora y la había dejado en un montón en el asiento del Land Rover. La agarró y dijo:

—Muy bien, Rob. —Su voz parecía tranquila, y Rob se fijó en que sus labios se habían puesto morados—. Muy bien —dijo de nuevo.

—¿Qué quieres decir?

—Ya sabes.

—Estuviste allí.

—Si estuve, cualquier cosa que diga dará igual.

—Has mentido desde el principio sobre Jemima.

—No he...

—Ella no fue a Londres detrás de alguien. Ella no te dejó por eso. No tenía a nadie más, en Londres o donde fuera. Sólo estabas tú, y tú eras a quien quería. Pero tú no la querías: compromiso, matrimonio, esas cosas... Así que la dejaste tirada.

Jossie miró hacia los ponis del prado.

—No fue así.

—¿Estás negando que estuviste allí, tío? Los polis verán las cámaras de la estación de tren (en Sway, en Londres), y ¿no saldrás en las grabaciones el día que ella murió? Llevarán tu foto a ese hotel, ¿crees que nadie recordará que estuviste allí esa noche?

—No tenía ningún motivo para matar a Jemima. —Gordon se humedeció los labios. Miró por encima de su hombro, de nuevo hacia el campo, como si buscara que alguien le salvara de esa confrontación—. ¿Por qué demonios querría que muriera?

—Ella había conocido a alguien cuando fue a Londres. Llegó a decirme eso. Y entonces te sentiste como el perro del hortelano, ¿no? No la querías, pero Dios, nadie iba a tenerla.

—No tenía ni idea de si se veía con otra persona. Y sigo sin tenerla. ¿Cómo podría haberlo sabido?

—Porque la seguías. La encontraste y hablasteis. Ella te lo habría dicho.

—Y si eso fue lo que sucedió, ¿por qué debería importarme? Yo también me estoy viendo con alguien. Tengo a otra persona. No la maté. Lo juro por Dios...

—No niegas que estuviste allí. En Londres.

—Quería hablar con ella, Rob. Durante meses había tratado de encontrarla. De repente, me llamaron por teléfono… Un tipo había visto las tarjetas que había colgado. Me dejó un mensaje en el que me decía dónde estaba Jemima, dónde trabajaba, en Covent Garden. La llamé (un estanco), pero no quería hablar conmigo. Me llamó varios días después y me dijo que sí, que de acuerdo, que estaba dispuesta a verme. Pero no en su lugar de trabajo, sino en otro sitio.

En el cementerio, pensó Rob. Pero lo que contaba Jossie no tenía sentido. Jemima estaba con otra persona. Jossie estaba con otra persona. ¿De qué iban a hablar entonces?

Rob caminó hacia la cerca, donde los ponis habían regresado para pastar. Se paró en la valla y los miró. Estaban muy bien cuidados, demasiado bien alimentados. Gordon no los ayudaba teniéndolos allí encerrados. Se suponía que debían estar buscando comida todo el año por sí mismos; formaban parte de una manada. Rob abrió la puerta de la valla y entró.

—¿Qué estás haciendo?

—Mi trabajo. —Tras él, escuchó cómo Jossie le seguía hacia el prado—. ¿Por qué están aquí? —le preguntó—. Se supone que deberían estar en el bosque con el resto.

—Estaban cojos.

Rob se acercó a los ponis. Los tranquilizó suavemente. Detrás de él, Jossie cerró la puerta del cercado. A Rob no le costó ni un minuto ver que los ponis se encontraban bien, y pudo sentir que estaban inquietos, deseosos de estar allá fuera, con el resto de la manada.

—Ya no están cojos. Así que porque no…

Y entonces vio algo más raro, que varios ponis sanos estaban encerrados en una cerca en pleno mes de julio. Vio que sus colas habían sido cortadas. Pese a la longitud de su pelo, los ponis fueron marcados el pasado otoño, la señal en sus colas era reconocible, y lo que decía era que ninguno de esos animales pertenecía a la zona de New Forest. Los ponis estaban marcados, en efecto, y esa marca indicaba que provenían de la parte norte de Perambulation, cerca de Minstead, de unos terrenos al lado de Boldre Gardens.

—Estos ponis no son tuyos —dijo, innecesariamente—. ¿Qué demonios estás tramando?

Jossie no contestó nada.

Robbie esperó. Hubo un momento de *impasse*. Pensó que cualquier discusión con Jossie no iba a ir a ninguna parte. También pensó que no importaba. La Policía estaba detrás de él.

—Bien, entonces. Lo que tú quieras. Vendré mañana con un tráiler para recogerlos. Necesitan regresar a donde pertenecen. Y tú necesitas dejar de echarle mano al ganado de los demás.

Al principio, Gordon intentó pensar que Robbie Hastings le estaba colando un farol. Si se equivocaba y no era así, sólo podía significar dos cosas. O que había confiado ciegamente en alguien y se había vuelto a equivocar, o que alguien había entrado en casa, había encontrado pruebas, pruebas que jamás hubiera imaginado que pudieran inculparle, y se las había llevado en el momento oportuno para presentárselas a la Policía, para ganar tiempo, justo en el momento en que podría hacerle más daño.

De las dos posibilidades, se quedó con la segunda, porque, aunque le hacía pensar que el final estaba cerca, al menos no significaba que alguien en quien confiaba le había traicionado. Si, por el contrario, había sucedido lo primero, pensó que no podría recuperarse del golpe.

Sabía que era más que probable que hubiera sido Gina la que había encontrado los billetes de tren y el recibo de hotel antes que esa Meredith Powell u otra persona a la que tampoco le caía bien hubiera entrado en casa, rebuscado en la basura y se los hubiera llevado sin que él lo supiera. Así que cuando Gina regresó a casa, él la estaba esperando.

Oyó su coche. Y lo siguiente resultó extraño: Gina paró el motor antes de llegar a la entrada y dejó el coche detrás de su camioneta. Cuando salió, cerró la puerta tan suavemente que apenas pudo oír el golpe. Como tampoco sus pasos en la gravilla o el de la puerta de atrás al abrirse.

No gritó su nombre como normalmente hacía al llegar. En vez de ello, subió las escaleras hacia su habitación y allí se pegó un susto de muerte cuando le vio por la ventana, con el sol detrás de él, apenas una silueta. Se recuperó rápido:

—Estás aquí —dijo, y le sonrió como si no hubiera nada raro.

Le hubiera gustado creer que ella no le había delatado a la Policía.

No dijo nada mientras intentaba ordenar lo que pasaba por su cabeza. Ella se cepilló el pelo, apartándose de la mejilla un mechón rebelde. Le llamó por su nombre. Como no le contestó, se le acercó y le preguntó:

—¿Algo va mal, Gordon?

Algo. Todo. ¿Alguna vez llegó a pensar que las cosas irían bien? ¿Y por qué pensó eso? La sonrisa de una mujer, quizás, el tacto de su mano, suave y delicado contra su piel, su boca en la dulzura de sus pechos, sus manos en sus amplias nalgas y caderas… ¿Había sido tan idiota que el mero acto de tener una mujer podía de algún modo borrar todo lo que había pasado antes?

Se preguntó qué es lo que Gina sabía a estas alturas. El hecho de que estuviera allí le hizo pensar que no mucho, pero la posibilidad de que ella, probablemente, encontrara los billetes de tren, el recibo del hotel, y los escondiera hasta que pudiera usarlos para hacerle daño… ¿Y por qué no los había tirado en Sway, a su regreso? Ésa era la pregunta. Si hubiera reparado en ello entonces, él y esa mujer no estarían de pie en esa habitación, bajo ese insufrible calor estival, mirándose con el peso del pecado de la traición en sus corazones, no sólo en el de ella.

No tiró los billetes en el andén de la estación y no se deshizo del recibo del hotel porque no pensó que le podría pasar algo a Jemima; no pensó que llevar encima esos pedazos de papel le inculparían, que Gina los encontraría y los guardaría, y que no le diría nada acerca de su mentira de que había ido a Holanda, que dejaría que él se fuera hundiendo y que no diría ni una palabra acerca de que sabía dónde había estado realmente, que no era en Holanda, que no había estado en una granja hablando sobre carrizos, que no había estado fuera del país, sino en el centro de un cementerio de Londres, tratando de quitarle a Jemima aquellas cosas que podía usar para destruirle si ella hubiera querido.

—Gordon, ¿por qué no me respondes? ¿Por qué me miras de esta manera?

—¿De qué manera?

—Como si… —Se cepilló el pelo de nuevo, aunque esta vez no había ningún mechón fuera de lugar. Sus labios se curvaron, pero su sonrisa titubeó—. ¿Por qué no me respondes? ¿Por qué estás ahí parado? ¿Algo va mal?

—Fui a hablar con ella, Gina —dijo—. Es todo lo que hice.

Ella frunció el ceño.

—¿Con quién?

—Necesitaba hablar con ella. Quedamos en vernos. No te lo dije porque no pensaba que fuera necesario. Todo había terminado entre nosotros, pero ella tenía una cosa que quería que me devolviera.

Gina, como si se estuviera dando cuenta de todo en ese momento, dijo:

—¿Viste a Jemima? ¿Cuándo?

—No hagas como si no lo hubieras sospechado. Rob Hastings estuvo aquí.

—Gordon, no entiendo cómo… ¿Rob Hastings? —Se rio levemente, pero sin gracia—. ¿Sabes?, me estás asustando. Suenas…, no sé…, ¿violento? ¿Te ha dicho Rob Hastings algo sobre mí? ¿Ha hecho algo? ¿Habéis discutido?

—Me ha contado lo de los billetes de tren y el recibo del hotel.

—¿Qué billetes de tren? ¿Qué recibo?

—Los que encontraste. Los que le diste.

Ella movió su mano hacia arriba y situó las puntas de sus dedos entre los pechos.

—Gordon, de verdad. Eres… ¿De qué estás hablando? ¿Te ha contado Rob Hastings que le di algo, algo tuyo?

—Los polis —dijo.

—¿Qué pasa con ellos?

—Les diste los billetes de tren y el recibo del hotel. Si me hubieras preguntado por ello, te hubiera contado la verdad. No lo hice antes porque no quería que te preocuparas. No quería que pensaras que todavía podría haber algo entre nosotros, porque no lo había.

Los ojos de Gina —grandes, azules, más bellos que el cielo del norte— le miraban mientras su cabeza se inclinaba hacia un lado.

—¿De qué me estás hablando? ¿Qué billetes? ¿Qué recibo? ¿Qué dice Rob Hastings que hice?

Gordon no pretendía acusar a Gina de nada, por supuesto. Pero le pareció que, a menos que alguien hubiera revuelto clandestinamente en su basura, sólo Gina podía haber conseguido coger esos papeles.

—Rob me ha contado que la Policía en Lyndhurst tiene pruebas de que estuve en Londres ese día. El día que ella murió.

—Pero tú no estabas allí. —La voz de Gina sonó perfectamente razonable—. Estabas en Holanda. Fuiste a ver unos carrizos porque esos de Turquía son una basura. No te quedaste los billetes de Holanda, así que lo que tuviste que decir es que trabajaste todo el día. Y Cliff se lo contó a la Policía (ese hombre y esa mujer de Scotland Yard), que estuviste trabajando. Lo hiciste porque sabías que ellos pensarían que mentías, si no les enseñabas esos billetes. Y eso es lo que sucedió.

—No. Lo que pasó es que fui a Londres. Lo que pasó es que quedé con Jemima en el lugar donde murió. El día que murió.

—¡No digas eso!

—Es la verdad. Pero cuando la dejé, estaba viva. Estaba sentada en un banco de piedra en el borde de un claro donde hay una antigua capilla, y estaba viva. No conseguí de ella lo que quería, pero no le hice daño. Volví a casa al día siguiente para que pensaras que había ido a Holanda, y tiré esos billetes en el cubo de la basura. Donde los encontraste.

—No —contestó—. Para nada. Y si los hubiera encontrado y me hubieran hecho sentir confusa, lo habría hablado contigo. Te habría preguntado por qué me mentiste. Ya lo sabes, Gordon.

—Entonces, cómo ha podido la Policía…

—¿Rob Hastings te ha dicho que ellos tiene los billetes? —No esperó a la respuesta—. Entonces Rob Hastings está mintiendo. Quiere culparte. Quiere… No lo sé… hacer alguna locura para que la Policía piense… Cielos, Gordon, él pudo haber revuelto en la basura, encontrar esos billetes y llevárselos a la Policía. O quizás aún los tenga en su poder, y espere el momento para utilizarlos en tu contra. O si no los tiene él, otra persona a la que tampoco le gustes. Pero ¿por qué iba a hacer yo nada con los billetes antes de hablar contigo sobre ellos?

¿Crees que tengo la menor razón para hacer algo que pueda causarte problemas? Mírame, ¿la tengo?

—Si pensaras que le hubiera hecho daño a Jemima...

—¿Por qué iba a pensar eso? Ya habíais terminado vuestra relación, tú y Jemima. Me lo dijiste y te creí.

—Era verdad.

—¿Entonces?

No dijo nada.

Ella se le acercó. Pudo adivinar que vacilaba, como si él fuera un animal ansioso necesitado de calma. Y ella estaba igual de ansiosa, podía notarlo. Lo que no podía sentir era la raíz de su ansiedad: ¿su paranoia? ¿Sus acusaciones? ¿Su culpa? ¿Y por qué esa desesperación? Él sabía con certeza qué es lo que tenía que perder. Pero ¿qué tenía ella que perder?

Gina pareció haber escuchado esa pregunta cuando le dijo:

—Hay muy pocas personas que tienen algo bueno entre sí. ¿No te das cuenta?

No respondió, pero se sintió obligado a mirarla, justo a los ojos, y ese acto impulsivo le hizo desviar la mirada hacia otro lugar, hacia la ventana. Miró a través del cristal. Pudo ver la cerca, y dentro, los ponis.

—Dijiste que les tenías miedo. Pero entraste. Estuviste dentro con ellos. Así que no les tenías miedo, ¿verdad? Porque si lo hubieras tenido, no hubieras entrado porque sí.

—¿Los caballos? Gordon, traté de explicarte...

—Habrías esperado a que los hubiera llevado al bosque. Sabías que lo haría, finalmente. Que lo debería haber hecho. Entonces hubiera sido seguro del todo entrar, pero entonces no hubieras tenido una razón, ¿verdad?

—Gordon. Gordon. —Ella estaba ahora a su lado—. Escucha lo que dices. No tiene sentido.

Como un animal, él podía olerla, de lo cerca que estaba. El olor era débil, pero era una combinación del perfume que llevaba, un ligero deje de sudor y algo más. Pensó que podía ser miedo. Del mismo modo, pensó que podía ser por el descubrimiento. El descubrimiento de ella o el suyo, no lo sabía, pero estaba allí y era real. Feroz.

El vello de sus brazos se erizó, como si notara el peligro cerca, y en realidad lo estaba. Él siempre había estado en peligro y eso era tan raro que en ese momento solo quería reír como un loco mientras se daba cuenta del simple hecho de que todo iba al revés en su vida: podía esconderse pero no podía huir.

—¿De qué me estás acusando? ¿Por qué me estás acusando de algo? Actúas como… —Dudó, no porque buscara la palabra adecuada, sino más como si supiera muy bien a qué se refería él y la última cosa que quería era decirlo.

—¿Quieres que me arresten, ¿no? —Permanecía quieto, mirando a los ponis. Le pareció que en ellos estaban las respuestas—. Quieres que tenga problemas.

—¿Por qué querría eso? Mírame. Por favor, gírate. Mírame, Gordon.

Sintió su mano en el hombro. Se estremeció. Ella la retiró. Dijo su nombre.

—Ella estaba viva cuando la dejé. Estaba sentada en ese banco de piedra en el cementerio. Estaba viva. Lo juro.

—Por supuesto que estaba viva —murmuró Gina—. No tenías ninguna razón para hacer daño a Jemima.

Los ponis afuera trotaban por toda la cerca, como si supieran que llegaba el momento de ser liberados.

—Pero nadie se lo creerá —dijo, más a sí mismo que a ella. —Él, sobre todo él, no lo creerá, ahora que tiene esos billetes y el recibo.

«Volverá», pensó, desolado. Una vez y otra. Todo el rato hasta que se acabara el tiempo.

—Entonces sólo tienes que decir la verdad. —Le tocó de nuevo, la nuca esta vez, rozando sus dedos ligeramente por el cabello—. ¿Por qué no dijiste desde el principio la verdad?

Ésa era la cuestión, ¿no? pensó con un poco de amargura. Decir la verdad y al Infierno las consecuencias, incluso cuando las consecuencias podían significar estar muerto. O peor que la muerte, porque al menos la muerte pondría un final a lo que él tenía que soportar en vida.

—¿Por qué no me lo contaste? —le dijo, muy cerca de él—. Sabes que puedes hablar conmigo, Gordon. Nada de lo que me cuentes podrá cambiar lo que siento por ti.

Notó entonces su mejilla en su espalda y sus brazos sobre él, sus reconocibles manos. Primero estaban en su cadera. Luego sus brazos le rodearon y sus suaves manos fueron a su pecho.

—Gordon, Gordon —le dijo, y entonces sus manos descendieron, primero a su estómago y luego, suavemente, entre sus muslos, acariciándole, alcanzándole—. Yo jamás —murmuró—, yo jamás, en la vida, cariño…

El sintió el calor, la presión y cómo la sangre aumentaba. Era un sitio estupendo para ir, tan bueno que siempre que estaba allí, nada se inmiscuía en sus pensamientos. «Así pues, que pase, que pase, deja que pase», pensó. Acaso no se merecía…

Se la sacó de encima con un grito y se giró para mirarle a la cara.

Ella parpadeó.

—¿Gordon?

—¡No!

—¿Por qué? Gordon, muy poca gente…

—Déjame en paz. Ya me doy cuenta. Eres tú la que…

—¿Gordon? ¡Gordon!

—No te quiero aquí. Quiero que te vayas. Lárgate, maldita. Vete al Infierno.

Meredith iba de camino a buscarla cuando el teléfono sonó. Era Gina. Estaba sollozando, incapaz de tomar el suficiente aire como para que se la entendiera. Todo lo que Meredith pudo adivinar es que algo había pasado entre Gina y Gordon Jossie tras la visita de ambas a la comisaría de Lyndhurst. Por un momento, Meredith pensó que el comisario jefe Whiting se había presentado en las propiedades de Gordon con las pruebas que le habían dado, pero no parecía que ése fuera el caso, y si lo era, Gina no lo dijo. Lo que sí contó es que Gordon había descubierto de algún modo que los billetes de tren y el recibo del hotel estaban en manos de la Policía y que estaba terriblemente enfadado por ello. Gina había huido de la propiedad de Gordon y ahora estaba escondida en su cuarto de encima del salón de té Mad Hatter.

—Estoy tan asustada —lloró—. El sabe que soy yo. No sé qué puede hacer. Intenté aparentar… Me acusó… ¿Qué podía decirle? No supe cómo hacerle creer que… Tengo tanto miedo. No puedo quedarme aquí. Él sabe donde… —Sollozó de nuevo—. Nunca debí... Él no le habría hecho daño. Pero creo que debería explicarle a la Policía lo que pasó..., porque si encuentran que...

—Iré enseguida —interrumpió Meredith—. Si llama a la puerta, llame a la Policía.

—¿Dónde está?

—En Ringwood.

—Pero le llevará... Vendrá a por mí, Meredith. Estaba tan enfadado.

—Vaya a una de las salas entonces. No irá a por usted allí. No en público. Grite como una loca si tiene que hacerlo.

—No debí haber...

—¿Qué? ¿No debería haber ido a la Policía? ¿Qué otra cosa se supone que podía hacer?

—Pero ¿cómo sabe que tienen esos billetes? ¿Cómo ha podido saberlo? ¿Usted se lo dijo a alguien?

Meredith vaciló. No quería confesar que se lo había contado a Robbie Hastings. Cogió el camino en busca del coche y dijo:

—Ese tipo, Whiting. Seguro que ha ido a verle con preguntas después de darle las cosas. Pero esto es bueno, Gina. Es lo que queríamos que sucediera. ¿No lo ve?

—Sabía que él se enteraría. Por eso quería que fueras tú la que...

—Todo irá bien. —Meredith colgó el teléfono.

Estaba algo lejos de Lyndhurst, pero la autovía hacia Ringwood iba a ayudarla. Sus nervios le pidieron que pusiera la cinta de autoayuda. La escuchó mientras conducía, repitiendo las frases febrilmente:

Te quiero, te deseo, eres especial para mí, te veo y te escucho, no es lo que haces, sino quién eres lo que quiero, te quiero, te deseo, eres especial para mí, te veo y te escucho, no es lo que haces, sino quién eres lo que quiero.

Y más:

Yo soy suficiente, yo soy suficiente, yo soy suficiente, yo soy suficiente.

Y cuando parecía que eso no iba a ser suficiente:

Soy una criatura de Dios, amada por Él, soy una criatura de Dios, amada por Él.

Llegó a Lyndhurst veinte minutos después. Se sentía ligeramente tranquila. Dejó el coche en el Museo de New Forest y corrió por todo el aparcamiento hacia High Street, donde un atasco que iba de los semáforos a Roomsey Road le permitió cruzar fácilmente entre los vehículos.

Gina no estaba en la sala. El salón ya estaba cerrado, pero la propietaria estaba dentro limpiando, así que Meredith imaginó que Gina quiso sentarse, esperar dentro, completamente a salvo. Lo que significaba, concluyó, que Gina se había calmado.

Subió las escaleras. Arriba reinaba el silencio, sólo se oían algunos ruidos de High Street, que se colaban por la puerta principal. Como antes, dentro del edificio hacía más calor que en el mismo Infierno. Meredith sintió que el sudor corría por su espalda. Se debía en parte al calor, pero también era el miedo lo que le hacía sudar. ¿Y si él ya estaba allí? ¿En la habitación? ¿Con Gina? Podría haberla seguido a ella de camino a Lyndhurst, listo para mostrar su peor cara.

Meredith iba a llamar a la puerta cuando, de repente, ésta se abrió de golpe. Gina presentaba un aspecto inesperado. Su cara estaba hinchada y roja. La parte de arriba de su brazo estaba cubierta con una toallita, y la manga de la camisa que vestía estaba rota.

—¡Oh, Dios mío! —gritó Meredith.

—Estaba enfadado. No quería…

—¿Qué es lo que ha hecho?

Gina fue hacia la pila del lavabo, donde, Meredith vio que habían varios cubitos de hielo. Los colocó en la toalla y la enrolló. Cuando acabó de hacerlo, Meredith vio una espantosa marca roja en su brazo. Tenía el tamaño de un puño.

—Vamos a llamar a la Policía. Esto es una agresión. La Policía tiene que saberlo.

—Nunca debí haber acudido a ellos. Él no me habría hecho daño. No es de esa manera. Debería haberlo sabido.

—¿Está loca? ¡Mire lo que le ha hecho! Debemos...

—Ya hemos hecho suficiente. Está asustado. Reconoce haber estado allí. Y después ella murió.

—¿Lo ha reconocido? Debe decírselo a la Policía. Esos detectives de Scotland Yard, ¿dónde demonios estarán?

—No que la mató. Eso nunca. Ha reconocido que la vio, que tuvieron una cita. Me dijo que tenía que saber por sí mismo que todo se había acabado entre ellos, antes de que nosotros pudiéramos... —Se puso a llorar. Se llevó la toalla al brazo y soltó un jadeo cuando le tocó la herida.

—Hay que llevarla a Urgencias. Eso puede ser una herida seria.

—No es nada. Un morado, ya está. —Miró su brazo. Sus labios temblaron—. Me lo merezco.

—¡Es una locura! Eso es lo que siempre dicen las mujeres maltratadas.

—No le creí. ¿Y no creerle y después traicionarle cuando podía haberle preguntado, cuando lo único que hizo fue hablar con ella para asegurarse de que su historia había terminado, y así él y yo podríamos...? Ahora él me odia. Le traicioné.

—No hable de esa manera. Si alguien ha traicionado a alguien aquí, no es usted. ¿Por qué iba a creerle? Dice que fue para asegurarse de que todo se había acabado entre ellos, pero ¿qué otra cosa iba a decir? ¿Qué otra cosa puede decir ahora que sabe que la Policía tiene las pruebas que necesita? Está metido en un lío y está huyendo, asustado. Y se va a cargar a quien se cruce en su camino.

—No puedo creerme eso de él. Es ese policía, Meredith. El comisario jefe al que vimos.

—¿Cree que mató a Jemima?

—Se lo dije antes: ha ido a ver a Gordon. Hay algo entre ellos. Algo turbio.

—¿Crees que tiene que ver con Jemima? —preguntó Meredith—. ¿Que Jemima estaba entre ellos? ¿Qué la mataron juntos?

—No, no. Oh, no tengo ni idea. No había pensado en él, en sus anteriores visitas a Gordon, pero cuando hoy hemos entrado en su despacho y me he dado cuenta de quién era realmente... Quiero decir, que es un poli, que es alguien importante...

Cuando venía a casa, nunca dijo que era un poli. Y Gordon tampoco. Pero él debía de saberlo, ¿no?

Meredith finalmente se dio cuenta de que todo encajaba. Es más, vio que ella y Gina se habían expuesto a un peligro mayúsculo. Porque si Gordon Jossie y el comisario jefe estaban juntos metidos en algo, ella y Gina le habían proporcionado parte de las pruebas que Whiting necesitaba para destruirlas. Pero no sólo necesitaba destruir los billetes y el recibo del hotel, ¿verdad? También a las personas que sabían de su existencia.

Podría reconocer a Gina, obviamente. Pero no sabía quién era Meredith, y ella no pensó en si le había dado su verdadero nombre. Así que estaba a salvo, por ahora. Ella y Gina podrían... ¿O sí le había dado su nombre? ¿Dijo su nombre? ¿Se presentó..., mostró su identificación... o algo? ¿No es lo que uno siempre hace? No, no. No lo había hecho. Simplemente fueron a su despacho, le dieron las pruebas, hablaron con él, y... Dios, Dios, no podía recordarlo. ¿Por qué demonios no podía recordarlo? Porque estaba metida en un lío, pensó. Estaban pasando demasiadas cosas. Se estaba confundiendo. Estaba Gina, con su ataque de pánico, estaban las pruebas, estaba la rabia de Gordon y probablemente debía haber algo más, pero no podía recordarlo.

—Tenemos que salir de aquí. La llevo a casa.

—Pero...

—Vamos. No puede quedarse aquí, ni yo tampoco.

Ayudó a Gina a recoger sus cosas, que no eran muchas. Las metieron en una mochila y se pusieron en marcha. Gina seguiría a Meredith en su coche mientras iban hacia Cadnam. Parecía el sitio más seguro. Tendrían que compartir habitación y cama, y ponerse de acuerdo en la historia que les contarían a los padres de Meredith. De camino, tuvo el tiempo suficiente para inventarse una. Cuando tomó la carretera que llevaba a casa de sus padres, le contó a Gina que dijera que habían precintado las habitaciones de alquiler de la Mad Hatter Tea Rooms a causa de un escape de gas. Con tan poco tiempo de reacción, era lo mejor que se le pudo ocurrir.

—Acaba de empezar a trabajar en Gerber & Hudson como recepcionista, ¿de acuerdo?

Gina asintió, pero parecía asustada, como si los padres de

Meredith fueran a telefonear a Gordon Jossie y decirle su paradero si llegaba a equivocarse en alguna parte de la historia que acababan de inventar.

Se relajó un poco en cuanto Cammie salió de la casa trotando y gritando

—¡Mamá, mamá! —La pequeña se arrojó a las faldas de Meredith y rodeó con fuerza sus piernas—. La abuela quiere saber dónde has estado, mami. —Entonces le dijo a Gina—: Mi nombre es Cammie. ¿Cuál es el tuyo?

Gina sonrío y Meredith pudo ver que se le distendían los hombros, como si la tensión se escapara de ellos.

—Soy Gina.

—Tengo cinco años —le dijo Cammie, mostrándole a la vez su edad con los dedos de la mano, mientras Meredith se la subía a la cadera—. Cumpliré seis el año que viene, pero para eso falta mucho, porque acabo de cumplir cinco en mayo. Hicimos una fiesta. ¿Tú celebras tu cumpleaños con una fiesta?

—Hace mucho que no.

—Eso es malo. Las fiestas de cumpleaños son maravillosas, sobre todo si hay pastel.

Y entonces, como siempre sucedía, Cammie comenzó otra conversación.

—Mami, la abuela está enfadada porque no la llamaste para avisarle de que llegarías tarde. Deberías haberla llamado.

—Me disculparé. —Meredith besó a su hija con tanto ruido como pudo, tal y como le gustaba a Cammie. La dejó en el suelo—. ¿Puedes correr dentro y decirle que tenemos compañía, Cam?

Si Janet Powell se había enfadado, cualquier tipo de rencor que pudiera sentir se disipó cuando Meredith hizo pasar a Gina dentro de la casa. Sus padres eran más que hospitalarios. En cuanto Meredith les contó la falsa historia del escape de gas en el Mad Hatter Tea Rooms, no hubo más que decir.

—Terrible, terrible, cariño —murmuró Janet, y le dio una palmadita a Gina en la espalda—. Bueno, no podemos dejar que te quedes allí, ¿verdad? Siéntate y deja que te prepare un buen plato de ensalada de jamón. Cammie, lleva la mochila de Gina a la habitación de mami y ponle toallas limpias en el baño. Y pregúntale a tu abuelo si limpiará la bañera.

Cammie se fue correteando a hacer todas esas cosas, chillando que incluso le dejaría a Gina usar sus toallitas de conejitos y gritó:

—¡Abuelo! Tenemos que limpiar la bañera, tú y yo.

Gina se sentó a la mesa.

Meredith ayudó a su madre a hacer la ensalada de jamón. Ni ella ni Gina tenían hambre —¿cómo podían tener hambre después de todo lo que había sucedido?—, pero ambas hicieron un esfuerzo,

Como si algo en el lenguaje no verbal dijera que, si no lo hacían, levantarían más sospechas. Y lo último que necesitaban eran más sospechas.

Gina siguió la corriente de la historia del escape de gas con facilidad. Meredith pensó que de haber estado en su lugar no hubiera podido controlarlo. De hecho, enseguida comenzó a charlar con Janet Powell sobre su vida, su matrimonio con el padre de Meredith, la maternidad y el ser abuela. Meredith pudo ver que su madre estaba absolutamente seducida.

La tarde discurrió plácidamente. Al anochecer, Meredith se sentía más relajada. Ambas estaban a salvo, por ahora. Al día siguiente ya tendrían tiempo para pensar en el próximo paso que debían dar.

Empezó a ver que se había equivocado con Gina Dickens. No era más que una víctima, del mismo modo que Jemima lo había sido. Cada una había cometido el mismo error: por alguna razón que se le escapaba, las dos se habían enamorado de Gordon Jossie, y Gordon Jossie las había engañado.

No acertaba a comprender porque dos mujeres inteligentes no habían podido ver a Gordon por lo que tan obviamente era, pero tenía que admitir que su desconfianza hacia los hombres no era algo que compartiera con las otras mujeres. Además, la gente aprende de sus propias experiencias con el sexo opuesto; no por lo que cuentan los demás sobre sus relaciones fallidas.

Éste había sido el caso de Jemima, y era indudablemente el de Gina. Ahora estaba aprendiendo, cierto, aunque parecía que no quería creer lo que sucedía.

—Aún pienso que no le hizo daño —dijo Gina en voz baja cuando estuvieron a solas en la habitación de Meredith. Y antes de que Meredith pudiera lanzar algún comentario ácido al respecto, añadió—: De todas maneras, gracias. Es usted una amiga de verdad, Meredith. Y su madre es encantadora. Y Cammie. Y su padre. Tiene mucha suerte.

Meredith pensó en ello.

—Durante mucho tiempo, no me lo parecía.

Le contó a Gina lo del padre de Cammie. Le contó toda la horrible historia.

—Cuando me negué a abortar, todo terminó. Él me amenazó con que tendría que probar ante el juez que él era el padre, pero a esas alturas ya me daba igual.

—¿No le ayuda en nada? ¿No le pasa dinero a la niña?

—Si me enviara un cheque, lo quemaría. Tal y como yo lo veo, es él quien sale perdiendo. Yo tengo a Cammie y él jamás la conocerá.

—Y ella, ¿qué es lo que piensa de su padre?

—Sabe que hay niños que tienen padre y otros que no. Creímos en su momento, mi madre, mi padre y yo, que si no hacíamos una tragedia de ello, no lo vería de esa manera.

—Pero debe hacer preguntas al respecto.

—A veces. Pero al final está más interesada en ir a ver a las nutrias al zoológico, así que no tenemos muchas ocasiones para hablar del tema. En su momento, le contaré alguna versión de lo que pasó, cuando sea algo mayor.

Meredith se encogió de hombros y Gina le apretó la mano. Estaban sentadas en el borde de la cama, bajo la tenue luz de la lamparita de la mesa de noche. Menos por sus susurros, la casa estaba en completo silencio.

—Creo que sabes que hiciste lo correcto, pero no ha sido fácil, ¿verdad?

Meredith negó con la cabeza. Agradecía esa comprensión, porque sabía que a ojos de los demás todo aquello parecía que hubiera sido fácil para ella. Nunca había hablado del tema de esa manera. Después de todo, vivía con sus padres, que querían a Cammie. La madre de Meredith cuidaba a la niña mientras Meredith estaba en el trabajo. ¿Qué podía ser más fácil? Se le ocurrían muchas otras cosas, por supuesto, y en el primer puesto de esa lista estaba ser soltera, libre, poder estudiar la carrera en Londres, que tuvo que dejar. Todo eso se había ido, pero no lo había olvidado.

Meredith parpadeó rápido cuando se dio cuenta de todo lo que había pasado desde que no tenía una amiga de verdad, alguien de su edad.

—Ya —le dijo a Gina, y le vino a la cabeza lo que la amistad significa: contarse confidencias, no guardarse secretos. Y era necesario compartir esas cosas.

—Gina —dijo, e inspiró profundamente—. tengo algo que es tuyo.

Gina la miró extrañada.

—¿Mío? ¿El qué?

Meredith fue a por su bolsa, que estaba encima de la cómoda. Vació lo que había dentro al lado de Gina y rebuscó entre las cosas hasta que encontró lo que andaba buscando: el pequeño paquete que cogió de detrás del lavabo de Gina, en su habitación. Lo sujetó en su palma y se lo enseñó.

—Entré en tu habitación. —Sintió como su cara se ponía roja—. Estaba buscando algo que me dijera... —Meredith pensó sobre ello. ¿Qué había estado buscando? No lo supo entonces, y no lo sabía ahora—. No sé qué es lo que estaba buscando, pero esto es lo que encontré, y lo cogí. Lo siento. Sé que hice algo horrible.

Gina miró el pequeño paquete envuelto en papel, pero no lo cogió. Sus arqueadas cejas se juntaron.

—¿Qué es esto?

Meredith no había tenido ni un minuto para pensar que lo que había encontrado podría no pertenecer a Gina. Lo había descubierto en su cuarto, por lo tanto dedujo que era suyo. Lo recogió de su mano y lo desenrolló hasta que apareció algo dorado de forma circular. De nuevo, lo sujetó y se lo enseñó a Gina. La chica lo cogió y lo aguantó en la palma de su mano.

—¿Crees que es de verdad, Meredith?

—¿De verdad?

—De oro. —Gina se quedó mirándolo de cerca—. Es oro, ¿no? Mira qué gastado está. Parece tener la forma de una cabeza. Y tiene unas letras grabadas en él. —Lo miraron con detenimiento—. Creo que es una moneda. Como una medalla, una especie de trofeo. ¿Tienes una lupa?

Meredith se acordó de que su madre usaba una pequeña

para introducir el hilo de su máquina de coser. Fue a buscarla y volvió con ella. Gina miró a través de ella para averiguar qué estaba dibujado en el anillo.

—La cabeza de un tipo, bien. Lleva puesta una de esas coronas antiguas.

—¿Como la que un rey llevaría en una batalla, sobre su armadura?

Gina asintió.

—También hay palabras grabadas, pero no consigo entender lo que pone. No parece que sea inglés.

Meredith pensó. Una moneda o una medalla, presumiblemente de oro, un rey, palabras en un idioma extranjero. Pensó también en dónde vivían, en New Forest, un sitio que tiempo atrás era zona de caza de Guillermo, *el Conquistador*. No hablaba inglés. Nadie en la corte hablaba entonces inglés. Su idioma era el francés.

—¿Es francés? —preguntó.

—No estoy segura. Échale un vistazo. No es fácil leer lo que pone.

No lo era. Las letras estaban muy borrosas por el tiempo y el uso. Era ilegible, como cualquier moneda que pasase de mano en mano.

—Espero que tenga algún valor —dijo Gina—. Sólo porque es de oro, si es que es de oro de verdad. Supongo que puede ser de cualquier otro material.

—¿De qué? —dijo Meredith.

—No sé. ¿Latón? ¿Bronce?

—¿Por qué iba a esconder nadie una moneda de latón? ¿O de bronce? Debe de ser de oro. —Levantó la cabeza—. La única pregunta es que si no es tuya…

—¿Sinceramente? No la había visto en mi vida.

—Entonces, ¿cómo acabó en tu habitación?

—La verdad, Meredith, si entraste en mi habitación tan fácilmente…

—Otra persona pudo haber hecho lo mismo. Y dejar la moneda detrás del lavamanos.

—¿Ahí la encontraste? —Gina parecía tranquila, reflexionando sobre el asunto—. Bueno, o bien quien tenía alquilada la habitación antes escondió la moneda, se marchó corriendo y se olvidó de ella..., o bien alguien la puso allí mientras yo ocupaba la habitación.

—Tenemos que averiguar quién ha sido —dijo Meredith.

—Estoy de acuerdo.

22

Lynley contestó la llamada de Isabelle Ardery en cuanto salió de El Paraíso Médium. Por suerte, había puesto el teléfono en vibración, porque si no, no hubiese podido oírlo, debido a la música turca que sonaba en la tienda.

—Espera, tengo que salir de aquí —dijo.

—... ha sido el trabajo más rápido que ha logrado hacer —murmuraba Isabelle Ardery cuando Lynley activó de nuevo el teléfono nada más llegar a la calle.

A la pregunta de Lynley, le repitió lo que le había estado diciendo: el inspector John Stewart, en un alarde admirable de lo que era capaz de hacer cuando no complicaba deliberadamente las cosas, había rastreado todas las llamadas entrantes y salientes del móvil de Jemima Hastings los días previos a su muerte, el día en que murió y también los días siguientes.

—Tenemos una llamada hecha desde el estanco el mismo día en que fue asesinada —dijo Ardery.

—¿Jayson Druther?

—Lo confirmó. Dijo que llamó por un pedido de puros cubanos. No los encontraba. Su hermano también llamó, y también Frazer Chaplin y... Te anuncio que me he dejado lo más suculento para el final. Gordon Jossie también la llamó.

—Estuvo también allí...

—Estaba su número, ahí mismito. El mismo que aparecía en las postales que colocó en los alrededores de la galería y del Covent Garden. Interesante, ¿no?

—¿Qué es lo que hemos conseguido de las torres de telefonía móvil? —preguntó Lynley—. ¿Nada todavía?

Pretendían rastrear la localización de las llamadas al teléfono de Jemima en el momento en que se hicieron, y situar la conexión del móvil sólo se podía conseguir desde esas torres. No podían dar con la ubicación exacta de la llamada, pero les acercaría al lugar concreto.

—John está en ello. Va a llevarle algo de tiempo.

—¿Llamadas tras su muerte?

—Había mensajes de Yolanda, de Rob Hastings, Jayson Druther, de Paolo di Fazio.

—¿Nada de Abott Langer o Frazer Chaplin? ¿Nada de Jossie?

—Nada. No después de su muerte. Me da la sensación de que alguno de estos tipos sabía que ya no tenía sentido llamarla, ¿no crees?

—¿Y qué puedes decirme de las llamadas que hizo el día que murió?

—Tres a Frazer Chaplin, antes de la que recibió de él; y una a Abott Langer. Sería preciso hablar con ellos otra vez.

Lynley le dijo que se pondría a ello. Estaba a pocos metros de la pista de hielo.

Le explicó lo que Yolanda le había dicho de su último encuentro con Jemima. Si ésta había acudido a la médium en busca de consejo sobre secretos que tenían que salir a la luz, Lynley creía que esos secretos tenían que ver con un hombre. En tanto que Jemima podría haberse enamorado del irlandés, si la médium no le había mentido, no era descabellado que él fuera el destinatario de uno de esos secretos que necesitaba sacarse de encima. Le señaló a la superintendente que, por supuesto, no obviaba que había otros potenciales destinatarios del mensaje de Jemima: Abott Langer podía ser uno, como también Paolo di Fazio, Jayson Druther, Yukio Matsumoto y todo hombre que hubiera sido importante en su vida, como Gordon Jossie, además de su hermano Rob.

—Habla primero con Chaplin y Langer —le dijo Ardery cuando terminó—. Seguiremos escarbando hasta el final. —Se quedó callada por un momento, antes de añadir—: ¿Secretos que han de salir a la luz? ¿Eso es lo que te contó? ¿Te das cuenta de que Yolanda te está contando su propia versión, Thomas?

Lynley estuvo pensado lo que Yolanda le dijo sobre él, sobre su aura, sobre el regreso a su vida de una mujer, una mujer que se había ido, pero no del todo, que jamás había podido olvidar. Tenía que admitir que no sabía cuánto de lo que Yolanda había dicho se basaba en su intuición, en haber observado las sutiles reacciones de su interlocutor mientras hablaba, y en lo que le llegaba del «más allá». Pensó en que se podían restar de todas las cosas que predecía aquellas que no estuvieran basadas en hechos, y dijo:

—Pero cuando hablaba de Jemima, jefa, no hizo ninguna predicción. Sólo explicaba lo que Jemima le había contado.

—Isabelle —le corrigió—. No es jefa. Llámame Isabelle, Thomas.

Se quedó callado por un momento, recapacitando.

—Isabelle, entonces —dijo finalmente—. Yolanda me ha explicado lo que Jemima le contó.

—Pero a ella le interesa desviarnos de nuestro camino si es que escondió el bolso en el cubo.

—Cierto. Pero cualquier otra persona podía haberlo dejado allá. Y ella podría estar protegiendo a esa persona. Deja que hable con Abott Langer.

Los registros obtenidos del teléfono móvil de Jemima significaron para Isabelle buenas y malas noticias a la vez. Cualquier pista que les llevara en dirección al asesino tenía que ser algo bueno. Al mismo tiempo, cualquier pista que los desviara de Yukio Matsumoto como sospechoso ponía en peligro su posición. Una cosa era que, persiguiendo al asesino, éste fuera arrollado por un taxi y quedara seriamente herido. Era malo para su situación, pero no nefasto. Otra cosa era que un inocente paciente psiquiátrico sin medicar fuera herido al huir de Dios sabe qué, de alguna invención de su febril mente. No tenía buena pinta, en esa época en que se identificaba por error como terroristas a gente corriente y se la liquidaba tras un horrible tiroteo. Para bien o para mal, con llamadas de móvil o no, necesitaban algo definitivo, algo férreo, que cavara la tumba de Matsumoto.

Había visto por televisión la rueda de prensa preventiva de la Policía que ofrecieron juntos Stephenson Deacon y el director de Relaciones Públicas. Tenía que reconocer que los de la oficina de prensa eran tan fríos y delicados como una escultura de mármol, pero era evidente que con tantos años a sus espaldas habían refinado el sutil arte de dosificar la información que pretendidamente era clara, aunque lo último que desearan era ofrecer detalles incriminatorios de un oficial o de una acción cometida por la Metropolitana. Deacon y el propio Hillier aparecieron ante las cámaras. Hillier llevaba su discurso preparado: el accidente en la avenida Shaftesbury fue desafortunado, inesperado, inevitable y cualquier otra palabra con un prefijo negativo sacada del diccionario. Pero los oficiales no iban armados, remarcó, se habían identificado clara y repetidamente como policías, y si el sospechoso huye de la Policía cuando se le quiere interrogar, esos policías van a ir a por él, por razones obvias. En una investigación de asesinato, la seguridad de la gente está por encima de otras consideraciones, sobre todo cuando alguien trata de esquivar a la Policía. Hillier no hizo públicos los nombres de los policías a los que se refería. Eso vendría más tarde, como bien sabía Isabelle, en el desafortunado caso de que fuera necesario echar a alguien a los leones.

Isabelle tuvo una clara idea de quién se trataría. Más tarde llegaron las preguntas de los periodistas, pero no las escuchó. Regresó al trabajo, y seguía allí cuando le pasaron una llamada de Sandra Ardery. No llamaba desde su móvil; una opción inteligente por parte de Sandra, pensó Isabelle, ya que hubiera reconocido el número y no habría contestado. Al revés, la llamada llegó por la centralita y acabó en la línea de Dorethea Harriman. Se acercó personalmente a darle las buenas noticias: Sandra Ardery estaría muy agradecida si pudiera «charlar un rato con usted, jefa. Dice que es por lo de los niños». El tono en que dijo eso señalaba la infundada seguridad de Harriman de que Isabelle iría corriendo a hablar con cualquiera que tuviera algo que decir sobre «los niños».

Isabelle tuvo ganas de descolgar el teléfono y ladrarle «¿Qué?», pero se contuvo. No tenía nada en contra de la mujer de Bob, quien al fin y al cabo había tenido un papel heroico al mantenerse neutral en sus disputas con el que había sido su marido. Asintió con la cabeza a Harriman y cogió la llamada.

La voz de Sandra era susurrante, como siempre. De alguna manera, hablaba como si estuviera haciendo una mala imitación de Marilyn Monroe o estuviera exhalando nubes de humo, aunque ella no se permitía ese placer, que Isabelle supiera.

—Bob me ha dicho que trató de localizarte antes —le dijo Sandra—. ¿Te dejó un mensaje en el móvil? Le dije que probara en el despacho, pero... Ya conoces a Bob.

Ah, sí, pensó Isabelle.

—He estado liada con cosas del trabajo. Hemos tenido un incidente con un tipo en la calle.

—¿Estás metida en ese lío? ¡Qué horror! Vi la rueda de prensa. Interrumpió mi programa.

Su programa era sobre medicina, como bien sabía Isabelle. No una serie sobre hospitales, sino más bien una intensa incursión científica en la enfermedad, la debilidad y otras muchas aflicciones, mortales y cualquier de otro tipo. Sandra lo veía religiosamente y tomaba abundantes notas, como si así controlara la salud de los niños. Como resultado, regularmente los llevaba al pediatra en un ataque de pánico; el más reciente, cuando a la más pequeña le salió de repente una roncha en el brazo y Sandra creía firmemente que se trataba de un brote de algo llamado mal de Morgellons. La obsesión de Sandra con ese programa era de lo único de lo que Isabelle y Bob Ardery podían reírse juntos.

—Sí, estoy metida en un caso relacionado con ese incidente —le contó Isabelle—, por eso no he podido...

—¿No tenías que haber estado en la rueda de prensa? ¿No es así como se hace?

—No se hace de una manera particular. ¿Por qué? ¿Me está controlando Bob?

—Oh, no, no. —Eso significaba que sí que la estaba controlando, significaba que probablemente había llamado a su mujer y le había dicho que encendiera rápidamente la televisión porque su ex por fin la había cagado de verdad esta vez y la prueba estaba en ese momento siendo retransmitida para consumo del público—. De todas maneras, no llamo por eso.

—¿Por qué me llamas? ¿Están bien los chicos?

—Oh, sí, sí. No has de preocuparte. Están tan bien como el tiempo. Un poco ruidosos, normal, algo traviesos...

—Tienen ocho años.

—Claro, claro. No quería insinuar... Isabelle, no te preocupes. Adoro a esos niños. Ya lo sabes. Tan sólo son radicalmente diferentes a las chicas.

—No les gustan las muñecas ni los juegos de té, si es eso a lo que te refieres. Pero no era lo que esperabas de ellos, ¿verdad?

—Para nada, para nada. Son encantadores. Ayer fuimos de excursión, por cierto, los chicos, las chicas y yo. Pensé que les podría gustar la catedral de Canterbury.

—¿Fuisteis? —«Una catedral», Isabelle pensó para sus adentros. Para chavales de ocho años—. No pensaría...

—Bueno, por supuesto, por supuesto, tienes razón. No fue tan tranquilo como esperaba. Pensé que la parte de Thomas Beckett funcionaría. Sabes lo que quiero decir. ¿Un asesinato en el altar mayor? ¿Esos obispos rebeldes? Y funcionó, en parte. Al principio. Pero mantener su atención fue complicado. Creo que hubieran preferido un viaje a la playa, pero me preocupa tanto la exposición solar..., con el agujero de la capa de ozono, el calentamiento global y la creciente alarma de cáncer de piel. Y ellos no quieren ponerse protección, Isabelle, cosa que, por otra parte, entiendo. Las chicas enseguida se lo pusieron, pero, por la manera en que reaccionan, cualquiera podría pensar que intento torturar a los chicos. ¿Nunca lo usas?

Isabelle tomó aire profundamente.

— Quizá no de manera tan regular como debería haber hecho. Ahora... —dijo.

—Pero es crucial usarlo. Seguro que ya lo sabes...

—Sandra. ¿Hay algo en concreto por lo que me hayas llamado? Tengo un montón de cosas que resolver aquí, ¿sabes?, así que si sólo has llamado para charlar...

—Estás ocupada, estás ocupada. Claro, estás ocupada. Sólo quería decirte que vengas a comer. Los chicos quieren verte.

—No creo que...

—Por favor. Tengo planeado llevar a las niñas a casa de mi madre, así podrás estar a solas con los chicos.

—¿Y Bob?

—Y a Bob, naturalmente. —Se calló un momento y dijo impulsivamente—: Intenté hacérselo ver, Isabelle. Le expliqué que era justo. Que necesitabas tiempo con ellos. Le conté que os haría la comida y que la tendríais lista, y así podríamos irnos a casa de mi madre. Os dejaríamos a ti con ellos y sería como estar en un restaurante o un hotel, sólo que en nuestra casa. Pero... Me temo que no lo ve de esa manera. Él no quiere. Lo siento tanto, Isabelle. Ya sabes que tiene buenas intenciones.

«No tiene buenas intenciones en absoluto», pensó Isabelle.

—Por favor, ven, ¿lo harás? Los chicos... Creo que están atrapados en medio, ¿tú no? No lo entienden. Bueno, ¿cómo podrían?

—Seguro que Bob se lo ha explicado todo. —Isabelle no se molestó en esconder su amargura.

—No lo ha hecho, no lo ha hecho. Ni una palabra, ni una palabra. Sólo que mamá está en Londres, ajustándose a su nuevo trabajo, tal y como acordasteis.

—Yo no acordé nada. ¿De dónde demonios sacaste la idea de que yo estuve de acuerdo?

—Sólo es que él dijo...

—¿Estarías de acuerdo en entregar tus hijos a otra persona? ¿Lo estarías? ¿Crees que soy ese tipo de madre?

—Ya sé que has intentado ser una muy buena madre. Sé que lo has intentado. Los chicos te adoran.

—¿Intentado? ¿Intentado? —De repente Isabelle se escuchó a sí misma y quiso clavarse el puño en la cabeza, cuando se dio cuenta de que había comenzado a hablar como Sandra, con su exasperante costumbre de decir dos veces las palabras y las frases, un tic nervioso que siempre le hizo pensar que aquella mujer actuaba como si creyera que el mundo estaba parcialmente sordo y necesitado de sus constantes repeticiones.

—¡Oh! No lo estoy diciendo bien, no lo estoy diciendo...

—Debo volver al trabajo.

—Pero ¿vendrás? ¿Lo pensarás? No se trata de ti ni se trata de Bob. Se trata de los chicos. De los chicos.

—No te atrevas a decirme de qué mierda se trata.

Isabelle colgó de golpe el teléfono. Maldijo y dejó caer la cabeza entre sus manos. «No lo haré, no lo haré», se dijo a sí misma. Y entonces se echó a reír, aunque incluso a ella le pareció que sonaba histérica. Era esa maldita manía de decir dos veces las palabras. Pensó que se iba a volver loca.

—Eh..., ¿jefa?

Alzó la cabeza, pese a que sabía de antemano que la deferencia del tono que la había interrumpido provenía del agente John Stewart. Se quedó allí parado con una expresión en la cara que decía que había escuchado gran parte de su conversación con Sandra.

—¿Qué es eso? —le espetó ella.

—El cubo Oxfam.

Tardó un rato en centrarse: Bella McHaggis y su jardín reciclado.

—¿Qué pasa con él? —le preguntó a Stewart.

—Hay algo más que un bolso dentro. Hay algo que queremos que vea.

Lynley se encontró con que el polideportivo Queen Ice & Bowl estaba haciendo su agosto a causa de la persistente ola de calor, especialmente en la pista de patinaje. Debía de ser el lugar más fresco de Londres y parecía que todo el mundo, desde los más pequeños hasta los pensionistas, trataban de aprovecharse de ello. Había quienes simplemente se agarraban a la reja y patinaban como podían. Otros, más aventureros, se tambaleaban por la pista sin ningún tipo de ayuda, mientras los más expertos trataban de esquivarlos. En el centro, los futuros olímpicos practicaban saltos y volteretas con mayor o menor destreza; por otro lado, tratando de hacerse un hueco en la zona, los instructores enseñaban a sus patosos estudiantes, a través de bravos intentos por parecerse a Torvill y Dean.[21]

Lynley tuvo que esperar para hablar con Abott Langer, ya que estaba dando clase en mitad de la pista. El tipo que alquilaba los patines le había indicado quién era, refiriéndose a Langer como «el imbécil del pelo». Lynley no supo con certeza qué quería decir hasta que echó un vistazo al instructor. Entonces se dio cuenta de que no había mejor descripción. Jamás había

21. Jayne Torvill y Christopher Dean son los más famosos patinadores sobre hielo del Reino Unido. Consiguieron el oro para su país en 1984, durante los Juegos Olímpicos de invierno de Sarajevo.

visto en persona a uno de esos calvos peinados como ensaimadas. Nunca.

El caso es que no importaba, Langer sabía patinar. Sin apenas esfuerzo, dio un salto que lo elevó del hielo, según pudo observar Lynley, mostrándole a un joven alumno, que debía rondar los diez años, lo fácil que era. El chico lo intentó y aterrizó en el hielo con su trasero. Langer se deslizó y le levantó con ayuda de sus pies. Acercó su cabeza a la del crío, hablaron un rato y Langer volvió a saltar una segunda vez. Era muy bueno. Elegante. Fuerte. Lynley se preguntó si también era el asesino.

Cuando acabó la clase, interceptó al profesor de patinaje mientras se despedía de su alumno y ponía las protecciones a las cuchillas de sus patines.

—¿Puedo hacerle un par de preguntas? —Se le acercó educadamente y le enseñó su identificación.

—Ya he hablado con los otros dos oficiales —contestó Langer—. El tipo negro y una mujer regordeta. No veo qué más podría añadir.

—Hay algunos cabos sueltos. No le llevará mucho tiempo. —Señaló la cafetería que dividía la pista de patinaje y la bolera—. Vayamos a por un café, señor Langer. —Permaneció allí hasta que Langer no tuvo más remedio que aceptar mantener esa conversación.

Lynley compró dos cafés y los llevó a la mesa donde Langer dejaba caer su musculoso cuerpo. Estaba toqueteando un salero. Sus dedos eran delgados pero fuertes, y sus manos eran grandes, como el resto de su cuerpo.

—¿Por qué les mintió a los otros oficiales, señor Langer? —le preguntó Lynley sin preámbulos—. Debería saber que comprobamos la información que se nos da.

Langer no contestó. Un tipo listo, pensó Lynley. Esperaba más.

—No hay ex mujeres, no hay niños. ¿Por qué mentir sobre algo tan fácil de averiguar?

Langer abrió en un momento dos sobres de azúcar que vertió en su café. No lo removió.

—No tiene nada que ver con lo que le sucedió a Jemima. No he tenido nada que ver con eso.

—Sí, claro, qué iba a decir. Cualquiera diría lo mismo.

—Es un asunto de coherencia. Sólo eso.

—Explíquese.

—Le digo a todo el mundo lo mismo. Tres ex mujeres. Niños. Hace que las cosas sean más sencillas.

—¿Es importante para usted?

Langer apartó la mirada. Desde donde estaban sentados, se veía la pista de hielo: esas pequeñas y jóvenes figuras femeninas saltando con sus mallas de colores y sus cortísimas faldas.

—No quiero implicarme —dijo—. Me parece que las ex mujeres y los niños ayudan.

—¿Implicarse con?

—Soy profesor. Es todo lo que hago con ellas, sea cual sea su edad. A veces alguna muy joven o no tanto, o cualquiera de ellas, muestra demasiado interés, sólo porque hay algo de roce en la pista. Es estúpido, no significa nada y no me aprovecho de ello. Las ex mujeres lo hacen imposible.

—¿Jemima Hastings también?

—Le di lecciones a Jemima. Hasta ahí llegó todo. Ella me utilizó, más bien.

—¿Para qué?

—Ya le conté esto a los otros. No les mentí. Ella estaba interesada en Frazer.

—Le llamó el día que murió asesinada. No lo mencionó a los otros detectives, junto a lo de sus ex mujeres y sus hijos.

Langer cogió su café.

—No recordaba la llamada.

—¿Y ahora se acuerda?

Parecía reflexivo.

—Sí, la recuerdo. Estaba buscando a Frazer.

—¿Había quedado con él en el cementerio?

—Prefiero pensar que le estaba poniendo a prueba. Lo hacía a menudo. Todas las chicas con las que salía acababan haciendo lo mismo. Jemima no era la primera y no habría sido la última. Siempre ha sido de este modo desde que trabaja aquí.

—¿Una mujer poniéndole a prueba?

—Una mujer que apenas confiaba en él, que quería asegurarse de que iba por el buen camino. Casi siempre se desviaba.

—¿Y Jemima?

—Era un asunto de los suyos, como cualquier otro, pero no

lo sé, ¿debería? Además, ese día no podía ayudarla, tendría que haberse dado cuenta antes de llamarme.

—¿Por?

—Por la hora. Él no está aquí a esa hora. Si lo hubiera pensado, sabría que él no está aquí. Pero no contestaba al móvil, me dijo. Le estuvo llamando varias veces, pero él no contestaba. Quería saber si estaba todavía aquí, donde, tal vez, no podía oír el teléfono... con todo el ruido. —Señaló el barullo de alrededor—. Pero, insisto, ella tendría que haber sabido que él ya se había ido a casa. De todas maneras, eso es lo que le dije.

«A casa», se repitió Lynley.

—¿No se fue de aquí directamente al hotel Duke?

—Siempre va primero a su casa. No quiere guardar aquí su uniforme del hotel, porque se puede ensuciar, pero, conociendo a Frazer, puede ser por otras razones. —Hizo un gesto obsceno con las manos, una indicación del acto sexual—. Parece que ha estado trabajándose a alguien de camino entre la pista y el hotel. O allá, en casa, incluso. No me sorprendería. Sería muy propio de él. De todas maneras, Jemima dijo que le había estado dejando mensajes y sentía pánico.

—¿Usó esa palabra? ¿Pánico?

—No. Pero pude notarlo en su voz.

—¿Era miedo, quizá? ¿No pánico, sino sólo miedo? Llamaba desde un cementerio, después de todo. La gente se asusta en los cementerios.

Langer se encogió de hombros.

—No lo creo. Si me pregunta, creo que era pavor a enfrentarse a algo que ella se negaba a creer.

«Interesante», pensó Lynley.

—Continúe.

—Frazer, creo que ella quería estar convencida de que Frazer Chaplin era el único, si sabe a lo que me refiero, «el único». Pero también creo que ella sabía que, en realidad, no lo era.

—¿Qué le hace llegar a esa última conclusión?

Langer sonrió levemente.

—Porque es la conclusión a la que siempre llegan, agente. Todas las mujeres que se quedan colgadas de ese tío.

Lynley adelantó rápidamente el encuentro con ese gran modelo de masculinidad del que antes hablaban. Se puso en camino hacia Saint James Place, hacia un cercano y oculto callejón sin salida donde el hotel Duke formaba una L con ladrillos rojos, hierro forjado, ventanas salientes y suntuosas franjas de hiedra que colgaban de los balcones del primer piso. Dejó el Healey Elliot bajo la vigilancia de un portero uniformado y entró en el silencio reservado que suele encontrarse en los centros religiosos. ¿Necesitaba alguna cosa?, le preguntó un botones que pasaba.

El bar, respondió. Una inmediata sonrisa de reconocimiento: la voz de Lynley y la manera en que la usaba le harían ser bienvenido siempre en cualquier establecimiento donde la gente habla en murmullos, se llama a los empleados «el equipo» y se tiene el buen gusto de beber jerez primero y oporto después.

—Si el caballero es tan amable de seguirme…

El bar estaba profusamente decorado con retratos navales y pinturas de castillos abandonados, sobre los que dominaba un retrato del Almirante Nelson en sus días posteriores a lo de la armada, como correspondía a una decoración de inspiración marítima. El bar comprendía tres zonas —dos de las cuales estaban separadas por una chimenea en la que, afortunadamente, no ardían leños— y estaba amueblado con sofás tapizados y mesas redondas de vidrio, ante las que a esa hora del día se reunían sobre todo ejecutivos. Todos saboreaban gin tonics, aunque había otros tipos duros que comenzaban a mostrar miradas vidriosas a causa de los martinis. Era, en principio, la bebida estrella de uno de los bármans, un italiano de marcado acento que le preguntó a Lynley si quería la especialidad de la casa, que, según le aseguró, ni la agitaba ni la removía, sino que más bien la emulsionaba hasta convertirla en un néctar milagroso.

Lynley se contuvo. Le pidió un agua con gas, una Pellegrino, si es que tenían. Con lima y sin hielo. Y preguntó si podía hablar con Frazer Chaplin. Le enseñó su identificación. El barman, de nombre Heinrich, nada italiano, apenas reaccionó a la presencia del policía, independientemente de su acento culto. Le dijo con un tono de indiferencia que Frazer Chaplin aún no había llegado. Se suponía, le dijo mirando un reloj impresionante, que tenía que llegar dentro de un cuarto de hora.

¿Frazer tenía un horario fijo?, le preguntó al barman. ¿O sólo venía como refuerzo cuando había más trabajo en el hotel?

Horario fijo, le contó.

—Bajo otras condiciones no hubiera aceptado el trabajo —apuntó Heinrich.

—¿Por qué no?

—En el turno de noche es cuando hay más movimiento. Las propinas son mejores. Y también los clientes.

Lynley levantó una ceja, como buscando más información, que Heinrich estaba encantado de proporcionarle. Al parecer, Frazer se dejaba querer por mujeres de diferentes edades que frecuentaban el bar del hotel Duke casi todas las tardes. Muchas eran ejecutivas extranjeras, de paso en la ciudad por una razón u otra, y Frazer estaba aparentemente dispuesto a ofrecerles una razón más.

—Está buscando a la mujer que le cuide como él quiere —señaló Heinrich. Movió la cabeza, pero su expresión era de un inconfundible afecto—. Se considera un gigoló.

—¿Le funciona?

—Todavía no —respondió Heinrich riendo—. Pero eso no le hace desistir al muchacho. Le gustaría tener un hotel *boutique*, como éste. Pero quiere que alguien se lo compre.

—Necesita mucho dinero, entonces.

—Así es Frazer.

Lynley reflexionó sobre ello y lo relacionó con los secretos que Jemima había querido contar. Para un hombre que sólo deseaba de una mujer su dinero, la noticia de que ella no podría entregarle lo que deseaba era una verdad dura y potente. Como también era posible que ella no quisiera nada más con él tras descubrir que estaba con ella por el dinero… Si es que ella lo tenía. Pero, de nuevo, y de modo exasperante, había otras verdades relacionadas con Jemima. Tenía un secreto que contarle a Paolo di Fazio: quería compartir su vida con Frazer Chaplin, pese a lo que Paolo sentía por ella. Y con gente como Abott Langer o Yukio Matsumoto… Seguro que si se hurgaba un poco saldrían verdades sin revelar por todas partes.

Lynley calculó la hora a la que Frazer Chaplin llegaba cada día al bar del hotel Duke: el irlandés empleaba noventa minutos en llegar desde la pista de hielo a su trabajo allí. ¿Le dio tiempo a correr hacia Stoke Newington, asesinar a Jemima Hastings y llegar a su otro trabajo? Lynley no entendió cómo. Además, Abott Langer le había sugerido que el tipo fue a Putney antes de ir hacia el hotel, y aunque no hubiera hecho ese camino, con el tráfico de Londres le hubiera resultado imposible. Y Lynley no se imaginaba al asesino cogiendo el transporte público para llegar al cementerio.

Cuando Frazer Chaplin apareció en el hotel, Lynley tuvo la extraña sensación de que ya había visto a ese hombre antes. El sitio exacto, permanecía en los límites de su memoria, no podía darle una ubicación a ese rostro. Pensó en los lugares donde había estado los últimos días, pero no daba con ello, así que se olvidó del tema por un rato.

No solía juzgar el estilo de otros hombres, pero pudo entender que Chaplin atraía a las mujeres a las que les gustaban los hombres misteriosos y salvajes, que tuvieran ese aura de peligro, una moderna actualización de Heathcliff y Sweeney Todd. Vestía una chaqueta de color crema y una camisa blanca donde lucía una pajarita roja, junto a unos pantalones negros. Viendo el conjunto, se entendía por qué se cambiaba en casa y no quería ir cargado con el uniforme o dejarlo en la pista de hielo. Su cabello era casi negro, como el de Abott Langer, pero, a diferencia de éste, su peinado era más moderno. Parecía recién duchado y afeitado. Tenía las manos bien cuidadas y llevaba un anillo de ópalo en su anular izquierdo.

Se sentó junto a Lynley, después de que el barman le dijera que éste quería verle. Lynley había escogido una mesa bastante cercana a la reluciente barra de caoba. Frazer se dejó caer en una de las sillas, extendió su brazo y dijo:

—Heinrich me ha comentado que quiere hablar conmigo. ¿Tiene alguna pregunta más que hacerme? Ya me interrogaron los otros dos polis.

Lynley se presentó y le dijo:

—Usted es la última persona con la que habló Jemima Hastings, señor Chaplin.

Chaplin le respondió con un tono cadencioso que, pensó

Lynley, debía atraer a las mujeres mucho más que su masculina presencia.

—Lo soy —contestó, pero de modo afirmativo en vez de una pregunta—. ¿Y cómo lo sabe, inspector?

—Por los registros de su teléfono móvil —le contó.

—¡Ah! Bueno, creía que la última persona en hablar con Jemima había sido el tipo que la mató, a no ser que se la cargara sin preliminares.

—Al parecer le llamó bastantes veces en las horas previas a su muerte. También llamó a Abott Langer, buscándole a usted, según su versión. Abott cree que ella estaba enamorada de usted, y no es la única persona que lo piensa.

—¿Me equivoco si digo que la otra persona es Paolo di Fazio? —preguntó Chaplin.

—Mi experiencia me dice que si el río suena, agua lleva —contestó Lynley.

—¿A qué se debió su llamada a Jemima Hastings, señor Chaplin?

Frazer golpeó con sus dedos la mesa de cristal. Cogió unos frutos secos de un bol plateado que había al lado y se los puso en la palma de la mano.

—Era una chica estupenda. Eso se lo puedo decir a usted y a cualquiera que me pregunte. Pero pese a que podría haberla visto alguna vez fuera...

—¿Fuera?

—Fuera de los apartamentos de la señora McHaggis. Pese a que podría haberla visto alguna vez en el pub, en High Street, quizá comimos o fuimos al cine, no pasamos de eso. También le digo que a ojos de los demás podría parecer que estábamos juntos. Si le soy sincero, la propia Jemima podría haberlo pensado. Todas las veces que vino a la pista de hielo, sus citas con la gitana que lee las manos, este tipo de cosas que hacen pensar que nos estábamos viendo. Pero ¿más allá de ser agradable con ella? ¿Más allá de ser agradable con alguien con quien compartía apartamento? ¿Más que tratar de tener o mantener una amistad...? Eso son imaginaciones, inspector.

—¿De quién?

—¿Cómo?

—¿Imaginaciones de quién?

Se metió los frutos secos en la boca y luego lanzó un suspiro.

—Inspector, Jemima sacó conclusiones. ¿No le ha pasado nunca con ninguna mujer? La estás invitando a una cerveza y, de repente, te ves casado, con hijos y en medio del campo en una casa con rosales en el jardín. ¿No le ha pasado alguna vez?

—No que yo recuerde.

—Pues tiene suerte, porque a mí sí que me ha sucedido.

—Hábleme de la llamada que le hizo el día que murió.

—Le juro por el Espíritu Santo que no recuerdo haberla llamado. Y si lo hice fue, como dice, porque me estuvo llamando ella, porque no le cogía el teléfono para evitarla. O al menos eso intentaba. Ella me perseguía. No voy a negarlo. Pero de ningún modo le daba pie a la muchacha.

—¿Y el día de su muerte?

—¿Qué pasa?

—Dígame dónde estuvo. Qué hizo. Qué vio.

—Ya se lo he contado a los otros dos...

—Pero no a mí. Y a veces hay detalles que se pueden perder u olvidar cuando se escribe el informe. Sígame la corriente.

—No hay nada más que añadir. Hice mi turno en la pista de hielo, fui a casa a ducharme y a cambiarme. Vine aquí. Es lo que hago cada día, por Dios. Cualquiera se lo puede confirmar, así que puede dejar de pensar en que me escabullí de algún modo para matar a Jemima Hastings. Sobre todo porque no tenía una maldita razón para hacerlo.

—¿Cómo viene hasta aquí desde la pista de hielo, señor Chaplin?

—Tengo una moto.

—Tiene una moto...

—Sí. Y si está pensado que me dio tiempo a zafarme del tráfico, llegar a Stoke Newington y regresar aquí... Bien, lo mejor es que me acompañe. —Frazer se levantó, cogió unos cuantos frutos secos más y se los metió en la boca. Habló un segundo con Heinrich, y Lynley le siguió fuera del bar y del hotel.

Al fondo del callejón estaba Saint James Place, donde Frazer Chaplin había aparcado su moto. Era una Vespa, el tipo de motos que se pueden ver zigzagueando por las calles de cualquier ciudad italiana. Pero, al contrario que esas motos, la de Chaplin no estaba pintada de un inconfundible y chillón verde lima, sino que también estaba cubierta de pegatinas de color rojo que publicitaban un producto llamado Dragon Fly Tonics, convirtiendo la moto en una suerte de tablón de anuncios móvil no muy diferente de los taxis negros que de vez en cuando se veían por la ciudad.

—¿Cree que estoy lo suficientemente loco como para ir a Stoke Newington en esto? —dijo Chaplin—. ¿Como para dejarla aparcada por ahí y en un momento matar a Jemima? ¿Por quién me toma, hombre, por un loco? ¿Sería capaz de olvidar que has visto una cosa así aparcada por ahí? Yo no lo haría y creo que nadie podría olvidarse. Haga una maldita foto si quiere. Enséñela por ahí. Pregunte por la calle y por las casas, y verá que tengo razón.

—¿Razón con respecto a qué?

—Con respecto a que yo no maté a Jemima.

Cuando la Policía le pregunta en la grabación a Ian Barker: «¿Por qué desnudaste al bebé?», no responde. Su abuela teje detrás de ellos, una silla está tirada en el suelo y alguien golpea la mesa. «Sabías que el bebé estaba desnudo, ¿verdad? Cuando lo encontramos estaba desnudo. Lo sabías, ¿verdad, Ian?». Ésas son las siguientes preguntas, a las que les sigue: «Le dejasteis desnudo antes de que le golpearas con el cepillo del pelo. Tus huellas están en ese cepillo, por eso lo sabemos. ¿Por qué estabas enfadado, Ian? ¿Qué te había hecho Johnny para que te enfadaras así? ¿Le querías castigar con el cepillo?».

Finalmente, Ian dice: «No le hice nada a ese niño. Pregúntale a Reggie. Pregúntale a Mickey. Mickey fue el que le cambió el pañal. Él era el que sabía cómo. Tiene hermanos. Yo no. Y Reggie fue quien mangó los plátanos, ¿eh?».

Michael responde a lo del cepillo: «Yo nunca, nunca. Ian me dijo que se había cagado. Ian dijo que se suponía que yo tenía que cambiarle. Pero yo nunca». Cuando se le pregunta por los plátanos, se pone a llorar. En última instancia, dice: «Tenía caca, sí. Ese bebé estaba en la mugre del suelo… Estaba allí tumbado…». Sus lloros se convierten en gemidos.

Reggie Arnold se dirige a su madre, como antes, diciéndole: «Mami, mami, no había ningún cepillo. Nunca dejé desnudo al bebé. Nunca le toqué. Mami, nunca toqué a ese bebé. Mickey le golpeó, mamá. Él estaba en el suelo y le dio en la cara porque... Mamá, debió de caerse. Y Mickey le golpeó».

Cuando se entera de la acusación de Reggie, seguida de la de Ian, Michael Spargo finalmente comienza a contar el resto de la historia en lo que parece un intento de defenderse contra lo que cree que es un ataque de los otros dos chicos echándole toda la culpa a él. Admite que le dio con el pie a John Dresser, pero asegura que sólo fue para darle la vuelta al crío, «para ayudarle a respirar mejor».

De aquí en adelante, los detalles escabrosos comienzan poco a poco a salir: los golpes al pequeño John Dresser con los pies, el uso de tubos de cobre como espadas o látigos, y, en último término, de bloques de hormigón abandonados. Michael no quiere contar enteramente ciertas partes de la historia (los detalles exactos de lo que pasó con los plátanos o el cepillo, por ejemplo), y los otros dos chicos también guardan silencio sobre esas pruebas cuando se les pregunta. Pero la autopsia del cuerpo de John Dresser, sumada a la angustia que revelan los chicos cuando el asunto del cepillo aparece, indica el componente sexual del crimen y su horrible violencia confirma la profunda rabia que los chicos descargaron en los últimos minutos de vida del pequeño.

Una vez obtenida la confesión de los chicos, la acusación de la Corona[22] tomó la inusual y polémica decisión de no presentar al juez durante el juicio posterior el listado completo de las heridas que sufrió John Dresser tras su muerte. Su razonamiento tenía una doble intención. Primero, los chicos habían confesado y tenían las grabaciones de las cámaras de vigilancia, disponían de testigos y de abundantes pruebas forenses, y todas ellas inculpaban sin ninguna duda a Ian

22. Crown Prosecutors Service (CPS) es el equivalente en el Reino Unido a la acusación fiscal en España.

Barker, Michael Spargo y Reggie Arnold. Segundo, sabían que Donna y Alan Dresser estarían en el juicio, estaban en su derecho, y el CPS no quiso alimentar la agonía de los padres revelándoles toda la brutalidad con la que se ensañaron con su hijo antes y después de muerto. ¿No era suficiente, pensaron, saber que su hijo casi recién nacido había sido raptado, llevado a rastras por el pueblo, apedreado con trozos de hormigón y abandonado en un lavabo portátil? Además, tenían las confesiones completas de al menos dos de los chicos (Ian Barker sólo se atrevió a confesar que sí estaba en Barriers ese día y que vio a John Dresser, antes de mantener firmemente durante el resto de los interrogatorios que «quizá hice algo y quizá no») y más que eso les pareció innecesario de cara a una condena. Se podría discutir, sin embargo, la existencia de una tercera razón, debido al silencio de la fiscalía en torno a las heridas internas de John Dresser: si la existencia de esas heridas se hubiera hecho pública, aparecerían las consiguientes preguntas sobre el estado mental de los asesinos, y esas preguntas hubieran llevado ineluctablemente al jurado a considerar el decreto del Parlamento de 1957 que declara que una persona «no debe ser condenada a muerte si sufre de una anomalía mental..., pues sustancialmente disminuye la responsabilidad mental de sus actos en el momento del crimen». «Anomalía mental» es aquí el concepto clave, y las nuevas heridas de John indicaban una profunda anomalía en los tres asesinos. Pero un veredicto de homicidio habría sido impensable, considerando el ambiente en el que fueron juzgados los chicos. El tribunal fue trasladado en varias ocasiones y, mientras tanto, el asesinato pasó de ser un asunto nacional a uno internacional. Shakespeare dijo que «la sangre llama a la sangre», y esta situación era el mejor ejemplo.

Hubo quien argumentó que cuando los chicos robaron el cepillo de la tienda de todo a cien en Barriers eran plenamente conscientes de lo que iban a hacer con él. Pero, en mi opinión, sugerir que lo habían razonado y pensado va más allá de lo que eran capaces. No niego que quizá mi resistencia a creer en tal grado de premeditación se debe a una tendencia personal de rehusar que en la cabeza y el corazón de niños de diez y once años pueda darse ese potencial de pura maldad. Tampoco negaré que prefiero creer que el uso del cepillo se debió a un acto impulsivo. Lo que sí comparto es que el hecho de haberlo usado explica muchas cosas sobre los chicos: aquellos que abusan y violan han sufrido abusos y violaciones en el pasado, no una vez, sino repetidamente.

Cuando el cepillo salió a la luz en los interrogatorios, ninguno de los chicos se atrevió a hablar sobre el tema. Escuchando las grabaciones, sus reacciones varían: desde Ian, que afirma que en la vida había visto ese cepillo, a la impostura de inocencia de Reggie cuando decía «Mickey lo debió de haber robado de esa tienda, pero no lo sé, yo no sé… Nunca cogería un cepillo, mami. Tienes que creer que nunca cogería un cepillo», o a la de Michael: «No teníamos un cepillo, no teníamos un cepillo, no lo teníamos, no lo teníamos», en lo que parece un ataque de pánico ligado a cada negación. Cuando a Michael se le dice suavemente que «sabes que uno de vosotros cogió el cepillo, hijo», asegura que «Reggie pudo ser, quizá, pero no lo vi» o «no sé lo que pasó con el cepillo, no lo sé».

Sólo cuando se habla de la presencia del cepillo en la zona de Dawkins (junto a las huellas en él, sumado a la sangre y a los restos fecales en su mango), las reacciones de los chicos se intensifican. Michael comienza con un «yo nunca… Te dije y dije que yo nunca…. Yo nunca cogí un cepillo… no había cepillos», y continúa con un «fue Reggie quien le hizo eso al bebé… Reggie quería… Ian lo cogió de sus manos…, les dije que pararan y Reggie lo hizo». Reggie, por su parte, dirige todos sus comentarios a su madre, diciendo: «Mamá, yo nunca… haría daño a un bebé. A lo mejor le pegamos una vez, pero nunca… Le quité el mono que llevaba puesto porque estaba todo asqueroso, y por eso… Estaba llorando. Mamá, estaba llorando, sabía que no había que pegarle si estaba llorando». Durante su testimonio, Rudy Arnold está callado, pero se puede oír a Laura, entre lamentos, quejarse: «Reggie, Reggie, ¿qué nos has hecho?», mientras la asistente social, calmada, le ofrece un vaso de agua, quizá para tratar de hacerla callar. En lo que se refiere a Ian, finalmente se pone a llorar cuando se le señala el alcance de las heridas de John Dresser. Junto a él, se pueden escuchar los lamentos de su abuela: «Jesús, sálvalo. Señor, sálvalo». Eso hace pensar que la mujer acepta la culpabilidad del chico.

Es en este momento de la aparición del cepillo en los interrogatorios (tres días después de que se encontrara el cuerpo del pequeño) cuando los chicos confiesan plenamente el crimen. Uno de los horrores que se suman al asesinato de John Dresser es que cuando confiesan el espantoso crimen, sólo uno de ellos tiene a su padre presente. Rudy Arnold estaba sentado junto a su hijo. Ian Barker sólo tenía a su abuela. y Michael Spargo estaba acompañado únicamente por una asistente social.

23

Quienquiera que hubiera matado a Jemima Hastings, en el momento del asesinato vestía una camisa amarilla. Lynley se enteró del detalle de la prenda mientras regresaba a New Scotland Yard, donde el equipo ya estaba reunido en la sala de juntas. Allí, una foto de la camisa, que se encontraba en manos del equipo forense, coronaba uno de los tableros.

Lynley se fijó en que Barbara Havers y Winston Nkata acababan de llegar de New Forest y también en la expresión de la mujer, que decía claramente que no le hacía ninguna gracia haber sido requerida de nuevo en Londres, fuera por la camisa amarilla manchada de sangre o por cualquier otra cuestión. Se aguantaba las ganas de decir cuatro cosas, o más bien, las ganas de discutir con la actual superintendente. Nkata, por su parte, parecía bastante conforme al respecto, tratando de hacer lo más fácil posible la situación, algo que desde siempre formaba parte de su carácter. Se sentó en la parte de atrás de la sala y sorbió algo de un vaso de plástico. Le hizo un gesto con la cabeza a Lynley y se giró hacia Havers. Como Lynley, sabía que ella se moría de ganas de hacer lo contrario de lo que Isabelle Ardery le encargara.

—... todavía inconsciente —estaba explicando Ardery—. Pero el cirujano nos ha indicado que mañana ya estará consciente. Cuando suceda, es nuestro. —Eso hizo que Lynley se metiera en situación—: La camisa estaba aplastada en el cubo Oxfam. Tiene una mancha de sangre considerable en la parte delantera, en el lado derecho, y en la manga y puño derecho. Se encuentra en el Departamento Forense, pero, por el momento, partimos de la idea de que la sangre es de la víctima, ¿de acuerdo? —No esperó a la respuesta de Lynley—. Bien. Vamos a ordenar un poco los datos. Tenemos dos pelos de una persona de origen oriental en la mano de la víctima, no hay heridas de defensa, la carótida está rasgada y un tipo japonés con el arma del crimen y con sangre de Jemima en su ropa. ¿Tienes algo nuevo que añadir, Thomas?

Lynley resumió lo que le había explicado Yolanda. También la información que le dio Abott Langer, el barman Heinrich y Frazer Chaplin. Sabía que iba a poner en tela de juicio la tesis de Isabelle, pero no había más salida. Lynley concluyó su intervención diciendo, mientras miraba a la enorme foto de la camisa:

—Creo que tenemos a dos individuos que estuvieron en contacto con Jemima en el cementerio Abney Park, jefa. En el armario de Matsumoto no había ninguna prenda que se pareciera a esa camisa. Suele vestir de blanco y negro, no de colores, y aunque ése no fuera el caso, lo que llevaba ese día, un esmoquin, también estaba manchado de su sangre, como acabas de decir. Es imposible que vistiera un esmoquin y la camisa amarilla. Así que, con esta otra prenda manchada y el hecho de que Jemima fuera al cementerio a hablar con un hombre, nos encontramos con que tenemos a dos tipos en vez de uno.

—Es lo que me había imaginado —soltó rápidamente Barbara Havers—. Así que, jefa, habernos hecho venir a Winnie y a mí a Londres…

—Uno de ellos mató a Jemima y el otro… ¿qué hizo? —preguntó John Stewart.

—Vigilarla, sospecho —señaló Lynley—. Algo en lo que Matsumoto, que se creía su ángel de la guarda, falló miserablemente.

—Para un momento, Thomas —dijo Ardery.

—Escúchame —le contestó Lynley. Vio que sus ojos se abrían poco a poco y supo que no le hizo ni pizca de gracia. Lynley iba por una vía completamente diferente, y Dios sabía que ella tenía una buena razón para que se mantuviera la hipótesis de Matsumoto como asesino—. Quedó con un tipo para confesarle unos secretos. Es un dato que nos ha proporcionado la médium, a quien me parece que debemos creer, pese a su profesión. Aunque Yolanda estuvo después rondando por la casa de Jemima en Oxford Road, nos sirve por sus encuentros con ella. Gracias a ella sabemos que Jemima tenía que contarle una cosa a un hombre importante en su vida, y que la médium le sugirió citarse en «un lugar tranquilo». Jemima conocía ese cementerio, le habían sacado unas fotos allí. Ése fue el lugar que escogió.

—¿Y Matsumoto estaba allí casualmente? —le reprochó Ardery.

—Seguramente la siguió.

—Muy bien. Pero es posible que no fuera la primera vez que la seguía. ¿Por qué iba a serlo? ¿Por qué sólo justo ese día? No tiene sentido. Si la acosaba, es probable que él fuera el hombre al que tenía que decirle la verdad, que la dejara en paz o que le denunciaría por acoso. Pero se imagina que la conversación irá por ahí y, como todos los acosadores chalados, va con un arma. Da igual la camisa amarilla o el esmoquin manchado, ¿cómo explicas que tuviera el arma en sus manos Thomas?

—¿Cómo explica usted la sangre en las dos prendas? —intervino John Stewart.

El resto del equipo presente intercambió miradas. Fue por su tono, estaba tomando partido, y Lynley no quería que eso sucediera. No era su intención que la investigación se transformara en una intriga política.

—Matsumoto ve que ha quedado con alguien en el cementerio. —dijo Lynley—. Se van a la capilla para hablar en privado.

—¿Por qué? —preguntó Isabelle—. Ya están en un espacio íntimo. ¿Por qué buscan algo aún más privado?

—Porque sea quien sea el tipo con el que ella quedó, era el asesino —señaló Havers—. Así que es él quien lo propone: «Mejor vamos allí, al edificio». Jefa, tenemos que...

—Quizás están discutiendo —dijo Lynley, alzando la mano—. Uno de ellos se levanta, comienza a caminar. El otro le sigue. Entran, y es entonces cuando la asesina. Matsumoto lo ve. Espera a que Jemima salga para ver si está bien. Pero no sale, y entonces entra a investigar.

—Por el amor de Dios, ¿y él no se da cuenta de que el otro tiene sangre en la camisa?

—Puede que se haya dado cuenta. Quizás es la razón de que entre a investigar. Pero creo más bien que el otro tipo se debió de quitar la camisa y la escondió. Tuvo que heber hecho eso. No podía salir del cementerio con toda esa sangre cubriéndole.

—Matsumoto sí salió manchado de sangre.

—Lo que me hace pensar que no la mató, que no lo hizo él.

—Esto es una mierda —dijo Ardery.

—Jefa, no lo es. —Havers la interrumpió y por su tono parecía que esta vez iba en serio. Tendrían que escucharla y al Infierno las consecuencias—. Hay algo extraño en Hampshire. Tenemos que volver allá. Winnie y yo...

—¡Oh, los dos tortolitos! —dijo John Stewart.

—Ya está bien, John —dijo Lynley automáticamente, olvidándose de que estaba ejerciendo de superintendente y no de inspector.

—¡Vete a la mierda! —le soltó Havers a Stewart—. Jefa, aún quedan pistas por investigar en New Forest. Ese tipo, Whiting... Hay algo en él que me da mala espina. Hay contradicciones por todas partes.

—¿Cómo cuáles? —le preguntó Isabelle.

Havers comenzó a hojear su desordenada libreta. Le dirigió una mirada a Winston, como diciéndole: «Ayúdame, tío». Winston se movió y salió en su ayuda

—Jossie no parece ser quien dice que es, jefa —dijo—. Él y Whiting están relacionados de algún modo. No hemos llegado al fondo, pero que Whiting supiera del aprendizaje de Jossie nos hace pensar que es quien le consiguió el puesto. Y eso sugiere que falsificó las cartas para el colegio técnico. No vemos qué otra persona podría haberlo hecho.

—Dios santo, ¿por qué lo habría hecho?

—Puede que Jossie le chantajeara con algo —dijo Nkata—. No sabemos con qué. Todavía.

—Pero podemos averiguarlo si nos deja —agregó Havers.

—Os quedáis aquí en Londres, tal como os he ordenado.

—Pero jefa...

—No. —Y se dirigió a Lynley—: Es igual de fácil que sea lo contrario, Thomas. Jemima queda con Matsumoto en el cementerio, entran en la capilla, tienen su charla, utiliza el arma y se escapa. El otro, el de la camisa amarilla, lo ve. Entra en el edificio. Va a ayudarla, pero su estado es irreversible. Se mancha con su sangre. Sabe que le pueden incriminar en cuanto salga a la luz el asesinato. Sabe que la Policía va a ir a por el primero que encuentre a la víctima, y no puede permitírselo. Y por eso huye.

—¿Y entonces qué? —preguntó John Stewart—. ¿Esconde la camisa en el cubo Oxfam de la señora McHaggis? ¿Junto con el bolso? ¿Y qué pasa con el bolso? ¿Por qué llevárselo?

—Puede que Matsumoto se llevara el bolso. Puede que él lo pusiera en el cubo. Quizá quería que le echaran la culpa, para complicar aún más las cosas.

—Entonces... —señaló, agrio, Stewart—, dejadme que ordene las cosas. ¿Este Matsumoto y el otro tipo, sin saber de su existencia el uno del otro, pusieron ambos una prueba criminal en el mismo cubo? Maldita sea, señora. Dios Santo. ¿Qué es exactamente lo que cree que tiene sentido en todo eso? —Soltó un bufido burlón y miró a los demás. Su cara parecía estar diciendo: «vaca estúpida».

La de Isabelle se mantuvo pétrea como una roca.

—A mi despacho. Ahora —le dijo a Stewart.

Stewart dudó el tiempo suficiente como para hacer evidente su desdén. Él e Isabelle se clavaron las miradas antes de que la superintendente dejara la sala. Stewart se levantó de modo perezoso y la siguió.

Después, un silencio tenso. Alguien silbó levemente. Lynley se acercó al tablero para ver más de cerca la foto de la camisa amarilla. Notó que alguien se le acercaba y vio que Havers se le había unido.

—Usted sabe que ella está tomando las decisiones equivocadas —le dijo en voz baja.

—Barbara...

—Lo sabe. Nadie quiere tanto darle una patada y mandar a otra galaxia a este tío como yo, pero esta vez tiene razón.

Se refería a John Stewart. Lynley no podía estar más de acuerdo. La desesperación de Isabelle la estaba llevando a distorsionar los hechos para que encajaran de cara a acusar a Matsumoto, de tal modo que no hacía más que perjudicar la investigación. Se encontraba en la peor situación posible: su situación temporal en el cuerpo, su primer caso había degenerado en una confusión de circunstancias inconcebibles y con un sospechoso en el hospital porque le dio por huir, cuyo hermano, un afamado violonchelista, tiene contratado a una feroz abogado y, mientras tanto, la prensa se hace eco de la historia, Hillier se ve implicado y a él se le suma el abominable Stephenson Deacon para tratar de desviar la atención de la prensa, y todo con un montón de pruebas apuntando en varias direcciones. Lynley era incapaz de imaginar que las cosas pudieran empeorar aún más para Isabelle. El suyo no estaba siendo un bautismo de fuego, sino más bien un gran incendio.

—Barbara, no estoy muy seguro de qué es lo que quieres que haga —le dijo.

—Hable con ella. Le escuchará. Webberly lo haría, y ya hubiera hablado con Webberly si se hubiera dado una situación como la de ahora. Usted sabe que puede. Y si estuviera pasando por lo mismo que ella, nos escucharía. Somos un equipo por algo. —Se llevó las manos al pelo, cortado casi al cero, y las deslizó—. ¿Por qué nos ha hecho volver de Hampshire?

—Tiene pocos recursos. Todas las investigaciones carecen de medios.

—¡Oh, maldita sea!

Havers se alejó.

Lynley fue a por ella, pero ya se había marchado. Regresó a la pizarra y se quedó mirando la camisa amarilla. Vio en ella lo que le quería decir y lo que debería haberle dicho a Isabelle. Se dio cuenta de que él tampoco estaba en una situación envidiable. Pensó en la mejor manera de utilizar la información que tenía delante.

Barbara no podía entender por qué Lynley no se posicionaba. Podía entender porque no quería hacerlo delante del resto del equipo después de que el maldito John Stewart apenas necesitara un empujón para convertirse en el señor Christian, tras amotinarse contra la superintendente Bligh.[23] Pero ¿por qué no hablar con ella en privado? Esto era lo que no entendía. Lynley no era de los tipos que se acobardaban, y la prueba eran sus mil y una peleas con Hillier; sabía que no le asustaba un posible enfrentamiento con Isabelle. Si fuera el caso, ¿qué le

23. Referencia al motín de la Bounty.

detenía? No podía imaginárselo. Lo que sí sabía era que por alguna razón no había sido él mismo cuando necesitaban que fuera justo esa persona, el que siempre había sido, para ella y para todos los demás.

Que no fuera el Thomas Lynley que ella conocía y con el que había trabajado durante años le molestaba mucho más de lo que quería reconocer. Mostraba cuánto había cambiado y cuánto las cosas que le importaban ya no eran significativas para él. Era como si estuvieran flotando en una especie de vacío infinito, perdidas en caminos que eran cruciales pero indefinidos.

Barbara no quería darle más vueltas. Sólo quería llegar a casa. Como Winston les había llevado a New Forest, tuvo que coger la abarrotada Northern Line en el peor momento del día, con el peor tiempo del mundo, aplastada contra las puertas del vagón, preguntándose por qué demonios la gente no se movía por el pasillo hacia dentro mientras la empujaban y daba con la enorme espalda de una mujer chillando a su teléfono móvil «más vale que llegues a casa, y esta vez lo digo en serio, Clive, joder, o saco el cuchillo y te la corto», para después caer sobre la pestilente axila de la camiseta de un adolescente que iba escuchando en sus cascos una música ruidosa y detestable.

Para empeorar las cosas, llevaba la bolsa de viaje consigo. Cuando finalmente llegó a estación Chalk Farm, tuvo que dar un tirón para sacarla del vagón y, con el movimiento, una de las asas se rompió. Maldijo, golpeó las puertas y se raspó un tobillo con las hebillas. Maldijo de nuevo.

Caminó como pudo desde la estación, preguntándose cuándo comenzaría la tormenta que se llevara el polvo de las hojas de los árboles y limpiara el aire cargado de contaminación. Se puso de peor humor mientras cargaba con su bolsa y descubrió que la razón de su enfado tenía nombre y apellidos: Isabelle Ardery. Pero pensar en ella le llevó a acordarse de Thomas Lynley, y Barbara ya había tenido suficiente por un día.

Necesitaba una ducha. Necesitaba un pitillo. Necesitaba una copa. Maldita sea, necesitaba una vida.

Cuando llegó a casa, estaba sudando y le dolían los hombros. Intentó convencerse de que se debía al peso de la bolsa, pero sabía que era simple y llanamente la tensión. Cruzó la puerta de su casa con un alivio que no había sentido en años al llegar. Ni siquiera le importaba que dentro hiciera tanto calor como en un horno. Abrió las ventanas y revolvió el cajón en busca de su pequeño abanico. Encendió un cigarrillo, aspiró fuerte, bendijo que existiera la nicotina, se sentó en una de las sencillas sillas de la cocina y miró su extremadamente humilde morada.

Había dejado tirada su bolsa en la puerta, así que no había visto lo que había en el sofá cama. Pero ahora, sentada frente a la mesa de la cocina vio la falda en forma de A, la prenda que mejor le queda a una mujer con una figura como la suya, según Hadiyyah. La habían arreglado. Le habían subido el dobladillo, la habían planchado y el conjunto completo estaba sobre la cama: la falda, su nueva, fresca y entallada blusa, medias finas, un pañuelo e incluso una pulsera gruesa. Y también habían cepillado los zapatos. Brillaban. Un hada buena había pasado por su casa.

Barbara se levantó y se acercó a la cama. Tenía que reconocer, que todo quedaba bien como conjunto, sobre todo la pulsera, un complemento que jamás se hubiera comprado, y mucho menos atrevido a usar. La cogió para verla más de cerca. Llevaba atado un lazo de color lila y una etiqueta de regalo.

En una de las caras de la nota se podía leer un «¡Sorpresa!», junto a un «¡Bienvenida a casa!», y el nombre de quien le había hecho el regalo, como si no supiera el nombre de quien había escogido todas esas prendas para ella: Hadiyyah Khalidah.

El humor de Barbara cambió repentinamente. Increíble, pensó, como alguien tan joven, esa consideración… Apagó el cigarrillo y lo tiró en el pequeño lavabo. Un cuarto de hora después se había duchado, refrescado y vestido. Se puso algo de colorete en la cara, en un gesto que recompensaba la insistencia de Hadiyyah respecto a que se maquillara, y salió del bungaló. Fue al piso inferior, que daba directamente al césped quemado por el verano.

Las ventanas de estilo francés estaban abiertas y se podía escuchar cómo cocinaban, y las conversaciones del interior. Hadiyyah estaba hablando con su padre y pudo notar en su voz que estaba nerviosa.

—¿Hay alguien en casa? —gritó mientras llamaba a la puerta.

—¡Barbara! ¡Ya has vuelto! ¡Genial! —respondió Hadiyyah con otro grito.

Barbara notó a Hadiyyah distinta cuando la vio entrar por la puerta. Más alta, aunque no tenía sentido, ya que Barbara tampoco había estado fuera tanto tiempo como para que la pequeña creciera tanto.

—¡Oh! ¡Es genial! —gritó Hadiyyah—. ¡Papá! ¡Barbara está aquí! ¿Puede quedarse a cenar?

—No, no —tartamudeó Barbara—. Por favor, no lo hagas, pequeña. Sólo he venido a darte las gracias. Acabo de regresar. He visto la falda. Y el resto. Y menuda sorpresa tan bonita ha sido encontrarlo.

—Lo cosí yo misma —dijo orgullosa Hadiyyah—. Bueno, quizá la señora Silver me ayudó un poco porque me torcía cosiendo. Pero ¿te sorprendió? También la planché. ¿Viste la pulsera? —Daba saltitos—. ¿Te gustó? Cuando la vi le pregunté a papá si podíamos comprarla, porque ya sabes que tienes que usar complementos, Barbara.

—Tengo todo lo que me dices grabado a fuego —le contestó reverencialmente—. No podría haber encontrado nada tan perfecto como esto.

—Es bonito el color, ¿verdad? —añadió Hadiyyah—. Y gran parte de lo que la hace tan bonita es el tamaño. ¿Sabes?, he aprendido que el tamaño de un accesorio depende del de la persona que lo lleva. Pero no tiene que ver con su altura o su peso, sino con sus medidas, sus huesos y su tipo de cuerpo, ¿sabes? Así que, si miras tus muñecas, como si las compararas con las mías, lo que puedes ver es…

—*Khushi*. —Azhar se acercó a la puerta de la cocina, secando sus manos en una toallita.

Hadiyyah se giró hacia él.

—¡Barbara ha visto la sorpresa! —le anunció—. Le ha gustado, papá. ¿Y qué te ha parecido la blusa, Barbara? ¿Te ha gustado la blusa nueva? Ojalá la hubiera escogido yo, pero no lo hice, fue papá, ¿verdad, papá? Yo quería otra diferente.

—No me lo digas. Alguna con un lazo en el cuello.

—Bueno… —Movió su pie, como si hiciera un poco de claqué en la puerta de entrada—. No exactamente. Pero tenía volantes. No muchos, la verdad. Pero tenía uno muy bonito que caía en la parte de delante y que tapaba los botones y me gustaba muchísimo. Me pareció preciosa. Pero papá me dijo que jamás llevarías volantes. Le expliqué que en moda se trata de expandir los horizontes de cada uno, y me contestó que tampoco hay que exagerar y que la blusa entallada era mucho mejor. Le respondí que el cuello de la blusa debería tener la misma forma de tu mandíbula y que tu cara es redonda, ¿no?, no tan angulosa como la camisa. Y él dijo, vamos a probar, y siempre puedes cambiarla si no te gusta. ¿Y sabes dónde la compramos?

—*Khushi, khushi* —le dijo Azhar cariñosamente—. ¿Por qué no invitas a Barbara a entrar?

Hadiyyah se rio y se tapó la boca con las manos.

—¡Estoy tan nerviosa! —Fue hacia dentro—. ¡Tenemos limonada recién hecha para beber! ¿Quieres un poco? Estamos de celebración, ¿no es cierto, papá?

—*Khushi.*

Intercambiaron algún tipo de mensaje y Barbara se dio cuenta de que estaba en medio de una conversación privada. Su presencia claramente la había interrumpido.

—Bueno, pues me voy —dijo Barbara—. Sólo quería daros las gracias en persona. Ha sido un detalle muy amable. ¿Puedo pagarte la blusa?

—Ni hablar —contestó Azhar.

—Es un regalo —explicó Hadiyyah—. La hemos comprado en Camden Town, Barbara. No en Stables ni otro sitio así.

—Por el amor de Dios. —Su experiencia le había enseñado lo que Azhar sufría cuando Hadiyyah se iba al laberinto de calles entre Stables y Camden Lock Market.

—... pero sí fuimos al mercado de la calle Inverness y fue estupendo. No había estado nunca allí.

Azhar sonrío. Le dio un par de toquecitos a su hija en la nuca y movió la cabeza en un gesto de ternura.

—Como parloteas esta noche —le dijo a su hija, para luego dirigirse a Barbara—: —¿Te quedarás a cenar, Barbara?

—¡Oh! ¡Quédate Barbara! —le pidió Hadiyyah—. Papá está haciendo pollo *saag masala* y también hay *dal* y pan *cha-*

pati y champiñones *dopiaza*. No me suelen gustar los champiñones, ¿sabes?, pero me encanta como los cocina papá. ¡Oh! Y también hay arroz *pilau* con espinacas y zanahorias.

—Menudo festín —dijo Barbara.

—¡Lo es, lo es! Porque... —Se tapó de nuevo la boca con las manos. Sus ojos brillaban sobre ellas—. ¡Oh! Desearía y desearía poder decir más —soltó tras las palmas de las manos—, sólo que no puedo. Lo prometí.

—Entonces no debes —le contestó Barbara.

—Pero eres una buena amiga, ¿verdad papá? ¿Puedo...?

—No puedes. —Azhar le sonrío a Barbara—. Ya hemos estado hablando aquí durante largo rato. Barbara, insistimos en que te quedes a cenar

—Hay un montón de comida —anunció Hadiyyah.

—Visto así —le contestó Barbara—. No puedo hacer nada más que ir directa a la mesa.

Los acompañó dentro de la casa y sintió una calidez que nada tenía que ver con la temperatura, la cual apenas había disminuido, debido a que el calor de la cocina se había extendido por el piso. De hecho, apenas notaba el horroroso bochorno del día que terminaba. En cambio, sí percibió cómo fue mejorando su humor, ya no estaba pensando en qué le había sucedido a Thomas Lynley. Sus preocupaciones sobre la investigación se desvanecieron.

La confrontación con John Stewart dejó a Isabelle revuelta, una reacción que no esperaba tener. Estaba acostumbrada a vérselas con hombres en el cuerpo, pero eran casos de sexismo encubierto, de maliciosas insinuaciones cuya interpretación podía atribuir, convenientemente, a que tenía la piel muy fina o a que había malinterpretado lo que le decían. El asunto de John Stewart era diferente. Las insinuaciones maliciosas no eran su estilo. Al menos, Isabelle pensó que éste era un caso que tenía que resolverse de manera privada, pues Stewart sabía muy bien que cualquier movimiento contra él acabaría como una lucha de la palabra de uno contra la de otro ante sus superiores. Y lo último que ella quería era denunciar ante sus superiores a alguien por acoso sexual o algún otro tipo de acoso. Se dio cuenta de que

John Stewart era listo como el demonio. Sabía que el hielo por donde ambos pisaban era muy frágil, y estaría encantado de llevársela consigo hasta el centro del lago.

Se preguntó cómo podía ser tan corto de miras como para entrar en guerra con alguien que podría ser elegida como su superior. Pero esa idea le duró poco cuando lo vio desde el punto de vista de John Stewart: claramente, no esperaba que la ascendieran. Después de todo, no podía culparle por creer que pronto le dirían dónde estaba la puerta de salida.

Vaya desastre, pensó. ¿Cómo habían empeorado tanto las cosas?

Dios, cómo deseaba una copa.

Sin embargo, se armó de valor para no tomarla, ni siquiera para mirar dentro de su bolso, donde, como pequeños bebés, anidaban los botellines de alcohol. No necesitaba eso. Simplemente lo quería. Querer no era necesitar.

Llamaron a la puerta y se movió de la ventana, donde había estado contemplando una vista a la que apenas había prestado atención. Dijo que entraran y Lynley apareció. Llevaba un sobre en las manos.

—Me excedí esta mañana —dijo—. Lo siento de veras.

—Tú y todos los demás —rio ella.

—Aun así…

—No pasa nada, Thomas.

No dijo nada por un momento. La observó. Agarró bien el sobre con sus manos, como si diera a entender que estaba a punto de irse. Al final, soltó:

—John… —Pero dudó, quizá porque no encontraba la palabra adecuada.

—Sí, es muy complicado mantenerle en su sitio, ¿verdad? —contestó ella—. Ésa es la mejor definición de la esencia de John Stewart.

—Supongo. Pero yo no debería haberle regañado, Isabelle. Fue una reacción imbécil, lo siento.

—Como he dicho antes, no pasa nada —dijo, girándose hacia él.

—No eres tú —añadió Lynley—. Tendrías que saberlo. Él y Barbara han tenido problemas durante años. Tiene problemas con las mujeres. Temo que su divorcio… le haya trastornado.

No ha podido superarlo y es incapaz de darse cuenta de que lo que sucedió también pudo ser culpa suya.

—¿Qué sucedió?

Lynley entró y cerró la puerta tras de él.

—Su mujer tuvo una aventura.

—No me sorprende nada lo que me estás contando.

—Ella tuvo una historia con otra mujer.

—No puedo culparla. Ese tipo haría que Eva cambiara a Adán por la serpiente.

—Ahora son pareja y tienen la custodia de las dos hijas de John —dijo, y mientras le explicaba esto la observaba firmemente.

Ella apartó la mirada.

—No me da ninguna pena.

—Nadie puede culparte, pero a veces es bueno saber estas cosas. Dudo que aparezca en su expediente.

—Tienes razón, no sale. ¿Crees que tenemos algo en común, John Stewart y yo?

—La gente que se lleva mal suele tenerlo. —Y entonces, cambió de tema—: ¿Quieres venir conmigo, Isabelle? Tendrás que coger tu coche, porque no regresaré por aquí. Hay alguien a quien quiero que conozcas.

—¿De qué se trata? —dijo ella, frunciendo el ceño.

—En realidad, no es nada importante. Pero como ya hemos acabado la jornada... Podemos ir a comer algo, si quieres. A veces hablar o discutir sobre el caso hace aparecer detalles que no salieron antes.

—¿Es eso lo que quieres? ¿Discutir?

—Hay cosas en las que no nos ponemos de acuerdo, ¿no es cierto? ¿Vienes conmigo?

Isabelle echó una ojeada a la oficina, pensó: «¿Por qué no?». y le dijo que sí con un gesto seco.

—Dame un minuto para coger mis cosas. Te veré abajo.

Cuando la dejó, Isabelle aprovechó para ir rápidamente al servicio. Se miró en el espejo y vio que el día había hecho mella en su rostro, sobre todo entre sus ojos, donde una profunda línea se estaba convirtiendo en ese tipo de incisión vertical que iba a ser permanente. Pensó en retocar su maquillaje, por lo que abrió el bolso y echó una mirada a sus adormecidos bebés.

Sabía que sería cuestión de segundos beberse uno de ellos. O todos ellos. Pero cerró el bolso firmemente y fue en busca de su colega.

Lynley no le dijo dónde iban a ir. Simplemente la saludó cuando apareció y le dijo que se mantuviera a la vista. Esas fueron las únicas palabras que intercambiaron antes de subir a su Healey Elliot y poner en marcha el motor para salir a la calle desde el aparcamiento subterráneo. Condujo hasta el río. Cumplió su promesa. Se mantuvo bien cerca. Se sintió extrañamente cómoda. No podía saber por qué.

Como apenas conocía Londres, no tenía ni idea de adónde iban mientras se dirigían hacia el suroeste junto al río. Sólo cuando vio la esfera dorada del lejano obelisco supo que estaban llegando al Royal Hospital, con lo que se suponía que estaban en Chelsea. Se fijó en que los amplios parques de césped de Ranelagh Gardens, secos a causa del tiempo, aunque hasta allí se habían acercado algunos valientes: a esa hora de la tarde estaba a punto de comenzar un partido de fútbol.

Justo al pasar los jardines, Lynley giró a la derecha. Continuó por la calle Oakley y giró esta vez a la izquierda, y de nuevo a la izquierda. Estaban oficialmente en el barrio de Chelsea, conocido por sus altos edificios de ladrillos rojos, sus rejas de hierro forjado y sus espesos árboles. Lynley le indicó un sitio libre para que aparcara su coche y esperó a que encajara el automóvil. Vio de nuevo el río cercano, también un pub, al lado de donde él había aparcado. Le dijo que sería un minuto y entró. Tenía un trato con el dueño, le explicó al regresar. Cuando no había un sitio libre donde dejar el coche en Cheyne Row, algo que era usual, lo aparcaba delante del pub, y el barman le guardaba las llaves.

—Es por ahí —le dijo, y fueron hacia una de las casas, la que se encontraba en la esquina de Cheyne Row y Losdship Place.

Pensaba que el edificio, como muchos otros, había sido dividido, porque no se imaginaba que alguien pudiera ser dueño de toda esa carísima propiedad en esa zona de la ciudad de Londres. Pero se dio cuenta de que estaba equivocada al llegar a la puerta de entrada, y cuando Lynley llamó al timbre, un perro soltó varios ladridos y se calmó con la profunda voz de un hombre que le dijo: «¡Ya es suficiente! Siempre piensas que tratan de invadirnos», mientras abría la puerta. Vio que el perro corrió hacia Lynley, un dachsund de pelo largo que más que atacarle se le enrolló en las piernas, como si quisiera llamar su atención.

—Vigile con *Peach* —le dijo el hombre a Isabelle—. Quiere comida. De hecho, siempre y únicamente quiere comida.

Y con un gesto a Lynley, siguió:

—Señor Ashrton —soltó mascullando, como si Lynley prefiriese que le llamara de otra manera, pero no quisiera ser menos formal con él—. Estaba preparando unos gin tonics. ¿Quieren uno? —dijo con una sonrisa, mientras aguantaba con la puerta abierta.

—Planeando confundirlos, ¿no? —le preguntó Lynley mientras le indicaba a Isabelle que fuera adentro delante de él.

El hombre se rio.

—Supongo que los milagros existen —contestó antes de saludar con un «es un placer, superintendente», cuando Lynley le presentó a Isabelle.

Se llamaba Joseph Cotter. No parecía ser un criado, pese a que preparaba las bebidas de otra persona, pero tampoco parecía ser el principal ocupante de la casa. Era alguien a quien aparentemente se «encontrarían en el piso superior», como señaló Joseph Cotter. Fue hacia una habitación que se encontraba en el lado izquierdo de la casa.

—¿Gin tonic, entonces, señor? —le dijo por encima de su hombro—. ¿Superintendente?

Lynley dijo que se tomaría uno encantado. Isabelle lo rechazó.

—Pero un vaso de agua sería estupendo —contestó.

—Ahora se lo traigo —le dijo.

El dachshund había estado olisqueándoles los pies, como si esperara que en sus zapatos hubieran traído algo comestible. Isabelle podía oír sus pezuñas contra los peldaños de madera mientras iba subiendo por las escaleras de la casa.

Ellos hicieron lo mismo. Se preguntó dónde demonios estaban yendo y qué quería decir Cotter cuando los invitó a ir arriba. Subieron planta por planta, cada una cubierta con negros paneles que tapaban las paredes de color crema donde colgaban docenas de fotografías en blanco y negro, muchas de ellas retratos, aunque también había algunos e interesantes paisajes dispersos entre ellos. En el último piso de la casa —Isabelle se había perdido contando los tramos que habían subido— sólo había dos habitaciones, sin pasillo, aunque allí se veían muchas más fotos y en esa parte de la casa colgaban incluso del techo. Parecía que estuvieran en un museo fotográfico.

—¿Deborah? ¿Simon? —gritó Lynley.

—¿Tommy? ¡Hola! —repuso una voz de mujer.

—Aquí, Tommy —dijo una voz masculina—. Vigila con el charco de allí, querida.

—Deja que lo vea, Simon —contestó la otra voz—. Lo único que conseguirás es liarlo todo más.

Isabelle entró en la habitación delante de Lynley, que estaba iluminada principalmente por un enorme tragaluz que ocupaba gran parte del techo. Debajo, una mujer pelirroja estaba arrodillada recogiendo agua.

Su compañero, de cara demacrada, estaba sentado al lado, con unas cuantas toallas en la mano. Se las pasó a ella y le dijo:

—Dos más y creo que ya estará limpio. Dios, menudo desastre.

Podría haberlo dicho también de la propia habitación, que parecía la guarida de un científico loco, con las mesas de trabajo llenas de archivos y con los documentos esparcidos a causa de los dos ventiladores situados en las ventanas de la habitación, con los que intentaban sin éxito mitigar el calor. La habitación estaba cubierta de estanterías donde se agolpaban diarios y volúmenes, archivadores, tubos y vasos y pipetas; había tres ordenadores, pizarras, aparatos de vídeo, monitores de televisión. Isabelle no podía creer que alguien pudiera trabajar en ese lugar.

Tampoco, aparentemente, Lynley, que tras echar un vistazo a la habitación dijo:

—¡Ah!

Intercambió una mirada con el hombre, al que le presentó como Simon Saint James. La mujer era la esposa de Saint James, Deborah, e Isabelle reconoció su nombre porque ella había sido quien sacó la fotografía de Jemima Hastings. También reconoció a Saint James. Había sido durante mucho tiempo un experto testigo, evaluador de los datos forenses que tanto trabajaba para la defensa como para la fiscalía cuando se juzgaba algún caso de homicidio. Pudo adivinar por su trato que Lynley los conocía muy bien y se preguntó por qué quería que ella los conociera.

—Sí, como puedes ver —le dijo Saint James a Lynley en respuesta a esa expresión de sorpresa. Usó un tono distintivo, como si se dijeran entre ellos algo sobre el estado de la habitación.

Más allá del despacho, una segunda puerta conducía a una oscura habitación, de allí venía el agua.

—Arreglado —señaló Deborah Saint James cuando acabó de fregar. —Había tirado casi cinco litros de líquido—. Una nunca tiene que fregar cuando el recipiente está casi vacío, ¿te das cuenta? —señaló.

Tras acabar con ello, se puso de pie y dejó caer su cabello hacia atrás. Del bolsillo del peto que vestía (era de lino, color verde oliva, algo arrugado y lo llevaba de un modo que en otra mujer habría quedado ridículo) sacó una enorme pinza del pelo. Era ese tipo de mujer que podía recogerse la melena en un momento y que pareciera cuidadosamente despeinada. No era precisamente guapa, pensó Isabelle, pero en su naturalidad residía su atractivo.

Lynley no escondía que también le parecía atractiva.

—Deb —la saludó, y la abrazó tras besarle en la mejilla. Los dedos de Deborah le rozaron brevemente la nuca.

—Tommy —le contestó.

Saint James lo vio, pero su cara permaneció impasible. Apartó la mirada de su esposa y de Lynley y la dirigió hacia Isabelle para preguntarle, en voz baja:

—¿Cómo lleva el trabajo? Me atrevería a decir que se ha lanzado con los pies por delante.

—Supongo que es mejor que tirarse de cabeza —le contestó ella.

—Papá nos está preparando unas bebidas —señaló Deborah—. ¿Os ha ofrecido…? Bueno, por supuesto que lo habrá hecho. Pero no las tomemos aquí, debe de hacer fresco en el jardín. A no ser… —Echó una mirada a Lynley e Isabelle—. Se trata de trabajo, Thomas?

—Podemos trabajar tanto aquí como en el jardín.

—¿Conmigo? ¿Con Simon?

—Sólo Simon, esta vez. —Se dirigió a Saint James—. Si tienes un rato. No tardaremos mucho.

—Ya había terminado aquí, de todas maneras. —Saint James miró alrededor del cuarto y añadió—: Tiene el más incomprensible sentido del orden, Tommy. Te lo juro. Todavía no lo entiendo.

—Supuestamente ella te es indispensable.

—Bueno, lo era.

Isabelle los miró de nuevo. Algún tipo de código, se repitió.

—Al final todo acabará bien, ¿no crees? —dijo Deborah, pero le pareció que no lo decía respecto a los archivos. Sonrió a Isabelle—. Vámonos de aquí —concluyó.

El perrito se había tumbado en una alfombra rota en una de las esquinas del cuarto, pero heroicamente se lanzó abajo por las mismas escaleras por las que había subido cuando adivinó sus intenciones.

—Papá, vamos al jardín —gritó Deborah.

—Estaré dentro de un segundo —respondió Joseph Cotter desde el estudio de donde llegaba el sonido de los vasos chocando contra la bandeja, lo que indicaba que estaba a punto de servir las bebidas.

El jardín tenía césped, un patio de ladrillos, arriates llenos de plantas y un cerezo decorativo. Deborah Saint James acompañó a Isabelle hacia una mesa con sillas, mientras charlaba sobre el tiempo. Cuando se sentaron, cambió de tema, mirando directamente a Isabelle.

—¿Cómo le está yendo? —preguntó con franqueza—. Estamos preocupados por él.

—No soy la mejor persona para opinar sobre ello, ya que es la primera vez que trabajamos juntos —contestó Isabelle—. Creo que lo lleva muy bien, por lo que me parece. Es muy amable, ¿no?

Deborah tardó en responder. Miró a la casa como si estuviera viendo a los hombres dentro.

—Helen trabajaba con Simon —dijo después de un rato—. La mujer de Tommy.

—¿En serio? No tenía ni idea. ¿Era especialista forense?

—No, no. Era... Bueno, era más bien únicamente Helen. Le ayudaba cuando la necesitaba, que solía ser como unas tres o cuatro veces por semana. La echa de menos terriblemente, pero jamás lo dirá. —Volvió la cabeza y miró a Isabelle—. Hace muchos años, estuvieron a punto de casarse, Simon y Helen, pero nunca lo hicieron. Bueno, obviamente no se casaron —añadió con una sonrisa—, y ella al final se casó con Tommy. Una situación algo complicada, ¿no cree?, pasar de ser amantes a ser amigos.

Isabelle no le preguntó por qué la mujer de Lynley y el marido de Deborah no se habían casado. Quería hacerlo, pero se interpuso la llegada de los dos hombres, a quienes les pisaba los talones Joseph Cotter con la bandeja de bebidas y el perro de la casa, que saltaba por el césped con una pelota amarilla en su boca. La escupió y rebotó en los pies de Deborah.

Continuaron hablando del tiempo, pero pronto Lynley comunicó la principal razón de su visita a Chelsea. Le pasó a Simon el sobre que había traído desde la oficina de Isabelle. Simon lo abrió y sacó su contenido. Isabelle vio que se trataba de la foto de la camisa amarilla del cubo de Oxfam.

—¿Qué te parece? —le preguntó a su amigo.

Saint James la estudió en silencio durante un rato

—Creo que es sangre de la arteria —dijo finalmente—. ¿Las marcas de delante de la camisa? Son una salpicadura.

—¿Qué indica?

—Indica que la llevaba puesta el asesino, mientras estaba muy cerca de la víctima, cuando le asestó la puñalada mortal. Mira en la salpicadura del cuello de la camisa.

—¿Qué crees que significa?

Saint James se quedó pensado en ello, con una expresión distante.

—¿De un modo extraño...? —comenzó—. Diría que estaban abrazándose. Si no, la camisa seguro que estaría más manchada en la manga y no en el cuello. Déjame que os lo enseñe. ¿Deborah?

Se levantó de la silla con dificultades, porque tenía una minusvalía. Isabelle no se había dado cuenta antes. Caminaba con una muleta en el brazo, por lo que se movía torpemente.

También se levantó su mujer y fue directa hacia su marido,

quien puso su brazo alrededor de su cadera y la llevó hacia él. Se torció como si fuera a besarla, y al hacerlo y puso su mano derecha alrededor de su cuello. Tras la demostración, le tocó el cabello ligeramente a su mujer.

—Se puede ver que la mayor parte de la sangre está en la zona superior derecha del pecho —le dijo a Lynley, mientras señalaba la foto—. Él era más alto que ella, pero tampoco mucho más.

—No había señales de forcejeo, Simon.

—Lo que indica que le conocía bien.

—¿Fue allí por su propia voluntad?

—Me atrevería a decir que sí.

Isabelle no dijo nada. Comprendía la razón de la visita a los Saint James, y no sabía si estar agradecida porque Lynley no hubiera hecho esas puntualizaciones, que debió haber deducido mirando la fotografía durante la reunión en la comisaría, o enfadada porque había decidido hacerlas en presencia de sus amigos. No podría discutir con él allí, y sin duda él lo sabía. Era otro carpetazo a la hipótesis de Matsumoto como asesino. Tenía que reposicionarse..., deprisa.

Se movió en su asiento. Asintió calmadamente, les agradeció sin mucho entusiasmo su tiempo y dijo que, por desgracia, tenía que marcharse. Debía ocuparse de muchas cosas al día siguiente, estaba algo nerviosa por un interrogatorio con un testigo, insegura por su reunión con Hillier... Lo entenderían, sin lugar a dudas.

Deborah fue la única que la vio en la puerta. Isabelle pensó en preguntarle si recordaba alguna cosa del día de la foto, a alguien, alguna situación que le pareciera inusual.

Deborah le contó lo que esperaba. Habían pasado más de seis meses y no podía recordar casi nada más sobre ello que Sydney —la hermana de Simon— que estaba allí.

—¡Oh! Y también estaba Matt —añadió Deborah—. También estaba allí.

—¿Matt?

—Matt Jones. La pareja de Sydney. Le llevó al cementerio y estuvo durante unos minutos. Pero no se quedó. Lo siento. Debería haberlo mencionado antes. No había pensado en él hasta ahora.

Isabelle estaba pensando en esto mientras volvía hacia su coche. Alguien la llamó. Se giró y vio a Lynley, que se acercaba por la calzada.

—Matt Jones —le dijo cuando la alcanzó.

—¿Quién? —preguntó. Llevaba consigo el sobre. Se lo pidió con un gesto y Lynley se lo entregó.

—El novio de Sydney Saint James. Su compañero. Lo que sea. Estaba allí ese día, en el cementerio, según Deborah. Se había olvidado hasta hoy.

—¿Cuándo? ¿El día que le hizo la fotografía?

—Exacto. ¿Qué sabemos sobre él?

—Por el momento sabemos que hay cientos de Matthew Jones. Philip estaba en ello, pero…

—Muy bien, muy bien. Sé a lo que te refieres, Thomas. —Suspiró. Había sacado a Hale del caso y le había puesto a hacer guardia en el hospital Saint Thomas. En el caso de que hubiera alguna sospecha sobre Matt Jones, todavía estaba por ahí, esperando ser revelada.

Lynley miró hacia el río.

—¿Te apetece cenar, Isabelle? Quiero decir, ¿tienes hambre? Podemos comer algo en el pub. O si lo prefieres, no vivo muy lejos de aquí. Pero, bueno, ya lo sabes, ya has estado en mi casa. —Lynley fue algo torpe con la invitación, aunque Isabelle, pese a sus crecientes preocupaciones sobre el caso, la encontró encantadora. Vio los peligros inmediatos de conocer mejor a Thomas Lynley. No quería exponerse especialmente a ninguno de ellos.

—Me gustaría hablar contigo sobre el caso —le dijo él.

—¿Eso es todo? —le contestó ella, y se sorprendió al verle colorado. No le parecía el tipo de hombre que se ruborizaba.

—Pues claro, ¿qué otra cosa…? —dijo—. Bueno, supongo que para hablar de Hillier también. De la prensa. John Stewart. La situación. Y sobre Hampshire.

—¿Qué pasa con Hampshire? —le preguntó, cortante.

Él señaló el pub.

—Vamos al King's Head —le dijo—. Necesitamos un descanso.

Se quedaron tres horas. Lynley se dijo a sí mismo que esa cena era por el caso. Pero haber alargado la jornada en el King's Head & Eight Bells se debía a algo más que a poner en orden los detalles de la investigación. Estaba también el asunto de conocer las reacciones de la superintendente y verla diferente, de algún modo.

Ella fue cuidadosa respecto a lo que contaba sobre su vida, como la mayoría de la gente, y lo que le contó fueron sólo cosas positivas: un hermano mayor cuidando ovejas en Nueva Zelanda, los padres vivos y sanos en Dover, donde papá trabajaba de revisor en una línea de ferris y mamá era una ama de casa que cantaba en el coro de la iglesia; que había sido educada en colegios católicos, aunque no profesaba ninguna religión; con un marido e hijos maravillosos, pero que, por desgracia, se había casado demasiado joven, mucho antes de que cualquiera de los dos estuviera realmente preparado para saber cómo hacer que un matrimonio funcionase.

—Odio el compromiso —reconoció—. Sé lo que quiero y aquí lo tienes.

—¿Qué es lo que quieres, Isabelle? —le preguntó.

Le miró con franqueza antes de contestar. Fue una mirada larga que podía significar un montón de cosas distintas. Al final, dijo con algo de resignación:

—Supongo que quiero lo que quieren todas las mujeres.

Él esperó más. Pero no hubo más. Alrededor de ellos en el pub, de repente, paró el ruido que hacían sus nocturnos clientes, hasta que se dio cuenta de que parecían silenciosos por el propio latido su corazón, que sonaba extremadamente fuerte.

—¿Y qué es? —le preguntó.

Tocó el extremo del vaso con sus dedos. Tomaron vino, dos botellas, cuyas consecuencias pagaría a la mañana siguiente. Pero alargaron las copas durante horas, con lo que en aquel momento no sintió que estaba bebido, se dijo a sí mismo.

Volvió a llamarla como para provocar su respuesta y repitió su pregunta.

—Eres un hombre con experiencia, así que creo que lo sabes bien —le contestó.

El latido de su corazón de nuevo, y esta vez le obstaculizó la garganta, lo que no tenía sentido. Pero le ayudó a no darle una respuesta.

—Gracias por la cena —dijo Isabelle—. Y también por la visita a los Saint James.

—No hace falta…

Ella se levantó de la mesa, se colgó el bolso en el hombro y con la mano se lo ciñó como si estuviera a punto de marcharse.

—¡Oh, otra cosa! —dijo—. Podías haber presentado tus hipótesis sobre la camisa durante la reunión. No estoy ciega, Thomas. Podías haberme hecho quedar como una imbécil y haberme hecho desistir de lo de Matsumoto, pero preferiste no hacerlo. Eres un hombre bueno y decente.

24

Un establecimiento llamado Sheldon Pockworth Numismática le sonaba a Lynley como un sitio escondido en un callejón de Whitechapel, una tienda cuyo propietario debía de ser del tipo señor Venus,[24] de huesos articulados en vez de sellos y medallas. Se encontró con que la realidad era diferente. La tienda estaba limpia, arreglada y muy iluminada. No se encontraba muy lejos del antiguo ayuntamiento de Chelsea, en un impecable edificio de ladrillos en la esquina de King's Road con la calle Sydney, donde compartía lo que sin duda era un carísimo local con varios comerciantes de porcelanas antiguas, plata, joyas, cuadros y fina porcelana.

No había nadie que respondiera al nombre de Sheldon Pockworth, nunca lo hubo. El negocio lo llevaba un tal James Dugué, que parecía más un tecnócrata que un proveedor de monedas y medallas militares de las guerras napoleónicas. Cuando Lynley fue esa mañana, se encontró a Dugué hojeando un pesado volumen que estaba encima del límpido mostrador de cristal. Debajo había varias monedas brillantes de oro y plata en un estante móvil. Cuando Dugué le miró, sus elegantes gafas de montura metálica reflejaron la luz. Vestía una almidonada camisa rosa y una corbata azul marino con rayas verdes en diagonal. Sus pantalones también eran del mismo color y, cuando se desplazó de un mostrador a otro,

24. Personaje de la obra *Nuestro común amigo*, de Charles Dickens, taxidermista y articulador de huesos.

Lynley se fijó en que llevaba unas relucientes zapatillas deportivas blancas sin calcetines. Enérgico sería una buena palabra para describirle. Y, como se demostraría, era la palabra idónea.

Lynley había ido a la tienda directamente desde su casa, en vez de pasar por la comisaría. Vivía tan cerca que eso tenía más sentido, y había telefoneado a Isabelle al móvil por educación. Hablaron poco tiempo, vacilantemente y con cortesía. Algo entre ellos había cambiado ligeramente.

Al final de la cena de la noche anterior, él la había acompañado hasta el coche, pese a que ella le había mostrado que no era necesario tal gesto de cortesía, ya que se encontraba en perfectas condiciones en la improbable situación de que alguien la molestara en el elegante barrio de Chelsea. Entonces pareció darse cuenta de lo que había dicho, porque se paró en la calle, se giró, e impulsivamente le puso la mano en el hombro y murmuró:

—¡Oh, Dios mío! Cuánto lo siento, Thomas.

Aquello le llevó a pensar que había relacionado su comentario con lo que le pasó a Helen, su asesinato en un barrio no muy diferente a éste, ni muy lejano a él.

—Gracias. Pero no hay necesidad, en serio… —dudó en seguir hablando—, eso sólo que… —Se calló de nuevo, en busca de las palabras adecuadas.

Se quedaron de pie en las sombras de una frondosa haya. Debajo de ella, la calzada ya comenzaba a acumular las hojas que habían caído por el calor y la sequía del verano. Una vez más, sintió que estaba muy cerca de Isabelle Ardery, era casi de su misma altura, esbelta sin ser delgada, con los pómulos prominentes —un detalle que no había notado hasta ahora— y los ojos grandes, en los que tampoco se había fijado. Sus labios se abrieron como si fueran a decir algo.

Aguantó su mirada. Pasó un rato. Cerca, sonó la puerta de un coche cerrándose. Miro hacia allá.

—Quiero que la gente deje de ser tan cuidadosa conmigo —confesó él.

Ella no contestó.

—Tienen miedo de decir alguna cosa que me haga recordar —continuó—. Lo entiendo. Supongo que yo me sentiría igual.

Pero lo que no comprendo es que piensen que necesito recordar o que tengo miedo de recordar lo que pasó.

Ella siguió callada.

—Lo que quiero decir es que ella siempre estará allá. Es una presencia constante. ¿Cómo no iba a serlo? Ella estaba haciendo algo tan simple, de vuelta de la compra, y ellos estaban allí. Dos de ellos. Tenía doce años, el chico que le disparó. No tenía una razón en particular. Simplemente ella estaba allí. Cogieron al que disparó, pero no al otro, y el chico no le identificó. No ha dicho una palabra desde entonces. No la ha dicho desde que le cogieron. Pero la verdad es que todo lo que quiero saber es lo que ella debió decir antes de que ellos... Porque de algún modo, creo que yo me sentiría... Si lo supiera... —De repente notó que su garganta estaba tan tensa que sabía que podría, para su horror, ponerse a llorar si dejaba de hablar. Agitó la cabeza y despejó su garganta. Siguió mirando a la calle.

Cuando la mano de ella tocó la suya, sintió que era extraordinariamente suave. Ella le atrajo hacia sí y se sintió extrañamente cómodo. Se dio cuenta de que aparte de su familia cercana y de Deborah Saint James, nadie le había tocado desde hacía meses, más allá de estrecharle la mano en un saludo cotidiano. Era como si la gente hubiera comenzado a temerle, como si al tocarle creyeran que la tragedia que había visitado su vida pudiera, de algún modo, afectar la suya. Sintió alivio cuando le tocó y caminó junto a ella y sus pasos se sincoparon de modo natural.

—Allí —dijo ella cuando llegaron al coche. Le miró—. Ha sido una noche encantadora. Eres una compañía muy agradable, Thomas.

—Tengo mis dudas al respecto —contestó, tranquilo.

—¿Las tienes?

—Sí. Y de hecho, puedes llamarme Tommy. Es como me llama todo el mundo.

—Tommy, sí. Me he dado cuenta. —Sonrió—. Ahora te voy a abrazar para que sepas que somos amigos —dijo, y lo hizo. Lo abrazó estrechamente, pero sólo un momento, y también rozó sus labios contra su mejilla—. Creo que por ahora debo llamarte Thomas, si te parece bien —dijo antes de separarse.

Ahora, en la tienda de monedas, Lynley esperaba a que el propietario acabara de leer el pesado volumen. Le enseñó a Dugué la tarjeta que habían encontrado en el bolso de Jemima Hastings, así como el retrato de la Portrait Gallery de Jemima. También se identificó como policía.

Sorprendentemente, después de que Dugué examinara la tarjeta judicial, le dijo a Lynley:

—Usted es el policía que perdió a su mujer el pasado febrero, ¿verdad?

—Lo soy.

—Recuerdo lo que pasó —le replicó Dugué—. Un asunto terrible. ¿En qué puedo ayudarle?

Cuando Lynley señaló con su cabeza el retrato de la Portrait Gallery de Jemima, dijo:

—Sí, la recuerdo. Había venido a la tienda.

—¿Cuándo?

Dugué se quedó pensando en la pregunta. Miró hacia fuera de la tienda, casi toda ella, ventanas, y se quedó observando el pasillo.

—Alrededor de Navidad —dijo—. No puedo ser más exacto, pero recuerdo que estaba todo decorado y recuerdo verla iluminada por detrás por las luces que pusimos en el pasillo. Así que debió ser por Navidad, una o dos semanas antes o después. Al contrario que otros establecimientos, no alargamos mucho más la decoración navideña. Si le soy sincero, todos los que trabajamos aquí la odiamos, como los villancicos. Puede que Bring Crosby soñara con la nieve. Yo sueño con estrangular a Bring Crosby tras escucharle toda una semana entera.

—¿Compró algo?

—Si no recuerdo mal, quería que mirara con detenimiento una moneda. Era una aureus. Creyó que podría valer algo.

—Aureus. —Lynley se acordó de sus clases de latín en el colegio—. Oro, entonces. ¿Era valiosa?

—No tanto como se imagina.

—¿Pese a ser de oro? —Lynley pensó que sólo el precio del oro la hacía bastante valiosa—. ¿Quiso venderla?

—Sólo quería saber si era valiosa. Y quería averiguar qué era, porque, de hecho, no tenía ni idea. Se dio cuenta de que era antigua, y era cierto. Era antigua. Del 150 después de Cristo.

—Romana, entonces. ¿Dijo cómo la había conseguido?

Dugué le pidió que le enseñara de nuevo la fotografía de Jemima, como si al verla se le fuera a estimular la memoria. Tras observarla durante un momento, dijo lentamente:

—Creo que dijo que estaba entre las cosas de su padre. No fue muy precisa, pero me imaginé que había muerto recientemente y que había estado revolviendo entre sus cosas, tratando de decidir qué hacer con esto y con lo otro.

—¿Se ofreció a comprársela?

—Como he dicho, aparte del propio valor del oro, no era muy valiosa. En el mercado, no podría haber conseguido mucho. A ver... Aquí, deje que le muestre.

Fue hacia una mesa tras el mostrador. Abrió un cajón que había sido transformado para guardar libros. Los examinó y sacó uno de ellos.

—La moneda que tenía era un aureus acuñado durante el reinado de Antonino Pío —dijo—, el tipo que llegó a emperador directamente después de Adriano. ¿Sabe algo de él?

—Uno de los Cinco Buenos Emperadores —le contestó Lynley.

Dugué pareció impresionado.

—No es el tipo de cultura que uno piensa que puede tener un policía.

—Estudié Historia —reconoció Lynley—. En otra vida.

—Entonces sabrá que su reinado fue muy inusual.

—Sólo porque fue pacífico.

—Exacto. Como era uno de los tipos buenos, no era... Bueno, digamos que no era *sexy*. O, al menos, no es *sexy* ahora, no para los coleccionistas. Era inteligente, bien educado, con experiencia, protegía a los cristianos, clemente con sus enemigos conspiradores, y feliz de vivir en Roma y delegar responsabilidades en los cónsules de las provincias. Amaba a su esposa, a su familia, se preocupaba por los pobres, limitó sus gastos.

—En una palabra, ¿aburrido?

—Ciertamente, sobre todo comparado con Calígula o Nerón, ¿eh? —Dugué sonrió—. No hay mucho escrito sobre él, así que creo que los coleccionistas tienden a menospreciarlo.

—¿Eso provoca que sus monedas sean menos valiosas en el mercado?

—Eso y el hecho de que durante su reinado se acuñaron hasta doscientas monedas diferentes.

Dugué encontró lo que andaba buscando en el volumen, y se lo acercó a Lynley.

La página, según pudo ver Lynley, mostraba ambas caras de la moneda aureus en cuestión. La pieza llevaba el retrato de perfil del emperador, como si fuera un busto, con CAES y ANTONIVS en relieve, formando un paréntesis en torno a la cabeza del emperador. La otra cara mostraba una mujer en un trono. Era la concordia, le explicó Dugué, y llevaba una pátera en su mano derecha y un cuerno de la abundancia detrás de ella. Esas imágenes eran muy frecuentes, continuó el coleccionista, y eso mismo le había explicado a Jemima. Pese a que la moneda era algo rara:

—Normalmente uno se encuentra con metales más corrientes, porque fueron acuñadas con mayor regularidad que las de oro. Su verdadero valor vendría dado por el mercado. Y este lo marcaba la demanda de los coleccionistas por ese tipo de moneda.

—Entonces, ¿de qué estamos hablando exactamente? —preguntó Lynley.

—¿El valor? —Dugué se quedó pensando en ello, mientras golpeaba con sus dedos la superficie del mostrador—. Yo diría que entre quinientos y mil. Si alguien la quisiera, y si esa persona estuviera pujando contra otra que también la quisiera. Lo que debe recordar —concluyó— es que una moneda tiene que ser…

—*Sexy* —dijo Lynley—. Lo entiendo. Los chicos malos son los *sexys*, ¿no?

—Triste, pero cierto.

—¿Podría asegurar que la casa numismática Sheldon Pockworth no tenía una aureus del periodo de Antoninus Pius en su haber? —preguntó Lynley,

Podía. Si el inspector quería ver una aureus de esa época, tendría que ir a buscarla al Museo Británico.

Barbara Havers se vio obligada a comenzar su día depilándose las piernas, algo que tampoco la ayudó mucho a mejorar su humor. Descubrió rápidamente que había un efecto dominó en transformar su apariencia: por ejemplo, llevar una falda —acampanada o de otro tipo— imponía llevar medias o ir con las piernas desnudas. Eso requería pasar la cuchilla por la piel, además de crema de afeitar u otro tipo de espuma, de la que no disponía, así que usó un chorro de lavavajillas para conseguir algo de jabón. Pero la operación en sí le llevó a tener que buscar una tirita en el botiquín cuando se cortó el tobillo y empezó a salir sangre a borbotones. Pegó un alarido y maldijo. ¿Qué tendría que ver cómo vestía con lo que era capaz de conseguir como policía?

No tenía más remedio, de todas maneras, que ponerse la falda. No sólo porque la actual superintendente se lo había sugerido, sino por el hecho de que Hadiyyah había sido tan radical como para hacer que se la pusiera. Además, Hadiyyah le había reclamado que esa mañana parara en la Big House después de salir de casa y enseñarle cómo le quedaba. Llevaba puesta la pulsera nueva y la blusa, pero se abstuvo de ponerse el pañuelo. Hace demasiado calor, pensó. Lo guardaré para el otoño.

Azhar fue hasta la puerta. Hadiyyah apareció tras él nada más oír la voz de Barbara. Ambos exclamaron ante la sospechosa transformación de la apariencia de Barbara.

—¡Estás maravillosa! —le soltó Hadiyyah, mientras sus manos se aguantaban la barbilla, como si intentara no arrancar a aplaudir—. Papá, ¿no está maravillosa Barbara?

—Esa no es exactamente la palabra, pequeña, pero gracias de todos modos —dijo Barbara.

—Hadiyyah tiene razón —contestó Azhar—. Todo te queda perfecto, Barbara.

—Y se ha maquillado —dijo Hadiyyah—. ¿Ves que se ha maquillado, papá? Mamá siempre decía que el maquillaje realza lo que uno tiene, y Barbara lo ha utilizado justo como mami. ¿No lo crees, papá?

—Desde luego. —Azhar rodeó a su hija por los hombros—. Las dos lo habéis hecho muy bien, *khushi* —le dijo.

Barbara se sintió muy a gusto con los cumplidos. Sabía que eran debidos a la amabilidad y la amistad y a nada más. No era ni sería jamás una mujer atractiva, pero, con todo, se imaginó que sus miradas aún seguían clavadas en ella mientras caminaba por el jardín hacia el coche.

Una vez en el trabajo, encajó las carcajadas y burlas de los compañeros. Sufrió los comentarios en silencio mientras buscaba a Lynley, y vio que no estaba. Se enteró, de que Hillier había reclamado la presencia de Ardery en su despacho.

¿Lynley la habría acompañado?, le preguntó a Winston Nkata. Intentó que pareciera natural, pero no consiguió engañarle.

—Habrá que esperar, Barb. De otra forma, te vas a volver loca.

Frunció el ceño. Odiaba que Winston Nkata la conociera tan bien. No podía saber cómo lo había conseguido. ¿Era ella tan obvia? ¿Qué más habría averiguado Nkata?

Preguntó, abruptamente, si alguien había obtenido información sobre Zachary Whiting. ¿Había algo más aparte de que se mostró más de una vez entusiasta con la idea de ser policía, independientemente de lo que eso quisiera decir? Pero nadie sabía nada. Barbara suspiró. Parecía que si se tenía que escarbar sobre alguien de Hampshire, ella iba a ser la encargada de cavar.

Y todo tenía que ver con lo que el S07 había informado sobre los cabellos que se encontraron pegados en la mano de Jemima Hastings. Los cabellos de alguien oriental en el cuerpo, sumado a que el arma del crimen estaba en manos de un violinista japonés, y la sangre de la víctima en su ropa, y testigos que le vieron rondar por el vecindario con la misma ropa que el día de su muerte... No parecía ser algo urgente escarbar en el pasado de un policía ligeramente sospechoso. Y eso a pesar del descubrimiento de una camisa amarilla, manchada de sangre en un contenedor en Putney, al otro lado del río. Eso tenía que significar algo, como la presencia del bolso de la víctima en el mismo contenedor.

Barbara fue primero a por Whiting. Como alguien había informado de que era un entusiasta de su trabajo, seguramente debía de haber quedado algún registro que definiera mejor qué significaba exactamente ese entusiasmo. Sólo había que seguir el trazo de la carrera de Whiting para encontrar a alguien dispuesto a hablar de manera franca sobre ese tipo. Por ejemplo: ¿dónde había trabajado antes de Lyndhurst? Difícilmente habría pasado su carrera entera ascendiendo puestos en una sola comisaría. Eso no pasa.

El Ministerio del Interior era la mejor fuente de información, pero escarbar allí no iba a ser ni fácil ni rápido. La burocracia lo había convertido en una suerte de laberinto, y había que vérselas con la subsecretaria, las secretarías adjuntas y las asistentes de las adjuntas. Muchas de esas unidades tenían su propio equipo, y ese equipo estaba al mando de diferentes departamentos que eran responsables de monitorizar todo el país.

De todos los departamentos, a Barbara la mejor opción le pareció la sección que se encargaba de los procedimientos. La pregunta era: ¿a quién llamaba, le pedía un favor, le invitaba a tomar un café, le presionaba, sobornaba o suplicaba? Ése era el problema porque, al contrario que otros policías, que cuidaban sus contactos como un granjero cuida su cosecha, Barbara nunca había sido muy buena estrechando lazos con gente que más adelante podría ayudarla. Pero tenía que haber alguien con esas capacidades, que pudiera usarlas, que pudiera conseguir un nombre…

Pensó en sus compañeros. Lynley era la mejor opción, pero no estaba allí. Philip Hale también podría haberlo hecho, pero estaba vigilando el hospital Saint Thomas por orden de Ardery, por más desafortunadas que ésta fuera. A John Stewart ni le consideró, pues era la última persona del mundo a quien ella le pediría un favor. Los contactos de Winston Nkata eran más de la calle, ya que pasó mucho tiempo como líder de los Brixton Warriors.[25] Eso le dejaba a los agentes y la plantilla civil, lo que le llevó a pensar en la persona más obvia de todos. Barbara se preguntó por qué no había pensado en Dorothea Harriman desde el principio.

La localizó en la sala de mecanógrafas de la secretaría del departamento, donde, en vez de estar escribiendo, estaba poniéndose laca de uñas en sus medias por alguna razón. Vestía una de esas estilizadas faldas de tubo —Barbara sintió que se estaba convirtiendo en una experta en materia de faldas—, que iba a la perfección con su desgarbada figura, y tenía una carre-

25. Banda callejera que aparece en un libro anterior de Elizabeth George: *Sin testigos*.

ra en mitad de sus medias, justo donde estaba esparciendo la laca de uñas.

—Dee —saludó Barbara.

Harriman se asustó.

—¡Oh por Dios! —dijo—. ¡Vaya susto, sargento Havers!

Por un momento, Barbara pensó que se refería a su aspecto. Entonces se dio cuenta de por qué se había asustado y le dijo:

—Perdona, no pretendía darte esta sorpresa. ¿Qué estás haciendo con eso?

—¿Con esto? —Harriman mostró un bote de laca de uñas—. Una carrera —dijo, y cuando Barbara la miró extrañada, añadió—: en mis medias. La laca evita que las carreras se hagan más grandes. ¿No lo sabías?

Barbara contestó apresuradamente:

—¡Ah, sí! Las carreras. Lo siento. No sé en lo que estaba pensando. ¿Tienes un minuto?

—Claro, por supuesto.

—¿Podemos….?

En tanto que iba a ponerle en situación, Barbara sabía que tenía que ser inteligente y procurar que todo eso quedara entre ellas. Le hizo un gesto con la cabeza para que la siguiera al pasillo. Harriman obedeció. Caminaron hacia el hueco de la escalera.

Barbara le explicó lo que quería: que husmeara por la oficina central, que encontrara a alguien dispuesto a hablar sobre el comisario jefe Zachary Whiting del condado de Hampshire. Le contó que tenía que llamar a la Sección de Procedimientos del Ministerio del Interior, porque era donde se guardaba la información sobre registros criminales, sobre las brigadas criminales regionales, el trabajo de investigación y las quejas. Tenía la sensación de que en alguna de esas áreas iba a encontrar una pequeña pista, posiblemente algo que podría haberle parecido insignificante a alguien que no la buscara, que le aclararía los tejemanejes de Whiting en Hampshire. Seguro que Dorothea Harriman sabía de alguien que le llevara a otra persona que le dijera de otra que a su vez encontraría una tercera…

Harriman frunció sus labios bien definidos. Se tocó su escultural peinado a la moda. Se pellizcó sus coloreadas mejillas.

En otras circunstancias, Barbara reconoció que le hubiera pedido a la joven un par de lecciones sobre maquillaje, ya que ella practicaba definitivamente la filosofía de la madre de Hadiyyah de realzar las facciones. Así, Barbara sólo podía fijarse en ella y admirarla, mientras Harriman pensaba sobre lo que le había pedido.

Miró la máquina de bebidas del rellano. Dos pisos más abajo se abrió una puerta y se oyó una voz que gritaba «qué es eso de servirle un plato de puré de patatas que sabía a gravilla y cemento seco», y se oyeron pasos subiendo la escalera a trompicones. Barbara cogió a Harriman del brazo y la llevó al pasillo y, de allí, fueron hasta el cuarto de la fotocopiadora.

Aquello hizo que Harriman pudiera considerar todas las diferentes posibilidades, ya fuera en el Rodolex, ya fuera en su agenda personal porque, en su particular aislamiento al otro lado de la sala, dijo en un suspiro:

—Hay un tipo cuya hermana tiene una compañera de piso…

—¿Sí? —dijo Barbara.

—Quedamos algunas veces. Nos conocimos en una fiesta. Ya sabe cómo va…

Barbara no tenía ni idea, pero asintió como si lo comprendiera.

—¿Puedes llamarle, verle, lo que sea?

Harriman golpeó con una de sus uñas los dientes.

—Es un poco complicado. Él estaba muy entusiasmado y yo no, ya sabes a qué me refiero. Pero…—Se le iluminó la cara—. Déjame ver qué puedo hacer, sargento Havers.

—¿Puedes hacerlo ahora?

—Es muy importante, ¿verdad?

—Dee —le contestó Barbara con energía—, no puedes ni imaginarte lo importante que es.

No podía seguir evitando más la reunión con el inspector jefe. Judi MacIntosh llamó a Isabelle aquella mañana, temprano, y a su móvil, para dejar claro las órdenes del señor David Hillier. La superintendente tenía que pasar por la oficina de Hillier nada más llegar a Victoria Street.

Para asegurarse de que lo había entendido, se le repitió la orden en cuanto llegó a la oficina, esta vez en boca de Dorothea Harriman, que se contoneó en lo que debían de ser siete centímetros de tacón, que iban a condenar a sus pies a una seria visita al podólogo en años venideros.

—Dice que se supone que tiene que ir ahora —le explicó diligentemente—. ¿Quiere que le traiga un café para que se lo lleve, superintendente Ardery? No suelo hacerlo —añadió, como para dejar claras sus funciones—, pero como es muy temprano y quizá quiera coger algo de fuerza..., el inspector puede ser un poco insoportable...

Lo que necesitaba para coger fuerzas no era café, pero Isabelle no pretendía ir por ese camino. Por el contrario, rechazó la oferta, guardó sus pertenencias en la mesa y se puso de camino hacia la oficina de Hillier en Tower Block, donde Judi MacIntosh la había citado. La había enviado directamente al inspector y le había explicado que el jefe de prensa se les uniría allí.

No eran buenas noticias. Eso significaba que más maquinaciones estaban en marcha. Más maquinaciones implicaban que la posición de Isabelle estaba menos clara que el día anterior.

Hillier estaba justo acabando con una llamada:

—... Te estoy pidiendo que aguantes unas horas más hasta que se aclaren las cosas... No se trata de hacer... Hay puntos que aclarar... Por supuesto que serás el primero en saber... Si crees que éste es el tipo de llamadas que me gusta hacer... Sí, sí. Muy bien. —Y con eso colgó.

Le hizo un gesto con la cabeza para que se sentara en una de las dos sillas de delante de la mesa. Isabelle se sentó y él también, y la poca distancia entre ambos la tranquilizó.

—Es el momento para que me informe con todo detalle de lo que sabe, y le sugiero que vaya con cuidado con sus explicaciones —dijo.

Isabelle frunció el ceño. Vio que en la mesa del inspector había un diario sensacionalista y otro serio, vueltos del revés, y se le ocurrió que la prensa había publicado algún detalle que ella no les había contado ni a Hillier ni a Deacon, o alguna otra cosa que no había sabido con antelación o no sabía ahora. Se dio cuenta de que tenía que haber hojeado los diarios de la mañana antes de ir a trabajar, más que nada para prepararse. Pero no lo había hecho, como tampoco había visto los informativos de la televisión que ofrecían el clásico resumen de las portadas de los diarios.

—No estoy muy segura de a qué se refiere, señor —dijo, pensando incluso que eso es lo que quería que dijera, porque así le ponía en una posición de ventaja, como a él le gustaba.

Esperó a lo que vendría después. Estaba del todo segura que sería el momento dramático en que daría la vuelta a los periódicos, y así fue. Entonces vio rápidamente la referencia a esa rueda de prensa de la tarde de Zaynab Bourne, que había estado a punto de ser amputada por la rueda de prensa de la Policía. Zaynab Bourne lo consiguió; hizo público un dato que la propia Isabelle no había mencionado ni a Hillier ni a Deacon durante su reunión: Yukio Matsuma era un enfermo crónico de esquizofrenia paranoica. Que la Policía hubiera ocultado esa información, en palabras del abogado, constituía «un claro y desafortunado intento de falsear la información, que no puede ni debe quedar impune».

Isabelle no necesitó leer el resto de la noticia para saber que la señora Bourne había confirmado que los investigadores policiales conocían la enfermedad de Yukio Matsumoto tras mantener un encuentro con su hermano, antes de que fueran tras él. Así que ahora la Policía se encontraba no sólo con una persecución a media tarde en mitad del tráfico de la avenida Shaftesbury, que ciertamente podía haberse quedado en una desafortunada e inevitable situación provocada por un individuo que trató de evitar una conversación razonable con dos agentes desarmados, sino que también tenían una persecución a un paciente del psiquiátrico aterrado en medio de ese tráfico, un hombre que sin lugar a dudas se encontraba en medio de un episodio psicótico que la Policía ya conocía de antemano, pues se lo había señalado el hermano del sospechoso. Y no ayudaba nada que el hermano fuera el virtuoso músico de renombre internacional, Hiro Matsumoto.

Isabelle consideró su postura. Sus manos estaban húmedas, pero lo último que pensó hacer fue secárselas en la falda. Si lo hacía, sabía que Hillier vería que sus manos temblaban. Intentó calmarse. Lo que se suponía que tenía que hacer allí era mostrarse fuerte, mediante una explicación convincente que incluyera que no le intimidaban ni los tabloides, ni los periódicos, ni los abogados, ni las ruedas de prensa o el propio Hillier. Miró al subinspector jefe directamente y dijo:

—El hecho de que Yukio Matsumoto sufriera problemas mentales apenas importa, tal y como yo lo veo, señor.

La piel de Hillier empezó a enrojecer. Isabelle continuó, con confianza antes de que él comenzara a hablar.

—Su estado mental no importaba cuando evitó nuestras preguntas, y ahora importa mucho menos.

La piel de Hillier enrojeció aún más.

Isabelle continuó arriesgándose. Entonó más su voz y la mantuvo fría. Fría quería decir que no tenía miedo de las discrepancias respecto a su evaluación del asunto. Quería decir que creía que era tan sólida como una roca.

—En cuanto Matsumoto esté listo para una rueda de reconocimiento... —dijo—. Tenemos a un testigo que señala que estuvo en el lugar de los hechos. Es el mismo que creó el retrato digital que el propio hermano del sospechoso reconoció. Matsumoto estaba, como usted ya sabe, en posesión del arma del crimen y vestía prendas manchadas de sangre, pero lo que todavía no sabe es que se encontraron en las manos de la víctima dos cabellos que han sido identificados como pertenecientes a una persona de origen oriental. Cuando los exámenes de ADN estén completos, se verá que esos cabellos son suyos. Estaba familiarizado con la víctima, vivían en el mismo edificio y se sabe que la seguía. Así que, francamente, señor, si sufre o no una enfermedad mental es secundario. No pensé en mencionárselo cuando me reuní con usted y el señor Deacon porque, a la luz de todo lo que sabíamos sobre el hombre, el hecho de que padezca esa enfermedad mental (que no ha sido probada por nadie más, salvo por su hermano y la abogada del hermano, por cierto), es un punto menor. Por si no fuera suficiente, hay otro detalle más que pesa sobre él: no sería el primer paciente mental que no está internado y que asesina a alguien en mitad de un episodio de este tipo, y, es triste decirlo, no será el último.

Se movió en la silla, se inclinó hacia delante poniendo sus brazos en la mesa de Hillier en un gesto que demostraba que era su igual, y que todos estaban en esto juntos.

—Por ahora —dijo ella, —esto es lo que recomiendo. Incredulidad.

Hillier no respondió enseguida. Isabelle pudo notar que le latía el corazón, en realidad, que estaba martilleando contra su caja torácica. Se dio cuenta de que se le podría haber notado en el pulso de las sienes si se hubiera peinado de otra manera, y sabía que, probablemente, se podía notar en su cuello. Pero éste también quedaba fuera del campo de visión de Hillier. Mientras no dijera nada y se limitara a esperar su respuesta, comunicándose con él con esa confianza sobre las decisiones que había tomado... Simplemente tenía que fijarse bien en sus ojos, si eran fríos y desalmados, que lo eran. No lo había notado antes de ese momento.

—Incredulidad —repitió finalmente Hillier. Sonó su teléfono. Descolgó, escuchó un momento—. Dile que espere —contestó—. Estoy a punto de terminar aquí. —Y se dirigió a Isabelle—: Continúe.

—¿Con? —Lo pronunció como si asumiera que él había entendido su lógica, sorprendida de que necesitara que le aclarara más cosas.

Las aletas de su nariz se movieron, no como si estuvieran a punto de estallar, sino para respirar. Para cazar, sin duda. Ella mantuvo su posición.

—Con su tesis, superintendente Ardery. ¿Cómo cree que se puede presentar esto?

—Mostrando sorpresa ante la idea de que la enfermedad mental de alguien, tan desgraciada como pueda ser, se imponga a la seguridad de la población. Nuestros agentes fueron al lugar desarmados. El hombre en cuestión entró en un estado de pánico por razones que no se han podido establecer. Hay pruebas evidentes...

—Muchas de ellas obtenidas después del accidente —puntualizó él.

—Pero eso da igual, por supuesto.

—¿Y qué es lo importante...?

—El hecho de que tenemos en nuestras manos a una persona que puede, como dice la frase, «ayudarnos con nuestra investigación» de un modo que nadie más puede. Lo que estamos buscando, benevolentes periodistas, es, debo recordarles, al responsable del asesinato de una mujer inocente en un lugar público, y si este caballero, señores, nos puede llevar al culpable, entonces exigiremos que nos lleve hasta él. La prensa completará el resto. La última cosa que le preguntarán es el orden en que ocurrió todo. Las pruebas son las pruebas. Ellos quieren saber qué es lo que ha pasado, no cómo lo hemos averiguado. Y si escarban en el hecho de que conseguimos las pruebas tras el accidente en la avenida Shaftesbury, debemos centrarnos en el asesinato, el cementerio y nuestra creencia en que la población preferirá que los protejamos de un loco cargado de armas que de perseguir a alguien que puede o no estar escuchando en su oreja los murmullos de Belcebú.

Hillier reflexionó sobre ello. Isabelle pensó en Hillier. Se preguntó por qué le habían concedido el título de sir, pues le pareció extraño que alguien en su puesto recibiera un honor reservado para jerarquías más altas. Que fuera nombrado «sir» no implicaba un servicio heroico a la población, más bien que Hillier conocía a gente en las altas esferas y, más importante, que sabía cómo utilizar a esa gente. Era, pues, un hombre al que no había que enfadar. Pero estaba bien. Ella no pretendía enfadarle.

—Es usted astuta, ¿verdad Isabelle? —le dijo—. No crea que no me he dado cuenta de que ha conseguido llevar a su terreno esta reunión.

—No pensaba que usted no se daría cuenta —le respondió Isabelle—. Un hombre como usted no alcanza este puesto porque no se entera de las cosas. Lo comprendo muy bien. Y le admiro. Es un animal político. Y yo también.

—¿Lo es?

—¡Oh, sí!

Pasó un rato, en el cual se quedaron examinándose con la mirada. Había algo de tensión sexual, e Isabelle se permitió imaginar cómo sería estar con David Hillier, los dos enzarzados en otro tipo de combate en la cama. Pensó que él debía imaginar lo mismo. Cuando tuvo la certeza de que así era, apartó la mirada.

—Asumo que el señor Deacon está esperando fuera, señor —le dijo—. ¿Quiere que me quede en la reunión?

Hillier no respondió hasta que ella volvió a mirarle.

—No será necesario —le contestó, pausadamente.

Ella se levantó.

—Entonces, vuelvo al trabajo. Si me quiere... —escogió ese verbo deliberadamente—, la señorita MacIntosh tiene mi número de móvil. Quizás usted lo tenga también, ¿no?

—Lo tengo —le contestó—. Volveremos a hablar.

25

Fue directamente al servicio de mujeres. El único problema era que no se había acordado de llevar consigo el bolso a la oficina de Hillier, con lo que en ese momento no tenía recursos y acabó contando con lo único que estaba a mano, que era agua del grifo. No era el líquido más eficaz para lo que le dolía. Pero se lo aplicó, pues no tenía nada más: en su cara, en sus manos, en sus muñecas.

Se sintió algo mejor cuando se marchó de Tower Block y se puso en camino hacia su oficina. Oyó que la llamaba Dorothea Harriman, quien por alguna razón parecía incapaz de remitirse a ella de un modo más sencillo que «superintendente detective en funciones Ardery», pero la ignoró. Cerró la puerta de su despacho y fue directamente a la mesa. Descubrió rápidamente que tenía tres mensajes en el móvil. También los ignoró. Pensó: «Sí, sí, sí» mientras sacaba uno de los botellines de vodka de la compañía aérea. Con las prisas por beber, se le cayó al suelo de linóleo. Se puso de rodillas debajo de la mesa para cogerla, y se la bebió mientras se ponía de pie. Por supuesto, no era suficiente. Vació el bolso en el suelo en busca de otra. También se la bebió y fue a por una tercera. Se la merecía. Había sobrevivido a un encuentro al que, a todas luces, no tendría que haber sobrevivido. Había logrado evitar participar en la reunión con Stephenson Deacon y la junta directiva del Relaciones Públicas. Argumentó el caso y ganó, aunque fuera por el momento. Y porque sólo fue por el momento, necesitaba una maldita copa, se merecía esa maldita copa, y si había alguien entre el Cielo y el Infierno que...

—¿Superintendente detective en funciones Ardery?

Isabelle se giró hacia la puerta. Sabía, por supuesto, quién estaría allí de pie. Lo que no sabía era cuánto tiempo había estado o qué había visto.

—¡No vuelva a entrar en esta oficina sin llamar primero! —le espetó.

Dorothea Harriman parecía asustada.

—Llamé. Dos veces.

—¿Y oyó mi respuesta?

—No. Pero yo...

—Entonces no entre. ¿Lo entiende? Si vuelve a hacerlo... —Isabelle escuchó su propia voz. Para su horror, se sintió como una arpía. Se dio cuenta de que aún tenía en la mano el tercer botellín y cerró el puño, disimulando. Lanzó un suspiro.

—El detective inspector Hale la ha llamado desde el hospital Saint Thomas, señora —dijo Harriman. Su tono era formal y educado. Era, como siempre, una profesional consumada y que lo fuera en ese preciso momento hizo que Isabelle se sintiera como una auténtica chalada—. Siento haberla molestado —se disculpó Harriman—, pero ha llamado dos veces. Le conté que estaba reunida con el inspector jefe, pero dijo que era urgente y que usted lo querría saber y que se lo explicara nada más llegar a su despacho. Dijo que le había llamado a su móvil, pero que no la había localizado...

—Me lo olvidé aquí, en mi bolso. ¿Qué ha pasado? —preguntó Isabelle.

—Yukio Matsumoto está consciente. El detective inspector dice que se le tenía que informar de ello en el momento en que usted volviera.

Cuando Isabelle llegó, la primera persona a la que vio fue al agente Philip Hale, de quien erróneamente pensó que estaba esperándola en la calle. Era todo lo contrario, se volvió hacia ella furioso, pensando que ya había seguido suficiente las órdenes de quedarse en el hospital hasta que el principal sospechoso recuperara la consciencia.

Había hecho venir, le explicó, a dos agentes uniformados para que vigilaran la puerta de la habitación de Matsumoto.

Ahora se dirigía hacia la habitación, donde él y los otros policías querían controlar…

—Inspector Hale —le interrumpió Isabelle—. Soy yo quien dice lo que tiene que hacer, no usted a mí. ¿Estamos de acuerdo en eso?

—¿Qué? —Hale la miró frunciendo el ceño.

—¿Qué quiere decir con ese «qué»? No es idiota, ¿verdad? No parece idiota. ¿Lo es o no?

—Mire, jefa, estaba…

—Estaba en este hospital, y en este hospital se va a quedar hasta que se le ordene lo contrario. Se quedará en la puerta de la habitación de Matsumoto, sentado o de pie, no me importa cómo. Le cogerá de la mano si es necesario. Pero lo que no hará es irse por su cuenta y llamar a varios agentes para que ocupen su lugar. Hasta que no se le ordene lo contrario, se queda aquí. ¿Ha quedado claro?

—Con todos los respetos, jefa, aquí estoy perdiendo el tiempo.

—Déjeme aclararle algo, Philip. Estamos donde estamos porque previamente decidió enfrentarse a Matsumoto cuando se le dijo que mantuvieran la distancia.

—Eso no fue lo que sucedió.

—Y ahora —continuó Isabelle—, pese a que se le ha ordenado que se quede en el hospital, se las ha ingeniado para ser relevado. ¿No es cierto, Philip?

—Lo es, en parte —reconoció, cambiando de postura.

—¿Y en qué parte no lo es?

—No me enfrenté a él en el Covent Garden, jefa. No le dije nada a ese tipo. Quizá me acerqué mucho, puede que… Lo que sea. Pero no le…

—¿Se le ordenó que se aproximara a él? ¿Qué se acercara al tipo? ¿Qué respiraran el mismo aire? Me parece que no. Se le ordenó que le encontrara, que informara de ello y que le vigilara. En otras palabras, se le ordenó que se mantuviera alejado, cosa que no hizo. Y ahora estamos aquí, donde estamos, porque tomó una decisión que no tenía que tomar. Justo como está haciendo ahora. Así que vuelva al hospital, regrese a la puerta de la habitación de Matsumoto, y a no ser que me oiga ordenarle lo contrario, se queda allí. ¿He sido lo suficientemente clara?

Mientras hablaba, observó que el músculo de la mandíbula de Hale se tensaba. No respondió y ella le chilló:

—¡Inspector! Le estoy haciendo una pregunta.

—Como desee, jefa —respondió finalmente.

Dicho esto, se dirigió hacia la entrada del hospital, y el inspector fue detrás de ella, como ella prefería que fuese: varios pasos por detrás. Se preguntó por qué esos detectives que estaban bajo sus órdenes iban a la suya en la investigación, y lo que significaba sobre el liderazgo que había tenido el anterior superintendente, Malcolm Webbery, y por los subsiguientes, incluido Thomas Lynley. Tenía que imponer la disciplina, pero administrarla en medio de todo lo que estaba sucediendo sería particularmente exasperante. Iban a tener que producirse cambios con todo este grupo. No cabía ninguna duda al respecto.

En cuanto alcanzó la puerta con Hale como su sombra, llegó un taxi. Hiro Matsumoto salió de él, con una mujer que le acompañaba. Era, gracias a Dios, no su abogada, sino una mujer japonesa que parecía tener, aproximadamente, su edad. La tercera de los hermanos Matsumoto, concluyó Isabelle: Miyoshi Matsumoto, la flautista de Filadelfia.

Así era. Se paró, y desde la puerta, con el dedo, le indicó a Hale que entrara en el hospital. Esperó a que Matsumoto pagara el taxi, y en cuanto lo hizo le presentó a su hermana. Acababa de llegar de Estados Unidos la pasada tarde, dijo. Aún no había visto a Yukio. Pero habían hablado con los doctores de su hermano.

—Sí —dijo Isabelle—. Está consciente. Y debo hablar con él, señor Matsumoto.

—No sin la presencia de su abogado. —Fue Miyoshi Matsumoto la que respondió, y su tono no era como el de su hermano. Obviamente, había vivido el suficiente tiempo en una gran ciudad de Estados Unidos como para saber que la presencia del abogado era la regla número uno para enfrentarse con el cuerpo policial—. Hiro, llama a la señora Bourne ahora mismo. —Acto seguido, le dijo a Isabelle—: Márchese. No la quiero cerca de Yukio.

Aunque no fue consciente de ello, era irónico que le dijeran exactamente lo mismo que ella le había dicho a Philip Hale antes de la huida de Yukio Matsumoto.

—Señora Matsumoto. Entiendo que esté disgustada... —comenzó.

—No se equivoca.

—...Y estoy de acuerdo con que esto es un jaleo.

—¿Es así como lo llama?

—Pero lo que pediría que viera es...

—Fuera de mi vista. —Miyoshi Matsumoto apartó de su camino a Isabelle y se fue ofendida hacia las puertas del hospital—. Hiro, llama a su abogada. Llama a alguien. Que se mantenga alejada de aquí.

Se fue dentro, dejando a Isabelle fuera junto a Hiro Matsumoto. Miró hacia el suelo, con los brazos cruzados a la altura del pecho.

—Por favor, interceda —dijo ella.

Pareció que estaba considerando la solicitud. Isabelle sintió un momento de esperanza hasta que él le dijo:

—Es algo que no puedo hacer. Miyoshi se siente...

—¿Se siente...?

Miró hacia arriba. Detrás de sus gafas brillantes, sus ojos parecían débiles.

—Responsable —aclaró.

—Usted no hizo esto.

—No por lo que ha pasado —puntualizó—, sino por lo que no ha pasado. —Le hizo un gesto a Isabelle y se fue hacia las puertas del hospital.

Primero le siguió, después caminó a su lado. Entraron en el hospital y se dirigieron hacia la habitación de Yukio Matsumoto.

—Nadie podía haberlo previsto —dijo Isabelle—. El agente que se encontraba en la escena me ha confirmado que no se aproximó a su hermano, que quizás Yukio vio u oyó algo que ni siquiera podemos entender a qué se debió, y simplemente salió disparado. Como ha dicho antes...

—Superintendente, eso no era lo que quería decir. —Matsumoto se paró.

Alrededor de ellos, la gente hacía sus cosas: los visitantes llevaban flores y globos a sus allegados, los trabajadores del equipo del hospital cruzaban con determinación de un pasillo a otro. Sobre sus cabezas, el servicio de megafonía pedía a la doctora Marie Lincoln que se presentara en la sala de operaciones, y, a su lado, dos ancianos pedían perdón mientras llevaban a un paciente a algún lugar en camilla. Matsumoto continuó:

—Hicimos lo que pudimos por Yukio durante muchos años, Miyoshi y yo, pero no fue suficiente. Teníamos nuestras carreras y era más fácil dejarle a su aire, para que pudiéramos conseguir nuestros objetivos con la música. Con Yukio bajo nuestra responsabilidad, como una carga… —Negó con la cabeza—. ¿Cómo hubiéramos podido llegar tan lejos, Miyoshi y yo? Y ahora esto. ¿Cómo hemos podido caer tan bajo? Me siento profundamente avergonzado.

—No tiene porqué sentirse así —le consoló Isabelle—. Si está enfermo, como usted asegura, y sin medicación, si sufre una enfermedad mental que le provoca hacer cosas, la responsabilidad no es suya.

Él había continuado caminando mientras ella hablaba, y llamó al ascensor y le miró a la cara. Cuando se abrieron las puertas casi en silencio, él se giró y ella le siguió adentro.

—De nuevo me malinterpreta, superintendente —le dijo en un tono calmado—. Mi hermano no mató a esa pobre mujer. Hay una explicación para todo: para la sangre que había sobre él, para… esa cosa que encontraron en su apartamento…

—Entonces, por el amor de Dios, déjele que dé sus explicaciones —dijo Isabelle—. Deje que cuente lo que hizo, lo que sabe, lo que pasó realmente. Usted puede estar presente, a su lado, en la cama. Su hermana puede estar presente. No voy de uniforme. No sabrá quién soy y no tiene por qué decírselo si usted cree que entrará en un estado de pánico. Puede hablarle en japonés, si eso es más fácil para él.

—Yukio habla inglés perfectamente, superintendente.

—Entonces háblele en inglés. O en japonés. O en ambos idiomas. Me da igual. Si, como dice, no es culpable de nada más que de estar en el cementerio, entonces habrá podido ver alguna cosa que nos pueda ayudar a encontrar al asesino de Jemima.

Llegaron a la planta que él había solicitado y las puertas se abrieron. En el pasillo, Isabelle le paró por última vez. Dijo su nombre de tal manera que incluso ella notó el tono de desesperación de su voz. Y cuando él la miró con gravedad, ella continuó diciendo:

—Estamos en un momento decisivo. No podemos esperar a que aparezca Zaynab Bourne. Si lo hacemos, usted y yo sabemos que ella no me va a dejar hablar con Yukio, lo que significa que, como usted dice, si él no es culpable más que de estar en el cementerio Abney Park cuando Jemima fue atacada y asesinada, él mismo podría estar en peligro, pues el asesino sabrá por cada uno de los periódicos de la ciudad que Yukio es la persona que estuvo allí. Y si estuvo allí, es muy probable que viera algo, y es muy probable que nos lo pudiera contar. Eso es algo que no podrá hacer si la abogada aparece.

Se dio cuenta de que en este momento estaba más que desesperada. Estaba casi balbuceando y le daba igual lo que decía o si se creía lo que decía (de hecho no se lo creía), porque lo único que importaba entonces era que el violoncelista diera su brazo a torcer.

Esperó. Rezó. Su móvil sonó y ella lo ignoró.

—Deje que hable con Miyoshi —dijo finalmente Hiro Matsumoto y se fue, precisamente, a hacerlo.

Barbara descubrió que Dorothea Harriman tenía un talento oculto. Por la apariencia y la conducta de Harriman, siempre había deducido que la secretaria del departamento no tenía problemas de verdad para ligar con hombres, cosa que, por supuesto, era cierta. Lo que no se había imaginado era cómo conseguía Harriman que su recuerdo permaneciera en sus víctimas durante largo tiempo y cómo éste provocaba en ellos una disposición para cooperar en cualquier cosa que ella deseara.

A los noventa minutos de la petición de Barbara, Dorothea regresó con un trozo de papel que agitaba entre sus dedos. Era su «infiltrado» en la oficina central, el compañero de piso de la hermana de un tipo que estaba, al parecer, perdido bajo el yugo de Dorothea. La compañera de piso era un piñón menor en la bien engrasada máquina que era la oficina central, se llamaba Stephanie Thompson-Smythe y «esto es lo realmente excelente» suspiró Dorothea, se estaba viendo con un tipo que aparentemente tenía acceso a aquellos códigos, llaves o palabras mágicas que eran necesarios para crear una situación de «¡Ábrete, Sésamo!» con los registros laborales de cualquier policía.

—Tuve que contarle lo del caso —confesó Dorothea.

Parecía bastante satisfecha por su éxito y deseosa de hablar con elocuencia de ello, algo que Barbara pensó que se merecía, así que la escuchó pacientemente y esperó a que le diera el trozo de papel.

—Bueno, por supuesto, ella lo sabía. Lee los diarios. Así que le dije, bueno, tuve que manipular un poquito la verdad, naturalmente, que una de las pistas parecía que les llevaba al Ministerio del Interior, lo que, por supuesto, le hizo pensar que a lo mejor el culpable está por allí en algún lugar, protegido por alguno de los altos cargos. ¿Algo así como lo de Jack, *el Destripador*? Da igual, le dije que cualquier cosa con la que pudiera ayudarnos sería estupenda, y le juré que su nombre no saldría a la luz en ninguna parte. Le dije que estaría haciendo un servicio heroico si nos ayudaba, incluso con el detalle más pequeño. Pareció gustarle.

—Genial —le dijo Barbara. Señaló el trozo de papel que aún aguantaba Dorothea.

—Y ella dijo que llamaría a su novio y lo hizo. Has quedado con ellos dos en el Suffragette Scroll[26] dentro de... —Dorothea miró un momento su reloj de pulsera que, como el resto de sus cosas, era fino y de oro—, veinte minutos. —Sonó triunfal: su primera incursión en el submundo de los husmeadores y de los canallas había resultado un éxito total.

Le dio el trozo de papel, que acabó por ser el número de teléfono móvil del novio de la compañera de piso. Era, según le contó Dorothea, por si acaso pasaba algo y ellos no se presentaban.

—Tú —le dijo Barbara— eres una maravilla.

Dorothea se sonrojó.

—Creo que he llevado la situación bastante bien.

—Mejor que eso —contestó Barbara—. Me voy ya mismo. Si alguien pregunta, estoy en una misión de mucha importancia para la superintendente.

26. El Sufragette Scroll es un monumento al documento que se presentó en la Casa de los Comunes el 7 de junio de 1866, en el que se reclamaba el derecho al voto para las mujeres, e incluia 1.500 firmas.

—¿Y si pregunta ella? —señaló Dorothea—. Sólo ha ido al hospital Saint Thomas. Volverá de un momento a otro.

—Ya pensarás en algo —le dijo Barbara mientras agarraba su bolso, y se fue para encontrarse con su potencial topo de la oficina central.

El Sufragette Scroll no estaba muy lejos, ni de la oficina central ni de New Scotland Yard. El monumento dedicado al epónimo movimiento de principios del siglo XX se erguía en la esquina norte del parque que se encontraba en la intersección de Broadway con Victoria Street.

El recorrido era de cinco minutos de paseo para Barbara, en los que se incluía el tiempo que esperó al ascensor del Victoria Block, así que tenía el tiempo perfecto para fortalecerse con nicotina y ordenar su cabeza antes de que dos individuos le estrecharan la mano, esforzándose por parecer dos amantes que pasean un rato por el parque en su tiempo libre del trajín diario.

Una era Stephanie Thompson-Smythe (se presentó a sí misma como Steph T-S) y el otro se llamaba Norman Wright, quien tenía el puente de la nariz tan delgado que llevaba a pensar que entre sus antepasados se dieron serios episodios de endogamia. Podía cortar pan con la punta de su nariz.

Norman y Stephanie T-S miraron a su alrededor, como si fueran agentes del MI5.

—Habla tú. Yo vigilaré —le dijo Stephanie a su hombre, y se retiró hacia un banco un poco más lejos.

Barbara pensó que ésa era una buena idea. Cuánta menos gente involucrada, mejor.

—¿Qué piensa del monumento? —dijo, mirando hacia arriba atentamente y hablando con las comisuras de los labios.

De ese gesto Barbara entendió que harían ver que eran dos admiradores de la señora Pankhurst[27] y sus seguidoras, y le pareció bien. Caminó alrededor del monumento, mirándo-

27. Emmeline Pankhurst (Manchester, 1858 - Londres, 1928) fue una de las fundadoras del movimiento sufragista británico.

lo desde abajo y murmurándole a Norman lo que necesitaba y esperaba lograr de su relación, por breve que fuera y debería ser.

—Su nombre es Whiting. Zachary Withing. Necesito todos los detalles. Tiene que haber algo en alguno de sus archivos que parezca corriente pero que no lo sea.

Norman asintió. Se tiró de la nariz, y a Barbara le dio un escalofrío pensar en el daño que ese gesto podría hacerle a su delicada protuberancia; mientras, él reflexionó sobre sus palabras.

—Así que quieres todo, ¿eh? Puede ser complicado. Si se lo envío por Internet, dejo un rastro.

—Vamos a tener que ser anticuados en nuestro método —apuntó Barbara—. Cuidadosos y anticuados.

La miró sin ningún tipo de expresión en el rostro, lo que claramente demostraba que se trataba de un fruto de la era electrónica.

—¿Anticuados? —preguntó.

—Una fotocopiadora.

—¡Ah! —exclamó—. ¿Y si no hay nada para copiar? Muchas de estas cosas están archivadas en el ordenador.

—La impresora. La impresora de alguien. El ordenador de otra persona. Hay maneras, Norman, tienes que encontrar una de ellas. Estamos hablando de vida o muerte. De un cadáver de una mujer en Stoke Newington y de algo podrido…

—… en Dinamarca.[28]

—dijo Norman—. Sí, ya veo.

Barbara se preguntó de qué demonios estaba hablando, pero cayó en la cuenta antes de que hiciera el idiota y preguntara qué tenía que ver Dinamarca con el precio del salami.

—Ah, muy bien. Muy, muy bien. Lo que hay que recordar es que lo que es corriente puede no serlo. Este tipo ha conseguido muy rápidamente ser comisario jefe en el condado de Hampshire, así que es posible que no nos tropecemos con pruebas aplastantes.

—Algo sutil. Sí. Por supuesto.

28. Directa alusión a la cita de *Hamlet*.

—¿Y bien? —preguntó Barbara.

Vería lo que podía hacer. Mientras tanto, ¿necesitarían alguna palabra clave? ¿Quizás una señal? ¿Alguna manera para decirle que tenía buenas noticias sin tener que llamar a New Scotland Yard? Y si iba a hacer copias de todo, ¿dónde dejaría lo que encontrara?

Obviamente había leído las primeras novelas de John Le Carré. Decidió que tenía que jugar al mismo juego que él. El lugar del encuentro sería, Barbara se lo explicó *sotto voce*, el cajero de enfrente del banco Barclays de Victoria Street. Él la llamaría a su móvil y le preguntaría: «¿Te apetece una copa, cariño?», y ella sabría que tendrían que encontrarse en ese lugar. Ella estaría detrás de él en la cola. Él dejaría la información en el cajero mientras sacase dinero o lo simulara. Entonces ella lo recogería junto a su dinero después de haber usado el cajero automático. No era el sistema más sofisticado, pensó, sobre todo por las cámaras de grabación interna que podrían registrar cada uno de los movimientos de las inmediaciones, pero no podían evitarlas.

—De acuerdo —dijo Norman, y esperó a que ella le diera su teléfono móvil. Se separaron.

—Hasta pronto, Norman —le dijo Barbara mientras se retiraba.

—Vida o muerte —respondió

Dios, pensó, las cosas que llegaba a hacer para encontrar a un asesino. Regresó a Victoria Block.

Cuando llegó a la sala de reuniones, circulaban varios rumores. Se enteró de que tenían que ver con el informe del SO7, que justo acababa de llegar: la salpicadura de sangre en la camisa amarilla que se sacó del cubo Oxfam pertenecía a Jemima Hastings. Bueno, pensó Barbara, eso es lo que ya les había parecido a ellos.

Se acercó a la pizarra cubierta de las fotos seleccionadas, la información desordenada, la lista de nombres y la cronología de los hechos dibujada. No le había echado un buen vistazo desde que la hicieron regresar de Hampshire. Entre otras cosas, había una buena foto de la camisa amarilla. Le podía dar una buena pista, pensó. Se preguntó cómo le quedaría el amarillo a Whiting.

Sin embargo, no fue la camisa lo que llamó su atención. Fue otra fotografía, la del arma del crimen, y la regla que estaba al lado y que indicaba su tamaño.

Cuando la vio, dio la vuelta a la foto para ir a buscar a Nkata. Desde el otro lado de la sala, él levantó la mirada en ese momento, tenía el teléfono apoyado en su oreja, y obviamente se percató de la expresión de Havers, porque dijo unas pocas palabras más a quien estuviera al otro lado de la línea antes de unírsele.

—Winie —dijo ella, y señaló la fotografía.

No necesitó decir nada más. Oyó que él soltaba un silbido, así que supo que estaba pensando lo mismo que ella. La única cuestión era si su conclusión era la misma que la de ella.

—Tenemos que volver a Hampshire —dijo.

—Barb... —contestó él.

—No discutas.

—Barb, nos ordenaron regresar. No podemos irnos como si nosotros estuviéramos al mando.

—Llámala. Lleva su móvil encima.

—Podemos llamarla desde aquí. Podemos decirle a los polis que...

—¿Llamar a dónde? ¿A Hampshire? ¿Con Whiting al mando? Winnie, por Dios, ¿crees que tiene sentido hacer eso?

Miró la foto del arma, luego la de la camisa amarilla. Barbara sabía que él estaba pensando en el reglamento, en lo que había detrás de lo que ella le estaba proponiendo, y en sus dudas. Barbara había respondido a la pregunta sobre de qué lado de la línea podía caminar Winnie. No podía culparle. Su propia carrera tenía tantos altibajos que apenas importaban unas cuantas manchas negras más. Pero la de él no.

—Muy bien —concluyó ella—. Llamaré a la jefa. Pero entonces me iré. Es la única manera.

Para alivio suyo, Isabelle Ardery descubrió que Hiro Matsumoto tenía cierta influencia sobre su hermana. Tras conversar en la habitación de su hermano, Miyoshi Matsumoto salió y le dijo a Isabelle que podía hablar con Yukio. Pero si su hermano se disgustaba por sus preguntas o por su presencia, la entrevista se daría por terminada. Y ella, no Isabelle, sería quien determinaría su nivel de angustia.

No tenía otra opción que estar de acuerdo con las normas de Miyoshi. Agarró el móvil del bolso y lo apagó. No quería correr ningún riesgo de que cualquier otra cosa externa a sus preguntas molestara al violinista.

La cabeza de Yukio estaba vendada y él estaba conectado a varias máquinas y goteos intravenosos. Pero estaba consciente y parecía hablar con comodidad en presencia de sus dos hermanos. Hiro se había puesto cerca del hombro de su hermano, donde había colocado su mano. Miyoshi ocupó un lugar al otro lado de la cama. Se preocupó maternalmente por el cuello de la bata de hospital de su hermano, así como de la fina manta que le cubría. Miró a Isabelle de manera suspicaz.

—Tienes el tiempo que tarde la señora Bourne en llegar.

Ése, vio Isabelle, le había sido el trato al que llegaron los hermanos. Hiro llamó a la abogada a cambio de que su hermano accediera a permitir que Isabelle pudiera hablar unos minutos con Yukio.

—Muy bien —dijo, y observó al violinista. Era más pequeño de lo que le había parecido en la huida. Y más vulnerable de lo que esperaba—. Señor Matsumoto… —comenzó—. Yukio, soy la superintendente Ardery. Necesito hablar con usted, pero no debe preocuparse. Lo que vayamos a decirnos aquí, en esta habitación, no será grabado ni documentado. Su hermano y su hermana están aquí para asegurarse de que no le molesto, y puede estar seguro de que molestarle es la última de mis intenciones. ¿Me entiende?

Yukio asintió, aunque su mirada se fue primero hacia la de su hermano. Había, se fijó Isabelle, solamente un ligero parecido entre ambos. Aunque Hiro Matsumoto era el mayor, parecía mucho más joven.

—Cuando fui a su apartamento en Charing Cross Road, encontré un pedazo de metal, afilado como una púa, en el borde del lavabo. Había sangre en él, y se descubrió que esa sangre pertenecía a una mujer llamada Jemima Hastings. ¿Sabe cómo llegó la púa hasta allí, Yukio?

Yukio no respondió. Isabelle se preguntó si lo haría. Nunca

se había enfrentado a un enfermo esquizoide-paranoico, así que no tenía ni idea de lo que podría pasar.

Cuando finalmente habló, el señaló su cuello, la zona que más se parecía a la herida que sufrió Jemima Hastings.

—Se lo saqué.

—¿La púa? ¿Le quitó la púa del cuello de Jemima?

—La desgarró —contestó él.

—¿La púa desgarró su piel? ¿Hizo que empeorara la herida? ¿Es eso lo que está diciendo? —Se ajustaba al estado en que quedó su cuerpo, pensó Isabelle.

—No le haga decir lo que quiere que diga —le espetó bruscamente Miyoshi Matsumoto—. Si va a hacerle preguntas a mi hermano, él las responderá a su manera.

—La vida emerge de la fuente, como cuando Dios le explicaba a Moisés que golpeara la piedra —dijo Yukio—. De la piedra sale agua para saciar su sed. El agua es un río, y el río se convierte en sangre.

—¿La sangre de Jemima? —le preguntó Isabelle—. ¿Se le manchó la ropa cuando le sacó la púa?

—Estaba por todas partes. —Cerró los ojos.

—Ya es suficiente —le soltó su hermana a Isabelle.

«¿Estás loca?», quiso decirle Isabelle, sin duda la pregunta menos indicada para la hermana de un esquizofrénico-paranoico. No había escuchado nada que materialmente le sirviera y, con certeza, ni una sola palabra que pudiera utilizar en un juicio. O para presentar cargos contra él. O contra cualquiera. Se reirían de ella en el cuerpo si tan siquiera lo intentaba.

—¿Por qué estaba usted allí, en el cementerio, ese día? —le preguntó.

Aún con los ojos cerrados, y sólo Dios sabía que era lo que estaba viendo detrás de sus párpados, Yukio dijo:

—Era la opción que me dieron. Cuidar o luchar. Preferí cuidar, pero querían algo más.

—Entonces ¿luchó? ¿Tuvo una pelea con Jemima?

—Eso no es lo que está diciendo —le interrumpió Miyoshi—. No luchó contra esa mujer. Él trataba de salvarla. Hiro, está intentando manipular sus palabras.

—Estoy intentando averiguar qué pasó ese día. Si no es capaz de verlo…

—Entonces intente llevar la conversación a otro terreno —le espetó Miyoshi. Y entonces, le dijo a su hermano, con su mano tocándole la frente—: Yukio, ¿estabas allí para proteger a esa mujer en el cementerio? ¿Es ésa la razón por la que estabas allí cuando la atacaron? ¿Intentaste salvarla? ¿Es eso lo que estabas diciendo?

Yukio abrió los ojos. Miró hacia su hermana, pero pareció que no la veía. Por primera vez, su voz era clara:

—La miré —dijo.

—¿Puedes decirme qué viste? —le preguntó Miyoshi.

Comenzó a hablar entrecortadamente y la mitad de lo que dijo quedó ofuscado e ininteligible por lo que Isabelle se imaginó que, o eran referencias a la Biblia, o productos de su mente febril. Explicó que Jemima estaba en el claro donde se hallaba la capilla del cementerio. Se sentó en un banco. Leyó un libro. Utilizó su teléfono móvil. Finalmente, se le sumó un hombre. Gafas de sol y gorra de béisbol fue lo máximo que pudo describir de él Yukio Matsumoto, una descripción que servía para una cuarta parte de la población masculina del país, o del mundo. Eso decía a gritos «disfraz», tan alto y tan claro que Isabelle pensó que, o bien Yukio Matsumoto se lo estaba inventando completamente, o bien que finalmente habían conseguido una descripción, completamente inútil, del asesino. No estaba segura de cuál de las dos opciones era la correcta. Pero entonces las cosas se complicaron.

Aquel hombre estuvo charlando con Jemima en el banco donde ella estaba sentada. Yukio no tenía ni idea de cuánto duró la conversación, pero, cuando acabó, el hombre se marchó.

Y cuando se marchó, Jemima Hastings estaba aún viva, indudablemente.

Utilizó su teléfono de nuevo. ¿Una vez, dos, tres veces? ¿Quinientas veces? Yukio no lo sabía. Pero entonces recibió una llamada. Tras ella, caminó bordeando la capilla, fuera de su campo de visión.

—¿Y entonces? —le preguntó Isabelle.

Nada. Al menos no al principio, no en los siguientes minutos. De repente, apareció un hombre de ese lado de la vieja capilla. Un hombre que vestía de negro…

Dios, ¿por qué siempre vestían de negro?, se preguntó Isabelle.

—Llevaba una mochila y se fue por en medio de los árboles. Lejos de la capilla, fuera completamente de su vista.

Yukio entonces esperó. Pero Jemima Hastings no regresaba al claro frente a la capilla. Entonces fue a buscarla, y así era como había descubierto algo que no había visto antes: que había un pequeño edificio colindante a la capilla. En ese edificio, Jemima yacía herida, sus manos alrededor del cuello. Entonces fue cuando vio la púa. Pensó que ella estaba intentando sacársela, así que la ayudó.

Y de este modo, pensó Isabelle, el río de sangre de su arteria, que ya había salido a chorros y manchado la camisa amarilla que llevaba su asesino, comenzó a salir al ritmo de los latidos de su corazón. Yukio no podía haber hecho nada para salvarla. No con una herida como ésa, agravada porque él retiró el arma.

Eso en el caso de que hubiera que creerle, pensó. Y tenía el terrible presentimiento de que debía creerle.

Un hombre con gafas de sol y una gorra de béisbol. El otro, de negro. Necesitarían sacar los retratos robot de ambos. Isabelle rezó por que pudieran hacerlo antes de que Zaynab Bourne llegará a la habitación y lo fastidiara todo.

26

Robbie Hastings no había encontrado dificultades en la comisaría de Lyndhurst. Tenía planeada una acción rápida, pero no fue necesario, como descubrió más tarde. Tras identificarse, le escoltaron hasta el despacho del comisario jefe, donde Zachary Whiting le ofreció un café y le escuchó sin interrumpirle ni una vez. Mientras Rob hablaba, Whiting fruncía el ceño como signo de preocupación, pero ese gesto tenía más que ver con la preocupación de Rob que con las preguntas que hacía y sus reclamaciones para que actuara. Ante las conclusiones del listado de preocupaciones de Rob, Whiting dijo:

—Por Dios, está todo controlado, señor Hastings. Debería haber sido informado de ello, y no puedo entender porque no se ha hecho.

Rob se preguntó qué estaba controlado, y así lo expresó, añadiendo que había billetes de tren y el recibo de un hotel. Sabía que se los habían dado a Whiting y ¿qué es lo que había hecho con ellos? ¿Qué es lo que había hecho con respecto a Jossie?

De nuevo, Whiting, le tranquilizó. Lo que quería decir al señalar que las cosas estaban controladas era que todo lo que él —Whiting— sabía, todo lo que le habían explicado, y todo lo que le habían dado estaba ahora en manos de los detectives de Scotland Yard, que habían venido a Hampshire por la investigación del asesinato en Londres. Es decir, los billetes y el recibo del hotel, continuó Whiting. A estas alturas, debían de estar ya en Londres, pues los había enviado por mensajería especial. El señor Hastings no tenía de qué preocuparse. Si Gordon Jossie había perpetrado ese crimen contra su hermana…

—¿Si?— preguntó Rob.

Entonces el señor Hastings podría esperar que Scotland Yard llamara en cuestión de poco tiempo.

—No entiendo por qué la Policía de Londres, y no ustedes, aquí…

Whiting levantó la manó. Le explicó que era un asunto complicado, porque más de una jurisdicción policial estaba implicada. Y al porqué estaba Scotland Yard investigando el asesinato y no la Policía local no pudo contestarle. Era probable que se debiera a asuntos políticos en Londres. Sin embargo, lo que Whiting sí le dijo es que la razón por la que el condado de Hampshire no estaba llevando el caso tenía que ver principalmente con que el asesinato no tuvo lugar en Hampshire. La Policía de Hampshire colaboraría y estaba cooperando, a pleno rendimiento, con Londres, naturalmente. Eso significaba proporcionar cualquier pista que se les ofreciera o que conocieran, y, de nuevo, quería dejarle claro que eso se había estado haciendo y que continuaría haciéndose.

—Jossie reconoce que estuvo en Londres —le contó a Whiting de nuevo—. Él mismo me lo ha dicho. El muy bastardo lo reconoce.

Y eso, también, sería notificado a la Policía de Londres. Alguien sería entregado a la justicia, señor Hastings. Es muy probable que sucediera en muy poco tiempo.

Whiting acompañó personalmente a Rob a la recepción de la comisaría al acabar la reunión. Durante el camino, le presentó al responsable de la oficina de prensa, al sargento al mando de la sala de detenidos y a dos agentes especiales, que eran el enlace con la comunidad.

En la recepción, Whiting informó a uno de los agentes especiales de servicio que hasta que tuviera lugar alguna detención respecto al asesinato en Londres de Jemima Hastings, se le podría permitir el acceso cada vez que su hermano necesitara ver al comisario jefe. Rob apreció ese gesto. Le ayudó mucho a tranquilizar su mente.

Volvió a casa y montó el tráiler de los caballos. Con *Frank* como compañero, con la cabeza colgando por la ventana, la lengua y las orejas agitándose, condujo desde Burley por los caminos que iban a Sway, y de allí al terreno de Gordon Jossie. Las estrecheces de las carreteras y conducir con el tráiler de caballos le hacía ir más despacio, pero no tenía prisa. No esperaba que Gordon Jossie estuviera en la propiedad a esa hora del día.

Resultó que estaba en lo cierto. Cuando Rob dio la vuelta a la casa de campo y aparcó el camión cerca de la verja donde estaban los ponis del área de Minstead, nadie salió de la casa para detenerle. La ausencia del golden retriever de Jossie le confirmó que no había nadie. Dejó salir a *Frank* del Land Rover para que corriera, pero le ordenó que se mantuviera alejado cuando trajera los ponis del cercado. Como si le comprendiera a la perfección, el perro fue directo al granero, olisqueando el suelo mientras iba hacia allí.

Los ponis no estaban tan inquietos como los de dentro de Perambulation, por lo que no fue complicado hacerlos entrar al tráiler de caballos. Esto explicaba de algún modo cómo Jossie los dirigió cuando los trajo aquí, pues, al contrario que Rob, no era un cuidador con experiencia. Sin embargo, no explicaba qué es lo que hacía Jossie con dos ponis, tan lejos de donde normalmente pastaban y que no eran los suyos. Tenía que haber visto el corte de sus colas, así que si los había confundido con sus propios ponis porque echó una ojeada rápida, una mirada más detenida le habría dicho que eran de otra área. Guardarlos en su terreno cuando no eran responsabilidad suya, y durante más tiempo del que necesitaban estar allí, era un gasto que otro granjero habría evitado. Rob no podía comprender por qué se los había quedado Gordon Jossie.

Cuando los tuvo listos para ser transportados, Rob volvió a la cerca para cerrar la puerta. Entonces vio algo en lo que debería haberse fijado al visitar con anterioridad el terreno, si no hubiera estado primero preocupado por su hermana y después tan absorto con la presencia de Gina Dickens y los ponis. Vio que Jossie había estado trabajando en la cerca. La puerta era relativamente nueva, un buen número de los postes de la valla también lo eran, y el alambre de espino también. La novedad, sin embargo, comprendía solo una parte de la cerca. El resto, seguía igual. De hecho, el resto estaba muy deteriorado, con los postes torcidos y con zonas donde crecía a sus anchas la mala hierba.

Aquello le hizo pensar. Sabía que no era inusual que un campesino hiciera mejoras en su terreno. Normalmente era necesario. Sin embargo, era raro que alguien como Jossie, que se caracterizaba por su extremo y compulsivo cuidado con que hacía todo lo demás, dejara una tarea así inacabada. Volvió dentro del recinto para mirar más de cerca.

Rob se acordó de que Gina Dickens quería tener un jardín. Por un momento se preguntó si ella y Jossie habían tomado la improbable decisión de poner allí el jardín. Si Gordon intentaba construir otra cerca en algún otro lugar para los ponis, explicaría por qué no había ido más allá con su plan de transformarlo en un corral de ganado. Por otra parte, cambiar el uso del cercado para transformarlo en un corral significaría mover el pesado granito a otro lugar, un trabajo que requería el tipo de equipo que Gordon no poseía.

Rob frunció el ceño ante eso. El abrevadero, de repente, le pareció tan innecesario como la presencia allí de los ponis. ¿No había ya antes un abrevadero? ¿Dentro de la cerca? Claro, sí que lo había.

Lo buscó. No le llevó mucho tiempo. Encontró el antiguo abrevadero en la parte sin restaurar del cercado, repleto de zarzas, parras y hierbajos. Estaba a cierta distancia de la fuente de agua, lo que hacía que el nuevo abrevadero no fuera del todo una mala idea, ya que la manguera podía llegar más fácilmente. Aun así, era extraño que Gordon invirtiera en un nuevo abrevadero sin haber amortizado aún el antiguo. Tenía que haber sospechado que estaba allí.

Era curioso. Rob decidió hablar de ello con Gordon Jossie.

Volvió a su vehículo y murmuró a los ponis que se movían inquietos dentro del tráiler. Llamó a *Frank*, el perro vino corriendo, y se pusieron en marcha hacia el norte del Perambulation.

Pese a que condujo por las carreteras principales, les llevó una hora llegar hasta allí. Rob quedó bloqueado por un tren parado en las vías en Brockenhurst, que cortaba el cruce, y de nuevo, por un autobús turístico que tenía una rueda pinchada y que provocó una caravana en el carril hacia el sur de Lyndhurst. Cuando finalmente pudo continuar hacia Lyndhurst, la impaciencia de los animales en el tráiler le señaló que llevarlos hacia Minstead era una mala idea. Así que decidió girar hacia la Bournemout Road, en dirección a Bank.

Más allá y a lo largo de un camino protegido, se encontraba el pequeño enclave de Gritbam, donde una serie de casitas sin jardín que daban al campo, con árboles y riachuelos convertían la zona en el lugar más seguro en New Forest para liberar a los ponis que habían pasado demasiado tiempo tras la cerca de Gordon Jossie.

Rob aparcó en medio del camino que unía las casas, como si el lugar fuera tan estrecho que no hubiera otro sitio donde dejar el vehículo. Allí, entre el silencio roto sólo por los petirrojos y el sonido de los carrizos, liberó a los ponis. Dos niños salieron de una de las casas a verle trabajar, pero, bien educados en las costumbres de New Forest, no se aproximaron. Sólo cuando los ponis cabalgaban hacia una corriente que brillaba a distancia entre los árboles, los niños hablaron:

—Tenemos gatitos aquí, si quiere verlos. Tenemos seis. Mamá dice que vamos a tener que abandonarlos.

Rob fue hacia donde estaban de pie los niños, descalzos y pecosos en mitad del calor veraniego. Un niño y una niña. Cada uno de ellos sujetaba a un gatito en sus brazos.

—¿Por qué has traído a los ponis? —preguntó el niño. Parecía que era el mayor de los dos y que le sacaba varios años a su hermana, que le observaba, admirada. Rob recordó que Jemima le había observado así alguna vez. Le recordó cómo le había fallado a Jemima.

Estaba a punto de explicarles lo que estaba haciendo con los ponis cuando sonó el teléfono. Estaba en el asiento de su Land Rover, pero podía oírlo claramente.

Fue a coger la llamada, escuchó la noticia que todo *agister* odia oír y maldijo. Por segunda vez en una semana, un poni de New Forest había sido atropellado por un motorista. Requerían los servicios de Rob para hacer lo último que hubiera deseado: tenía que ser sacrificar al animal.

La preocupación que Meredith Powell sentía por la noche se había convertido en ansiedad pura por la mañana. Toda tenía que ver con Gina. Habían compartido la cama de la habitación de Meredith, y Gina le había preguntado en la oscuridad a Meredith si no le importaba que la cogiera de la mano mientras dormían. Le había dicho: «Sé que es ridículo preguntarlo, pero creo que me ayudará a calmarme un poco...». Meredith le había contestado que sí, que por supuesto, que ni siquiera necesitaba justificarse, y cubrió la mano de Gina con las suyas. La chica se giró y agarró las de Meredith, y sus manos quedaron apoyadas durante horas y horas en el colchón entre ellas. Gina se quedó dormida rápidamente —lo cual tenía sentido, ya que la pobre chica estaba exhausta por todo lo que había pasado en la casa de Gordon Jossie—, pero su sueño fue ligero e intermitente, y cada vez que Meredith intentaba deshacerse de la mano de Gina, los dedos de ésta la apretaban, daba un pequeño gimoteo, y el corazón de Meredith lo sentía por ella. Así que en la oscuridad, pensó sobre lo que debía hacer con Gina. Había que protegerla de Gordon, y Meredith sabía que ella era probablemente la única persona dispuesta a hacerlo.

Pedirle a la Policía ayuda era algo que estaba fuera de discusión. El comisario jefe Whiting y su relación con Gordon, cualquiera que fuera, eliminaba esa posibilidad, y si incluso ésa no hubiera sido la situación, la Policía no iba a malgastar a sus agentes en proteger a alguien sólo por las marcas de unos moratones. Antes de hacer cualquier movimiento necesitaban algo más que eso. Normalmente, querían una orden judicial, una orden incumplida, cargos contra alguien, o algo por el estilo, y Meredith tenía el presentimiento de que Gina Dickens estaba demasiado asustada para decidirse por alguna de estas opciones.

Podía pedirle que se quedara en casa de sus padres, pero no por un tiempo indefinido. Era cierto que no había nadie más hospitalario que ellos, pero también era cierto que ya la estaban alojando a ella y a su hija, y que, de todos modos, en tanto que Meredith se había inventado impulsivamente lo del escape de gas para explicar la presencia de Gina, su madre y su padre supondrían que la avería estaría reparada al cabo de unas veinticuatro horas.

Si ése fuera el caso, Gina tendría que volver a su apartamento de encima del Mad Hatter. Por supuesto, era el peor sitio donde podía quedarse, ya que Gordon Jossie sabría dónde encontrarla. Así que necesitaba pensar en una alternativa y, por la mañana, se le ocurrió cuál podría ser.

—Rob Hastings te protegerá —le contó a Gina tras el desayuno—. En cuanto le expliquemos lo que Gordon te hizo, seguramente te ayudará. Nunca le ha gustado. Tiene habitaciones libres en su casa y te ofrecerá una sin que se la tengamos que pedir.

Gina no había comido mucho, simplemente había picado de un bol con trozos de pomelo y le había pegado un mordisco a una tostada seca. Estuvo callada durante un rato antes de decir:

—Debiste de ser una muy buena amiga de Jemima, Meredith.

Difícilmente podía considerarse así, ya que no había sido capaz de disuadir a Jemima de que siguiera con Gordon…, y mira lo que había pasado. Meredith estaba a punto de contestarle aquello, pero Gina continuó.

—Necesito regresar —dijo.

—¿A tu apartamento? Es una mala idea. No puedes ir donde él sabe que te encontrará. Nunca imaginará que estás en casa de Rob. Es el sitio más seguro.

Pero, sorprendentemente, Gina dijo:

—Al apartamento no. Debo regresar a casa de Gordon. He estado consultándolo con la almohada y he pensado en lo que sucedió. La culpa fue mía…

—¡No, no, no! —le chilló Meredith.

Así era como actuaban siempre las mujeres maltratadas. Darles tiempo para pensar conducía a que normalmente concluyeran que ellas estaban equivocadas, que de algún modo habían provocado a sus hombres a hacer lo que habían hecho para dañarlas. Acababan diciéndose a sí mismas que si hubieran mantenido la boca cerrada o no les hubieran denunciado o llevado la contraria, no hubieran llegado los golpes.

Meredith intentó como pudo explicárselo, pero Gina se obstinó.

—Ya sé todo eso, Meredith —le dijo Gina—. Soy licenciada en Sociología. Pero esta vez es diferente.

—¡Es lo que siempre dicen! —le interrumpió Meredith.

—Lo sé. Confía en mí. Yo confío. Pero no puedes pensar que dejaré que me haga daño de nuevo. Y la verdad es… —Miró más allá de Meredith, como si buscara el coraje para reconocer lo peor—. Le amo de veras.

Meredith estaba aterrada. Su cara debió de expresarlo, porque Gina continuó diciendo:

—No creo, después de todo, que le hiciera daño a Jemima. No es de ese tipo de hombres.

—¡Fue a Londres! ¡Mintió sobre ello! Te mintió a ti y también a Scotland Yard. ¿Por qué iba a mentir si no tuviera una razón para hacerlo? Y te mintió desde el primer momento que pensó en ir. Te dijo que estaba en Holanda. Te dijo que iba a comprar carrizos. Me lo contaste y tienes que saber lo que eso significa.

Gina dejó que Meredith dijera lo que tenía que decir sobre el asunto antes de que ella llevara la conversación hacia su conclusión al señalar:

—Él sabía que me disgustaría si me contaba que había ido a ver a Jemima. Sabía que no razonaría con él. Y es lo que ha pasado, y ciertamente estuve fuera de lugar anoche. Mira, has sido buena conmigo. Has sido la mejor amiga que he tenido en New Forest. Pero le quiero y debo comprobar si hay alguna oportunidad de que él y yo podamos hacer que las cosas funcionen. Está bajo un estrés terrible ahora mismo, por lo de Jemima. Ha reaccionado mal, pero yo tampoco he reaccionado bien. No puedo abandonarlo todo, porque él me hizo algo que me dañó un poco.

—Puede haberte hecho daño —dijo Meredith—, pero mató a Jemima.

—No lo creo —contestó Gina con firmeza.

No se podía hablar del asunto con ella, descubrió Meredith. Sólo podían hablar de su intención de regresar con Gordon Jossie, para «darse otra oportunidad», como hacían la mayoría de las mujeres maltratadas en todas partes. Esto era malo, pero lo peor era que Meredith no tenía opción. Tenía que dejarla marchar.

Aun así, la preocupación por Gina Dickens la agobió durante toda la mañana. No tenía inspiración para ponerse a trabajar en Gerber & Hudson. Cuando hubo una llamada en la oficina para ella, se alegró de poder parar un rato y tomar el tentempié en el despacho de Michele Daugherty, que era quien la había llamado y le había dicho: «Tengo algo para ti. ¿Tienes tiempo para vernos?».

Meredith compró un zumo de naranja para llevar y se lo bebió de camino al despacho de la investigadora privada. Casi había olvidado que había contratado a Michele Daugherty, ya que habían sucedido muchas cosas desde que le pidió que vigilara a Gina Dickens.

La detective estaba al teléfono cuando ella llegó. Tras hacerla esperar, Michele Daugherty la hizo entrar en su despacho, donde una tranquilizadora pila de papeles parecía indicar que había estado trabajando duro en el dosier que Meredith le había dado.

La detective no perdió el tiempo con preliminares formales.

—No existe ninguna Gina Dickens —dijo—. ¿Está segura que me dio el nombre correcto? ¿De que se escribe así?

En un principio, Meredith no entendió lo que la detective le estaba preguntando, por lo que dijo:

—Se trata de alguien a quien conozco, señora Daugherty. No se trata de un nombre que escuché decir en el pub o por ahí. Ella es..., más bien.... Bueno, ella es más bien una amiga.

Michele Daugherty no le preguntó porque Meredith estaba investigando a una amiga. Simplemente contestó:

—Sea lo que sea, no existe ninguna Gina Dickens que haya podido encontrar. Hay bastantes Dickens, pero ninguna llamada Gina en su franja de edad. O en cualquier otra franja, ya que estamos.

Continuó explicándole que había intentado con todas las posibilidades en que se podía escribir el nombre que le dio. Teniendo en cuenta que Gina era probablemente un apodo o una abreviatura de un nombre más largo, había probado en las bases de datos con Gina, Jean, Janine, Regina, Virginia, Georgina, Marjorina, Angelina. Jacquelina, Gianna, Eugenia y Evangelina.

—Y podría seguir indefinidamente, pero supongo que usted no quiere pagar por esto —dijo—. Cuando las cosas toman esta dirección, les digo a mis clientes que no existe una persona con ese nombre, a no ser que ella haya logrado desaparecer del sistema sin haber dejado ni una señal en ningún sitio, lo que no es posible. Ella es británica, ¿verdad? ¿Está completamente segura? ¿Hay alguna posibilidad de que sea extranjera? ¿Australiana? ¿Neozelandesa? ¿Canadiense?

—Por supuesto que es británica. Pasé la noche anterior con ella, por Dios santo. —Como si eso que acababa de decir significara algo, continuó rápidamente—: Ha estado viviendo con un hombre llamado Gordon Jossie, pero tienen un apartamento en Lyndhurst, encima del salón de té Mad Hatter. Dígame cómo ha buscado. Dígame dónde ha mirado.

—Donde siempre miro. Donde cualquier investigador, incluida la Policía, miraría. Querida, la gente deja recuerdos. Deja pistas sin saberlo: nacimiento, educación, salud, cuentas bancarias, tratos financieros a lo largo de sus vidas, billetes de aparcamiento... Poseen algo que quizás haya requerido un préstamo o una garantía, y entonces han necesitado ser registrados; suscripciones a revistas, facturas de teléfono, de agua, de electricidad. Se busca a través de todo esto.

—¿Qué es lo que me está diciendo? —Meredith se sentía bastante aturdida.

—Le estoy diciendo que no hay ninguna Gina Dickens. Y punto. Es imposible no dejar huella, da igual quién seas o dónde vivas. Por lo que si una persona no deja huellas, es bastante obvio concluir que esa persona no es quien dice ser. Y aquí lo tiene.

—Entonces, ¿quién es ella? —Meredith consideró sus posibilidades—. ¿Qué es?

—No tengo ni idea. Pero los datos indican que es alguien muy diferente de quien pretende ser.

Meredith se quedó mirando a la detective. No quería entenderlo, pero, de hecho, lo estaba entendiendo todo demasiado, terriblemente bien.

—Gordon Jossie, entonces —dijo, sin emoción—. J-o-s-s-i-e.

—¿Qué pasa con Gordon Jossie?

—Empiece con él.

Gordon tuvo que regresar a su almacén a por una carga de carrizos turcos. Habían tenido que pasar una inspección en el puerto que le exasperó por lo que tardaba, una circunstancia que le hizo retrasarse de manera considerable en su mejora del techo del Royal Oak Pub. Los ataques terroristas de los últimos años habían provocado que las autoridades portuarias creyeran que había extremistas musulmanes escondidos en cada paquete de cada barco que amarraba en Gran Bretaña. Sospechaban sobre todo de los objetos que provenían de países con los que no estaban familiarizados. Que los carrizos crecían en Turquía era una información que los oficiales portuarios desconocían. Así que tenían que ser examinados durante un periodo de tiempo exasperante, y si ese examen llevaba una semana o dos, no podía hacer mucho al respecto. Era otra razón para intentar conseguir juncos de Holanda.

Por lo menos Holanda era un sitio conocido a ojos de los inútiles tipos asignados a la tarea de inspeccionar todo lo que se enviaba al país.

Cuando él y Cliff Coward regresaron al almacén para dejar los carrizos, vieron que Rob Hastings había cumplido su palabra. Los dos ponis se habían ido de la zona cercada. No estaba seguro de qué hacer al respecto, pero entonces, quizá, pensó con cansancio, que no se podía hacer nada, tal y como estaba la situación en ese momento.

Esto era algo que Cliff había querido discutir. Al ver el coche de Gina marcharse de las inmediaciones de la casa de Gordon, Cliff le preguntó por ella. No dónde estaba, sino cómo estaba. Una pregunta repetida casi cada día: «Qué, ¿cómo está nuestra Gina?». A Cliff le había gustado mucho Gina desde el principio.

Gordon le había dicho la verdad:

—Se ha ido.

Cliff repitió la frase anonadado, como si lo que le había dicho le costara que entrara en su cabeza. Cuando le llegó al cerebro, preguntó:

—¿Qué? ¿Te ha dejado?

—Así son las cosas, Cliff.

Esto provocó un largo discurso de Cliff sobre el tema de qué tipo de perdurabilidad, como apuntó, tenían chicas como Gina.

—Tienes seis días o menos para hacerla volver, tío —le señaló Cliff—. ¿Crees que los hombres van a dejar que una chica como Gina esté por ahí suelta sin intentar algo con ella? Llámala, dile que lo sientes, haz que vuelva. Dile que lo sientes, incluso si no hiciste nada para que ella se fuera. No digas nada. Sólo actúa.

—No hay nada que hacer.

—No estás bien de la cabeza.

Así que cuando Gina apareció mientras estaban cargando los juncos en el maletero de la furgoneta de Gordon, Cliff se esfumó. Desde el camión, vio su Mini Cooper rojo por el camino y dijo:

—Tienes veinte minutos para conseguirlo, Gordon.

Entonces se fue, en dirección al establo.

Gordon caminó hacia el final de la carretera para que cuando Gina llegara con el coche, él estuviera en las inmediaciones del jardín frontal. En su corazón, sabía que Cliff tenía razón. Era el tipo de mujer por la que los hombres se ponían en fila, para ver si tenían la mínima oportunidad de conquistarla, y él era un idiota si no intentaba que volviera.

Frenó en cuanto le vio. La capota del coche estaba bajada y su pelo estaba despeinado por el viento. Quería tocárselo. Sabía cómo era su tacto, tan suave entre sus manos.

Se acercó al coche.

—¿Podemos hablar?

Ella llevaba gafas oscuras para protegerse del fuerte sol de esos días, pero las apartó y se las dejó en la cabeza. Sus ojos, vio, estaba irritados. Él era la razón que lo había provocado, sus llantos. Era otra carga, otro fallo más en su intento de ser el hombre que quería ser.

—Por favor. ¿Podemos hablar? —le repitió.

Le miró cautelosamente. Apretó los labios, y él pudo ver que se mordía el de abajo. No como si ella quisiera evitar hablar, pero sí como si temiera lo que podría pasar si hablaba. Él extendió el brazo hacia la puerta y ella se estremeció ligeramente.

—Oh, Gina —dijo él. Dio un paso atrás, para ayudarla a decidirse. Cuando ella abrió la puerta, él pudo respirar de nuevo—. ¿Podemos....? —preguntó—. Sentémonos por aquí.

«Por aquí» era el jardín que ella había arreglado tan amorosamente para él, con su mesa y sus sillas, las antorchas y las velas. «Por aquí» era donde habían cenado en el agradable tiempo de verano entre las flores que ella había plantado y regado laboriosamente. Caminó hacia la mesa y la esperó. Le miraba, pero no decía nada. Tenía que tomar la decisión por sí misma. Rezó para que tomara la decisión que les permitiera tener un futuro.

Salió del coche. Echó una mirada a la furgoneta, a los carrizos que estaban cargando dentro, a la cerca que había más allá. Vio que fruncía el ceño.

—¿Qué ha pasado con los caballos? —preguntó.

—Se han ido..

Cuando la miró, su expresión le dijo que ella pensaba que lo había hecho por ella, porque ella les tenía miedo. Una parte de él le quería decir la verdad: que Rob Hastings se los había llevado porque Gordon no tenía necesidad, y de hecho, no tenía el derecho, para mantenerlos allí. Pero la otra parte de él vio qué era el momento de conquistarla y quería conquistarla. Así que dejó que se creyera lo que quisiera creer sobre la marcha de los ponis.

Fue al jardín junto a él. Estaban separados del camino por un seto. También estaban apartados de los ojos curiosos de Cliff Coward por la casa que estaba en medio del jardín frontal y del establo. Aquí podían hablar y no ser vistos ni oídos. Esta distancia le parecía a Gordon que lo haría más fácil, aunque parecía que en Gina provocaba el efecto contrario, ya que miraba alrededor, temblaba como si tuviera frío y arrimaba los brazos a su cuerpo.

—¿Qué ha pasado? —le preguntó. Vio que tenía grandes morados en los brazos, unas marcas espantosas. Al verlas se movió hacia ella—. Gina, ¿qué ha pasado?

Miró sus brazos, como si se hubiera olvidado. Dijo, débilmente:

—Me golpeé a mí misma.

—¿Qué has dicho?

—¿Nunca has querido hacerte daño a ti mismo porque nada de lo que haces parece que va a salir bien? —contestó.

—¿Qué? ¿Cómo…?

—Me golpeé —dijo—. Cuando no era suficiente, utilicé… —No le había estado mirando, pero ahora que lo hacía, él comprobó que sus ojos estaban llenos de lágrimas.

—¿Utilizaste algo para herirte? Gina… —Dio un paso hacia ella. Ella se apartó. Se sintió desconcertado—. ¿Por qué lo hiciste?

A ella se le cayó una lágrima y la apartó con la mano.

—Estoy tan avergonzada —dijo—. Lo hice.

Por un terrible momento pensó que ella quería decir que había matado a Jemima, pero lo aclaró todo:

—Yo cogí esos billetes y ese recibo del hotel. Los encontré y los cogí, y fui la que se los dio a… Lo siento.

Entonces empezó a llorar en serio y él fue hacia ella. La tomó entre sus brazos. La chica se lo permitió, y porque se lo permitió, el sintió que su corazón se abría a ella como nunca se había abierto hacia nadie, ni siquiera a Jemima.

—No debí haberte mentido —dijo él—. No debí haberte dicho que iba a Holanda. Tenía que haberte contado desde el principio que había quedado con Jemima, pero pensé que no podía.

—¿Por qué? —Ella apretó su puño contra el pecho—. ¿Qué pensaste? ¿Por qué no confiaste en mí?

—Todo lo que te dije de mi cita con Jemima era cierto. Lo juro por Dios. La vi, pero estaba viva cuando la dejé. No nos separamos bien, pero no nos separamos enfadados.

—¿Entonces qué pasó?

Gina esperó su respuesta, mientras él luchaba por ofrecérsela, con su cuerpo, con su alma y su vida colgando en la balanza de qué palabras escoger. Tragó saliva y ella le preguntó:

—¿De qué demonios estás tan asustado, Gordon?

Llevó las manos a ambos lados de su preciosa cara.

—Tú eres sólo la segunda. —Se agachó para besarla y ella le dejó. Su boca se abrió a él y aceptó su lengua y sus manos le rodearon el cuello y le sujetó contra ella de tal manera que el beso continuó y continuó. Se sintió en llamas. Se apartó. Estaba respirando tan rápidamente como si hubiera estado corriendo—. Sólo Jemima y tú. Nadie más —dijo.

—Oh, Gordon —contestó ella.

—Vuelve conmigo. Lo que viste en mi…, esa ira…, ese miedo…

—Chis —murmuró. Le tocó a cara con sus dedos y en cada punto que tocaba notaba que su piel ardía.

—Haces que todo desaparezca —le dijo—. Vuelve. Gina. Te lo juro.

—Lo haré.

27

Lynley cogió la primera de las llamadas que le hicieron a su móvil cuando salía de la tienda de numismática Sheldon Pockworth de camino al coche para ir al Museo Británico. Era Philip Hale. Al principio, su llamada era positiva. Le explicaba que Yukio Matsumoto estaba consciente y que Ardery le estaba interrogando, en presencia de su hermano y de su hermana. Sin embargo, había más y, puesto que no era habitual en Hale comenzar a protestar en mitad de una investigación, cuando lo hizo, Lynley supo que el asunto era serio. Ardery le había ordenado que se quedara en el hospital, cuando él podría ser más útil en otro sitio. Había intentado explicarle a la superintendente que era mejor dejar la vigilancia del sospechoso a los agentes, para así poder regresar a asuntos más importantes, pero ella no le había escuchado. Él era un miembro del equipo como cualquier otro, Tommy, pero llegaba un momento en que alguien tenía que protestar. Obviamente, Ardery era una jefa que estaba muy encima de sus subordinados y nunca iba a permitir que el equipo del caso tomara la iniciativa. Ella era…

—Philip —le interrumpió—, aguanta. No puedo hacer nada al respecto. Simplemente, no puedo.

—Puedes hablar con ella —le contestó Hale—. Si le estás enseñando los entresijos, como asegura que haces, entonces enséñale éste. ¿Tú verías a Webberly capaz…, o tú mismo…, o incluso John Stewart, y Dios sabe que John es un tipo suficientemente obsesivo…? Vamos, Tommy.

—Ella ya tiene suficiente con lo suyo.

—No vas a decirme que no te escuchará. He visto como ella… Demonios.

—¿Has visto cómo ella qué?

—Hizo que volvieras al trabajo. Todos lo sabemos. Hay un motivo detrás, y es muy probable que sea personal. Así que usa ese motivo.

—No hay nada personal…

—Tommy, por Dios. No juegues a estar ciego cuando nadie más lo está.

Lynley no respondió. Se quedó pensando en lo que había pasado entre él y Ardery: cómo estaban las cosas y cómo parecían estar. Finalmente dijo que vería lo que podía hacer, aunque pensó que más bien sería poco.

Llamó a la superintendente en funciones, pero le salió inmediatamente el buzón de voz. Le dijo que le llamara y continuó conduciendo. Ella no era su responsabilidad, pensó. Si le pedía algún consejo, podía dárselo sin problemas. Pero el asunto estaba en dejarla hundirse o que nadara sin interferir, independientemente de lo que los demás esperaban de él. ¿De qué otro modo podía demostrar esa mujer que era apta para el trabajo?

Fue hacia Bloomsbury. Le llamaron una segunda vez cuando estaba parado por el tráfico en las inmediaciones de la estación de metro de Green Park. Esta vez era Winston Nkata quien le llamaba. Barb Havers, le dijo, «en su mejor estilo Barb», estaba desafiando las instrucciones de la superintendente de que se quedara en Londres. Iba de camino a Hampshire. No había podido convencerla de lo contrario.

—Ya conoces a Barb. Ella te escuchará, tío —dijo Nkata—. Porque, maldita sea, a mí no me escucha.

—Jesús —murmuró Lynley—, es una mujer exasperante. ¿En qué está, entonces?

—El arma —dijo Nkata—. La ha reconocido.

—¿Qué quieres decir? ¿Sabe a quién pertenece?

—Sabe qué es. Yo también. No vimos la fotografía del arma hasta hoy. No habíamos visto la pizarra hasta esta mañana. Y lo que es lo reduce a la zona de Hampshire.

—No suele ser tu estilo dejarme intrigado, Winston.

—Digamos que es como un gancho, un cayado —le dijo

Nkata—. Lo vimos en un cajón de Hampshire, cuando estuvimos hablando con el tipo ese, Ringo Heath.

—El maestro de los techados.

—Ése es el tipo. El cayado se utiliza para aguantar los carrizos en su sitio mientras se colocan en el techo. No es algo que estemos acostumbrados a ver en Londres, pero en Hampshire, ¿eh? En cualquier lugar donde haya techos de paja y techadores, podrás ver ganchos de ésos.

—Jossie —dijo Lynley.

—O Hastings. Porque están hechos a mano los cayados.

—¿Hastings? ¿Por qué? —Entonces Lynley se acordó—. Se entrenó para ser herrero.

—Y los herreros son los únicos que fabrican cayados. Cada herrero los fabrica de manera diferente, ves. Acabar…

—Siendo como las huellas dactilares —concluyó Lynley.

—Exacto. Y éste es el motivo por el que Barb ha ido hasta allá. Dijo que llamaría primero a Ardery, pero ya sabes cómo es Barb. Así que pensé que quizá…, ya sabes. Barb te escuchará. Como te digo, a mí no me ha hecho ni caso.

Lynley maldijo en voz baja. Llamó. El tráfico comenzaba a moverse, así que continuó su camino, decidido a encontrar a Havers vía teléfono móvil lo antes posible. Cuando se iba a poner a ello, su teléfono sonó de nuevo. Esta vez era Ardery.

—¿Qué has conseguido del coleccionista? —preguntó.

Él le hizo un resumen y le dijo que iba de camino al Museo Británico. Ella contestó:

—Excelente. Es un móvil, ¿no? Y no encontramos ninguna moneda entre sus cosas, así que alguien se la quitó en algún momento. Al final estamos llegando a algún lugar. Bien.

A continuación le contó lo que Yukio Matsumoto le había explicado: que había dos hombres en las inmediaciones del cementerio Abney Park, no sólo uno. De hecho, había tres si querían incluir al propio Matsumoto.

—Estamos trabajando con él en un retrato robot. Su abogada apareció mientras estaba hablando con él y tuvimos algo parecido a una pelea. Dios, esa mujer es como un pit-bull, pero tenemos dos horas. A cambio de que la Policía reconozca que tuvo la culpa en el accidente de Yukio…

Lynley soltó un fuerte suspiro.

—Isabelle, Hillier nunca accederá a eso.

—Esto es más importante que Hillier.

Lynley pensó que tendría que nevar en el Infierno antes de que Hillier lo viera de esa manera. Antes de que pudiera decirle algo más a la superintendente, ella colgó. Suspiró. Hale, Havers, Nkata y Ardery. ¿Por dónde empezar? Escogió el Museo Británico.

Allí, al menos, localizó a una mujer llamada Honor Robayo, que tenía la impresionante presencia de un nadador olímpico y el apretón de manos de un político triunfador. Le dijo con franqueza y con una sonrisa atractiva:

—Nunca pensé que acabaría hablando con un policía. He leído un montón de novelas de misterio y de detectives. ¿A quién cree que se parece más, a Rebus o a Morse?[29]

—Tengo una debilidad terrible por los vehículos antiguos —reconoció Lynley.

—Entonces Morse. —Robayo cruzó los brazos a la altura de su pecho, muy alto, como si sus bíceps no le permitieran acercarse más al cuerpo—. Entonces, ¿qué puedo hacer por usted, inspector Lynley?

Le explicó porqué había ido hasta allá: para hablar con el encargado de la exposición sobre una moneda de la época de Antonino Pío. Esa moneda podía ser una aureus, le dijo.

—¿Tiene alguna que quiera enseñarme? —le preguntó.

—Esperaba lo contrario —respondió. ¿Y podía la señora Robayo decirle cuánto podía valer una moneda así?—. Me han dicho que entre quinientas y mil libras —dijo Lynley—. ¿Está de acuerdo?

—Vayamos mejor a echar un vistazo.

Le llevó a su oficina, donde entre libros, revistas y documentos encima de su mesa, también había un ordenador. Acceder a una página donde se vendían ese tipo de monedas fue cuestión de un momento, y otro momento más tarde encontraron en la página una aureus de la época de Antonino Pío

29. El inspector Morse es el protagonista de una serie de novelas de detectives del escritor escocés Ian Rankin. Sus aventuras fueron llevadas a la televisión entre 1987 y el año 2000.

ofertada para subastarse en el mercado. El precio que pedían por ella estaba en dólares: tres mil seiscientos. Más de lo que Dugué había pensado. No era una gran suma, pero ¿era una suma por la que matar? Posiblemente.

—¿Estas monedas necesitan un certificado de procedencia? —le preguntó Lynley.

—Bueno, no son como el arte, ¿no? A nadie le importa quién la ha tenido en el pasado, a no ser, supongo, que algún nazi que se la robara a una familia judía. Las preguntas reales sobre su valor giran alrededor de su autenticidad y su material.

—Lo que significa…

Señaló la pantalla del ordenador, donde se veía la fotografía de una aureus.

—O es una aureus o no. O es oro puro o no. Y eso no es difícil de averiguar. Y en lo que a su antigüedad respecta…, si es de verdad del periodo de Antonino Pío, supongo que alguien podría falsificarla, pero cualquier experto en monedas se daría cuenta. Además, está la cuestión de por qué alguien estaría dispuesto a meterse en problemas por falsificar una moneda como ésta. Quiero decir, no estamos hablando de un Rembrandt o de un Van Gogh. Ya se puede imaginar lo que un cuadro de ésos podría valer si alguien consigue timar con éxito. Diez millones, ¿no? Habría que preguntarse si tres mil seiscientos dólares hacen que el esfuerzo valga la pena.

—Pero ¿con el tiempo?

—¿Quiere decir si alguien falsificara lo equivalente a la carga de un camión en monedas para venderlas poco a poco? Posiblemente, supongo.

—¿Puedo echar un vistazo a alguna? —preguntó Lynley—. Aparte de la que sale en pantalla, quiero decir. ¿Tienen alguna aquí, en el museo?

Claro que tenían, le contestó Honor Robayo. Si era tan amable de seguirla… Tendrían que cruzar la colección del museo, pero no estaba muy lejos, y ella confiaba en que Lynley la encontraría interesante.

Le guio a través del tiempo y del espacio por el museo —el antiguo Irán, Turquía, Mesopotamia—, hasta que llegaron a la colección romana. Hacía años que Lynley no pisaba el museo. Había olvidado lo extenso del tesoro.

Mildenhall, Hoxne, Thetford. Así se llamaba los tesoros, porque así es como se encontró cada uno de ellos, como un tesoro enterrado durante la ocupación romana de Bretaña. No siempre les fue de maravilla a los romanos al intentar subyugar a aquellos sobre los que querían gobernar. A veces la población no llevaba muy bien lo de ser sometidos. Durante esa intermitente época de revueltas, las monedas romanas se escondieron para mantenerlas a salvo. A veces, sus propietarios no pudieron regresar a por ellas, con lo que quedaron enterradas durante siglos, en jarrones sellados, en cajas de madera recubiertas de paja o con el material disponible en la época.

Aquél había sido el caso de los tesoros de Mildenhall, Hoxne y Thetford, que comprendían los mayores tesoros que se habían encontrado. Enterrados durante más de mil años, cada uno había sido descubierto a lo largo del siglo XX, e incluían desde monedas hasta vasos, ornamentos corporales y placas religiosas.

También había tesoros más modestos en la colección, cada uno perteneciente a las diferentes áreas de Bretaña donde los romanos se habían asentado. El más reciente descubrimiento era el de Hoxne, se fijó Lynley, que fue desenterrado en Suffolk, en terrenos del condado, en 1992. Quien lo encontró, un tipo llamado Eric Lawes, dejó milagrosamente el tesoro exactamente donde estaba y llamó enseguida a las autoridades. En cuanto acabaron de excavar, aparecieron más de quinientas mil monedas de oro y plata, vajilla de plata y joyas de oro en forma de collares, brazaletes y anillos. Fue un hallazgo sensacional. Su valor, pensó Lynley, era incalculable.

—Lo cual le honra —murmuró Lynley.

—¿Mmmm? —inquirió Honor Robayo.

—El hecho de que el señor Lawes lo entregara. El tesoro y el caballero que lo encontró.

—Claro, por supuesto. Pero, realmente, le honra menos de lo que podría pensar.

Ella y Lynley estaban frente a una de esas cajas que contenían el tesoro Hoxne, donde había una reconstrucción del cofre con el que el tesoro fue enterrado, hecha de acrílico. Se movió a lo largo de la sala hacia las inmensas vajillas y bandejas de plata del tesoro Mildenhall. Se apoyó en la caja y aclaró:

—Recuerde, ese tipo Eric Lawes, estaba buscando objetos metálicos, de todas maneras. Y en tanto que estaba haciendo eso, probablemente debía conocer la ley. La ley ha cambiado un poco desde que se encontró este tesoro, por supuesto, pero entonces, un tesoro como el de Hoxne se hubiera convertido en patrimonio de la Corona.

—¿No indica eso que podía haber tenido un motivo para retenerlo?

Se encogió de hombros.

—¿Qué iba a hacer con él? Sobre todo cuando la ley dice que un museo puede adquirírselo a la Corona, recuerde que a un precio estimado de mercado, y quienquiera que lo encuentre, se quedaría con el dinero como recompensa. Y es una pasta considerable.

—Ah —exclamó Lynley—. Así que cualquiera tendría un motivo para entregarlo y no para quedárselo.

—Exacto.

—¿Y ahora? —Sonrió, sintiéndose un poco tonto por la última pregunta—. Discúlpeme. Probablemente debería conocer la ley al respecto, como policía.

—Bah. Dudo que en su particular día a día de trabajo se encuentre con muchos casos de gente que desentierra tesoros. De todas maneras, la ley no ha cambiado mucho. El que encuentra un tesoro tiene catorce días para indicarlo al juez de instrucción local, si es que él o ella sabe que se trata de un tesoro. A decir verdad, si no lo hace, puede ser procesado. El juez local…

—Espere —cortó Lynley—. ¿Qué quiere decir con que si sabe que es un tesoro?

—Bueno, es lo que pone en la ley de 1996. Define lo que es un tesoro. Una moneda, por ejemplo, no es suficiente para ser considerada como tal, ya sabe. Sin embargo, dos monedas sí, y puede pisar arenas movedizas si no va a por el teléfono y avisa a las autoridades como es debido.

—¿Y qué pueden hacer las autoridades? —preguntó Lynley—. ¿En el caso de que haya encontrado dos monedas y no veinte mil?

—Pues pueden traer a un equipo arqueólogo y cavar hasta el Infierno en tu propiedad, imagino —contestó Honor Robayo—. Para ser sincera, a mucha gente le da igual, porque acaban con un buen trato a cambio del tesoro.

—Si un museo quiere comprárselo.

—Exacto.

—¿Y si no quiere? ¿Si la Corona lo reclama?

—Ése es un punto interesante que está a punto de cambiar legislativamente. La Corona sólo puede meter mano en los tesoros que se encuentren en el ducado de Cornwall y el ducado de Lancaster. Y en el resto del país... Mientras no sea exactamente un caso de «el que se lo encuentra se lo queda», quien lo descubra conseguirá una recompensa cuando el tesoro se haya vendido, sólo si el hallazgo se encuentra en esas condiciones —dijo, haciendo un gesto hacia las vitrinas de plata, oro y joyas de la sala 49—. Puede apostar lo que sea a que la recompensa será considerable.

—Entonces, lo que está diciendo —continuó Lynley— es que quienquiera que encuentre algo así no tiene absolutamente ningún motivo para quedárselo.

—Ninguno. Por supuesto, supongo que lo pueden esconder bajo su cama y sacarlo cada noche y tocarlo, avariciosos, con las manos, pensando en todo lo que puede obtener de ello. Un poco a la manera de Silas Marner,[30] ¿sabe? Pero al final, imagino que la mayoría de la gente prefiere el dinero en metálico.

—¿Y si todo lo que se encuentra en una simple moneda?

—Oh, puede quedársela. Lo que nos lleva a... Por aquí. Tenemos la aureus que estaba buscando.

Estaba dentro de una de las cajas más pequeñas, en la que se exponían identificadas varias monedas. No parecía muy diferente a la que había visto en la pantalla del ordenador de James Dugué en la tienda de numismática. Lynley la miró, deseoso de que la moneda le dijera algo sobre Jemima Hastings, que supuestamente había estado en posesión de una de esas monedas.

30. *Silas Marner: el tejedor de Raveloe* es el título de la tercera novela de George Eliot, publicada por primera vez en 1861, y considerada como una de sus mayores obras. Su protagonista, Silas Marner, es un tejedor que vive en el pueblo de Raveloe, trabajando sin descanso y que sólo encuentra placer contemplando el dinero acumulado.

Si, como Honor Robayo había indicado tan pintorescamente, una moneda no significaba tener un tesoro, cabía la posibilidad de que Jemima la tuviera simplemente como recuerdo o como un talismán de la buena suerte que estuviera pensando vender, quizá para mejorar sus ingresos en Londres una vez instalada allí. Primero hubiera necesitado saber cuánto valía. No había nada raro en ese razonamiento. Pero parte de lo que le había contado el numismático era mentira: su padre no había muerto recientemente. En el informe de Havers al respecto, como recordó, se indicaba que el padre de Jemima llevaba muerto varios años. ¿Importaba esa mentira? Lynley no lo sabía. Pero sí sabía que necesitaba hablar con Havers.

Se marchó de la sala que contenían las aureus, tras dar las gracias a Honor Robayo por su tiempo. Ella parecía pensar que le había decepcionado de alguna manera, pues se disculpó diciendo:

—Bueno, de todos modos espero que haya habido algo... ¿Le he podido ayudar con lo que necesitaba?

De nuevo, no estaba muy seguro. Era cierto que tenía más información que por la mañana. Pero si se trataba de encontrar el móvil del asesinato de Jemima Hastings...

Frunció el ceño. El tesoro Thetford llamó su atención. No se había fijado en él porque no contenía monedas, sino más bien vajilla y joyas. Lo más antiguo era de plata. Lo más reciente, de oro. Fue a echar un vistazo.

Lo que le interesaban eran las joyas: anillos, hebillas, pendientes, brazaletes y collares. Los romanos sabían cómo acicalarse. Habían decorado las joyas con piedras preciosas y semipreciosas; la mayoría de las piezas más grandes junto con algunos anillos llevaban rubíes, amatistas y esmeraldas. Entre éstas, se cobijaba una piedra en particular, rojísima. Pudo ver enseguida que era una coralina. Pero lo que le llamó la atención no fue la presencia de esa piedra entre las demás, sino lo que habían grabado en ella: Venus, Cupido y la armadura de Marte, según la descripción que se daba. Y era, en pocas palabras, casi idéntica a la piedra que se había encontrado en el cuerpo de Jemima.

Lynley se giró buscando a Honor Robayo. Levantó una ceja como si le preguntara qué pasa.

—Y si en vez de dos monedas son una moneda y una piedra preciosa —dijo—. ¿Tenemos un tesoro? ¿Algo que se habría de notificar al juez de instrucción local?

—¿Algo dictaminado por la ley? —Ella se quedó reflexionando, rascándose la cabeza—. Supongo que puede discutirse. Pero igualmente puede argumentarse que alguien que encuentre dos objetos sin relación entre sí simplemente puede limpiarlos, separarlos y no pensar sobre ellos en relación con la ley. Quiero decir, ¿cuánta gente allí fuera conoce, de hecho, esta ley? Encuentra un tesoro como el de Hoxne y es más que probable que tengas que hacer unas cuantas preguntas para saber cuál es el próximo paso, ¿no? Encuentra una moneda y una piedra, recuerda que ambas necesitarían ser limpiadas a fondo, y ¿por qué iba a correr hacia el teléfono? Quiero decir, no es que los periodistas anuncien en la tele una vez por semana que se tiene que avisar al juez de instrucción en el caso de que se desentierre un cofre mientras se están plantando tulipanes. Además, la gente piensa en el juez de instrucción y se acuerda de la muerte, ¿no? No relaciona juez de instrucción y tesoros.

—Sí, pero según la ley, dos objetos ya constituyen un tesoro, ¿verdad?

—Bueno… Exacto. Lo constituyen. Sí.

Era suficiente, pensó Lynley. Honor Robayo podía haber sido más convincente en su agradecimiento. Pero algo es algo. No era una antorcha, sino más bien una cerilla, y una cerilla era mucho mejor que nada cuando uno camina en la oscuridad.

Barbara Havers había parado a repostar y a por comida cuando su teléfono sonó. De lo contrario, lo habría ignorado religiosamente. Había conducido hasta el amplio aparcamiento del área de servicio. Mientras se dirigía hacia el Little Chef —había que ir por orden de prioridades, se dijo, y lo primero que había que hacer era almorzar decentemente una buena fritanga para tener energía el resto del día—, escuchó que *Peggy Sue* sonaba desde su bolso. Fue en busca del móvil y vio que era el agente Lynley quien la llamaba. Cogió la llamada mientras caminaba hacia la promesa de comida y aire acondicionado.

—¿Dónde se encuentra, sargento? —le preguntó Lynley sin ningún tipo de rodeo.

Por su tono pudo adivinar que alguien se había chivado: Winston Nkata, ya que nadie más sabía que se había marchado y Winnie era muy escrupuloso cuando se trataba de cumplir órdenes, diera igual lo exasperantes que fueran. De hecho, incluso obedecía cuando no le mandaban. Se anticipaba a las órdenes, el muy maldito.

—Estoy a punto de hincarle el diente a un gran plato con mucho rebozado y minuciosamente frito, y deje que le diga que a estas alturas me da igual todo —dijo—. Un poco de hambre es poco decir, para lo que yo tengo, ¿entiende? ¿Dónde está usted?

—Havers —contestó Lynley—, no has respondido a mi pregunta. Por favor, responde.

—Estoy en Little Chef, señor —suspiró.

—¡Ah! El lugar ideal para alimentarse. ¿Y dónde se encuentra este singular ejemplo de alta cocina?

—Bueno, déjeme ver... —Pensó en cómo disimular la información sobre dónde estaba, pero sabía que sería inútil hacerla sonar como si fuera otra cosa—. Por la M3.

—¿En qué parte de la M3, sargento?

Resignada, le dio el número de salida de autopista más cercano.

—¿Y sabe la comisaria Ardery hacia dónde vas?

No respondió. Era, sabía, una pregunta retórica. Esperó a lo que venía después.

—Barbara, ¿tu intención es suicidarte profesionalmente? —le preguntó Lynley educadamente.

—La llamé, señor.

—La llamaste.

—Me salió su buzón de voz. Le dije que iba a investigar una cosa. ¿Qué se suponía que iba a hacer?

—¿Quizá lo que se esperaba que hicieras? En Londres.

—Ése es difícilmente el caso. Mire, señor, ¿le contó Winnie lo del cayado? Es una herramienta para techar...

—Sí, me lo contó. ¿Y para qué, exactamente, vas a Hampshire...?

—Bueno, es obvio, ¿no? Jossie tiene herramientas de techar. Ringo Heath tiene herramientas de techar. Rob Hastings probablemente fabricó en algún momento herramientas de techar, y posiblemente estén tiradas por su establo. Y también está este tipo que trabaja con Jossie, Cliff Coward, que podría haber metido mano en la caja de herramientas, y también está ese policía, Whiting, porque hay algo sobre él que huele mal, en el caso de que esté a punto de decirme que debería haber llamado a la comisaría de Lyndhurst y haberles informado sobre el cayado. Tengo un topo en la oficina central, por cierto, husmeando sobre Whiting.

Quiso añadir: «Que es más de lo que tú has sido capaz de hacer», pero se contuvo.

Si creyó que Lynley estaría impresionado con los saltos agigantados que estaba dando mientras él había estado divagando por Londres haciendo lo que Isabelle Ardery le había pedido, enseguida vio que estaba equivocada.

—Barbara, quiero que te quedes donde estás —dijo Lynley.

—¿Qué? Señor, escúcheme... —dijo ella.

—No puedes tomarte la investigación...

—¿... por la mano? Eso es lo que iba a decir, ¿verdad? Bueno, no tendría que hacerlo si la superintendente, y le recuerdo que es la superintendente en funciones, fuera menos estrecha de miras. Está muy equivocada con lo del tipo japonés y usted lo sabe.

—Ahora ella también lo sabe. —Le contó lo que Ardery había logrado extraer de su interrogatorio con Yukio Matsumoto.

—¿Dos hombres en el cementerio con ella? ¿Además de Matsumoto? Maldita sea, señor —exclamó Barbara—. ¿No ve que uno de ellos, y probablemente los dos, fueron allí desde Hampshire?

—En parte, estoy de acuerdo contigo —le señaló—. Pero sólo tienes la punta del iceberg de este puzle, y sabes tan bien como yo que si te precipitas, perderás el juego.

Barbara sonrió, a pesar suyo.

—¿Se da cuenta de cuántas metáforas acaba de mezclar?

Pudo escuchar la risa en la voz de Lynley.

—Llámalo la pasión del momento. Me previene de pensar de modo inteligente —contestó.

—¿Por qué? ¿Qué está pasando?

Escuchó entonces lo Lynley que tenía que decir sobre el hallazgo del tesoro romano, sobre el Museo Británico, sobre la ley, sobre buscadores de tesoros y sobre lo que se les debía. Cuando terminó, ella silbó y le dijo:

—Brillante, Whiting debe de saber todo esto. El tiene que…

—¿Whiting? —Lynley sonaba incrédulo—. Barbara…

—No. Escuche. Alguien desentierra un tesoro. Pongamos que Jossie. De hecho, tiene que ser Jossie. ¿A quién más llamas si no conoces la ley, eh? Lo sucedido le llega a Whiting a través de la oficina, y Bob es el tío que necesitas en la comisaría Lyndshurt. Pone sus ojos sobre el botín; ve qué futuro le espera si consigue reclamarlo como suyo, las pensiones de jubilación de la Policía son las que son, y entonces…

—¿Qué? ¿Se larga hacia Londres y asesina a Jemima Hastings? ¿Puedo preguntar la razón?

—Porque tiene que matar a quien sepa de la existencia del tesoro, y si ella fue a ver al tal Sheldon Mockworth…

—Pockworth —la corrigió Lynley—. Sheldon Pockworth. Y no existe. Eso sólo el nombre de la tienda.

—Lo que sea. Ella va a verle. Verifica qué tipo de moneda es. Sabe que hay más, muchas más, montones más, y sabe que es de verdad. Cantidades ingentes de pasta esperando a ser recogidas. Y Whiting lo sabe muy bien. —Barbara estaba dándole un buen empuje al asunto. Estaban muy cerca de averiguar qué estaba pasando. Y ella podía sentir todo su cuerpo entero removido por el conocimiento.

—Barbara, ¿eres consciente de lo que estás ignorando con todo esto? —le dijo Lynley pacientemente.

—¿El qué?

—Para empezar, ¿por qué, en un principio, Jemima Hastings se marcha abruptamente de Hampshire si hay un vasto tesoro de monedas romanas amontonadas allí esperando que ella las comparta? ¿Por qué, tras identificar la moneda, hace ya muchos, muchos meses, por cierto, aparentemente no hace nada más al respecto? ¿Por qué, si el hombre con el que compartía su vida en Hampshire había desenterrado un tesoro romano entero, nunca le mencionó ni el más pequeño detalle sobre esto a nadie, incluido, te recuerdo, a la médium, a quien aparentemente visitaba numerosas veces para preguntarle, en cambio, sobre su vida amorosa?

—Hay una explicación, por amor de Dios.

—Muy bien. ¿La tienes?

—La tendría si usted...

—¿Qué?

«Si usted trabajara conmigo.» Ésa era la respuesta. Pero Barbara no podía dejarse llevar y decírselo, por lo que conllevaban esas palabras.

Él la conocía bien. Demasiado bien.

—Escúchame, Barbara —dijo con su tono más razonable—. ¿Me vas a esperar? ¿Te quedarás donde estás? Puedo llegar allí dentro de menos de una hora. Ibas a comer algo. Come. Y espera. ¿Puedes hacerlo?

Pensó en ello, incluso pensó que sabía cuál sería su respuesta. Él todavía era, después de todo, su compañero de siempre. Él, después de todo, todavía era y siempre sería Lynley.

—Muy bien —suspiró—. Le esperaré. ¿Ha comido? ¿Quiere que le pida un combinado frito?

—Dios santo, no.

Lynley sabía que la última cosa que era Barbara Havers era alguien dado a frenarse simplemente porque estaba de acuerdo con posponer momentáneamente la dirección hacia donde pensaba encaminar sus pensamientos.

Así que no le sorprendió llegar al Little Chef noventa minutos más tarde —frustrado porque un escape de agua en el sur de Londres le había retrasado— y descubrir que ella estaba enfrascada hablando por el teléfono móvil. Estaba frente a los restos de su comida. En la típica manera de hacer de Havers, todo era un verdadero monumento a la obstrucción arterial. A su favor, aún quedaban sin ser devoradas unas cuantas patatas fritas, pero la presencia de una botella de vinagre le señaló que el resto de comida con probabilidad había consistido, como había prometido, en bacalao bien frito y con una gruesa capa de rebozado. Lo había acompañado de un pegajoso pudin de *toffee*, como parecía. Miró todo eso y después a ella. Era incorregible.

Ella le saludó con un gesto mientras él observaba la silla de plástico de enfrente, buscando posibles restos del festín de otro cliente anterior. Estaba libre de grasa y restos de comida. Se sentó.

—Ahora se pone interesante —dijo ella a quien estuviera al otro lado del teléfono. Cuando acabó la conversación, anotó unas cuantas palabras en su desordenada libreta de espiral. —¿Quiere comer algo? —le dijo a Lynley.

—Estoy pensando en dejar la comida para siempre.

—Mis hábitos alimenticios no le inspiran mucho, ¿verdad señor? —sonrió.

—Havers, créame, no tengo palabras.

Ella rio a carcajadas y sacó un paquete de cigarrillos del bolso. Sabía, por supuesto, que estaba prohibido fumar dentro del restaurante. Aguardó a ver si ella encendía el cigarrillo, en espera de que la echaran del lugar. No lo hizo. En cambio, puso el paquete de Players a un lado y rebuscó más en su bolso, hasta sacar una caja de caramelos de menta. Sacó uno para ella y le ofreció otro a él. Lynley lo rechazó.

—Tengo algo más sobre Whiting —le dijo, con un gesto hacia su teléfono móvil, que estaba en la mesa entre ellos.

—¿Y?

—Oh, definitivamente creo que vamos hacia donde tenemos que ir en lo que respecta a ese tipo. Sólo espere. ¿Hay noticias de Ardery? ¿Tenemos un retrato robot de Matsumoto o de alguno de los tipos que vio en el cementerio?

—Creo que está en ello, pero todavía no sé nada.

—Bueno, ya puedo decirle que si uno de ellos es el vivo retrato de Jossie, entonces el otro será el hermano gemelo idéntico de Whiting, si no es el propio Whiting.

—¿Y en qué basas esa deducción?

—Ringo Heath era con quien estaba hablando. Ya sabe. El tipo…

—… de quien Gordon Jossie aprendió su oficio. Sí. Sé quién es.

—Exacto. Bien. Parece que nuestro Ringo ha recibido visitas más de una vez a lo largo de estos años del comisario jefe Whiting, y la primera de esas visitas fue antes de que Gordon Jossie empezara como aprendiz de Ringo.

Lynley pensó en lo que Havers estaba diciendo Le pareció que estaba demasiado contenta.

—Y esto es importante por… —repuso Lynley.

—Por lo que él quería saber cuando fue a verle por primera vez: si Ringo Heath aceptaba aprendices. Y, ya que estábamos ¿cuál era la situación familiar del señor Heath?

—¿Qué quieres decir?

—Quería saber si tenía mujer, niños, perros, gatos, mainates, el equipo entero de cricket. Dos semanas después (quizá tres o cuatro, pero quién sabe, ya que fue hace mucho tiempo, dice) aparece con este tipo, Gordon Jossie, con, según se descubre y sabemos esto a ciencia cierta, cartas falsas del Winchester Technical College II en la mano. Ringo, que ya le ha dicho a Whiting que sí acepta aprendices, recuerde, contrata a nuestro Gordon. Y esto debería de haber sido todo.

—Me imagino que no es así, ¿no?

—Claro que no, maldita sea. Muy de vez en cuando, Whiting aparece. A veces incluso se deja caer por el pub que frecuenta Ringo, el cual, como es de suponer, no es el que frecuenta Whiting. Hace preguntas, de manera casual. Están en ese momento de «cómo está yendo el trabajo, amigo», pero Ringo no es exactamente un tonto, con lo que piensa que esto tiene que ver con algo más que una visita simpática por parte de uno de los polis locales para tomarse una cerveza. Además, ¿quién quiere estrechar lazos con los polis locales? Eso me pondría nerviosa hasta a mí y eso que soy una de ellos.

Barbara tomó aire. A Lynley le pareció que por primera vez en todo el monólogo. Claramente, estaba a punto de continuar con una de sus clásicas peroratas.

—Bueno. Como le he contado, tengo a un topo en la oficina central indagando sobre Zachary Whiting. Entre tanto, hay un cayado de techar que tenemos que encontrar. Ninguno de los sospechosos de Londres va a poner sus manos sobre la herramienta de techar…

—Espera —le frenó Lynley—. ¿Por qué no?

Eso la paró en seco.

—¿Qué quiere decir? —contestó ella—. No esperará que estas cosas crezcan como la fruta en los árboles, ¿no?

—Havers, este instrumento en cuestión era viejo y rústico —dijo Lynley—. ¿Qué es lo que te sugiere?

—Que era viejo y rústico. Que estaba abandonado. Que lo habían cogido de un techo viejo. O que alguien se había desecho de él, en un establo. ¿Qué más supuestamente puede ser?

—¿Y que un comerciante lo vendió en un mercado de Londres?

—Ni en broma.

—¿Por qué no? Sabes tan bien como yo que hay mercados de cosas antiguas por toda la ciudad, desde mercados convencionales a otros improvisados cada domingo por la mañana. Si pensamos en ello, hay justo un mercado dentro de Covent Garden, donde uno de los sospechosos, te acuerdas de Paolo di Fazio, ¿no?, tiene de hecho un puesto. El crimen tuvo lugar en Londres, no en Hampshire, y eso lleva a pensar...

—¡Para nada! —Havers elevó la voz. Varias de las personas de las otras mesas del Little Chef se giraron en su dirección. Ella se dio cuenta y dijo, añadiendo un bufido—: Lo siento, señor. No puede estar diciéndome que el hecho de que hubieran usado una herramienta de techar para matar a Jemima es una absoluta, completa, increíble coincidencia. No puede, no puede estar diciendo esto: ¿que nuestro asesino convenientemente consiguió algo con lo que acabar con ella y que ese algo acabara por ser el mismo algo que Gordon Jossie utiliza para trabajar? Ese caballo no va a correr más por la pista y, maldita sea, usted lo sabe perfectamente.

—No estoy diciendo eso.

—Entonces, ¿qué? ¿Qué?

—Quizá fue usado para señalar a Gordon Jossie —consideró él—. ¿Podemos creer que Jemima jamás le habló ni a un alma sobre el hombre al que abandonó en Hampshire, sobre el hecho de que su amante habitual fuera un maestro techador? Una vez que Jossie viniera a buscarla, una vez que comenzara a poner esas postales con su teléfono escrito en ellas, por las calles, ¿no tiene sentido que ella le explicara a alguien, a Paolo di Fazio, a Jayson Druther, a Frazer Chaplin, a Abott Langer, a Yolanda, a Bella McHaggis... a alguien quién era esa persona?

—¿Qué les habría contado? —preguntó Havers—. Muy bien, quizás: «Es mi ex novio». Estoy de acuerdo con eso. Pero

¿«mi ex novio el techador»? ¿Por qué iba a contarles que trabaja como techador?

—¿Por qué no iba a contárselo?

Havers se dejó caer en su silla. Había estado inclinada hacia delante, concentrada en cada uno de sus puntos, pero ahora le observaba. Alrededor de ellos, el ruido del Little Chef subía y bajaba. Cuando finalmente Havers habló de nuevo, Lynley no estaba preparado para lo que acabó diciendo.

—Es Ardery, ¿verdad, señor? —dijo.

—¿Qué pasa con Ardery? ¿De qué estás hablando?

—Lo sabe muy bien, maldita sea. Está diciendo estas cosas por ella, porque ella cree que es un asunto de Londres.

—Es un asunto de Londres. Havers, creo que no tengo que recordarte que el crimen se cometió allí.

—Claro. Excelente. Muy brillante por su parte. No hace falta que me lo recuerde. Creo que yo tampoco tengo que recordarle que no vivimos en la época de los carruajes de caballos. Parece que piense que nadie de Hampshire, y aquí puede leerse Jossie o Whiting o Hastings o el maldito Santa Claus, podría haber ido a Londres de ninguna manera, hacer al trabajo y regresar a casa.

—Difícil que Santa Claus venga de Hampshire —contestó irónicamente Lynley.

—Sabe muy bien de qué estoy hablando.

—Havers, escucha. No digas...

—¿Qué? ¿Tonterías? Es la palabra que iba a usar, ¿no? Pero al final de todo, el tema es que la está protegiendo y los dos lo sabemos, aunque solamente uno de nosotros sabe por qué.

—Eso es un ultraje y es mentira —le contestó Lynley—. Y, debo añadir, aunque en realidad nunca te haya parado los pies antes, que te estás pasando.

—Ni se le ocurra utilizar el cargo ahora —le dijo Barbara—. Desde el principio, ella ha querido que éste sea un caso de Londres. Lo ha llevado así desde que decidió que Matsumoto lo hizo, y lo conducirá así una vez consiga el retrato robot del asesino, sólo tiene que esperar. Entre tanto, Hampshire está plagado de escoria a los que nadie quiere empezar a investigar...

—Por el amor de Dios, Barbara, ella te envió a Hampshire.

—Y ella me ordenó que regresara antes de que hubiera terminado. Webberly jamás lo habría hecho. Usted no lo habría hecho. Incluso ese gilipollas de Stewart no lo habría hecho jamás. Está equivocada, equivocada, equivocada y… —Havers paró abruptamente. Parecía que había perdido energía—. Necesito un pitillo —dijo, y cogió sus pertenencias.

Caminó hacia la puerta. Él la siguió, pasando a través de las mesas de los mirones que comprensiblemente habían estado escuchando con curiosidad lo que pasaba entre ellos dos.

Lynley pensó que lo sabía. Lo que Havers pensaba era algo lógico. Pero se equivocaba.

Fuera, ella se dirigía hacia su coche, al otro lado del aparcamiento, en dirección a los surtidores de gasolina. Él había aparcado más cerca del Little Chef que ella, así que se metió en su Healey Elliot y condujo detrás de ella. Se acercó a su lado. Estaba fumando furiosa, murmurando. Le echó una mirada al coche y él aceleró.

—Havers, entra —le dijo él.

—Prefiero caminar.

—No seas estúpida. Entra. Es una orden.

—No obedezco órdenes.

—Lo harás, sargento. —Y entonces, tras ver su cara y leer el dolor que él sabía que sentía en su corazón, la razón de estar actuando de esa manera, le dijo—: Barbara, por favor, sube al coche.

Ella le miró. Él la miró. Finalmente, tiró el cigarrillo y se metió en el coche. Lynley no dijo nada hasta que cruzaron todo el aparcamiento hasta el único lugar que tenía sombra, proporcionada por un enorme camión cuyo dueño debía de estar dentro del Little Chef, como ellos hasta hacía un momento.

—Este coche tiene que haberle costado una fortuna. —gruñó Havers—. ¿Por qué no hay aire acondicionado, maldita sea?

—Es de 1948, Barbara.

—Esa es una excusa estúpida. —No le miró ni tampoco miró delante de ellos, hacia los arbustos que más allá de la M3 ofrecían un paisaje descompuesto del tráfico que zumbaba hacia el sur. En cambio, miró por la ventanilla de su lado, dejándole a él la vista de su nuca.

—Tienes que dejar de cortarte tú misma el pelo —le dijo Lynley.

—Cállese —le respondió ella, tranquila—. Parece Ardery.

Pasó un rato. Él levantó su cabeza y miró hacia el límpido techo del coche. Pensó en rezar para orientarse, pero en realidad no lo necesitaba. Sabía qué era lo que tenían que decirse. Y aun entonces constituía «lo inmencionable» que había estado dirigiendo su vida durante meses. No quería mencionarlo. Sólo quería seguir adelante.

—Ella era la luz, Barbara —le dijo, tranquilamente—. Eso era lo más increíble de ella. Tenía... esa habilidad que, simplemente, estaba en el centro de sí misma. No era que hiciera que las cosas se iluminaran (las situaciones, la gente, ya sabes a lo que me refiero), sino que era capaz de traer luz consigo, de levantar el espíritu de todo, simplemente porque tenía esa virtud. La vi hacerlo una y otra vez, con Simon, con sus hermanas, con sus padres y, claro, conmigo.

Havers tosió para aclararse la garganta. Aún no le miraba.

—Barbara, ¿tú crees..., crees, sinceramente, que puedo olvidarlo tan fácilmente? —siguió—. Que, como estoy tan desesperado por salir de este pozo, porque confieso que estoy desesperado por salir, ¿tomaría cualquier camino que aparecería frente a mí? ¿Crees eso?

No respondió. Pero su cabeza se inclinó hacia abajo. Él escuchó que un ruidito salía de su boca, y sabía lo que quería decir Dios.

—Déjalo, Barbara —le dijo—. Para de preocuparte. Aprende a confiar en mí, porque si no lo haces, ¿cómo puedo aprender a confiar en mí mismo?

Ella empezó a llorar en serio y Lynley supo lo que le estaba costando mostrar esas emociones. No dijo nada más, porque, de hecho, no había nada más que decir.

Pasó un momento antes de que ella se girara hacia él

—No tengo un maldito Kleenex —dijo, y comenzó a moverse en el asiento, como si buscara algo. Él alcanzó su pañuelo y se lo tendió—. Ya. Siempre puedo confiar en que usted tenga la mantelería preparada —dijo.

—Lo maldito de mi educación —le contestó—. Incluso está planchado.

—Ya me he dado cuenta. Aunque me imagino que no lo ha hecho usted mismo.

—Dios, no.

—Ya. Ni siquiera sabe cómo se hace.

—Bueno, reconozco que planchar no es mi fuerte. Pero confío en que si supiera dónde está guardada la plancha en mi casa (que, gracias a Dios, no es el caso), la podría utilizar. En algo tan simple como un pañuelo, vaya. Algo más grande me derrotaría por completo.

Se rio, cansada. Inclinó hacia atrás el asiento y negó con la cabeza. Entonces pareció que estudiara el coche. El Healey Elliot era como un bar con espacio para cuatro personas, y se retorció para mirar atrás.

—Es la primera vez que estoy en su coche nuevo —apuntó.

—La primera de muchas, espero, mientras no fumes.

—No me atrevería. Pero no puedo prometer que no coma. Un poco de pescado y patatas fritas dentro dejaría un olor delicioso. Ya sabe a lo que me refiero. ¿Qué es esto? ¿Alguna lectura educativa? —Cogió algo del asiento de atrás y lo llevo delante. Vio que era un ejemplar del *Hola!*, que Deborah Saint James le había dado. Havers se lo mostró y negó con la cabeza—. Comprobando cómo está el mundo rosa, ¿no? No es lo que me esperaba de usted, a no ser que lo lleve consigo cuando va a hacerse la manicura. Ya sabe. ¿Algo que leer mientras se le secan las uñas?

—Es de Deborah —contestó—. Quería echar un vistazo a las fotos de la inauguración de la galería Portrait.

—¿Y?

—Un montón de gente aguantando sus copas de champán y con muy buena presencia. Ya está.

—¡Ah! No es mi tipo de compañía, ¿eh? —Havers abrió la revista y empezó a ojearla. Encontró el grupo de páginas donde se mostraban las fotos de la inauguración del concurso de retratos—. Bueno, ni una cerveza en todo el lugar, da más que pena. Porque una buena cerveza es mejor que varias copitas de champán cualquier día... —Su mano agarró con fuerza la revista—. ¡Por el amor de Dios! —exclamó mientras se giraba hacia él.

—¿Qué pasa? —le preguntó Lynley.

—Frazer Chaplin estuvo allí —dijo Havers—. Y en la fotografía...

—¿Estaba allí? —Lynley entonces recordó que Frazer le sonaba de antes. Estuvo allí, entonces. Obviamente, había visto al irlandés en una de las fotografías de la inauguración de la galería y lo olvidó más tarde. Lynley echó un vistazo a la revista y vio que Havers estaba indicándole la foto de Frazer. Era el tipo moreno de la fotografía de Sydney Saint James—. Otra prueba de su relación con Jemima —dijo Lynley—, da igual que esté posando con Sydney.

—No, no —le corrigió Havers—. Frazer no es el asunto. Es ella. Ella.

—¿Sydney?

—No Sydney. Ella. —Havers señalaba al resto de la gente que aparecía y en concreto a otra mujer, una joven rubia y muy atractiva. Alguna famosa, pensó, la esposa o hija de algún patrocinador de la galería. Pero Havers le sacó de ese error cuando volvió a hablar—. Es Gina Dickens, inspector —le dijo y añadió, innecesariamente porque a esas alturas él sabía muy bien quién era Gina Dickens—: Vive en Hampshire, con Gordon Jossie.

Se dijeron muchas cosas, no solamente sobre el sistema de justicia criminal británico, sino también acerca del juicio que siguió a las confesiones de los chicos. Se usaron palabras como «barbarie», «bizantino», «arcaico» o «inhumano», y los periodistas de todo el planeta tomaron posturas enérgicas, discutiendo apasionadamente sobre que la atrocidad, daba igual su origen, debía ser castigada con la misma atrocidad (invocando a Hammurabi. Otros comentaristas, igual de apasionados, aducían que de nada servía poner en la picota pública a los chicos, ya que, además, se les hacía más daño. Lo que se recuerda es este dato curioso: gobernados por una ley que hace a los niños responsables de su conducta a la edad de diez años en casos de crímenes penales mayores, Michael Spargo, Reggie Arnold y Ian Barker tenían que ser juzgados como adultos. Así pues, se enfrentaron a un juicio con juez y jurado.

Es digno de mención que, cuando un crimen de esta envergadura ha sido cometido por un niño, ellos tienen prohibido por ley el acceso a psiquiatras o psicólogos antes del juicio. Mientras este tipo de profesionales está tangencialmente involucrado en el desarrollo del proceso contra niños, la evaluación de los acusados está estrictamente limitada a determinar dos cosas: si los niños en cuestión eran, en el momento del crimen, capaces, moralmente, de distinguir entre lo bueno y lo malo, y si estos niños eran responsables de sus actos.

Seis psiquiatras infantiles y tres psicólogos examinaron a los chicos. Curiosamente, llegaron a conclusiones idénticas: Michael Spargo, Ian Barker y Reggie Arnold estaban entre la media, si no superaban la media de inteligencia habitual: eran completamente conscientes de la diferencia entre el bien y el mal; eran totalmente conscientes de la noción de responsabilidad personal, a pesar de, o quizá debido a, sus intentos de culparse entre ellos por la tortura y muerte de John Dresser.

En el ambiente que rodeó la investigación del secuestro y asesinato de John Dresser, ¿qué otras conclusiones se podían sacar? Como ya se había adelantado «la sangre llama a más sangre». La enorme magnitud de lo que se le había hecho a John Dresser clamaba por una aproximación desinteresada de todas las partes involucradas en la investigación, el arresto y el juicio. Sin ese tipo de aproximación en esas cuestiones, estamos condenados a depender de nuestra ignorancia y a creer que la tortura y el asesinato de un niño a manos de otros niños es algo normal.

No tenemos que perdonar el crimen, como tampoco tenemos que justificarlo. Lo que sí necesitamos es ver la razón de tal acto para prevenir que ocurra de nuevo. Cualquiera que fuera la verdadera causa que se encontraba en las raíces de la abyecta conducta de los niños ese día, no se presentó en el juicio, porque no había necesidad de que se presentara. La función de la Policía era arrestarlos. Más aun, su función era hacer que los arrestaran y organizar las pruebas, los testimonios de los testigos y las confesiones de los chicos para la acusación. Por su parte, el trabajo de la acusación era obtener una condena. Y como cualquier tipo de atención terapéutica psicológica o psiquiátrica a los chicos estaba prohibida por ley, cualquier defensa que se construyera alrededor de su conducta tenía que contar con los intentos de los abogados defensores en cargar la culpa de un chico a otro o incrementarla según las pruebas o testigos que la acusación pública presentara ante el jurado.

Al final, por supuesto, nada de esto tuvo importancia. La magnitud de las pruebas contra los tres chicos hizo que el resultado del juicio fuera inevitable.

Los niños que han sufrido abusos cargan con ellos a lo largo del tiempo. Es uno de esos terribles dones que se perpetúan. Todos los estudios al respecto subrayan tal conclusión, aunque esta notable información no fue parte del juicio de Reggie Arnold, Michael Spargo y Ian Barker. No pudo haber aparecido, en parte por la ley criminal, pero también por la sed (podríamos decir la sed de sangre) de que se hiciera algún tipo de justicia. El juicio los encontró culpables sin ningún tipo de duda. Era responsabilidad del juez determinar el castigo.

Al contrario que en países más avanzados socialmente, donde los niños acusados de crímenes permanecen bajo la custodia de sus padres, de padres adoptivos o de algún tipo de tutor que suele ser un apoyo a puerta cerrada, a los niños criminales en el Reino Unido se les encierra en «unidades de seguridad» pensadas para acogerles antes de que se enfrenten al juicio.

Durante el juicio, los tres chicos iban y venían cada día de tres unidades de seguridad separadas (en tres furgonetas blindadas que tenían que protegerlos de la oleada de gente que les esperada en el Tribunal Real de Justicia), y mientras duraba la sesión del juicio, se sentaban en compañía de sus asistentes sociales en un banquillo diseñado especialmente para ellos y construido de tal modo que sólo tuvieran visión desde un lado, y poder ver así únicamente el proceso. Se comportaron correctamente durante éste, aunque en ocasiones parecían cansados. A Reggie Arnold se le dio un libro para colorear, con el cual se entretuvo durante los momentos más tediosos. Ian Barker se mantuvo estoico durante la primera semana, pero al final de la segunda semana, no paró de mirar a la sala como si buscara a su madre y a su hermana. Michael Spargo hablaba frecuentemente con su asistente social, quien solía rodearle con el brazo y le dejaba que apoyara la cabeza en su hombro. Reggie Arnold lloraba. De manera frecuente, mientras los testigos declaraban, los miembros del jurado miraban a los acusados. Fieles a su obligación, no pudieron evitar pensar cuál era exactamente su deber en la situación en la que se encontraban.

El veredicto de culpabilidad se dictó al cabo de, solamente, cuatro horas. La decisión sobre el castigo tardaría dos semanas.

28

El poni yacía destrozado en el suelo de Mill Lane, que estaba justo en las afueras de Burley. Se retorcía de dolor en el suelo con dos de sus patas traseras rotas, tratando desesperadamente de ponerse en pie y salir del grupo de gente que le miraba detrás del coche que le había atropellado. De vez en cuando gritaba horriblemente mientras arqueaba la espalda y sacudía sus patas.

Robbie Hastings se paró en el estrecho borde. Le dijo a *Frank* que se quedara y salió del vehículo hacia el ruido: el poni, las conversaciones y los lloros. Mientras se acercaba a la escena, alguien del grupo se separó y fue a su encuentro, un hombre que vestía vaqueros, botas de agua y una camiseta.

Rob le reconoció de algunas noches que había frecuentado el Queen's Head. Se llamaba Billy Rodin y trabajaba a tiempo completo como jardinero en una de las grandes casas de la carretera. Rob no sabía cuál de ellas.

—Americano. —Billy se estremeció por el ruido del semental y movió con un gesto brusco su pulgar señalando al resto del grupo. Eran cuatro personas: dos parejas de mediana edad. Una de las mujeres estaba llorando, y la otra le daba la espalda a la escena y se mordía la mano—. Me confundió, es lo que pasó.

—¿Se equivocó de lado en la carretera?

—Conduciendo, sí. El coche iba muy rápido en esa curva. —Billy señaló el camino por el que había llegado Rob—. Se asustaron. Giraron hacia la derecha en vez de a la izquierda y trataron de corregir el rumbo, y el semental estaba allí. Quería decirles un par de cosas, pero mírales, ¿eh?

—¿Dónde está el otro vehículo?

—Siguió de largo.

—¿Número de matrícula?

—No lo cogí. Estaba por allí. —Billy señaló hacia una de las muchas vallas de ladrillos que estaba en el camino, como a unos cuarenta metros.

Rob asintió con la cabeza y fue a ver al semental. El poni gritaba. Uno de los hombres americanos fue hacia él. Llevaba gafas de sol oscuras, un polo de golf con un logo, bermudas y sandalias.

—Maldita sea, lo siento —dijo—. ¿Puedo ayudar a meterlo en el tráiler o a lo que sea?

—¿Eh?—contestó Rob.

—El tráiler. Quizá si lo sostenemos por la cadera…

Rob se dio cuenta de que el hombre pensaba de hecho que él había traído el tráiler por esa criatura que estaba en el suelo frente a ellos, quizá para llevarle al cirujano veterinario. Él negó con la cabeza.

—Tenemos que matarlo.

—¿No podemos…? ¿No hay ningún veterinario por la zona? Oh, mierda. Oh, demonios. ¿Le contó ese tipo lo que sucedió? Vino ese otro coche y se me fue completamente porque…

—Me lo ha contado.

Rob se puso de cuclillas para mirar más detenidamente al poni, cuyos ojos estaban blancos y de cuya boca salía espuma. Odiaba el hecho de que fuera uno de los sementales. Lo reconoció porque éste y otros tres fueron llevados a la zona de Rob para montar a las yeguas: un joven y fuerte ejemplar con una mecha resplandeciente en la frente. Tendría que haber vivido más de veinte años.

—Perdone, ¿tenemos que quedarnos mientras usted…? —preguntó el hombre—. Sólo quiero saberlo porque Cath está asustada y si tiene que ver cómo mata al caballo… Ella ama a los animales de verdad. Esto ya va a arruinar bastante nuestras vacaciones, así como la parte delantera de nuestro coche, y eso que sólo hace tres días que llegamos a Inglaterra.

—Vayan al pueblo —Rob le explicó cómo llegar allí—. Espérenme en el Queen's Head. Ya lo verá, hacia la derecha. Supongo que tendrán que hacer llamadas telefónicas, por el coche.

—Mire, ¿estamos metidos en un buen lío? ¿Puedo solucionarlo de alguna manera?

—No están metidos en ningún lío. Son sólo formalidades.

El poni relinchó salvajemente. Parecía un grito.

—Haga algo, haga algo —gritó una de las mujeres.

El americano le hizo un gesto con la cabeza.

—Queen's Head. Muy bien —dijo—. Vamos, vayámonos —anunció a los otros.

No tardaron mucho en irse de la escena, y dejaron a Rob, al semental y a Billy Rodin a un lado del camino.

—La peor parte del trabajo, ¿eh? —dijo Billy—. Pobre bestia tonta.

Rob no estaba seguro de a quién le sentaba mejor aquella definición, si al americano, al semental o a él mismo.

—Sucede demasiado a menudo, sobre todo en verano.

—¿Necesitas mi ayuda?

Rob le contestó que no la necesitaba. Él despacharía al pobre animal y llamaría a los oficiales de New Forest para que recogieran el cuerpo.

—No hace falta que te quedes.

—Muy bien, entonces —señaló Billy Rodin, que se fue de vuelta al jardín desde dónde había llegado a la carrera.

Su marcha le dejó a cargo del semental. Fue hacia el Land Rover a coger una pistola. Dos ponis menos en una semana, pensó. Las cosas se estaban poniendo cada vez peor. Su obligación era proteger a los animales del bosque, especialmente a los ponis, pero no veía cómo podía si la gente no aprendía a valorarlos. No culpaba a los pobres y tontos americanos. Era probable que no estuvieran conduciendo muy rápido. De visita para ver el campo y admirar su belleza, se pudieron haber despistado un momento por una vista o por otra cosa, pero él sospechó que si no hubiera sido porque les sorprendió el otro vehículo que se dirigía hacia ellos, nada de eso hubiera pasado. Le dijo a *Frank* una vez más que se quedara mientras él abría bruscamente la puerta del Land Rover y entraba por detrás.

La pistola no estaba. Enseguida lo vio y durante un momento de nervios pensó, ridículamente, que alguno de los americanos la había cogido, ya que habían conducido al lado del Land Rover en su camino a Burley. Entonces se acordó de los niños de Gritnam, donde estuvo descargando dos ponis en el bosque hacía poco tiempo. Ese pensamiento le revolvió el estómago y le condujo a lanzarse dentro del Land Rover y empezar a buscar frenéticamente.

Siempre había guardado de manera segura la pistola detrás del asiento del conductor en una funda disimulada para ese propósito, pero no estaba allí. No se podía haber caído al suelo, no estaba bajo el asiento como tampoco debajo del sitio del copiloto. Pensó en la última vez que la utilizó, el día que los dos detectives de Scotland Yard le encontraron en un lado de la carretera con otro poni herido, y consideró por un momento que uno de ellos.... Quizás el hombre negro, al ser negro... Y entonces se dio cuenta de lo horrible que era ese pensamiento y lo que decía de él, puramente por considerarlo... Detrás, el semental continuaba destrozado y gritando.

Agarró la escopeta. Dios, no quería tener que hacerlo de esta manera, pero no tenía opción. Cargó el arma y la acercó al pobre poni, pero todo el rato en su cabeza pasaban imágenes febriles de los últimos días, de toda la gente que había estado cerca del Land Rover...

Tendría que haber sacado la pistola y la escopeta cada día del coche. Se había distraído demasiado: Meredith, los detectives de Scotland Yard, su visita a la Policía local, Gordon Jossie, Gina Dickens. ¿Cuándo fue la última vez que sacó la pistola y la escopeta tal y como era su costumbre? No podía saberlo.

Pero sí que había una sola certeza, y él la sabía muy bien. Tenía que encontrar esa arma.

Meredith Powell se encontró con su jefe, pero no pudo mirarle. Él tenía razón, ella se equivocaba y no había más explicación al respecto. Se había pasado. Había estado enormemente distraída. Había estado escaqueándose de la oficina con el más mínimo pretexto. Ciertamente, no podía negar todo eso, así que lo único que hizo fue asentir. Se sintió humillada como nunca se había sentido, ni siquiera en los peores momentos, años atrás en Londres, cuando había tenido que enfrentarse al hecho de que el hombre al que le había entregado su amor simplemente había sido un desmerecido objeto de las fantasías femeninas alimentadas por el cine, ciertas novelas y las agencias de publicidad.

—Así pues, quiero ver un cambio —le estaba diciendo el señor Hudson como conclusión de sus demandas—. ¿Me puedes asegurar ese cambio, Meredith?

Bueno, por supuesto que podía. Era lo que esperaba que dijera, y lo dijo.

Añadió que su mejor y más antigua amiga había sido asesinada hacía poco en Londres y que tal circunstancia le preocupaba, pero que se sobrepondría.

—Sí, sí, lo siento —dijo el señor Hudson bruscamente, como si ya estuviera en posesión de los datos concretos que rodeaban la muerte de Jemima, como seguramente era—. Es una tragedia. Pero la vida continúa para el resto de nosotros, y no va a continuar si dejamos que todo se desmorone a nuestro alrededor.

No, no, por supuesto. Estaba en lo cierto. Se arrepintió de no haber trabajado en Gerber & Hudson tanto como debiera, pero retomaría el ritmo al día siguiente. Es decir, a menos que el señor Hudson quisiera que se quedara por la tarde para recuperar el tiempo perdido, lo que hubiera podido hacer, a pesar de que tenía una niña de cinco años en casa y...

—No será necesario. —El señor Hudson utilizó un abrecartas para limpiar el interior de sus uñas, hincándolo laboriosamente de una manera que Meredith hizo que casi se desmayara—. Siempre y cuando vea mañana en su escritorio de nuevo a la antigua Meredith.

—Así será, oh, así será. Gracias, señor Hudson. Agradezco su confianza.

Cuando se despidieron, él regresó a su despacho. Era el fin de la jornada, así que podía irse a casa. Pero irse tan pronto justo después de la reprimenda del señor Hudson no estaría bien visto, independientemente de cómo hubiera finalizado la reunión. Sabía que debía dejar pasar al menos una hora con la cabeza pegada a lo que se suponía que debía estar haciendo, aunque, evidentemente, no podía recordar qué era.

Había un montón de mensajes telefónicos en su escritorio, de modo que los manoseó con la esperanza de encontrar alguna pista. Había ciertamente algunos nombres y había preguntas punzantes, y en última instancia calculó que podría empezar a buscar detalles de cada uno, ya que la mayoría tenía que ver con la preocupación de cómo iban los diseños de esto y de aquello, teniendo en cuenta los mensajes. Pero su corazón no estaba en ello y su mente tampoco cooperaba. Tenía, pensó, temas mucho más importantes en los que concentrarse que la combinación de colores que recomendaría para el anuncio del nuevo grupo de lectura de la librería local.

Puso los mensajes a un lado. Aprovechó el tiempo para ordenar su escritorio. Hizo un esfuerzo para parecer ocupada mientras sus colegas se despedían y desaparecían por la puerta, pero todo el tiempo sus pensamientos eran como una bandada de pájaros alrededor de una fuente de comida, picoteándola brevemente y alzando el vuelo de nuevo. En lugar de una fuente de comida, sin embargo, la bandada de pájaros daba vueltas alrededor de Gina Dickens, sólo para descubrir que había, no lejos, demasiados lugares en los que caer sin una sola pista o un punto de apoyo decente o seguro de no ser atacado.

Pero ¿cómo podría ser de otra manera?, se preguntó Meredith. Porque en todos los asuntos que había abordado sobre Gina, Meredith había sido mucho menos hábil que ella.

Se obligó a considerar cada uno de los encuentros que mantuvo con la otra joven, y se sintió que había sido engañada en todos. La verdad es que Gina la había captado con la misma facilidad que ella misma captaba a Cammie. No tenía más sentido e incluso menos arte que un niño de cinco años, y probablemente a Gina le habría costado menos de diez minutos averiguarlo.

Ya lo había hecho el primer día, cuando Meredith había llevado el absurdo pastel de cumpleaños derretido a la casa de Jemima. Gina había dicho que no tenía conocimiento de la relación con Jemima, y Meredith la había creído sin más. Y también había creído la reclamación de que el programa para jóvenes en riesgo de exclusión estaba sólo en su fase embrionaria. También había creído que Gordon Jossie —y no la misma Gina— había causado los moratones en el cuerpo de ésta. Y con respecto a todo lo que ella había afirmado sobre algún tipo de relación entre el comisario jefe Whiting y Gordon…

Gina podría haber anunciado que habían desembarcado unos siameses de Marte, que Meredith seguramente la habría creído.

Parecía que ahora sólo había una alternativa. Así que llamó a su madre y le dijo que llegaría un poco tarde a casa porque tenía que hacer un recado. Afortunadamente este recado le iba de camino, así que no debía preocuparse. Además, le pidió que le diese a Cammie un beso y un abrazo.

Luego se fue a su coche y se dirigió a Lyndhurst. Puso una cinta de autoafirmación que la acompañó en la A31. Repitió las declaraciones sonoras sobre su capacidad, su valor como ser humano, y la posibilidad de que se convirtiera en una agente de cambio.

El tráfico habitual de la hora punta aminoró el ritmo de su marcha cerca de la carretera de Bournemouth mientras se acercaba a Lyndhurst. Los semáforos en High Street tampoco facilitaban las cosas, pero a Meredith le pareció que el repetir las afirmaciones la mantenía concentrada, de manera que cuando por fin llegó a la comisaría de Policía, sus nervios se mantuvieron a raya, y estaba segura de que entenderían sus reclamaciones.

Esperaba que le impidieran pasar. Pensó que el agente especial de la recepción la reconocería y que, tras poner los ojos en blanco, le diría que no podía ver al comisario jefe de improviso. Aquel lugar no era, después de todo, un centro de acogida. Zachary Whiting tenía preocupaciones mucho más importantes que entrevistarse con todas las mujeres histéricas a las que se les ocurría llamar.

Pero no sucedió así. El agente especial le pidió que se sentara, desapareció durante menos de tres minutos, regresó y le pidió que le siguiera, porque si bien el superintendente Whiting quería irse a casa, una vez que escuchó el nombre de Meredith la recordó de su anterior visita —así que sí le había dado su nombre, pensó— y le pidió que entrara en su oficina.

Se lo explicó todo. Le contó absolutamente todo sobre el tema de Gina Dickens. Se guardó lo mejor para el final: que había contratado a una investigadora privada en Ringwood y lo que ésta había descubierto sobre Gina.

Whiting tomó notas en todo momento. Al final, él aclaró que Gina Dickens era la misma mujer que había acompañado a

Meredith a la comisaría en Lyndhurst con pruebas, sugiriendo que un tal Jossie Gordon había estado en Londres justo al mismo tiempo que su antigua amante había sido asesinada. Era ésa la mujer, ¿no?

Lo era, dijo Meredith. Y se daba cuenta, comisario jefe Whiting, de que eso la hacía parecer una demente total. Pero ella tenía sus razones para profundizar en los antecedentes de Gina, ya que todo lo que ésta le había explicado estaba en cuarentena y ¿no era importante el hecho de que ahora sabían que cada una de las palabras que la mujer había dicho eran mentira? Había incluso mentido sobre sí misma y sobre Jossie Gordon, le dijo Meredith. Había dicho que era él —¡el mismísimo Whiting!— quien había hecho más de una misteriosa visita a Gordon.

¿Eso había hecho? Whiting, frunció el ceño. Se investigaría, le aseguró. Le dijo que se ocuparía personalmente del asunto. Que había mucho más para investigar, que esto era sólo el principio y ya que tenía acceso a un conjunto de métodos de investigación mucho mejores que cualquier investigador privado, Meredith debería dejar el asunto en sus manos.

—Pero hará algo , ¿verdad? —preguntó Meredith, e incluso se retorció las manos.

Lo haría, le dijo Whiting. No había nada de lo que preocuparse de ahí en adelante. Reconoció que la situación era urgente, especialmente en lo que tenía que ver con un asesinato.

Así que se fue. Se sentía, si no alegre, al menos sí moderadamente aliviada. Se había dado un paso adelante para tratar el problema de Gina Dickens, lo que la hizo sentirse un poco menos tonta al haberse dejado seducir —no había otra palabra para describirlo— por las mentiras de Gina.

Cuando llegó a casa de sus padres, vio que había un coche en la calzada de delante. No lo reconoció, y al mirarlo se paró de repente. Consideró brevemente la posibilidad que siempre había considerado y se odió a sí misma por hacerlo cada vez que algo inesperado ocurría, algo que pudiera afectar a Cammie: que el padre de su hija hubiera decidido visitarla. Nunca se había dado el caso, pero Meredith todavía no había logrado controlar que su pensamiento siempre adelantara esa posibilidad.

Dentro de la casa, se sorprendió al ver a la investigadora privada de Ringwood sentada en la mesa de la cocina con una taza de té y un plato de pastelitos rellenos ante ella. En su regazo estaba Cammie, y Michele Daugherty le estaba leyendo. No era un libro para niños, ya que Cammie no estaba interesada de ninguna manera en las historias sobre elefantes, niños y niñas, cachorros o conejos. Le estaba leyendo a la hija de Meredith una biografía no autorizada de Plácido Domingo, un libro en cuya compra había insistido Cammie cuando lo había visto en una tienda en Ringwood y había reconocido a uno de sus tenores favoritos en la portada.

La madre de Meredith estaba en la cocina, friendo las barritas de pescado y las patatas para la cena de su nieta.

—Tenemos una visita, cariño —le dijo despreocupadamente a Cammie—. Ya es suficiente por ahora. Pon a Plácido de nuevo en la estantería, sé buena chica. Volveremos con él después del baño.

—Pero, abuela…

—Camille. —Meredith usó su tono de madre.

La niña hizo una mueca, pero se deslizó del regazo de Michele Daugherty y se encaminó penosamente hacia la sala de estar.

Michele Daugherty miró en dirección a la cocinera. Meredith decidió bromear hasta que su madre hubiese supervisado la comida de Cammie. De hecho, ella no sabía si su madre conocía exactamente cómo Michele Daugherty se ganaba la vida, así que decidió esperar y ver lo que esta inesperada visita daría de sí, en lugar de cuestionarla.

Janet Powell, desafortunadamente, se estaba tomando su tiempo, probablemente con el fin de entender por qué esa extraña había venido preguntando por su hija. Se habían quedado sin conversación mientras la madre aún cocinaba. Como quien no quiere, Meredith le ofreció enseñarle el jardín, lo que Michele Daugherty aceptó con presteza. Janet Powell clavó una mirada a Meredith. «Te lo acabaré sacando igualmente», era el mensaje.

Había, gracias a Dios, al menos un jardín trasero al que ir. Los padres de Meredith eran expertos en rosas, y éstas estaban en plena floración, y ya que los Powell habían insistido en plantarlas con diferentes fragancias y no sólo por los colores, el olor era embriagador, imposible no apreciarlo y comentarlo. Michele Daugherty hizo ambas cosas, pero luego tomó a Meredith por el brazo y se la llevó tan lejos de la casa como le fue posible.

—No pude llamarle —dijo.

—¿Cómo sabía dónde encontrarme ? Yo no le dije dónde…

—Querida mía, me contrató porque soy una investigadora privada ¿no? ¿Cuán difícil cree que es encontrar a alguien que no está preocupado por ser encontrado?

Era lógico. Ella no estaba exactamente en la clandestinidad. Eso la llevó a la persona que sí se estaba escondiendo. O lo que fuese.

—¿Ha descubierto…? —Esperó que su pensamiento fuese completado por la otra mujer.

—No es seguro. Nada es lo que parece ser. Por eso no la pude llamar por teléfono. No confío en el teléfono de mi oficina, y cuando se trata de móviles, son casi igual de arriesgados. Escuche, querida. Seguí con mi investigación una vez se fue. Empecé con el otro nombre, Gordon Jossie.

Meredith sintió un escalofrío subir por sus brazos, como descargas venidas desde el otro mundo.

—Ha descubierto algo —murmuró. Lo sabía.

—No es eso. —Michele miró alrededor, como si esperase que alguien saltara por encima de la pared de ladrillo y atravesara los arrietes de rosas para abordarla—. No es eso en absoluto.

—¿Más de Gina Dickens, entonces?

—Tampoco. Recibí la visita de la Policía, querida. Un caballero llamado Whiting se presentó. Me hizo saber en términos muy claros que mi licencia de trabajo no estaba asegurada, especialmente si investigaba a un tío llamado Gordon Jossie, que estaba fuera de mis límites y mis esfuerzos. «La situación está bajo control», me dijo.

—Gracias a Dios —susurró Meredith.

Michele Daugherty frunció el ceño.

—¿A qué se refiere?

—Fui a verle de camino a casa esta tarde. Al comisario jefe Whiting. Le dije lo que había descubierto usted sobre Gina Dickens. Ya le había hablado sobre Gordon. Había ido a hablar con él sobre Gordon, anteriormente. Antes de contratarla a usted, de hecho. He tratado que se interesara en lo que estaba pasando, pero…

—Usted no me entiende, querida —dijo Michele Daugherty—. El comisario jefe Whiting vino a verme esta mañana. Ni una hora después de que me dejara. Había empezado mi búsqueda, pero no había llegado muy lejos. Ni siquiera había llamado a la Policía local, ni a cualquier Policía. ¿Le llamó y le dijo que estaba investigando? ¿Antes de que lo viera esta tarde?

Meredith negó con la cabeza. Comenzó a sentirse mal.

—¿Ve lo que esto significa? —murmuró Michele.

Meredith se hacía una idea, pero no tenía especial interés en verbalizarla.

—¿Había empezado la investigación cuando se presentó? ¿Qué significa eso exactamente?

—Significa que entré en el Banco Nacional de Datos. Significa que, de alguna manera, al introducir el nombre de Gordon Jossie en el Banco Nacional de Datos empezaron a sonar las alarmas en algunos lugares, algo que hizo que el comisario jefe Whiting viniera corriendo hasta mi puerta. Esto significa que hay mucho más de lo que parece. Significa que no puedo ayudarla a ir más lejos.

Barbara Havers condujo directamente a la propiedad de Jossie Gordon, adonde llegó por la tarde y sin ser interceptada por la llamada telefónica de Isabelle Ardery, por lo que agradeció su buena estrella. Sólo esperaba que Lynley intercediera por ella ante la superintendente cuando saliese a la luz que Barbara se había ido a Hampshire. Si no, su plan se iría al traste.

No encontró ningún coche en el camino que llevaba a la casa. Barbara aparcó su coche y llamó a la puerta trasera como medida de prevención, a pesar de que sabía que no había nadie en la casa. Y así fue. No importa, pensó. Es hora de echar un vistazo. Se dirigió al garaje y trató de abrir su vasta puerta corredera. Ya estaba convenientemente abierta. Dejó un resquicio para que entrase algo de luz.

Hacía fresco en el interior, y olía a rancio, una combinación de piedra, polvo y mazorca. Lo primero que vio fue un coche antiguo, bicolor, a la moda de la década de los cincuenta. Estaba en perfectas condiciones y parecía como si alguien lo sacara a pasear todos los días. Barbara echó un vistazo más de cerca. Un Figaro, pensó. ¿Italiano? El inspector Lynley lo sabría, conocía cada coche que se encontraban. Nunca había visto un vehículo semejante. No estaba cerrado con llave, de modo que lo miró detalladamente, de derecha a izquierda, por debajo de los asientos y también en la guantera. No había nada interesante.

El Figaro permanecía estacionado en la parte trasera del edificio, para facilitar el acceso al resto de la habitación. Este espacio contenía un gran número de cajas de madera selladas. Barbara pensó que tendrían que ver con el trabajo de Jossie Gordon. Se acercó a ellas.

Había muchos cayados. No se sorprendió, ya que eran un elemento básico en la profesión de techador. No hacía falta ser físico nuclear para averiguar cómo se utilizaban. La forma de gancho hacía exactamente eso: se enganchaba en un extremo del manojo de carrizos y los sujetaba. La punta golpeaba debajo de las vigas. En lo que a un asesinato se refería, el uso del cayado era igual de sencillo de utilizar. El final del cayado estaba enganchado al mango y la punta hacía el trabajo sobre la víctima.

Lo interesante de los cayados de Jossie era que no todos eran iguales. Entre las cajas de madera, tres contenían cayados, pero en cada una de las casillas había ligeras diferencias. Ésta tenía que ver con la forma del gancho de la herramienta: cada extremo puntiagudo se había creado de manera diferente. En una caja, las puntas se habían formado con un corte diagonal. Otras se habían formado girando y golpeando el hierro cuatro veces al doblarlas a hierro candente, y en otras la punta más suave se había logrado rodando la plancha cuando se estaba fundiendo. El modelo era el mismo, pero los medios utilizados al hacerlos aparentemente eran la firma del herrero. Para una urbanita como Barbara, el hecho de que estos instrumentos se hiciesen a mano en estos días no le produjo ninguna emoción. Verlos fue como retroceder en el tiempo. Pero, claro, pensó, le pasaba lo mismo al ver los techos de paja.

Necesitaba llamar a Winston. A esas horas probablemente estaría en la sala de pruebas, y podría mirar detalladamente la foto del arma homicida y decirle cómo era la punta. No sería igual que firmar, sellar y culpar a alguien de la muerte de Jemima, pero al menos les permitiría saber si los cayados de Jossie de su garaje se parecían al que se utilizó para asesinar a su antigua amante.

Se dirigió hacia la puerta del establo en busca de su móvil, que estaba en el coche. Fuera, oyó el sonido de un vehículo, el golpe de una puerta cerrándose rápidamente, y el ladrido de un perro. Parecía que Gordon Jossie acababa de llegar a casa después de su jornada laboral. No le haría feliz encontrarla merodeando alrededor de su granero.

Tenía razón en eso. Jossie vino caminando hacia ella, y a pesar de la gorra de béisbol que daba sombra a una parte de su cara, Barbara podía ver por el resto de su rostro que no estaba precisamente contento.

—¿Qué demonios está haciendo?

—Bonito suministro de cayados tiene allí —respondió ella—. ¿De dónde los saca?

—¿Y qué importa eso?

—Es increíble que todavía estén hechos a mano. Porque lo están, ¿no? Pensaba que a estas alturas alguien los fabricaba, ya que la Revolución industrial hace tiempo que empezó. ¿No puede conseguirlos de China o de alguna otra parte? ¿De la India tal vez? Alguien tiene que fabricarlos en serie.

La golden retriever, absolutamente inútil como perro guardián, al parecer la había reconocido de su anterior visita a la propiedad. Le saltó encima y le lamió la mejilla. Barbara le dio una palmadita en la cabeza.

—*Tess* —dijo Jossie—. ¡Abajo! ¡Aléjate!

—Está bien —dijo Barbara—. Por lo general prefiero a los hombres, pero en un apuro una perra me viene bien.

—No me ha contestado —dijo Jossie.

—Estamos a la par. Usted tampoco. ¿Por qué se fabrican a mano los cayados?

—Porque los demás son basura y yo no trabajo con basura. Me enorgullezco de mi trabajo.

—Tenemos algo en común.

A él no le hizo gracia.

—¿Qué quiere?

—¿Quién los produce? ¿Alguien de por aquí?

—Un vecino. Los otros son de Cornwall y Norfolk. Necesito más de un proveedor.

—¿Por qué?

—Es evidente. Se necesitan miles de ellos para hacer un techo, y no puedes quedarte corto en medio del trabajo. ¿Va a decirme por qué estamos hablando de los cayados?

—Estoy pensando en un cambio de profesión.

Barbara se dirigió al Mini y cogió su bolso. Buscó sus cigarrillos y le ofreció uno, pero él lo rechazó. Encendió el suyo y lo observó. Toda esta situación le dio tiempo para considerar lo que significaba aquello, ya que, él le estaba preguntando tanto sobre los cayados como ella a él. O bien era muy inteligente, o bien era otra cosa. La palabra «inocente» le vino a la cabeza. Pero había visto lo suficiente en lo que a criminales se refería para saber que el elemento criminal era el elemento criminal, ya que había tenido bastante éxito para convertirse en lo que era. Era como bailar en uno de esos dramas de época de la tele: uno tenía que saber los pasos adecuados y en qué orden se suponía que los tenía que dar.

—¿Dónde está su amiga? —le preguntó.

—No tengo ni idea.

—Se largó, ¿no?

—Yo no he dicho eso. Puede ver por usted misma que su coche no está aquí, así que…

—El de Jemima está, sin embargo. En el garaje, ¿no?

—Lo dejó aquí.

—¿Por qué?

—No tengo ni idea. Supongo que su idea era recogerlo cuando regresara, cuando lo necesitara o cuando tuviera un lugar donde dejarlo. No me lo dijo, y yo no le pregunté.

—¿Por qué no?

—¿Qué diablos le importa? ¿Qué quiere? ¿Qué hace aquí? —Miró alrededor, desde el garaje al prado oeste, y desde allí hasta el prado este, y de allí a la casa.

La perra se calmó y empezó a caminar, mirando a su amo y a Barbara. Después de unos momentos, ladró y se dirigió a la puerta de atrás de la casa.

—Creo que tu perro quiere comer —le dijo Barbara a Jossie.

—Sé cómo cuidar a un perro —le contestó él.

Se fue a la casa y desapareció en el interior. Barbara aprovechó la oportunidad para buscar la revista que le había dejado Lynley. La enrolló y se encaminó hacia la casa, donde entró.

Jossie estaba en la cocina, junto a la perra, que engullía un plato de comida seca. Jossie se situó en el fregadero mirando por la ventana. Desde ahí se veían su camioneta, el coche de Barbara, y el prado a lo lejos. Anteriormente, recordó, allí había animales.

—¿Dónde están los caballos? —le preguntó.

—Ponis —respondió él.

—¿Hay alguna diferencia?

—Volvieron al bosque, supongo. No estaba aquí cuando se los llevó.

—¿Quién?

—Rob Hastings. Dijo que había venido por ellos. Ahora ya no están. Creo que los devolvió al bosque, ya que no es probable que ellos mismos abrieran la cerca del prado, ¿no?

—¿Por qué estaban aquí?

Se volvió hacia ella.

—El turno de preguntas del Primer Ministro se ha acabado —dijo.

Por primera vez sonó amenazante, y Barbara vio un atisbo del verdadero hombre que se escondía detrás de ese exterior tan controlado. Dio una calada a su cigarrillo y se preguntó por su seguridad personal. Concluyó que era poco probable despachar el pedido allí mismo, en su cocina, así que se le acercó. Tiró la ceniza del cigarrillo en el fregadero.

—Siéntese, señor Jossie —dijo—. Tengo algo que mostrarle.

Su rostro se endureció. Parecía como si estuviera a punto de negarse, pero luego fue hasta la mesa y se dejó caer en una silla. No se había quitado ni la gorra ni las gafas de sol, y lo hizo en aquel momento.

—¿Qué? —dijo.

Ni siquiera era una pregunta. Su voz sonaba cansada hasta el tuétano.

Barbara desenrolló la revista. Encontró las fotos de las páginas de sociedad. Se sentó frente a él y giró la revista para que él pudiera verla. No dijo nada.

Echó un vistazo a las fotos y después a ella.

—¿Qué? —volvió a decir—. Una sarta de pijos bebiendo champán. ¿Se supone que me he de preocupar por esto?

—Échele un vistazo más detallado, señor Jossie. Es la inauguración de la exposición de fotos en la Portrait Gallery. Creo que sabe de qué exposición estoy hablando.

Miró de nuevo. Vio que estaba observando intensamente la imagen de Jemima posando con Deborah Saint James, pero ésta no era la imagen que le interesaba. Ella le indicó la foto en la que aparecía Gina Dickens.

—Los dos sabemos quién es, ¿verdad, señor Jossie? —le dijo.

No dijo nada. Lo vio tragar saliva. Fue su única reacción. No miró hacia arriba ni se movió. Ella observó sus sienes, pero no vio que le palpitara el pulso. Nada en absoluto. No es lo que esperaba, pensó. Era momento de presionar.

—Personalmente, creo en las casualidades, o en la sincronización, o lo que sea. Estas cosas pasan; no hay duda de ello, ¿eh? Pero digamos que no fue una coincidencia que Gina Dickens estuviera en la Portrait Gallery para la inauguración de esta exposición. Eso significaría que ella tenía una razón para estar ahí. ¿Cuál cree que sería?

Él no respondió, pero Barbara sabía que su mente estaba intranquila.

—Tal vez le vuelva loca la fotografía —continuó Barbara—. Supongo que eso es posible. A mí me gusta. Quizás estaba por la zona y pensó que así podría tomarse una copa de espumoso y un palito de queso o algo así. También puede ser. Pero hay otra posibilidad y, me crea o no, sé cuál es, señor Jossie.

—No —sonó un poco ronco.

Aquello era bueno, pensó Barbara.

—Sí —dijo ella—. A lo mejor tenía una razón para estar allí. A lo mejor conocía a Jemima Hastings.

—No.

—¿No la conocía… o no se puede creer que la conociera?

No dijo nada. Barbara sacó su tarjeta, escribió su número de móvil en la parte trasera y la deslizó sobre la mesa hacia él.

—Quiero hablar con Gina —dijo—. Quiero que usted me llame cuando ella llegue a casa.

29

Isabelle había permanecido en el hospital de Saint Thomas la mayor parte de la tarde, extrayendo información de los retorcidos pasillos laberínticos que conformaban la mente de Yukio Matsumoto, cuando no estaba combatiendo con su abogada y haciendo promesas para las que no tenía autorización. El resultado fue que, al final del día, tenía un escenario inconexo de lo que había ocurrido en el cementerio de Abney Park, junto con dos retratos robot. También tenía doce mensajes de voz en su móvil.

La oficina de Hillier había llamado tres veces, lo cual no era bueno. La oficina de Stephenson Deacon había llamado dos veces, lo cual era malo. Omitió esos cinco mensajes más dos de Dorothea Harriman y uno de su ex marido. Así que se quedó con los mensajes de John Stewart, Thomas Lynley y Barbara Havers. Escuchó los de Lynley. Había telefoneado dos veces, una vez para hablar sobre el Museo Británico y la otra sobre Barbara Havers. A pesar de que se dio cuenta de que la voz de barítono y bien educada del inspector la reconfortaba, Isabelle prestó escasa atención a los mensajes. No quería ni pensar en ellos. Además, estaba el hecho adicional de que parte de sus entrañas quisiesen buscar auxilio; sabía muy bien que había una forma rápida de calmar tanto su estómago como sus nervios, pero no tenía la más mínima intención de emplearla.

Condujo de vuelta a Victoria Street. Durante el trayecto telefoneó a Dorothea Harriman y le dijo que tuviera al equipo reunido para cuando regresara. Harriman trató de plantear el tema de Hillier —como Isabelle pensó que haría—, pero ella le cortó con un «Sí, sí, lo sé. También tengo noticias suyas. Pero lo primero es lo primero». Colgó antes de que Harriman le dijera lo obvio: que en la cabeza de Hillier lo primero de lo primero quería decir atender los deseos de sir David. Bueno, eso no importaba en este momento. Tenía que reunirse con su equipo, y con carácter de urgencia.

Estaban reunidos cuando ella llegó.

—Perfecto —dijo, mientras entraba en la habitación—. Tenemos los retratos robot de dos individuos que estaban en el cementerio según la descripción de Yukio Matsumoto. Dorothea los está fotocopiando en este momento, por lo que en breve cada uno de ustedes tendrá una copia.

Repasó lo que Matsumoto le había contado sobre ese día en el cementerio de Abney Park: lo que había hecho Jemima, los dos hombres que había visto y donde los había visto, y el intento de ayuda de Yukio a Jemima al encontrarla herida en el anexo de la capilla.

—Obviamente, él le empeoró la herida cuando extrajo el arma —dijo—. Hubiera muerto de todos modos, pero al quitársela se apresuraron los acontecimientos. También provocó que estuviera empapado con su sangre.

—¿Qué pasa con los pelos que se encontraron en su mano? —Fue Philip Hale quien hizo la pregunta.

—No recuerda que se los arrancara, pero ella pudo haberlo hecho.

—Y puede estar mintiendo —señaló John Stewart.

—Después de haber hablado con él…

—Al diablo con hablar con él. —Stewart lanzó un trozo arrugado de papel sobre la mesa—. ¿Por qué no llamó a la Policía? ¿Por qué no fue a buscar ayuda?

—Es un esquizofrénico paranoide, John —dijo Isabelle—. No creo que podamos esperar que tenga un comportamiento racional.

—Pero ¿podemos fiarnos de los retratos robot?

Isabelle percibía los agitados movimientos de los que estaban reunidos en la habitación. El tono de Stewart estaba, como siempre, lleno de sarcasmo. Iba a tener que ponerle en su sitio en algún momento.

Harriman entró en la habitación, con el grueso de los retratos robot en su mano.

Murmuró a Isabelle que la oficina de Hillier había llamado una vez más, al parecer ya sabían que la superintendente interina Ardery estaba en el edificio. ¿Debería…?

—Estaba en una reunión —le dijo Isabelle—. Dígale al inspector jefe que contactaré con él a su debido tiempo.

Dorothea la miró como si estuviera a punto de decir «esa vía conduce al desastre», pero ella se fue tan rápidamente como podía hacerlo con sus ridículos zapatos de tacón.

Isabelle hizo entrega de los retratos robot. Se había ya anticipado a las reacciones que iba a haber una vez que los oficiales vieran lo que Yukio Matsumoto había descrito, por lo que empezó a hablar para distraerles. Les dijo:

—Tenemos dos hombres. Con uno de ellos nuestra víctima se reunió en las inmediaciones de la capilla, en el claro, en un banco de piedra donde al parecer ella había estado esperándole. Hablaron largo y tendido. Luego la dejó y, cuando lo hizo, ella estaba viva, sana y salva. Matsumoto dijo que Jemima recibió una llamada telefónica de alguien al terminar su conversación con ese tío. Poco después desapareció por un lateral de la capilla, fuera de la vista de Yukio. Sólo cuando el hombre número dos apareció, procedente de la misma dirección que había tomado Jemima, Yukio fue a ver dónde estaba. Fue entonces cuando vio el anexo de la capilla y descubrió su cuerpo en el interior. ¿Cómo tenemos el tema de las torres de telefonía móvil, John? A ver si somos capaces de averiguar de dónde proviene esa llamada telefónica antes de que fuese atacada…

—Jesús. Estos retratos robot…

—Espera —lo interrumpió Isabelle.

John Stewart era uno de los que había hablado, no es curioso que se fuera por la tangente antes de responder a su pregunta. Se dio cuenta por su expresión de que Winston Nkata también deseaba hablar. Phil Hale se revolvió en su asiento. Lynley se había levantado a observar algo de los tableros, tal vez para ocultar su propia expresión, la cual, ella no tenía duda, era de profunda preocupación. Más le valía, ella también estaba preocupada. Los retratos robots eran casi inútiles, pero no pensaba tocar ese tema.

—Este segundo hombre es oscuro. Oscuro es compatible con tres de nuestros sospechosos: Frazer Chaplin, Langer Abbott, y Paolo di Fazio —dijo.

—Todos con coartadas —puntualizó Stewart. Los contó con sus dedos—. Chaplin estaba en su casa, confirmado por McHaggis; Di Fazio en el interior del Jubilee Market, en su puesto, confirmado por otros cuatro propietarios de paradas y, sin duda, visto por trescientas personas; Langer paseando perros por el parque, confirmado por sus clientes.

—Ninguno de los cuales lo vio, John —replicó Isabelle—. Así que vamos a desmontar las malditas coartadas. Uno de estos tíos le atravesó el cuello con una púa a una mujer joven, y vamos a encontrarle. ¿Está claro?

—Sobre la púa... —empezó Winston Nkata.

—Espera, Winston. —Isabelle continuó son su anterior línea de pensamiento—. No nos olvidemos de lo que ya sabemos sobre las llamadas del móvil de la víctima. Telefoneó tres veces a Chaplin y una vez a Langer, el día de su muerte. Contestó una llamada de Jossie Gordon, otra de Chaplin, y otra de Jayson Druther, nuestro vendedor de cigarrillos, el mismo día y durante las horas en las que pudo cometerse el asesinato Después de su muerte, su móvil recibió los mensajes de su hermano, de Jayson Druther otra vez, de Paolo di Fazio, y de Yolanda, nuestra médium. Pero ninguna de Abbott Ianger ni de Frazer Chaplin, ambos sospechosos de encajar en la descripción del hombre que vieron salir de la zona del asesinato. Ahora quiero que investiguéis el barrio, de nuevo. Quiero que estos retratos sean mostrados en cada casa. Mientras tanto, quiero las cintas de circuito cerrado de televisión que tenemos de la zona, a ver si sale la Vespa, verde lima, con publicidad de Tónicos DragonFly. Y quisiera que preguntarais casa por casa también. Philip, coordina el puerta a puerta con la estación de Stoke Newington. Winston, te quiero con las películas de CCTV. John, tú con...

—Maldita sea, esto es estúpido —intervino Stewart—. Los malditos retratos robots no sirven de nada. Basta con mirarlos. ¿Estás tratando de fingir que hay una sola característica definitoria...? El tío oscuro se parece al típico villano de una serie de televisión, y el de la gorra y las gafas podría ser una puñetera mujer, por lo que sabemos. ¿Realmente crees que el chino amarillo ese…?

—Ya está bien, inspector.

—No, no está bien. Tendríamos un detenido si no hubieras provocado que atropellaran a este cabrón, y luego te hubieras puesto a esperar, para averiguar que él no era el asesino. Has manejado mal este maldito caso desde el principio. Has…

—Relájate, John —dijo Philip Hale. Winston Nkata se unió a él—. Para, hombre.

—Podríais empezar a pensar en lo que está pasando —respondió Stewart—. Habéis estado caminando de puntillas alrededor de cada una de las cosas que esa maldita mujer decía, como si le tuviéramos que rendir pleitesía a esta zorra.

—Por Dios, hombre —dijo Hale.

—¡Cerdo! —gritó una de las policías.

—Y tú no reconocerías a un asesino, aunque te la metiera y te hiciera cosquillas con ella —respondió Stewart.

En ese momento, estalló el caos. Además de Isabelle, había cinco mujeres jóvenes en la habitación, tres policías y dos mecanógrafas.

La policía más cercana salió de su silla, como propulsada, y una mecanógrafa arrojó su taza de café a Stewart. Él se levantó y fue a por ella. Philip Hale lo detuvo. Se giró en redondo hacia Hale. Nkata lo agarró, y Stewart se volvió hacia él.

—Maldito negro.

Nkata le dio una bofetada. El golpe fue duro, rápido y fuerte. Resonó y Stewart volteó la cabeza hacia atrás.

—Cuando digo que pares, lo digo en serio —le advirtió Nkata—. Siéntate, cierra la boca, actúa como si supieras algo, y alégrate de que no te haya molido a palos y no te haya roto tu nariz de mierda.

—Bien hecho, Winnie —gritó alguien.

—Eso es todo —dijo Isabelle. Vio que Lynley la miraba desde su despacho. No se había movido. Estaba agradecida por ello. Lo último que quería era que interviniese. Ya era horrible que Hale y Nkata hubieran encarado a Stewart, cuando aquél era su trabajo. Le dijo a Stewart—: Ve a mi oficina. Espérame allí.

No dijo nada más hasta que él se esfumó de la sala.

—¿Qué más tenemos, entonces? —preguntó.

Jemima Hastings llevaba una moneda de oro, actualmente desaparecida de sus pertenencias, y una cornalina de origen romano. Barbara Havers había reconocido el arma homicida, y…

—¿Dónde está la sargento Havers? —preguntó Isabelle, dándose cuenta por primera vez de que la mujer desaliñada no se encontraba entre los oficiales de la sala—. ¿Por qué no está aquí?

Se hizo un silencio antes de que Winston Nkata respondiese:

—Se fue a Hampshire, jefa.

Isabelle sintió que su rostro se volvía rígido.

—Hampshire —dijo simplemente; dadas las circunstancias, no podía pensar en dar otra respuesta.

—El arma homicida es un cayado —siguió Nkata—. Barb y yo los vimos en Hampshire. Es una herramienta de techador. Tenemos dos techadores en nuestro radar, y Barb pensó…

—Gracias —le interrumpió Isabelle.

—Otra cosa, los cayados están hechos por herreros… —continuó Nkata—. Rob Hastings es un herrero y desde…

—He dicho gracias, Winston.

La sala quedó en silencio. Los teléfonos estaban sonando en las otras áreas y el sonido repentino sirvió para recordar cómo de descontrolada había sido la reunión de la tarde. Durante ese silencio, Thomas Lynley habló, y enseguida se vio que quería defender a Barbara Havers.

—Ella ha descubierto otra conexión entre Ringo Heath, Zachary Whiting y Gordon Jossie, jefa —dijo.

—¿Y cómo lo sabes?

—Hablé con ella mientras se dirigía a Hampshire.

—¿Ella te llamó?

— Yo la llamé. Me las arreglé para alcanzarla cuando se detuvo en la autopista. Pero lo importante es….

— Tú no estás al frente aquí, inspector Lynley.

—Entiendo.

—Por tanto, considero que entiendes cuán estúpido ha sido que alentaras a la sargento Havers a que hiciera otra cosa que no fuera regresar a Londres. ¿Sí?

Lynley vaciló. Isabelle le clavó la mirada. El mismo silencio se apoderó de la habitación. Dios, pensó. En primer lugar Stewart, ahora Lynley. Havers deambulando por Hampshire. Nkata llegando a las manos con otro oficial.

—Estoy de acuerdo —dijo Lynley cuidadosamente—. Pero hay otra conexión que Barbara me indicó y creo que estarás de acuerdo en que es digna de ser investigada.

—¿Y esa conexión es…?

Lynley le habló de una revista y de las fotos de la inauguración de la edición anual del Cadbury Photographic Portrait. Le habló de Frazer Chaplin en esas fotos, y de que allí, en un segundo plano, aparecía Gina Dickens. Acabó diciendo:

—Me pareció mejor dejarla ir a Hampshire. Nos puede conseguir fotos de Jossie, de Ringo Heath y de Whiting para mostrarlas por Stoke Newington. Y para mostrárselas a Matsumoto. Pero, conociendo a Barbara, lo más probable es que consiga más que eso.

—Seguro que lo hará —dijo Isabelle—. Gracias, inspector. Hablaré con ella más tarde. —Miró al resto y leyó en sus rostros diversos grados de malestar—. La mayoría de ustedes tienen sus actividades para mañana. Hablaremos de nuevo por la tarde.

Se levantó y se fue. Cuando se dirigía a su oficina oyó su nombre. Reconoció la voz de Lynley, pero lo despidió con la mano.

—Tengo que lidiar con el agente Stewart —le dijo—, y luego con Hillier. Y eso, créeme, es todo lo que puedo afrontar en el día de hoy.

Se volvió rápidamente antes de que él pudiera responder. No había llegado a la puerta de su oficina cuando Dorothea Harriman le dijo que el comisario había llamado personalmente —enfatizando «personalmente», era urgente que se comunicara con él— y que le estaba dando a la superintendente una elección: o bien él iba a su oficina, o bien ella podía ir a la suya.

—Me tomé la libertad… —dijo Dorothea con intención— porque, con todos mis respetos, superintendente detective Ardery, usted no desea que el subinspector jefe venga…

—Dile que estoy de camino.

John Stewart, decidió Isabelle, tendría que esperar. Se preguntó brevemente cómo podía empeorar su día, pero intuía que estaba a punto de averiguarlo.

ϒ

La clave era mantener la situación igual durante una hora, más o menos. Isabelle se dijo que era capaz de hacerlo. No tenía necesidad de fortalecerse durante los próximos sesenta minutos en Yard. Hubiera querido, pero no lo necesitaba. Querer y necesitar eran cosas completamente diferentes.

En la oficina de Hillier, Judi MacIntosh le indicó que entrara directamente. El subinspector jefe la estaba esperando, le dijo, y le preguntó si quería un té o un café. Isabelle aceptó tomar té con leche y azúcar. Pensó que si era capaz de beberlo sin que sus manos temblaran, mostraría el control que mantenía sobre la situación.

Hillier estaba sentado detrás de su escritorio. Asintió con la cabeza hacia su mesa de reuniones, y le comentó que iban a esperar a que Stephenson Deacon llegara. Hillier se sentó junto a Isabelle. Tenía varios mensajes telefónicos en la mano, pedazos de papel que puso sobre la mesa frente a él, e hizo ver que los estudiaba. La puerta de la oficina se abrió al cabo de dos minutos de un tenso silencio, y Judi MacIntosh entró con el té de Isabelle: una taza en un plato, una jarra de leche, azúcar y una cuchara de acero inoxidable. Sería más difícil de manejar que una taza de plástico o de poliestireno.

La taza de té se tambalearía en el plato cuando la levantara, traicionándola. Muy inteligente, pensó Isabelle

—Por favor, disfrute de su té —le dijo Hillier. Pensó que el tono de su voz era similar al que Sócrates debió oír antes de que se tomara la cicuta.

Tomó la leche, pero decidió dejar el azúcar. El azúcar hubiera requerido un diestro uso de la cuchara, y ella no se veía capaz de manejar esa situación. Aun así, cuando agitó la leche en el té, el sonido del acero en la porcelana le pareció ensordecedor. No se atrevió a alzar la taza. Dejó la cuchara en el plato y esperó.

Fueron menos de cinco minutos los que tardó Stephenson Deacon en unirse a ellos, aunque pareció mucho más tiempo. Saludó a Isabelle con la cabeza y se hundió en una silla. Colocó un sobre delante suyo. Tenía el cabello fino y de color gris, y pasó sus manos por él.

—Bueno —comenzó. Le echó una mirada a Isabelle—. Tenemos un problema, superintendente Ardery.

El problema tenía dos partes, y el jefe de prensa arrojó luz sobre ellos sin más observaciones preliminares. La primera parte la constituía el pacto no autorizado. La segunda parte se basaba en el resultado del pacto no autorizado. Ambos eran igualmente perjudiciales para la Met.

«Perjudicial para la Met» no tenía nada que ver con el daño real, pensó Isabelle rápidamente. Esto no quiere decir que la Policía hubiera perdido todo poder sobre el elemento criminal. Más bien, dañar a la MET significaba dañar su imagen, y cada vez que la imagen de la MET se manchaba, el descrédito provenía generalmente de la prensa.

En este caso, lo que la prensa informaba parecía haber llegado literalmente de Zaynab Bourne. Ella había aceptado el trato ofrecido por la superintendente Isabelle Ardery en el hospital Saint Thomas: acceso sin restricciones a Yukio Matsumoto, a cambio de que la MET admitiera su culpabilidad por la huida del hombre japonés y sus lesiones posteriores. La última edición del *Evening Standard* sacaba en portada esta historia, pero lamentablemente el *Standard* solamente daba una versión de la historia, la que los culpaba. «La MET admite una infracción», decía el periódico, con el titular en un *banner* de tres pulgadas debajo del cual imprimieron fotos de la escena del accidente, fotos de la abogada en la conferencia de prensa donde había ofrecido esas declaraciones, y una foto publicitaria de Hiro Matsumoto y su violonchelo, como si él y no su hermano fuese la víctima del accidente en cuestión.

Ahora que Scotland Yard había admitido su parte de culpa en las terribles heridas de las cuales Yukio Matsumoto heroicamente se estaba recuperando, la señora Bourne dijo que revisarían la compensación monetaria que se le debía. Todos podían dar gracias a Dios de que los que habían participado en la persecución del pobre hombre habían sido oficiales no armados. De haber sido la Policía armada, blandiendo sus pistolas, habría pocas dudas de que el señor Matsumoto estaría ahora esperando su entierro.

Isabelle reconoció que la verdadera razón por la que estaba sentada en la oficina de Hillier con el subinspector jefe y Stephenson Deacon tenía que ver con la compensación monetaria que Zaynab Bourne había mencionado. Febrilmente, volvió sobre su conversación con la abogada, llevada a cabo en el pasillo exterior de la habitación de Yukio Matsumoto, y dijo que Bourne no había tenido en cuenta un elemento de esa conversación antes de hablar con la prensa.

—La señora Bourne está exagerando, señor —le dijo a Hillier—. Mantuvimos una conversación sobre lo que condujo a las lesiones del señor Matsumoto, pero eso fue de lo único de lo que hablamos. Estuve tan de acuerdo con su evaluación de las circunstancias como de cortarme las venas delante de las cámaras de televisión. —Se estremeció por dentro tan pronto como acabó de hablar. Mala elección de metáfora, pensó.

Por la expresión en el rostro del subinspector jefe, consideró que éste habría sido sumamente feliz si se hubiera cortado las venas o cualquier otra parte de su cuerpo.

—Las dos hablamos a solas —continuó, confiando en que ellos llenarían los espacios en blanco, y así no lo tendría que hacer ella. No hubo testigos de su conversación. Poco importaba lo que Zaynab Bourne dijera. La MET simplemente podía negarlo.

Hillier miró a Deacon. Éste enarcó una ceja. Deacon miró a Isabelle, que evitó su mirada.

—Más allá de eso, se debe tener en cuenta el nada despreciable asunto de la seguridad pública.

—Explíquese —dijo Hillier.

Echó un vistazo a los mensajes telefónicos que estaban esparcidos encima de la mesa. Isabelle asumió que eran de Bourne, de los medios de comunicación y del oficial superior de Hillier.

—Había cientos de personas en Covent Garden cuando el señor Matsumoto salió disparado —dijo Isabelle—. Es cierto que le perseguimos, y la señora Bourne ciertamente puede argumentar que lo hicimos a pesar de saber que el hombre es un esquizofrénico paranoide. Sin embargo, podemos contrarrestar esa argumentación con otra de más peso, que es que le perseguimos precisamente por esa misma razón. Sabíamos que era inestable, pero también sabíamos que estaba involucrado en un asesinato. Su propio hermano le ha identificado en los retratos robot que aparecen en los diarios. Más allá de eso, tenemos pelos en el cuerpo que sabemos que son de origen oriental, y eso, en combinación con la descripción de un hombre corriendo en la escena del crimen, de aspecto desaliñado… —Dejó el resto de la frase colgada por un instante. Le pareció que el resto iba implícito: ¿qué otra opción tenía la Policía que la de perseguirle?—. No teníamos ni idea de si iba armado —concluyó—. Podría haber atacado de nuevo perfectamente.

Hillier miró a Deacon. Se comunicaron sin palabras. Fue entonces cuando Isabelle se dio cuenta de que ya habían decidido algo y que ella se encontraba en aquella habitación, más que para discutir lo que sucedió en la calle, para escuchar lo que tenían que decir.

—La prensa no es tonta, Isabelle —dijo Hillier—. Son completamente capaces de trabajar con la línea temporal de su trabajo y usarlo en su contra y, por extensión, contra la Met.

—¿Señor? —Ella frunció el ceño.

Deacon se inclinó hacia la mujer. Su voz era paciente.

—Estamos intentando no operar como nuestros primos norteamericanos, querida —dijo—. ¿Dispara primero y pregunta después? Ése no es nuestro estilo. —A ella se le erizó el vello de la nuca con ese tono condescendiente.

—No veo cómo…

—Permítame que lo aclare, entonces —interrumpió Deacon—. Cuando le persiguió usted no tenía ni idea de que los pelos del cadáver pertenecían… a un oriental, y mucho menos al señor Matsumoto. Y no tenía ni idea de que él fuera la persona que había salido huyendo de la escena del crimen.

—Pues resultó ser…

—Bien, sí, lo fue. No es un consuelo. Sin embargo, el problema es la propia persecución y su admisión de culpabilidad por ello.

—Como dije, no había testigos en mi conversación con…

—¿Eso es lo que va a declarar a la prensa? ¿Nuestra palabra contra la suya, así? ¿Es ésa la mejor respuesta que puede ofrecer?

—Señor —se dirigió a Hillier—, no tenía muchas opciones en el asunto del hospital. Teníamos a Yukio Matsumoto consciente. Teníamos a su hermana y a su hermano dispuestos a que hablara con él. Y él habló. Terminamos con dos retratos robot y si no hubiera hecho un trato con la abogada, no tendríamos más que lo que teníamos ayer.

—Ah, sí, los retratos robot —dijo Deacon, abriendo el sobre color manila que había traído consigo.

Isabelle comprobó que había llegado al despacho de Hillier armado: había conseguido copias de los retratos robot por su cuenta. Los miró, y después la observó a ella. Le pasó los retratos robot a Hillier. Éste los examinó. Se tomó su tiempo. Las puntas de sus dedos se juntaron mientras evaluaba qué habían ganado —y que no— con el trato que había hecho Isabelle con Zaynab Bourne. No era más tonto de lo que podía ser ella misma, ese Deacon, o que cualquiera de los agentes. Llegó a una conclusión, pero no habló. No tenía por qué. En su lugar, levantó los ojos hacia ella. Azules, sin alma. ¿Mostraban arrepentimiento? Y si así era, ¿arrepentimiento de qué?

—Dos días para terminar esto —le dijo—. Después de eso, creo que asumiremos que su estancia con nosotros habrá llegado a su fin.

Lynley encontró la casa sin demasiada dificultad, a pesar de estar en el sur del río, donde un solo giro equivocado podía llevarle a uno a la carretera hacia Brighton en lugar de, pongamos, la carretera a Kent o a Cambridgeshire. Pero en este caso su pista para ubicarse era, de acuerdo con la guía, la calle que estaba entre la cárcel de Wandsworth y el cementerio de la misma localidad. Su esposa lo habría llamado insalubre: «Cariño, el lugar tiene todo lo que se recomienda a los suicidas y a los depresivos crónicos».

Helen no se hubiera equivocado, especialmente en lo referente a la estructura en la que Isabelle Ardery había establecido su morada. La casa en sí no era del todo mala —a pesar de un árbol moribundo en la entrada y un sendero de cemento que lo rodeaba, que era lo que lo había matado—, pero Isabelle ocupaba el sótano y, como la casa miraba al norte, el lugar era como un hoyo. A Lynley le vinieron a la mente los mineros de Gales, y eso fue incluso antes de entrar. Vio el coche de Isabelle en la calle, así que supo que estaba en casa. Sin embargo, no abrió la puerta cuando él llamó. Así que llamó de nuevo y después golpeó la puerta. La llamó por su nombre y cuando no funcionó, probó el tirador y vio que no había cerrado por dentro con llave, algo imprudente. Entró.

Había poca luz, como suele suceder en los sótanos. Una iluminación tenue llegaba a través de una sucia ventana de la cocina, que se suponía debía aportar luz exterior no sólo para la cocina, sino para la habitación que la seguía, que resultó ser la sala de estar. Estaba decorada con muebles baratos, con cosas que sugerían una apresurada y solitaria visita a Ikea. Un sofá, una silla, una mesa de café, una lámpara de pie, una alfombra para ocultar los pecados de los ocupantes.

Lynley vio que no había nada personal en ningún lugar, salvo por una fotografía, que cogió del estante encima de la calefacción eléctrica. Se trataba de una foto enmarcada de Isabelle arrodillada entre dos niños, con los brazos alrededor de sus cinturas. Ella iba vestida para trabajar, mientras que ellos llevaban el uniforme escolar, con sus gorras a conjunto en las cabezas, y con los brazos colgando de los hombros de su madre. Los tres sonreían. ¿El primer día de colegio?, se preguntó Lynley. Por la edad de los gemelos, parecía que sí.

Dejó la foto en el estante. Miró a su alrededor y se preguntó acerca de la elección de Isabelle de aquella casa. No podía imaginarse trayendo a los niños a vivir a aquel lugar; se preguntó por qué Isabelle la había escogido. La vivienda era cara en Londres pero sin duda tenía que haber algo mejor, un lugar en el que los chicos pudieran ver el cielo desde la ventana. ¿Dónde se supone que dormirían? Fue a buscar los dormitorios.

Había uno, con la puerta abierta. Estaba situado en la parte posterior del piso, con una ventana que daba a un pequeño recinto amurallado desde donde, supuso, se llegaba al jardín, si es que había uno. La ventana estaba cerrada y parecía que no se había limpiado desde que se construyó la casa. Pero la iluminación que proporcionaba era suficiente para vislumbrar una silla, una cajonera y una cama. Isabelle Ardery estaba tirada sobre ella. Respiraba profundamente, como hace alguien cuando no ha dormido bien durante varios días. Se resistió a despertarla y consideró dejar una nota y largarse. Pero cuando rodeó la cama para abrir la ventana y dejar entrar un poco de aire fresco para la pobre mujer, vio el destello de una botella en el suelo y comprendió que no estaba dormida como uno podría pensar. Más bien estaba borracha.

—Dios —murmuró—. Será idiota.

Se sentó en la cama. La incorporó un poco. Ella gimió. Sus ojos parpadearon intentando abrirse, luego se cerraron.

—Isabelle. Isabelle.

— ¿*Cgomo* has *estrado*, eh? —Le miró con los ojos entreabiertos y después volvió a cerrarlos—. Oye, tú, *soy'gente* de Policía —Su cabeza se desplomó sobre él—. Llamaré a..., a alguien... Lo haré... Si *n'te* vas.

—Levántate —le dijo Lynley—. Isabelle, de pie. Necesito hablar contigo.

—He dejado de hablar. —Su mano se estiró para acariciar su mejilla, aunque ella no le miró, así que falló y le dio en la oreja—. Terminado. Dijo que de todos modos...

Parecía que volvía a caer en el estupor. Lynley soltó un suspiro. Intentó recordar cuándo había sido la última vez que había visto a alguien así de borracho, pero no pudo. Necesitaba un purgante de algún tipo, una taza de café o algo. Pero primero debía estar lo suficientemente consciente como para tragar, y parecía que sólo había una manera de conseguirlo.

La puso en pie. Sabía que era imposible llevarla hasta la sala como si fuera un héroe cinematográfico. Ella era prácticamente de su mismo tamaño, un peso muerto, y no había suficiente espacio para maniobrar dada la posición en la que estaba, incluso si hubiera podido cargarla como un bombero, encima de sus hombros. Así que tuvo que arrastrarla sin ningún tipo de gloria desde la cama hasta el poco glorioso lavabo. Allí vio que no había bañera, pero sí una estrecha ducha, lo que a él ya le parecía bien. La apoyó allí totalmente vestida y le dio al grifo del agua. A pesar de los años de la casa, la presión del agua era excelente y el chorro golpeó directamente en la cara de Isabelle.

Ella gritó. Agitó los brazos.

—Qué *demo'ios*... —exclamó al tiempo que parecía que le reconocía por primera vez—. ¡Dios mío! —Puso los brazos alrededor de su cuerpo como si estuviera desnuda. Cuando se vio completamente vestida miró hacia sus zapatos y dijo—: Oh, ¡*noooooo*!

—Veo que por fin tengo tu atención —le dijo Lynley con sequedad—. Quédate aquí hasta que estés lo suficientemente sobria para decir cosas coherentes. Voy a hacer café.

La dejó. Fue a la cocina y empezó a buscar. Encontró café molido al lado de un hervidor eléctrico, así como todo lo que necesitaba. Puso una gran cucharada de café y llenó el hervidor con agua. Lo enchufó a un cable. Para cuando estuvieron listos los cafés y servidos en las tazas, con leche, azúcar y en la mesa —junto con dos tostadas untadas con mantequilla y cortadas en triángulos—, Isabelle había salido del baño. Se había quitado la ropa empapada, estaba vestida con una toalla, iba descalza, y su cabello se aferraba húmedamente a su cráneo. Se quedó de pie en la puerta de la cocina y le observó.

—Mis zapatos —dijo— están destrozados.

—Mmm —contestó él—. Me atrevería a decir que sí.

—Mi reloj tampoco era sumergible, Thomas.

—Un lamentable descuido cuando se compró.

—¿Cómo has entrado?

—La puerta estaba abierta. Otro lamentable descuido, por cierto. ¿Estás sobria, Isabelle?

—*Muas* o menos.

—Entonces, café. Y tostada.

Fue hasta la puerta y la agarró del brazo. Ella se zafó.

—Puedo caminar, ¿sabes? —espetó.

—Estamos progresando, entonces.

Se movió cuidadosamente hacia la mesa, donde se sentó. Vertió café en las dos tazas y empujó la de ella al lado de la tostada. Ella hizo un mohín de asco con la comida y negó con la cabeza.

—Negarse no es una opción —dijo él—. Considéralo medicinal.

—Vomitaré. —Hablaba con el mismo cuidado que usó al moverse de la puerta a la mesa. Era bastante buena fingiendo estar sobria, observó Lynley; le pareció que tenía años de práctica.

—Toma un poco de café —le dijo.

Ella aceptó y dio unos sorbos.

—No fue la botella entera —declaró a propósito de lo que había encontrado en el suelo del dormitorio—. Sólo me bebí lo que quedaba en ella. No es ningún crimen. No planeaba coger el coche ni ir a ningún sitio. No tenía pensado salir del piso. No es asunto de nadie, salvo mío. Y me lo debía, Thomas. No hay razón para montar un gran drama por esto. —Ella le miró. Él mantuvo su cara inexpresiva—. ¿Qué haces aquí? —reclamó—. ¿Quién diablos te ha enviado?

—Nadie.

—¿Tampoco Hillier queriendo saber cómo llevaba mi derrota?

—Sir David y yo difícilmente nos comunicamos en esos términos —contestó Lynley—. ¿Qué ha pasado?

Ella le contó la reunión con el subinspector jefe y con el jefe de la oficina de prensa. No parecía haber motivo para ofuscarse, porque se lo explicó todo: desde su trato con Zaynab Bourne para mantener contacto con Yukio Matsumoto, pasando por su conocimiento acerca de la inutilidad de los retratos robot de Matsumoto, a pesar de lo que le había dicho a su equipo en la sala de detenciones, hasta la nada disimulada condescendencia de Stephenson Deacon —«de hecho, me llamó "querida", ¿puedes creerlo? Y lo que es peor es que no abofeteé su cara de presumido»—, para terminar finalmente con la despedida de Hillier.

—Dos días. Y entonces estaré acabada. —Sus ojos se humedecieron, pero ella hizo caso omiso a sus emociones—. Bien, John Stewart estará encantado, ¿no? —Ofreció una débil sonrisa—. Me olvidé de él en la oficina, Thomas. A lo mejor todavía está esperando allí. ¿Crees que habrá pasado la noche allí? Dios, necesito otro trago. —Miró alrededor de la cocina como si se preparara para levantarse y buscar otra botella de vodka. Lynley se preguntó dónde guardaría sus provisiones. Las iba a verter por el desagüe. Conseguiría más, pero por lo menos sus deseos inmediatos de inconsciencia se verían frustrados—. La he cagado de verdad. Tú no lo habrías hecho. Malcom Webberly no lo habría hecho. Ni siquiera el maldito Stewart lo habría hecho.—Cruzó los brazos sobre la mesa y puso la cabeza sobre ellos—. Soy una inútil, estoy desesperada, hecha polvo y…

—También te autocompadeces —agregó Lynley. Ella sacudió su cabeza—. Con el debido respeto, jefa— añadió amablemente.

—¿Esa observación forma parte de las costumbres de un

señorito vestido de armiño o simplemente te gusta juzgar porque eres un cabronazo?

Lynley hizo como si pensara en ello.

—El armiño me da urticaria, así que sospecho que lo segundo.

—Justo lo que pensaba. Eres un borde. Si quiero decir que soy una inútil, desesperada y que estoy hecha polvo, maldita sea, voy a decirlo, ¿estamos?

Añadió café a la taza.

—Isabelle, es el momento de juntar fuerzas. No te voy a discutir que trabajar con Hillier es una pesadilla, o que Deacon vendería a su hermana a un chulo de Nueva York si ello implicara que daría buena imagen a la Met. Pero ése no es el tema ahora. Tenemos a un asesino que debe ser detenido, y un caso en su contra que debemos construir para la acusación estatal. Nada de esto va a pasar si no te calmas.

Ella agarró su taza de café y Lynley pensó por un momento que se la iba a la lanzar. En lugar de eso, bebió y le miró por encima del borde de la taza. Finalmente se dio cuenta de que él nunca había respondido a su pregunta acerca de su presencia en el piso.

—¿Qué demonios estás haciendo en mi piso, Thomas? —preguntó—. ¿Por qué has venido? Éste no es precisamente tu barrio, así que me atrevo a decir que no estabas de paso. ¿Y cómo encontraste dónde vivo, de todas formas? ¿Alguien te lo dijo…? ¿Por casualidad esa Judi MacIntosh…? ¿Te ha enviado ella? Seguro que es una de esas que escuchan tras las puertas. Hay algo en ella…

—Controla tu paranoia durante cinco minutos —interrumpió Lynley—. Te he dicho desde el principio que quería hablar contigo. Esperé más de una hora en la sala de interrogatorios. Dee Harriman me dijo al fin que te habías ido a casa. ¿De acuerdo?

—¿Hablar conmigo de qué? —preguntó ella.

—De Frazer Chaplin.

—¿Qué pasa con él?

—Me he pasado la mayor parte del día pensado en ello desde todos los ángulos posibles. Creo que Frazer es nuestro hombre.

Esperó a que Lynley se explicara. Bebió más café y decidió hacer un nuevo intento con la tostada. Su estómago no se resistía a la idea de alimentarse, por lo que levantó uno de los triángulos que Lynley le había hecho para ella y le dio un mordisco. Se preguntó si aquél era el nivel del talento culinario del inspector. Pensó que era más que probable. Había puesto demasiada mantequilla. Tal y como había hecho antes en la sala de interrogatorios, Lynley habló de una revista que tenía de Deborah Saint James. Frazer Chaplin estaba en una de las fotografías. Aquello indicaba muchas cosas, le dijo: Paolo di Fazio había explicado desde el primer momento que Jemima estaba liada con Frazer, a pesar de las reglas que la dueña de la casa, la señora McHaggis, había impuesto a sus huéspedes. Abbott Langer había dicho muchas cosas que apoyaban esa afirmación y Yolanda —aunque era un poco forzado, admitió Lynley— también había señalado que Jemima mantenía una relación de algún tipo con un hombre misterioso.

—¿Ahora le hacemos caso a una vidente? —se lamentó Isabelle.

—Espera —le dijo Lynley.

Sabían que la relación de Jemima no era con Di Fazio desde que le preguntó a Yolanda en repetidas ocasiones acerca de la reciprocidad afectiva en su «nueva» relación. Difícilmente reclamaría eso de Di Fazio, ya que había dado por terminada su relación con él. ¿No era, entonces, seguro asumir que dadas las negativas de Frazer le situaban precisamente a él como al hombre al que estaban buscando?

¿Cómo diablos continuaba aquello?, preguntó Isabelle. Incluso si ella estaba involucrada con Jemima, eso difícilmente implicaba que la hubiera asesinado.

—Espera —le dijo Lynley—. Si ella estuviera dispuesta a escucharle... Está bien, maldita sea.

Isabelle estaba cansada. Hizo un movimiento con la mano para que continuara.

—Supongamos un par de cosas. En primer lugar vamos a suponer que, antes de su muerte, Jemima estaba en efecto involucrada sentimentalmente con Frazer Chaplin.

—Bien. Asumamos eso —dijo Isabelle.

—Bien. Ahora asumamos que el hecho de que poseyera una

moneda de oro y una cornalina tallada es indicador no de que llevara un amuleto de la buena suerte o de que tuviera valor sentimental, porque pertenecía a su padre o cualquier cosa por el estilo. Digamos que todas esas cosas fueron encontradas en un tesoro romano secreto. Entonces, supongamos que ella y Gordon Jossie son las personas que lo hallaron en su terreno en Hampshire. Finalmente, vamos a suponer que antes de informar del hallazgo, algo que por ley deben hacer, algo ocurre entre Jemima y Jossie, que lleva su relación a precipitarse. Ella escapa a Londres, aunque durante todo ese tiempo sabe que existe un tesoro que podía ser suyo y que valía una fortuna.

—¿Qué diablos sucedió para que su relación se acabara de tal modo que ella terminara escondiéndose de él? —preguntó Isabelle.

—Todavía no lo sabemos —admitió Lynley.

—Maravilloso —murmuró Isabelle—. No puedo esperar a contárselo a Hillier. Por el amor de Dios, Thomas, todo esto es mucho suponer. ¿Qué tipo de arresto podemos lograr con tanta especulación?

—Ningún arresto en absoluto —contestó Lynley—. Al menos todavía no. Faltan piezas. Pero si lo piensas un instante, Isabelle, el móvil del crimen no es una de ellas.

Isabelle consideró lo siguiente: Jemima Hastings, Gordon Jossie y un tesoro enterrado.

—Jossie tiene un móvil, Thomas —dijo ella—. No veo el de Frazer Chaplin.

—Por supuesto que tiene uno, si existe un tesoro enterrado y si Jemima Hastings le contó algo acerca de él.

—¿Por qué se lo iba a contar?

—¿Por qué no iba a hacerlo? Si ella está enamorada de él, si ella tiene la esperanza de que sea «él», existe una enorme posibilidad de que ella le contara lo del tesoro para asegurarse de que le retiene.

—Muy bien. Estupendo, así que ella le explicó lo del tesoro. ¿No te lleva eso a pensar que de quien se querría deshacer es de Gordon Jossie y no de Jemima Hastings?

—Eso le aseguraría el tesoro únicamente si podía aguantar el cariño de Jemima. Sus repetidas visitas a la médium indican que ella podía estar dudando de Frazer. ¿Por qué otra razón continuaría preguntándose si él era «él»? Supón que él sabía que ella se lo estaba pensando. Supón que se lo imagina. Pierde a Jemima y pierde la fortuna. La única manera de prevenir todo aquello era deshacerse de ambos (de Jemima y de Jossie) y dejar de preocuparse.

Isabelle consideró aquella opción. Mientras lo hacía, Lynley se levantó de la mesa y fue al fregadero. Se apoyó en él y se mantuvo en silencio, observando y esperando.

—Es un gran salto, Thomas —dijo ella finalmente—. Es demasiado para rendir cuentas. Han corroborado su coartada….

—McHaggis podría estar mintiendo. O se podría estar equivocando. Ella dice que él estaba en casa duchándose, pero eso es lo que siempre hacía, ¿no? Se lo preguntamos días más tarde, Isabelle, y bien podía querer protegerle.

—Y entonces, ¿qué? ¿Se acostaba con ella? ¿Con ella, con Jemima, con…, con quién más, Thomas?

—Con Gina Dickens, me atrevería a decir.

—¿Gina Dickens? —Le miró fijamente.

—Piénsalo. Allí está ella, en las fotos de la revista de la gala de inauguración de la Portrait Gallery. Si Frazer estaba allí (y sabemos que estaba), ¿cuán imposible es creer que se encontrara con Gina Dickens aquella noche? ¿Cuán imposible es que después de encontrarse con Gina Dickens él se enamorara de ella? ¿Y quisiera añadirla a su lista de conquistas? ¿Decidió sustituir en última instancia a Jemima por ella? Y la envió a Hampshire para que se liara con Jossie, de modo que…

—¿Te das cuenta de cuántas cosas necesitan demostrarse en todo esto? —Ella puso la cabeza entre las manos. Sentía el cerebro empapado—. Podemos suponer esto y aquello, Thomas, pero no tenemos prueba alguna de que nada de lo que estás diciendo sucediera, así que, ¿qué sentido tiene?

Lynley continuó, aparentemente sin inmutarse. Tenían pruebas, señaló, pero le parecía que no las habían estado reuniendo correctamente.

—¿Qué, por ejemplo?

—El bolso y la camisa manchada de sangre en el cubo de Oxfam, para empezar. Hemos asumido que alguien los colocó allí para implicar a uno de los huéspedes de la casa de Bella

McHaggis. No hemos considerado todavía que, sabiendo que la caja no se vaciaba regularmente, uno de los habitantes de la casa la puso allí simplemente para guardarlos.

—¿Almacenarlos?

—Hasta que lo pudiera llevar hasta Hampshire, entregárselos a Gina Dickens y colocarlos en algún lugar de la propiedad de Gordon Jossie.

—Dios. Esto es una locura. ¿Por qué no simplemente...?

—Escucha. —Lynley regresó a la mesa y se sentó. Se inclinó sobre ella y puso la mano sobre su brazo—. Isabelle, no es tan alocado como parece. El crimen dependía de dos cosas. Primero, el asesino debía tener conocimiento del pasado de Jemima, de su presente y de sus intenciones hacia Gordon Jossie. Segundo, el asesino no podía haber trabajado solo.

—¿Por qué no?

—Porque tenía que reunir todas las pruebas necesarias para incriminar a Gordon Jossie por ese asesinato, y esas pruebas iban a hallarse en Hampshire: el arma homicida y una camisa amarilla del armario de la ropa de Jossie, me imagino. Al mismo tiempo, el asesino tenía que saber qué iba a hacer Jemima en relación con Jossie. Si Frazer era en efecto su amante, ¿no te parece razonable suponer que ella le enseñó las tarjetas que Jossie puso cerca de la galería para intentar localizarla? ¿No es razonable concluir que, sabiendo de esas postales y todavía con una historia con Gina Dickens, Frazer Chaplin empezara a ver una manera de quedarse con todo: el tesoro, la forma de llegar a él y también con Gina Dickens?

Isabelle pensó en ello. Intentó ver cómo pudo haber sucedido: una llamada hecha al número de la tarjeta que le diría a Gordon Jossie dónde encontrar a Jemima. La decisión de ésta de encontrarse con Jossie en un lugar privado. Alguien en Hampshire vigilando a Jossie y controlando sus movimientos, y alguien en Londres haciendo lo mismo con Jemima, y esas dos personas íntimamente ligadas con Jossie y con Jemima, al tanto de la naturaleza de la relación que uno había tenido con la otra; esas dos personas, además, en contacto; esos álguienes estaban sincronizados como bailarines de ballet.

—Me marea —dijo finalmente—. Es imposible.

—No lo es, especialmente si Gina Dickens y Frazer se conocían desde la noche de la inauguración de la galería. Y hubiera funcionado, Isabelle. Tan cuidadosamente planeado como estaba, hubiera funcionado perfectamente. La única cosa que no tuvieron en cuenta fue la presencia de Yukio Matsumoto aquel día en el cementerio. Frazer no sabía que Matsumoto era el ángel de la guarda de Jemima. Probablemente no lo sabía ni la propia Jemima. Así que tampoco Frazer ni Gina Dickens tuvieron en cuenta que alguien vería cómo Jemima y Frazer se encontraban, y también cómo Gordon Jossie la dejaba allí viva.

—Si es que ése era Gordon Jossie.

—No veo cómo podría ser otra persona, ¿tú sí?

Isabelle lo consideró desde todos los ángulos. Muy bien, podía haber sucedido de esa manera. Pero había un problema con todo lo que había dicho Lynley, y ella no podía ignorarlo, como tampoco podía él.

—Jemima se fue de Hampshire hace mucho tiempo, Thomas. Si existe un tesoro romano esperando en la propiedad que compartía con Gordon Jossie, ¿por qué demonios, en todo este tiempo, ninguno de los dos (Jossie y Jemima) hizo nada al respecto?

—Eso es lo que me gustaría saber —contestó—. Pero primero me gustaría romper la coartada de Frazer.

Aún en bata, ella salió fuera con él. No tenía mejor aspecto que cuando se había metido en la ducha, pero a Lynley le pareció que su ánimo se había elevado lo suficiente y que probablemente no bebería de nuevo esa noche. Este pensamiento le tranquilizó. No le gustaba pensar por qué.

Ella llegó hasta donde las estrechas escaleras que conducían desde el sótano hasta la calle. Había subido los dos primeros peldaños cuando pronunció su nombre. Él se volvió. Se puso de pie debajo de él con una mano en la barandilla como si tuviera intención de seguirle y la otra mano en su garganta, sosteniendo la bata cerrada.

—Todo esto podía haber esperado hasta mañana, ¿no? —dijo ella.

Él lo pensó por un momento.

—Supongo que sí —contestó.

—Entonces, ¿por qué?

—¿Por qué ahora en lugar de mañana por la mañana? ¿Es eso a lo que te refieres?

—Sí. —Ella inclinó su cabeza hacia el suelo, la puerta seguía abierta sin ninguna luz en el interior—. ¿Lo sospechabas?

—¿El qué?

—Ya sabes.

—Sabía que existía una posibilidad.

—¿Por qué te has molestado entonces?

—¿En quitarte la borrachera? Quería hablar contigo de un par de ideas que tenía y no podía hacerlo si estabas fuera de ti.

—¿Por qué?

—Me gusta el toma y daca de una colaboración. Es como mejor trabajo, Isabelle.

—Estás hecho para esto. —Ella se tocó el pecho con los dedos, en un gesto que parecía indicar que se refería al trabajo del superintendente—. Yo no —añadió—. Eso ha quedado claro.

—Yo no diría eso. Ya lo señalaste tú misma. El caso es complicado. Te han asignado un trabajo que es como un camino cuesta arriba como yo nunca he tenido que transitar.

—No me creo nada de eso, Thomas. Pero gracias por decirlo. Eres un buen hombre.

—A menudo pienso lo contrario.

—Entonces, piensas tonterías. —Sus ojos buscaron los de Lynley—. Thomas… Yo…

Sin embargo, pareció que había perdido el valor de decir nada más. Era impropio de ella. Lynley esperó para oír lo que ella quería decir para finalizar. Él bajo un peldaño. Ella estaba justo debajo de él, no prácticamente cara a cara, sino con su cabeza justo por debajo de sus labios.

El silencio entre ellos duraba demasiado. Pasó de tranquilo a tenso, y de tensión a deseo. El simple movimiento de besarla se convirtió en la cosa más natural del mundo y cuando su boca se abrió bajo la suya, fue tan natural como el propio beso. Los brazos de ella se deslizaron a su alrededor, y los de él alrededor de ella. Las manos de él se deslizaron por debajo de los pliegues de la bata para tocar su fresca y suave piel.

—Quiero que me hagas el amor —murmuró ella.

—No creo que sea conveniente, Isabelle —dijo él.

—No me importa lo más mínimo.

30

Gordon no había llamado al detective de Scotland Yard cuando Gina volvió a casa la noche anterior. En su lugar quería observarla. Tenía que saber exactamente qué estaba haciendo aquí en Hampshire. Tenía que saber qué sabía.

Él era terrible fingiendo, pero era inevitable. Ella se dio cuenta de que algo iba mal cuando llegó a la propiedad y le encontró sentado frente a la mesa del jardín, en la oscuridad. Gina llegaba muy tarde y Gordon estaba agradecido por ello. Dejó que ella pensara que la razón de su silencio y su manera de observarla era la hora de su regreso.

La chica dijo que se había liado con una serie de cosas, pero su explicación fue vaga cuando trató de explicar qué eran esas cosas.

Había perdido la noción del tiempo, dijo ella, y allí estaba, en una reunión con un trabajador social de Winchester y otro de Southampton, y que había una muy, muy buenas posibilidades de que el programa especial para chicas inmigrantes, la financiación podía ser desviada para usarse… Y siguió hablando. Gordon se preguntó cómo no había visto antes la facilidad con la que le salían las palabras a Gina.

Pasaron el resto de la velada y después fueron a la cama. Ella se puso en la posición de la cuchara a su lado, en la oscuridad, y sus caderas se movieron rítmicamente contra su culo. Él tenía que girarse y tomarla, y así lo hizo. Copularon en un silencio furioso que se suponía que era deseo salvaje. Acabaron cubiertos de sudor.

—Maravilloso, cariño —murmuró ella, y la meció hasta

que ella cayó dormida. Él seguía despierto, y su desesperación creció. Su única preocupación era qué camino tomar.

Por la mañana ella estaba disipada, como solía estarlo a menudo, sus párpados se abrían en aleteo, su lenta y amplia sonrisa, su estiramiento de extremidades, el baile de su cuerpo mientras se deslizaba por debajo de la sábana para buscarle con su boca.

Él se apartó bruscamente. Saltó de la cama. No se duchó, se vistió con la ropa del día anterior y bajó a la cocina, donde se hizo un café. Ella se reunió con él.

La chica vaciló en el umbral de la puerta. Gordon estaba cerca de la mesa, debajo del estante en el que Jemima había desplegado toda una hilera de ponis de plástico, una representación menor de una de sus muchas colecciones de artículos de los que no podía deshacerse. No recordaba ahora dónde los había puesto y eso le preocupaba. Su memoria no le daba generalmente problemas. Gina ladeó su cabeza hacia él; su expresión era suave.

—Estás preocupado por algo. ¿Qué ha pasado?

Él negó con la cabeza. No estaba listo todavía. Hablarlo no era la parte complicada para él. Era escuchar lo que no quería afrontar.

—No has dormido, ¿verdad? —le preguntó ella—. ¿Qué pasa? ¿Me lo vas a contar? ¿Es otra vez ese hombre...? —Ella señaló el exterior.

La entrada a la propiedad se veía desde la ventana de la cocina, así que él supuso que estaba hablando de Whiting y preguntándose si habría habido otra visita suya mientras ella no estaba en casa. No hubo ninguna, pero Gordon sabía que la habría. Whiting no había logrado todavía lo que quería.

Gina fue a la nevera. Se sirvió un zumo de naranja. Llevaba una bata de lino, iba desnuda bajo ella, y la luz de la mañana hizo de su cuerpo una voluptuosa silueta. Era, pensó, toda una mujer. Conocía el poder de lo sensual. Sabía que cuando se trataba de hombres, lo sensual siempre abrumaba a lo sensible. Se quedó quieta en el fregadero, mirando por la ventana. Dijo algo sobre la mañana. No era todavía calurosa, pero iba a serlo. Quería saber si era más difícil trabajar con los carrizos en días tan calurosos. No pareció que le molestara cuando él no respondió. Se inclinó hacia delante como si algo en el exterior hubiera llamado su atención.

—Puedo ayudarte a limpiar el resto del prado ahora que no hay caballos —dijo.

Caballos. Él se preguntó por primera vez por aquella palabra, por el hecho de que ella los llamara «caballos» en lugar de lo que en realidad eran, es decir, ponis. Les llamó caballos desde el principio, y él no la había corregido porque... ¿Por qué? ¿Qué había representado ella? ¿Por qué no se había preguntado acerca de todas las cosas que había dicho y que le indicaban que algo iba mal?

—Estoy encantada de hacerlo. Me vendrá bien el ejercicio y, de todos modos, no tengo nada que hacer hoy. Piensan que les va a llevar una semana o así, hasta que llegue el dinero, menos tiempo si tengo suerte.

—¿Qué dinero?

—Para el programa. —Se giró y le miró—. ¿Lo has olvidado ya? Te lo dije anoche, Gordon. ¿Qué pasa?

—¿Te refieres a la parte oeste del prado? —le preguntó a ella.

Gina pareció desconcertada antes de que, al parecer, se diera cuenta de cómo zigzagueaban sus pensamientos.

—¿Ayudarte a limpiar el resto de la parte oeste del prado? Sí, puedo trabajar en ese trozo lleno de maleza al lado de la parte vieja de la cerca. Como dije, el ejercicio sería...

—Deja el prado tranquilo —la cortó él con brusquedad—. Quiero que se quede tal y como está.

Ella parecía desconcertada. Sin embargo, se serenó lo suficiente para esbozar una sonrisa.

—Cariño, por supuesto. Yo sólo quería...

—Esa detective ha estado aquí —le dijo—. La mujer que vino antes con el negro.

—¿La de Scotland Yard? —preguntó—. No recuerdo su nombre.

—Havers. —Metió la mano debajo del servilletero que había sobre la mesa y sacó la tarjeta que la detective Havers le había entregado.

—¿Qué quería? —preguntó Gina.

—Quería hablar de herramientas de paja. Cayados, especialmente. Estaba interesada en los cayados.

—¿Para qué?

—Creo que estaba pensando en dedicarse a otra cosa.

Ella se tocó la garganta.

—Estás de broma, por supuesto. Gordon, cariño, ¿de qué estás hablando? No pareces estar bien. ¿Puedo hacer algo…?

Esperó a que ella finalizara, pero no lo hizo. Sus palabras se fueron a la deriva. Se quedó mirándolo, como si esperara inspiración.

—La conocías, ¿verdad? —dijo.

—No la había visto antes en mi vida. ¿Cómo iba a conocerla?

—No hablo de la detective. Me refiero a Jemima.

Sus ojos se abrieron.

—¿Jemima? ¿Cómo diantres iba a conocer a Jemima?

—En Londres. Por eso los llamas caballos, ¿verdad? No eres de por aquí. No eres siquiera de Winchester, ni tampoco de campo. Tiene que ver con su tamaño, pero tú no lo sabías, ¿verdad? La conocías de Londres.

—¡Gordon! Para ya. ¿Te dijo esa detective…?

—Me la enseñó.

—¿El qué? ¿Qué?

Entonces, le contó lo del reportaje de la revista, las fotografías de sociedad y ella en medio de todo aquello. En la National Portrait Gallery, le dijo. Allí estaba, en un segundo plano, en la exposición de la galería, en la que había una foto de Jemima colgada.

Ella alteró su postura mientras se iba poniendo tensa.

—Eso es pura basura —dijo—. ¿La National Portrait Gallery? No he estado ahí jamás. ¿Y cuándo, se supone?

—El día de la inauguración de la exposición.

—Dios mío. —Negó con la cabeza, sus ojos se clavaron en él. Dejó el zumo de naranja en la encimera. El ruido que hizo el cristal sobre el mármol sonó tan fuerte que esperaba que el vidrio se hiciera añicos, pero no fue así—. ¿Y qué más se supone que hice? ¿Maté a Jemima también? ¿Eso es lo que crees? —No esperó a que le contestara. Se acercó a la mesa—. Dame la tarjeta. ¿Me recuerdas cuál es su nombre? ¿Dónde está, Gordon?

—Havers. Sargento Havers. No sé adónde ha ido.

Agarró la tarjeta y cogió el teléfono. Golpeó los números. Esperó a que hubiera tono. Finalmente dijo:

—¿Con la sargento Havers?... Muchas gracias... Por favor, confírmele eso a Gordon Jossie, sargento. —Extendió el teléfono hasta él—. Quiero que estés seguro de que la he llamado a ella, Gordon, y no a cualquier otro.

Él cogió el teléfono y dijo:

—Sargento...

—Maldita sea. ¿Sabe qué hora...? —dijo su inconfundible voz de clase trabajadora de Londres—. ¿Qué está pasando? ¿Es ésa Gina Dickens? Se suponía que debía llamarme cuando ella llegara a casa, señor Jossie.

Gordon le pasó de nuevo el teléfono a Gina.

—¿Satisfecho, cariño? —le dijo con malicia—. Sargento Havers, ¿dónde está usted. ¿Sway? —dijo al teléfono—. Gracias. Por favor, espéreme allí. Llegaré dentro de media hora, ¿le parece bien?... No, no. Por favor, no. Ya voy yo. Quiero ver esa foto de la revista que le ha enseñado a Gordon... Hay un comedor en el hotel, ¿verdad? Nos vemos allí.

Colgó el teléfono, y se giró hacia él. Le miró del modo en el que se mira a quien acaba de ser derrotado.

—Me resulta extraordinario.

Los labios de Gordon parecían haberse secado.

—¿Qué?

—Que ni por un momento hayas imaginado que se trataba de alguien que se me parecía, Gordon. ¿A qué nivel de patetismo hemos llegado?

Tras una noche en la que la paranoia de Michele Daugherty le había robado el sueño, Meredith Powell se había ido de casa de sus padres en Cadnam. Le había dejado una nota a su madre en la que le decía que había ido a Ringwood más pronto de lo habitual porque tenía mucho trabajo. Después del sermón previo del señor Hudson, Meredith no podía permitirse ningún tipo de lío que pusiera su trabajo en peligro, pero también sabía que no había manera de que fuera capaz de tarbajar con los diseños si no lograba sortear el enigma que significaba Gina Dickens. Así que a las cinco de la mañana había renunciado a la idea de dormir y se fue hasta la casa de Gordon Jossie, donde encontró un buen lugar para estacionar su coche en la entrada, llena de baches, a poca distancia del camino. Giró el coche y lo aparcó de tal manera que pudiera contemplar la casa de Gordon, oculta tras los setos que delimitaban la propiedad.

Había invertido un montón de tiempo intentando recordar lo que Gina Dickens le había dicho cuando se encontraron. Sin embargo, se dio cuenta que había demasiada información como para poder hilvanar una línea coherente. Pero aquello probablemente había sido la intención de Gina desde el principio, concluyó. Cuantos más detalles soltara, más difícil sería para Meredith tratar de ordenarlos y dar con la verdad. Eso sí, esa mujer no había contado con que contrataría a Michele Daugherty para que los ordenara por ella. Debido al desarrollo de los acontecimientos, Meredith consideró que todos ellos actuaban en connivencia: el comisario jefe Whiting, Gina Dickens y Gordon Jossie. No sabía cómo estaban relacionados, pero seguro que todos estaban implicados de algún modo en lo que le sucedió a Jemima.

Poco después de las siete de la mañana, Gina llevó marcha atrás hasta el camino su brillante Mini Cooper rojo. Se dirigió a Mount Pleasant y, más allá, a Southampton Road. Meredith esperó un momento y la siguió. No había muchas carreteras en la zona, así que era poco probable que la perdiera, pero no quería correr el riesgo de que la descubriera. Gina conducía tranquilamente y el sol brillaba a través de su pelo. Como antes, la capota del Mini Cooper estaba bajada. Conducía como alguien que va a pasar el día en el campo, con su brazo derecho descansando en la puerta y con el cabello al viento. Giró en los estrechos caminos de Mount Pleasant, haciendo sonar su bocina a modo de advertencia a los posibles coches que se acercaran en la curva y, finalmente, cuando llegó a Southampton Road, tomó la dirección a Lymington.

Si hubiera sido una hora más tarde, Meredith hubiera supuesto que Gina Dickens iba de compras. De hecho, cuando dio la vuelta a la rotonda y se dirigió a Marsh Lane, Meredith pensó por un instante que Gina podía estar yendo temprano a sus compras para poder encontrar estacionamiento en High Street, para luego tomar un café en una cafetería que supiera que estaba abierta. Pero antes de High Street, Gina giró de nuevo, en dirección al río, y por un momento se estremeció ante la idea de que eso implicara huir y esconderse. Meredith estaba segura de que Gina Dickens tenía la intención de tomar el ferri que la llevara a la Isla de Wight.

También en esta ocasión se había equivocado, y se sintió aliviada. Gina fue en dirección opuesta cuando llegó al otro lado del río, fijando su rumbo hacia el norte. Estaba dirigiéndose en línea recta a Hatchet Pond.

Meredith se quedó atrás para que no la viera. Le preocupaba perder a Gina en algún cruce justo después de Hatchet Pond, y asomó la cabeza por el parabrisas dando gracias a la luz del sol y a la forma en la que se reflejaba en los cromados del coche de Gina, lo que le permitía seguirlo como si fuera una guía.

A la altura del estanque, Meredith pensó en el hecho de que Gina Dickens pudiera estar a punto de encontrarse con alguien allí, del mismo modo que ellas dos se reunieron días atrás. Pero de nuevo, Gina continuó, y vio que giraba hacia el este en dirección a las casas de ladrillo de Beaulieu. En lugar de conducir hasta el interior del pueblo, fue hacia el noroeste, hasta el cruce triangular encima de Hatchet Pond, y al cabo de menos de dos millas se metió en North Lane.

¡Sí!, pensó Meredith. North Lane era un tesoro absoluto en lo que se refería a lugares para quedar con alguien. Si bien es cierto que Gina había tomado una ruta completamente ilógica para llegar a la zona, lo que nadie podía negar es que sus bosques y recintos proporcionaban la clase de aislamiento que alguien como Gina —que estaba metida en algún lío, consideró Meredith— requería. Al lado de North Lane estaba el río Beaulieu, que desaparecía de la vista a la izquierda, por debajo de los árboles, mientras Meredith se fue quedando atrás de nuevo. La zona le era familiar, dado que últimamente había pasado por la carretera de circunvalación de Marchwood, que era la ruta hacia su casa en Cadnam. Y cuando Gina fue directamente por aquel desvío en lugar de parar en cualquier sitio a lo largo de North Lane, la primera suposición de Meredith fue que la otra mujer la había visto y estaba conduciendo hasta la casa de Meredith, donde podría estacionar, salir del coche y esperar a que Meredith se le acercara sigilosamente.

Sin embargo, de nuevo se había equivocado. Gina, efectivamente, pasó por Cadnam, pero no se detuvo en ningún lugar. Ahora se dirigía hacia el sur, en dirección a Lyndhurst. Meredith pensó fugazmente en el salón de té Mad Hatter y en la habitación de Gina, por lo que no tenía ningún sentido que condujera hasta Lyndhurst.

No se sorprendió demasiado cuando se dirigió más al sur, manteniendo el ritmo mientras cruzaba Brockehurst, y finalmente tomó el camino a Sway. Sway, por supuesto, no era su destino. Meredith se había dado cuenta de ello cuando no giró hacia el pueblo. En su lugar, volvió a la propiedad de Gordon Jossie, donde había empezado su alocado paseo, como Mr. Toad[31] en su nuevo coche, como si hubiera salido para un viaje matutino, sólo para gastar gasolina y tiempo.

Meredith se maldijo por haber sido una tonta, por arriesgar su puesto de trabajo, por ser descubierta (seguro que Gina la había visto después de que diera aquella vuelta inútil por el campo). También maldijo a aquella mujer por ser tan astuta, mucho más que Meredith, y probablemente más que cualquier otra.

No obstante, paró un momento en lugar de admitir su derrota y dirigirse a Ringwood con una excusa preparada para el señor Hudson por su tardanza. Se colocó en el lugar que había encontrado antes para poder ver la casa de Gordon Jossie, y pensó en lo que significaba aquel largo viaje de Gina por New Forest. Según había concluido, había estado malgastando gasolina y tiempo; y entonces se dio cuenta de que había algo raro en aquello: la pérdida de tiempo. «Matar el tiempo» era la expresión que estaba buscando. Si Gina Dickens no la había visto, ¿no era posible que aquello fuera exactamente lo que estaba haciendo?

Mientras sopesaba esta posibilidad y sus razones, lo más probable se convirtió en lo más obvio. Ella estaba matando el tiempo para que Gordon Jossie dejara la propiedad para ir a su trabajo. Así Gina podría regresar tranquilamente.

31. Personaje literario creado por Kenneth Grahame. Más adelante salió en una serie de dibujos animados para niños, cuyo protagonista es una rana impulsiva y descontrolada que va en coche.

Aquélla parecía ser la razón, pensaba Meredith, mientras desde donde estaba oyó cómo se cerraba la puerta del Mini Cooper primero y después la puerta de la casa de campo mientras Gina entraba. Meredith dejó el Polo entonces y buscó una posición adecuada donde los animales hubieran agujereado el seto de la propiedad de Gordon. Desde allí, Meredith podía ver la casa y la parte oeste del prado y, mientras observaba, Gina salió de la casa otra vez.

Se había cambiado de ropa. Si antes llevaba un vestido de verano, ahora se había puesto unos vaqueros y una camiseta, y se había cubierto el pelo rubio con una gorra de béisbol. Se acercó al garaje y desapareció en su interior. Momentos después salió haciendo rodar una carretilla con un montón de estiércol. Lo llevó hasta la parte oeste del prado. Allí abrió la puerta y entró. Teniendo en cuenta la carretilla y las herramientas, Meredith pensó en un primer momento que, ahora que los ponis no estaban, Gina iba a usar la pala para poner el abono en el lugar. Parecía un tipo de trabajo extraño para alguien como ella, pero en ese momento Meredith estaba empezando a considerar que cualquier cosa era posible.

Gina, sin embargo, de todas las malditas cosas que podía hacer, empezó a cultivar el huerto. No cogía y dejaba estiércol, más bien se dedicaba a cortar una zona de maleza en el extremo del prado, donde Gordon Jossie no había avanzado demasiado en la rehabilitación de la cerca. Allí crecían helechos, hierbajos y zarzas. Formaban un montículo que Gina estaba trabajando con toda la energía de la que disponía. Ella misma no hubiera durado ni cinco minutos dada la fuerza y la furia de Gina en todo aquello. Recortaba, arrojaba, excavaba, recortaba. Tiraba, cavaba. Recortaba de nuevo. El carácter informal de su recorrido por el campo había quedado a un lado. Estaba completamente empeñada en su objetivo. Meredith se preguntó cuál era.

Sin embargo, no tenía tiempo para pensar en todas las posibilidades. Mientras observaba, un coche se detuvo en la entrada de la explotación. Había llegado a la propiedad de Gordon Jossie desde más allá de donde estaba Meredith. Ella esperó para ver qué sucedía, y de algún modo no se sorprendió cuando el comisario jefe Whiting miró alrededor como si buscara a alguien como Meredith merodeando. Después caminó hacia el prado para hablar con Gina Dickens.

Barbara Havers había esperado cuarenta minutos en el Forest Health Hotel de Sway la llegada de Gina Dickens. Entonces dedujo que no iba a aparecer. Sway estaba a menos de diez minutos en coche desde la propiedad de Gordon Jossie, y era inconcebible que Gina se hubiera perdido entre estos dos lugares. Llamó al móvil de Gordon Jossie en un intento de localizarla. Jossie le contó que Gina había salido un cuarto de hora después de que hablara con Barbara.

—Dice que no es ella la que aparece en esa foto de la revista —informó el hombre

«Sí, claro» pensó Barbara. Colgó y dejó su móvil dentro del bolso. Siempre existía la poco probable posibilidad de que Gina Dickens se hubiera salido de la carretera en algún punto en el camino a Sway, así que pensó que un rápido reconocimiento de la zona no estaba fuera de lugar.

A Barbara le tomó poco tiempo hacer eso. El viaje entero desde Sway a la explotación de Jossie tenía dos giros, y la parte más complicada era un pequeño salto cuando se llegaba a Birchy Hill Road. No era una maniobra difícil. Sin embargo, Barbara aminoró la marcha y se asomó por la zona, por si el coche había volcado o había salido catapultado hacia la sala de estar de algunas de las casas cercanas.

No había nada por el estilo, y nada en absoluto en todo el camino hasta la propiedad de Gordon Jossie. Cuando Barbara llegó se encontró el lugar desierto. Jossie se había ido a trabajar, pensó ella. En cuanto a Gina Dickens, ¿quién demonios sabía dónde se había metido? Lo que era interesante, sin embargo, era lo que implicaba su desaparición.

Barbara echó un vistazo por la propiedad para asegurarse de que el coche de Gina no estaba escondido en algún lado. Tal vez la propia Gina se había ocultado detrás de las cortinas de la casa de campo. No encontró otro coche que el Figaro de Jemima Hastings en su lugar habitual. Barbara regresó a su Mini.

Burley, pensó, era su próxima parada. Su móvil sonó a mitad de camino del pueblo. Se detuvo a un lado de la carretera para echar un vistazo al mapa, para no perderse en las miles de carreteras y caminos que la rodeaban. Abrió el móvil, suponiendo que finalmente iba a hablar con Gina Dickens —sin duda con una excusa para explicar cómo había logrado perderse de camino al hotel de Barbara—, pero resultó ser el detective Lynley quien la llamaba.

La superintendente Ardery, la informó, sabía más o menos del viaje no autorizado de Barbara a New Hampshire, así que tenía que hacer que fuera rápido y traer algún resultado de vuelta.

—¿Qué significa esto exactamente? —le preguntó Barbara. Era el «más o menos» por lo que le estaba preguntando.

—Imagino que quiere decir que ahora estará muy ocupada y que ya se ocupará de ti más tarde.

—Ah. Esto es muy tranquilizador —ironizó Barbara.

—Hillier y la dirección de Asuntos Públicos la están presionando mucho —le dijo—. Tiene que ver con Matsumoto. Ardery llegó con dos retratos robot, pero me temo que no sirvieron de mucho, y la manera en que los consiguió era poco menos que cuestionable, así que Hillier le soltó un buen rapapolvo. Le han dado dos días para cerrar el caso. Si no lo consigue, está acabada. Existe la posibilidad de que ya esté acabada, de todos modos.

—Dios. ¿Y se lo contó al equipo? Eso sí que inspira maldita confianza en los soldados rasos, ¿verdad?

Hubo una pausa.

—No. De hecho, el equipo no lo sabe. Me enteré anoche.

—¿Se lo contó Hillier? Cristo. ¿Por qué? ¿Quiere que usted regrese y que lidere el equipo?

Otra pausa.

—No. Me lo contó Isabelle. —Lynley pasó por el tema rápidamente, diciendo algo acerca de John Stewart y la confrontación, pero lo que entendió Barbara sirvió para bloquear su conciencia de cualquier otra cosa. «Me lo contó Isabelle.» ¿Isabelle? ¿Isabelle?

—¿Cuándo? —preguntó finalmente.

—En la reunión de ayer por la tarde —contestó—. Me temo que fue una de las cosas típicas de John…

—No me refiero a su cara a cara con John —dijo Barbara—. Me refiero a cuándo se lo dijo a usted. ¿Por qué se lo dijo?

—Como ya te he dicho fue ayer por la tarde.

—¿Dónde?

—Barbara, ¿qué tiene que ver esto con todo lo demás? Y, por cierto, te lo estoy contando en confianza. No debería. Espero que sepas guardártelo.

Sintió un escalofrío. No estaba especialmente decidida a pensar en qué había querido decir con aquello.

—Entonces, ¿por qué me lo está contando, señor? —dijo educadamente.

—Para que te hagas una imagen clara. Para que entiendas la necesidad..., la necesidad de..., bien, supongo que la mejor manera de enfocarlo es... para enlazar la información y traerla de vuelta lo antes posible.

Ante eso, Barbara se quedó estupefacta. No tenía palabras para responderle. Escuchar a Lynley atrancarse de esa manera... Lynley, de todos ellos... Lynley, que supo lo que sabía de la noche anterior con Isabelle... Barbara no quería aventurarse un ápice más en lo que subyacía bajo sus palabras, su tono y su torpe lenguaje. Tampoco quería pensar en por qué ella no quería aventurarse en ese tema.

—Bien. Estupendo —dijo en tono enérgico—. ¿Puede hacerme llegar esos retratos robot? ¿Puede decirle a Dee Harriman que me los envíe por fax? Espero que en el hotel haya un fax y que le diga a Dee que llame preguntando por el número. Forest Heath Hotel. Seguramente también tendrán un ordenador, si prefiere enviarme un correo electrónico. ¿Cree que existe la posibilidad de que alguno de los retratos robot sea el de una mujer? ¿Un hombre disfrazado?

Lynley parecía aliviado por ese cambio de conversación.

Igualó su entusiasmo.

—La verdad sea dicha, creo que cualquier cosa es posible. Estamos confiando en descripciones suministradas por un hombre que ha dibujado ángeles de dos metros de alto en su dormitorio.

—Maldita sea —murmuró Barbara.

—Pues sí.

Ella le puso al día sobre Gordon Jossie, sus cayados, y si había coincidencia con el tipo de cayado utilizado por el asesino, su reacción ante la foto de Gina Dickens y la llamada que había recibido de la misma mujer. Le dijo que se estaba dirigiendo a Burley para mantener otra conversación con Rob Hastings. Cayados y herrería estarían entre los temas que tratarían. Le preguntó a Lynley si quería que le dijera algo.

Frazer Chaplin, le dijo él, un serio intento de romper su coartada.

¿No era como escupir al viento?, le preguntó.

En caso de duda, había que volver al principio, le contestó Lynley. Dijo algo acerca de terminar algo en el comienzo de un viaje y de conocer el lugar por primera vez. Barbara consideró que se trataba de alguna frase sin demasiado sentido, algo que le había venido a la cabeza.

—Sí. Bien. Estupendo. Lo que sea —dijo, y colgó para volver a sus asuntos. Volver a sus asuntos era el mejor bálsamo para superar lo alterada que se sentía tras hablar con Lynley, porque algo pasaba con él.

Encontró a Rob Hastings en su casa. Estaba haciendo una especie de limpieza a fondo del Land Rover, porque parecía que lo había despojado de todo menos del motor, los neumáticos, el volante y los asientos. Lo que había estado dentro ahora yacía en el suelo, alrededor del vehículo, y él estaba clasificándolo. El Land Rover no estaba precisamente limpio como una patena. A la vista de aquel montón de accesorios, a Barbara le pareció que lo utilizaba como casa móvil.

—¿Una limpieza primaveral de última hora? —le preguntó.

—Algo así.

Su weimaraner había venido trotando por uno de los lados de la casa al escuchar el Mini de Barbara. Rob le dijo al perro que se sentara, y éste lo hizo a la primera, a pesar de que jadeaba y estaba encantado de tener visita.

Barbara le preguntó a Hastings si le podría enseñar su equipo de herramientas y, lógicamente, él le preguntó por qué. Pensó en evitar la pregunta, pero decidió que la reacción de él ante la verdad sería más reveladora. Le dijo que el arma utilizada contra su hermana probablemente estaba fabricada por un herrero, aunque no le dijo qué tipo de arma era. Al escuchar esto Rob se quedó inmóvil. Clavó su mirada en la policía.

—¿Cree que maté a mi propia hermana? —dijo.

—Estamos buscando a alguien que tenga acceso a un equipo para herrero o herramientas hechas por un herrero —le contó Barbara—. Todo aquel que conociera a Jemima va a ser examinado. No puedo pensar que quiera que sea de otro modo.

Hastings bajó la mirada. Admitió que no quería que se hiciera de otro modo.

Ella, no obstante, pudo ver, cuando le mostró el equipo, que no lo habían utilizado desde hacía años. Sabía poco sobre el funcionamiento de una herrería, pero todas sus pertenencias estaban relacionadas con su época de formación y de trabajo como herrero, lo que sugería que ni él ni nadie habían utilizado las instalaciones desde hacía años. Todo estaba metido y amontonado en un lugar donde no había más espacio. Una sólida mesa de trabajo albergaba el equipo: pinzas, picos, cinceles, horcas y perforadoras. Había barras de hierro forjado en desuso al lado de un cajón, y vio dos yunques también volcados frente a la mesa de trabajo, varios barriles viejos, tres tornos y lo que parecía un afilador. Algo resultaba revelador: no había forja. Incluso si no hubiera sido así, el polvo que permanecía encima de todo aquello explicaba claramente que nadie había tocado nada durante años. Barbara se dio cuenta a la primera, pero, aun así, se tomó su tiempo para examinar todo lo demás. Finalmente asintió con la cabeza y le dio las gracias al *agister*.

—Lo siento. Tenía que hacerlo —dijo.

—¿Qué es lo que usaron para matarla? —Hastings sonaba aturdido.

—Lo siento, señor Hastings, pero no puedo... —contestó Barbara.

—Era una herramienta para techar, ¿verdad? —dijo él—. Tiene que serlo. Era una herramienta para techar.

—¿Por qué?

—Por él. —Hastings miró hacia la amplia entrada por la que se accedía al viejo edificio en el que guardaba su equipo. Su rostro se endureció.

—Señor Hastings —empezó Barbara—. Gordon Jossie no es el único techador con el que hemos hablado durante la investigación. Él tiene su propio equipo, de hecho. No hay duda. Pero también lo tiene un tipo llamado Ringo Heath.

Hastings reflexionó acerca de eso.

—Heath le enseñó a Jossie.

—Sí, hemos hablado con él. Mi idea es que cada conexión que hagamos tiene que ser localizada y descartada de la lista. Jossie no es el único…

—¿Qué hay de Whiting? —preguntó—. ¿Tiene alguna conexión?

—¿Entre él y Jossie? Sabemos que hay algo, pero eso es todo por ahora. Estamos trabajando en ello.

—Más les vale. Whiting ha ido más de una vez hasta la propiedad de Jossie para tener un cara a cara con ese hombre.

Le dio a Barbara algunos datos sobre la vieja amiga y compañera del colegio de Jemima, Meredith Powell, y también que había sido ella quien le había contado lo de las excursiones de Whiting para ver a Jossie. Esa información se la había proporcionado, a su vez, Gina Dickens, le dijo.

—Y Jossie estaba en Londres el día en el que murió Jemima. ¿No es ésa la conexión que ha hecho? Gina Dickens encontró los billetes de tren. Tenía el recibo del hotel.

Barbara sintió que sus ojos se agrandaban y que su respiración se tornaba sonora.

—¿Desde cuándo sabe esto? Usted tenía mi tarjeta. ¿Por qué no me llamó a Londres, señor Hastings? ¿O al detective Nkata? También tenía su tarjeta. Cualquiera de los dos…

—Porque Whiting me dijo que ya se encargaba él de hacerlo. Le contó a Meredith que había enviado toda esta información a Londres. A New Scotland Yard.

Un policía corrupto. No estaba sorprendida. Barbara había sabido desde el principio que algo no iba bien con Zachary Whiting, desde el momento en el que echó un vistazo a aquellas cartas falsificadas que elogiaban la labor de Gordon Jossie como estudiante en la Escuela Técnica de Winchester II. Él se había equivocado con su observación acerca de su aprendizaje, y ahora ella y el comisario jefe iban a mantener una pequeña charla al respecto.

Alabado sea Dios, pensó mientras miraba excitada el mapa de New Forest. Sólo tenía que volver a seguir la ruta desde Honey Lane hasta el pueblo de Burley, otra vez. Desde ahí la ruta era recta hasta Lyndhurst. Posiblemente, reflexionó, la maldita única ruta recta en todo Hampshire.

Se puso en marcha. Su cabeza no dejaba de darle vueltas. Gordon Jossie en Londres el día de la muerte de Jemima. Zachary Whiting llamándole. Ringo Heath teniendo herramientas para techar. Gina Dickens dándole información al comisario jefe. Y ahora, Meredith Powell, a quien habrían rastreado antes si la maldita estúpida de Isabelle Ardery no les hubiera ordenado que regresaran precipitadamente a Londres. Isabelle Ardery. «Isabelle me lo contó.» Pensó otra vez en Lynley —la última cosa que quería hacer—, y se forzó a pensar de nuevo en Whiting.

Un disfraz. Eso fue todo. Había estado pensando que la gorra de béisbol y las gafas de sol componían el disfraz. Era lo más obvio. Pero ¿qué había de lo otro? Ropa negra, pelo negro. Dios, Whiting era tan calvo como un recién nacido, pero ponerse una peluca hubiera sido sencillo, ¿verdad?

Su mente iba de un lado al otro y no prestó atención a la carretera. No se dio cuenta de que había una bifurcación que no había visto en el mapa, y viró a la izquierda cuando llegó el momento, a la altura del pub Queen's Head, al final del pueblo de Burley. Vio que se había equivocado a medida que el camino se estrechaba —debía de haber girado a la derecha—. Entró en el estacionamiento del pub para dar la vuelta. Cuando esperaba para incorporarse a la calzada entre los autobuses, su móvil sonó.

Excavó en el bolso y ladró:

—Havers.

—¿Una copa esta noche, cariño? —le preguntó una voz masculina.

—Pero ¿qué demonios?

—¿Una copa esta noche, cariño? —Sonó muy intenso.

—¿Una copa? ¿Quién demonios...? Soy la detective Barbara Havers. ¿Quién es?

—Ya lo sé. ¿Una copa, cariño? —Hablaba como si apretara los dientes—. ¿Copa, copa, copa?

En ese momento se dio cuenta. Era Norman Comosellame, del Ministerio del Interior, su topo oficial, llegado hasta ella por cortesía de Dorothea Harriman y su amiga Stephanie Thompson-Smythe.

Le estaba diciendo las palabras clave para que se encontraran en el cajero del Barclays en la calle Victoria. Tenía algo para ella.

—Maldita sea —dijo ella—. Norman. Estoy en Hampshire. Dímelo por teléfono.

—No puedo, cariño —dijo despreocupadamente—. Estoy totalmente aplastado por el trabajo ahora mismo. Pero una copa esta noche entra en mis planes. ¿Qué tal en nuestro tugurio habitual? ¿Te lo puedo contar con un gin tonic? ¿En el sitio de siempre?

Ella pensó frenéticamente.

—Norman, escucha. Puedo hacer que alguien vaya hasta allí dentro… ¿qué tal una hora? Será un tío. Dirá «gin tonic», ¿vale? Así sabrás quién es. Dentro de una hora, Norman. En el cajero de la calle Victoria. Gin tonic, Norman. Alguien estará allí.

En el Reino Unido, la detención a voluntad del monarca reinante (un eufemismo para referirse a la cadena perpetua) es la única fórmula legal para sentenciar a alguien condenado por asesinato. Así es la ley para los asesinos de más de veintiún años. Sin embargo, en el caso de John Dresser los homicidas eran niños. Esto, junto con el carácter sensacionalista del crimen, pudo haber influido en la deliberación de la sentencia al juez Anthony Cameron, pero no lo hizo.

El ambiente que rodeó el juicio fue hostil, con un trasfondo de histeria que se apreciaba con frecuencia en las reacciones de los que aguardaban en el exterior de la Corte de Justicia. Teniendo en cuenta que en la sala del tribunal había tensión, pero no había ninguna señal evidente de la agresión hacia los tres chicos, fuera de la corte las cosas se desarrollaron de otro modo. Las primeras muestras de violencia hacia los tres acusados —advertidos por primera vez en forma de motines frente a sus casas, y después en los repetidos intentos de ataque a las furgonetas blindadas en las que viajaban a diario hasta el juicio— se convirtieron después en manifestaciones organizadas y culminaron en lo que se llamó la Marcha Silenciosa por la Justicia, una impresionante concentración de más de 20.000 personas que caminaron desde Barriers hasta la obra de Dawkins, donde se pronunció una oración a la luz de las velas y donde se pudo escuchar un elogioso homenaje de Alan Dresser dedicado a su hijo. «La muerte de John no puede quedar sin castigo», fueron las últimas palabras del discurso de Alan Dresser, y se convirtieron en la consigna del sentimiento popular.

Uno solamente puede imaginar cómo luchó el juez Cameron contra sí mismo en relación con la recomendación que debía hacer. No por nada había sido conocido durante mucho tiempo como «Tony, *el Máximo*», dada su propensión a confirmar la pena más elevada en la conclusión de los juicios de su tribunal. Pero nunca había tenido que enfrentarse a delincuentes de diez y once años, y no podía dejar pasar por alto, de ninguna manera, que los autores de ese horrible acto eran sólo niños. Su informe, sin embargo, exigía que considerara únicamente lo que sería conveniente como un castigo justo y disuasorio. Su recomendación fue una pena privativa de libertad de ocho años, un castigo que, a los ojos del público y de la prensa sensacionalista, se consideró algo parecido a salir impune. Por ello se realizaron una serie de maniobras legales desconocidas hasta el momento. En el plazo de una semana, el presidente del Tribunal Supremo revisó el caso y aumentó la condena a diez años, pero en los seis meses posteriores los Dresser lograron recoger 500.000 firmas que pedían que los asesinos fueran encarcelados de por vida.

La historia se negaba a morir. Los tabloides se habían apoderado de los padres de John Dresser, y del mismo John, e hicieron de su muerte una causa célebre. Una vez que se hubo dictado sentencia, las identidades y las fotografías de los asesinos fueron reveladas al público, como también otros detalles importantes del asesinato. El carácter monstruoso de su asesinato se convirtió en el punto de partida para aquellos que consideraban el castigo la única respuesta apropiada a ese crimen. Por ello, el ministro de Interior se vio involucrado, e incrementó la condena de nuevo hasta unos increíbles veinte años, con el objetivo «de asegurar a la ciudadanía que puede depositar su confianza en el sistema judicial, sin importar la edad de los autores». La sentencia se mantuvo hasta que se presentó ante el Tribunal Europeo en Luxemburgo, donde los abogados de los menores argumentaron con éxito que sus derechos estaban siendo violados por el hecho de que un político —forzado por la opinión pública— había establecido las condiciones de su encarcelamiento.

Cuando el periodo de prisión de los menores se redujo de nuevo a diez años, los tabloides volvieron a la carga. Aquellos que detestaban la idea de una Europa unificada, vista como la raíz de todos los males del país, utilizaron la decisión de Luxemburgo como un ejemplo de intrusión externa en los asuntos internos de la sociedad británica. ¿Qué vendría después?, reflexionaron. ¿Luxemburgo forzando la entrada del euro? ¿Qué pasaría si decidieran que la monarquía debía ser abolida? Aquellos que apoyaban la unificación tuvieron la prudencia de permanecer en silencio. Cualquier acuerdo en relación con la decisión de Luxemburgo los colocaba en una posición difícil, que implicaba que, de algún modo, una condena de diez años era la pena adecuada por la muerte y tortura de un niño inocente.

Nadie envidiaba a los dirigentes, electos o no, que tuvieron que decidir el destino de Michael Spargo, Reggie Arnold e Ian Barker. El carácter del crimen siempre había sugerido que los tres chicos estaban profundamente perturbados, y eran víctimas de la sociedad que los rodeaba. No cabía duda de que sus entornos familiares eran desgraciados, pero tampoco existía ninguna duda de que otros chavales crecen en circunstancias tan desdichadas o peores y no matan a otros niños por ello.

Tal vez la verdad es que los chicos no hubieran cometido un crimen tan violento de haber actuado solos. Quizá se trató de un conjunto de circunstancias que ese día les llevaron al secuestro y asesinato de John Dresser.

Como sociedad progresista, sin duda tenemos que admitir que algo, en algún nivel, iba mal en relación con Michael Spargo, Ian Barker y Reggie Arnold, como también como sociedad progresista, seguramente le debíamos a esos tres niños algún tipo de ayuda en forma de actuación directa mucho antes de que se produjera el crimen, o como mínimo haberles ofrecido asistencia psicológica después de ser alejados de sus hogares para el juicio. ¿No podría decirse que al no proporcionar a los tres chicos la asistencia necesaria fallamos como sociedad del mismo modo en el que fallamos al proteger al pequeño John Dresser?

Es sencillo declarar la maldad de los chicos, pero incluso cuando lo hacemos, debemos tener en cuenta que en el momento en el que cometieron el crimen eran niños. Y debemos preguntarnos qué sentido tiene exhibir a los menores a la luz pública en un juicio penal, en lugar de proporcionarles la ayuda que necesitan.

31

—No estoy enamorada de ti. Sólo es algo que ha pasado —dijo ella.

—Por supuesto. Lo entiendo perfectamente —respondió él.

—Nadie puede saberlo.

—Creo que eso es lo más obvio.

—¿Por qué? ¿Hay otras?

—¿Qué?

—Cosas obvias. Además de que soy una mujer, y tú un hombre, y que estas cosas a veces suceden.

Por supuesto que hubo otras cosas, pensó él. Dejando a un lado un sensual instinto animal, había que tener en cuenta su motivación y la de ella. Y también el ahora qué, qué es lo próximo y el qué hacemos cuando se mueve el suelo bajo nuestros pies.

—Remordimientos, supongo —le dijo Lynley.

—¿Te arrepientes? Porque yo no. Como te he dicho, estas cosas pasan. No serás la primera persona a la que le suceden. No me lo creo.

No pensaba exactamente lo mismo que ella, pero no estaba en desacuerdo. En la cama, se dio la vuelta, se sentó en el borde, y pensó sobre su pregunta. La respuesta fue un sí y un no, pero no dijo palabra. Él sintió su mano en la espalda. Estaba fría, y su voz cambió cuando pronunció su nombre. Ya no era cortante y profesional, su voz era... ¿maternal? Dios, no. Ella no era en absoluto una mujer del tipo maternal.

—Thomas, si queremos ser amantes... —dijo Isabelle.

—Ahora no puedo —le respondió. No es que no pudiera

imaginarse como el amante de Isabelle Ardery, algo que podía concebir sin problema, pero le daba miedo por todo lo que implicaba—. Debería irme.

—Hablamos luego —respondió ella.

Él llegó a casa muy tarde. Durmió poco. Por la mañana habló por el móvil con Barbara Havers, una conversación que hubiera preferido evitar. Tan pronto como pudo, se puso a trabajar en lo de Frazer Chaplin y su coartada.

Dragonfly Tonics tenía sus oficinas en unas caballerizas tras la capilla de Brompton y la iglesia de la Santísima Trinidad. Estaban frente al cementerio, a pesar de que había un muro, un seto y un camino que los separaba. Al otro lado del callejón de la fundación, vio que había aparcadas dos Vespas. Una naranja brillante y otra fucsia, ambas con distintivos de DragonFly Tonics, muy parecidos a los que había visto en la moto de Frazer Chaplin frente al hotel Duke.

Lynley aparcó el Healey Elliott justo enfrente del edificio. Se detuvo un instante para observar la variedad de productos dispuestos en la ventana principal. Consistían en botellas de sustancias con nombres como «Despierta Melocotón», «Limón Desintoxicante» y «Espabila Naranja». Los examinó y pensó irónicamente en la que hubiera elegido si la hubieran fabricado: «Dame algo con sentido sabor a fresa», se le ocurrió. Pensó en «Contrólate de Pomelo». No le hubieran ido mal ésos.

Entró en el edificio. La oficina estaba bastante desaprovechada. Al margen de algunas cajas de cartón con los logotipos de DragonFly Tonics impresos a un lado, sólo había una mesa de recepción con una mujer de mediana edad tras ella. Vestía un traje masculino de lino. Al menos parecía de hombre por cómo le sentaba la chaqueta. La talla le hubiera quedado bien a Churchill.

La mujer estaba metiendo folletos en sobres, y continuó con ello.

—¿Puedo ayudarle? —le preguntó, y sonó sorprendida. Parecía como si nadie que viniera de la calle la hubiera interrumpido nunca.

Lynley le preguntó acerca de su sistema de publicidad. Ella le dijo que si quería poner en el Healey Elliott —que se veía desde la ventana que daba a la recepción— los distintivos de DragonFly Tonics. Él se estremeció al pensar en semejante profanación. Quería espetarle indignado: «¿Está usted loca, señora?», pero en lugar de eso se mostró interesado. La mujer sacó del escritorio un sobre nuevo, del que se deslizó lo que parecía ser un contrato. Habló de las tarifas que se pagaban por el tamaño y el número de distintivos solicitados, así como del kilometraje habitual que se estima en un conductor. Obviamente, señaló, los taxis recibían más dinero, seguidos muy de cerca por los mensajeros en moto. «¿Qué tipo de conductor es?», le preguntó a Lynley.

Esto le llevó a corregir la suposición de la recepcionista. Le enseñó su identificación y le preguntó acerca de los registros que guardaba de la gente que tenía vehículos de uno u otro tipo «decorados» —usó esta palabra siendo benevolente— con los distintivos de DragonFly Tonics. Ella le dijo que, por supuesto, existían registros, porque sino de qué modo iba a ser remunerada la gente que iba de un lado a otro de Londres, así como de otros lugares, con la publicidad pegada en sus vehículos.

Lynley esperaba descubrir que después de todo no hubiera ningún contrato de publicidad con Frazer Chaplin. A partir ahí, había decidido, se podría suponer que la Vespa que Frazer le enseñó a Lynley ante el hotel Duke no era la suya, después de todo, y que la mentira había surgido en un momento de inspiración. Le dio el nombre de Frazer a la recepcionista, y le preguntó si podría sacar el contrato.

Desafortunadamente, ella hizo precisamente eso, y todo encajaba con lo que Frazer había declarado. La Vespa era suya. De color verde lima. Por eso se habían usado los distintivos. Eran, de hecho, utilizados profesionalmente en Shepherd's Bush desde que DragonFly Tonics empezó a trabajar a regañadientes con ellos. Fueron colocados a conciencia, para que no se pudieran eliminar fácilmente, y cuando los quitaran una vez finalizado el contrato, el vehículo se repintaría.

Lynley suspiró. A menos que Frazer hubiera utilizado un vehículo diferente para llegar a Stoke Newington, debían revisar de nuevo todas las filmaciones de los circuitos cerrados de televisión con la esperanza de que alguna cámara hubiera grabado su Vespa en las proximidades del cementerio. También debían volver al duro puerta a puerta —ordenado por Isabelle— y a la esperanza de que alguien hubiera visto la moto.

O cabía la posibilidad de que hubiera sido Frazer y que hubiera empleado el ciclomotor o la moto de otro para llegar allí, dado que para hacer lo que se tenía que hacer en noventa minutos y llegar después al hotel Duke a tiempo, tuvo que ir hasta el norte de Londres con este medio. Simplemente no había otra manera de hacerlo con aquel tráfico.

Lynley estaba considerando todo esto cuando sus ojos se abrieron como platos al ver la fecha del contrato: una semana antes de la muerte de Jemima. Se centró en las fechas en general, lo que hizo que se diera cuenta de que había un detalle que había pasado por alto. Había ciertamente otra manera en la que el asesinato de Jasmina Hastings se hubiera llevado a cabo, pensó.

Estaba entrando en su coche cuando Havers le llamó. «Lynley», comenzó y tras eso la sargento empezó a balbucear —no había otra palabra para describirlo— acerca de Victoria Street, un cajero automático, el ministerio del Interior, y de tomar un gin tonic.

Al principio pensó qué eso era lo que ella había hecho —tomar un gin tonic o dos o tres—, pero luego, en medio de su frenético monólogo, entendió la palabra «topo» y ahí finalmente fue capaz de descifrar que estaba pidiéndole que se reuniese con alguien en un cajero de Victoria Street, aunque todavía no estaba seguro de por qué debía hacerlo.

Cuando ella tomó aire, él preguntó:

—Havers, ¿a qué viene esto?

—Él estaba en Londres. El día en que murió. Jossie. Y Whiting lo ha sabido todo el tiempo.

Aquello llamó su atención.

—¿Quién te ha dado esta información?

—Hastings. El hermano.

Y entonces ella empezó a dar la lata sobre Gina Dickens y alguien llamada Meredith Powell, así como con billetes, recibos, la costumbre de Gordon Jossie de llevar gafas oscuras y una gorra de béisbol, y que ¿no era exactamente como Yukio Matsumoto había descrito al hombre que vio en el cementerio?, y por favor, «por favor, vaya a la calle Victoria hasta ese cajero, porque todo lo que Norman Comosellame sabe no lo está largando por teléfono», y necesitaban saber qué era. Ella iba a sorprender a Whiting en su guarida, o cualquiera que fuera el término apropiado, pero antes de que pudiera hacerlo necesitaba saber qué tenía que decir Norman, así que volvían a lo de Norman y, de todos modos, Lynley tenía que ir a Victoria Street, y por, cierto, ¿por dónde andaba él?

Barbara tomó nuevo aliento, lo que le dio la oportunidad a Lynley de decirle que se encontraba en los jardines de las caballerizas de Ennismore, tras la capilla de Brompton y la iglesia de la Santísima Trinidad. Estaba trabajando en la conexión de Frazer Chaplin, y consideraba que...

—A la mierda con Frazer Chaplin —respondió ella—. Esto está candente, es Whiting, y éste es el camino. Por el amor de Dios, inspector, necesito que haga esto.

—¿Qué pasa con Winston? ¿Dónde está?

—Tiene que ser usted. Winnie está con las filmaciones de los circuitos cerrados de televisión, ¿verdad? ¿Las filmaciones de Stoke Newington? Y de todos modos, si Norman Comosellame..., Dios, por qué no puedo recordar su maldito nombre... Es un tío de escuela privada. Lleva una camisa de color rosa. Tiene esa voz. Pronuncia cada frase tan profundamente desde lo más hondo de su garganta que prácticamente necesitas realizar una amigdalectomía sólo para excavar en sus palabras. Si Winnie aparece en el cajero y comienza a hablar con él... Winnie, de entre todos... Winnie... Señor, piense en ello.

—Muy bien —dijo Lynley—. Havers, muy bien.

—Gracias, gracias —respondió—. Esto es todo un enredo, pero creo que vamos por buen camino.

Él no estaba tan seguro. Cada vez que lo pensaba todo parecía complicarse más. Tenía tiempo para llegar a Victoria Street trazando una ruta que le llevó finalmente a Belgrave Square. Aparcó en el estacionamiento subterráneo de la Met y caminó de vuelta a Victoria, donde se topó con el cajero de Barclay's más cercano a Broadway, al lado de la papelería Ryman.

La pinta del topo de Havers era del tipo «por su vestimenta le conoceréis». Su camisa no era rosa. Era fucsia brillante, y la corbata era de patitos. Se dio cuenta de que su vida no estaba hecha para la intriga desde que empezó a caminar por la acera e hizo una pausa para mirar por la ventana de Ryman como si estudiara qué tipo de archivador pensaba comprar.

Lynley se sintió sumamente estúpido pero se acercó al hombre.

—¿Norman?— le dijo. Cuando el otro se sorprendió, le dijo afablemente—. Barbara Havers cree que puede interesarle un gin tonic.

Norman miró a izquierda y derecha.

—Dios, por un momento pensé que era uno de ellos —exclamó.

—¿Uno de quiénes?

—Oiga, no podemos hablar aquí. —Miró su reloj, uno de esos con múltiples esferas que se usan para bucear y, más de uno pensaría, para ir también a la luna—. Haga ver que me pregunta la hora, por favor —siguió—. Apague el suyo o lo que sea… Por Dios, ¿lleva un reloj de bolsillo? No había visto uno de esos desde…

—Reliquia familiar.

Lynley miró el reloj de Norman, que se lo puso frente a la cara. Lynley no estaba seguro acerca de cuál de las esferas debía mirar, pero cooperó y asintió con la cabeza.

—No podemos hablar aquí —dijo Norman cuando hubieron hecho toda la pantomima.

—¿Por qué …?

—El circuito cerrado de televisión —murmuró Norman—. Tenemos que ir a otro lugar. Ellos nos pillarán en la filmación, y si lo hacen, estoy muerto.

Todo parecía tremendamente dramático hasta que Lynley se dio cuenta de que Norman hablaba de su trabajo y no de su vida.

—Creo que eso va a ser un pequeño problema, ¿no cree? Hay cámaras por todas partes.

—Mire, diríjase hasta el cajero automático. Saque algo de dinero. Voy a entrar en Ryman para comprar algo. Haga lo mismo.

—Norman, Ryman probablemente también tendrá una cámara.

—Demonios, simplemente hágalo —dijo.

Lynley se dio cuenta que el hombre estaba realmente asustado y que no jugaba a los espías. Así que sacó su tarjeta bancaria y se dirigió al cajero automático sin rechistar.

Retiró algo de dinero, se metió en Ryman y encontró a Norman mirando el expositor de almohadillas adhesivas. No se reunió con él allí, presuponiendo que la proximidad podría inquietar al hombre. En su lugar, se dirigió hasta las tarjetas de felicitación y las examinó; cogió primero una, después otra y otra y otra, aparentando encontrar algo apropiado. Cuando vio que Norman estaba a punto de llegar a la caja registradora, eligió una tarjeta al azar e hizo lo mismo.

Fue allí donde mantuvieron su brevísimo cara a cara, que se produjo de un modo que Norman parecía querer que fuera de lo más casual, si es que eso era posible, dado que estaba hablando por un lado de la boca.

—Hay un buen barullo por allí —dijo.

—¿En el ministerio del Interior? ¿Qué está pasando?

—Definitivamente tiene algo que ver con Hampshire —afirmó—. Es algo grande, algo serio, y se están moviendo endiabladamente rápido para lidiar con ello antes de que se haga público.

Isabelle Ardery había pasado muchos años colocando los detalles de su vida en compartimentos separados. Por lo tanto, no tuvo ningún problema en hacer precisamente eso el día que Thomas Lynley la llamó. Estaba el inspector Lynley en su equipo, y estaba el Thomas Lynley de su cama. No tenía intención de confundirlos. Además, no era tan estúpida como para creer que su encuentro fue algo más que sexo, mutuamente satisfactorio y potencialmente «repetible». Más allá de eso, su dilema durante aquel día en la Met no le permitió tener ni un instante para recordar nada, especialmente acerca de la noche anterior con Lynley. Era «el primero de los dos últimos días» que el subcomisionado Hillier le había dado. Si tenía que salir de New Scotland Yard, entonces tenía la intención de hacerlo con el caso atado y bien atado.

Eso era lo que estaba pensando cuando apareció Lynley en su oficina. Sintió un molesto vuelco en el corazón cuando lo vio.

—¿Qué tienes, Thomas? —dijo bruscamente, y se levantó de su escritorio, pasó junto a él, y se tambaleó al entrar al pasillo—. ¿Dorothea? ¿Qué tenemos del puerta a puerta en Stoke

Newington? ¿Y dónde está Winston con todas esas filmaciones del circuito cerrado de televisión?

No obtuvo respuesta y gritó:

—¡Dorothea! ¿Dónde demonios...? —Y después soltó—: ¡Maldita sea!

Regresó a su mesa, donde repitió:

—¿Qué tienes, Thomas? —Esta vez permaneció inmóvil.

Él empezó a cerrar la puerta.

—Déjala abierta, por favor.

Él se dio la vuelta.

—Esto no es personal.

Sin embargo, dejó la puerta como estaba. Ella sintió que se ruborizaba.

—Muy bien. Adelante. ¿Qué ha pasado?

Era una mezcla de información, que en última instancia venía a decir que Havers —quien parecía tener la puñetera inclinación de hacer lo que le diera la gana cuando se trataba de la investigación de un asesinato— había conseguido de alguien del Ministerio del Interior que se pusiera a escarbar sobre un policía de Hampshire. Él no había ido muy lejos —ese topo de Havers— cuando le llamaron al despacho de un funcionario superior cuya proximidad con el Ministerio del Interior era poco menos que inquietante. ¿Por qué estaba Zachary Whiting en los pensamientos de un funcionario del Ministerio del Interior como Norman?, le preguntaron.

—Norman hizo algunas filigranas para salvar su pellejo —dijo Lynley—. Pero se las ha arreglado para llegar a algo que puede ser útil.

—¿Y eso qué es?

—Al parecer, Whiting ha dado protección a alguien muy importante del Ministerio del Interior.

—¿Alguien de Hampshire?

—Alguien de Hampshire. Es una protección de alto nivel, del nivel más alto. El tipo de nivel que ahuyenta cualquier tontería cuando alguien se acerca remotamente. Norman me dio a entender que se trata de alguien de dentro de la oficina del secretario de Interior.

Isabelle se hundió en su silla. Señaló a otra con la mirada y Lynley se sentó.

—¿Con qué crees que estamos lidiando, Thomas? —Consideró las opciones y dio con la más probable—. ¿Alguien se infiltró en una célula terrorista?

—¿Con el informante ahora protegido? Es muy posible —dijo Lynley.

—Pero existen otras posibilidades, ¿no?

—No tantas como podrías pensar. No a este nivel. No con el ministro del Interior implicado. Hay terrorismo, como dices, con un infiltrado en la clandestinidad antes de que se produzca la redada. Hay protección para un testigo que testificará en un juicio, como en un caso contra el crimen organizado, un caso de asesinato sensible a las repercusiones...

—Un asunto como el de Stephen Lawrence.[32]

—Desde luego. También hay protección para los asesinos a sueldo.

—Una fatua.

—O la mafia rusa. O gánsteres albaneses. Pero sea lo que sea, es algo grande, algo importante.

—Y Whiting sabe exactamente qué es.

—Eso es. Porque sea quien sea a quien el Ministerio del Interior está protegiendo está bajo el amparo de Whiting.

—¿En un piso franco?

—Tal vez. Pero también podría tener una nueva identidad.

Ella le miró. Él la miró. Ambos estaban en silencio, evaluando todas las posibilidades y comparándolas con lo que sabían los demás.

—Gordon Jossie —dijo finalmente Isabelle—. Proteger a Jossie es la única explicación del comportamiento de Whiting. ¿Esas cartas falsificadas de recomendación para el Winchester Technical College? Que Whiting supiera lo del aprendizaje de Jossie cuando Barbara le enseñó las cartas...

Lynley asintió.

32. El asesinato del adolescente Stephen Lawrence en 1993 en un suburbio londinense creó gran conmoción mediática y ciudadana. El crimen del joven negro quedó impune durante años, y se cuestionó la eficacia policial y el inherente racismo de la Met y la defensa estatal al tratar el caso.

—Havers está tras la pista de algo más, Isabelle. Está casi segura de que Jossie estaba en Londres cuando Jemima Hastings fue asesinada.

Le explicó más acerca de su conversación con Havers, sobre lo que ella le contó sobre su charla con Rob Hastings y su revelación acerca de los billetes de tren y de la factura del hotel, así como las garantías que Whiting había dado a una mujer llamada Meredith Powell de que esa información había sido enviada a Londres.

—¿Se llama Meredith Powell? —preguntó—. ¿Por qué no hemos oído hablar de ella hasta ahora? Y, es más, ¿por qué está la sargento Havers informándote a ti y no a mí?

Lynley vaciló. Dejó de mirarla y se fijó en la ventana tras ella. Ella recordó que Thomas había ocupado esa oficina poco tiempo atrás y se preguntaba si deseaba regresar, ahora que ella estaba acabada. Sin duda, estaba en la senda de recuperarla, si ése era su deseo, y podía tener pocas dudas de que estaba más preparado para ello.

—Thomas, ¿por qué está Barbara informándote a ti y por qué no habíamos oído hablar de Meredith Powell antes? —dijo bruscamente.

Él volvió a mirarla. Sólo respondió a la segunda de sus preguntas, a pesar de que la respuesta a la primera iba implícita

—Querías que Havers y Nkata regresaran a Londres. —No lo dijo como una acusación. No era su estilo comentar el lío que había montado. Y claro, en ese momento, todo era tan obvio que no hizo falta hacerlo.

Ella giró su silla hacia la ventana.

—Dios —murmuró—. Me he equivocado desde el principio.

—No diría tanto…

—Por favor… —Se volvió hacia él—. No intentes arreglarlo, Thomas.

—No es eso. Es una cuestión de….

—¿Jefa? —Philip Hale estaba de pie en la puerta. Tenía una hoja de papel en la mano.

—Han encontrado a Matt Jones. Ese Matt Jones.

—¿Estamos seguros?

—Las piezas empiezan a encajar.

—¿Y?

—Un mercenario. Un soldado. Lo que sea. Trabaja para una organización llamada Hangtower, principalmente en Oriente Próximo.

—¿Alguien nos puede decir qué tipo de trabajo hace?

—Simplemente sabemos que es alto secreto.

—¿Eso nos permite interpretar que se trata de asesinatos?

—Probablemente.

—Gracias, Philip —dijo Isabelle.

El hombre asintió con la cabeza y los dejó, no sin antes echar una mirada a Lynley que no necesitaba explicación. Hale dejaba claro qué pensaba acerca del desarrollo de la investigación por parte de su superintendente. Si ella le hubiera dejado donde debía hubieran tenido esa información acerca de Matt Jones o de cualquiera desde hacía tiempo. En su lugar le obligó a quedarse en el hospital Saint Thomas. Había sido una medida punitiva, pensó en ese momento, que dejó de manifiesto la peor clase de liderazgo.

—Ya estoy oyendo a Hillier —dijo ella.

—No te preocupes por Hillier, Isabelle —contestó Lynley—. Nada de lo que sabemos hasta ahora…

—¿Por qué? ¿Ahora funcionas bajo los preceptos de la escuela de pensamiento de «lo que está hecho, hecho está»? ¿O quizás es que las cosas se van a poner peor en este caso?

Le miró a la cara y leyó en su rostro que se trataba de algo que todavía no le había dicho. Esbozó media sonrisa con la boca, una suerte de expresión de cariño que a Isabelle no le gustaba demasiado.

—¿Qué? —dijo ella.

—Anoche… —empezó.

—No vamos a hablar de eso —dijo abruptamente.

—Anoche —repitió de igual modo—, estuvimos trabajando en ello, y todo se reduce a Frazer Chaplin, Isabelle. Nada de lo que hemos sabido hoy cambia eso. De hecho, lo que ha descubierto Barbara confirma que estamos yendo por buen camino. —Y cuando ella estaba a punto de preguntar, siguió—: Escúchame. Si la acusación que tenemos contra Whiting es proteger a Gordon Jossie por la razón que sea, entonces sabemos dos cosas que no nos permitían avanzar anoche.

Ella pensó en lo que acababa de decir y vio hacia dónde iba.

—El tesoro romano —dijo ella—Si es que hay uno.

—Supongamos que existe. Nos preguntábamos por qué Jossie no comunicó inmediatamente lo que encontró, como pretendía hacer, y ahora lo sabemos. Considera esta posibilidad: si él desentierra el tesoro romano o incluso una parte de él y llama a las autoridades, lo siguiente en aparecer es una manada de periodistas que querrían hablar con él acerca de los porqués y los cómo de lo que ha encontrado. Este tipo de cosas no las puedes esconder bajo una alfombra. No, si se trata de un tesoro parecido al de Mildenhall o el de Hoxne. En un plazo muy corto, la Policía acordonaría la zona, llegarían los arqueólogos, se presentarían los expertos del Museo Británico. Me atrevería a decir que la BBC también aparecería, y entonces ya lo tendrías en las noticias de la mañana. Se supone que está escondido, y la metedura de pata lo haría salir irremediablemente a la luz. Isabelle, es la última cosa que querría.

—Pero Jemima Hastings no sabía nada de eso, ¿verdad? —afirmó pensativa—. Porque desconocía que él estaba bajo protección.

—Exacto. Él no se lo dijo. No vio por qué o no quiso decírselo.

—Quizás ella estaba con él cuando descubrió el tesoro —dijo Isabelle.

—O tal vez llevó algo a su casa que no sabía qué era. Lo limpió. Se lo enseñó a ella. Regresaron al lugar donde lo encontró y…

—Y encontraron más —concluyó Lynley.

—Pensemos que Jemima sabe que debe comunicarlo. O al menos supone que deben hacer algo más que excavar, limpiarlo, y ponerlo en la repisa de la chimenea.

—Y no podían gastarlo, ¿verdad? —dijo Isabelle—. Ellos querían hacer algo con ello. Así que ella tuvo que averiguar (alguien debía hacerlo) qué hace uno con semejante hallazgo.

—Esto —señaló Lynley— pone a Jossie en la peor de las situaciones. No puede permitir que su descubrimiento sea de dominio público, por lo que…

—La mata, Thomas. —Isabelle se sintió aliviada—. Sé razonable. Él es el único con un móvil.

Lynley negó con la cabeza.

—Isabelle, él es prácticamente el único que no lo tiene. La última cosa que quiere es que toda la atención se centre en él, y va a ser así si la mata, porque vive con él. Si está escondido, va a continuar así como sea, ¿cierto? Si Jemima se empecina en encargarse como debe del tesoro, ¿por qué no iba a hacerlo, dado que su venta en el mercado les proporcionaría una fortuna? Entonces, la única manera para detener esto y mantenerse fuera del ojo público no es matarla a ella.

—¡Dios mío! —murmuró Isabelle.

Él clavó la mirada en ella.

—Es porque le dijo la verdad. Y por eso ella le dejó. Thomas, ella sabía quién era. Tenía que decírselo.

—Por eso fue a buscarla a Londres.

—Estaba preocupado por si se lo contaba a alguien...

Isabelle ató cabos.

—¿Qué fue lo que hizo? Se lo contó a Frazer Chaplin. Al principio no, por supuesto. Pero sí una vez vio esas tarjetas con su fotografía en la Portrait Gallery con el número del móvil de Gordon Jossie. Pero ¿por qué? ¿Por qué contárselo a Frazer? ¿Tenía miedo de Jossie por alguna razón?

—Si ella le dejó, podemos suponer que, o bien no quería nada más con él, o bien estaba pensando qué hacer. Tiene miedo, se siente rechazada, preocupada, estupefacta, afectada, quiere el tesoro, su vida se ha desmoronado, sabe que si continúa viviendo con él su vida está en peligro... Pudieron ser innumerables cosas las que la llevaron a Londres. Podría ser una razón que se convirtió en otra.

—Primero huye y después conoce a Frazer.

—Se lían. Ella le cuenta la verdad. Ya ves, otra vez Frazer.

—¿Por qué no Paolo di Fazio si fueron amantes y éste había visto las postales? O con Abbott Langer, ya que estamos, o...

—Ella acabó su relación con Paolo antes de lo de las postales. y Langer nunca las vio.

—O Jayson Druther, si no. Frazer tiene una buena coartada, Thomas.

—Entonces, vamos a desmontarla. Hagámoslo ahora.

Primero, le dijo Lynley, tenían que detenerse en Chelsea para pasar a ver a Deborah y a Simon Saint James. Les iba de camino, dijo él, y reconoció que los Saint James tenían algo que quizá les podía ser útil.

Una parada en la sala de interrogatorios permitió a Winston Nkata ofrecerles más información acerca de las cintas del circuito cerrado de televisión. No mostraban nada nuevo, como tampoco lo habían hecho antes. En concreto, no aparecía ninguna Vespa color lima que pudiera pertenecer a Frazer Chaplin y que tuviera vistosos anuncios de DragonFly Tonics. Sin sorpresas, pensó Isabelle. Descubrió, al igual que Lynley, que el detective Nkata había hablado por la mañana con la exasperante Barbara Havers.

—Según Barb, la punta del cayado del techador revela quién lo hizo —dijo él—. Pero dice que tachemos al hermano de la lista. Las herramientas de Robert Hastings servían, pero estaban sin usar. Por otro lado, Jossie tenía tres tipos de herramientas y una de ellas era como el arma que buscamos. Quiere saber si también encaja.

—Le he pedido a Dee que se las envíe. —Isabelle le comentó a Nkata que continuara con ello y siguió a Lynley hasta el aparcamiento.

En la casa de los Saint James encontraron a la pareja. Él les recibió en la puerta con la perrita de la familia ladrando frenéticamente alrededor de sus tobillos. Dejó pasar a Isabelle y a Lynley, y regañó a la perra, que, sin preocuparse, le ignoró y continuó ladrando

—¡Dios mío, Simon! ¡Haz algo con ella! —gritó finalmente Deborah desde una habitación a la derecha de la escalera.

El comedor resultó ser un ceremonioso espacio de aquellos que uno encuentra en las viejas y chirriantes casas victorianas. Estaba decorado como tal, al menos en lo que a muebles se refería. Por suerte, no había demasiada ornamentación y tampoco estaba empapelado al estilo del floreado William Morris, aunque la mesa del comedor era de las pesadas y oscuras y el aparador albergaba un montón de cerámica inglesa.

Cuando se encontraron, Deborah Saint James estaba en la mesa aparentemente examinando unas fotografías, que recogió rápidamente cuando entraron.

—Ah, ¿no? —le dijo Lynley en referencia a éstas.

—De verdad, Tommy —contestó Deborah—. Sería más feliz si no me conocieras tanto.

—¿No sería la hora del té...?

—Mi taza del té preferida.[33] Bien.

—Es decepcionante —dijo Lynley—. Pero creí que el té de la tarde no sería..., hmmm..., ¿debería decir una ventana para mostrar tus talentos?

—Muy divertido. Simon, ¿vas a permitir que se burle de mí o vas a salir en mi defensa?

—Pensaba esperar para ver hasta qué punto podéis seguir haciendo juegos de palabras terribles. —Saint James permanecía en la puerta, apoyado en el marco.

—Eres tan implacable como él.

Deborah saludó a Isabelle llamándola «superintendente Ardery», y se excusó para ir a tirar «esas cosas horribles» a la basura. Al pasar a su lado le preguntó si quería un café. Reconoció que llevaba encima del hornillo eléctrico de la cocina durante horas, pero que si le echaba leche y —varias cucharadas de azúcar— sería potable.

—O puedo hacer una nueva cafetera —ofreció.

—No tenemos tiempo —dijo Lynley—.Esperábamos poder hablar contigo, Deb.

Isabelle escuchó esto algo sorprendida, dado que ella pensaba que había ido hasta Chelsea no para hacer una visita a Deborah, sino más bien a su marido. La mujer parecía tan perpleja como Isabelle.

—Pues aquí entonces. Es mucho más acogedor —dijo.

«Aquí» era una biblioteca. Isabelle y Lynley entraron. Estaba situada donde se esperaría que estuviera la sala de estar, con una ventana que daba a la calle. Había grandes montones de libros: en las estanterías, en las mesas y en el suelo, junto a cómodos sillones, una chimenea y un escritorio antiguo. También había periódicos amontonados. A Isabelle le pareció que los Saint James estaban suscritos a todos los diarios de Lon-

33. Juego de palabras intraducible entre la hora del té (*tea time*) y los gustos personales (*my cup of tea*).

dres. Como mujer a la que le gustaba vivir sin ataduras y compromisos, Isabelle encontró el lugar abrumador.

Al parecer Deborah percibió su reacción, porque dijo:

—Simon. Siempre ha sido así, superintendente. Puede preguntarle a Tommy. Fueron juntos al colegio, y Simon llevaba locos a los del internado. No ha mejorado desde entonces. Por favor, tirad lo que sea al suelo y sentaos. Por lo general, no está tan mal. Bueno, ya sabes, Tommy, ¿verdad? —Al decir esto miró a Lynley. Luego su mirada volvió a Isabelle y sonrió rápidamente. No fue por diversión o respeto, notó Isabelle, sino para esconder algo.

La superintendente encontró un lugar que precisaba mover pocas cosas.

—Por favor. Llámeme Isabelle, no superintendente —dijo, y de nuevo Deborah sonrió rápidamente y seguidamente volvió a mirar a Lynley. Parecía estar intentando escudriñar sus intenciones. También consideró que Deborah Saint James conocía a Thomas mucho mejor que lo que su ligereza sugería.

—Isabelle —dijo Deborah. Se dirigió a Lynley—: Tiene que haber arreglado la habitación para la semana que viene. Lo prometió.

—¿Entiendo que tu madre viene de visita? —le contestó él. Ambos se rieron.

Isabelle volvió a tener la sensación de que hablaban en clave. Quería decir, «Bien, vamos a continuar con lo nuestro», pero algo la detuvo y no le gustó lo que ese algo decía: ni acerca de ella ni de sus sentimientos. No estaba implicada emocionalmente en este asunto.

Lynley sacó el tema del que habían ido a hablar. Le preguntó a Deborah Saint James acerca de la exposición en la National Portrait Gallery. ¿Podría tener otra copia de la revista con las fotos tomadas la noche del estreno? Barbara Havers le había quitado un ejemplar, pero recordó que Deborah tenía otro.

Deborah dijo que «por supuesto», y fue hacia uno de los montones de periódicos. Excavó hasta desenterrar una revista. Se la entregó. Luego encontró otra —una diferente— y se la dio también a Lynley.

—De verdad, yo no las he comprado todas, Tommy —dijo—. Los hermanos y la hermana de Simon… Y después papá estaba tan orgulloso… —Se sonrojó.

—En tu lugar hubiera hecho lo mismo —intervino solemnemente Lynley.

—Está reclamando sus quince minutos de fama —le dijo Saint James.

—¡Cómo sois! —dijo Deborah, y se dirigió a Isabelle—. Les gusta burlarse de mí.

Saint James preguntó qué quería Lynley de la revista. Quería saber qué estaba pasando. Tenía que ver con el caso, ¿verdad?

Ciertamente, le contestó Lynley. Tenían una coartada que desmontar y le parecía que las fotos de la inauguración de la galería podían ayudar a ello. Con las revistas en su poder, estaban dispuestos a emprender la próxima etapa de su viaje. Isabelle no lograba entender por qué unas fotos de ese tipo podían ayudar de algún modo, se lo dijo a Lynley una vez que estuvieron en la calle otra vez. Entraron en el Healey Elliott antes de que contestara. Le entregó las revistas a ella. Él se inclinó justo cuando ella encontró las fotos de la inauguración de la National Portrait Gallery y señaló a uno de los que allí aparecían. Frazer Chaplin, le indicó. Que estuviera en la inauguración iba a ser la pista que necesitaban.

—¿Para qué?

—Para separar la verdad de la mentira.

Ella se volvió hacia él. De repente, él estaba inquietantemente cerca. Lo sabía porque la miró como si fuera a decir otra cosa o, peor aún, a hacer algo que ambos podrían lamentar.

—Y exactamente, ¿de qué tipo de verdad estamos hablando?

Él se apartó. Puso en marcha el coche.

—A medida que lo pensaba, cada vez tenía menos sentido la fecha de su contrato —dijo—.

—¿Qué fecha? ¿Qué contrato?

—El contrato con DragonFly Tonics, el acuerdo al que llegó Frazer Chaplin para llevar la publicidad del producto en su Vespa. Por exigencia del contrato debía ser de pintura brillante; regulaba el número de dispositivos requeridos. Por su firma parece que salió e hizo el trabajo.

—Y no lo tenía —dijo comprendiéndolo todo—. Winston está visionando esas grabaciones buscando una Vespa verde lima con dispositivos. En la investigación puerta por puerta se está preguntando por una Vespa verde lima con dispositivos.

—Algo que parece fácil de recordar si se ha visto.

—Cuando realmente no usó una Vespa verde lima con dispositivos para llegar a Stoke Newington finalmente.

Él asintió con la cabeza.

—Llamé al taller de pintura de Shepherd's Bush después de hablar con Barbara acerca de su encuentro con el soplón. Frazer Chaplin fue también allí para que le pintaran la Vespa y para que le pusieran los dispositivos. Pero lo hizo el día después de que Jemima muriera.

Bella McHaggis estaba lidiando con una nueva bandeja de gusanos de compostaje en su coche cuando llegó Scotland Yard. Eran los dos agentes con los que había hablado en la Met, justo el día en el que encontró el bolso de la pobre Jemima. Estacionaron al otro lado de la calle, enfrente de la casa, en un coche antiguo, que fue lo que le llamó la atención en un primer momento. La aparición de un vehículo de esas características en Oxford Road —o en cualquier calle, pensó— llamaba la atención. Hablaba de mimos, montones de dinero y mucha gasolina consumida. ¿Y la protección del medio ambiente? ¿Dónde estaba el sentido común? No recordaba sus nombres, pero asintió con un saludo, dado que cruzaron la calle hacia ella.

El hombre —educadamente se volvió a presentar como el detective Lynley, y su compañera, la superintendente Ardery— se hizo cargo de la bandeja de compostaje del coche de Bella. Tenía modales. De eso no había duda. Alguien le había criado adecuadamente, que era mucho más de lo que se podía decir de muchas personas por debajo de los cuarenta. Obviamente, no había ido hasta Putney para ayudarla con el compostaje de los gusanos. Bella les pidió que entraran en la casa. De todos modos, el inspector tuvo que llevar la bandeja al jardín trasero, y dado que la única manera de llegar era atravesando la casa, una vez dentro, Bella se comportó como debía y les ofreció una taza de té.

Declinaron el ofrecimiento, pero dijeron —en este caso, la superintendente Ardery— que querían hablar con ella. Bella contestó que por supuesto, faltaría más, y añadió resueltamente que esperaba que hubieran venido para decirle que habían detenido a alguien en el caso de la muerte de Jemima. Estaban cerca, dijo el inspector Lynley. Habían venido a hablar con ella de Frazer Chaplin, añadió el superintendente. Lo dijo con amabilidad y tal bondad que logró toda la atención de Bella.

—¿Frazer? ¿Qué tiene que ver con Frazer? ¿No han hecho nada con esa médium?

—Señora McHaggis —intervino Lynley. A Bella no le gustó un pelo cómo sonó su tono, que era inexplicablemente de arrepentimiento. Menos le gustó su expresión porque le sugirió una pizca de... ¿era lástima? Ella sintió como se le erguía la espalda.

—¿Qué? —gritó ella. Tenía ganas de enseñarles la puerta. Se preguntó cuántas veces más iba a tener que decirles a esos estúpidos dónde debían dirigirse, que era hasta Yolanda, la vidente chalada.

Lynley habló de nuevo. Comenzó a explicar todo tipo de cosas. Tenían que ver con el móvil de Jemima y con las llamadas que hizo el día de su muerte, y con las que recibió después de morir y los *ping* de las torres de conexión de telefonía móvil, fuera lo que fuese aquello. Frazer la llamó dentro de los plazos en los que se produjo su muerte, pero no llamó después, lo que, aparentemente, sugirió a los polis ¡que Frazer era el que había asesinado a la pobre muchacha! Bella se preguntó si había algo con menos sentido que aquello.

Entonces la mujer policía intervino. Su explicación tenía que ver con la moto de Frazer. Le soltó lo del color de la moto y lo de los dispositivos que había colocado en ella para ganar un poco más de dinero, y cómo la movilidad de Frazer encima de una moto por toda la ciudad era bastante fácil.

—Espere un momento —soltó Bella, porque no era tan tonta como ellos imaginaban, y comprendió entonces de qué iba todo ese juego. Señaló que si estaban interesados en las motos, ¿habían pensado que de la estaban parloteando era una moto italiana y que éstas podían ser alquiladas ese mismo día, y que había un italiano que vivía en su casa, quien había estado un tanto insensible con Jemima desde que ésta finalizara su relación con él? ¿Y todo ello no sugería que deberían estar buscando a Paolo di Fazio si quisieran endosarle el crimen a alguien de la casa de Bella?

—Señora McHaggis —repitió Lynley, con esos ojos llenos de profundidad. Los tenía marrones. ¿Por qué un hombre tan rubio tenía los ojos tan marrones?

Bella no quería ni oír ni escuchar. Les recordó que nada de lo que estaban contando importaba, pues Frazer no estuvo en ningún lugar cerca de Stoke Newington el día en que murió Jemima Hastings. Estuvo exactamente donde siempre estaba, entre su trabajo en la pista de hielo y en el hotel Duke. Había estado aquí, en su casa, duchándose y cambiándose de ropa. Les dijo que, como ya les había repetido hasta la saciedad, cuántas veces iba a tener que…

—Él la sedujo, ¿no es así, señora McHaggis? —Fue Isabelle quien se lo preguntó y lo hizo de malas maneras. Todos estaban sentados alrededor de la mesa de la cocina, donde había un conjunto de recipientes con condimentos que Bella quiso lanzarle a Isabelle o contra la pared, pero no lo hizo. En su lugar dijo:

—¿Cómo osa? —Una expresión que puso de manifiesto su edad más que cualquier cosa que hubiera dicho.

Los jóvenes —como aquellos dos agentes— hablaban de este tipo de cosas todo el tiempo. Tampoco usaban el verbo «seducir» cuando hablaban de lo suyo, y pensaron que no estaban haciendo nada que invadiese la privacidad de nadie en ningún momento.

—Eso es lo que hace, señora McHaggis —dijo la superintendente.

—Nos han confirmado que esto…

—En esta casa tenemos reglas —les dijo Bella, cortante—. Y no soy ese tipo de mujer. Sólo con sugerirlo…, incluso pensarlo…, o empezar a pensarlo…

Se estaba derrumbando y lo sabía. Creía que aquello la hacía parecer una completa tonta ante sus ojos, como un trapo viejo que sin saber cómo había caído víctima del piquito de oro de Casanova, que al principio quería su dinero, cuando ella no tenía tal dinero, y que entonces hizo que se preguntara por qué él se molestó con ella. Puso en orden sus pensamientos. Pensó en la dignidad que aún le quedaba.

—Conozco a mis huéspedes —dijo—. Tengo el hábito de conocerles, pues comparto una maldita casa con ellos, y no creo que quiera compartir mi casa con un asesino, ¿verdad?

No esperó a que le respondieran esta pregunta, que era completamente retórica.

—Presten atención porque no voy a repetirlo: Frazer Chaplin ha estado en esta casa desde la primera semana en la que empecé a alquilar habitaciones, y creo que le conozco lo suficiente..., y que sé lo que es desde... mucho antes que ustedes, ¿verdad?

Los dos policías intercambiaron una larga mirada.

—Tiene razón. Tampoco es algo que queramos indagar —dijo Lynley—. Lo que la superintendente quiere decir simplemente es que Frazer tenía éxito con las mujeres.

—¿Y qué si lo tiene? —respondió—. No es culpa suya.

—No discrepo.

Lynley volvió a preguntar si podían simplemente volver a hablar sobre dónde estaba Frazer el día de la muerte de Jemima Hastings. Ella repitió que ya lo había dicho una y otra vez, y que las cosas no iban a cambiar por mucho que lo repitiera. Frazer había hecho lo de siempre...

Aquello les hizo volver donde querían. Si cada día era igual en la vida de Frazer Chaplin, ¿existía la posibilidad de que ella se estuviera equivocando, que simplemente les estuviera diciendo lo que pensaba que Frazer había estado haciendo y que quizás él hubiera hecho o dicho algo para que ella creyera que estaba en casa cuando la verdad es que no lo estaba? ¿Ella lo había visto siempre que él llegaba a casa para ducharse y cambiarse de ropa cuando iba de un trabajo al otro? ¿Estaba ella, de hecho, en casa cuando esto sucedía? ¿O podía haber estado comprando? ¿O trasteando arriba y abajo por el jardín? ¿Quizás había quedado con una amiga? ¿O había salido a tomar un café? ¿Tal vez estuvo colgada del teléfono durante un rato, o mirando un programa de televisión, o atendiendo a un compromiso que la llevó fuera o quizás a otra parte de la casa? ¿Existía la posibilidad de que ella, entonces, no supiera, que no pudiera jurar, que no lo hubiera visto o pudiera confirmar...?

Bella se sintió mareada. La estaban aturdiendo con todas las posibilidades. La verdad del caso es que Frazer era un buen chico y que no lograban verlo porque eran policías, y ella sabía cómo eran los policías. ¿No eran todos iguales? ¿No sabían todos ellos que lo mejor que hacían los policías era encontrar a un supuesto asesino y después manipular los hechos hasta encasquetarle la culpa a uno? ¿Y no habían demostrado los periódicos con falsas pruebas que había tipos del IRA relacionados con los de la Met y, Dios, Frazer era irlandés, y, Dios, si era irlandés eso no lo convertía en culpable ante sus ojos?

Entonces Lynley empezó a hablar de la National Portrait Gallery. Mencionó a Jemima y la foto de ésta, y Bella entendió entonces que el tema de conversación había cambiado de Frazer a las fotos de sociedad y, francamente, se sintió aliviada de verlas.

—... demasiada casualidad para nuestro gusto —estaba diciendo Lynley. Mencionó a alguien que se llamaba Dickens, que relacionó por alguna razón con Hampshire, y entonces dijo algo más sobre Frazer y después sobre Jemima, y entonces ya no importaba, porque ¿qué pintaba ella en todo esto?, exigió Bella. Sintió que se desvanecía, tenía las manos heladas.

—¿Quién? —preguntó Lynley.

—Ella, ella. —Bella señaló con su frío dedo la fotografía que la devolvía a la realidad. Era el tren de la verdad, que se acercaba a ella a toda velocidad. Su silbato decía tonta, tonta, tonta, y el sonido se hacía más ensordecedor a medida que se acercaba a ella.

—Ésta es la mujer de la que estamos hablando —le dijo la superintendente, inclinándose para ver a la mujer de la fotografía—. Ésta es Gina Dickens, señora McHaggis. Creemos que Frazer se reunió con ella esa noche...

—¿Gina Dickens? —dijo Bella—. Están locos. Toda la vida ha sido Georgina Francis. La eché el año pasado por romper una de mis reglas.

—¿Qué regla? —preguntó el superintendente.

—La regla de...

Tonta, tonta, tonta.

—¿De? —insistió el inspector.

—Frazer... Ella... —dijo Bella. Tonta, tonta, tonta—. Dijo que ella se había ido. Dijo que nunca la había visto una vez que se fue. Él decía que ella era la que le quería..., pero él no la amaba..., no quería nada con ella.

—Ah, así que le mintió —le dijo Lynley—. ¿Podemos hablar otra vez sobre lo que recuerda del día que murió Jemima Hastings?

32

No había duda de que estaba metida en un gran lío. Meredith estaba llegando tardísimo al trabajo y sabía que su ausencia sólo se podía justificar con una excusa del tipo «he sido abducida por extraterrestres». Cualquier otra cosa significaría que la echaban. E iba a ser una ausencia, no simplemente un retraso.

Porque desde que había visto a Zachary Whiting hablando con Gina Dickens, Meredith sintió que debía tomar medidas, y esas medidas no consistían en llegar hasta Ringwood y sentarse obedientemente en el cubículo del estudio de diseño gráfico Gerber & Hudson.

No obstante, todavía no había llamado al señor Hudson. Sabía que debía hacerlo, pero no se atrevía. Se iba a enfurecer, y ella consideró que quizá podía acabar resolviendo lo de Gina Dickens, Zachary Whiting, Gordon Jossie y la muerte de Jemima, alzándose como una heroína que lucha hasta abatir a los villanos, y que eso le proporcionaría suficiente gloria que se tornara en una oportunidad para no perder su trabajo.

Al principio se sintió un poco desorientada viendo al comisario jefe charlando con Gina Dickens. No sabía qué hacer, ni qué pensar ni adónde ir. Se arrastró de vuelta hasta su coche y puso rumbo a Lyndhurst, porque allí había una comisaría de Policía, y uno debía confiar en la Policía. Aunque, se preguntó, ¿cuál era el objetivo de ir hasta allí cuando el jefe de la Policía de Lyndhurst y Gina Dickens eran uña y carne?

Meredith se detuvo a un lado de la carretera e intentó entender lo que había oído de Gina Dickens, lo que había descubierto acerca de ella durante la investigación y lo que había averiguado tras su conversación con Michele Daugherty. Trató de recordar todas las declaraciones que había escuchado, y mediante ellas intentar averiguar quién era en realidad Gina Dickens. Concluyó que debía de haber algo en algún lugar acerca de Gina, una grieta que dejara vislumbrar la verdad sobre ella, algo que hubiera descuidado. Meredith necesitaba hallar esa verdad, porque cuando la encontrara le diría exactamente qué hacer.

El problema, por supuesto, era dónde encontrarla. ¿Se suponía que debía hallarla? Si Gina Dickens no existía, entonces cómo iba a averiguar quién era ella realmente, y por qué estaba en connivencia con el comisario jefe Whiting en el supuesto de que... ¿Qué? ¿Cuál era exactamente la naturaleza de su relación?

Cualquier información acerca de Gina, como por qué fue a Hampshire o su verdadera identidad, era algo que guardaba celosamente. Lo ocultaba en ella misma o en su bolso o, quizás, en su coche. Pero eso, pensó Meredith, no tenía ningún sentido. Gina Dickens no podía correr ese riesgo. Gordon Jossie bien podría haberse tropezado con algo si lo dejaba por allí. Seguramente habría buscado un lugar mucho más seguro para salvaguardar la clave de su verdadera identidad y de lo que estaba haciendo.

Meredith agarró el volante con fuerza cuando se dio cuenta de lo obvio de la respuesta. Había un lugar en el que Gina podía actuar libremente: entre las cuatro paredes de su dormitorio. A pesar de que Meredith había buscado por todas partes en aquella habitación, ¿lo había hecho por todos los rincones? No había mirado entre el colchón y el somier de la cama, por ejemplo. Tampoco quitó los cajones en busca de algo que pudiera estar pegado bajo ellos. O, ya que estaba, detrás de los cuadros.

Ese maldito dormitorio guardaba todas las respuestas, consideró Meredith, porque nunca tuvo ningún sentido que Gina viviera con Gordon y mantuviera su propio espacio, ¿verdad? ¿Por qué gastarse dinero en eso si no existe en el fondo una razón? Así que las respuestas a cada enigma acerca de Gina Dickens estaban en Lyndhurst, donde siempre habían estado. Porque no sólo era el lugar en el que había alquilado el dormitorio, sino también la zona en la que estaba la comisaría de Policía de Whiting. Aquello resultaba descaradamente conveniente.

A pesar de todo este ir y venir de ideas y pensamientos, Meredith sabía que estaba peligrosamente cerca de no tener ni idea de qué hacer en aquella situación. Asesinato, ilegalidades policiales, identidades falsas... No estaba acostumbrada a aquello. Sin embargo, tenía que llegar al fondo de todo el asunto. No parecía que hubiera nadie más interesado en hacerlo. Aunque... Sacó su móvil y marcó el número de Rob Hastings. Estaba, por suerte, en Lyndhurst. Se encontraba, y eso ya no indicaba tanta suerte, a punto de entrar a una reunión con los guardas forestales, que iba a durar entre noventa minutos y dos horas.

—Rob, se trata de Gina Dickens y del comisario jefe —dijo ella rápidamente—. Están juntos en esto. Y Gina Dickens existe como tal, por cierto. Y el comisario jefe Whiting le contó a Michele Daugherty que debía dejar de investigar a Gordon Jossie, pero ella ni había empezado y...

—Espera, ¿de qué estás hablando? —preguntó Rob—. Pero ¿qué demonios...? ¿Quién es Michele Daugherty?

—Voy a Lyndhurst, a su habitación —siguió ella.

—¿A la habitación de Daugherty?

—A la de Gina. Tiene una encima del Mad Hatter, Rob. En High Street. ¿Sabes dónde está? Los salones de té en la calle...

—Por supuesto que lo sé —dijo—. Pero...

—Tiene que haber algo ahí, algo que se me pasó por alto la última vez. ¿Nos vemos allí? Es importante, los vi juntos en la casa de Gordon. Rob, él condujo sin titubeos, salió y fue al prado, donde estuvieron hablando...

—¿Whiting?

—Sí, sí. ¿Quién iba a ser? Eso es lo que te estoy intentando decir.

—Scotland Yard está en ello, Merry —dijo él—. Una mujer llamada Havers. Tienes que llamarla y explicárselo. Tengo su número.

—¿Scotland Yard? Rob, venga, cómo podemos confiar en ellos, si no podemos confiar en Whiting. Son todos policías. ¿Y qué les contamos? ¿Que Whiting estuvo hablando con una

Gina Dickens que, en realidad, no era Gina Dickens, pero que en realidad no sabemos quién es? No, no. Tenemos que...

—¡Merry! Escucha, por el amor de Dios. Se le conté todo a esa mujer, a esa tal Havers. Lo que me dijiste sobre Whiting, cómo le diste información, cómo dijo que estaba todo en orden. Ella quiere conocer todo lo que sabes. Imagino que también querrá ver ese dormitorio. Escúchame.

Fue entonces cuando le dijo que se dirigía a la reunión con los guardas forestales. No podía saltársela, porque, entre otras cosas, tenía que... Bueno, no importaba, simplemente tenía que estar allí. Y que ella debía llamar a la detective de Scotland Yard.

—Oh, no —exclamó—. Oh, no, oh no. Si hago eso, no conseguiré que ella quiera allanar la habitación de Gina. Lo sabes.

—¿Allanarla? ¿Allanarla? Merry, ¿qué tienes planeado?

Le preguntó si podía esperarle. La encontraría en el Mad Hatter justo después de su reunión. Estaría allí tan pronto pudiera.

—No hagas ninguna locura —le dijo—. Prométemelo, Merry. Si te sucediera algo...

Se detuvo.

Al principio no dijo nada. Finalmente se lo prometió y colgó rápidamente. Tenía la intención de mantener la promesa y aguardar a Rob Hastings, pero cuando llegó a Lyndhurst, supo que esperar no entraba en sus planes. No podía esperar. Lo que fuera que se encontrara en la habitación de Gina era algo que iba a tener en breve en sus manos.

Estacionó cerca del New Forest Museum y avanzó por High Street hasta el salón de té de Mad Hatter. A esa hora de la mañana estaba abierto y a pleno rendimiento, así que nadie se dio cuenta de la presencia de Meredith cuando pasó por la puerta de al lado.

Subió por las escaleras como un rayo. Al llegar arriba, fue cautelosa con sus movimientos. Escuchó a través de la puerta de la habitación contigua a la de Gina. Dio un golpecito para asegurarse. Nadie contestó. Una vez más, no habría ningún testigo de lo que estaba a punto de hacer. Sacó de su bolso su tarjeta de crédito. Tenía las manos húmedas: los nervios. No existía más peligro al irrumpir en la habitación de Gina que la última vez. Entonces fueron sospechas las que la llevaron hasta allí. Ahora eran certezas.

Utilizó torpemente la tarjeta y la dejó caer en un par de ocasiones antes de que finalmente pudiera abrir la puerta. Echó un vistazo al pasillo y entró en la habitación. De repente hubo un movimiento a su izquierda. Una ráfaga de aire y algo borroso en la sombra. La puerta se cerró tras ella y oyó que se pasaba el cerrojo. Se giró y se encontró cara a cara con un completo desconocido. Un hombre. Por un momento, y sólo fue un simple instante, se le cruzó por la mente de manera fugaz que ridículamente se había metido en la habitación equivocada, que la habitación había sido alquilada a cualquier otro, que, para empezar, el dormitorio de Gina nunca estuvo encima del Mad Hatter. Y entonces se dio cuenta de que estaba en peligro, cuando el hombre la agarró del brazo, la volteó y le tapó bruscamente la boca con la mano. Sintió algo que la presionaba en el cuello, algo terriblemente afilado.

—¿Qué tenemos por aquí? —le susurró al oído—. ¿Y qué vamos a hacer al respecto?

Cuando recibió la llamada telefónica del sargento de Scotland Yard, Gordon Jossie supo que había llegado el verdadero final con Gina. Hubo un momento aquella mañana, en la cocina, cuando ella negó lo de Jemima, en el que casi le había llegado a convencer de que estaba diciendo la verdad, pero después de que la detective Havers le llamara preguntándole por qué Gina no había aparecido en el hotel en Sway, entendió que haber creído su historia tenía más que ver con sus deseos que con la realidad. Aquello, ciertamente, servía para describir perfectamente su vida adulta, pensó malhumorado. Hubo al menos dos años de su vida —esos años después de conocer a Jemima y haberse liado con ella— en que había desarrollado un futuro de fantasía. Parecía como si aquella fantasía pudiera transformarse en realidad por la propia Jemima, porque parecía necesitarle mucho. Le necesitaba del mismo modo que las plantas requieren una tierra decente y el agua adecuada, lo que le llevó a considerar que ese tipo de necesidad convertiría el simple hecho de estar con un hombre en algo más importante que quién era ese hombre. Ella parecía precisamente lo que él estaba buscando, aunque él no había estado buscando nada en absoluto. Había decidido que no tenía sentido buscar más. Mucho menos cuando el mundo que se había construido —o quizá, mejor dicho, el mundo que le habían construido— podría venirse abajo en cualquier momento. Y entonces, repentinamente, ella estaba en Longsdale Bottom con su hermano y su perro. Y allí estaba él con *Tess*. Y ella fue la que dio «el primer paso», como suele decirse. Una invitación a la casa de su hermano, que era su propia casa, una invitación para beber un domingo por la tarde aunque él no bebía, no podía y no debería correr ningún riesgo por una copa.

Fue por sus ojos. Era ridículo pensar ahora en que fue aquello lo que le llevó a Burley para verla de nuevo, pero así fue. Nunca había visto a nadie con un ojo de cada color y quería estudiarlo, se decía a sí mismo para convencerse. ¿Y el resto? ¿Qué importaba? El resto le había llevado donde se encontraba ahora.

Ella tenía el pelo más corto que meses más tarde, cuando la vio en Londres, después de que le dejara. También parecía más fino, pero quizá la memoria le estaba jugando una mala pasada. En cuanto al resto, allí estaba Jemima. Igual que siempre.

Al principio no comprendió por qué había escogido el cementerio de Stoke Newington para su encuentro, pero cuando vio los senderos, los monumentos en ruinas y la vegetación creciendo sin freno se dio cuenta de que la elección del lugar tenía que ver con que no la vieran con él. Aquello debería haberle tranquilizado en cuanto a sus intenciones, pero lo quería escuchar de su boca. También deseaba que le devolviera la moneda y la piedra. Estaba decidido. Debía tenerlas porque si estaban en posesión de Jemima, nadie sabía qué era capaz de hacer con ellas.

—¿Y cómo me has encontrado? —le había dicho ella—. Sé lo de las postales. Pero ¿cómo...? ¿Quién...?

Él le contó que no sabía quién le había telefoneado, que simplemente era la voz de un tipo explicándole algo sobre el estanco de Covent Garden.

«Un hombre», había dicho ella para sí. Parecía que había

estado contemplando las diferentes posibilidades. Existían, como bien sabía él, muchas. Jemima nunca había establecido grandes lazos de amistad con otras mujeres, pero con los hombres era diferente: la completaban de una manera que las mujeres no podían. Se preguntó si Jemima habría muerto por eso. Quizás algún hombre había malinterpretado la naturaleza de sus necesidades, y había exigido de ella algo que excedía lo que ella demandaba de él. De algún modo, todo aquello explicaba la llamada telefónica que había recibido, que en sí misma podía calificarse de traición, un ojo por ojo por así decirlo, un «haz lo que te digo o te delato»... A quien fuera que estuviera buscándola porque no importa quién sea..., «sólo quiero equilibrar la balanza del daño que tú y yo nos hemos hecho».

—¿Se lo has contado a alguien? —le había dicho él.

—¿Por esto me has estado buscando?

—Jemima, ¿se lo has contado a alguien?

—¿De verdad crees que quiero que alguien lo sepa?

Entendió a qué se refería, aunque sintió que era como una punzada que le estaba infligiendo en lugar de simplemente contestar a su pregunta. Sin embargo, hubo algo en la manera en la que respondió que le hizo dudar. La conocía muy bien.

—¿Estás con un tío nuevo? —le preguntó repentinamente, no porque quisiera saberlo, sino por lo que significaría si así fuera.

—No creo que sea de tu incumbencia.

—¿Seguro?

—¿Por qué?

—Ya sabes.

—Por supuesto que no lo creo.

—Si se lo has contado... Jemima, dime si se lo has contado a alguien.

—¿Por qué? ¿Estás preocupado? Sí, supongo que lo estás. Yo lo estaría en tu lugar. Déjame preguntarte una cosa, Gordon: ¿te has preguntado cómo me sentiría si lo supieran otras personas? ¿Has pensado en el desastre en el que se convertiría mi vida? «Por favor, señorita Hastings, ¿nos podría conceder una entrevista? Una declaración sobre lo que ha significado para usted. ¿Nunca sospechó de nada? ¿Qué clase de mujer no habría visto que algo iba mal...?» ¿De verdad crees que quiero eso, Gordon? ¿Mi imagen manchada en la portada de los tabloides junto a la tuya?

—Pagarían —dijo—. Como bien dices, sería un periódico sensacionalista. Te pagarían un montón de dinero por la entrevista. Una fortuna.

Ella retrocedió con la cara blanca.

—Estás loco —le dijo—. Estás más loco que antes, si es que eso es posible.

—Muy bien —dijo vehementemente—. Entonces, ¿qué has hecho con la moneda? ¿Dónde está? ¿Dónde está la piedra?

—¿Por qué? —preguntó ella—. ¿Por qué te importa tanto?

—Quiero llevármelo todo de vuelta a Hampshire, obviamente.

—Realmente, ¿quieres eso?

—Sabes que sí. Tenemos que devolverlo, Jemima. Es la única manera.

—No, hay otra manera completamente distinta de hacerlo.

—¿Cuál?

—Creo que ya deberías saberla. Especialmente si me has estado buscando.

En ese momento se dio cuenta de que, efectivamente, ella estaba con otra persona. Fue cuando entendió, al margen de afirmar lo contrario, que era probable que su lado más oscuro fuera a revelarse a cualquier otro, si es que no lo había hecho ya. Su única esperanza —su única garantía sobre su silencio y el de cualquiera que supiera la verdad— radicaba en hacer lo que ella le pidiera.

Sabía que ella le iba a pedir algo, porque conocía a Jemima. Y la maldición que iba a cargar el resto de su vida iba a ser el conocimiento de que, de nuevo él y nadie más, se había puesto a sí mismo al borde de la destrucción completa. Él quería devolver la moneda y la piedra a esa tierra dónde habían estado enterradas durante miles de años. Y más que eso, quería saber si Jemima era capaz de mantener el secreto a salvo. Así que al poner las cartas encima de la mesa la había obligado a mostrar las suyas. Y ahora ella iba a jugar.

—Necesitamos el dinero—dijo ella.

—¿Qué dinero? ¿Quiénes?

—Ya sabes qué dinero. Tenemos planes, Gordon, y ese dinero…

—Entonces, ¿es de esto de lo que se trata? ¿Por esto te fuiste? No por mí, sino para vender lo que fuera que desenterramos. Y entonces… ¿qué?

Pero no, no había sido así, no al principio. Lo del dinero era comprensible, pero no fue lo que llevó allí a Jemima. El dinero compra cosas, pero lo que no podría comprar nunca es lo que ella necesitaba.

—Es el tipo. ¿Es él, verdad? —comprendió Gordon al instante—. Él lo quiere. Para vuestros planes, sean los que sean.

Sabía que había dado en el clavo. Había visto que gradualmente se le encendían las mejillas. De hecho, ella le había dejado para alejarse de quién era él, pero ella había conocido a otro hombre al que le había contado todos sus secretos.

—¿Por qué has tardado tanto, entonces? —le preguntó—. ¿Todos estos meses? ¿Por qué no se lo decías de una vez?

Ella le miró durante un momento.

—Las tarjetas —dijo.

Y entonces él vio que su temor a ser descubierto, su propia necesidad de consuelo, algo que no era como la necesidad de Jemima, pero que irónicamente acababa siendo idénticamente igual, había propiciado ese preciso encuentro. Cada nuevo amante preguntaría por qué alguien la estaba buscando. Donde pudo haber dicho una mentira, había dicho la verdad.

—¿Qué quieres entonces, Jemima? —le preguntó.

—Te lo acabo de decir.

—Necesitaré pensarlo —respondió él.

—¿Qué?

—Cómo hacer que suceda.

—¿Qué quieres decir?

—Es obvio, ¿no? Si lo que quieres es cavar en toda la parcela, entonces tengo que desaparecer. Si no lo hago… ¿O quieres que me descubran? ¿Quizá me quieres ver muerto? Quiero decir, en algún momento significamos algo el uno para el otro, ¿no?

Ella guardó silencio tras escuchar esto. El día era claro, brillante y caluroso; el sonido de los pájaros se intensificó de repente.

—No te quiero muerto —dijo finalmente—. Ni tan siquiera quiero hacerte daño, Gordon. Sólo quiero olvidarme de todo esto. De nosotros. Deseo una nueva vida. Vamos a irnos del país, vamos a abrir un negocio... Sabes que es culpa tuya. Si no hubieras puesto esas tarjetas... Si no lo hubieras hecho... Yo estaba alterada, y él quería saber, así que se lo dije. Me preguntó, claro, cualquiera lo hubiera hecho, cómo había llegado a descubrirlo. Pensó que era la última cosa que le dirías a nadie. Así que le conté esa parte también.

—Lo del prado.

—No exactamente lo del prado, pero sí algo acerca de lo que podía encontrar allí. Cómo esperaba que lo usáramos o lo vendiéramos, o lo que fuera, y cómo no quisiste, y entonces... Bien, sí. ¿Por qué? Tuve que decirle por qué.

—¿Tuviste que hacerlo?

—Por supuesto. ¿No lo ves? Se supone que no hay secretos entre los que se aman.

—Y él te ama.

—Sí.

Sin embargo, Gordon pudo percibir sus dudas, y entendió que éstas jugaban un papel importante en lo que estaba sucediendo. Deseaba protegerle, fuera quien fuera. Él quería el dinero. Esos deseos se mezclaron para provocar la traición.

—¿Cuándo?

—¿Qué?

—¿Cuándo decidiste hacer esto, Jemima?

—No estoy haciendo nada. Tú querías verme, no he sido yo. Me estabas buscando, no al revés. Si no hubieras hecho nada de todo esto, no hubiera habido necesidad de contarle a nadie nada sobre ti.

—¿Y cuándo apareció el dinero en lo vuestro?

—Nunca había salido hasta que se lo conté... —Su voz empezó a desvanecerse, y Gordon comprendió que estaba llegando a una conclusión por sí misma, abriendo una posibilidad que él veía clarísimamente.

—Es el dinero. Quiere el dinero. No a ti. Lo ves, ¿verdad?

—No, eso no es verdad.

—Y creo que has tenido dudas todo este tiempo —contestó él.

—Me ama.

—Si lo quieres ver así.

—Eres una persona odiosa.

—Supongo que sí.

Le dijo que cooperaría en su plan de volver a la propiedad, que la ayudaría. Desaparecería, pero sería algo que llevaría tiempo. Le preguntó cuánto tiempo, pero no estaba seguro. Tendría que hablar con ciertas personas; luego se lo haría saber. Mientras tanto, obviamente, ella podía llamar a los medios para sacar algo de dinero. Dijo esto último con cierta amargura mientras se alejaba. Menudo lío había montado, pensó.

Y ahora, Gina. O quien demonios fuera. Se dijo a sí mismo que si no hubiera sustituido la maldita valla del prado, nada de aquello hubiera sucedido. Pero la verdad del asunto era que el origen de todo eso ocurrió en un atestado McDonald's, cuando se pasó de un «vamos a pillarlo a un vamos a hacerle llorar, y hasta un hay que callarle…, y ¿cómo le callamos?».

Cuando Zachary Whiting se presentó en el pub Royal Oak unas pocas horas después de llegar a su lugar de trabajo, Gordon estaba en la cornisa de la terraza. Vio que aquel vehículo familiar entraba en el aparcamiento, pero no estaba ni nervioso ni tenía miedo. Estaba preparado para una eventual aparición de Whiting. Puesto que la última vez que se reunieron fueron interrumpidos, Gordon sabía que el comisario jefe probablemente querría terminar ese encuentro.

El policía le señaló desde abajo. Cliff le estaba entregando un haz de paja. Gordon le dijo que se tomara un descanso. El día era caluroso, como lo habían sido los anteriores

—Tómate una sidra —le dijo, y le comentó que se la pagaba él—. Que la disfrutes, yo iré enseguida.

Cliff pareció alegrarse.

—¿Algún problema, colega? —murmuró en cuanto vio que se acercaba Whiting.

No conocía a Whiting, pero percibió que se acercaba amenazadoramente. Whiting lo llevaba escrito en la cara.

—En absoluto —respondió Gordon—. Tómate tu tiempo —añadió señalando la puerta—. Iré dentro de un rato —repitió.

Una vez que se hubo ido Cliff, esperó a Whiting. El comisario jefe se detuvo ante él. Hizo lo de siempre, se acercó mucho, pero Gordon no retrocedió.

—Te vas —dijo Whiting.

—¿Qué?

—Ya me has oído. Te trasladan. Órdenes del Ministerio del Interior. Tienes una hora. Vamos. Deja la camioneta. No la vas a necesitar.

—Mi perra está dentro...

—Que le den por el culo a la perra. Se queda. Y la camioneta. Esto... —Y con un movimiento de cabeza señaló al bar, donde Gordon iba a dejar la paja, el trabajo que estaba haciendo. —Eso ya está terminado. Entra en el coche.

—¿Dónde me envían?

—No tengo ni puñetera idea, y no me interesa. Entra en el puto coche. No queremos montar una escena. No quieres montar una escena.

Gordon no iba a cooperar si no le ofrecía más información. No iba a entrar a ese coche sin saber a qué atenerse. Había un montón de zonas aisladas entre el lugar en el que estaba y la finca cerca de Sway, y el asunto inacabado entre aquel hombre y él le sugería que no irían a casa directamente. No tenía manera de saber si le estaba diciendo la verdad, aunque la muerte de Jemima y la presencia de New Scotland Yard en Hampshire sugería que era probable.

—No voy a dejar a la perra aquí —dijo—. Si me voy, ella también.

Whiting se quitó las gafas de sol y se las colgó de la camisa, que estaba húmeda por el sudor. Era por el calor del día o la anticipación. Gordon consideró que podían ser ambas.

—¿Crees que puedes negociar conmigo? —preguntó Whiting.

—No estoy negociando. Estoy constatando un hecho.

—Ah, sí.

—Espero que tus instrucciones sean llevarme a algún sitio y entregarme. Espero que tengas un horario. Espero que te hayan dicho que no lo fastidies, para no montar una escena, para que no parezca otra cosa que dos tíos charlando aquí mismo, conmigo subiendo a tu coche al final. Cualquier otra cosa levantará sospechas, ¿verdad? Como para aquellos que están bebiendo cerveza en el jardín. Si tú y yo nos enzarzamos en una pelea y alguien llama a la Policía, y si es una pelea como Dios manda, de aquellas en las que se arrean golpes, entonces habrá más problemas y preguntas acerca de cómo lo hiciste para montar semejante lío cuando era algo tan simple como…

—Ve a buscar a esa maldita perra —dijo Whiting—. Te quiero fuera de Hampshire. Contaminas el aire.

Gordon esbozó una pequeña sonrisa. En verdad, el sudor le goteaba por los costados y se vertía como una cascada por su columna vertebral. Sus palabras eran duras, pero no había nada detrás de ellas, excepto sus armas para protegerse. Fue hacia la camioneta.

Tess estaba dentro, gracias a Dios, dormitando tumbada en el asiento. Su correa estaba atada al volante, la cogió rápidamente y la dejó caer al suelo, para que pudiera moverse con tranquilidad. La perra se despertó, parpadeó y bostezó ampliamente, exhalando una buena bocanada de aire canino. Empezó a levantarse. Le dijo que se quedara quieta y se metió dentro. Con una mano agarró la correa de su cuello. Tenía una cazadora y se la puso. Volteó las viseras para el sol. Abrió y cerró la guantera. Oyó que Whiting se acercaba mientras caminaba por la grava del aparcamiento.

—Imagino que no esperas que entre en el pub —le dijo—. Cliff necesitará al menos una nota de explicación. —Y dio las gracias por estar todavía con ánimos para poder decir tanto.

—Date prisa entonces —contestó Whiting, que regresó a su coche. No llegó a entrar en él, encendió un cigarrillo, miró y esperó. La nota fue breve: «Esto es tuyo hasta que lo necesite, colega». Cliff no necesitaba saber nada más. Si Gordon tenía la oportunidad de recuperar el vehículo más adelante, lo haría. En caso contrario, al menos no caería en las manos de Whiting.

Había dejado las llaves en el contacto, como solía hacer. Quitó la llave de su casa del llavero, llamó a *Tess* para que le siguiera, y salió de la camioneta. Todo había durado menos de dos minutos. Menos de dos minutos para cambiar de nuevo el rumbo de su vida.

—Estoy listo —le dijo a Whiting, y se acercó a él. La perra no paraba de menear la cola, como siempre, como si el capullo que se encontraba delante de ellos fuera a acariciarle la cabeza.

—Eso espero —respondió Whiting.

33

Barbara Havers se dio cuenta más tarde, no sin asombro, de que todo se reducía al hecho de que el tráfico en el centro de Lyndhurst era de un solo sentido. Formaba un triángulo casi perfecto, y en la dirección en la que iba se veía forzada hasta seguir por la parte norte de dicho triángulo. Esto la llevó a High Street, donde, a medio camino entre la calle y más allá del entramado de madera del hotel Crown, ella debía girar hacia Romsey Road, que la llevaría hasta la comisaría de Policía. Debido al semáforo del cruce de Romsey Road, a lo largo del día se formaban retenciones. Eso es lo que pasó cuando Barbara tomó la curva que rodeaba la extensión de césped y techos de paja que conformaba Swan Green y fijó su rumbo a través del pueblo.

Quedó atrapada detrás de un camión horrendo que expulsaba gases como eructos que se colaron por su ventana. Consideró que también podía fumarse un cigarrillo y esperar a que el semáforo se pusiera en verde. No había necesidad de evitar una oportunidad así para contaminar sus ennegrecidos pulmones, pensó.

Iba a sacar su bolso cuando vio a Frazer Chaplin. Salía de un edificio justo delante de ella; era imposible que se equivocara de hombre. Estaba muy cerca de la acera izquierda, preparándose para volver a Romsey Road, y el edificio en cuestión —con un cartel que lo identificaba como el salón de té Mad Hatter— estaba en el lado izquierdo de la calle. En un instante pensó, «¿Qué diablos…?». Pero entonces se fijó en la mujer que iba con él. Empezaron a caminar por la acera de un modo que parecía indicar que eran dos amantes después de un encuentro, pero había algo en la manera que tenía Frazer de agarrarla con las dos manos que no cuadraba. Su brazo derecho la sujetaba con fuerza alrededor de la cintura. Su brazo izquierdo cruzaba su propio cuerpo para agarrar el brazo izquierdo de ella por el codo. Se detuvieron un instante ante los ventanales del salón de té y él le dijo algo. Entonces la besó en la mejilla y la miró de forma conmovedora, admirándola, enamorado. Si no hubiera sido porque esa manera de agarrarla y esa decidida rigidez en el cuerpo de la mujer, Barbara hubiera pensado que Frazer estaba haciendo lo que prematuramente había concluido que hacía cuando le vio la única vez que se vieron: esa postura con las piernas abiertas cuando estaba sentado, esa mirada de nena-mira-lo-que-tengo-aquí y el resto era historia. Pero la mujer que iba con él —quién demonios era, se preguntó Barbara— no parecía estar flotando por el aire un éxtasis sexual. En su lugar, parecía…, bueno, una prisionera sería una buena manera de describirla.

Se dirigían hacia donde estaba Barbara. Unos pocos coches antes que el suyo, sin embargo, cruzaron la calle. Continuaron por la acera y, a pocos metros, desaparecieron por un callejón situado a la derecha. Barbara murmuró: «Maldita sea, maldita sea, maldita sea», y esperó con creciente agitación a que las luces del semáforo del cruce empezaran a cambiar del rojo al ámbar y finalmente al verde. Vio que el callejón de la derecha tenía una P en una señal de color azul que indicaba que había un aparcamiento tras los edificios de High Street. Supuso que Frazer estaba llevando a esa mujer hasta allí. Havers le gritó a las luces: «Vamos, vamos, vamos», y éstas finalmente cooperaron. El tráfico empezó a moverse. Tenía que recorrer treinta metros hasta llegar al callejón.

Le pareció que pasaba una eternidad hasta que giró y pasó a toda velocidad entre los edificios, donde vio que el aparcamiento no era exclusivo para los clientes que acudían a hacer sus compras. También lo podía usar el New Forest Museum y las instalaciones públicas. Estaba atestado de coches y por un momento Barbara creyó que había perdido a Frazer y a su compañera en algún lugar entre las filas de vehículos.

Sin embargo, entonces le vio a cierta distancia, al lado de un Polo, y antes de que ella pudiera siquiera haber pensado en aquello como el final de una cita romántica entre Frazer Chaplin y su compañera, la manera en la que entraron en el vehículo lo dejó todo claro. La mujer se sentó en el asiento del pasajero como era de esperar, pero Frazer mantuvo su dominio sobre ella y subió rápidamente. A partir de ahí, Barbara no pudo saber qué estaba pasando, pero parecía bastante claro que la intención de Frazer era forzar a su compañera a moverse al asiento del conductor, y que no tenía intención de perder su control sobre ella mientras lo hacía.

Una bocina sonó repentinamente. Barbara miró por el retrovisor. Naturalmente, pensó, alguien más quería entrar en el aparcamiento. No podía echarse a un lado porque el paso era demasiado estrecho. Se metió en uno de los estacionamientos y maldijo a uno y a otro. Cuando volvió a la posición inicial en la que podía ver el vehículo en el que se había metido Frazer, éste había salido de donde estaba y se dirigía a la salida.

Barbara le siguió, esperando tener suerte. Necesitaba, por un lado, que nadie apareciera y no le dejara atrapar a Frazer; y, por el otro, que el tráfico en High Street le permitiera situarse detrás de él fácilmente y sin ser vista. Porque era obvio que tenía que seguirlo. Su intención de enfrentarse al comisario jefe Whiting en la comisaría debía posponerse por el momento, porque si Frazer Chaplin había venido a New Forest, no era para fotografiar a los ponis. La única pregunta era quién era la joven que iba con él. Era alta, delgada y vestía algo parecido a un camisón africano. Le cubría de los hombros hasta los tobillos. O iba disfrazada o se protegía del sol, pero, en cualquier caso, Barbara estaba segura de que no la había visto antes en Lyndhurst.

Por lo que había hablado con Rob Hastings, concluyó que debía de ser Meredith Powell. Si, de hecho, Meredith Powell había estado llevando a cabo algún tipo de investigación alocada por su cuenta —que, según Hastings, era lo que había hecho—, entonces se entendía que hubiera tropezado con Frazer Chaplin, cuya presencia en Hampshire sugería que estaba metido hasta el cuello en sus asuntos. Y el lenguaje corporal entre ellos lo decía todo, ¿no era así? Meredith —si realmente era ella, ¿si no quién demonios podía ser?— no quería estar con Frazer, y éste no tenía ninguna intención de dejarla libre.

Al final de High Street, se dirigieron hacia el sur por una de las calles del sistema unidireccional de Lyndhurst. Barbara los siguió.

Las señales, según vio, indicaban dirección a Brockenhurst; en otro punto del triángulo vial, la calle se convirtió en la A337. Enseguida se encontraron dentro de una frondosa zona boscosa. Todo era verde y exuberante, el tráfico fluía, pero había que prestar atención a los animales. Como el camino discurría en línea recta, Barbara frenó su marcha para que el Polo no pudiera verla. Había pocas opciones de dar la vuelta cuando uno iba a Brockenhusrt, por lo que tenía una idea clara de que rumbo tomarían. No se sorprendió cuando, minutos más tarde, se topó con el camino a Lymington. Aquello, sabía ella, iba a colocarlos en la propiedad de Gordon Jossie. Ahí se dirigían. Ella pensaba que sabía por qué.

Obtuvo al menos parte de la respuesta a esa pregunta cuando en su móvil sonó *Peggy Sue*. Dado que había vaciado su bolso en el asiento trasero para buscar un pitillo, le resultó más fácil encontrar el móvil.

—Havers —gritó, y añadió—: rápido. No puedo detenerme. ¿Quién es?

—Frazer.

—¿Qué diablos? —De ningún modo podía tener su número, pensó Barbara. Empezó a pensar en cómo había logrado hacerse con su número—. ¿Quién está contigo en el maldito coche? —inquirió—. ¿Qué es…?

—¿Barbara?

Se dio cuenta de que era el detective Lynley.

—Maldición. Lo siento —dijo—. Pensé que era… ¿Dónde está? ¿Está usted aquí?

—¿Dónde?

—En Hampshire. ¿Dónde si no? Escuche, estoy siguiendo…

—Hemos desenmascarado su coartada.

—¿La de quién?

—La de Frazer Chaplin. No estaba en su casa el día que ella murió, no como dijo Bella McHaggis. Supuso que estaba allí porque siempre iba a casa entre sus dos trabajos, y él la animó a pensar que había hecho lo que hacía siempre ese día. Y la mujer en la fotografía de la Portrait Gallery... —Se detuvo porque se oía de fondo que alguien le hablaba. Dijo—: Sí, bien, a esa persona... —De nuevo se dirigió a Barbara—: Se llama Georgina Francis, Barbara, no Gina Dickens —continuó—: Bella McHaggis la ha identificado. —Alguien volvió a hablarle desde el fondo—. En cuanto a Whiting...

—¿Qué pasa con Whiting? ¿Quién es Georgina Francis? ¿Con quién está hablando? —Ella creyó saber la respuesta a esta última cuestión, pero quería oírlo de la boca de Lynley.

—La superintendente —le contestó.

Rápidamente le contó que Georgina Francis encajaba en la fotografía: era una antigua inquilina de la casa de Bella McHaggis; la habían echado a la calle con un tirón de orejas por haber violado la norma de McHaggis acerca de la confraternización entre los habitantes de la pensión. Frazer Chaplin era el hombre implicado.

—¿Qué diablos hacía ella en la Portrait Gallery? —preguntó Barbara—. Esto es una maldita coincidencia, ¿verdad?

—No si estaba allí para ver el concurso. No si estaba allí porque continuaba ligada a Frazer Chaplin. ¿Por qué debería finalizar su relación únicamente porque tuvo que mudarse? Consideramos...

—¿Quiénes? —No pudo evitarlo aunque se odiaba por ello en aquel momento.

—¿Qué?

—¿Quiénes lo consideran?

—Por el amor de Dios, Barbara. —Él no era tonto.

—Muy bien. Lo siento. Continúe.

—Hemos hablado con la señora McHaggis largo y tendido.

Entonces contó lo de DragonFly Tonics, los dispositivos, la Vespa verde lima de Frazer, las grabaciones de las cámaras de circuito cerrado que había visionado Winston Nkata, los dos retratos robot y la camiseta amarilla, y el bolso de Jemima que habían encontrado dentro del cubo de Oxfam.

—Creemos que su intención era entregárselos a Georgina Francis para ponerlos en algún lugar de la propiedad de Gordon Jossie. Pero no tuvo tiempo suficiente. Una vez que Bella hubo visto la noticia en el diario, llamó a la Policía y tú apareciste. En ese momento el riesgo se volvió muy elevado para que él hiciera cualquier cosa que no fuera esperar a una mejor oportunidad.

—Está aquí. En Hampshire. Señor, está aquí.

—¿Quién?

—Frazer Chaplin. Le estoy siguiendo ahora mismo. Tiene a una mujer con él y nos dirigimos a…

—Tiene a Frazer Chaplin a la vista —dijo Lynley a la persona que estaba con él. La superintendente dijo algo muy rápidamente.

—Que envíen refuerzos, Barbara. —Lynley le ordenó a Havers—. No lo digo yo. Habla Isabelle.

Isabelle, pensó Barbara. La maldita Isabelle.

—No sé dónde estamos ni adónde nos dirigimos, así que no sé decirles a los refuerzos dónde tienen que ir, señor —contestó Bárbara.

Ella estaba haciéndose la distante por razones que desconocía y que no quería explorar.

—Acércate lo suficiente para ver la matrícula. Y puedes decirme el modelo de coche, ¿verdad? Puedes ver el color —dijo Lynley.

—Sólo el color —dijo—. Tengo que seguirle…

—Maldita sea, Barbara. Entonces llama a los refuerzos, explícales la situación, y da tu número de matrícula y la descripción de tu coche. No tengo que recordarte que este tío es peligroso. Si tiene a alguien con él…

—No lastimará a nadie mientras ella conduzca, señor. Llamaré a los refuerzos cuando sepa dónde estamos. ¿Qué pasa con Whiting?

—Barbara te estás poniendo en peligro, así, sin más. No es el momento para que tú…

—¿Qué sabemos, señor? ¿Qué le contó Norman?

Oyó que Ardery hablaba.

—Ella cree…

Barbara cortó alegremente con un:

—Voy a tener que colgar, señor. El tráfico está fatal y creo que pierdo la señal y…

—Whiting —dijo él. Ella sabía que lo hizo para llamar su atención. Típico de él. Se vio forzada a escuchar toda una retahíla de hechos: el encargo a Whiting del Ministerio del Interior de proteger a alguien al más alto nivel; Lynley y Ardery llegando a la conclusión de que se trataba de Jossie, pues era la única explicación por la que Whiting no había entregado a New Scotland Yard las pruebas del viaje de Jossie a Londres; Whiting sabía que la Met se centraría en Jossie y no podía permitir que eso sucediera.

—¿Incluso si las pruebas hacían ver que Jossie había matado a alguien? —inquirió Barbara—. Maldita sea, señor. ¿Qué tipo de alta protección? ¿Quién es este tipo?

No lo sabían, pero en ese momento daba lo mismo porque lo que importaba ahora era Frazer Chaplin… y que Barbara le tenía a la vista…

«Bla, bla, bla», pensó Barbara.

—Bien, bien, bien. Lo pillo —dijo ella—. Oh, maldita sea, creo que le estoy perdiendo, señor…, mala cobertura por aquí…, le estoy perdiendo.

—¡Llama a los refuerzos de una vez por todas! —Ésas fueron las última palabras que escuchó.

No se había quedado sin cobertura, pero el coche que estaba siguiendo había girado bruscamente hacia una carretera secundaria a las afueras de Brockenhurst. La discusión con Lynley no podía distraerla en ese momento. Decidió ir a por todas y viró a la derecha, justo por delante de un camión de mudanzas que iba en dirección contraria, justo donde una señal indicaba dirección a Sway.

Su cabeza era un hervidero de información: hechos, nombres, caras y posibilidades. Ella contaba con poder hacer una pausa, ordenarlo todo y llamar a Lynley pidiendo los refuerzos con los que tanto insistía; o bien podía llegar primero al lugar dónde se estaban dirigiendo, sondear la situación y tomar después las decisiones pertinentes. Escogió la segunda opción.

Tess iba en el asiento trasero del vehículo de Whiting. Como era tonta, la perra estaba encantada de dar una vuelta en un día laborable, ya que normalmente debía esperar en el coche a que Gordon terminara de trabajar para poder hacer algo más que tumbarse y esperar a poder divertirse persiguiendo ardillas. Sin embargo, ahora las ventanas estaban abiertas, sus orejas ondeaban y su nariz olfateaba el delicioso olor del verano. Gordon, sabiendo lo que iba a suceder, se dio cuenta de que la perra no iba a poder ayudarle.

Lo que iba a suceder era evidente. En lugar de dirigirse a Fritham, el primer enclave de campos que debía cruzarse antes de llegar a la propiedad de Gordon, Whiting condujo en dirección a Eyeworth Pond. Había un sendero antes de la laguna que le habría llevado a la casa de Gordon más rápido, pero Whiting pasó de largo y fue a la laguna, donde aparcó en el primer piso de ese tosco estacionamiento. Daba al agua.

Tess no cabía en sí de gozo esperando un paseo por los bosques que bordeaban el estanque y se extendían hasta abarcar una amplia superficie de árboles de cultivo, colinas y otros recintos. Ladró, agitó la cola y miró de modo significativo a través de la ventana abierta.

—O callas a la perra, o abres la puerta y la sacas de aquí —dijo Whiting.

—¿No vamos a...? —contestó Gordon.

—Calla a la perra.

A partir de entonces, Gordon entendió que cualquier cosa que sucediera ocurriría en el coche. Y tenía sentido, cuando uno pensaba en la hora del día, la época del año y el hecho de que no estaban solos. Los coches estaban aparcados en el nivel inferior, y había dos familias dando de comer a los patos a lo lejos en el estanque, un grupo de ciclistas salían del bosque, una pareja de ancianos hacían un picnic debajo de uno de los sauces y se tumbaban en hamacas, y una mujer paseaba a seis cachorros a mediodía.

Gordon se volvió hacia su perra.

—¡Siéntate, *Tess*! ¡Más tarde! —le dijo, y rezó para que le obedeciera. Sabía que la perra correría hacia los árboles si Whiting insistía en que abriera la puerta. También sabía lo improbable que sería que le dejara ir tras ella si se escapaba. De repente, se dio cuenta de que *Tess* era más importante para él que cualquier cosa en su patética vida. El afecto que ella le tenía, del modo que tienen todos los perros, era incondicional. Iba a necesitar aquello en los días venideros.

La perra se sentó en el asiento con gran renuencia. Antes de hacerlo, le echó una mirada conmovedora desde el exterior.

—Más tarde —le dijo—. Buena perra.

Whiting se echó a reír. Movió su asiento y ajustó su posición.

—Muy bonito, Muy, muy bonito. —dijo—. No sabía que eras tan aficionado a los animales. Me parece increíble conocer algo nuevo de ti, cuando ya pensaba que lo sabía todo. —Se puso cómodo—. Y ahora, tú y yo tenemos algunos asuntos pendientes —dijo.

Gordon no respondió nada. Se dio cuenta de la habilidad de Whiting en planearlo todo; ese hombre le había calado desde el principio. Su último encuentro se había visto interrumpido, pero había sido lo suficientemente largo como para saber cómo acabaría la próxima vez. Whiting entendió que Gordon nunca volvería a verle solo y sin algo para poder defenderse. Pero defenderse de Whiting en un lugar público podía exponerlo demasiado. Le habían atrapado otra vez. Por todas partes. Y siempre iba a ser así. Whiting empezó a bajarse la cremallera de su pantalón.

—Piénsalo de este modo, chaval. Supongo que te la han metido en el culo, y no me gusta. Lo otro servirá. Ven y sé un buen chico, ¿eh? Después lo vamos a dejar todo, tú y yo. No te harás el listillo. Nada de eso, querido.

Gordon supo que podría finalizarlo, ahora, en ese momento, y para siempre. Estaba listo. Pero el resultado de llevar a cabo aquello también significaría su final, y su cobardía no le permitía hacer frente a eso. Sencillamente le faltaba valentía. Así era y así sería para siempre. ¿Cuánto le llevaría y qué le costaría ejecutar a Whiting? Seguramente, pensó, podría vivir con ello, como había podido vivir con todo lo demás. Se volvió en su propio asiento. Miró a *Tess*. Tenía la cabeza sobre sus patas, sus ojos le miraban con tristeza, su cola se movía lentamente.

—La perra se viene conmigo —le dijo a Whiting.

—Como quieras —sonrió Whiting.

Las manos de Meredith se movían hábilmente en el volante. Su corazón latía con fuerza. Le costaba respirar. El tío le apoyaba algo en el costado, algo igual de afilado que lo que llevaba cuando ella se metió estúpidamente en el dormitorio de Gina Dickens.

—¿Cómo crees que será cuando atraviesa la carne? —había murmurado, en referencia al objeto.

Ella no tenía ni la más remota idea de quién era él. Pero, evidentemente, él sabía quién era ella, porque la había llamado por su nombre.

—Y tú debes de ser Meredith Powell, la que me robó mi preciosa moneda de oro —le había dicho al oído—. Me han hablado de ti, Meredith, ya lo creo. Pero te aseguro que jamás pensé que tendría la oportunidad de conocerte.

—¿Quién eres? —dijo, e incluso cuando lo preguntaba sabía que algo en él le era familiar.

—Es…, es una buena pregunta, Meredith. Pero no es necesario que sepas la respuesta.

La voz. Escuchó lo suficiente para poder relacionarle con la llamada que había interceptado en el dormitorio de Gina. En aquel momento había pensado que se trataba del comisario jefe Whiting, concluyó con amargura después de sopesar todas las opciones: aquel hombre era quien había hecho la llamada telefónica. La voz parecía la misma.

—Tu llegada cambia un poquito las cosas —le había dicho.

Así que fueron al coche de ella. Su mente empezó a discurrir a cien por hora cuando la forzó a sentarse en el asiento del conductor. Le dijo que le llevara a la propiedad de Gordon Jossie, así que supuso que ésa era la respuesta: ese tío actuaba en connivencia con Gordon, y Jemima había muerto porque lo había descubierto. Aquello, de todos modos, trajo la pregunta acerca de cómo encajaba Gina Dickens en todo eso, lo que llevó a Meredith a concluir que Gina y ese tío eran los que estaban compinchados. Pero eso llevó a la pregunta de quién era Gina, que la llevó a preguntarse quién era Gordon, lo que la obligó a preguntarse acerca de dónde encajaba en todo aquello el comisario jefe Whiting, cuando, según Michele Daugherty, fue el nombre de Jossie lo que llevó a Whiting hasta su oficina para amenazarla.

Y eso le planteó la pregunta de si la propia Michele Daugherty estaba involucrada, porque quizás ella también era una mentirosa. Todos parecían serlo.

«Dios, oh Dios, oh Dios —pensó Meredith. Tendría que haber ido a trabajar a Gerber & Hudson…»

Consideró conducir salvajemente alrededor de Hampshire en lugar de dirigirse a la propiedad de Gordon cuando el hombre le exigió que la llevara allí. Pensó que si conducía lo suficientemente rápido y sin cuidado tendría la oportunidad de llamar la atención de alguien —una patrulla de la Policía no hubiera estado mal—, y de este modo, salvarse. Pero estaba aquella cosa que asomaba por el costado, que sugería una lenta y dolorosa entrada en algún lugar cercano a... ¿qué? ¿Estaba allí su hígado? ¿Dónde tenía los riñones exactamente? ¿Y cuánto dolía ser apuñalada? ¿Cuál era su nivel de heroicidad para someterse...? Pero ¿la apuñalaría mientras conducía el coche?... Y si conducía de forma errática y él le dijera que se detuviera y ella empezara a correr hacia el bosque..., dentro de este frondoso bosque con miles de árboles..., ¿cuánto tiempo pasaría hasta que alguien la encontrara mientras ella se desangraba? Como Jemima. Oh, Dios, Oh Dios, Oh Dios.

—¡Tú la mataste! —dejó escapar. No quería hacerlo.

Intentó mantener la calma. Como Sigourney Weaver en esa película antigua sobre el bicho del espacio. Es más, incluso como un referente más antiguo, como en el programa de la tele en el que salía Diana Riggs dándole patadas a los malos en la boca con esos tacones. Qué harían ellas en esta situación, se preguntó ridículamente. Cómo actuarían Sigourney y Diana. Para ellas era fácil porque lo tenían todo en el guion y, claro, el extraterrestre, el malo, el monstruo o lo que fuera... siempre moría al final, ¿no era así? Sólo que Jemima ya estaba muerta.

—¡La mataste! ¡La mataste! —gritó Meredith.

La punta del arma cada vez presionaba con más fuerza.

—Conduce —dijo—. Me he dado cuenta de que matar es más fácil de lo que pensaba.

Ella pensó en Cammie. Empezaba a ver borroso. Se calmó. Haría lo que le dijera y lo que fuera necesario para poder volver con Cammie.

—Tengo una hija. De cinco años —dijo—. ¿Tú tienes hijos?

—Conduce —contestó él.

—Lo que quiero decir es que tienes que dejarme ir. Cammie no tiene un padre. Por favor. No querrás hacerle eso a mi pequeña.

Ella le miró. Era moreno, como un español, y su rostro parecía marcado por la viruela. Tenía los ojos marrones. Estaban clavados en ella. No había nada en ellos. Se dio cuenta de que era como mirar una pizarra. Miró hacia otro lado y se mantuvo atenta a la carretera. Empezó a rezar.

Barbara consideró que si el otro coche se dirigía a la propiedad de Gordon —como al parecer hacía desde que giró hacia Sway—, Gina Dickens debía de estar allí. O Georgina Francis. O quien demonios fuera. A mediodía estarían en plena caminata por la propiedad de Jossie para encontrarse con el mismo Jossie, que estaría en el trabajo. En cambio, estaban de camino para encontrarse con otra persona, y esa persona tenía que ser Gina-Georgina. Todo lo que Barbara necesitaba era seguirles desde una distancia prudencial, para cerciorarse de que paraban donde ella pensaba, y después llamar a los refuerzos, si no se veía con fuerzas para lidiar con la situación ella misma.

Si iba demasiado rápido a por Frazer Chaplin, Georgina Francis podría escapar. En esa parte del campo no parecía difícil. La isla de Wight estaba sólo a un ferri de distancia. Llegar al aeropuerto desde Yarmouth no parecía complicado. Southampton tampoco estaba lejos. Como tampoco lo estaba el aeropuerto. Así que debía ir con cuidado. Lo último que quería era jugar su mano demasiado pronto. Su móvil volvió a sonar. *I love you, Peggy Sue*. Miró a la pantalla de su teléfono y vio que era Lynley, que sin duda llamaba porque había entendido que se había cortado antes. Dejó que sonara el buzón de voz y continuó conduciendo. El Polo delante de ella hizo un giro en el primero de los estrechos caminos que llevaban a la casa de Gordon Jossie. Estaban a menos de dos minutos de su destino. Cuando llegaron y el coche tomó el camino hacia la casa de Gordon Jossie, Barbara no se sorprendió.

Pasó rápidamente —esperó que pensaran que era sólo otro coche en el camino— y encontró un lugar un poco más adelante, donde dejó el Mini en una de las salidas de acceso de una de las granjas de la zona. Aparcó, agarró su teléfono móvil por si se decidía a cooperar con sus superiores —aunque tuvo cuidado en dejarlo apagado— y se apresuró a regresar a la dirección que había dejado atrás.

Llegó primero a la casa de Jossie, no al camino de entrada. El seto de espino escondía la casa desde el sendero, y también los protegía de ser vistos. Ella se deslizó lo suficiente para ganar un poco de visión de la entrada y un poco del prado que estaba detrás. Vio a Frazer Chaplin y a su compañera entrar y cruzar dicho prado. Salieron de su campo de visión, sin embargo, en menos de diez metros. Volvió al seto. No le apetecía acabar llena de arañazos por intentar atravesarlo. Era espeso y, a efectos prácticos, intransitable, así que necesitaba pensar otro modo de poder atravesarlo. Encontró un lugar donde el seto formaba un ángulo y se metió en él para cruzar por el este de la propiedad. Como pudo ver una vez estuvo allí, aquello daba a otro prado definido por las mismas cercas de alambre que se usaban en todos los terrenos de Jossie. Pero éste era más fácil de escalar, y así lo hizo.

Ahora lo que se interponía entre ella, el prado oeste y Frazer Chaplin era el granero en el que Jossie mantenía el coche de Jemima y su equipo de techador. Si rodeaba el garaje, sabía que podía llegar a la parte norte del prado oeste, donde Frazer Chaplin tenía a la mujer que iba con él. No había indicios inmediatos de Gina Dickens, pero cuando Barbara se escabulló en dirección al garaje y hacia su parte posterior, pudo ver el bien conservado Mini Cooper de Gina, en el camino de entrada. Era el momento de llamar a los refuerzos, pero, antes de hacerlo, tenía que asegurarse de que la presencia del reluciente coche de color rojo indicaba que estaba la propietaria. Alcanzó la parte trasera del granero.

Detrás de él, a unos cincuenta metros de distancia, empezaba el bosque, bordeado por espesos castaños, y coronado por robles. Le podía haber proporcionado un refugio excelente, un lugar para esconderse y desde donde podría observar qué sucedía en el prado. Pero desde esa distancia, no había forma de saber qué estaban diciendo. Incluso si hubiera podido oírlos, era imposible llegar al bosque sin ser vista desde el mismo prado. Aunque se arrastrara, no funcionaría, dado que el prado estaba cercado por alambre, no con piedra, y la zona entre el prado y el bosque sólo proporcionaba la protección de algunos hierbajos ocasionales. Cualquiera sería fácilmente visto por alguien desde el interior.

Aquello funcionaba en ambos sentidos, pensó. Porque desde el borde del granero Barbara podía ver el prado con bastante facilidad. Y lo que vio fue a Frazer Chaplin empuñando un arma contra el cuello de Meredith Powell. Su otro brazo agarraba a Meredith por la cintura. Si ella se movía, lo que empuñaba Frazer —debía de ser un cayado de techador, dado el lugar en el que se encontraban— le iba a atravesar la carótida a Meredith Powell, tal y como había hecho con la arteria de Jemima en el cementerio Abney Park.

Barbara se dio cuenta de que pedir refuerzos sería totalmente inútil. Para cuando llegara la Policía de Lyndhurst, Meredith Powell probablemente estaría gravemente herida o muerta. Si quería evitarlo iba a tener que actuar.

Él la llamaba George. Ridículamente, Meredith se preguntó qué clase de nombre era ése para una mujer, hasta que se dio cuenta de que se trataba de un diminutivo de Georgina. Por su parte, Gina le llamaba Frazer. Y no estaba especialmente contenta de verle. La habían interrumpido en medio de lo que parecía un cultivo en serie del prado en el que Gordon mantenía a los ponis fuera del bosque cuando necesitaban cuidados especiales. Había estado limpiando un montón de hierbajos en la zona noroeste del prado y descubrió una vieja piedra que probablemente había estado allí desde hacía por lo menos doscientos años.

—¿Qué demonios…? —dijo ella, que dejó lo que estaba haciendo al ver cómo Meredith estaba siendo forzada a caminar hacia donde ella se encontraba—. ¡Por el amor de Dios, Frazer! ¿Qué es lo que sucede?

—Una sorpresa, me temo —respondió él.

Ella miró apresuradamente a Meredith.

—¿Y tuviste que…? —siguió.

—No podía dejarla allí , ¿no es así, George?

—Bueno, esto es genial. ¿Y qué diantre se supone que debíamos hacer con ella? —Señaló con un gesto hacia su proyecto de jardinería—. Tiene que ser aquí. No hay otro lugar. No hay tiempo para liarnos con más problemas de los que ya tenemos.

—No se puede hacer nada. —Frazer sonó reflexivo—. No me la encontré en la calle. Apareció en tu habitación. Había que ocuparse de ella, y todo tiene un límite. Tiene sentido hacerlo aquí más que en cualquier otro lugar.

Ocuparse de ella. Meredith sintió que le flojeaban las rodillas.

—Quieres echarle la culpa a Gordon, ¿verdad? Eso es lo que hiciste desde el principio —dijo Meredith.

—Como ves... —le dijo Frazer a Gina. Su voz tenía un tono significativo. No hacía falta ser un genio para saber a qué se refería: la maldita tarada había llegado al fondo de la cuestión y ahora tenía que morir. Podían matarla del mismo modo que asesinaron a Jemima. Podían esconder su cuerpo —ésa era la palabra, ¿no?— en los terrenos de Gordon. Quizá nadie lo descubriera hasta al cabo de un día, una semana, un mes o un año. Pero cuando lo encontraran, Gordon se llevaría toda la culpa porque los otros dos estarían bien lejos. Pero ¿por qué?, se preguntó Meredith.

No se había dado cuenta de que ella había hablado hasta que el brazo de Frazer la sujetó fuertemente por la cintura y el arma se metió en su piel. Sintió cómo se rompía y gimió.

—Sólo un poquito —murmuro entre dientes— Cierra el pico. —Y después le dijo a Gina—: Necesitamos una tumba. —Soltó una carcajada áspera y señaló—: Diablos, estabas «escarbando», de todos modos, ¿verdad? Me va a salir un dos por uno.

—¿Aquí, en mitad del prado? —preguntó Gina—. ¿Por qué demonios íbamos a enterrarla aquí?

—No nos podemos dar el lujo de responder a esa pregunta, ¿verdad? —señaló—. Empieza a cavar, Georgina.

—No tenemos tiempo.

—No hay otra opción. No tiene que ser muy profundo. Lo suficiente para que cubra el cuerpo. Coge una pala mejor. Debe de haber una en el garaje.

—No quiero mirar cuando...

—Estupendo. Cierra tus malditos ojos cuando llegue el momento. Pero ve a por la puta pala y empieza a cavar la maldita tumba, porque no puedo matarla hasta que no tengamos un lugar donde pueda desangrarse.

—Por favor, tengo una niña pequeña. No podéis hacerme esto. —Meredith gimió de nuevo.

—Oh, ahí es donde te equivocas de pleno —dijo Frazer.

Conducían en silencio, aunque Whiting lo rompía de vez en cuando para silbar una cadenciosa melodía que por momentos sonaba alegre. *Tess* también cortaba el silencio, pero con un gemido, que le decía a Gordon que la perra entendía que algo iba mal.

El viaje no duró más de lo que podría haber durado ir de Fritham a Sway en pleno día. Pero para él era como si se arrastraran, pensó. Le parecía que llevaba toda la vida atrapado en el asiento del pasajero del coche de Whiting. Cuando por fin giraron en Paul's Lane, Whiting le dio las instrucciones, una maleta y que debía estar listo en un cuarto de hora. En cuanto a la pregunta que le hizo Gordon acerca del resto de sus pertenencias... Tendría que hablarlo con cualquier autoridad competente más adelante, porque a él no le interesaba en absoluto esa cuestión.

El comisario jefe hizo la forma de una pistola con el pulgar y el índice, y dijo:

—Considérate afortunado de que no tiré de la manta cuando me enteré de tu viajecito a Londres. Podía haberlo hecho entonces, ¿sabes? Considérate jodidamente afortunado.

Gordon se dio cuenta de cómo había trabajado la cabeza de Whiting, Su viaje a Londres —que Gina le contó a Whiting, sin duda— había eliminado cualquier tipo de precaución que Whiting hubiera tenido con él hasta la fecha. Antes de esa excursión, Whiting simplemente había estado acechando desde la periferia de su vida, enseñando que estaba seguro «manteniendo el pico cerrado» tal como había dicho una y otra vez, intimidándolo, pero sin cruzar ninguna otra frontera que no fuera la del matón al otro lado del jardín. Cuando se enteró de que había estado en Londres, sin embargo, y lo conectó con lo que sabía sobre la muerte de Jemima, las compuertas que habían soportado las aguas se abrieron y soltaron toda la bilis del comisario jefe. Una palabra suya al Ministerio del Interior y Gordon Jossie volvía dentro, un violador de las condiciones de su libertad, un peligro para la sociedad. El Ministerio del Interior le privaría de la libertad primero y después haría las preguntas. Gordon sabía cómo iba la jugada y eso le hacía cooperar.

Y ahora... En ese punto, Whiting difícilmente podía decirle al Ministerio del Interior nada acerca del viaje de Gordon a Londres el día que murió Jemima. Suscitaría un montón de preguntas en relación a cómo Whiting conocía aquello. Gina daría un paso al frente y revelaría que ella había estado pasando la información. Whiting se vería forzado a explicar por qué Gordon seguía en libertad, y eso no le interesaba. Mejor disfrutar de su última dosis de felicidad en Eyeworth Pond y después entregar a Gordon a quien fuera que viniera a buscarlo.

—No te importa que esté muerta, ¿verdad? —le dijo a Whiting.

El policía le miró. Detrás de sus gafas oscuras, sus ojos estaban blindados. Pero sus labios se movieron con asco.

—¿Quieres que hablemos sobre la muerte de alguien?

Gordon no contestó.

—Ah, sí. No creo que ésta sea una conversación que alguien como tú quiera tener. Pero podemos tenerla si lo deseas, tú y yo. No soy reacio a ello, ya sabes.

Gordon miró por la ventana. Todo se iba a reducir a lo mismo, para siempre. No únicamente entre Whiting y él, sino entre él y cualquiera. Ésa sería, eternamente, la medida de su vida, y estaba loco si pensaba de otro modo, incluso por un momento y especialmente cuando años atrás aceptó la invitación de Jemima Hastings para tomar una copa en la casa de su hermano. Se preguntó en qué estaría pensando al decirse que podía tener una vida normal. Medio loco y solo, pensó. Ésa era la conclusión. La compañía de un perro no era suficiente.

Cuando llegaron a su propiedad vio de inmediato los coches en la entrada. Los reconoció. Gina estaba en casa, pero Meredith Powell también estaba allí por alguna razón.

—¿Cómo quieres que lo hagamos entonces? —le dijo a Whiting mientras el comisario jefe aparcaba frente a los setos de la casa—. No podemos llamarlo exactamente un arresto, ¿verdad? Teniéndolo todo en cuenta.

Whiting miró su reloj. Gordon consideró que el comisario jefe estaba pensando acerca de los «dóndes» y de los «cuándos»: dónde se suponía que iba a entregar a Gordon al Ministerio del Interior y a qué hora. Era probable que también estuviera considerando cuánto tiempo había transcurrido desde que el Ministerio del Interior le había dicho que recogiera a Gordon, el tiempo correspondiente a su interludio juntos en Eyeworth Pond.

El reloj avanzaba, por lo que difícilmente podría volver luego a por sus enseres, una vez que Gina y Meredith se hubieran ido de la propiedad. Contaba con que Whiting le diría que tenía que irse sin la maleta. Sus cosas —tal como estaban— serían enviadas más adelante. Pero en cambio, Whiting le dijo con una sonrisa:

—Oh, esperaba que pudieras inventarte una historia interesante que contarles, querido.

Gordon se dio cuenta de que el comisario jefe veía aquello como algo divertido, todo a su costa. Primero Eyeworth Pond y ahora eso: Gordon haciendo las maletas y dando explicaciones que convenciesen a Gina de por qué estaba a punto de desaparecer.

—Un cuarto de hora —dijo Whiting—. No voy a perder ni un segundo de cháchara con las señoritas. Pero tú puedes hacer lo que quieras. La perra se queda aquí, a mi lado. Para estar seguro. Ya sabes.

—A *Tess* no le va a gustar —dijo Gordon.

—Sí que le gustará si tú se lo dices. Sabes cómo tratar a las chicas, ¿no es así, mi amor?

En ese momento, Gordon pensó que era mejor que la perra se quedara en el coche. Si *Tess* iba suelta por ahí, lo más seguro es que fuera en busca de Gina y revelara su presencia. Sin ella, él podría entrar en la casa por la puerta principal, subir en silencio las escaleras, hacer lo que tenía que hacer y marcharse sin ser visto. Sin dar ningún tipo de explicación. Sin mediar palabra.

Asintió con la cabeza a Whiting, le dijo a la perra que se quedara en el coche, y salió de él. Contó con que Gina y Meredith estaban dentro de la casa, probablemente en la cocina, pero, en cualquier caso, no estaban arriba, en el dormitorio. Si iba por la puerta delantera, podría llegar a las escaleras sin que le vieran. El suelo crujiría endemoniadamente, pero era inevitable. Haría lo posible para que todo estuviera lo más silencioso posible, y esperaría que cualquier conversación que mantuvieran fuera suficiente para cubrir su ruido. En cuanto a por qué Meredith se encontraba allí... No entendía cómo la respuesta a esa pregunta le iba a llevar a ningún lado. Además, no parecía tener importancia.

Una vez que hubo llegado a la puerta delantera, oyó sus voces. Pero la casa estaba silenciosa. Se movió lentamente por las escaleras. El único sonido era el de su peso encima de cada peldaño mientras subía. Fue hasta el dormitorio. Una simple maleta y un cuarto de hora. Gordon sabía que Whiting no se andaba con chiquitas. Un minuto de más y empezaría a pasearse por la finca, lo que obligaría a Gordon a explicarse por qué se lo llevaban o incluso él mismo daría las explicaciones. Gordon cogió su maleta de debajo de la cama.

Fue hasta la cómoda y abrió silenciosamente el cajón superior. Estaba cerca de la ventana y tuvo cuidado al moverse, intentando mantenerse fuera del alcance de la vista. Porque si Gina y Meredith estaban fuera y miraban hacia arriba... Dio un vistazo para asegurarse. Los vio a todos a la vez. La ventana daba a la entrada y a la parte oeste del prado, sin los ponis que solía tener allí por Gina, para que no entraran al recinto. Ella estaba en el prado, como Meredith. Pero con ellas estaba un hombre que no logró reconocer. Estaba de pie detrás de Meredith y la agarraba por la cintura de un modo que sugería que ella no estaba dispuesta a participar en todo aquello. Y todo aquello era una excavación. Gina tenía una de las palas del garaje y estaba cavando desesperadamente un rectángulo en el suelo, un poco más allá del abrevadero del viejo caballo. Vio que había limpiado algunos hierbajos. Debía de haber estado trabajando como una loca desde esa mañana.

Al principio pensó que lo estaba haciendo de maravilla. Las cosas parecía que salían como él esperaba. Entonces se dio cuenta de que le debía a Jemima ese instante. Claramente, ella le había revelado parte de la verdad, pero, por alguna razón, no se la había contado toda. ¿Algún tipo de lealtad perversa hacia él? ¿Sospechas sobre el otro? Nunca lo sabría.

Empezó a moverse desde la ventaba, sabiendo que los tres cavarían hasta China antes de saber qué estaban buscando.

Pero Meredith hizo un movimiento repentino —como si tratara de escapar de las manos del tipo extraño que estaba con ella— y al hacerlo, le dio la vuelta y él la volvió a girar, de modo que ya no estaban de cara a Gina y su hoyo, sino mirando hacia la casa. Gordon vio que el tipo sostenía algo sobre el cuello de Meredith, y su mirada fue de la pareja hasta Gina. Se fijó en lo que realmente estaba haciendo, el tamaño y la forma de aquello, y maldijo. Estaba cavando una tumba.

Así que ésos eran los asesinos de Jemima, pensó. Había estado durmiendo con uno de ellos. Era la mujer de Londres que, tal como le contaron los policías detectives de Scotland Yard, salía en las fotos de aquella exposición. Había ido hasta Hampshire con el objetivo de atraparlo, qué tonto había sido, y había caído en sus brazos.

Al colocar todas esas malditas tarjetas los había ayudado: «¿Han visto a esa mujer?», y por supuesto que la había visto. Jemima había confiado en aquel tío. El tío había confiado en Gina. Habían decidido el resto desde ese momento: uno de ellos en Londres, y otro en Hampshire, y cuando llegara el momento preciso..., lo demás era un juego de niños. Una llamada de ese tipo desde Hampshire: allí era donde estaba ella. Allí era donde podía encontrarla. Y entonces a esperar.

Y ahora ese momento, afuera, en el prado. Estaba destinado a ser así. Iba a haber otro cadáver. Pero en este caso en su propia casa.

No sabía cómo se lo había montado para recoger a Meredith Powell y llevarla allí. No sabía por qué lo habían hecho. Pero sí sabía con una claridad meridiana lo que pretendían, como si él mismo lo hubiera planeado. Sólo había un final posible.

Se dirigió hacia las escaleras.

Una vez que Gina Dickens empezó a excavar en serio, Barbara llamó a los refuerzos. Contaba con que Frazer no acabaría con la vida de su rehén hasta que tuviera un lugar donde deshacerse del cuerpo. La única manera de que pareciera que Gordon Jossie la había asesinado era dejarla en alguna parte y esperar que nadie la detectara hasta que estuviera bajo tierra el tiempo suficiente para que encajara con el tiempo de su muerte —y por lo tanto con la coartada de Jossie, que sería poco sólida—. Necesitaban enterrarla.

Por suerte Meredith Powell no colaboraba. Luchó lo mejor que pudo. Cuando lo hizo, sin embargo, Frazer le puso el cayado en el cuello. Sangraba profusamente por la parte delantera de su cuerpo, pero hasta ahora él había evitado el golpe fatal. Sólo lo suficiente para calmarla, pensó Barbara. Menudo trabajo estaba haciendo.

Cuando pasaron su llamada, Barbara se identificó entre susurros. Sabía que el equipo de emergencia podía estar en cualquier lugar de Hampshire, y eso, combinado con la imposibilidad de dar detalles específicos de cuál era su localización, significaba que era poco probable una intervención a tiempo. Pero ella contaba con que el comisario jefe Whiting sabía dónde vivía Gordon Jossie, y con que la información que ella había pasado, llegaría: «llama a la comisaría de Lyndhurst, cuéntale al comisario jefe Whiting que envíe refuerzos de una vez a la propiedad de Gordon Jossie a las afueras de Sway, él sabe dónde está, estoy en su casa, la vida de una mujer pende de un hilo, por el amor de Dios daos prisa, enviad a un equipo armado y hacedlo ahora».

Entonces apagó su móvil. No tenía arma, pero las probabilidades estaban a la par. Ella era totalmente capaz de marcarse un farol como nadie. Y si no disponía de nada de su parte, todavía guardaba un as en la manga. Era el momento de usarlo.

Se dirigió hacia el otro lado del garaje.

Meredith no podía gritar. La cosa puntiaguda estaba dentro de su carne por tercera vez. Ya le había pinchado en el cuello tres veces, en un lugar diferente en cada ocasión. La sangre manaba hacia abajo por su huesudo cuerpo y por sus pechos, pero no quería mirarlo por miedo a desmayarse. Ya estaba lo suficientemente débil.

—¿Por qué? —susurró apenas. Sabía que decir «por favor» estaba fuera de lugar. Y «por qué» se refería a Jemima, no a ella. Había un buen número de preguntas que concernían a Jemima. No podía entender por qué tuvieron que matar a su amiga. Vio que lo habían hecho de tal modo que la Policía se centraría en Gordon como culpable. Llegó a la conclusión de que querían tanto a Jemima como a Gordon fuera de juego, pero desconocía el motivo. Y entonces ya no importaba, ¿verdad?, porque iba a morir también. Igual que Jemima y para qué, para qué y qué sería de Cammie. Sin un padre. Sin una madre. Creciendo sin saber lo mucho que ella... ¿Y quién la encontraría? La enterrarían, y luego y luego y después, ¡Dios!

Trató de mantener la calma. Intentó pensar. Procuró pensar en trazar un plan. Era posible. Lo era. Podía. Lo necesitaba. Y entonces sintió dolor de nuevo. Las lágrimas le caían y no quería llorar. Estaban ensangrentadas. No podía ingeniarse una manera de sobrevivir a aquello más que..., ¿qué? No lo sabía.

Tan increíblemente estúpida. Toda su vida era un brillante ejemplo de cuán estúpida una persona podía llegar a ser. Sin cerebro, chica. Completa y enloquecedoramente inútil e incapaz de interpretar a una persona, de leerla por lo que realmente era. Por lo que cualquiera fuera. Y ahora aquí... «¿A qué estás esperando? —se preguntó—. ¿Estás esperando a lo que has estado esperando siempre..., un rescate de donde tú misma te has colocado por ser tan endiabladamente cabezona desde el día que naciste...?»

—Esto acaba aquí.

Todo se detuvo. Sintió que el mundo daba un giro, pero no fue el mundo, sino el hombre que la sostenía, quien estaba dando vueltas, y ella con él. Y allí estaba Gordon. Había entrado en el prado. Iba hacia delante. Sostenía una pistola..., ni más ni menos, una pistola, de dónde había sacado Gordon una pistola, por Dios..., habría tenido siempre una pistola y por qué... Ella se sintió débil, pero aliviada. Se había mojado. Orina caliente salpicando su pierna. Se había acabado, acabado, acabado. Pero el tipo no la soltó. Tampoco dejó de agarrarla.

—Ah, veo que tendremos que hacerlo más profundo, George —dijo él, como si no se sintiera amenazado en lo más mínimo por lo que sostenía Gordon Jossie.

—No es allí, Gina —dijo Gordon inexplicablemente, señalando el lugar en el que había estado limpiando el prado—. Por eso la matasteis, ¿no? —Se dirigió al extraño—. Ya me has oído. Esto se acaba aquí. Déjala ir.

—¿O qué? —dijo el hombre—. ¿Me vas a disparar? ¿Vas a

ser el héroe? ¿Vas a dejar que salga tu foto en la portada de todos los diarios? ¿En los telediarios de la noche? ¿En las tertulias de los programas de la mañana? Vamos, Ian. No puedes querer eso. Continúa cavando, George.

—Así que ella te lo contó —respondió Gordon.

—Bueno, por supuesto que lo hizo. Uno pregunta, ya sabes. Después de eso, ella no quería que la encontraras. Ella estaba..., bien, no querría ofenderte, pero estaba lo suficientemente asqueada al saber quién eras de verdad. Luego, cuando vio las tarjetas... Volvió a casa en estado de pánico y... Uno le pregunta a su amante (perdona, George, pero creo que estamos empatados en esto, verdad, querida) le pregunta, claro. Ella te detestaba lo suficiente como para contármelo. Deberías haberlo dejado todo como estaba, ya sabes, una vez se fue a Londres. ¿Por qué no lo hiciste, Ian?

—No me llames así.

—Es tu verdadero nombre, ¿verdad? George, cariño, este es Ian Barker, ¿no es así? No es ni Michael ni Reggie. Es Ian. Pero él habla sobre ellos cuando sueña, ¿cierto?

—Pesadillas —dijo Gina—. Unas pesadillas que no puedes ni imaginarte.

—Deja que se vaya. —Gordon hizo un gesto con la pistola. El hombre todavía la agarró con más fuerza.

—No puedo, no lo haré. No tan cerca del final. Lo siento, colega.

—Voy a dispararte, seas quien seas.

—Frazer Chaplin, para servirle —dijo. Sonó bastante alegre. Dio un pequeño giro a lo que sostenía sobre el cuello de Meredith. Ella gritó—. Así que sí, ella vio esas tarjetas, Ian, amigo mío —dijo Frazer—. Entró en una suerte de estado pánico. Corrió de aquí para allá diciendo tonterías acerca de un tipo en Hampshire que jamás debió de haber conocido. Así que uno preguntó por qué. Bien, es lo que hace la gente. Y se desmoronó. Qué niño tan travieso eras, ¿no es así? Hay muchos por ahí que quieren encontrarte. La gente no olvida. Y menos un crimen de ese tipo. Y ésa es la razón, por supuesto, por la que no vas a dispararme. Aparte del hecho de que es bastante probable que yerres en tu tiro y le des a la pobrecita Meredith justo en la cabeza.

—Tal y como yo lo veo, eso no es un problema —dijo Gordon. Giró el arma hacia Gina—. Ella es la que va a recibir un disparo. Tira la pala, Gina. Esto ha acabado. El tesoro no está aquí, Meredith no va a morir y me importa un carajo quien sepa mi nombre.

Meredith gimió. No tenía ni idea de lo que estaban hablando, pero trató de extender su mano hacia Gordon en señal de agradecimiento. Había sacrificado algo. Ella no sabía qué. No sabía por qué. Pero lo que significaba era...

El dolor la desgarró. Fuego y hielo. Subió por la parte superior de la cabeza y a través de sus ojos. Sintió algo que se rompía y algo que estaba siendo liberado. Cayó al suelo sin ofrecer resistencia.

Barbara había logrado colocarse en la esquina sureste del garaje cuando oyó el disparo. Había estado moviéndose sigilosamente, pero se detuvo. Sólo por un instante. Sonó un segundo disparo y corrió hacia delante. Logró llegar al prado y se arrojó al interior. Escuchó un ruido detrás de ella, los pasos pesados de alguien corriendo hacia donde estaba ella y un hombre que gritó: «¡Tira esa mierda de arma!». Ella lo vio todo como si se hubiera congelado la imagen.

Meredith Powell en el suelo con una púa vieja atravesándole el cuello. Frazer Chaplin a menos de metro y medio de Gordon Jossie. Gina Dickens apoyada en la cerca de alambre con la mano en su boca. El mismo Jossie cogiendo la pistola con frialdad, todavía en la posición del segundo disparo, que acababa de lanzar al aire.

—¡Barker! —Fue un estruendo, no la voz del comisario jefe Whiting. Estaba vociferando desde la entrada—. ¡Deja la maldita pistola en el suelo! ¡Ahora! Ya me has oído. ¡Ahora!

Tess pasó por delante de Whiting, saltando hacia delante, aullando, corriendo en círculos.

—¡Suéltala, Barker!

—¡Le has disparado! ¡Le has matado! —dijo Gina Dickens. Gritó, corrió hacia Frazer Chaplin y se echó encima de él.

—Los refuerzos están de camino, señor Jossie —dijo Barbara—. Baje el arma...

—¡Deténgalo! ¡Ahora me matará a mí!

La perra ladró y ladró.

—Ve a ver a Meredith —dijo Jossie—. Que alguien haga el puñetero favor de ir a ver a Meredith.

—Deja la maldita arma primero.

—Te he dicho…

—¿Quieres que ella también muera? ¿Igual que el chico? ¿Te excita la muerte, Ian?

Jossie entonces giró el arma y apuntó a Whiting.

—Solamente algunas muertes. Algunas malditas muertes.

La perra aulló.

—¡No dispare! —imploró Barbara—. No lo haga, señor Jossie.

Ella corrió hacia la descompuesta figura de Meredith. La púa estaba clavada hasta la mitad, pero no había llegado a la yugular. Estaba consciente, pero sobrepasada por el *shock*. El tiempo era crucial. Jossie necesitaba saberlo.

—Está viva. Señor Jossie, está viva —dijo—. Deje el arma en el suelo. Déjenos sacarla de aquí. No hay nada más que pueda hacer ahora.

—Se equivoca. Sí que lo hay —dijo Jossie. Y volvió a disparar.

Michael Spargo, Ian Barker y Reggie Arnold fueron a unidades especiales de seguridad durante la primera etapa de sus sentencias. Por razones obvias, los mantuvieron separados, en centros ubicados en diferentes partes del país. El objetivo de las unidades especiales es la educación y —frecuentemente, pero no siempre, dependiendo del grado de colaboración del detenido— la terapia. La información acerca de cómo les fue dentro no es de dominio público, pero lo que sí se sabe es que a la edad de quince años, su tiempo allí terminó, y fueron trasladados a un «centro para jóvenes», que siempre ha sido un eufemismo para decir «una prisión para los jóvenes delincuentes». A los 18 años, fueron trasladados de sus respectivos centros juveniles a cárceles de máxima seguridad, donde pasaron el resto de la condena que habían dictado los tribunales de Luxemburgo. Diez años.

Aquello pasó, claro está, hace mucho tiempo. Los tres chicos, hoy hombres, fueron reinsertados en la sociedad. Debido a casos como el de Mary Bell, Jon Venables y Robert Thompson, por desgracia famosos niños criminales, a los chicos les dieron nuevas identidades. El lugar en el que cada uno fue puesto en libertad sigue siendo un secreto muy bien guardado, se desconoce si son miembros activos de la sociedad. Alan Dresser prometió cazarlos para «devolverles un poco lo que le hicieron a John», aunque dado que están protegidos por la ley y no pueden hacerse públicas sus fotografías, es improbable que el señor Dresser o cualquiera logre dar nunca con ellos.

¿Se ha hecho justicia? Ésta es una pregunta casi imposible de contestar. Para hacerlo se necesita contemplar a Michael Spargo, Reggie Arnold e Ian Barker, o bien como puros delincuentes, o bien como auténticas víctimas, y la verdad se encuentra en algún punto intermedio.

Extracto de *Psicopatología, la culpa y la inocencia en el caso John Dresser*, por el Doctor Dorcas Galbraith.

(Presentado en la Convención de la UE de Justicia de Menores, a petición del honorable miembro del Parlamento, Howard Jenkins-Thomas.)

34

Judi MacIntosh le dijo a Lynley que fuera directamente. El subinspector estaba esperándole, dijo. ¿Quería un café? ¿Té? Parecía seria. Tal y como esperaba, pensó Lynley. Las noticias, como siempre y especialmente cuando tiene que ver con la muerte, vuelan.

Se negó cortésmente. En realidad, no le hubiera importado tomarse una taza de té, pero esperaba no pasar el tiempo suficiente en la oficina de Hillier como para bebérselo. El subinspector jefe se levantó a su encuentro y fue con Lynley hasta la mesa de conferencias. Se dejó caer en una silla.

—¡Menudo follón! —dijo—. ¿Sabemos al menos cómo diablos llegó un arma a sus manos?

—Todavía no —dijo Lynley—. Barbara está trabajando en ello.

—¿Y la mujer?

—¿Meredith Powell? Está en el hospital. La herida fue muy grave, pero no fatal. Fue cerca de la médula espinal, por lo que se podía haber visto terriblemente afectada. Ha tenido suerte.

—¿Y la otra?

—¿Georgina Francis? Bajo custodia. Después de todo, el resultado ha sido bueno, aunque no exactamente de manual, señor.

Hillier la lanzó una mirada.

—Una mujer asesinada en un lugar público, otra mujer gravemente herida, dos hombres muertos, un esquizofrénico paranoico en el hospital, una demanda que pende de nuestras cabezas... ¿Qué parte de todo esto es un buen resultado, inspector?

—Tenemos al asesino.

—Que es un cadáver.

—Tenemos a su cómplice.

—Que quizá nunca vaya a juicio. ¿Qué sabemos de la tal Georgina Francis para que la podamos llevar a los tribunales? Vivió un tiempo en la misma casa que el asesino. Por alguna razón estuvo en la Portrait Galley. Era la amante del asesino. Era la amante del asesino del asesino. Pudo haber hecho esto, o pudo haber hecho aquello..., y ya está. Dele esta información a los de los tribunales y les oirá aullar.

Hillier levantó sus ojos hacia el cielo en un gesto inequívoco de buscar guía divina. Al parecer la halló.

—Está acabada —dijo—. Ha tenido una oportunidad más que decente de demostrar su capacidad de liderazgo y ha fallado. Ha marginado a miembros de su equipo, con los que trabajaba, ha asignado a agentes de manera inapropiada y sin tener en cuenta su experiencia, ha hecho juicios de valor que pusieron a la Met en la peor de las situaciones, socavó la confianza aquí y allá... Sea tan amable de decirme, Tommy: ¿cuál es el resultado?

—También podemos estar de acuerdo en que ha tenido ciertos impedimentos, señor —dijo Lynley.

—¿De verdad? ¿Impedimentos de qué?

—Por lo que el Ministerio del Interior sabía y no podía (o no quería) contarle. —Lynley se detuvo, para que se entendiese cuál era su punto de vista. Poco había para poder usarse como defensa de Isabelle Ardery y su papel como superintendente, pero él creía que al menos debía intentarlo—. ¿Sabía usted quién era, señor?

—¿Jossie?

Hillier negó con la cabeza.

—¿Sabía que estaba siendo protegido?

Los ojos de Hillier se encontraron con los suyos. No dijo nada; con aquello Lynley obtuvo su respuesta. En algún momento a lo largo de la investigación, concluyó, le habían entregado a Hillier la fotografía. Quizá no le dijeron que Gordon Jossie era uno de los tres chicos responsables de la muerte de

John Dresser en aquel terrible asesinato años atrás, pero sabía que era alguien en cuya vida nadie debía indagar.

—Creo que se lo deberían haber contado —dijo Lynley—. No necesariamente quién era, pero sí que estaba siendo protegido por el Ministerio del Interior.

—¿De verdad? —Hillier apartó la mirada. Juntó sus dedos bajo la barbilla—. ¿Y por qué cree eso?

—Podría haber conducido hasta el asesino de Jemima Hastings.

—¿Podría?

—Sí, señor.

Hillier le observó.

—Entiendo que habla en su nombre. ¿Se trata de algo así como «nobleza obliga», Tommy, o quizás existe alguna otra razón?

Lynley no apartó la vista. Sin duda había pensado en esta cuestión antes de entrar en la oficina del subinspector, pero no había podido llegar a entender cómo se sentía acerca de sus verdaderas intenciones. Funcionaba únicamente por instinto, y esperaba que éste operara bajo el noble sentido de la justicia. Después de todo, era fácil mentirse a uno mismo cuando se trataba de sexo.

—Nada de eso, señor —dijo sin alterar la voz—. Su transición ha sido dura y con poco tiempo para adaptarse al trabajo, antes de adentrarse en la investigación. Además de eso, las investigaciones por asesinato reclaman hechos. Ella nunca los tuvo todos. Y eso, con todos mis respetos, es un fallo que no se le puede atribuir a ella.

—¿Sugiere que...?

—No sugiero que se le pueda atribuir a usted, señor. Sospecho que estaba atado de manos.

—Entonces...

—Por eso necesita, en mi opinión, otra oportunidad. Eso es todo. No digo que se le deba dar el puesto permanentemente. No digo tampoco que deba considerarlo. Simplemente estoy diciendo que, según lo que he visto durante estos últimos días y según lo que usted me pidió que hiciera con mi presencia aquí, se le debería dar otra oportunidad.

Hillier frunció los labios. No se trataba tanto de una sonrisa como del reconocimiento de un buen argumento y quizás el resultado de aceptarlo de mala gana.

—¿Tenemos un acuerdo? —preguntó.

—¿Señor? —dijo Lynley.

—Su presencia. Aquí —Hillier rio entre dientes, pero parecía reírse de sí mismo. Como si dijera: «¿Quién podría haber pensado que todo iba a terminar así?».

—Quiere decir que vuelva a trabajar en la Met —señaló Lynley.

—Ése sería el trato.

Lynley asintió lentamente indicando que lo comprendía. El subinspector debía de ser un buen jugador de ajedrez. No habían llegado a jaque mate todavía, pero se estaban acercando.

—¿Puedo pensármelo, señor, antes de aceptar? —preguntó.

—Por supuesto que no —dijo Hillier.

Isabelle estaba hablando por teléfono con el comisario jefe Whiting de la unidad del mando operativo en la comisaría de Lyndhurst. El hombre le contó que la pistola en cuestión pertenecía a uno de los *agisters*. No le explicó qué era un *agister*, y ella no preguntó. Sí que preguntó quién era y cómo había llegado Gordon Jossie a tener su arma. El *agister* resultó ser el hermano de la primera víctima, y había denunciado la desaparición del arma esa misma mañana. Sin embargo, no se lo contó a la Policía en un primer momento, lo que hubiera sido de gran ayuda. Se lo contó a su jefe en una reunión, lo que puso las cosas en marcha, aunque, claro, ya era demasiado tarde. Jossie, continuó Whiting, llevaba la pistola en el bolsillo de su cazadora o metida en sus pantalones. Whiting continuó como si abriera las aguas de una nueva teoría, podía haberla guardado en la casa, dado que entró a hacer la maleta. La primera teoría parecía más probable, dijo Whiting. Pero no dio ninguna razón convincente de por qué.

—Existe la posibilidad de que haya un tesoro escondido —dijo Isabelle—. Hay que echarle un vistazo.

—¿Un qué? —quiso saber Whiting.

—¿Tesoro? —preguntó—. ¿Tesoro? Pero ¿qué demonios...?

—Un tesoro romano —le contó Isabelle—. Creemos que es la razón de todo esto. Consideramos que Jossie estaba haciendo alguno en la propiedad (probablemente algún tipo de trabajo) y se lo encontró. Fue capaz de entender lo que se le venía encima, pero allí estaba Jemima.

—¿Y qué pasó luego? —preguntó Whiting.

—Seguramente ella quiso denunciarlo. Debía de ser de gran valor, y lo exige la ley. Teniendo en cuenta quién era, sin embargo, probablemente él quería mantenerlo enterrado. Así pues, se vio obligado a contarle la verdad, dado que dejarlo bajo tierra no tenía ningún sentido. Una vez se lo hubo dicho... Bien, allí estaba, viviendo con uno de los más famosos asesinos de niños que jamás hayamos encerrado. Eso debió de ser una información bastante difícil de digerir. —Whiting emitió un sonido que demostraba que estaba de acuerdo.

—Entonces, ¿hay algo en la propiedad que indique que había estado trabajando? Quiero decir, haciendo un trabajo durante el cual se podría haber tropezado con la evidencia de un tesoro.

Whiting le contó, meditativo, que en parte del prado había una nueva cerca, mientras que en la otra parte nadie había tocado nada. Cuando todo explotó, aquel día, la mujer —Gina Dickens— había estado trabajando en una parte del prado que no habían inspeccionado. ¿Quizá...?

Isabelle pensó en eso.

—Sería la otra parte —señaló—. La sección más nueva. La parte que ya estaba trabajada. Porque es lógico que Jossie hubiera descubierto algo donde estaba cavando. ¿Alguna obra nueva? ¿Algo nuevo en ese lugar? ¿Algo inusual?

Nuevos postes para la cerca, nuevo alambrado, nuevo abrevadero, dijo Whiting. Un maldito y enorme abrevadero que se les caía encima. Debía de pesar media tonelada.

—Ahí lo tiene —le contestó Isabelle—. ¿Sabe?, pensándolo bien, voy a poner las cosas en marcha yo misma. Desde ahora. En este sentido. El tesoro. Nos pondremos en contacto con las autoridades para que vayan hasta allí. Usted ya tiene suficiente con lo suyo.

Levantó la mirada, porque notó una presencia en la entrada de su oficina. Lynley estaba allí, de pie. Ella levantó un dedo, un gesto que le indicó que esperara. Entró y se sentó a un lado del escritorio. Parecía relajado. Ella se preguntó si alguna vez algo alteraba a aquel hombre.

Terminó la llamada telefónica. El agente de prensa de servicio en Lyndhurst había identificado a Gordon Jossie como Ian Barker. Mientras aquello sin duda volvería a sacar a la luz los detalles del cruento asesinato de John Dresser, el Ministerio del Interior quiso dar a conocer que uno de los tres asesinos del pequeño estaba muerto, se había suicidado. Isabelle reflexionó sobre esto. ¿Se suponía que era una advertencia? ¿Algo para darle un poco de paz a la familia Dresser? ¿Algo para atemorizar a Michael Spargo y Reggie Arnold, estuvieran donde estuvieran? Ella no entendía cómo revelar la auténtica identidad de Gordon Jossie iba a ayudar en nada de aquello. Pero no podía decir nada sobre aquello.

Cuando ella y Whiting colgaron, Isabelle y Lynley permanecieron sentados en silencio un rato. Fuera de su oficina se escuchaban los inconfundibles sonidos de un día que termina. Se moría de ganas de tomar un trago, pero todavía más de saber cómo había ido la reunión entre Lynley y sir David Hillier. Sabía que Thomas venía de allí.

—Es una forma de chantaje —dijo Isabelle.

Él juntó las cejas. Su boca se entreabrió, como si fuera a hablar, pero no dijo nada. Tenía una pequeña cicatriz, observó ella por primera vez, en su labio superior. Parecía antigua. Se preguntó cómo se la habría hecho.

—Lo que ha dicho es que lo va a mantener en secreto mientras los chicos se queden en Kent con él y con Sandra. «No quieres una batalla por la custodia, Isabelle. No quieres que acabemos en los tribunales. Sabes que saldrá a la luz y no quieres eso», me dice. Así que estoy paralizada. Puede destruir mi carrera. E incluso si no tuviera ese poder, perdería la custodia si llegara a juicio. Él lo sabe.

Lynley estaba en silencio. La miró y ella no pudo adivinar qué estaba pensando, aunque consideró que tenía que ver con cómo decirle que su carrera estaba acabada, a pesar de sus esfuerzos por salvarla.

Cuando habló, sin embargo, fue sólo para decir «alcoholismo».

—No soy una alcohólica, Tommy —dijo ella—. Bebo un poco de más de vez en cuando. Mucha gente lo hace. Eso es todo.

—Isabelle. —Él sonaba decepcionado.

—Es la verdad —contestó ella—. No soy más alcohólica que… tú. Que Barbara Havers. ¿Dónde está ella, por cierto? ¿Cuánto tarda alguien de Hampshire a Londres?

Lynley no pensaba desviarse del tema.

—Hay tratamientos, programas,… No tienes por qué vivir así…

—Era estrés. Por eso me encontraste así la otra noche. Eso fue todo. Por el amor de Dios, Tommy. Tú mismo me dijiste que bebiste sin control cuando tu esposa fue asesinada.

No dijo nada. Pero sus ojos se entrecerraron del modo en que lo hacen cuando te lanzan algo. Arena, un puñado de tierra, crueldad.

—Perdóname —dijo ella.

Él se movió en su silla.

—¿Se queda con los chicos, entonces?

—Se queda con ellos. Puedo tener… Él lo llama visitas supervisadas, lo que quiere decir es que yo voy a Kent a verlos, ellos no vienen aquí, y cuando los veo, él y Sandra, o él, o Sandra, están presentes.

—¿Ésa es su decisión? ¿Hasta cuándo?

—Hasta que decida lo contrario. Hasta que decida qué es lo que debo hacer para redimirme. Hasta…, no sé. —No quería seguir hablando de ello. No podía entender por qué le contaba todo eso. Sentía que se estaba abriendo, y era algo que no podía permitirse, que no quería permitirse. Estaba cansada, pensó.

—Te quedas.

Al principio, no entendió por qué cambió de tema.

—¿Que me quedo?

—No sé por cuánto tiempo

—Está de acuerdo en que ésta no ha sido la mejor prueba para que demuestres tus habilidades.

—Ah. —Tuvo que admitir que estaba sorprendida—. Pero dijo…, porque con Shephenson Deacon… Me contaron…

—Eso fue antes de que lo del Ministerio del Interior saliera a la luz.

—Tommy, tú y yo sabemos que mis errores no tienen nada que ver con el Ministerio del Interior y con cualquiera de los locos secretos que guarden.

Él asintió con la cabeza.

—No obstante, fue muy útil. De haber sido todo tan directo desde el principio, el final de la historia hubiera sido diferente, me atrevería a decir.

Ella todavía estaba asombrada. Pero ese asombro pronto se tornó en comprensión. El subinspector, a fin de cuentas, no le había concedido un aplazamiento de su ejecución profesional simplemente porque el Ministerio del Interior no le había dicho la verdadera identidad de Gordon Jossie. Detrás de esa decisión había algo más, y ella sabía bien que en la negociación adicional para mantenerla en su lugar jugaban un papel importante las promesas que pudo haber hecho Lynley.

—Y exactamente, ¿qué es lo que has acordado?

—¿Ves? Aprendes rápido —sonrió.

—¿Qué acordaste?

—Algo que iba a hacer de todos modos.

—Regresas permanentemente.

—Por mis pecados, sí.

—¿Por qué?

—Como te he dicho, lo iba a….

—No, quiero decir, ¿por qué has hecho esto por mí?

Fijó su mirada en ella. Ella no la apartó.

—No estoy seguro —dijo finalmente.

Se sentaron en silencio un rato más, observándose mutuamente. Finalmente, Isabelle abrió el cajón central de su escritorio y sacó un llavero metálico que había colocado allí esa mañana. De éste colgaba una sola llave. Ella ordenó que le hicieran el duplicado, pero no estaba segura, y continuaba sin estarlo, a decir verdad. Pero durante mucho tiempo había sido una experta en evitar la verdad, así que lo hizo. Hizo deslizar el llavero por encima del escritorio. Él miró aquello y después la miró a ella.

—Nunca habrá nada más entre nosotros que lo que hay ahora —le dijo—. Es necesario que entendamos eso desde el principio. Me gustas, pero no estoy enamorada de ti, Tommy, nunca lo estaré.

Él miró la llave. Después a ella. Y entonces otra vez a la

llave. Isabelle quería que fuera él quien tomara la decisión, convenciéndose a sí misma de que no importaba, sabiendo que la verdad siempre sería una. Finalmente, aceptó lo que le había ofrecido.

—Entiendo —dijo.

Los cabos sueltos llevaron horas, por lo que Barbara Havers no llegó a Londres hasta mucho más tarde. Pensó en pasar la noche en Hampshire, pero en el último momento se dijo que lo más apropiado era regresar a casa, dado que su bungaló había estado cerrado dos días y estaría ya convertido en una sauna.

En el camino de regreso, recordó todo lo que había sucedido en el prado, y lo miró desde todos los ángulos posibles, preguntándose si hubiera sido posible cualquier otro final.

Al principio no reconoció el nombre. Ella era una adolescente cuando John Dresser fue asesinado, y pese a que el nombre de Ian Barker le sonaba, no lo relacionó de manera inmediata con la muerte de los Midlands y con el hombre en el prado con una pistola en la mano. Su preocupación inmediata era la herida de Meredith Powell, la condición de Frazer Chaplin y la clara posibilidad de que Gordon Jossie fuera a matar a alguien más. No se esperaba que girara la pistola hacia sí mismo. Después, sin embargo, las razones para hacerlo parecieron más claras. En ese momento estaba acorralado por todas partes. No había manera posible de escapar, de evitar que se revelara su identidad públicamente, de un modo u otro. Cuando eso sucediera, el malvado e incomprensible asesinato de su infancia volvería a ser diseccionado por el público que siempre, eternamente, y con razón, exigiría que pagara por ello.

Con la perra ladrando, ella chillando, Whiting rugiendo y Georgina Francis gritando, él se había puesto la pistola en la boca y había apretado el gatillo. Y luego, un silencio absoluto. La pobre perra se había arrastrado desde el vientre, como un soldado en la batalla. Había llegado hasta su amo, lloriqueando, mientras el resto de ellos corría a buscar a los heridos. Un helicóptero de la unidad de apoyo procedente de Lee-on-Solent llegó para llevar a Meredith al hospital. Los agentes llegaron desde la comisaría de Lyndhurst. Pisándoles los talones, como siempre, aparecieron los periodistas, y para atenderles a todos el jefe de prensa de la Policía se puso al mando de un centro operativo al final de Paul's Lane. Llevaron a Georgina Francis a la sala de custodia de la comisaría de Lyndhurst, mientras todo el mundo tuvo que esperar dos horas a que llegara el médico forense.

Con el tiempo, la participación de Barbara llegó a su fin. Habló un rato por el móvil con Lynley, que estaba en Londres, otro con Whiting, para repasar la situación en Hampshire. Cuando acabó, tuvo que decidir si quedarse a pasar la noche o irse. Decidió marcharse.

Estaba completamente hecha polvo cuando llegó a Londres. Se sorprendió al ver que las luces todavía estaban encendidas en el interior de la planta baja de la Big House cuando ella atravesó la puerta, pero no le dio demasiada importancia.

Mientras metía la llave en la cerradura vio una nota en su puerta. Estaba demasiado oscuro afuera para leerla, pero pudo ver su nombre escrito de la mano de Hadiyyah, con cuatro signos de exclamación tras él. Abrió la puerta y encendió las luces. Había esperado encontrar otro conjunto de moda encima del sofá cama. Sin embargo, no había nada. Lanzó su bolso encima de la mesa donde comía y vio que parpadeaba la señal de mensaje de su contestador. Fue hacia el teléfono mientras abría la nota de Hadiyyah. Ambas decían lo mismo: «¡¡Ven a vernos, Barbara!! ¡¡No importa a qué hora!!».

Barbara estaba que no podía con su alma. No se sentía muy sociable, pero al tratarse de Hadiyyah pensó que podría sobrevivir a unos minutos de conversación.

Volvió por donde había venido. Cuando cruzaba el pedazo de césped de los ventanales que servían de puerta de entrada a la casa de Taymullah Azhar, una de las puertas se abrió. Apareció la señorita Silver, llamándola desde detrás.

—Encantadora, de verdad —entonó de manera feliz. Vio entonces a Barbara—. Realmente muy encantadora —se acarició el turbante y siguió su camino hacia las escaleras de la entrada.

Barbara pensó qué diablos... cuando se acercaba a la puerta. Llegó en el mismo momento en el que Taymullah Azhar iba a cerrarla. Él la vio. Le dijo:

—Ah, Barbara. —Y entonces se giró para llamar a alguien—. Hadiyyah. *Khushi*. Barbara está aquí.

—Oh, ¡sí, sí, sí! —exclamó Hadiyyah. Apareció bajo el brazo de su padre, sonriendo tanto que su rostro podía haber iluminado toda una habitación.

—¡Ven a ver! ¡Ven a ver! —le gritó a Barbara—. ¡Es la sorpresa!

Entonces una voz de mujer se oyó desde el interior del piso y Barbara supo de quién se trataba antes de que apareciera.

—Nunca me habían llamado «sorpresa». Preséntame, cariño. Pero al menos llámame «mamá».

Barbara sabía su nombre. Angelina. Nunca había visto una foto suya, pero se había permitido imaginar qué aspecto tendría. No estaba tan equivocada. La misma altura que Azhar y delgada como él. Piel translúcida, ojos azules, cejas y pestañas oscuras y un corte de pelo a la última. Pantalones estrechos, blusa suave y pies estrechos en zapatos planos. Eran el tipo de zapatos que una mujer se pone cuando no quiere ser más alta que su pareja.

—Barbara Havers —se presentó—. Así que usted es la madre de Hadiyyah. He oído hablar muchísimo de usted.

—¡Es verdad! —cantó Hadiyyah—. Mamá, le he contado un montón de cosas sobre ti. Seréis muy buenas amigas.

—Espero que así sea. —Angelina puso un brazo alrededor de los hombros de su hija. Hadiyyah puso el suyo alrededor de la cintura de su madre.

—¿Quiere entrar, Barbara? —preguntó Angelina—. Yo también he oído hablar mucho de usted. —Se volvió hacia Azhar—. Hari, ¿tenemos…?

—Estoy realmente cansada —cortó Barbara. No. No podía en ese momento—. Acabo de llegar del trabajo. ¿Lo dejamos para otro día? ¿Mañana? ¿Lo que sea? ¿Te parece bien, pequeña? —le preguntó a Hadiyyah.

La niña colgaba de la cintura de su madre y la miró. Le hablaba a Barbara, pero miraba a su madre.

—Sí, sí, sí —exclamó—. Mañana tenemos un montón de tiempo, ¿verdad, mamá?

—Mucho, mucho tiempo, cariño —respondió Angelina.

Barbara les dio las buenas noches, y saludó de una manera un tanto ausente. Estaba demasiado destrozada como para lidiar con todo aquello. Ya habría tiempo al día siguiente.

Se dirigía a su bungaló cuando él la llamó por su nombre. Se detuvo en el pasillo lateral de la casa. No quería tener esa conversación, pero estimó que no tenía muchas esperanzas de evitarla.

—Esto… —empezó Azhar, pero Barbara lo paró.

—No lograrás que se duerma esta noche —dijo alegremente—. Me imagino que estará bailando hasta el amanecer.

—Sí, yo también lo creo. —Miró hacia atrás, por donde había venido y después a Barbara—. Ella quería decírtelo antes, pero pensé que era mejor que esperara hasta… —Vaciló. La relación entre él y la madre de Hadiyyah estaba en una pausa.

—Por supuesto —dijo Barbara, rescatándolo.

—Si ella no hubiera vuelto, ¿sabes?, como dijo que haría, no deseaba tenérselo que explicar a Hadiyyah. Me pareció que su decepción sería mucho mayor.

—Por supuesto —dijo Barbara.

—Así que ya ves.

—Hadiyyah siempre lo creyó.

—Así es. Siempre lo dijo.

—No sé por qué.

—Bueno, es su madre, después de todo. Hay un vínculo. Lo sabe, lo siente.

—¿No lo entiendes…?

Azhar se palpó los bolsillos. Barbara sabía qué estaba buscando, pero se había quedado sin cigarrillos. Él encontró su propio paquete y le ofreció uno. Ella negó con la cabeza. Lo encendió.

—¿Por qué ha vuelto? —se preguntó él.

—¿Qué?

—La verdad es que todavía no lo sé.

—Oh, bien.

Barbara no sabía qué decir. Nunca habían hablado sobre por qué Angelina había abandonado a Azhar y a su hija. Simplemente habían utilizado el eufemismo de un largo viaje a Canadá. Barbara había pensado que estaría haciendo cualquier cosa menos un viaje por aquel país —incluso si fue allí donde fue—, pero nunca había presionado para tener más información. Asumió que Hadiyyah no la tendría y que Azhar no querría darla.

—Sospecho que no fue lo que Angelina pensó que sería —dijo Azhar.

—Vivir con él.

Barbara asintió con la cabeza.

—Eso es. Bien. Ésa suele ser la historia de siempre, ¿verdad? —dijo—. La flor se marchita, y al final del día todo aparece, por mucho que se intente ocultar.

—¿Sabías que había otro, entonces?

—¿Otro hombre? —Barbara negó con la cabeza—. Me preguntaba por qué se fue y dónde estaba realmente, pero no sabía que había otra persona involucrada. —Miró hacia la parte delantera de la casa cuando continuó—: Si te soy sincera, Azhar... siempre me ha parecido fuera de lugar que os dejara a los dos. Especialmente a Hadiyyah. Quiero decir, los hombres y las mujeres tienen sus problemas, lo entiendo, pero nunca entendí que dejara a Hadiyyah.

—Así que lo entiendes.

El hombre le dio una calada al cigarrillo. La iluminación era tenue en el pasillo lateral de la casa; en esa oscuridad, Barbara apenas podía ver su cara. Pero la punta de su cigarrillo se iluminaba con cada profunda calada que daba. Recordó que a Angelina no le gustaba que fumara. Se preguntó si ahora lo dejaría.

—¿Entender qué? —le preguntó.

—Que se llevará a Hadiyyah, Barbara. La próxima vez. Se la llevará. Y eso es algo... No puedo perder a Hadiyyah. No la perderé.

Sonó tan intenso y al mismo tiempo tan sombrío, si es que eso era posible, que Barbara sintió que algo se rompía en su interior, una grieta en la superficie que hubiera preferido que se hubiera mantenido sellada.

—Azhar, estás haciendo lo correcto —dijo—. Yo haría lo mismo. Todo el mundo lo haría.

Porque él no tenía más remedio, y ella lo sabía. Estaba atrapado por las circunstancias de su propia invención: había dejado a su primera mujer y a sus dos otros niños por Angelina, no se había divorciado nunca, nunca se había vuelto a casar... Aquello era una pesadilla que podía terminar en los tribunales si así lo quería Angelina, y él sería el perdedor, y perdería a la única persona que en su destrozada vida le había importado.

—Debo hacer lo que sea para mantenerla aquí —dijo.
—Estoy totalmente de acuerdo —contestó Barbara.

Y lo dijo en serio, a pesar de que habían cambiado su mundo, del mismo modo que ellas habían cambiado el mundo de aquel hombre que estaba allí, de pie en la oscuridad.

35

Pasaron doce días antes de que Rob Hastings se atreviera a hablar con Meredith. Durante ese tiempo, llamó al hospital todos los días, hasta que finalmente ella quedó a cargo de los cuidados de sus padres. Aun así se dio cuenta de que no podía hacer otra cosa que preguntar acerca de su estado de salud. Lo que dedujo de todas esas llamadas fue suficiente, aunque sabía que hubiera sido mejor hablar en persona. De hecho, podía haberla ido a ver él mismo. Pero aquello era demasiado para él, e incluso si no lo hubiera sido, sabía que no tenía una idea muy clara acerca de qué le diría.

En esos doce días descubrió quién se había llevado la pistola de su Land Rover y lo que habían hecho con ella. Se la habían devuelto, pero aquello era una mancha negra en su carrera. Dos personas habían muerto, ¿y si no hubiera sido un Hastings, con el historial laboral de los Hastings? Seguramente le hubieran echado.

Los telediarios ardían con la historia de Ian Barker, el malvado niño asesino de un bebé, un tío que había logrado mantener su identidad en secreto durante diez años, desde que salió en libertad de donde fuera que estuvieran presos él y sus amigos asesinos. Periodistas de todos los medios de comunicación del país buscaron a cualquiera que hubiera tenido relación con Gordon Jossie, sin importar si era remota. Al parecer existía algún tipo de horrible historia de amor que los tabloides deseaban tratar especialmente. Era la historia de un «conocido niño asesino que había asesinado de nuevo»; un antetítulo indicaba que, en esta ocasión, lo había hecho para salvar a una mujer en peligro, antes de matarse. Esto no parecía haber sido así, según Meredith Powell y el comisario jefe Zachary Whiting, ya que la verdad del asunto, según ellos, era que Frazer Chaplin había atacado a Jossie y sólo entonces Jossie le había disparado, aunque aquello no hubiera sido tanto el simbólico acto de redención como que Jossie hubiera salvado a alguien antes de despedirse del mundo. Ésa fue la historia, y no la verdadera, la que hizo correr ríos de tinta en los tabloides.

La foto de infancia de Ian Barker se publicó cada día durante una semana, junto con la más reciente del rostro de Gordon Jossie. Algunos de los tabloides se preguntaban cómo la gente de Hampshire no había reconocido al tipo, pero ¿por qué tendrían que reconocer en un tranquilo techador a un chico del que hacía tiempo, seguramente habían sospechado, tenía pezuñas en lugar de pies y cuernos bajo su gorra de colegial? Nadie esperaba que Ian Barker se escondiera en Hampshire para llevar una vida modesta.

Todos los vecinos a lo largo de Paul's Lane fueron entrevistados. «Nunca sospeché; desde ahora mantendré las puertas cerradas a cal y canto», fueron generalmente los comentarios. Zachary Whiting y el portavoz del Ministerio del Interior ofrecieron alguna declaración acerca del deber de la Policía local en materia de nuevas identidades y sobre las denuncias que se repitieron durante días de gente que había visto a Michael Spargo o a Reggie Arnold. Pero, finalmente, la historia se fue desvaneciendo, como suelen hacerlo, en cuanto un miembro de la realeza se metió en una desafortunada trifulca con un *paparazzi* delante de una discoteca a las 3.45 de la madrugada en Mayfair.

Rob Hastings había logrado pasar por todo aquello sin haber hablado con ningún periodista. Dejó que el teléfono recogiera todos los mensajes, pero no devolvió ninguna llamada. No tenía ganas de discutir cómo el antiguo Ian Barker había entrado en su vida. Todavía tenía menos ganas de hablar acerca de cómo su hermana se había liado con aquel tipo. Entendió por qué Jemima se había ido de New Forest. Sin embargo, no entendía por qué no había confiado en él. Pasó días meditando acerca de esa cuestión y tratando de entender qué significaba que su hermana no le hubiera dicho lo que la apartó de Hampshire. No era un hombre propenso a la violencia, y seguramente ella lo sabía, por lo que difícilmente hubiera esperado que abordara a Jossie y le hiciera daño por haber engañado a Jemima. ¿De qué hubiera servido? También sabía mantener un secreto, y Jemima tenía que haberlo sabido. Él le hubiera dado felizmente la bienvenida a su hermana a casa, sin dudar, si hubiera querido regresar a Honey Lane.

Se quedó pensando en todo lo que eso decía de él. Pero la única respuesta a la que era capaz de llegar fue la que se respondía con otra pregunta: «¿De qué hubiera servido que hubieras sabido la verdad, Robbie?». Y esta pregunta llevó a la siguiente: «¿Qué tipo de medidas hubieras tomado, tú que siempre has tenido tanto miedo a tomar medidas?».

El origen de ese miedo era que no podría hacer frente al resultado de las revelaciones y las muertes. El porqué de ese miedo conducía directamente al corazón de quién y qué era, de quién y qué había sido durante años. Un solitario, pero no por elección. Solitario no por necesidad. Solitario no por ganas. La triste verdad era que él y su hermana habían sido, de hecho, el mismo tipo de persona. Fue sólo la manera en que se habían confundido a través de sus vidas lo que era diferente.

Después de días y días a lomos de un caballo en el bosque, dándole vueltas, llegar a esa conclusión fue lo que llevó a Robbie a ir a Cadnam. Fue a media tarde, con la esperanza de que Meredith estuviera sola en casa de sus padres, y así poder hablar con ella con tranquilidad.

No fue así. Su madre estaba dentro. Y también Cammie. Abrieron la puerta juntas. Se dio cuenta de que no había visto a Janet Powell desde hacía mucho tiempo. En los primeros años de amistad entre las chicas, él y la madre de Meredith se encontraban de vez en cuando. Robbie iba a buscar a Meredith y Jemima a su casa, o cuando le pedían que lo hiciera. Pero no había vuelto a ver a la mujer desde que las chicas fueron lo suficientemente mayores para sacarse el carnet de conducir, lo que puso punto final a los viajes en compañía de adultos. Con todo, la reconoció.

—Señora Powell. Buenas tardes —dijo a modo de presentación—. Soy...

—Vaya, hola Robert —le interrumpió ella amablemente—. Qué agradable sorpresa volver a verte. Pasa.

No supo exactamente cómo reaccionar a esa bienvenida. Pensó que ella, por supuesto, le recordaba. Tenía una cara inolvidable. Llevaba puesta su gorra de béisbol, como era habitual, pero se la quitó cuando puso un pie dentro de la casa. Echó un vistazo a Cammie mientras se colocaba la gorra en la parte trasera de los tejanos. Ella le esquivó poniéndose detrás de las piernas de su abuela, y luego se asomó mirándole con sus ojos redondos. Le ofreció a la pequeña una sonrisa.

—Sospecho que Cammie no se acuerda de mí —dijo—. Hace un montón de años que no la había visto. Debía de tener como mucho dos años la última vez. Quizá menos. No sabrá quién soy.

—Es un poco tímida con los extraños. —Janet Powell puso la mano en los hombros de Cammie y la trajo al frente, abrazando su cadera—. Éste es el señor Hastings, amor. Dile «hola» al señor Hastings.

—Soy Rob—, dijo—. O Robbie. ¿Quieres un apretón de manos, Cammie?

Ella negó con la cabeza y dio un paso atrás.

—Abue... —dijo. Escondió su cara en la falda de su abuela.

—No hay problema —intervino Robbie. Y añadió un guiño—: Para ver esta vieja cara con dientes, ¿eh? —Pero el guiño fue forzado, y se dio cuenta de que Janet Powell lo sabía.

—Pasa, Robbie. Tengo pastel de limón en la cocina, y está pidiendo a gritos que alguien le hinque el diente. ¿Quieres?

—Oh, gracias, pero no. Iba de camino... De hecho, sólo he venido... Esperaba que Meredith estuviera...

Respiró para calmarse. La niña pequeña se estaba escondiendo, y él sabía que se escondía por él. No sabía cómo hacer que se sintiera a gusto, algo que le hubiera gustado.

—Me preguntaba si Meredith... —dijo a la señora Powell.

—Por supuesto —contestó Janet Powell—. Has venido para ver a Meredith, ¿no es así? Qué cosa tan terrible. Pensar que tuve a esa joven aquí, en mi casa, una noche. Ella podía haber..., bien, ya sabes... —Echó una mirada a Cammie—. Podía habernos matado a todos en nuestras camas. Meredith está en el jardín con la perra. Cammie, cielo, ¿puedes llevar a ese amable caballero a ver a mamá?

Cammie se rascó un tobillo con los dedos de su pie descalzo.

Parecía vacilar. Mantuvo su mirada en el suelo.

—Mamá ha estado en el hospital —murmuró la pequeña cuando su abuela dijo su nombre otra vez.

—Sí —dijo Robbie—. Lo sé. Por eso he venido. Para saludarla y ver cómo se encuentra. Seguro que estabas un poco preocupada por ella, ¿verdad?

Cammie asintió con la cabeza.

—Esa perra está cuidando de ella —le dijo al suelo. Después miró hacia arriba—. En un hospital como a los que van los erizos.

—¿En serio? —dijo Robbie—. Te gustan los erizos, ¿verdad, Cammie?

—Tienen un hospital para ellos. La abuela me lo dijo. Dijo que podíamos ir allí y verlos.

—Creo que eso les gustará a los erizos.

—Dice que todavía no. Cuando sea mayor. Porque pasaremos la noche cuando vayamos. Porque está lejos.

—Eso es. Tiene sentido. Creo que quiere asegurarse de que no echas de menos a tu mamá si pasas la noche fuera —dijo Rob.

Cammie frunció el ceño y miró a otro lado.

—¿Cómo lo sabes? —le preguntó.

—¿Lo de echar de menos a tu mamá? —Y ella asintió con la cabeza—. Tuve una hermanita una vez.

—¿Como yo?

—Igual que tú —dijo.

Esto al parecer la tranquilizó. Se apartó de su abuela.

—Tenemos que atravesar la cocina para llegar al jardín —le dijo—. La perra puede que ladre, pero es bastante agradable.

Lo llevó fuera.

Meredith estaba sentada en una silla de salón en la única sombra que había, al otro lado de la caseta del jardín. El resto del espacio era para los rosales, que llenaban el aire con una fragancia tan intensa que Robbie imaginó que la podía sentir como un pañuelo de seda tocando su piel.

—Mamá. —Cammie la llamó mientras llevaba a Rob por el sendero de grava—. ¿Todavía estás descansando como se supone que debes? ¿Estás dormida? Porque hay alguien que ha venido a verte.

Meredith no estaba dormida. Había estado dibujando, por lo que vio Robbie. Tenía un bloc con esbozos encima de sus rodillas y usaba lápices de colores.

Vio que había creado patrones de cuadrados. Diseños de tela, constató. Todavía se aferraba a su sueño. Al lado de la silla del salón estaba la perra de Gordon Jossie. *Tess* levantó la cabeza y entonces bajó las patas. Su cola chocó dos veces en el suelo en señal de saludo. Meredith cerró el bloc con los esbozos y lo dejó a un lado.

—Vaya, hola, Rob. —Y cuando Cammie iba a subir a su regazo dijo—: Todavía no, cariño. Ahora estoy bien.

Se movió a un lado y dio unas palmaditas en el asiento.

Cammie había logrado enroscarse cerca de ella. Meredith sonrió, entornó los ojos hacia Robbie, pero besó la cabeza de su pequeña.

—Estaba preocupada —dijo a modo de explicación, señalando con la cabeza a la niña. —Nunca había estado en un hospital antes. No sabía qué pensar.

Se preguntó qué le habrían contado a la hija de Meredith acerca de lo que le sucedió a su madre en la finca de Gordon Jossie. Muy poco, sospechaba. No necesitaba saberlo.

—¿Cómo te llevas con ella? —dijo, señalando con la cabeza al golden retriever.

—Le dije a mamá que la trajéramos. Parecía como…, pobrecita. No podía soportar la idea de…, ya sabes.

—Sí, eso está bien, Merry. —Miró a su alrededor y se fijó en una silla plegable de madera que estaba apoyada en la caseta del jardín.

—¿Te importa si…? —preguntó, e hizo un gesto hacia la silla.

Ella se ruborizó.

—Oh, claro, por supuesto —dijo avergonzada—. Lo siento. Siéntate. No sé en qué estaba… Es que es muy agradable verte de nuevo, Rob. Estoy contenta de que hayas venido. Me dijeron en el hospital que habías llamado.

—Quería ver cómo lo llevabas —dijo.

—Oh, eso fue todo —dijo, y se tocó los dedos con el vendaje del cuello, sin duda uno mucho más pequeño que el que le habían puesto al principio. Era casi un acto reflejo—. Bien, voy a parecer la mujer de Frankenstein cuando me saquen esto, supongo —dijo con una sonrisa sin humor.

—¿Quién es ésa? —preguntó Cammie.

—¿La mujer de Frankenstein? Solo alguien de una historia —contestó Meredith.

—Significa que le va a quedar una pequeña cicatriz —le contó Robbie—. Será su toque de distinción.

—¿Qué es distinción?

—Algo que hace que una persona parezca diferente a los demás —dijo Robbie.

—Oh —dijo Cammie—. Como tú. Tú pareces diferente. Nunca había visto a nadie como tú.

—¡Cammie! —exclamó Meredith, horrorizada. Su mano bajó automáticamente para tapar la boca de su hija.

—Está bien —dijo Robbie, aunque notó que se le estaba poniendo la cara roja—. No es que no lo sepa.

—Pero, mamá… —Cammie se deslizó fuera del alcance de su madre—.Tiene un aspecto diferente. Porque su…

—¡Camille! ¡Para ahora mismo!

Y después de eso, silencio. Tras él, llegaron el zumbido de los coches de la carretera de delante de la casa, el ladrido de un perro, *Tess* levantando la cabeza y gruñendo, y el bombardeo del motor de una cortadora de césped. ¿Es que no decían siempre la verdad?

Él se sintió completamente torpe. Podía haber sido un toro de dos cabezas. Miró a su alrededor y se preguntó cuánto tiempo debería permanecer en el jardín antes de salir corriendo y no parecer maleducado.

—Lo siento, Rob. No quiso decir eso —soltó Meredith en voz baja.

Él logró esbozar una sonrisa.

—Bien, no es que esté diciendo algo que no sepamos todos, ¿verdad, Cammie? —Y le ofreció a la pequeña una sonrisa.

—Aun así —dijo Meredith—. Cammie, no es propio de ti.

La niña miró a su madre y después otra vez a Rob. Frunció el ceño. Luego dijo:

—Pero es que nunca había visto dos colores de ojos diferentes, mamá. ¿Tú sí?

Los labios de Meredith se entreabrieron y después se cerraron. Entonces apoyó su cabeza en la silla.

—Oh, Dios —dijo—. Una vez más, tienes toda la razón, Cam.

Ella miró a otro lado.

Y Robbie vio, para su sorpresa, que Meredith estaba profundamente avergonzada. No por su hija, sino por su propia reacción. Sin embargo, todo lo que había hecho era llegar a la misma conclusión que el propio Robbie al escuchar las palabras de Cammie: él era realmente feo y los tres lo sabían, pero sólo dos de ellos pensaban que era digno de comentario. Él buscó una manera de suavizar el momento. Pero no se le ocurrió nada, así que finalmente le dijo a la niña:

—Así que erizos, ¿verdad, Cammie?

—¿Qué erizos?

—Quiero decir que qué te gusta. ¿Los erizos? ¿Ya está? ¿Los ponis? ¿Te gustan los ponis?

Cammie miró a su madre como para ver si podía responder o debía morderse la lengua. Meredith la miró, acarició su pelo revuelto y asintió.

—¿Te gustan los ponis? —le preguntó.

—Me gustan cuando son bebés —se sinceró Cammie—. Pero sé que no debo acercarme demasiado.

—¿Y eso? —le preguntó Robbie.

—Porque son asustadizos.

—¿Qué quieres decir?

—Significa que... —Cammie frunció el ceño mientras pensaba acerca de ello—. Significa que tienen miedo fácilmente. Y si tienen miedo, tienes que tener cuidado. Mamá siempre dice que hay que tener cuidado siempre que se esté cerca de alguien que se asusta fácilmente.

—¿Por qué?

—Porque podrían entenderlo mal, supongo. Algo así como..., como si tú te mueves muy rápido a su alrededor, ellos pensarán mal de ti. Así que debes estar quieto, parado. O moverte muy despacio. O algo así.

Se volvió para poder ver mejor la cara de su madre.

—Es así, ¿verdad, mamá? ¿Eso es lo que se debe hacer?

—Así es —dijo Meredith—. Muy bien, Cam. Hay que tener cuidado cuando sabes que alguien tiene miedo.

Besó a su hija en la cabeza. No miró a Bob.

Entonces pareció que no había nada más que decir. O al menos eso fue lo que Robbie Hastings se dijo a sí mismo. Decidió que había cumplido su deber y, en definitiva, era hora de partir. Se movió en su silla.

—Así que... —dijo, justo cuando Meredith decía: «Rob...».

Sus ojos se encontraron. Se sonrojó una vez más, pero vio que ella también se ponía roja.

—Cammie, cariño —dijo ella—. ¿Puedes preguntarle a la abuela si está listo su pastel de limón? Me gustaría probarlo, y me imagino que a ti también.

—Oh, sí —contestó la niña—. Me encanta la tarta de limón, mamá.

Cammie saltó del sillón y salió corriendo, llamando a su abuela. Al momento, una puerta se cerró detrás de ella.

Rob dio una palmada sobre sus muslos. Claramente, había dado la señal para que él se fuera.

—Bueno. Me alegro muchísimo de que estés bien, Merry —dijo

—Sí. Es curioso, ¿eh, Rob?

—¿Qué? —dudó.

—Nadie me llama Merry. Nadie excepto tú.

No sabía qué contestar ni qué hacer.

—Me gusta mucho —dijo—. Me hace sentir especial.

—Lo eres. Especial, digo.

—Tú, también, Rob. Siempre lo has sido.

Ése fue el momento. Lo vio con claridad, más claro que nunca. Su voz era tranquila y no se había movido ni un centímetro, pero sintió su cercanía y, sintiéndola, también se sentía la frialdad del aire.

Se aclaró la garganta.

Ella no habló.

Más tarde, en el techo del cobertizo del jardín, notó que un pájaro se deslizaba.

—Merry —intervino finalmente.

Y ella dijo al mismo tiempo:

—¿Te quedarás a comer una porción de pastel de limón conmigo, Rob?

Vio que, al final, la respuesta era simple.

—Sí —replicó—. Me encantaría.

Agradecimientos

El New Forest sirvió de gran inspiración para esta novela, aunque tal inspiración no es nada sin los detalles. Así que estoy muy agradecida a la gente de Hampshire y de Londres, que me ayudaron en diferentes aspectos del libro. El primero de todos debe ser Simon Winchester, maestro techador, que me permitió que le observara mientras trabajaba en Furzey Gardens y que me explicó cosas acerca de las múltiples técnicas y herramientas de su oficio. Además, Mike Lovell se reunió conmigo y me contó cómo era su trabajo de *agister* de New Forest, mientras que el honorable Ralph Montagu y Graham Wilson añadieron una enorme cantidad de información a la historia de New Forest en relación con el objetivo y empleo de los diferentes tipos de guardas. Alan Smith, de Hampshire Constabularly, me suministró todos los detalles policiales y, en Londres, Terence Pepper y Catherine Bromley, de la National Portrait Gallery, me dieron la información necesaria que hizo posible crear mi versión del concurso del retrato del año de Cadbury. Jason Hain me permitió amablemente acceder al Segar and Snuff Parlour en Covent Garden, y un simpático fabricante de máscaras peruanas en Jubilee Hall casi me convence de hacerme la mía, hecho que me inspiró en la creación de mi propio fabricante de máscaras de la novela. El siempre ingenioso Swati Gamble resolvió con sus respuestas todas las preguntas que le lancé en relación con todo lo que se refiere al Ministerio del Interior, hasta la ubicación de las instituciones educativas.

Por último, el museo de New Forest fue todo un tesoro de información en Lyndhurst, así como lo fue el British Museum en Londres. En Estados Unidos, el doctor Tom Ruben arrojó luz sobre mis preguntas de tipo médico, por lo que le doy las gracias; mi asistente Leslie Kelly realizó una ingente investigación acerca de un montón de temas, y tanto Susan Barner como Debbie Cavanaugh, antigua y nueva lectora respectivamente, me proporcionaron un valiosísimo *feedback* en el penúltimo borrador de esta novela.

Siempre recibo el apoyo en mi trabajo de mi marido, Tom McCabe; de mi agente literario, Robert Gottlieb; de mis editores en Estados Unidos y el Reino Unido, Carolyn Marino y Sue Fletcher; y de mis publicistas en Estados Unidos y en el Reino Unido, Heather Drucker y Geary Karen.

Elizabeth George
Whidbey Island, Washington

Otros títulos
de Elizabeth George
en **Roca** Editorial

Elizabeth
GEORGE
rocaeditorial
Al borde del
acantilado
El comisario Thomas Lynley ha abandonado la Policia.
Pero el crimen le perseguirá allí a donde vaya.
Por la autora de *Sin testigos* y *Tres hermanos*.

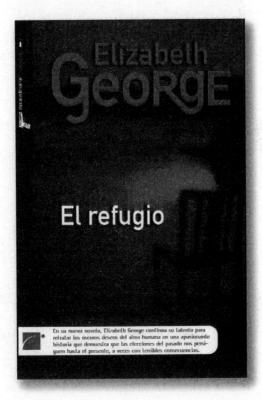

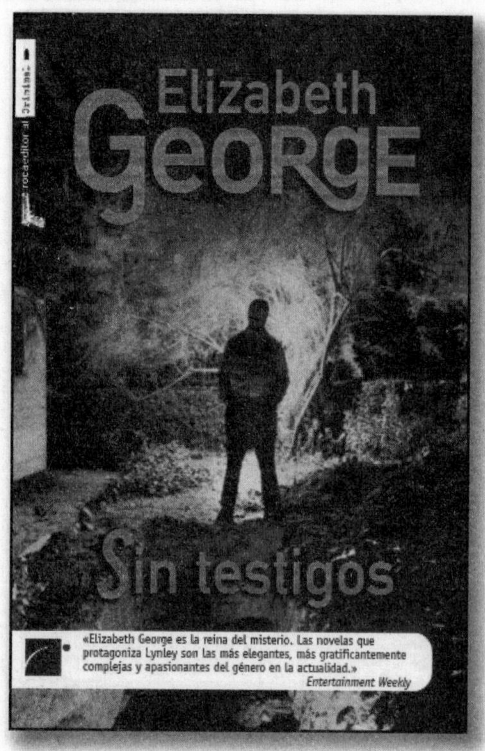
Elizabeth
GEORGE
Sin testigos
«Elizabeth George es la reina del misterio. Las novelas que protagoniza Lynley son las más elegantes, más gratificantemente complejas y apasionantes del género en la actualidad.»
Entertainment Weekly
rocaeditorial Criminal

Elizabeth
GEORGE

Tres hermanos

¿Descubrirá el inspector de la policía de Londres Thomas Lynley qué hay detrás del brutal asesinato de su esposa?

Este libro utiliza el tipo Aldus, que toma su nombre
del vanguardista impresor del Renacimiento
italiano Aldus Manutius. Hermann Zapf
diseñó el tipo Aldus para la imprenta
Stempel en 1954, como una réplica
más ligera y elegante del
popular tipo
Palatino

***

**

*

Cuerpo de muerte se acabó de imprimir
en un día de verano de 2010, en los
talleres de Brosmac, carretera
Villaviciosa de Odón
(Madrid)

***

**

*